Ara Mitta

Aziza

MUSA
EDITORA

CB079487

Copyright © 2009 by Ara Mitta

Capa e Projeto gráfico
TECO DE SOUZA

Preparação
AFONSO TEIXEIRA FILHO

Revisão
VINÍCIUS DE MELO JUSTO

Dados Internacionais de Catalogação na Publicação (CIP)
Câmara Brasileira do Livro, SP, Brasil

Mitta, Ara
Aziza / Ara Mitta. — São Paulo : Musa Editora, 2010.

ISBN 978-85-7871-004-0

1. Ficção brasileira I. Título.

10-01413 CDD-869.93

Índice para catálogo sistemático:
1. Ficção : Literatura brasileira:
869.93

Impresso no Brasil, 1ª edição, 2010
Todos os direitos desta edição reservados à
MUSA EDITORA
Rua Bartira, 62 / 21
05009-000 São Paulo, SP
Telefax 11 3862-6435
www.musaeditora.com.br
www.musaambulante.com.br

Aos amigos

Aziza
Mira
Calisten
Áurea
Carla
Tambria
Helony
Matra
Lundi
Tárkia
Aládia
Antiga Tartária
País d
Yjara
Goria
Sevon
Partalan
Rujia
Barthum
Ilia
Etária
Mídria
Rojas
Mídria do Sul
Atiba
Tigras
Lutária
Cordilheiras
Montanhas
Mares
Desertos

Introdução

Em todos os países do continente, havia mitos e lendas que contavam estórias sobre Deuses. Se Talim e Taulus também eram filhos de Tártarus, o Deus da antiguidade, e se Tártarus realmente existiu, eram questões que até então não haviam sido esclarecidas. Uma dessas lendas contava uma estória muito peculiar: "Tártarus andava pela face da terra e nesse dia sucedeu que ele se desviou dos seus caminhos espirituais e se enveredou pelos caminhos dos homens. Ao passar pelas margens de um lago, viu nele mulheres que se banhavam e, pela primeira vez, se deu conta de que elas eram belas. Tártarus retornou várias vezes àquele lugar, pondo-se a observá-las, mas sua consciência o advertiu: 'Não são para ti, ó Deus das alturas, as filhas dos homens!' Mas a cobiça o foi corroendo e a volúpia fornicando-o até que um dia ele abandonou sua morada original, assumiu para si um corpo carnal e tomou das mulheres. Tomou de todas que escolheu e elas lhe geraram filhos. Estes vieram ao mundo, dotados de aparências humanas, porém dotados de habilidades excepcionais e as consequências foram fatais. Surgiu uma nova situação na qual as pessoas comuns passaram a requerer para si os mesmos privilégios que recebiam os filhos de Deus, e as mulheres não escolhidas começaram a se corroer de inveja e a atiçar fuxicos maldosos e o povo que até então havia vivido em paz e harmonia, começou a se combater. A maldade do homem se multiplicou sobre a terra, seus pensamentos e suas ações se tornaram más continuamente.

E Tártarus reconheceu que a natureza criadora dos céus, da terra, dos mares e, sobretudo, criadora dele mesmo, não havia previsto uma mistura entre ele e os demais mortais. Tais paixões eram repudiáveis e ele adulterara a ordem natural das coisas do mundo de tal modo que, por onde quer que olhasse, o quadro se tornara o mesmo: Criminalidade, ódio e anarquia. O povo sofria e se queixava: 'Por que deixa Tártarus todo este sofrimento acontecer? Se ele é o Deus-todo-poderoso, por que não põe um fim a estas coisas?'

"E Tártarus viu a extensão dos seus atos. Certamente nada disso teria acontecido se ele tivesse permanecido dentro das leis da natureza. Sim, ele mesmo introduzira no mundo a malevolência e teve que reconhecer que pecou, pois não era tão fraco que não pudesse resistir à tentação. Ele poderia ter evitado estar na proximidade das mulheres, mas, em vez disso, ele as procurou, cedeu ao desejo e destruiu deliberadamente o equilíbrio da natureza. A vida se tornou um caos e a maldade tomou conta do mundo. A até então existente benevolência e amor ao próximo foram substituídos por morte, ladroagem, ganância e muitos outros malefícios. Tártarus sentiu dor no coração e se arrependeu dos seus atos, porém não pôde mais desfazer o mal. Envergonhado da própria conduta e enojado de si mesmo, resolveu dar fim à própria existência.

"Antes, porém, ele procurou entre aqueles que permaneceram justos 28 pessoas e deu a elas a incumbência de escreverem uma crônica epopeica sobre sua existência. Os escritores, escolhidos entre diferentes camadas da sociedade, passaram a asseverar que escreviam os pensamentos divinos sob a vontade do próprio Deus e se legitimavam afirmando: 'Tudo o que está sendo escrito é divinamente inspirado e será proveitoso para ensinar, para corrigir e para instruir em justiça.' Entre essas pessoas, encontravam-se: Dois reis, uma Rainha, nove pastores, cinco camponeses, três médicos, duas videntes, um sacerdote, duas sacerdotisas e três escribas. A redação da crônica se prolongou por algumas gerações, mas enfim chegou o dia em que foi concluída.

"Nesse dia, Tártarus se pôs copiosamente a chorar. Cheio de mágoa e tristeza, ansiava por sua redenção. Suas lágrimas chegaram ao solo como chuva e Tártarus chorou durante quinze dias sem parar até que seu sopro sagrado se desfez para sempre. Para o povo, as lágrimas de

Tártarus se tornaram uma catástrofe e todos já viam ali o fim do mundo. Já no quinto dia daquela chuva abundante, todos os rios transbordaram, ultrapassando suas margens, e as águas subiram cobrindo continuamente vales e montes. Ondas gigantescas se elevaram carregando em sua fúria coisas e gente. E continuou a chover destruindo enfim toda a estrutura urbana. Poucos foram aqueles que sobreviveram, mas a 'Crônica Tártarica' se salvou com eles. A partir de então, passaram os sobreviventes a se chamar de 'Oripins', o que significa: 'Guardiões da Crônica Santa'. Mas sobreviveu somente uma pequena comunidade, e para se reproduzirem eles tiveram que deixar a terra natal e se assimilar a outros povos.

"Fora da região tartárica, os outros povos adoravam a uma diversificada e confusa legião de Deuses. Naqueles tempos, os povos vizinhos também escreveram obras literárias e não somente beletrísticas ou políticas, mas também religiosas e, entre outros, muitos hinos de adoração a diversos Deuses. Essas obras espelhavam respectivamente a fé, os costumes, as ideias e as leis sociais daquelas nações. Obras literárias como 'Previsões de um Sábio', uma muito conhecida crônica de Tambria ou o legendário 'Conselhos de um Deus', da Mídria do Sul, são no mínimo tão antigas quanto a crônica tartárica e os seus escritores também haviam afirmado: 'O espírito de Deus falava através de mim e a palavra santa estava na minha boca.'

"Os oripins acreditavam, porém, que Tártarus foi o único verdadeiro Deus a estar sobre a face da terra e que a crônica tartárica era não só a Vontade dele, mas também a esperança de reconciliação entre o homem e a natureza. Para eles, tratava-se do manual de instruções e também da chave do caminho de retorno à paz e harmonia, e, por muito tempo, eles tentaram com todos os seus recursos fazer da crônica tartárica uma obra popular, simplificando, esclarecendo e pondo-a ao alcance de todos. Mas o povo não lhes deu atenção.

"Milênios se passaram e, como a maioria das obras do passado, caiu também a crônica tartárica em esquecimento."

Uma cordilheira, cujos cumes nevados se perdiam entre as nuvens, cortava o continente em sentido vertical. Na parte central, surgia desta mais uma cadeia de montanhas que abrangia partes dos países de Mídria, Bartum, Aládia, Matra, Goria e uma pequena parte de Tárkia. E mais para o sul, outra cadeia de montes abrangia partes dos países de Tigras, Mídria do Sul, Etarien e Bartum. Todos os povos e culturas conhecidos se encontravam na parte central do continente, cujas áreas habitadas eram delimitadas pela grande cordilheira a oeste e por grandes pragais a leste. Havia florestas em algumas encostas montanhosas, mas, na maior parte das áreas habitadas, as condições climáticas iam de semiáridas, até se perderem para além do Leste em um deserto biofóbico. O Oeste era ainda quase que completamente desconhecido. Nenhuma das expedições, que ousaram tentar transpor a cordilheira, teve sucesso. Os poucos aventureiros que, vez por outra, afirmavam ter estado do outro lado, diziam ter encontrado somente brenhas florestais, nas quais os perigos espreitavam por detrás de cada árvore ou matagal, em forma de horrendos animais selvagens ou em forma de estranhos demônios. Havia mitos, como o da existência de mulheres poderosas, de grandes estaturas. Mas até então ninguém havia apresentado provas concretas do que realmente existia do outro lado da cordilheira e tais aventureiros acabavam por serem tomados por errantes que perderam o juízo. Os mares do Norte e do Sul finalizavam a delimitação do continente e, mesmo pelas águas, havia se provado impossível transpor-se a cordilheira. Esta se perdia ainda, tanto pelo Norte, quanto pelo Sul, por estreitos e profundos fiordes, que se estendiam por centenas de milhas marítimas. A divisão política do continente já havia se modificado ao longo dos tempos centenas de vezes e este ora se encontrava dividido em dezesseis nações distintas.

Livro 1

No céu já se anunciava o alvorecer, e a primeira pálida claridade cobria os picos dos montes com uma névoa acinzentada. Jolu abriu cuidadosamente a porta e saiu. Ela se sentia agitada e confusa; precisava tomar ar fresco e foi buscar água no chafariz da fonte que ficava mais ao fim da rua. Os cães de guarda do pequeno curral de ovelhas que se encontrava além da fonte se puseram a latir, parando somente quando reconheceram Jolu. Ela caminhava para o chafariz como se estivesse em transe, e seus pensamentos se revolviam: "Que sonho é este que me vem sempre?" "O que será que isto quer dizer?" O vilarejo onde morava era pobre e de modestas dimensões e se encontrava na parte plana do vale; ainda assim, um belo lugarejo, cujas moradas de telhado plano pareciam ter mais ou menos a mesma fachada. O vilarejo ainda dormia.

Darião acordou sobressaltado sem saber se havia escutado o latido dos cães ou se tinha sonhado. Olhou para o lado e percebeu que a cama da Jolu já estava vazia. Pulou do leito e se vestiu. Para os dois, o dia sempre começava bem cedo, mas hoje parecia mais cedo do que de costume. Darião já estava a atiçar o fogo no fogão de lenha quando Jolu entrou de novo em casa; ela descansou o balde de água no chão da cozinha e desejou um bom dia ao marido, tentando disfarçar a aflição.

— Aconteceu alguma coisa? — perguntou ele, sem responder ao cumprimento.

— Não — ela hesitou. — É que... — ele a fitou curioso.

— Eu simplesmente não consegui dormir direito, Darião. Desde algum tempo, tenho sonhado coisas estranhas; porém um determinado sonho tem-me acontecido repetitivamente. Neste sonho eu vejo uma criança, uma menina que me procura. Eu me encontro em um aposento muito amplo e cheio de luz e vejo livros por toda parte, espalhados pelo chão e flutuando à minha volta. Vou caminhando para um trono que se posta no centro da claridade e lá encontro a criança que está à minha espera. Eu lhe estendo as mãos e nós nos entranhamos uma na outra.

Darião ficou calado, sem saber o que dizer. Ficou olhando para ela como se há muito tempo não a tivesse visto. Ela usava uma túnica azul de barrado cor de prata e de repente Darião tomou consciência da sua beleza. Nunca antes a tinha visto tão bela. Seus cabelos louros e sedosos já apresentavam as mechas cinzas da idade e o azul dos seus olhos fazia lembrar as profundezas do oceano.

— Por que está a me olhar assim? — ela perguntou. Darião se achegou a ela, que se encontrava diretamente à frente dele.

— Porque gosto de vê-la — disse ele meio desconsertado. — Você ainda é muito bela — ela sorriu surpresa, contente e um pouco embaraçada pelo elogio; fazia anos que escutara pela última vez um elogio como aquele. Suspirou fundo e se pôs a preparar a refeição matinal.

— Mas hoje eu lhe preparo um bom chá que vai lhe garantir uma boa noite de sono — disse ele, no seu tom bonachão.

Darião era exatamente tão respeitado quanto temido. Era um homem de personalidade marcante, um mestre nos conhecimentos da medicina natural e meticulosamente vegetariano. Já quando criança começou a se interessar pela natureza e seus segredos e ainda na mocidade saiu pelo mundo. Ele viajou por toda a Aládia e por muitas partes do continente e, depois de muitos anos, quando já havia ajuntado bastante conhecimento e experiência, voltou para a terra natal. E se estabeleceu em Abiú, seu tranquilo e agradável vilarejo, que ficava no vale entre o rio Adom e as colinas de Usner. Em uma determinada ocasião, ele fez a promessa: "Jamais deixarei de atender àquele que procurar a minha ajuda." Desde então, passou a ser conhecido como "Darião curandeiro".

Ele era muito conhecido naquela região e sabia para quase todas as doenças a quantidade certa das ervas necessárias, e para quase toda desgraça a ladainha adequada. Mesmo assim a opinião geral sobre ele se desvairava de um extremo ao outro. Alguns achavam que ele era inteligente e sábio; outros o consideravam um mestre da magia negra, porque corria o boato de que ele tinha o poder de conversar com as plantas e os animais; e, para outros, ele era somente um maluco qualquer ou um charlatão.

Darião mesmo se via como uma pessoa benevolente, amante do próximo, justo e fiel à natureza. Era modesto e satisfeito com a vida que levava, amava a paz e desprezava a violência. Ele e a mulher já estavam idosos e não tinham filhos.

Naquela manhã, Darião se pôs a caminho da mata. Uma mata tenebrosa e quase virgem, que se estendia sobre grande parte dos montes que rodeavam Aládia. Ele tinha que percorrer um longo caminho em direção a oeste até alcançar a área desejada. Ali, a mata era sempre escura e úmida. Raramente acontecia de um raio de sol conseguir penetrar entre a fechada copa daquele arvoredo. Mas era ali que ele encontrava as ervas, as raízes, as folhas, os fungos e tudo o mais que lhe era necessário para a sua prática curandeira. Parecia querer chover; o dia estava frio e muito escuro e um vento bastante desagradável assobiava entre os galhos. Depois de um tempo, ele procurou uma clareira e acendeu uma pequena fogueira para se aquecer. Sentou-se no tronco de uma árvore caída e, olhando as labaredas do fogo, se perdeu nos pensamentos. De repente, as chamas se encresparam e um vermelhão caliginoso tomou conta da clareira, e uma fumaça densa e ardente lhe entrou pelos olhos. Darião se levantou de um salto; o silêncio era mortal e o medo lhe subiu às entranhas. As línguas de fogo dançavam sobre os cavacos incandescentes e tudo parecia flutuar ao redor, e, assim que seus olhos se acostumaram à estranha luz, ele pôde ver o que acontecia. Primeiro, viu uma névoa esbranquiçada, etérea e fantasmagórica; depois, devagar, uma fisionomia se formou no meio das flamas. Uma bela e imponente aparição; os traços finos e os abundantes cabelos ruivos dela lhe amenizavam o ar autoritário e sério. E o Ser de fogo e fumaça lhe disse:

— Darião, teu é o merecimento e a honra! Eu conheço os teus atos, o teu amor, a tua fidelidade e a tua perseverança e sei que teus atos são benignos. Tu mereceste a atenção e a graça de Talim. Tua mulher Jolu dará vida a uma criança. Uma menina. Tua filha alcançará glória e poder, mas também sofrimento e tristezas como poucos mortais. Ela virá a ser uma grande Rainha.

Darião escutou claramente todas as palavras, mas não podia acreditar. Estava claro que para ele e Jolu o tempo de ter filhos já havia passado. Sem dúvida, eles quiseram ter filhos, mas todo o conhecimento medicinal dele e todas as suas ladainhas falharam; Jolu permaneceu estéril e o tempo passou. Ele balançou a cabeça e acreditou estar em um sonho, e um arrepio gelado lhe desceu pela coluna quando perguntou:

— Mas mesmo que ainda nos fosse possível ser pais, como poderia nossa filha vir a ser Rainha, se não somos nobres? — sem dar atenção à pergunta, o Ser continuou:

— Bendito és tu, que escutas as palavras desta profecia porque a hora é chegada. Mas cuidado, pois o inimigo reagirá furioso — e, antes que Darião pudesse perguntar mais alguma coisa, a visão se desfez e tudo desapareceu.

Ele ficou como que petrificado. Primeiro, devagar; depois, em movimentos súbitos e incontroláveis, todo o seu corpo entrou em comoção. Seus joelhos não obedeciam mais ao seu comando e só depois de muito esforço ele conseguiu se mover; deixou a clareira e cambaleando procurou o caminho de volta. Por entre as copas das árvores, ainda se via a cortina acinzentada que cobria o céu. Ele pensava na visão e as palavras ecoavam como um trovão repetidamente dentro da sua cabeça. Foi andando por entre árvores e plantas devagar e ainda desnorteado e, de repente, ele se decidiu por visitar o templo. Subitamente, apressado, tomou o caminho mais curto, uma descida bastante inclinada que culminava nas proximidades da cidade, e assim chegou ao templo ao romper da noite. "Por que mereci a atenção e a graça de Talim?" Essa pergunta o atordoava; estava desorientado e exausto e se deixou cair num banco em frente ao altar. O coração batia acelerado, a garganta queimava de secura e a visão não lhe saía da cabeça. Ele olhou pela janela e mirou o firmamento como esperando dos céus um esclarecimento; mas nada aconteceu. Não sabia mais quanto tempo ficou ali sentado, pois ali mesmo o sono o fez sucumbir.

Darião acordou ao alvorecer do novo dia e, ainda desorientado, observou o sol nascer por detrás dos montes. Raios de sol entraram pela janela lhe trazendo de volta à realidade, e à memória lhe veio a mulher Jolu com seu sorriso manso.

O curandeiro se pôs a caminho de casa: ia apressado e a passos largos. Mesmo naquelas tenras horas da manhã as ruas já estavam cheias de gente que iam e vinham em direção ao mercado. Ele não deu ouvidos a ninguém, nem tomou nota dos empecilhos que lhe cortavam o caminho. Com os olhos ainda úmidos pela aflição, só via pela frente a colina por detrás da qual Abiú se encontrava. Era ainda um longo caminho até à sua casa. Ele deixou a cidade pela saída principal e foi subindo o caminho que serpenteava pelo monte. Já quase sem fôlego, alcançou o seu vilarejo e ficou algum tempo parado em frente à casa. Não havia muita diferença entre a casa dele e as demais. Esta era pequena, de telhado plano e caiada na mesma cor das outras. Só por dentro havia diferença, era confortável e aconchegante. Ainda quase sem fôlego, entrou na casa. Jolu olhou para ele com a testa enrugada de preocupação.

— Onde você esteve todo esse tempo? — perguntou, censurando. Ele respirou fundo e estava pronto para contar a ela o que lhe sucedera na mata, quando ela, quase em aflição, disse-lhe:

— Darião, agora eu tenho certeza: estou esperando um filho.

Darião ficou tão admirado, que pareceu passar uma eternidade até que atinasse para o que lhe foi dito. Contudo, sem mais demora, contou a ela da visão que teve. Os dois ficaram algum tempo calados, olhando um para o outro, mas enfim se abraçaram e se sentiram felizes. Darião contou também da advertência que foi dada a ele. Aquela felicidade não seria gratuita!

Os dias se passavam. Darião se preocupava com a segurança e o bem-estar de Jolu. Ele não esquecia mais daquela visão; mas, mesmo assim, tentava parecer tranquilo, pois não queria se desesperar. Jolu, por sua vez, pressentia as sombras do mal. Ela se sentia cercada por um nevoeiro cheio de perigos. Tentava não dar chances aos pensamentos negativos e evitava falar com Darião sobre os receios dela, porque não havia motivo concreto para os medos que sentia e também porque não queria de maneira alguma tirar dele a alegria de finalmente ser pai. Ela mesma ainda pasmava de felicidade. Por tudo neste mundo ela queria aquela criança; no subconsciente, ela sempre soube que seria mãe! Mesmo assim, tornou-se difícil para ela esconder as preocupações e, enquanto esperava pelo nascimento da criança, não deixou mais a sua casa e se manteve afastada dos curiosos. Mesmo em Abiú, alguns começaram a tratá-la com desrespeito, com desdém e desprezo, porque achavam que aquele milagre era fruto da magia negra praticada por Darião. Sobre os sonhos enigmáticos ou a visão daquele Ser de fogo e fumaça, guardaram ambos sigilo absoluto.

O tempo se passou e Jolu deu à luz a sua criança. Felicidade e alegria invadiram o coração dos pais. Tudo correu bem. Jolu e sua filha gozavam de perfeita saúde, e a grande maioria dos vizinhos e parentes se alegrou com eles. Mas, mais de dois meses se passaram, e, de acordo com os costumes daquela região, a criança teria de ser apresentada no Templo. De acordo com a lei, um sacerdote-maior ou uma sacerdotisa teria que confirmar perante os Deuses a existência daquele novo Ser, proclamando diante de todos os presentes o nome que lhe foi dado.

De longe, vieram parentes e amigos, pois haveria de se comemorar o evento com uma grande festa. Alegria e bem-aventurança enchiam o ambiente, quando uma calorosa discussão se alastrou por entre os parentes. Eles não concordaram com o nome escolhido para a criança e eram de opinião que a menina deveria receber o nome da avó, ou seja, "Atta", e Jolu tentou esclarecer:

— De jeito nenhum — dizia ela. — O nome dela será Aziza. Vocês bem sabem que este é o nome que sempre desejei para a minha filha, caso viesse um dia a tê-la.

— Ora, mas deixe de bobagem! — disseram eles. — Ninguém entre nossos parentes jamais usou esse nome. Mas Darião disse, decidido:

— Ela se chamará Aziza — e, brincalhão: — Uma Rainha tem direito a um nome inusitado.

Novamente todos se descontraíram, rindo e falando ao mesmo tempo. Tudo estava em ordem e nada mais atrapalhava a alegria daquele dia. Então se puseram todos a caminho do templo mais próximo, que mesmo assim ainda ficava distante do vilarejo.

Naquele dia se encontrava no templo Íris, uma sacerdotisa já muito idosa. Ela foi ao encontro do pequeno grupo e parou perplexa ao perceber o esplendor e a intensidade de energia que partia daquela criança. Instintivamente soube que se encontrava ali uma criança muito especial. Era dia de oferenda e o templo estava cheio de gente que entrava e saía no cumprimento dos seus deveres religiosos. Íris tomou do fumareiro e o balançou energicamente até envolver completamente todo o altar em uma névoa perfumada. Ela ignorava os que entravam e saíam. Confirmar o nome de recém-nascidos era coisa corriqueira. Ela começou como sempre por recitar suas ladainhas e agradecer aos Deuses. Então, pegou a menina, ergueu-a nas alturas e fez a confirmação:

— Na casa de Darião e Jolu, nasceu uma menina que recebeu o nome de Aziza... Que ela cresça para a honra e a glória de todos os Deuses!

Estas eram as palavras que finalizavam o ritual de apresentação. Porém, sem se dar conta, Íris, a sacerdotisa, continuou:

— E tu, criança, serás Rainha e irás pelo mundo preparando o caminho para que os nossos pés nos mantenham felizes no caminho da paz.

Os parentes e amigos ficaram satisfeitos com as palavras da sacerdotisa, mas Darião e Jolu ansiavam por se retirar do templo o quanto antes. Porém, teriam que ser pacientes, pois a criança fora passada de mãos em mãos e um estranho, um senhor já muito idoso que se encontrava no templo, tomou-a nos braços. Ele estava eufórico e assegurava que lhe havia sido dada a profecia de que, ainda antes da sua morte, veria a Rainha prometida por Talim. Ele acreditava que um poder superior haveria de tê-lo levado àquela criança e, enquanto segurava a menina nos braços, caiu de joelhos e se pôs a louvar a Talim, o seu Deus verdadeiro! Um raio de luz repentino e fugaz iluminou o templo ao mesmo tempo que ouviram, como se vindo de longe, o som de cantilenas. O pequeno grupo se calou, escutando atento, sem ousar nem mesmo respirar. As cantilenas soavam em seus ouvidos como se viessem diretamente dos céus. Parentes e amigos se puseram a regorjear, mas o idoso casal se entreolhava, sentindo ambos certo temor. Havia sido o nascimento da filha deles realmente a vontade de Talim? Apesar dos sonhos e da visão, os dois não estavam convencidos. Darião já havia curado, ao longo dos anos, a esterilidade de centenas de mulheres. Para algumas com efeito imediato e para outras com efeitos tardios. Por que não haveria de ter sido aquela súbita fertilidade de Jolu o efeito tardio de uma cura?

Darião correu o olhar por sobre aquele monte de gente que se encontrava no templo e teve que se admirar do fato de que a maioria daquelas pessoas nem sequer tomara conhecimento da presença deles e nem dera ouvidos às palavras da sacerdotisa. Não pôde conter um sorriso irônico e deu de ombros. Apesar de todos os inconvenientes e agouros, estavam ele e a sua família, felizes. Aquele dia ficaria em sua memória como um dia maravilhoso, que ele nunca mais esqueceria. Contudo, ele não conseguia mais afastar da mente aquela visão e as palavras: "Cuidado, o inimigo ficará furioso!" "Que inimigo? O que tinham eles que ver com Talim? E justamente ele que era um homem de paz, mas que jamais se importou com religião alguma?!"

Enquanto Darião e Jolu viviam todos estes acontecimentos, a família real preparava, longe de Abiú, do outro lado da cidade de Partalan, o aniversário de dez anos do príncipe herdeiro.

Regia por aquele tempo o Rei Heros II. Homem belo; moreno, alto e de porte majestoso. Seus olhos escuros, o nariz fino e a boca bem recortada por detrás da barba acuradamente aparada e os cabelos sedosos e ainda negros lhe conferiam uma bela e elegante aparência. Era um homem poderoso, rico em posses e terras. Além dos muitos súditos, serviam a ele vassalos contratados. Ele seguia a linha dos ancestrais que por muitas gerações reinavam naquelas terras. Não somente sua alta posição lhe conferia respeito, mas, sobretudo, sua crença e seu respeito por Deus. Ele era um crente fiel e devoto de Taulus, o Deus verdadeiro!

Heros II via a si mesmo como um homem fiel, justo, ponderado e calmo. Conduzia com soberania os negócios e acreditava ter sua corte perfeitamente sob controle. Antes de ele assumir o trono, o país estivera sempre envolvido em querelas e conflitos internos. Com vinte anos, assumiu o poder e conseguiu, por meio de leis rígidas e muitos compromissos, estabelecer a paz. Além disso, conseguiu também amenizar a miséria e a fome que afligia os pobres, bem como livrá-los da injustiça praticada pelos ricos. Ele se sentia orgulhoso da sua Corte, da sua família e do seu reino. Heros estava satisfeito e não havia grandes problemas. Depois de longa e ansiosa espera, a Rainha finalmente dera à luz Raco, o príncipe herdeiro que, ora saudável e orgulhoso, comemorava seu décimo aniversário. Por ocasião de seu nascimento, o Rei quase explodiu de felicidade quando recebeu a notícia de que o recém-nascido era um varão, um herdeiro! Mandara chamar os conselheiros e ordenou-lhes que espalhassem as boas-novas. E a apresentação no templo fora uma grande festa. O menino era o orgulho do pai, e, para a festa de décimo aniversário, estava tudo acuradamente preparado. O Rei mandou informar: "O reinado de Aládia comemora o décimo aniversário do príncipe herdeiro." E ele mandou os servos e vassalos a todos os cantos do país para que o convite alcançasse todos os súditos; e para que ninguém repudiasse o convite, mandou mensageiros, muitas vezes, com a ordem: "Digam para os convidados: A mesa está posta, o melhor gado de corte foi escolhido, o vinho está fresco. Venham para a festa." E Heros havia decidido que, no ponto alto daquela festividade, faria a Taulus uma grande oferta de sacrifício.

Na manhã do dia daquela festividade, o Rei acordou alegre e bem disposto e se pôs logo a cuidar dos pormenores; andava apressado daqui pra lá e de lá pra cá. Então, foi para os seus aposentos escolher a roupa que usaria. Escolheu uma das suas mais ricas roupagens, de cor púrpura, mostra de poder e soberania. Ele se vestiu devagar e cuidadosamente; era importante impor respeito, mas também sentia certo prazer em ser admirado. Vestiu por cima uma capa de seda azul-marinho presa por um alfinete de ouro e finalizou com um belo bracelete, uma corrente de ouro e a coroa real. Foi para o pátio, andando devagar, com passos estudados e tomou o seu lugar na parada que já estava organizada e pronta para partir. Ele deu o sinal de partida e imediatamente ressoaram os trompetes e tambores, e a parada se pôs em marcha. Na frente ia a fanfarra, depois os criados com seus uniformes festivos carregando as bandeiras e as flâmulas, seguidos e muitas vezes ultrapassados por um grupo de bobos da corte. A seguir, vinham as carruagens reais que pareciam ainda mais belas do que de costume. Com o Rei, iam suas duas filhas, Liday e Vikta, sua mulher, a bela Rainha Lidana, e, a seu lado, o filho Raco I, o príncipe herdeiro. Atrás deles, iam as carruagens dos nobres e honoráveis da Corte, e, por último, a guarda real também com seu uniforme festivo. As ruas estavam apinhadas de gente que atendeu ao convite e veio para ver de perto a beleza e a riqueza das coisas reais, e todos aplaudiam freneticamente enquanto a parada passava. Na praça do templo, foi preciso que vassalos a cavalo abrissem caminho, tal era a multidão de gente que ali se ajuntou. Muitos cidadãos honoráveis estavam presentes: oficiais, escribas, sacerdotes e muitos nobres, tanto de Partalan, quanto de cidades e nações vizinhas. Contudo, muita gente repudiou o convite do Rei, especialmente os seguidores de Talim, que não confiavam em Taulus e nem sequer em Heros e que já pressentiam coisa ruim.

O templo não era grande o suficiente para toda aquela multidão e o Rei ordenara que fosse erguido ao lado um grande pavilhão em forma de tenda, no qual foi montado um palanque e uma arquibancada para a família real e seus convidados de honra. Bandeiras e flâmulas decoravam o pavilhão por todos os lados. O grande templo era uma construção de pedras de arenito e havia sido decorado com grinaldas de galhos de oliveiras e outras ramagens que contornavam as arcadas das janelas. Dezenas de lampiões e candeeiros haviam sido pendurados nas paredes, por todos os lados, para que, ao romper da noite, o templo viesse a ser completamente iluminado. Tudo parecia perfeito.

Heros II, seus familiares e os convidados de honra tomaram os seus lugares e Matuza, o sacerdote-maior, deu início à cerimônia. Ele se ajoelhou diante do menino, ergueu as mãos para o alto e disse:

— Eis aqui o novo senhor! O menino inocente e puro, nascido na casa de Heros II e Lidana, soberanos do país de Aládia. Ele herdará o trono e dará continuidade à dinastia, que com piedade, paciência e justiça, governa a nós e ao nosso país. Este menino é a garantia da prevalência do nosso bem-estar.

Então, ele ungiu a cabeça do menino com um unguento muito cheiroso, derramou o resto no fumareiro e uma fumaça perfumada se espalhou pela tenda inebriando a todos. Mas ainda antes que o pão sacerdotal fosse repartido, já estavam todos de tal maneira extasiados, que ninguém mais manteve silêncio. Tantas conversas e cochichos se sobrepunham às palavras do sacerdote, que não fazia mais sentido que ele continuasse. O Rei estava em espírito de festa e permitiu que a cerimônia parasse por ali e os entretenimentos e diversões tomassem lugar. De todos os lados, vieram mulheres com seus tamborins e chocalhos e suas cantorias e danças. Moças jovens e bonitas dançavam negligentes em ritmos eróticos, roubando a continência dos homens presentes.

A festança se expandiu. Os braseiros estalavam e os churrasqueiros suavam em bica; e na tenda do vinho não se parava mais de abrir os barris dos dourados, doces vinhos brancos e também dos pesados vinhos vermelhos. O Rei ordenou que nem os convidados reais, ou sacerdotes, ou cidadãos honoríficos e nem os criados e serventes ficassem isentos de serem servidos daquele vinho e de todas as guloseimas. Assim foram se amontoando os barris vazios na mesma medida em que novos foram sendo rolados para dentro da tenda. Entre os mais humildes dos convidados, havia muitos que nunca tinham experimentado comida tão boa e farta e vinho de tão boa qualidade como naquele dia, e comemoravam o acontecimento, prazerosos e contentes. Mas nem todos estavam ali para se divertir. De repente, a guarda de segurança percebeu um grupo de ladrões que estava a roubar coisas alheias. Alarmados, se puseram logo a persegui-los, causando certo tumulto; mas, no meio da multidão, não fora mais possível encontrá-los e, frustrados, os guardas retornaram para os seus postos. O Rei percebeu a desordem e ficou zangado; naquele dia, ele não queria aborrecimentos!

A festa estava a todo o vapor. Os chocalhos nos tornozelos das dançarinas, as monótonas ladainhas dos sacerdotes e as brigas e discussões dos bêbados se misturavam às cantorias e às risadas do povo, e se misturavam também ao cheiro dos assados, dos incensos e do suor.

O sacerdote-maior subiu novamente ao palco. Matuza usou de toda a sua autoridade para chamar de novo a atenção do povo. Ele queria continuar a cerimônia e começar as oferendas. Mas de repente escureceu. Pesadas nuvens cobriram a praça como sombras estranhas, trovões retumbaram no céu numa fúria estrondosa, raios, que pareciam flechas inflamadas, cortaram a repentina escuridão e um forte vento começou a querer carregar todas as coisas. As nuvens se fecharam ainda mais e uma tempestade como antes nunca vista se pôs a jorrar; saraivadas de granizos imensos caíam com tanta força que perfuraram o pavilhão e as tendas e machucou muita gente. O caos se espalhou pela multidão e todos corriam de um lado para outro em busca de refúgio. No meio da confusão, Heros e sua família se refugiaram dentro do templo. O Rei estava profundamente abalado e andava nervoso em volta do altar. Podia-se ler na sua face a decepção. A festa acabara em um desastre. Uma catástrofe daquela natureza só podia ser a vontade de um Deus. Será que decepcionara a Taulus? O que teria feito de errado? Ou teria sido aquilo a vingança de outro Deus enciumado? O Rei estava pálido e abatido quando se puseram a caminho de volta ao palácio.

Heros II passou mais de uma semana preso numa espécie de cisma meditativa. Ele acordou várias vezes durante aquela noite; estava ansioso e tinha a cabeça cheia de pressentimentos ruins que não queriam mais deixá-lo em paz. Ele havia reconhecido que se tornara desleixado e sentia que a força de Taulus, que antes era tão presente, já não mais lhe envolvia a alma. Era preciso saber o motivo daquela mudança, era preciso buscar de novo o amor e a proteção do seu Deus! Já era alta madrugada quando Heros deixou o palácio; não conseguia mais dormir e a impaciência ameaçava sufocar o Rei. A noite estava clara, uma brisa fresca soprava devagar e o silêncio noturno cobria a cidade. Heros andava apressado pelas ruas iluminadas pela lua. Sentia frio, pois se esquecera de vestir a capa. Apressou o passo chegando ligeiramente à rua que levava ao templo. Ao alcançá-lo, ficou por alguns instantes parado diante da porta. O vento ficou mais forte, fazendo rodopiar as folhas secas que batiam contra o vidro das janelas. E quando ele abriu a porta e entrou, entrou também pelo templo mais uma rajada de vento, que atiçou o braseiro do altar de sacrifícios, levantando novas flamas, cujas sombras pareciam fantasmas a dançar pelas paredes. O Rei ficou algum tempo parado pensando no que encontraria ali. Fechou os olhos e acreditou escutar sussurros. Então, veio uma voz penetrante e fria que lhe disse:

— Heros, Rei da Aládia, que infelicidade! A criança precisa ser eliminada. Tu não reconheceste os sinais dos tempos. Taulus está decepcionado e furioso, mas ainda assim tem amor por ti e te dará outra chance. Resgata a crônica e a mantém em teu poder!

Heros não pôde acreditar no que estava ouvindo. Por que lhe nasceria um filho que teria de eliminar? Ele abriu os olhos. O ambiente estava enevoado e abafado e a voz parecia vir-lhe de dentro da cabeça, pois não viu coisa alguma, nem à direita nem à esquerda. Um arrepio lhe subiu pela coluna.

— Por quê? — ele começou a perguntar.

— Tu não sabes que a crônica significa poder? — ameaçou a voz.

— Mas por quê... — ele tentou novamente perguntar. Mas a voz se calou, o vento se foi e as chamas se acalmaram. Meio tonto e completamente perturbado, caiu de joelhos. Abateu-o uma profunda sonolência; seu coração batia descompassado e a respiração ameaçava falhar.

Seu filho, seu querido filho! Era o único pensamento do Rei. Naquele momento não lhe passava pela cabeça que a destruição de outra criança lhe havia sido ordenada.

Já ao raiar do sol da manhã, Lidana, a Rainha, percebeu a ausência do Rei. Preocupada, saiu pelo palácio a procurar por ele. — Onde está Heros? — perguntava ela, aos servos e criados que lhe vinham ao encontro. Ninguém sabia dizer, e ela ordenou à guarda e aos vassalos que fossem procurar por ele. Ela estava cheia de ansiedade. Desde o dia daquele temporal, o Rei já não era mais o mesmo; tornara-se taciturno, melancólico e alheio às coisas à sua volta. Vagava pelo palácio como se estivesse à procura de alguma coisa infindável.

Ainda cedo naquela manhã, a guarda o encontrara caído no chão do templo. A aparência do Rei era tão ruim que parecia estar doente. Sua pele estava pálida e macilenta e ele tremia em convulsões. Imediatamente o levaram de volta ao palácio e, ao vê-lo, a Rainha tomou um susto e se pôs a chorar. "O que aconteceu?" Ela se perguntava.

Deitaram o Rei num largo e arredondado divã de veludo lilás, que tinha os pés em forma de pata de leão. Ele estava serenado e enfraquecido. Lidana não saía detrás dos médicos que tentavam tudo que podiam na esperança de restabelecer o bem-estar do Rei. Muitas misturas foram experimentadas, mas nada ajudava, e ele continuava sopitado e olhando para o vazio. O tempo foi passando, os médicos já não sabiam mais o que fazer e Lidana mandou que fossem chamar o sacerdote-maior. Matuza chegou e recitou diversas rezas e murmurou diversas ladainhas, mas ele também não teve sucesso, e o Rei continuava abatido e estonteado sobre o divã. A Rainha mandou chamar todos os conselheiros da coroa. O medo a angustiava. "O que poderia ter acontecido para fazer de um homem orgulhoso e forte uma sombra de si mesmo?" Os conselheiros conferenciaram e, depois de muita discussão, decidiram por mandar chamar Darião, o curandeiro.

Já era tarde da noite quando o mensageiro do Rei chegou à casa do curandeiro. O mensageiro logo esclareceu por que estava ali. Darião e Jolu escutaram curiosos, porém um pouco tensos. Um mau pressentimento pairava no ar.

— Ninguém sabe por que o Rei foi para o templo no meio da noite? — perguntou Darião.

— Não, meu senhor, o Rei perdeu a fala.

— Aconteceu alguma coisa?

— Sim... desde o dia do temporal que estragou a festa, o Rei deixou de ser o mesmo. Passou a se comportar de maneira estranha. Em algumas ocasiões, estivera tão absorvido, que ninguém se atrevia a dirigir-lhe a palavra. À noite, podia-se vê-lo passear pelo jardim, solitário, calado e melancólico.

O mensageiro estava cansado da longa cavalgada e Jolu lhe serviu uma refeição com queijo, azeitonas, pão e bolo de mel, e os homens beberam juntos um copo de vinho, depois foram para fora cuidar do cavalo e preparar um canto de dormir para o mensageiro. Darião se recusou a partir imediatamente, achou melhor sair na manhã seguinte bem cedo. Entrou em casa, pensativo. O curandeiro também tinha tomado notícia da festa de aniversário do príncipe herdeiro e do temporal que, notoriamente, só caiu ali, naquela área. Automaticamente, pensou em Aziza e na advertência da visão. Pela cabeça de Jolu, passavam os mesmos pensamentos, e ela perguntou ao marido:

— Isso não é tudo muito estranho? A casa real nunca procurou você antes.

— Para tudo tem uma primeira vez — disse ele ainda perdido em pensamentos.

— Mas o Rei e os nobres nos consideram ignorantes. Eles têm os melhores médicos, os melhores sacerdotes e não acreditam na capacidade que você tem.

— Médicos e sacerdotes também podem falhar; eu também posso falhar. Mas, você sabe, se alguém procura a minha ajuda, não posso negá-la.

Darião deu um beijo na testa da esposa e tentou dormir, mas loucos pensamentos povoaram-lhe a cabeça e, finalmente, quando conseguiu dormir, teve pesadelos. Ele acordou muitas vezes durante a noite sentindo tontura e, por fim, não conseguiu mais dormir.

Jolu se levantou da cama, buscou água e preparou uma refeição matinal, enquanto Darião cuidava do cavalo. Apesar do barulho insólito naquela hora da manhã, Aziza dormia tranquila e satisfeita. Darião acordou o mensageiro: tomaram a primeira refeição do dia e se prepararam logo para a cavalgada. De Abiú a Partalan eram mais ou menos cinco horas de caminho, mas, até passarem pelas barreiras do palácio, precisariam de umas seis horas.

Partiram ainda antes do raiar do dia. Darião ia preocupado, com um pressentimento um tanto quanto desagradável, mas estava disposto a enfrentar os inconvenientes e tinha um dever a cumprir. Ele sentiu que precisava acalmar seu espírito e tentou pensar em coisas alegres e agradáveis. Os cavalos não levavam carga e puderam manter um bom trote enquanto cavalgavam pelas margens do rio Adom. Cavalgaram lado a lado até o lugar onde o rio se alargava o suficiente para permitir a travessia. Atravessaram a vau de cauda e enveredaram por uma picada estreita que descia a colina levando ao próximo vale. Naquelas tenras horas da manhã, o ar ainda estava frio e o vento queimava as faces dos homens. Eles conduziam os cavalos com precisão e cuidado até alcançarem novamente a parte mais baixa e plana e ali continuaram num trote mais esperto. Alcançaram a cidade e atravessaram a praça da feira devagar, pois estava apinhada de gente, e antes de meio-dia chegaram ao palácio.

O suntuoso palácio real se ostentava luxuosamente sobre um pequeno elevado que se encontrava um pouco fora da cidade, no meio de um grande parque ajardinado. Era uma bela construção de cor suave, em cuja entrada se via uma fileira de pilastras de mármore branco, que certamente haviam sido trazidas de longe, pois naquela região não havia mármore. No portal de entrada, havia um servo a esperar pelo curandeiro. Um homem pequeno e gordo, de rosto avermelhado. O servo estava nervoso e gotas de suor brilhavam em sua calva. Com servidão, ele deu passagem ao curandeiro, guiando-o por entre os muitos corredores e portas até chegarem aos aposentos do Rei. O salão estava cheio de gente. A Rainha estava chorando parada ao pé do divã e os demais rodeavam os médicos tentando ajudar de alguma forma; e os sacerdotes soçobravam ladainhas. Mas quando Darião entrou no aposento, todos o fitaram, alguns com respeito, outros com desdém e desconfiança.

Darião era um homem bem alto, já idoso, porém ainda forte. Seu rosto magro não tinha rugas e seus olhos castanhos brilhavam de modo penetrante. Não era exatamente belo, mas seus cabelos grisalhos e encaracolados que desciam até o ombro lhe conferiam certa dignidade. Ele usava uma túnica de algodão cru, presa à cintura por uma tira de pano de cor vermelho carmesim e, por cima, uma longa veste que ia até ao joelho do mesmo pano vermelho. Matuza, o sacerdote-maior, o cumprimentou:

— Meu senhor, seja bem-vindo. Que a paz seja sua!

— E que a paz seja sua — respondeu Darião, que se dirigiu à Rainha, olhou-a nos olhos e lhe fez reverência.

— Nosso Rei está debilitado; todas as nossas habilidades e conhecimentos falharam e, por isso, precisamos da sua ajuda — disse Matuza.

O curandeiro se achegou ao divã e mirou o Rei que se encontrava prostrado naquele leito. Heros respirava cansado e seus olhos pareciam vazios e sem brilho.

— Tem gente demais neste aposento, mande que se retirem — falou Darião para Matuza e todos se entreolharam meio embaraçados. Matuza olhou para a Rainha e esta balançou a cabeça concordando com o pedido. Matuza dispensou os serventes, ficando somente a Rainha, os médicos e ele.

— Ainda tem gente demais à minha volta. Eu cuido dos meus pacientes sozinho. — Disse Darião em tom decidido. Já alterado, comprimiu ainda mais os já estreitos olhos e fitou o curandeiro ostensivamente, com ar ameaçador. Matuza também era bem alto, muito magro e tinha um nariz marcante, longo e ligeiramente curvado nariz.

— Meu senhor, o senhor não acredita realmente que deixaríamos o nosso Rei, que se encontra em estado debilitado, sozinho à mercê de sua feitiçaria?!

— Por que não? — perguntou ele em tom desafiador.

— Porque já escutamos muitas estórias fantásticas a seu respeito, mas não o conhecemos. O senhor bem deve saber que sua reputação é um tanto quanto controversa, mas até agora não tivemos motivo e nem interesse em nos preocuparmos com suas práticas, pois temos aqui os melhores médicos do país. O senhor terá que aturar a nossa presença! — Matuza estava, visivelmente, irritado.

— Se o senhor não confia em mim, por que mandou me chamar?

— Porque chegamos à conclusão de que o Rei não está sofrendo de doença física e nem espiritual, senão está preso sob o poder de um feitiço, e neste particular não somos nós, os sacerdotes, nem os nossos médicos, habilitados.

— Então o senhor acredita que eu esteja habilitado para estas coisas? — perguntou o curandeiro com certa ironia.

— Sim, isto é o que mais escutamos a seu respeito — disse Matuza com altivez.

— Está bem, eu posso entender a sua preocupação; é que a presença de outras pessoas interfere na aliança meditativa entre mim e meu paciente. Eu não faço objeção a que a guarda se poste na frente da porta. Todos podem esperar no compartimento vizinho.

— A guarda já está postada, e mesmo assim nós ficaremos — disse Matuza já exaltado. E a Rainha que esteve o tempo todo calada, o chamou com um aceno e lhe sussurrou algo ao ouvido. Matuza chamou os médicos e eles conferenciaram algum tempo em voz baixa; então, Lidana e os demais deixaram o aposento, ficando somente o sacerdote-maior e o médico da casa. Darião se deu por vencido e pediu:

— Se os senhores vão ficar, por favor, fiquem o mais longe possível de mim e de meu paciente. Tomem lugar nos assentos do outro lado.

Matuza concordou, com um aceno de cabeça, e eles se assentaram do outro lado.

O sacerdote e o médico pretendiam observar com atenção todos os detalhes daquela prática curandeira. Darião tirou da bolsa de couro que trazia atravessada sobre o peito um pano de linho no qual estavam enroladas ervas, folhas, raízes e cogumelos. Também um pequeno bornal, que parecia uma niqueleira, uma pequena tigela de barro, e começou imediatamente sua terapia. Ele pegou a tigela, foi até a lareira, colocou nela algumas brasas dc carvão e a depositou sobre uma mesa, que puxou para perto do Divã. Do lado da tigela, abriu o pano. Ele pegou algumas ervas e folhas e as esmigalhou nas palmas das mãos, jogando as migalhas dentro da tigela, em cima das brasas incandescentes, e um tufo de fumaça de cheiro adocicado se espalhou pelo aposento. Quando a fumaça se desvaneceu, ele jogou por cima algumas raízes quebradas em arreliques e o cheiro ficou mais adocicado, trazendo uma agradável e aprazível sensação de torpor. Tanto o sacerdote quanto o médico já lutavam contra o sono, quando o curandeiro se pôs a recitar suas ladainhas, entrando em estado de transe. E ainda antes que ele se calasse, os dois observadores já haviam caído em sono profundo. Darião tomou do bornal no qual se encontrava lucre, um mineral branco, de granulado fino, que parecia sal, e colocou um pouquinho num cálice; outro tanto, salpicou por cima do corpo do Rei. Heros melhorou imediatamente; sentou-se no divã e sentiu um surto de vitalidade penetrar-lhe no corpo. Ele se sentiu como que libertado de amarras. Porém, ainda atordoado, sem entender o que estava acontecendo, ficou algum tempo calado, observando o curandeiro. Darião encheu o cálice com água e deu ao Rei para que bebesse. Heros tomou do cálice e então percebeu que o sacerdote-maior e o médico real dormiam profundamente com as cabeças caídas ao peito. Ele se levantou e, ainda com o cálice nas mãos, andou pelo aposento; sacudiu pelos ombros os adormecidos, voltou para perto do curandeiro e perguntou:

— Quem é o senhor?

— Sou Darião. As pessoas me chamam de curandeiro.

— E o que o senhor está fazendo aqui? — o Rei continuava sem atinar pela situação.

— O senhor estava preso em um estado de transe e eu fui chamado para ajudá-lo — disse Darião, com modéstia e reverência.

— O que aconteceu com o sacerdote e o meu médico, e onde está a minha corte?

— Os dois estão apenas dormindo, senhor; eles acordarão em breve. A Rainha e todos os demais esperam pelo seu completo restabelecimento no compartimento ao lado.

— Eu estava doente? Por que estava eu em estado de transe? — o Rei estava então bastante preocupado.

— Isso nós ainda não sabemos; o senhor mesmo terá de me dizer.

— O que teria eu para lhe dizer? Não me lembro de absolutamente nada!

— Tome a beberagem que lhe preparei, ela lhe trará de volta a memória.

Heros ficou receoso, sem saber direito se devia beber aquilo. De repente, ele sentiu medo e desejou a confortante presença da sua mulher e dos servos fiéis. Ficou olhando para o curandeiro que foi para a lareira e colocou na tigela mais algumas brasas incandescentes e depois esmigalhou sobre elas ervas e folhas, fazendo levantar uma fumaça de cheiro penetrante que tomou conta de todo o aposento. E, de repente, o Rei se acalmou. Ele se sentou de novo no divã, recostou-se nas almofadas e fechou os olhos, apreciando aquele momento de descontração; depois, bebeu a mistura do cálice e se pôs devagar, mas consciente, a relatar tudo que lhe sucedera no templo.

O espanto pegou o Rei de surpresa, e Darião se sentiu como preso em uma armadilha. Todos os acontecimentos dos últimos tempos lhe passaram pela cabeça e lhe ficou claro que ele e o Rei se encontravam no meio de um conflito entre Deuses. Entre Talim e Taulus? Horrorizado, pensou no porquê daquilo. Ele nunca teve nada contra a crença de ninguém e também nunca seguiu religião alguma. Era um homem pacífico, pessoa das mais simples e, na verdade, sempre foi de opinião de que toda a malevolência do mundo partia justamente daqueles que se diziam veneradores de Deuses. Por um momento, odiou a Talim, e uma raiva ranzinza lhe subiu ao peito. Sentia-se violentado, mas estava consciente de que não deveria perder o controle e se esforçou para ficar calmo. Sua ira deu lugar à preocupação e ele sentiu um desejo imenso de retornar à sua casa. Contudo, precisava ficar, havia tomado a incumbência de ajudar o Rei a se recuperar e o faria.

O Rei terminou seu relato e mirou o curandeiro nos olhos, como esperando um comentário. Darião também o fitou e os dois ficaram por um momento se avaliando com os olhos. Era a primeira vez que Darião via o Rei de tão perto e teve de admitir que Heros II lhe pareceu muito simpático. O Rei não era perfeito, mas Darião sabia que ele se esforçava em ser um bom Rei. Uma onda de compaixão lhe encheu o coração, ele estava certo de que Heros, tanto quanto ele, nada fizera para estar naquele conflito.

— Ainda não posso acreditar que Taulus deseja de mim que eu sacrifique o meu próprio filho. Isso eu não posso fazer e jamais farei. O que é que o senhor me aconselha? O que devo fazer? — o Rei perguntava com a voz trêmula de aflição.

— Senhor, eu acredito que o príncipe herdeiro não seja a criança a qual Taulus se referiu — Darião disse isto com o coração transbordando de pesar, pois já não tinha dúvidas de que a criança alvejada era a sua filha Aziza. O Rei ponderou as palavras de Darião e se sentiu aliviado com a possibilidade de o curandeiro estar com a razão.

— Se assim for, quem é então a criança? Por que haveria Taulus de querer uma criança por oferenda?

— Isso eu também não sei dizer, senhor — Darião respondeu perfeitamente consciente de que seria somente uma questão de tempo até que o Rei e os seus chegassem aos vestígios de Aziza.

— E que crônica é esta que eu tenho de resgatar?

Antes que Darião pudesse dar uma resposta, o sacerdote acordou. Espantado e envergonhado, deu um pulo da cadeira e sacudiu o médico para que acordasse também, e de pronto estavam ambos diante do Rei. Houve um momento de silêncio e os dois encararam Darião com uma carranca medonha; sentiam-se ludibriados, traídos e humilhados, e dispararam a injuriar e insultar o curandeiro. Por causa da barulheira, a guarda, a Rainha e todos os demais invadiram o aposento. Todo mundo queria saber ao mesmo tempo o que estava acontecendo e se o Rei estava bem. A confusão foi total e ninguém entendia mais nada.

Darião pegou a sua tigela, o pano com as ervas, o pequeno bornal e colocou tudo de volta dentro da bolsa de couro. Sentia sobre si o olhar vingativo de Matuza e esperava com crescente impaciência o momento de se despedir; e quando o Rei lhe deu novamente atenção, ele pediu:

— Senhor, com sua permissão gostaria de me retirar.

— O senhor já quer nos deixar? E por quê?

— O que vim para fazer está feito. O senhor está recuperado, não há mais nada que eu possa fazer.

Mas o sacerdote, ainda zangado, tomou a frente e, tentando recuperar a importância, disse:

— O senhor não quer primeiro nos esclarecer o que aqui se passou?

O curandeiro o olhou nos olhos e respondeu:

— Eu acho que não preciso esclarecer coisa alguma; o senhor esteve o tempo todo presente e sabe o que se passou.

O sacerdote ficou lívido de raiva e sentiu uma vontade imensa de esbofetear o curandeiro, mas Heros percebeu a animosidade que havia surgido entre eles e achou por bem quebrar a tensão:

— Certamente ainda temos muito para conversar, mas penso que agora não seria o melhor momento para isto. Aceite a nossa hospitalidade e poderemos conversar amanhã.

— Obrigado por sua gentileza, senhor, mas prefiro voltar hoje mesmo para casa. O senhor sabe onde me encontrar e, caso precise novamente de mim, estarei à disposição.

O Rei quis protestar, mas a Rainha que estava imensamente feliz por vê-lo de volta ao estado normal, tomou carinhosamente as mãos dele e disse:

— O curandeiro realmente cumpriu sua missão. Tudo o que não

compreendemos agora poderá ser esclarecido mais tarde. Agora é melhor nos acalmarmos. Estávamos todos aflitos e já quase desesperados sem saber o que lhe sucedeu. Devemos primeiro nos recuperar desta fadiga, depois chamaremos de novo o curandeiro.

Heros ficou contente com as palavras sensatas da Rainha. Ele amava a mulher e era orgulhoso do jeito, da inteligência e da beleza dela.

— Se esta é a sua vontade, o senhor pode se retirar. Nós lhe ficamos muito agradecidos e ao seu dispor — e a Rainha mandou que lhe recompensassem generosamente.

Darião se foi a passos largos pelos corredores do palácio e, em passos ainda mais largos, para a cavalariça, uma comprida construção de madeira que ficava mais além do jardim.

Apressado, ajudou o estribeiro a preparar o cavalo para a cavalgada. Ele queria sair dali o mais depressa possível; estava novamente tomado pela angústia e podia sentir na garganta os passos loucos do seu coração. Sentia o medo lhe subindo pelas entranhas enquanto pensava nas palavras do Rei, e mil pensamentos lhe cruzavam a mente. Não poderia agora ser imprudente, precisava se acalmar. Precisava pensar com clareza. O que deveria, o que poderia fazer, para sair daquela situação de perigo iminente?

Nem se deu conta de que já estava na cidade e, ao passar pelas marcenarias que faziam carroças e carruagens, veio-lhe de repente a solução do problema: "Nós teremos que sair de Abiú, ir embora para longe, depressa, antes que seja tarde!" E já decidido, parou, procurou o marceneiro e perguntou se havia ali uma boa carroça à venda. O marceneiro o fitou estranhado, pois estava acostumado a trabalhar sob encomenda.

— Senhor, eu posso lhe fazer uma carroça exatamente como o senhor deseja, mas para isso preciso da sua encomenda e de tempo suficiente.

— Mas este é o problema, não tenho tempo e preciso do carro agora. O senhor não tem nada que possa me oferecer?

— Não, infelizmente só trabalhamos sob encomenda. Sinto muito não poder servi-lo.

Mas Darião viu encostado lá pelos fundos, um vagão de circo mambembe já meio velho e um pouco estragado. Percebeu a pequena chaminé que saía do telhado e refletiu rapidamente: "Não era mau. Sua mulher e a filha teriam um teto e ainda se poderia cozinhar mesmo debaixo de chuva." Pareceu-lhe o carro certo para o que tinha em mente.

— E aquele? — perguntou, apontando para o vagão.

— Não é nosso, foi deixado aqui para ser reparado.

— Está reparado, está pronto para ser usado?

— Ainda não, senhor. Ainda estamos trabalhando nele. É um carro já velho, mas muito bom e precisa somente de uma nova cobertura, pois a velha está mofada, e de alguns outros pequenos reparos por dentro. Uma pintura nova também seria aconselhável.

— O senhor saberia dizer onde posso encontrar o dono?

— Ele está acomodado na estalagem *Torre Mole*, que fica no fim da rua que sai da cidade em direção ao norte — disse o marceneiro e acrescentou: — Se o senhor o encontrar, por favor, diga-lhe que estou esperando pelo adiantamento do custo dos reparos.

— E qual é o nome dele?

— Disse chamar-se Barzon, senhor.

Sem demora, Darião se pôs a caminho da estalagem. Estava um pouco nublado e soprava um vento manso, porém não fazia frio. Ao ver a construção, quase sorriu, pois teve de admitir que o nome lhe cabia perfeitamente. A casa fora construída como uma ponte sobre um riacho e por fora era originalmente rústica. Era uma construção de madeira que tinha do lado direito uma pequena torre que pendia para o lado, como se ameaçando tombar completamente a qualquer momento. A construção parecia ser coisa de muitos séculos. Pelo tanto de cavalos e carruagens que se via no pátio da frente, haveria de se achar ali muita gente, pensou. Entrou para o botequim e, para sua surpresa, só viu lá dentro o estalajadeiro e cinco fregueses. Por dentro, a casa era igualmente rústica. As marcas do tempo já haviam deixado os seus rastros por todo o madeirame. Ele foi ao balcão e pediu uma aguardente de ameixa, receita da casa, e disse:

— Senhor, que a paz seja sua. Eu preciso falar com o senhor Barzon, por favor.

— Quem é o senhor? — perguntou o estalajadeiro com desconfiança e sem responder ao seu cumprimento.

— Eu me chamo Darião.

— E sobre o quê o senhor deseja falar com o senhor Barzon? — perguntou ele, meio atrevido.

— Assunto de negócios — disse Darião irritado.

— É que estalajadeiros também vivem de negócios... — Darião meteu a mão no bolso e lhe mostrou uma moeda.

— Posso falar com o senhor Barzon, por favor? — e deu ao homem a moeda.

— Eles estão na cidade, talvez na praça ou no mercado. De qualquer forma, não estão aqui e espero que não tenham se ido, pois ainda não fecharam a conta aqui na casa — disse o estalajadeiro carrancudo.

— Eles? O senhor Barzon não está sozinho?

— Não, ele está acompanhado de uma mulher, uma mulher muito jovem. — enfatizou o homem.

— Está bem. Eu volto aqui à noite. Por favor, diga ao senhor Barzon que espere por mim.

Darião deixou a estalagem e se pôs a caminho de volta à marcenaria. Barzon parecia estar em dificuldades financeiras e ele estava certo de que poderia comprar dele o vagão. Ele deu do seu bolso o adiantamento para os reparos e mandou que se começasse imediatamente com o serviço. De lá, foi para o centro da cidade.

Partalan era a capital de Aládia, uma cidade grande, limpa e organizada com gente por todos os lados. Considerando a grande variedade de cores e detalhes nos trajes e roupagens das pessoas, podia-se ver que ali se encontrava gente de muitas origens diferentes, e ninguém se sentia estranho. Darião desmontou, deixou o cavalo sob os cuidados de um estribeiro e saiu andando pelas ruelas. Ali, as ruas eram calçadas e as casas de comércio eram de três, algumas até de quatro andares, com fachadas de cores variadas cujas janelas e portas apresentavam enfeites rebuscados. Era uma bela cidade que oferecia muitas atrações. Um paraíso para as mulheres, pois os seus muitos bazares e dezenas de tendas ambulantes se enfileiravam como alamedas às ruas principais e ofereciam aos passantes centenas de coisas. De frutas a flores e até as mais modernas joias. E seria sem dúvida muito agradável se não fosse pelos tantos maloqueiros, principalmente os muito pequenos, cuja sujeira e descuido causavam pena, mas que praticavam a mendicância com absoluta naturalidade. Darião não dera esmolas e, por fim, a molecada o deixou em paz.

Darião ia a refletir se fugir com a família era o melhor para eles, mas não via outra solução e por fim se decidiu: “Sim, o Rei não teria alternativa senão mandar matar a criança. Era preciso fugir!" Para não aumentar a preocupação e acalmar os nervos dilacerados, foi desenvolvendo dentro da cabeça um plano de fuga: "Como poderiam escapar sem alarde? De que poderiam viver?" Estas questões lhe varavam a cabeça e lhe afligiam o espírito. O vagão coberto era uma boa solução. Jolu e Aziza poderiam viajar confortavelmente mesmo debaixo de tempo ruim e ele se passaria por um médico ambulante. Decidido, pôs-se a procurar por tudo que precisaria para o que tinha em mente, e mais uma grande preocupação o torturava: Todas as coisas encomendadas precisariam ser pagas e Barzon certamente pediria um bom dinheiro pelo vagão.

Ainda preso àqueles pensamentos, ele atravessou uma rua calçada com pedras de granito acinzentado que culminava na praça do mercado. No fim da rua, havia uma multidão de gente que apreciava alguma coisa e, sem sequer perceber, foi empurrado por aqueles que estavam atrás e queriam passar para frente. Assim ele viu o motivo daquele aglomerado: Uma moça jovem e bela oferecia uma apresentação de dança. A jovem estava vestida com uma roupa feita de lenços transparentes, em diversos tons das cores douradas, vermelhas, amarelas e alaranjadas que harmonizava perfeitamente com a sua pele clara, porém bronzeada. Um raio de sol se espelhava nos seus olhos cor de caramelo. Seus lábios vermelhos brilhavam e os cabelos longos da cor de mel ondulavam pelo vento enquanto ela dançava elegante e graciosa ao ritmo da música. Trazia nos tornozelos, amarrados com fitas vermelhas, pequenos chocalhos; nos braços, muitas argolas douradas e nas mãos um tamborim com o qual marcava ela mesma o compasso. Do lado, um rapaz também jovem tocava muito bem um acordeão ao som do qual a moça dançava. O quadro era perfeito: o jovem estava vestido com uma calça de brocado azul-turquesa e uma camisa do mesmo pano; por cima, usava uma veste dourada, comprida até ao joelho, que tinha um barrado todo rebordado. Seus cabelos estavam completamente cobertos por um turbante de seda de um tom azul mais escuro, porém brilhante. Tinha a pele lustrosa e escura que parecia mogno polido e seus olhos brilhavam num esverdeado de esmeralda. Uma bela estatura, esbelto e robusto. Ele sorria para o público e mostrava uma carreira de dentes brancos e perfeitos, e, enquanto tocava, rodopiava, vez por outra, sobre os calcanhares. O público estava fascinado; mesmo em

Partalan, que era uma cidade grande, não se via com frequência artistas de rua com tal qualidade e beleza.

Mas Darião não estava com disposição para divertimento. Estava ainda absorvido em seu problema quando percebeu-se cercado pela multidão. Só via cabeças à frente e, atrás de si, ainda mais gente que queria passar para a frente. Perdeu a paciência, quis sair dali imediatamente e, aborrecido, começou a abrir caminho por entre homens, mulheres e crianças que, incomodados, responderam com xingamentos e insultos. Sem se importar, continuou se empurrando para fora e, quando se viu livre, respirou fundo, percebendo que estava exausto. Do que viu, já nem se lembrava mais, estava contente de se afastar dali.

Um grande cansaço tomou conta do corpo de Darião e ele sentiu a garganta queimando de sede. Quase que correndo, passou para o outro lado da praça e entrou numa casa de chá que mais parecia uma casa de bonecas em grandes proporções. Era uma casa de três andares, pintada de azul-claro, cujas janelas tinham o madeirame pintado de cor cinza e as persianas de um cinza mais claro. Por cima da porta, uma placa toda ornamentada, com o nome "Venina Rose". Por dentro, as paredes estavam pintadas de um amarelo bem claro, as mesas e cadeiras eram de uma madeira escura e bem polida e as últimas tinham os assentos feitos de um intrincado emaranhado de capim d'água. Panos xadrezados, drapejados sobre o vão das janelas, decoravam o ambiente como uma espécie de cortinas. Atrás do balcão, encontrava-se uma velhinha pequena, magrinha e bem franzina. Seus cabelos já estavam completamente brancos, mas ela praticamente não tinha rugas. Sua pele era lisinha e rosada e seus olhinhos pequenos e azuis pareciam sorrir. Ela usava um vestido azul com florzinhas miúdas e, por cima, um avental branco, rendado e muito limpo. As prateleiras por detrás do balcão estavam apinhadas de vidros das mais diferentes compotas de frutas e legumes. Darião sentiu melhorar seu estado de espírito. O local era pueril, mas aconchegante, e a dona parecia simpática. Como fregueses se encontravam ali somente uma mulher com uma menina e esta queria de toda maneira ir ver o que se passava adiante, pois a música dava para se escutar dali. Darião se achegou ao balcão e disse:

— Senhora, que a paz seja sua.

— E que a paz seja sua, senhor — disse a velhota com um sorriso.

— A senhora faria a gentileza de me preparar um chá com minhas próprias ervas? — perguntou ele modestamente.

— Sem dúvida, se este for o seu desejo — disse ela com solicitude e colocou em cima do balcão um bule de cerâmica.

Darião tirou de sua bolsa o pano de linho, abriu-o em cima do balcão, escolheu as ervas para o chá e a mulher ficou a observá-lo atentamente. Ela reconheceu uma boa parte daquelas ervas, ficou em dúvida sobre algumas outras e algumas poucas lhe eram desconhecidas. Ficou curiosa, pois se achava uma grande conhecedora das coisas naturais. Darião tomou duas espécies que ela bem conhecia e uma terceira que lhe era desconhecida, esfregou as ervas entre as palmas das mãos esmigalhando-as e jogou tudo dentro do bule. Minuciosamente, ele enrolou o pano e o colocou de volta na bolsa, enquanto a mulher tirava a chaleira do fogão de lenha e enchia o bule de água fervente. Darião pegou o bule e já ia se assentar a uma das mesas quando ela sem rodeios perguntou:

— O senhor é Darião, o curandeiro? — e seus olhinhos brilharam como os de uma criança.

— Sim, eu sou Darião, o curandeiro — disse ele surpreso. — A senhora me conhece? — ele a olhou de frente e ela era tão pequena que, na presença dela, ele parecia um gigante.

— O senhor me desculpe, mas é que eu me achava uma boa herborizadora, mas não pude deixar de perceber que o senhor traz no seu linho algumas ervas, raízes e fungos que me são ainda desconhecidos e, como o senhor deseja beber uma tisana de uma erva desconhecida, tive de acreditar que o senhor sabe o que está fazendo. Eu só sabia de uma pessoa aqui nesta região, cujo conhecimento herbanário se diz ir bem mais adiante do que o meu, assim, concluí que o senhor poderia ser esta pessoa.

Ela sorriu tentando ser modesta e Darião sorriu também. O jeito simples e sincero daquela senhora o agradou.

— Tenho algum tempo para esperar. A senhora deseja tomar uma xícara de chá comigo?

— Oh, para mim será um grande prazer — ela correu para a despensa e voltou de lá com um prato de biscoitos e pãezinhos. Arrumou a mesa perto da janela e os dois se assentaram. Darião estava com tanta sede que, de um só fôlego, bebeu duas xícaras do chá e, num repente, o cansaço dele se desfez e ele se sentiu novamente revigorado.

Eles conversaram sobre as plantas e suas propriedades medicinais, e a dona da casa tinha muito conhecimento. Mais algumas vezes, ela encheu o bule de água fervente e eles beberam devagar toda aquela beberagem. Darião sentiu que aquele momento de descontração lhe fez muito bem e ficou feliz por ter encontrado a simpática velhota.

Por meio dela, ficou sabendo que em Bartum, um país ao sudeste de Aládia, vivia uma fetichista que tinha o poder não só de curar, como também de destruir, pois dizia poder entrar em contato direto com os Deuses. Darião ficou a pensar que talvez a fetichista pudesse saber o significado dos livros presentes nos sonhos da Jolu e sobre a crônica que Taulus ordenou ao Rei que encontrasse. Darião estava certo de que, se não se tratassem dos mesmos livros, pelo menos estes estariam relacionados uns com os outros. Venina Rose fez com que ele prometesse voltar ali, quando estivesse novamente na cidade e se despediram como amigos.

Darião deixou a casa de chá. A música e a dança já haviam terminado e o aglomerado se desfeito. Mas as ruas ainda estavam cheias de gente a caminho de casa. Ele gastou mais algum tempo procurando pelas coisas que precisava, depois buscou o seu cavalo e cavalgou de volta à estalagem Torre Mole. A cor do céu já passava de azul-acinzentado para preto e já se via nele o contorno da lua quando Darião chegou de volta à estalagem. Dessa vez, a casa estava completamente cheia, todas as mesas ocupadas e, mesmo no balcão, havia muitos fregueses. O ambiente estava enevoado pela fumaça dos cachimbos dos muitos fumantes que ali se encontravam e obscurecido pela fraca luz vermelha-alaranjada que vinha das lamparinas, candeeiros e velas que já substituíam a luz do dia. Mas cheirava agradavelmente a boa comida. Darião se achegou ao estalajadeiro e perguntou novamente por Barzon. O homem lhe indicou uma mesa ocupada por duas pessoas e Darião se aproximou delas. De perto viu que as duas pessoas eram bem jovens. Ambas trajavam a túnica comum, de algodão cru, do dia a dia. A jovem cobria a cabeça com um véu de cor violeta, e, quando ele estava para lhes dirigir a palavra, percebeu que aquele par era o mesmo que esteve a dançar e tocar na praça naquela tarde. Era impressionante como a roupa os transformava.

— Desculpe, por favor. E que a paz seja sua. O senhor é o senhor Barzon? — Darião perguntou num tom ameno e amigável.

— Sim, eu sou o Barzon. E que a paz seja sua, senhor — disse o jovem, levantando-se e fazendo reverência ao mais idoso. — Em que posso servi-lo?

— Eu desejo lhe propor um negócio — disse ele, indo direto ao assunto.

— Oh, sente-se, por favor — disse o jovem abaixando a voz. — E do que se trata?

— Eu desejo comprar o vagão que se encontra em reparação na oficina do marceneiro. E a jovem que, até então, esteve calada entrou no assunto:

— O senhor me desculpe, mas o vagão não está à venda — disse ela num tom um pouco indignado. Barzon a encarou com o olhar suplicante. Eles estavam mesmo em uma situação difícil e ele já estava desorientado sem saber o que fazer. Precisavam urgentemente de algum dinheiro e pelo vagão poderiam pedir uma boa soma. Ele poderia abrir o seu consultório e finalmente começar a ganhar algum dinheiro dentro da sua profissão. Mas o vagão pertencia a Délia, a jovem que o acompanhava. Porém, ela desejava de toda maneira continuar na tradição da sua família como artista de circo mambembe. Darião achou prudente não provocar atrito entre eles e decidiu ser paciente. Era preciso lhes dar tempo para pensar na proposta.

— Este dia me foi muito cansativo e eu estou com muita fome. Posso jantar com vocês? — ele tentou não parecer importuno.

— O senhor pode, sem dúvida, permanecer sentado nesta mesa, mas infelizmente não posso lhe oferecer o jantar na minha conta.

— Oh, não se preocupe, está não foi a minha intenção. Ao contrário, será um prazer lhes oferecer o jantar. Eu vi hoje uma parte da sua apresentação na cidade e vocês foram fantásticos.

O elogio melhorou o estado de espírito de Délia. Ela bebeu cidra natural e Darião e Barzon beberam cerveja. O prato do dia era chucrute com batatas e molho de torresmos e os dois jovens se surpreenderam e ficaram sem entender por que Darião dispensou o molho, que para eles era o melhor naquela comida. Não precisaram esperar muito, logo já foram servidos e todos os três ficaram satisfeitos ao ver que os pratos estavam bem cheios e que a comida tinha a aparência e o cheiro muito agradáveis.

Eles comeram e beberam com muito apetite, enquanto conversavam sobre coisas banais. Darião era um bom ouvinte e os jovens pareciam proseirosos, prendendo de maneira interessante a sua atenção. Darião ficou sabendo que Barzon vinha de Tárkia, um país a nordeste de Matra, de uma família de dentistas na qual já por muitas gerações se passava a profissão de dentista de pai para filho. Barzon já havia terminado o aprendizado e estava prestes a assumir a profissão quando chegou à cidade o circo Pula Carneiro, fazendo ali estação. Era o circo da família da Délia e, como centenas de outros espectadores, ele também foi assistir à apresentação. E ele a viu, uma lindeza em provocante colante vermelho que atravessava na corda-bamba, com muita graça, a tenda do circo. A flecha ardente lhe cravou no meio do coração e ele se apaixonou perdidamente. Sim, só poderia ter sido o verdadeiro amor, pois ele não conseguiu ter sossego enquanto não achou jeito de se achegar a ela. E Délia o viu, aquele homem alto, atraente, de pele escura com um físico atlético e jeito galante. Num segundo, ela o observou sem deixar de perceber nem um detalhe. Ela sabia do amor, pelo qual centenas de pessoas se entregam ao sofrimento. Barzon a fitava e os lindos olhos verdes dela brilhavam de ansiedade e ela sentiu pela primeira vez o fogo da paixão que, com a força de uma tempestade, tomou conta do seu ser. Passaram algum tempo calados, perdidos naquela observação mútua e a sensação de que se pertenciam os aprisionou. Mas a família de Barzon não aprovou aquela paixão: uma filha de circo não estava à altura dele e, além do mais, já haviam escolhido a noiva certa para o filho. E o pai da Délia, por sua vez, achava que a filha ainda era muito jovem e não pensava em deixá-la partir, além de que ela era com sua beleza e graça a atração principal do circo. Délia ficou proibida de se encontrar com Barzon, e os dois ficaram presos num carrossel de emoções, à mercê da intolerância e da má vontade dos pais. Mas sabiam que haviam nascido um para o outro. Estavam vivendo o maior dilema de suas vidas até então, e era preciso resolver aquela situação que se tornara dolorosa para eles. Queriam ficar juntos e se puseram a procurar um jeito de contornar o problema. Por fim, desenvolveram um plano de fuga. Barzon resolveu simplesmente ignorar completamente a vontade dos pais e, para chantagear o consentimento do pai de Délia, ele iria sequestrá-la. E puseram o plano em ação; no calar da noite, Délia saiu sorrateiramente e esperou por Barzon que a levaria para o esconderijo que ele havia preparado. Esta decisão foi para Délia uma grande prova de coragem; jamais havia sequer pensado em deixar a família daquela forma. Lágrimas lhe corriam pelas faces e o corpo tremia de ansiedade. Mas não estava arrependida: mais cedo ou mais tarde haveria mesmo de tomar a vida nas próprias mãos. Ela estava vestida com uma roupagem branco-acinzentada que, ao clarão da lua, lhe dava a aparência da estátua de uma Deusa talhada no mármore. Barzon se encantou com aquela imagem e sentiu o poder da sedução. Ele sabia que haveriam de passar por um caminho de pedras, mas estava disposto a lutar por Délia. Aquela ação traria vergonha e poria sobre Délia uma mácula, e, para ele, talvez até mesmo a morte, pois a moça ainda não havia completado dezesseis anos. Mas nada mais importava; ele a queria e estava disposto a tudo. Passaram aquela noite juntos e se amaram delirantemente. A paixão tomou conta de todos os seus sentidos e eles se sentiram como a flutuar acima de todo e qualquer problema. Nada mais importava a não ser o amor! No outro dia ao acordarem foi que se deram conta da situação real. Eles haviam quebrado a regra social e Délia se tornara impura; ele teria que desposá-la senão ela ficaria exposta à vergonha pública e a vida dela estaria arruinada.

Ainda cedo naquela manhã, retornaram ao acampamento do circo. Encontraram o pai cuidando dos animais. Délia sentia a garganta seca; um medo quase mortal lhe apertava as entranhas e ela procurou proteção atrás das costas do Barzon. Ficou calada com a cabeça baixa, sem conseguir olhar para o pai cuja face espelhava amargura e tristeza. Barzon procurava um jeito de explicar e justificar a situação e pedia àquele senhor que compreendesse e perdoasse, mas, furioso, o indignado homem ordenou que Barzon se calasse. Sua boca espumava e seus olhos fuzilavam de raiva. Ele mandou que Délia levasse um vagão como herança e imediatamente saísse dali. Assim, de vez, a moça foi cortada da sua malta parental sem ter tido sequer a chance de se despedir da mãe e dos irmãos. Barzon não recebeu de seus pais nenhuma herança e teve que partir somente com o pouco dinheiro que possuía no momento. E assim, os dois chegaram a Partalan. Andaram sem destino durante três meses e Barzon não conseguira ainda nenhum trabalho dentro da sua profissão e o dinheiro já estava por acabar. A apresentação daquele dia foi para eles a primeira daquela forma. Délia ficou satisfeita e estava certa de que poderia continuar vivendo como artista de circo, mas Barzon pensava de maneira mais prática. Já era outono e não demoraria a começar o inverno; além do vagão, Délia não tinha outros apetrechos de circo e o dinheiro mal dava para pagar os reparos necessários. Dentro em pouco, não teriam mais condições de pagar hospedagem em pensões ou estalagens. Barzon precisava urgentemente começar a trabalhar dentro da sua profissão e, para isso, era preciso que ele e a mulher ficassem pelo menos por algum tempo em um só lugar; além disso, ele precisava adquirir as próprias ferramentas de trabalho.

Darião escutara a aventura daquele belo casal e sorriu para si mesmo. Uma estória venturosa que relembrava heroísmo, romance e paixão. Ele ficara despreocupado: os dois não eram somente belos e jovens, como também inteligentes; não deixariam de achar soluções para os problemas e mais tarde se divertiriam ao se lembrar das aventuras iniciais. Eram pessoas de bom caráter; Darião sentiu por elas uma imediata e espontânea simpatia. A preocupação que as afligia era mínima, e ele pensou na própria preocupação que era realmente existencial e disse:

— Eu tenho mulher e uma filha ainda pequena, e temos de sair imediatamente de Aládia. Para isso precisarei de um carro como aquele vagão, para poder viajar com a criança. Nós temos uma pequena casa em Abiú. Infelizmente nossa vila fica um pouco longe da cidade, mas, mesmo assim, o senhor poderia abrir lá o seu consultório e, se o senhor é um bom dentista, certamente não lhe faltará paciente, pois por aqueles lados não há nenhum dentista. Eu lhes faço uma nova proposta: fico com o vagão e lhes deixo a minha casa.

Barzon pegou o caneco e bebeu de um só trago uma grande golada, como se quisesse assim afogar a suspeita que de repente lhe subiu ao peito. Sentiu a cerveja morna e amarga lhe descer pela garganta. A desconfiança começou a lhe fornicar a mente: Ali tinha alguma coisa muito errada. Ninguém trocaria uma casa por um vagão e, ainda por cima, por um vagão em mau estado, precisando de reparos. Délia ficou calada e Barzon percebeu a indecisão estampada na face dela. Ele lhe tomou as mãos e as acariciou.

— Sinto muito, mas não sei o que pensar dessa proposta — disse ela insegura.

Darião sabia que realmente não havia nenhum motivo para que aquele jovem casal confiasse nele, e disse:

— As pessoas me chamam de "Darião, curandeiro". O Rei estava doente e eu fui chamado para curá-lo. O Rei já está melhor. Não posso agora esclarecer o motivo da minha decisão, mas preciso urgentemente sair de Partalan. Nós poderíamos retornar juntos para Abiú; vocês veriam a casa e poderiam então decidir se aceitam a proposta ou não. Porém, para mim é uma questão urgente, esperarei no máximo até amanhã à tarde.

Darião pagou a conta e encomendou uma cama para aquela noite; ao se levantar da mesa, sentiu o cansaço lhe moer os ossos. — Nós nos veremos então na refeição matinal. Eu lhes desejo uma boa noite — e assim se retirou.

Barzon e Délia se levantaram também; dirigiram-se ao balcão, e Barzon perguntou:

— É este homem realmente o curandeiro? — o estalajadeiro sacudiu os ombros:

— Pode ser. Disse que o curandeiro esteve hoje no palácio do Rei, mas se se trata da mesma pessoa, isso eu não sei.

— Sim, é ele mesmo — disse uma voz vinda dum canto. — Eu mesmo o vi hoje no palácio.

— Quem é o senhor? — perguntou Barzon.

— Eu sou soldado da guarda real — disse o homem, um tanto orgulhoso.

Aliviados, os dois se encaminharam para o quarto deles. Barzon gastou horas tentando convencer Délia de que ficar algum tempo em um só domicílio, principalmente durante o inverno, só traria vantagens, e, só depois de muita peleja, é que ela concordou em irem juntos ver a casa. Tanto Délia e Barzon, quanto Darião, não conseguiram dormir direito. Todos sonharam com os seus medos e apreensões.

O sol brilhava diretamente nos olhos de Darião quando ele acordou. As persianas daquelas janelas velhas tinham tantas rachaduras que a luz do sol clareava completamente o quarto, mas Darião ficou satisfeito com a expectativa de um dia ensolarado. Ele saiu da cama, abriu a janela e a brisa morna da manhã logo apagou a lembrança daquela noite fria em que ele quase não conseguira dormir. Darião se vestiu e foi para o quintal cuidar do cavalo. Ainda era bem cedo e ele ficou não somente surpreso, mas, sobretudo, bem impressionado por encontrar lá Barzon que já estava a cuidar dos cavalos. Eles se cumprimentaram e Barzon lhe disse terem pensado muito sobre a proposta e que estavam dispostos a irem juntos com ele para Abiú. De volta ao estabelecimento, encontraram Délia à mesa, a esperar pela primeira refeição do dia. Eles beberam chá, comeram o pão fresco e ainda quente feito naquela manhã, com manteiga, mel do campo, queijo, ameixas secas, peras e maçãs. Conversaram algum tempo, mas então cada um se foi em busca das coisas que tinham que resolver ou providenciar para a viagem. Darião e Barzon cavalgaram imediatamente para a oficina do marceneiro. Os reparos já estavam bastante adiantados, o novo telhado quase pronto; três pessoas trabalhavam no vagão e o mestre os tranquilizou de que tudo estaria pronto até àquela tarde.

Darião se sentia angustiado. A lembrança daquela narrativa do Rei não parava de lhe queimar o espírito e no pensamento só lhe vinha a imagem de sua amada Jolu e da filha Aziza. Pensou em Talim e sentiu o coração cheio de ódio, mesmo sabendo que para odiar era preciso mais força e energia do que para curar doenças ou infelicidades. Mas ele era um curandeiro, um propagador e defensor da tolerância, um amante da paz e não queria odiar, nem mesmo a um Deus contra o qual estava indefeso!

Eles se encontraram novamente na estalagem *Torre Mole* para o almoço. Barzon tinha um bom cavalo de cavalgada e Délia tinha dois cavalos de peso, que puxavam o vagão; juntos retornaram à marcenaria para buscar o veículo e de lá mesmo já se puseram a caminho de Abiú.

Sem atinar para o bom tempo e mesmo sem perceber os belos panoramas pelos quais passavam, viajaram quase que amuados, cada um voltado para si mesmo, com os pensamentos perdidos em preocupações e medos e, por isso, aquelas cinco horas de viagem pareciam não ter fim. Estavam ainda longe de Abiú quando a escuridão da noite sem lua se abateu sobre eles. Cavalgar pela noite escura com o largo e pesado vagão era uma tarefa perigosa, e Délia tentava pensar em outras coisas que não fosse o medo que já estava agoniando-a.

Tiveram que fazer uma grande volta contornando o último monte cheio de pedras soltas que não permitiu a passagem do vagão e, enfim, tanto surpresos como desafogados, viram pela frente o vilarejo de Abiú. Em algumas casas, as janelas ainda estavam abertas e as luzes das lamparinas vistas de longe pareciam pequenas estrelas no imenso do universo. E quando alcançaram a rua principal, portas e janelas se abriram e olhares curiosos se puseram sobre eles, até que finalmente se encontraram no terreiro da casa de Darião.

Jolu veio imediatamente ao encontro deles com uma lanterna na mão. Encarou aqueles estranhos e o marido. Ela estava a enlouquecer de preocupação. Darião lhe apresentou o jovem casal e disse que estavam todos muito cansados e sedentos e que mais tarde lhe explicaria a situação. Jolu lhes deu as boas-vindas e convidou-os a entrar. No fogão de lenha, ainda brilhava um resto de carvão incandescente e a grande chaleira estava cheia de água quente. Amavelmente, Jolu ofereceu aos jovens a água e lhes indicou o quartinho nos fundos da casa onde poderiam se refrescar da poeirenta viagem; ali se encontrava também a latrina. Jolu avivou as brasas, atiçou o fogo e se pôs a preparar a ceia enquanto Darião, lá fora, libertava os cavalos de suas cargas. Délia, já livre da poeira e um pouco tímida, se ofereceu para ajudar na cozinha e Barzon foi direto para o terreiro ajudar Darião a dar de comer e beber aos cavalos. Entre Délia e Jolu houve simpatia imediata e logo já conversavam sem rodeios. Délia quis saber sobre a criança que dormia tranquilamente sem se deixar incomodar, mas evitou falar sobre a proposta de Darião que sabia ter sido uma decisão espontânea e certamente seria melhor deixar que ele mesmo tocasse no assunto. A comida ficou pronta e, enquanto esperavam pelos homens, prepararam também a dormida para aquela noite. Délia dormiria numa caminha estreita de lona, que parecia uma maca, na qual Darião tratava dos seus pacientes, e Jolu estendeu no chão, perto da caminha, um colchão de capim fino e colocou por cima alguns lençóis de lã grossa, fazendo uma cama para Barzon.

Depois dos animais saciados e mais ou menos acomodados no pequeno estábulo, eles beberam chá e comeram com muito apetite a ceia. Jolu preparou para os convidados uma fritada de pão amolecido no ovo e leite que estava uma delícia, e os jovens se surpreenderam novamente por Darião não querer comer daquilo. O curandeiro não comia nada que viesse de animais e eles não conseguiam entender o sentido daquela convicção. Depois da ceia, Darião se desculpou e foi se lavar no quartinho, enquanto os jovens ajudaram Jolu a desfazer a mesa e lavar as vasilhas. Até àquele momento, Darião ainda não havia informado Jolu da oferta de troca que fizera, e uma espécie de má consciência começou a querer se apoderar deles.

Barzon e Délia foram para o compartimento deles, mas não conseguiram dormir. Depois de um tempo, escutaram a voz de Darião que tentava falar o mais baixo possível, contando para Jolu tudo o que acontecera naqueles últimos dois dias: A estada dele com o Rei e o agourento relato da visão que lhe sucedera. Do mau pressentimento que sentia, do seu medo, da sua abrupta decisão e do esforço em encontrar o veículo adequado para a viagem fugitiva que ele teria que empreender com ela e Aziza. Assim, os jovens ficaram sabendo o motivo de toda aquela pressa. De Jolu, não escutaram nem uma palavra, mas Délia poderia jurar que Jolu chorava suas lágrimas mais dolorosas. A situação era trágica e triste, e eles estavam chocados. Barzon também havia sido educado dentro da crença em Talim, mas Délia era uma devota de Zaray, a Deusa da arte e da música, e, de certa maneira, também uma devota de Taulus, o Deus liberal que não proibia prazeres. Mas, independentemente disso, seus corações se encheram de piedade e eles sentiram a necessidade urgente de ajudar seus anfitriões de todas as maneiras que lhes fosse possível.

Ao raiar da manhã, Aziza começou a choramingar. Jolu lhe trocou as fraldas molhadas e tentou apaziguá-la para não acordar os hóspedes ainda tão cedo; mas, dentro em pouco, estavam todos de pé e o novo dia começou. O céu estava claro e o ar fresco e puro da manhã queimava as narinas. Jolu tinha, estampadas na face, tristeza e amargura. Seus olhos estavam vermelhos e o nariz, inchado, mas não podia ficar a chorar, não havia tempo a perder e era preciso ajuntar as coisas necessárias para partirem. Délia se pôs prestimosamente a ajudar. Sua experiência como viandante era para Jolu de muito bom proveito, pois ela mesma não tinha nenhuma experiência de viagem, nunca saíra de Partalan. Aziza se mostrava uma criança formidável e Délia já se havia encantado com a menina.

Darião e Barzon se ocuparam em carregar o vagão, preocupados em não esquecer nada necessário. Darião pretendia ir para Bartum, onde tinha parentes. Mas não sabia exatamente quanto tempo estariam a caminho; tudo dependeria das condições do tempo. E assim se passou a manhã.

Também, naquela mesma manhã ainda bem cedo, depois de uma noite mal dormida e cheia de pesadelos, o Rei acordara decidido a retomar novamente as diretivas do seu governo.

Logo depois da refeição matinal, mandou chamar todos os seus conselheiros. A corte já esperava com impaciência uma explicação para aquela sucessão de acontecimentos estranhos e Heros queria relatar com todos os pormenores aquela aparição que lhe sucedera no templo. Ele mesmo ainda não havia compreendido o significado de tudo aquilo. Estava nervoso e tentava se acalmar enquanto se vestia. Escolheu uma túnica branca ajustada com um cinto largo de couro, cuja fivela de ouro trazia o emblema do reino e, atravessado no ombro, um xaile de seda verde. Em vez do largo bracelete, escolheu uma porção de argolas mais finas e uma coroa mais leve, combinando com as pulseiras.

Com insigne comedimento, ele entrou na sala do trono e todos se inclinaram em reverência. Depois das saudações formais, ele se assentou no trono, tornou a se levantar e se perdeu em seus pensamentos, enquanto andava de um lado para o outro, tentando ordenar em sua memória a sequência dos acontecimentos que lhe haviam sucedido. Procurava pelas palavras certas e, num repente, concentrado, com a fisionomia fechada, começou a sua narração. Um pesado silêncio tomou conta do salão e ninguém se atrevia a interrompê-lo. Heros parecia ter entrado em transe e as palavras lhe vinham como uma cascata, libertando sua alma agoniada daquela pesada carga. Ele falava precipitado e engasgava. Gotas de suor lhe brilhavam na testa e ele não parava mais de enxugar as mãos suadas no xaile. O acontecimento o cunhou e aquela apreensão cobria de sombras sua até então segura e imponente aparência. Precisou juntar todas as forças, para não perder de vez o controle. Os conselheiros escutavam a narrativa sob imensa tensão, sabendo que se tratava ali certamente de uma desgraça e, confusos, o encaravam. Ao terminar a narrativa, o Rei caiu exausto no trono.

Os conselheiros se aprofundaram numa discussão excitada e, de repente, como que atingido por um raio, Matuza, o sacerdote-maior, entendeu por que o curandeiro quis deixar o palácio com tanta pressa. Não era aquele o curandeiro que pouco tempo atrás teve uma filha que se diz ter nascido de um milagre? Claro, mesmo no palácio, correu a da menina que nascera supostamente sob a vontade e a proteção de Talim. O fato de a menina ser filha de um curandeiro e de uma mulher idosa não lhes parecera naquele momento motivo de preocupação. E por que seria? Não tinham eles seus segredos medicinais? E, ademais, não sonham todos os pais com a excepcionalidade dos filhos? Além do mais, em Aládia o povo era devoto de Taulus. Os devotos de Talim e dos outros Deuses eram pequenas minorias sem grande importância. Porém não havia mais como ignorar a verdade, eles não perceberam os sinais e não entenderam a sua importância. Um engano com gravíssimas consequências!

Matuza começou imediatamente a esclarecer a relação entre aqueles acontecimentos estranhos, e o Rei escutava cabisbaixo e pensativo. Matuza não havia perdoado o curandeiro por aquilo que considerou uma humilhação e, no fundo, pensava em vingança. Tentava manter a compostura e não demonstrar a raiva, falando manso:

— O curandeiro se acercou do senhor, amigável e cooperativo e, sem dúvida, cumpriu sua missão, mas quem sabe com quais intenções? Não terá sido à toa que ele quis de toda maneira estar a sós com o senhor — disse Matuza, num tom malicioso.

Heros II se aprofundou ainda mais em seus pensamentos: "Então, por que não me aconteceu nada durante a permanência dele comigo? Para o curandeiro não teria sido nenhum problema, considerando que bastou um pequeno truque para tirar do caminho não só o sacerdote-maior, como também o médico da casa!?" Ele ainda cismava; estava exausto e os conselheiros se puseram a forçá-lo a decidir-se. Queriam que mandasse sem demora botar fim à existência daquela criança, para eliminar não somente qualquer perigo que ameaçasse o poder real, como também para garantir o poder de Taulus. Todavia, a ideia de ser o assassino de uma criança definitivamente não agradava ao Rei e lhe enchia a boca de uma amarga saliva; mas sabia que não havia saída: teria que decidir-se; ademais, tratava-se ali também da segurança da sua família e da confirmação dos direitos do seu filho Raco I, o príncipe herdeiro. Por fim, Heros II mandou que se calassem e falou:

— Eu estou, sem dúvida, em falta com o meu Senhor e Protetor. Não mandei que lhe erguessem templos e pequenas foram as minhas ofertas;

também não consegui evitar que muitos se voltassem à adoração de Talim e outros Deuses. — Os conselheiros escutavam novamente calados e tensos e Heros continuou:

— O dia quinze deste mês será um feriado de adoração a Taulus. Neste dia, a corte deste palácio repartirá óleo e pão entre todos os pobres e necessitados. Neste dia, ninguém terá que trabalhar em nenhum serviço pesado. O dia será de festa e alegria para todos os devotos de Taulus e este dia deverá permanecer como feriado, para todas as gerações futuras.

Mas os conselheiros se puseram novamente a debater e a pressionar e, por fim, o Rei mandou que viesse o chefe da sua guarda e ordenou:

— Vá e dê fim à criança!

O Rei dispensou os conselheiros. Ele se sentia o último dos mortais!

O dia estava agradavelmente quente e, pouco antes de meio-dia, a criança adormeceu. Jolu a deitou num balaio de vime que se encontrava pendurado no galho de uma velha, grande e frondosa árvore, mais para os fundos do quintal. Darião cavalgou para a beira do rio e de lá se pôs a pé para o lugar onde, entre as rachaduras das pedreiras, ele encontrava Lucre, o mineral que para o seu método curandeiro era de muita importância e do qual só tinha ainda uma pequena reserva. Barzon cavalgou para uma roça, pouco fora da vila, em busca de ração seca para os animais e encontrou lá o filho do roceiro que acabara de chegar de outras paragens. Este contou que encontrara com um grupo de soldados que estavam a caminho da casa de Darião para levá-lo ao palácio, pois o Rei desejava a presença dele. Barzon reconheceu imediatamente o perigo e não precisou de muito tempo para refletir: "Se o Rei quisesse somente conversar com Darião, bastaria que mandasse um mensageiro com o pedido; mas soldados armados?" Não, não havia coisa boa a esperar! Tão logo ajeitou o saco de ração sobre o lombo do animal, esporeou o cavalo numa pressa louca. Darião ainda não havia retornado e Barzon não queria que Jolu entrasse em pânico, mas ela percebeu a perturbação do marido:

— O que foi? O que aconteceu? — ela pressentiu a tragédia. Então, Barzon relatou a conversa com o rapaz.

Jolu sentiu o sangue congelar nas veias. Ficou ali parada, como que enraizada. Absoluta incredulidade se manifestou em sua face, fazendo desta uma máscara. Ela começou a tremer e uma sensação de impotência tomou conta do seu ser. Valioso tempo se passou e Barzon a persuadiu:

— Você precisa fugir imediatamente. A criança está em perigo iminente!

Mas, presa do conflito, sem conseguir se decidir, ela sussurrou:

— Barzon, eu já estou muito velha e nunca fui independente. Tenho que esperar por meu marido.

Délia a olhou com piedade e insistiu:

— Jolu, nós temos que salvar a criança! — e, ao dizer isto, eles já escutaram de longe o alarde do tropel selvagem da cavalaria, que descia o monte em direção à vila. Num repente, Jolu correu para o balaio, pegou a menina, apertou-a contra o peito, beijou-a efusivamente e gritou para Délia:

— Fujam vocês com a criança e a protejam. Que a paz seja sua!

Não havia mais tempo para refletir, e Délia pegou a menina. Barzon amarrou seu cavalo ao vagão, ajudou Délia a se acomodar com a criança e saíram dali em disparada.

Darião já estava a caminho de volta quando percebeu a cavalaria que se aproximava. Ele também reconheceu o perigo imediato. Esporeou o cavalo e se pôs num galope selvagem, e, ao chegar à sua casa, puxou as rédeas com tanta força que o cavalo rinchou, levantando as patas dianteiras. Darião pulou da sela com o coração batendo quase dolorosamente. Encarou a mulher que parecia uma visão tenebrosa, parada, calada, sem forças, com os ombros caídos e envolta em uma tristeza que parecia sufocar. Correu para o balaio e encontrou-o vazio; então, percebeu que o vagão e os jovens não estavam presentes e entendeu o que se passara. Consternado, porém de certa forma aliviado, tomou a mulher nos braços e os dois se puseram amargamente a chorar, pois sabiam que não veriam mais sua amada filha Aziza. E, antecipando o que os esperava, puseram-se de cabeça erguida.

A cavalaria se enveredou pelo quintal. O comandante pulou do cavalo, encarou o idoso casal e ordenou que lhe entregassem imediatamente a criança. Darião e Jolu não deram resposta nem fizeram menção de se mover e o comandante gritou novamente em demanda:

— Eu quero saber onde está a criança; e os advirto: minha paciência é curta! — Sua carranca era de ferro, mas o casal continuou calado. Irritado, o comandante gritou para seus soldados:

— Revistem a casa, o quintal e tudo mais e me tragam esta criança! Tudo foi minuciosamente vasculhado, mesmo os arbustos fora da propriedade e também a casa dos vizinhos mais próximos; mas não encontraram a criança e uma raiva surda tomou conta do comandante, pois reconheceu que fora enganado e que aquela busca fora somente uma perda de tempo. A criança já havia sido levada dali.

— Onde está a criança? — o comandante gritava repetidamente, e eles, petrificados de medo, encaravam-no mudos. E num repente, tomado de uma fúria louca, o comandante ergueu no ar a sua espada, cuja lâmina brilhava como prata polida.

— Não! — gritou um soldado, porém não pôde mais intervir. Sem piedade e sem refletir no que estava fazendo, o comandante degolou Darião e Jolu.

Já era noite quando a cavalaria retornou ao palácio. O comandante da guarda foi levado imediatamente à presença do Rei, que junto com alguns conselheiros, esperava impaciente na entrada da sala do trono. Entraram no salão e, ainda sem dizer nada, o Rei olhou pela janela e observou por algum tempo o jardim nas penumbras da noite. Então, virou-se para o comandante, em cuja face tremulavam as sombras provocadas pela luz do candeeiro.

— O que tem para me dizer? — perguntou ele. Sua voz soava fria.

— Senhor, quando alcançamos a casa do curandeiro, a criança já havia sido levada dali.

— Conte-me tudo, com pormenores— ordenou o Rei. O comandante terminou a narrativa e a fisionomia do Rei se fechou como uma noite sinistra.

— Mas como se atreveu a decapitar os pais, se não sabe onde se encontra a criança?

— Sinto muito senhor, sei que não deveria tê-lo feito, mas não sei explicar o que se apoderou de mim. — O Rei fechou os punhos como se pronto para esmurrar, e o comandante ficou ali parado, certo de que seria punido pela raiva e decepção que se apoderava do Rei. Porém, Heros respirou fundo e tentou se acalmar. Estava claro que na tentativa de salvar a criança o curandeiro preferira a morte. O Rei tomou fôlego. Conferenciou rapidamente com seus conselheiros e ordenou:

— Um comando de busca deve ser imediatamente formado e deverá procurar por esta recôndita criança por todas as partes de Aládia. Todos os caminhos, ruas e picadas deverão estar sob vigilância. Eu desejo que sejam tomadas todas as precauções necessárias para que ela não saia do país. E se for possível, quero que ela seja trazida com vida. Está claro o que estou dizendo?

— Sim, meu senhor.

— Vá e não me decepcione uma segunda vez! — disse o Rei, com um aceno de mão.

O Rei escutou o chiar do pesado portal se fechando e virou-se para Matuza, o sacerdote-maior. Heros II nunca fora muito achegado ao seu sacerdote e nunca houve amizade entre eles, mas tinha que admitir que Matuza era um homem culto e habilidoso. O sacerdote esperava. Seus olhos escuros e estreitos estavam fixados na pálida figura do seu Rei. Ele tinha as longas e delgadas mãos cruzadas sobre o peito. Estava vestido com uma túnica azul-marinho cujo tecido refletia luzes como um prisma e trazia na testa uma fita dourada, rebordada de pedras que era o símbolo da sua dignidade religiosa. O Rei e ele raramente conversavam sobre coisas particulares. Para Heros, era constrangedor ter de admitir que não sabia quase nada sobre a crônica, a qual, por sua vez, parecia ser de muita importância para Taulus. Só agora tomara consciência do seu descuido e negligência e uma ponta de medo lhe fez tremular as mãos. Sem mais rodeios perguntou:

— E você, Matuza, que é conhecedor das coisas divinas, que sabe você sobre a crônica?

O sacerdote-maior se pôs a andar de um lado para o outro, enquanto martelava os longos dedos uns contra os outros. Matuza era alguns anos mais velho do que o Rei, mas ainda relativamente jovem. Nele, estava presa a imagem do honorável, porém decidido e persistente, ambicioso que sabia se impor e não se importava em fazer inimigos. Ele sabia que não era querido, mas naquele momento gozou o prazer da sua autoridade religiosa e disse seguro de si:

— Eu suponho que se trate da crônica tartárica, e esta supostamente revela o conhecimento sobre Deus.

— O conhecimento sobre qual Deus: Taulus ou Talim? — perguntou Heros, já curioso. O sacerdote ponderou:

— Mas este é justamente o problema, senhor. Não somente Taulus e Talim, mas também todos os outros Deuses dizem de si mesmos serem o verdadeiro Deus.

— E você, Matuza, em quem realmente acredita?

O sacerdote olhou surpreso. A pergunta parecia fora de lugar, como caída do tempo e ele sentiu-se como pego em uma armadilha.

— Em Taulus, naturalmente, meu senhor! — a resposta saiu engasgada e estridente.

— E onde se encontra a crônica tartárica? Por que não sabemos nada sobre esse livro?

E Matuza pensou com ironia: "Se eu soubesse talvez pudesse ser eu mesmo o Rei." Porém, suspirou e disse:

— A crônica original está perdida já há mais de mil anos e não se pode estranhar que tenha caído no esquecimento.

E já impaciente o Rei perguntou:

— E por que está perdida? O que aconteceu? Matuza, eu quero sem delonga saber tudo sobre a crônica tartárica!

Em breve, teriam que fazer uma parada. A criança dormia e parecia satisfeita, mas em algum tempo teria que ser alimentada. Délia estava muito preocupada, pois não tinham leite. Na pressa de partir, não se lembraram de pegar a bolsa na qual estavam os mantimentos adequados para a menina, e aquela área lhes era estranha. Viajaram todo aquele tempo sem destino, seguindo em frente, afastando-se o máximo possível de Abiú. Haviam chegado a uma encruzilhada que não proporcionava nenhuma informação, e eles não tinham nem ideia de onde se encontravam. Decidiram tornar à esquerda e logo se arrependeram da decisão, pois foram se enveredando por umas paragens que pareciam cada vez mais áridas e hostis. O chão era seco, arenoso e poeirento, e Barzon já não via mais o caminho, a não ser uma barranceira que parecia perigosamente escorregar, mas, mesmo ali, ele conduzia o vagão com precisão. O panorama era calamitoso e a descida muito inclinada. Barzon precisava usar de muita força, puxando as rédeas, para não perder o controle sobre o vagão. Já estava exausto quando acreditou ver ao longe a silhueta de árvores; e, aliviados, perceberam que à medida que desciam se tornava mais verde a vegetação.

Délia se sentia cansada e a situação ameaçava ir além das suas posses. Num repente, tomou consciência de que se encontrava em lugar estranho, com a responsabilidade sobre uma criança estranha e, mesmo com a presença confortante de Barzon, se deixara tomar por maus pressentimentos.

O sol já estava a se pôr no horizonte quando alcançaram a parte plana do vale. Estavam diante do que parecia um gramado, e um pequeno e arredondado lago que recolhia as águas de um riacho que serpenteava por entre aquele campo verdejante, convidava-os para uma merecida pausa. Délia percebeu uma pequena e modesta construção de pedra que tinha do lado um cercado e se encheu de esperança de encontrar ali uma cabra da qual pudesse retirar um pouco de leite. Iam a passos largos naquela direção, quando uma velhota, que parecia bem idosa e que se apoiava num bastão, saiu da casa lhes vindo ao encontro:

— Muito bem! — disse a mulher num repente. — Vocês precisam descansar bem esta noite; amanhã bem cedo precisarão partir novamente. — Délia e Barzon se entreolharam confusos.

— Quem é a senhora? — perguntaram ao mesmo tempo.

— Vamos entrar e então conversaremos.

Eles entraram naquela pequena casa que por dentro tinha um admirável e amplo salão. O fogo na lareira ardia em labaredas cujas sombras dançavam nas paredes. Uma pequena mesa estava posta e tudo cheirava a bolo fresco e a leite fervido com mel. O ambiente era harmonioso e agradável.

Délia carregava a menina o tempo todo junto a si, numa suspensa que improvisou usando o xaile. Estava realmente exausta e todos os seus músculos doíam.

— Eu me chamo Ula e estava a esperar por vocês. Sentem-se.

— E como sabe a senhora quem somos nós? — perguntou Barzon.

— Eu sou vidente e sei que vocês levam consigo a criança escolhida por Talim.

— Nós e principalmente a criança estamos em perigo — disse Délia.

— Fiquem despreocupados, pois até amanhã cedo vocês estarão aqui em segurança.

A mulher tomou para si a menina. Estavam assentados em antigas poltronas revestidas de brocado, que já estavam descorados pelo tempo, mas que eram ainda bastante confortáveis, e ali comeram a saborosa ceia. Quando terminaram, a velhota se levantou de um salto e caminhou pelo aposento sem o seu bastão, com o estilo e a graça de uma jovem mulher.

— Grande é a Graça de Aziza — ela clamou, e se pôs a louvar a Talim e todos os três se alegraram.

Ula já havia providenciado dormida e também um farnel de mantimentos para os viajantes. Para Aziza, preparou uma espécie de pasta que Délia teria somente que desfazer em água, em pequenas porções. Délia não tinha ideia do que estava contido naquela mistura, mas não tinha opções e se alegrou em poder se livrar da preocupação de como alimentar a criança.

Na manhã seguinte, pouco depois do alvorecer, a vidente os despertou. Os três tinham que se pôr a caminho e, depressa, ela e Délia repassaram tudo para que nada que fosse importante para a sobrevivência da menina ficasse esquecido.

Barzon pensara em voltar para Tárkia e se refugiar em terras conhecidas, mas a vidente o preveniu: lá ele encontraria falsos amigos que não hesitariam em traí-lo. Eles certamente estariam mais seguros em uma cidade grande, como por exemplo, a cidade de Sevon, em Goria. A vidente já sabia que todos os caminhos estavam sendo controlados e sabia também do que acontecera a Jolu e Darião e desejava poder poupar ao jovem casal a tão dolorosa notícia; mas tinha que informá-los e o fez, com o coração cheio de pesar. O choque os petrificou e, por longo tempo, ficaram calados, mas por fim caíram ambos em prantos. Ula também não pôde conter as lágrimas e abraçou os jovens, num abraço forte e calado, tentando de alguma forma confortá-los. Assim, de supetão, ficaram os dois completamente responsáveis pelo destino de Aziza.

Dali, via-se uma cadeia de montanhas e Ula sugeriu que fossem por um caminho estreito que subia por elas, passando por desfiladeiros inclinados, ventosos e alguns até mesmo nevados, que culminavam nas fronteiras de Bartum. O caminho era muito perigoso e por isso ela sabia que a guarda não esperaria que eles, com um pesado vagão e uma criança pequena, ousassem passar por ele. Uma grande aventura; os desfiladeiros se encontravam em alturas de até dois mil metros e eles teriam que passar por três deles até alcançarem a fronteira. Mas Ula assegurou a Barzon de que, tendo ele conseguido descer a ribanceira de cascalho solto, sem perdas e danos de material e animais para chegar ali, ela não tinha dúvidas de que ele conseguiria também manejar as dificuldades daquele caminho montanhoso; eles estariam então muitos dias a caminho. Délia se esforçava para não entrar em pânico, mas, mesmo assim, um medo em forma de náusea começara a querer se apoderar dela. Aziza ainda dormia um sono profundo e calmo e Délia tentava se consolar com o pensamento de que aquele caminho não duraria para sempre e quando alcançassem a fronteira, poderiam continuar a viagem em largas e sólidas estradas.

Deixaram a casa da vidente na escuridão da madrugada ainda antes do alvorecer e se puseram a caminho de Goria. Saindo do vale, o caminho seguia paralelo à ribanceira. Até ali, ainda se via demarcações, às vezes mais, às vezes menos acentuadas. Ainda estavam sonolentos e bocejavam. Délia se achegou mais para perto de Barzon para partilhar com ele o cobertor com o qual esquentava as pernas, porque no raiar da manhã o ar fresco ainda era muito frio. Barzon foi deixando a parte plana do vale, conduzindo o vagão em direção a leste até alcançarem a primeira colina. Eles queriam ganhar caminho o mais depressa possível. Mas mesmo sendo preciso aproveitar o tempo mantendo um trote mais acelerado, não queriam maltratar os cavalos, pois até alcançarem a primeira montanha, teriam ainda que passar por dois vilarejos e, sem dúvida, seria melhor se pudessem passar despercebidos. Ao alcançarem o primeiro vilarejo, Barzon apeou do vagão e foi conduzindo os cavalos devagar e com muito cuidado pela única rua que cortava aquele amontoado de casebres; mas os cães começaram a latir e Barzon montou novamente. Ele instigou os cavalos, deixando logo para trás o vilarejo.

Aziza acordou sem chorar; respirava manso e, com a carinha rosada, parecia satisfeita da vida. Barzon não queria fazer pausa e continuaram a viagem ainda por coisa de mais uma hora até que chegaram a uma velha oliveira que se encontrava do lado da estrada. A manhã se abria e o sol enfeitava o céu com rajadas de cores amarelo-avermelhados. Délia deu de comer à menina e lhe trocou os panos molhados. Eles, bem como os animais, beberam água e se puseram de volta a caminho. Logo passariam pelo próximo vilarejo cuja silhueta já se via dali. O lugarejo ficava no fim da parte plana do vale. Estavam tranquilos e ganhariam tempo, pois ali o caminho parecia sólido, largo e plano.

O sol já estava a se erguer pelo céu quando entraram pelo vilarejo. Como todos os vilarejos daquela região, aquele também era pobre e pequeno. Ali moravam, talvez, coisa de uma dúzia de famílias que pareciam todas serem pastoras de ovelhas e de cabras. Aquela gente certamente não estava acostumada a estranhos, pois saiu de suas casas e encarou os viajantes como se visse fantasmas. Barzon conduzia o vagão devagar, mas mantinha o trote. Ele e Délia foram cumprimentando àqueles que se achegavam para perto e algumas crianças foram seguindo o vagão até que ele deixou o vilarejo atrás de si. A partir dali, o caminho foi se tornando cada vez mais inclinado. Foram subindo a montanha por um caminho aventureiro e sinuoso; o chão era acidentado e coberto de pedras soltas e o panorama desconsolador. Aqui e acolá se viam algumas moitas de capim por entre as quais pequenos rebanhos de ovelhas pastavam e também algumas cabras; mas, afora isso, só se viam pedras. Seria um dia difícil e eles sabiam que ainda viria a ser pior. Teriam de toda maneira que passar pelo primeiro desfiladeiro, ainda antes do anoitecer, para alcançar o vale do outro lado, pois a noite na montanha seria gelada e eles não tinham agasalhos suficientes para suportar o frio. Barzon não queria nem pensar na possibilidade de não alcançar a sua meta em tempo e continuou a instigar os cavalos. Evitar que aquele pesado vagão tombasse por alguma ribanceira era uma questão não somente de concentração, mas de imensa habilidade, e parecia um milagre, até ali, nenhum dos cavalos ter se ferido gravemente. Porém, Barzon queria prosseguir enquanto os cavalos ainda aguentassem. E a criança dormia como se não quisesse saber de toda aquela fadiga.

Enfim, alcançaram o alto da montanha. Uma espécie de plataforma. Dali se tinha uma ampla visão do caminho de descida que teriam de percorrer. Tudo parecia ermo e solitário. O sol ainda brilhava no céu, mas o frio doía na pele. Não se via nenhum ser vivente e o silêncio só era quebrado pelo sussurrar do vento junto às orelhas. O panorama ainda era desolado e inóspito, o mau pressentimento que flutuava pelos pensamentos de Délia não queria deixá-la e o frio já estava ficando insuportável. Mas havia, sim, motivo para se sentirem aliviados e a sorte ainda parecia estar a favor deles. A descida provou-se bem menos inclinada do que fora a subida. Quanto mais desciam, tanto mais o ar esquentava. De longe, viram o serpenteado de um riacho e, mesmo sabendo que os cavalos já estavam fatigados e no fim de suas forças, Barzon os açoitou até lá.

A tarde já estava avançada quando fizeram aquela pausa. O riacho não era mais do que um córrego, mas a água parecia pura e cristalina e de ambos os lados havia capim e colonhão em abundância. Respiraram aliviados, todos precisavam de água, comida e repouso.

Enquanto Barzon livrava os animais dos arreios para que pudessem pastar, Délia se ocupava da menina. Depois de enrolada em panos secos e bem alimentada, Aziza parecia perfeitamente satisfeita e Délia não parava de admirar o jeito descomplicado daquele pequeno Ser. Ela agasalhou a menina mais uma vez com uma manta de lã, e a colocou no chão, enquanto preparava o lanche. Improvisou uma mesa, colocando uma toalha sobre uma pedra achatada e tirou do farnel pão, queijo, frutas secas, manteiga, azeitonas e vinho. Tinham também bolo de mel e tudo parecia delicioso. Comeram e beberam com ganância. Ula lhes dera dois grandes farnéis de couro com mantimentos para até uma semana. Depois de saciado e satisfeito, Barzon se deitou no chão para relaxar os músculos cansados e doloridos. Para a criança, o chão era muito frio e Délia pegou a menina e a colocou sobre a barriga do Barzon e foi para a beira do riacho lavar os panos usados. Quando voltou, encontrou Barzon cantando baixinho para a menina que parecia sorrir. Porém, tinham que prosseguir. Barzon buscou os animais e, dentro em pouco, estavam novamente a caminho. O solitário e desolado panorama parecia estender-se até ao horizonte e o verde só se via às margens do riacho que serpenteava montanha abaixo. Foram seguindo o riacho, em cujas margens o chão se mostrava ora arenoso, ora abarrancado. Viram novamente ovelhas e cabras e até mesmo um touro solitário, mas não viram nem casas, nem curral nem gente, e, por um bom tempo, viajaram tranquilos, quase confortavelmente. Longe ao norte, já podiam ver a próxima cadeia de montanhas que ainda teriam que atravessar. Só de pensar em ter que repetir toda aquela tortura de subida, já lhes quebrantou o espírito, porém por aquele dia se dariam por satisfeitos em alcançar a parte plana do vale.

Enquanto viajavam, iam pensando na situação na qual se encontravam e tentando fazer planos para o futuro. Depois de encontrarem o curandeiro, tudo se complicou ainda mais, mas não queriam arrepender-se. Sabiam que estavam em situação precária: não eram casados, já quase não tinham dinheiro e assumiram a pesada responsabilidade pela pequena órfã.

Ganhar a vida tocando e dançando já não seria mais possível. Barzon tinha no vagão os apetrechos da profissão de médico, mas quase nada para a sua profissão de dentista. Uma grande e boa seleção de ervas, raízes e outras drogas medicinais se encontravam no vagão, mas Barzon sabia que seu conhecimento naquele campo era bastante limitado. Ele era um homem inteligente e culto e estava abaixo do seu nível abusar da confiança de gente simples. Mas, naquela situação, ele não podia dar-se ao luxo de se preocupar com brios. Sim, ele se daria por médico ambulante até conseguir dinheiro suficiente para os seus apetrechos de dentista. Sim, havia-se decidido!

Já de longe, a guarda da primeira torre de vigia percebeu, antes da entrada da cidade, a chegada dos estranhos. Eles vinham em uma caravana. Era um grupo de sábios e eruditos: alquimistas, astrólogos, escribas e intérpretes de sonhos que vinham de Áurea, país do extremo Norte do continente. Homens e mulheres de estupenda beleza, vestidos em ricas roupagens e que usavam graciosas joias de ouro feitas por mãos de habilidosos ourives. Eles usavam também perfeita e bela maquiagem e traziam os cabelos perfeitamente arranjados, cada um no seu estilo individual. Traziam em suas carruagens e vagões muitas coisas preciosas. Os áureos eram tidos como desvendadores dos segredos e dos fenômenos estranhos da natureza. Imediatamente, foi mandado ao Rei um mensageiro.

A caravana alcançou a cidade. O trotar dos belos e enfeitados cavalos e camelos ressoavam sobre o calçamento das ruas e, à medida que passavam, os partalanos iam saindo de suas casas, admirados de toda aquela beleza e riquezas que os estranhos traziam consigo. Carruagens assim tão ricas só os soberanos e os privilegiados cortesãos possuíam, e as pessoas contemplavam extasiadas aquele desfile. A caravana parou em frente ao palácio onde um comitê de boas-vindas já esperava e ela foi recepcionada por Gorel, o conselheiro das relações diplomáticas. Gorel era um homem de ombros largos e de muito boa aparência, mesmo vendo-se em suas faces algumas marcas de varíola. Gorel falava perfeitamente oito idiomas e diversos dialetos, e guiou os estranhos pelo labirinto de corredores e portas do palácio até chegarem a um aposento que mais parecia um templo do que uma sala de recepção; ali, pediu aos estranhos que esperassem. Gorel saiu do salão por uma porta de bronze batido que ficava do outro lado do aposento. Ele abriu e fechou a porta com gestos de até demasiada cerimônia, foi até ao Rei e lhe fez reverência:

— Senhor, já estão aqui os viajantes do Norte e lhe pedem uma audiência. — O Rei estava confuso: "Por que estavam ali de surpresa viajantes de Áurea? Por que não mandaram um mensageiro previamente informando da sua vinda?" O Rei estava nervoso e andava ansioso de um lado para outro. Ele sabia que os sábios e eruditos de Áurea eram gente pacífica, mas, de certa forma, já pressentia o motivo daquela visita e acreditava saber por que eles se puseram a um tão longo caminho até Aládia. Heros II ordenou os pensamentos e procurou as palavras certas para a audiência. Receber os visitantes e ser hospitaleiro era uma questão de honra.

Lidana, a Rainha, também estava ansiosa. A descrição da beleza e do esmero dos visitantes já lhe havia chegado aos ouvidos e ela, naturalmente, não queria lhes aparecer menos atrativa. A Rainha se vestiu com muito cuidado, escolheu um muito bem talhado vestido de seda vermelha que tinha barrados de bordados dourados combinando com as sapatilhas também douradas. Ela trazia soltos os cabelos negros, longos e ondulados, presos somente por uma tiara real. Como joias, usava nos braços argolas de ouro e, no colo, um medalhão de pedras de rubi – uma peça primorosa, que tinha no centro um grande rubi rodeado por dezenas de pedras menores. A Rainha era indiscutivelmente bela! O Rei vestiu uma túnica marrom que levava por cima uma veste cor de areia e, embora as duas peças fossem rebordadas, conferiam a ele uma aparência modesta. Ele usava uma coroa real e o mais largo de seus braceletes. Acompanhado dos mais íntimos conselheiros e súditos e levando a sua Rainha pelo braço, Heros II entrou no salão e saudou os visitantes:

— Sejam bem-vindos a Partalan, estrangeiros do norte. Que a paz seja sua, durante todo o tempo de sua permanência no modesto país de Aládia. — Os visitantes se inclinaram.

— E que a paz seja sua, senhor, Rei do belo país de Aládia. — Respondeu Martão, o porta-voz do grupo, um homem grande, forte e de cabelos dourados, que usava um bigode artisticamente enrolado.

— Eu espero que os senhores estejam em boa forma, depois dessa longa viagem. — Disse Heros num tom amigável, dirigindo-se a eles e quebrando a rigidez das formalidades.

— Nós não podemos nos queixar, senhor. Fizemos uma longa, porém confortável viagem e agradecemos pela generosa hospitalidade. — Não somente Heros, mas também toda a corte estava impressionada com aquela gente do Norte. Eram pessoas belas e fascinantes. Suas joias eram finas, suas roupagens aqui e acolá afixadas com broches e alfinetes de ouro. Um surto de inveja ameaçou apoderar-se do Rei e, por um momento, a alma dele se encheu de rancor; mas ele se controlou e ordenou o banquete real de boas-vindas. Eles se assentaram em elegantes cadeiras ao longo de uma mesa abarrotada de guloseimas. Comeram a fartar e beberam o mais doce dos vinhos em lindos cálices de prata.

Os anfitriões prefeririam conversar em aladiano, porque aladiano era uma língua realmente muito bonita, com um amplo e diversificado vocabulário; mas, entre os visitantes, estava Mera, que não falava aladiano, e, assim, visitantes e anfitriões conversaram em gorinês, a língua comum do comércio. Gorinês era uma língua de estrutura simples e de vocabulário limitado, mas que se podia usar por quase todo o continente.

Estavam todos alegres e animados, com os ânimos descontraídos, e os anfitriões ficaram sabendo que Martão, o porta-voz, era alquimista. Era um profundo conhecedor dos minerais e de seus elementos; possuía a fórmula de dezenas de misturas químicas e era tido pelos demais como uma espécie de mago. Pascal e Beron eram astrólogos. Pascal parecia ser o mais velho, seus cabelos ruivos já estavam grisalhos e ele usava uma barba bem aparada. Beron também era ruivo e tinha cavanhaque. Areta era escriba e se ocupava dos livros, das escritas e de todo o interesse literário daquela expedição. Era loura, de cabelos longos e muito lisos e tinha os olhos de um azul profundo. Zoé era intérprete de sonhos e desvendadora de mistérios espirituais. Ela também tinha os olhos azuis e usava os cabelos castanhos, cortados bem curtos junto ao crânio com somente uma longa mecha que caía sobre o lado direito da testa. Mera era conhecedora das ervas e dos segredos da medicina, tinha cabelos ruivos encaracolados e volumosos, olhos azul-esverdeados e a pele coberta de sardas, e, entre todos daquele grupo, a mais bela. Aquela visita não fora anunciada porque não vieram como representantes oficiais de sua imperatriz, mas sim por simples curiosidade científica. Todos daquele grupo pertenciam a uma muito renomada "Casa do Conhecimento" de Áurea e, por meio de sistemáticas observações dos astros, acuradas interpretações de sonhos, cuidadosos contatos com os espíritos e abrangedora pesquisa literária, eles chegaram à conclusão de que haveria de ter nascido, naquela área, uma criança dotada de capacidades excepcionais!

De acordo com suas contas e estudos, estava para eles claro que Raco I, o príncipe herdeiro, nascera bem antes do tempo medido e calculado para aquele evento. Assim, não poderia ser ele aquela criança especial, mesmo considerando-se que ele possuía todas as condições de poder vir a ser um grande soberano sobre o continente. Mas eles estavam convencidos de que haveria de se encontrar ali outras crianças nascidas dentro do tempo calculado e, ademais, tudo indicava que se tratava de uma menina. Queriam conduzir aquela pesquisa cuidadosamente, e Martão disse:

— Nós viemos com a esperança de encontrar esta criança e estudar as circunstâncias do seu nascimento. — Martão escolhera cuidadosamente suas palavras, não queria de forma nenhuma provocar mal-entendidos. Todavia, o Rei se deu por desentendido e quis saber por que chegaram eles a tal conclusão, quais métodos e motivos os levaram a fixar justamente aquele período de tempo, e por que estariam eles tão interessados em uma criança que nada tinha que ver com Áurea. Até ali, nem o Rei, nem os conselheiros e ninguém da corte havia mencionado os confusos acontecimentos dos últimos tempos naquele palácio e naturalmente ninguém ousara mencionar Darião, o curandeiro.

— Esta criança pode certamente ter nascido aqui nesta corte. — Disse Zoé. — Todos os nascimentos neste último ano passam perfeitamente dentro do esquema dos nossos cálculos e previsões. Por isso, pedimos autorização e ajuda para conduzir nossa pesquisa. — Zoé disse isso usando de todo o seu charme de ocultista, para principalmente amenizar o ânimo das mulheres, dando a elas a esperança de serem possivelmente a mãe de uma criança especial; mas foi-lhe ficando cada vez mais claro que a criança alvejada não nascera ali, pois não conseguia sentir a aura dela, e Zoé estava certa de que perceberia vestígios da presença da criança, se esta ali se encontrasse.

Heros não se deu por acuado e, no final do banquete, prometeu aos visitantes:

— Eu lhes dou a liberdade de procurar e pesquisar tantas crianças quanto quiserem dentro de Aládia, mas não creio que haja entre nós crianças especiais. Contudo, se a encontrarem, por favor, nos informe, pois tendo nascido em Aládia, essa criança passa imediatamente a ser também do nosso interesse. Se a nós foi dado algum sinal desse fenômeno, este nos passou despercebido! — O Rei sorria amigavelmente, mas, pelo tom de voz dele, toda a corte entendeu que deveria, diante dos estrangeiros, evitar todo e qualquer comentário sobre os acontecimentos estranhos.

Os áureos permaneceram alguns dias em Partalan e, durante a sua permanência, ficou-lhes claro que o Rei e provavelmente toda a corte eram devotos de Taulus; por isso, foi ficando, também para eles, cada vez mais claro que todos se esforçavam para esconder alguma coisa. Porém, numa bela manhã, Gorel e Areta se encontraram no jardim do palácio e se aprofundaram em uma longa conversa. Saíram andando por uma calçada de pedras polidas que dava passagem para uma parte do jardim na qual se encontravam belas roseiras. Ao longo do muro, estendiam-se videiras e ali se encontrava também, direto contra o muro, uma fonte cujas águas jorravam como se saídas direto do meio das pedras e que produzia um som como o do redobrar de pequenos sinos. Soprava uma brisa mansa, leve e fresca que espalhava pelo ar o agradável perfume das flores. Gorel se sentira atraído por Areta desde que o grupo chegara ao palácio e não conseguia mais tirar os olhos de cima dela. Areta, sentindo a excitação de Gorel, sabia que já o tinha em seu poder. Com muito jeito, ela usou de sedução, e Gorel já não atinava mais para o que dizia; e, por meio de uma ou outra palavra descuidada dele, ela chegou à conclusão de que o Rei já sabia muito bem quem era a menina. E, enfim, os viajantes do Norte ficaram sabendo que o Rei ordenara a morte da criança e que esta se encontrava em fuga.

Os áureos eram agnósticos, mas sabiam que, ao contrário deles, a maioria das populações do sul eram religiosas e viviam suas crenças zelosamente. Sabiam também que em Aládia o povo se dividia entre os devotos de Talim e de Taulos, além das muitas minorias que adoravam também outros Deuses. "Mas por que haveria de querer o Rei a morte daquela criança?" puseram-se a refletir. "Era a existência da menina realmente uma obra de Talim?" Meter-se em conflitos religiosos de outros povos não era da vontade nem do interesse dos áureos, mas não havia dúvidas de que se encontravam ali, no meio de um conflito. Debateram o assunto e se decidiram por seguir os rastros dos fugitivos; talvez pudessem encontrá-los antes que o Rei o fizesse.

Os conselheiros, por sua vez, e principalmente Matuza, o sacerdote-maior, também foram muito maneirosos nas conversas com os visitantes e, naquele meio-tempo, receberam deles muitas informações importantes sobre a crônica tartárica. Os áureos negavam categoricamente a existência de todo e qualquer Deus; aquilo que os religiosos chamavam de Deus era para eles nada mais do que outra faceta do processo natural. A natureza era tudo: o começo e o fim! Mas eles eram profundos conhecedores da literatura religiosa de quase todo o continente; das grandes e pequenas obras e estavam sempre à procura do quinhão de verdade que se encontrasse nelas.

Numa outra sala de festas do palácio, um salão imenso, de tetos arredondados, suportados por longas fileiras de pilastras, e que estava maravilhosamente decorado com diferentes tiras de pano, se ajuntaram novamente a corte, os conselheiros e os visitantes. O Rei quis despedir-se dos áureos com uma bela apresentação da cultura, da arte e da tradição religiosa do povo de Aládia. No chão, encontravam-se dezenas de almofadas de seda, de veludo e de brocado, nas mais diferentes formas e tamanhos, e todos ali se assentaram e foram servidos do melhor vinho nos mais belos cálices de prata ou de cristal. Tanto os anfitriões quanto os convidados se vestiram com esmero e mesmo os cortesãos de posições inferiores se apresentaram em suntuosas roupagens de modo que nem seria possível definir quem era o mais belo dentre os convidados.

O sacerdote-maior entrou solenemente no salão. Seus lábios se movimentavam num sussurro mudo. Ergueu as mãos para o alto em oração e devoção a Taulus, o verdadeiro Deus, e por fim introduziu os jovens sacerdotes, que formaram uma corrente fazendo um círculo à sua volta. Ele lhes fez um sinal para que começassem a dançar; enquanto isso, o sacerdote rodopiava em volta do cajado que segurava na mão esquerda e soltava estranhos gemidos fixando o cajado até que por fim caiu de joelhos. Matuza entrara em transe e os jovens sacerdotes proferiam ladainhas, danças e conjuras. Depois, lentamente, o sacerdote-maior foi retornando ao estado natural e, sem dizer nenhuma palavra, tomou do cajado e foi caminhando com passos trôpegos em direção à saída seguido pelos jovens sacerdotes que ainda recitavam e dançavam. Os visitantes do Norte ficaram sem saber o que pensar daquilo que viam, e esperavam tensos o que se seguiria. Por algum tempo, os anfitriões conservaram a fisionomia fechada e séria, mas então o Rei bateu palmas e um grupo de dançarinas entrou no salão. A tensão que incomodava os visitantes se desfez e eles suspiraram aliviados. As dançarinas usavam roupa leve e flutuante em um tom de lilás bem pálido, presa à cintura por correntes douradas. Elas usavam também um fino xaile branco transparente cujas pontas estavam presas às argolas que traziam nos pulsos dos dois braços. Usavam também, na testa e no pescoço, correntes douradas. Mas dançavam descalças e deram uma linda mostra dos seus talentos. Depois vieram os bobos da corte com suas tolices, os saltimbancos, músicos e enfim um pouco de tudo o que Partalan oferecia no seu programa cultural.

Os anfitriões, tanto quanto os visitantes áureos, já sentiam uns pelos outros uma pesada desconfiança, mas mesmo assim a festança de despedida foi um sucesso e os visitantes se despediram em paz. Heros estava certo de que eles tentariam localizar a criança e já havia decidido que um espião iria segui-los. Contudo ele estava satisfeito por aquela visita, pois enfim recebera algumas informações mais concretas sobre as diferentes crônicas.

Barzon, Délia e a criança subiram pela terceira vez até a parte nevada do monte. Eles corriam permanentemente o risco de que os cavalos escorregassem e debandassem pelo precipício abaixo, pois todos os animais já se haviam ferido nas pernas ou nos joelhos e tanto Barzon quanto Délia já estavam com os os músculos doloridos por aquela fadiga. Chegaram a uma parte onde o caminho estava bloqueado por uma avalancha de terra e eles teriam que atravessar o rio para poder prosseguir. Não sabiam qual era a profundidade do rio, então Barzon se despiu e foi entrando na água gelada até encontrar uma parte onde a maior profundidade só dava até a altura da cintura dele. Os animais se rebelaram, mas com muita persistência conseguiram alcançar a margem oposta. Fora uma feliz coincidência, pois daquele lado o caminho seguia uma não muito convidativa penha, coisa de dois a três metros acima da margem do rio – que corria paralelo a um rochedo escarpado e seguia firme e largo o suficiente para a passagem do vagão.

Durante uma boa parte do dia, foram seguindo por aquela garganta que acompanhava o serpenteado do rio até darem com outro bloqueio. Ali, a avalancha bloqueara o caminho formando uma espécie de rampa que, apesar das muitas pedras soltas, ainda permitiu a eles que deixassem aquele abismo. Frustrados, foram encontrando pela frente ainda mais desvios e rodeios e era preciso usar de muita perseverança para não perderem o ânimo.

Foram ganhando caminho por entre subidas que chegavam a picos gelados. Desbravaram montanhas e despenhadeiros, atravessaram planaltos, passando por ruínas desabitadas em áreas remotas, ermas e frias. Havia cinco dias, estavam naquela peleja que parecia não ter mais fim. Não somente Barzon e Délia, mas também os animais já estavam no fim de suas forças. Só a criança parecia nem sequer tomar notícia daquele desgaste. Délia estava abatida, deprimida, cheia de tristeza e já não parava de pensar: “Isto está além das nossas possibilidades. Não vamos conseguir.” Mas Barzon não se deixava abater. E, depois de mais incontáveis subidas e descidas, chegaram enfim a um belo e largo vale, cuja visão os encheu novamente de ânimo e forças. Ali, o caminho era plano e se transformava devagar em estrada. Viram novamente não apenas animais de pasto, mas também gente e, pelo som de suas vozes, souberam que já estavam em Bartum. O pequeno grupo viajante alcançou sua primeira meta!

Barzon, Délia e Aziza já se encontravam há seis semanas em Bartum, na cidade de Gasena, e Barzon se passou por médico ambulante. Ele precisava urgentemente de ganhar algum dinheiro. Alugaram uma casinha um pouco fora da cidade e contrataram um moleque ágil e esperto para ajudar nos afazeres diários e, por questão de segurança, também para servir de vigia. Ele e Mibu, o empregado, ergueram, ao lado da casa, uma tenda para atender aos pacientes. Admiravelmente, e para sua própria surpresa, ele curou, em curto espaço de tempo, muita gente das mais diversas enfermidades e doenças. Com isso, o povo foi se familiarizando com eles, e, além do povo, um dos espiões do Rei Heros II. Este percebera que poderia se tratar dos fugitivos, pois vira Barzon junto com Délia e a criança.

No outro dia, o espião se encontrava como paciente bem na frente da fila de espera; queria certificar-se para poder preparar uma armadilha. Mas o homem parecia perfeitamente saudável e Barzon ficou desconfiado. Manteve a calma, porém discretamente deu a Mibu instruções para que fosse preparar o vagão para a viagem e dizer a Délia que se preparasse para a partida.

O espião reclamava de uma fingida doença grave e combinara com Barzon uma nova consulta para a manhã seguinte, com a intenção de vir preparado para capturá-lo. Porém, na calada da noite, Barzon e Mibu desmontaram a tenda, distribuíram a carga entre o vagão e o cavalo e se aprontaram para partir.

O casal pretendia pagar e dispensar o moleque, mas este se opôs com veemência, queria de toda maneira seguir com eles. Era um menino de rua, não conhecia pai nem mãe e fora a primeira vez que alguém lhe oferecera um trabalho que não era em regime de escravidão, tendo-lhe confiança e o tratando com respeito. Emocionado e com o coração cheio de pesar, Barzon esclareceu que tinham que partir e, enquanto ele não encontrasse outra oportunidade de ganhar dinheiro, não teria meios para pagá-lo. O menino implorou, pediu por clemência e por fim eles concordaram em levá-lo com eles, deixando clandestinamente a cidade.

Sabiam que não poderiam usar a estrada principal e, para alcançar Goria saindo dali, teriam que atravessar mais uma cadeia de montanhas. Sabiam de antemão da dificuldade e do desgaste daquele empreendimento, mas não viam alternativa e se puseram a caminho, agradecidos por pelo menos poder contar com a pálida luz da lua que ainda não havia-se escondido por detrás das pesadas nuvens que cobriam o céu.

Na tarde do dia anterior, Barzon comentara com alguns pacientes que em breve seguiria viagem para Tambria; com outros, comentou que estavam ali só de passagem e que seguiriam para Etarien. Para o dono da casa e os vizinhos, estavam de passagem a caminho de Mídria e mencionou com outras pessoas diversas cidades e países, de modo que seus inimigos tivessem que adivinhar o destino, caso quisessem segui-los.

A lua se escondeu, a noite se fechou e começou a chover. Mibu conhecia aquelas paragens e tomou as rédeas da parelha que puxava o vagão. À luz de uma lanterna, ele se esforçava por se manter dentro do caminho de chão firme. Ele decidiu por si tomar a direção do rio Trino e continuar seguindo pela margem. À noite, aquelas paragens pareciam fantasmagóricas e um calafrio se apoderou deles, mas conseguiram alcançar o vale onde o chão era pedregoso, porém plano. Délia carregava Aziza no colo. A menina estava desperta e choramingava. Ela sentiu de repente uma imensa dor nas costas e uma tensão nervosa se apoderou dela. O caminho pela margem do rio não era mau e alcançaram uma reta na qual areia e capim rasteiro se intercalavam. Barzon e Mibu apressaram o trote e os animais reagiram nervosos, pois na escuridão da noite sem estrelas era difícil reconhecer o caminho ou as águas do rio. Ainda assim viajaram bem e seguros pelas próximas duas horas.

Estava tão escuro quando chegaram a uma encruzilhada, que Mibu não soubera dizer para que lado deveriam seguir. Eles decidiram por continuar seguindo a margem do rio, pois sabiam que este também passava por Goria; porém o rio foi se tornando cada vez mais acelerado e estreito e, com uma queda abrupta, se perdera numa rachadura rochosa, com o barulho estrondoso de um temporal. O caminho ainda serpenteava paralelo àquele abismo, estreitando-se cada vez mais até se tornar somente uma picada que subia por uma ribanceira e não permitia mais a passagem do vagão. Tiveram que parar. Mibu pegou o cavalo e cavalgou pelos arredores, na esperança de encontrar uma passagem, mas não havia saída; com o vagão não seria mais possível ir em frente e teriam que retornar.

A escuridão do céu já passava de preto para cinza. Começava a clarear quando Aziza se pôs a chorar. Teriam que fazer uma pausa. Délia começou a se desesperar, estava pronta a entrar em prantos: "Estariam eles condenados àquela infinda fadiga?" Ela se sentia completamente esgotada e deprimida. Sem dizer palavra, tirou a menina da suspensa que trazia atravessada ao peito e grosseiramente a jogou nos braços de Barzon. Num repente de raiva e sem refletir, considerou-o culpado por aquela situação. E ele, com uma voz mansa e paciente, se pôs a apaziguar a menina, enquanto Délia lhe preparava o alimento. Barzon também se sentia exausto e a madrugada estava muito fria. Mibu se encarregou de acender uma fogueira, enquanto Barzon livrava os animais dos arreios. Eles comeram uma refeição matinal de chá, queijo e bolo de mel. Ainda nos primeiros clarões do novo dia, enquanto escutavam o trilhar dos pássaros, foi se elevando o estado de espírito geral. Já arrependida de sua conduta, Délia se perguntava se tinha realmente o direito de exigir ou de esperar alguma coisa de Barzon. Ela sabia que ele estava fazendo o que podia para tornar aquela situação suportável. Ficou triste por estar sendo mal-agradecida. Afinal ele é quem mais tinha a perder e ela nem queria pensar o que teria sido da vida, se ele a tivesse deixado depois de sua aventura amorosa.

O manto cinzento da manhã não queria se desfazer, mas a ameaça de chuva havia passado e eles se puseram em retorno. Teriam que tomar outro caminho quando chegassem à encruzilhada e até lá levaria cerca de três horas. A sorte ainda estava a favor e a temperatura foi melhorando; durante o dia, o caminho também era difícil, mas os animais não tinham medo e mantinham um bom trote.

Pouco antes de chegarem à encruzilhada, eles acreditaram escutar o tropel de cavalos e o medo os assaltou: "Seriam os seus perseguidores?" Encontravam-se justamente num pedaço de caminho sem nenhuma vegetação e não havia ali nenhuma possibilidade de se esconderem. Estavam em perigo e só poderiam esperar que os cavaleiros não tomassem justamente o caminho no qual se encontravam. Barzon ponderou uma possibilidade de fuga e disse:

— Délia, com o vagão não foi possível continuar neste caminho, mas somente com os animais não seria problema, ganharíamos chão e não tardaríamos a alcançar Goria.

— E o que será do vagão, dos apetrechos e de todas as coisas de que precisamos para sobreviver? — perguntou ela, com a voz entrecortada pela agonia; e antes que Barzon respondesse, Mibu sugeriu:

— Senhor, melhor seria que eu cavalgasse ao encontro deles. Eles sem dúvida me perguntarão se eu os encontrei pelo caminho e eu os levarei a uma falsa trilha.

— Não. Eles poderão reconhecê-lo. Certamente sabem que você trabalha para nós. Não creio que se deixarão enganar.

— Mas eu sei como enganar as pessoas — disse o jovem, um pouco envergonhado. — Eu me oferecerei para guiá-los ao esconderijo de vocês e cavalgarei com eles em direção a Mídria.

— E eles o matarão, quando descobrirem que foram enganados. Se isso é uma boa ideia? Não, não creio que seja.

— Senhor, até Mídria será preciso cavalgar por muitos dias e, consequentemente, muitas noites. Assim que surgir uma boa oportunidade, fugirei.

— E por que está você querendo correr o risco de ser morto? Somente para nos proteger? — perguntou Délia, admirada daquela boa-vontade.

— Porque eu também me compadeci desta criança e desejo que ela chegue sã ao seu destino — disse ele, um tanto embaraçado.

Barzon e Délia concordaram com o plano. Estavam apreensivos, mas Mibu não lhes tinha dado nenhum motivo de desconfiança e já o conheciam o suficiente para saber que ele era esperto, inteligente e astuto. Arrumaram nos alforjes laterais do cavalo alguns mantimentos e as coisas necessárias de que o menino precisaria e este se pôs logo a caminho. Queria topar com os cavaleiros o mais longe possível daquela encruzilhada. Barzon e Délia lhe dariam tempo, mas continuariam em direção a Goria e, assim, se despediram com a esperança de se reencontrarem na cidade de Sevon.

No começo da tarde, um fraco raio de sol conseguiu ultrapassar as nuvens acinzentadas. Era tempo de alimentar a menina e Barzon encostou o vagão rente ao paredão rochoso que ladeava a estrada. Délia pegou a bolsa de mantimentos, um cobertor de lã de ovelhas e acomodou a criança em sua suspensa. Barzon livrou os cavalos dos cabrestos e desceu com eles para a margem do ribeirão que seguia uma baixada, do lado oposto da estrada. Lá os amarrou num arbusto baixo que se encontrava direto na beira da água, onde o mato era verde e abundante.

Não poderia correr o risco de os cavalos se afastarem, mas estaria mais seguro longe dos cavalos e do vagão, caso estivesse sendo seguido. Na beira do riacho, o chão estava lamacento e eles decidiram tomar uma picada que subia pelo paredão. Era uma trilha estreita que passava sobre penhas e, chegando mais para o alto, encontraram um nicho entre as pedras que ali se acomodaram. O lugar era perfeito e oferecia proteção contra o vento frio que soprava e uma boa visão sobre a estrada, o vagão e os cavalos, de modo que se poderia ver quem viesse de qualquer um dos lados da estrada.

Barzon acendeu um fogo e preparou o chá enquanto Délia cuidava da menina. Aziza tinha uma pele como seda, os olhinhos dela brilhavam como pedras preciosas e suas faces radiavam a rosada cor da saúde. Os dois brincavam alternadamente com a menina e lhe cantavam canções e pareciam fazê-la feliz. O tempo estava a melhorar e, por um momento, eles se sentiram descontraídos.

De repente perceberam dois viajantes de camelos, que, como surgidos do nada, estavam parados junto ao vagão e pareciam inspecionar tudo com curiosidade. Os estranhos eram de pele negra e trajavam uma túnica de mangas largas, de cor azul-anil e turbante preto. Barzon pediu a Délia que não fizesse nenhum barulho e que cuidasse para que Aziza não chorasse. Ele desceu a picada cuidadosamente e escutou os homens a conversarem numa língua que lhe era estranha. Ele resolveu se mostrar, achegou-se aos estranhos e os cumprimentou em gorinês, a língua comum:

— Que a paz seja sua, viajantes estranhos — ele observava os homens com atenção, admiração e com respeito cauteloso. Eles eram delgados e de marcante estatura. Tinham a pele lisa como ébano e traziam nos olhos um brilho muito peculiar. Suas roupas eram de um tipo especial de seda, que procedia de uma região do extremo sul do continente. Os homens também o observavam com admiração, pois jamais tinham encontrado alguém de pele escura e olhos verdes. Aquela observação mútua durou algum tempo e Barzon pensou que talvez não o tivessem entendido.

— E que a paz seja sua, jovem senhor. Este vagão lhe pertence? — perguntou um deles.

— Sim, este é o meu carro. Eu sou médico e estou a caminho de Bartum — disse Barzon, um pouco temeroso, mesmo percebendo que os viajantes não estavam armados e não pareciam perigosos.

— Aconteceu alguma coisa? O senhor foi assaltado? Onde estão seus animais? — perguntaram eles, também um pouco desconfiados.

— Não. Eu simplesmente resolvi fazer uma pausa para descansar os meus cavalos. Já estou há muitos dias a caminho e este lugar me pareceu excelente por causa da abundante vegetação na margem do córrego. Posso perguntar quem são os senhores?

— Meu nome é Gerão e meu companheiro é Eira. Somos porta-vozes da Mídria do Sul e estamos a caminho de Aládia; lá nasceu uma criança predestinada a ser Rainha. E esta Rainha reinará um dia sobre todo o continente. Ela unirá todos os povos em uma só nação e não haverá mais guerra, violência e injustiça. Ela triunfará sobre o mal e o ódio será coisa do passado — Gerão falou com grande empolgação, mas Barzon estava cabreiro, poderia tratar-se ali de uma armadilha e ele se deu por desentendido.

— Pelo que eu sei, reina em Aládia o Rei Heros II e seu filho Raco I é o príncipe herdeiro. Eu não sabia que ele agora pretende passar o trono para uma filha.

— Mas a futura Rainha não nasceu no palácio e sim na casa de um curandeiro. Nasceu do povo, para o povo, e ela é negra — disse Eira, um tanto orgulhoso. — Fora dos territórios de Mídria, já há mais de trezentos anos não há Rainhas negras — explicou ele.

— E é isso importante para os senhores? — perguntou Barzon admirado, pois sabia que sobre aquele detalhe eles estavam completamente equivocados.

— Sim, muito importante. Desvenda uma profecia da epopeia: "Conselhos de um Deus". Nós, o povo da Mídria do Sul, esperamos há muito tempo pelo cumprimento dessa profecia.

— Isso quer dizer que o povo da Mídria do Sul acredita realmente na veracidade de velhas epopeias? — Barzon quis saber.

— Sim, mas não necessariamente como, por exemplo, em Aládia. Não somente Taulus e Talim se dizem "Deus único", existem sobre a face da terra muitos que se dizem "Deuses". Mas houve na imensidão do universo somente um Deus verdadeiro — Barzon ficou confuso, sem saber o que pensar dos estranhos. Eles pareciam sinceros e ele estava inclinado a acreditar neles. Mas precisava ser astuto e perguntou curioso:

— E têm os senhores conhecimentos da crônica tartárica? Essa velha crônica se encontra na Mídria do Sul?

— Na Mídria do Sul, encontra-se somente a cópia de um dos livros dessa crônica. Somente a parte que menciona o nosso povo e que, por isso, é importante para nós.

Barzon estava realmente surpreso de ter encontrado pelo caminho aqueles viajantes, que, sem maiores reservas, conversavam sobre aquelas literaturas, enquanto, em outros lugares, estas pareciam estar sempre envoltas em mistérios. Que surpresa! Ele mesmo nunca havia se interessado por crônicas e epopeias religiosas, nem nunca havia sido fervoroso em devoção. Provavelmente nunca teria se importado com isso, não fosse pela desgraça que se abatera sobre os pais da menina, que agora se encontrava sob proteção dele. Ocorreu-lhe que talvez a crônica tartárica não houvesse realmente se perdido. Poderia estar em qualquer lugar, talvez até mesmo em Aládia. Seria preciso somente encontrar as pessoas certas, que se interessassem pelo assunto; mas, no momento, ele tinha preocupações muito mais urgentes.

Os estranhos queriam prosseguir viagem e perguntaram se Barzon queria prosseguir por um trecho junto com eles. Barzon agradeceu com a desculpa de que tinha que esperar pelo ajudante, que ele havia despachado como mensageiro. Barzon voltou para junto de Délia e relatou a ela tudo o que conversou com os midrianos do Sul.

Já estava a escurecer quando se acomodaram novamente no vagão e continuaram caminho; já era noite quando alcançaram novamente a encruzilhada. Dali, partiam duas estradas largas e um caminho mais estreito. A noite estava escura e quase não era possível reconhecer a silhueta da lua no céu. Délia deitou a menina sobre panos e almofadas dentro do vagão e se assentou do lado de Barzon, segurando a lanterna. O caminho ali já não era tão difícil e perigoso quanto fora anteriormente, mas na escuridão os animais reagiam amedrontados. Viram que não fazia sentido viajar pela noite e, mesmo correndo o risco de serem reconhecidos, resolveram que dali em diante só viajariam durante o dia. Todavia, continuaram em frente e, para ganhar tempo, instigaram os cavalos num bom trote, aproveitando aquele trecho no qual o chão era plano e sem empecilhos, apesar de um pouco estreito. Barzon era cauteloso e conduzia o vagão com segurança.

Por umas duas horas viajaram pela escuridão e depois de uma curva fechada viram que a estrada estava bloqueada por outro vagão que estava parado no meio do caminho. O medo lhes subiu pela espinha. Eles não tinham nada com que pudessem se defender caso fossem assaltados. Pela esquerda, o caminho estava limitado por um talude inclinado e, pela direita, por escarpados intransponíveis; tinham que parar.

Do vagão que impedia o caminho, desceu uma mulher. Ela andava com um rebolado desenvolto e fazia trejeitos exagerados com as mãos. À primeira vista, era uma mulher esquisita. Graciosa, porém grande, grande demais, e de ombros largos. Mesmo com a escassa luz da lanterna, o jovem casal não deixou de perceber os detalhes da vestimenta dela. Ela usava uma saia longa e bem rodada que parecia ter sido feita de pedaços de panos das mais diferentes cores e estampas. Uma blusa branca de decote redondo e ababadado e um monte de correntes e pulseiras de pérolas e de miçangas de vidro. Por cima, um xaile estampado de franjas largas. Os cabelos pareciam em uma coquete desordem, mais ou menos presos com diferentes fivelas; além disso, ela trazia nas orelhas brincos grandes e coloridos. Os olhos maquiados e demais arrebiques comprovavam o gosto dela pela beleza opulenta.

— Sejam saudados, viajantes da noite; que a paz seja sua — ela os cumprimentou e Barzon respirou fundo, aliviado da tensão. Reconheceu com quem tinha de lidar e não havia perigo. Era uma yjara. A voz grossa e gutural parecia não querer combinar com a aparência da yjara. Barzon tranquilizou a Délia e respondeu amigavelmente:

— E que a paz seja sua, bela yjara!

As yjaras eram pessoas especiais. Biologicamente eram seres masculinos, mas, no íntimo e nos sentimentos, eram femininas e viviam como mulheres. E porque eram diferentes, foram por muitas gerações, em quase todo o continente, discriminadas, perseguidas, maltratadas e em algumas regiões até mesmo mortas. Quase não tinham chance de sobreviver com dignidade mesmo sendo elas, na grande maioria, pessoas prendadas e com um senso muito aprimorado para as belas artes. Mas numa determinada ocasião, elas começaram a se rebelar contra aquela injustiça e, em Rujia, formou-se um grupo de resistência que se tornou cada vez mais forte. Rujia sempre fora, desde os tempos antigos, um dos países mais tolerantes do continente. País pequeno e sem poder militar, cujos monarcas se especializaram em aprimorar a composição, a produção e a exportação de artigos de luxo que atendiam à demanda dos demais regente poderosos, bem como aprimorar a arte e a música.

E assim sempre lhes fora possível ficar fora dos conflitos armados dos países vizinhos. E, por isso, ao passar dos tempos, as yjaras foram com os seus talentos se tornando membros importantes da sociedade rujiana e, ao longo dos anos, passaram yjaras de todas as partes, a imigrar para Rujia, onde poderiam viver em paz. Elas se tornaram tantas que existe hoje, no nordeste de Rujia, uma grande região que recebeu o nome de País das Yjaras.

— Desculpe, por favor, mas por que o seu carro está parado no meio da estrada, bloqueando o caminho? — perguntou Barzon delicadamente, pois as yjaras eram muito apreciadas pela amabilidade e pelo jeito absolutamente pacífico de viver.

— Oh, eu sinto muito, mas um dos nossos cavalos simplesmente caiu abatido e não há nenhum nicho no qual pudéssemos encostar o vagão — sua voz soava desamparada. — Nosso vagão é muito pesado para um só cavalo e estamos condenadas a esperar ajuda.

— Você não está só?

— Não. Uma das minhas irmãs está comigo. Ela estava muito cansada e se deitou para dormir — as yjaras se diziam "irmãs" umas das outras.

— Você sabe qual é o problema do cavalo?

— Não... ele está com um inchaço na perna esquerda, mas o motivo, eu não sei — Barzon se lembrou que Darião disse ter usado lucre para reanimar o Rei do seu profundo abatimento. Se é que lucre funcionaria também para um cavalo!

— Eu sou médico — disse ele. — Não tenho experiência com animais, mas se for da sua vontade, posso tentar alguma coisa.

A fisionomia da yjara se abriu de contentamento. Barzon pegou o saquinho de lucre, pano de ligadura e ervas que sabia serem eficientes contra inchaços e se aproximou do cavalo que se encontrava jazido no chão. Délia segurava uma lanterna e a yjara apaziguava o cavalo enquanto Barzon esfregava lucre no vermelhão do inchaço. O cavalo se assustou mas deixou que Barzon continuasse. Ele cobriu a parte inchada com as ervas e afixou tudo com a ligadura. Não sabia mais o que podia fazer no momento e ficou esperançoso de que o cavalo melhorasse. Por aquela noite não seria mais possível continuar.

Enquanto isso, a "irmã" acordou e se juntou a eles, mas estava bastante frio e as yjaras os convidaram para uma xícara de chá. Délia pegou Aziza e eles passaram algum tempo acocorados e bem apertadinhos dentro do vagão das yjaras. Este era um pouquinho maior do que o deles, mas estava completamente cheio de cortes de tecidos, tiras de bordados, botões, linhas e dezenas de miudezas. Elas eram costureiras e viajavam regularmente para a casa dos seus clientes para os quais costuravam sob medida. Tinham clientes entre os nobres, entre os comerciantes, entre os sacerdotes, e, enfim, costuravam para todos os que pudessem pagar pelo luxo. Elas eram mestras na sua profissão e especialistas na confecção de roupagens de festas.

As yjaras se chamavam Eurípedes e Florinda, diziam gostar muito de crianças e estavam encantadas com a menina. Elas tinham um fogãozinho de carvão que só usavam fora do carro, por causa do perigo de incêndio, e uma pequena caixa com coisas pessoais. Chá era tudo o que podiam fazer durante a viagem. Elas tanto se assentavam quanto dormiam sobre a carga.

Barzon e Délia se sentiram tão bem com as yjaras que logo contaram a elas toda a aventura por que eles passaram; foi como tirar um grande peso de sobre os ombros. As yjaras se encheram de pesar. Sentiam muito por todas aquelas dificuldades que estavam a afligir aquele jovem casal e, sobretudo, pela grande ameaça que pairava sobre Aziza. Lamentavam a morte dos pais da menina, mas asseguraram aos dois que eles seriam, no mínimo, tão bons como pais adotivos.

Das yjaras, ficaram também sabendo que, durante muitos centenários, existiu na biblioteca pública de Ilia, a capital de Rujia, uma cópia completa da crônica tartárica, mas que por infelicidade fora destruída em um incêndio, havia somente alguns anos. As yjaras, bem como os demais rujianos, não acreditavam em Talim, mas muitos acreditavam em Taulus e todos adoravam a Zaray, a Deusa da arte e da música, e também a Grallas, o Deus dos prazeres. Aziza estava desperta e encarava as yjaras com os olhinhos inocentes, límpidos e brilhantes, e estas se fascinavam, mas a sonolência já descia sobre eles e todos se foram a dormir.

A manhã já ia alta quando acordaram. Barzon se levantou assustado, foi para fora e viu que as yjaras já estavam ocupadas preparando a refeição matinal. Do lado do vagão, numa pequena mesa, já estava tudo arrumado. Elas estavam alegres e faladeiras; abraçaram e beijaram Barzon de tanto agradecimento, pois ele realmente curara o cavalo, e Barzon se alegrou com elas. Ele pegou o balde com as roupas sujas de Aziza, juntou os cavalos e foi com eles para a beira do rio que ficava um pouco distante daquela estrada. Délia e Aziza se juntaram às yjaras e estas tomavam alternadamente a menina, brincavam com ela, dançavam, cantavam canções para ela e lhe afirmavam que era a criança mais linda do mundo! À luz do dia, Délia pôde observar que o vagão das yjaras era muito bonito: verde-claro e de teto preto, com a porta e as janelas emolduradas por uma faixa pintada de florzinhas miúdas e coloridas.

Barzon deixou os animais pastando na beira do rio e retornou. Pendurou os panos molhados no varão esticado na lateral do vagão e se juntou aos demais. Alegres e animados comeram a refeição. As yjaras se prontificaram em os acolher, caso quisessem seguir para Rujia, mas Barzon queria primeiro alcançar Goria e tentar começar em Sevon, para si e sua pequena família, uma nova vida como Ula, a vidente, lhe sugerira.

Precisavam partir; por algumas horas, seguiram o mesmo caminho que as yjaras, depois tiveram que se separar.

Os porta-vozes da Mídria do Sul alcançaram Partalan. Barzon, a mulher e a criança foram amigavelmente recepcionados por Gorel, o conselheiro das relações diplomáticas. Com toda a cerimônia de protocolo foram levados ao Rei e lhes foi servido o banquete de boas-vindas com todas as guloseimas típicas do país e o abundante vinho doce temperado da ocasião. Saciados, satisfeitos e alegres, se assentaram confortavelmente nas largas almofadas e os porta-vozes chegaram ao motivo da visita dos três.

A inicial alegre fisionomia do Rei foi se desfazendo, dando lugar a um visível espanto. Olhou estarrecido à volta de si enquanto fazia força para ordenar os pensamentos: Primeiro, os áureos do extremo norte do continente e, agora, os midrianos do extremo sul. Ambos tomaram sobre si uma estafante e longa viagem somente por causa da tal criança. O fato de os midrianos esperarem por uma criança negra não mudava nada naquela questão; o Rei estava certo de que se tratava da mesma menina. Com as faces rubras pela fúria contida, remoía ele o próprio temor: "Certamente todo o continente já sabia da existência daquela criança, e se aos outros foi dado um sinal profético do nascimento dela, por que não foi dado a ele? Por que a ninguém da sua corte?" — Heros II se sentiu, como nunca antes, ameaçado. Ele, que levava em si as marcas e cicatrizes de dezenas de batalhas vencidas, teve que reconhecer o quanto era vergonhoso sentir-se ameaçado por uma criança! Porém, não iria entregar-se a augúrios. Ele sacudiu para fora aqueles pensamentos agourentos e deixou que o banquete continuasse de forma descontraída.

Como permitia o protocolo, Gerão e Eira tomaram para si a hospitalidade do Rei e permaneceram alguns dias em Partalan e, naturalmente, durante a permanência deles, acabaram por ficar sabendo quase tudo sobre a menina, os pais dela e o envolvimento da casa real naquela questão.

Os porta-vozes da Mídria do Sul se puseram a caminho de volta, desapontados e confusos. A criança preenchia perfeitamente o quadro delineado naquela profecia, mas não era negra e eles não sabiam mais o que pensar de tudo aquilo.

Por mais quatro dias, estiveram a caminho, quando, enfim, alcançaram os primeiros arredores de Sevon e de onde em mais uma ou duas horas alcançariam o centro da cidade. Mesmo apesar do imenso cansaço e da grande fome que os afligia – pois os comestíveis já se haviam acabado desde o dia anterior – resolveram continuar até o centro. Délia e também Barzon sonhavam com uma boa refeição e uma cama confortável, e queriam, pelo menos por um dia, simplesmente descansar de toda aquela fadiga.

Do alto de um elevado, viram a cidade que se estendia a seus pés e que, daquela distância, oferecia uma vista maravilhosa. Encantados, contemplaram aquela grandeza. A riqueza de Sevon já se via nas muradas exteriores, construídas com tijolos queimados da melhor qualidade. Duas sólidas e quadradas torres de vinte metros de altura sustentavam uma plataforma e formavam a entrada principal da cidade. Eram completamente lajeadas de ladrilhos e apresentavam todo o seu esplendor em diversos mosaicos. A murada era intercalada por nichos nas quais se encontravam, esculpidas em pedras, as imagens dos Deuses locais. Em nenhuma outra parte do continente, adorava-se a tantos Deuses e Deusas, como em Goria.

Com grande respeito, entraram para a cidade, cujas ruas estavam apinhadas de gente. Pela grande variedade da moda, de cores e de enfeites em suas roupas, podia-se reconhecer que se tratava de gente das mais diferentes procedências. Charretes e elegantes carruagens, carroças, carros de boi e vagões de artistas e artesãos ressoavam no calçamento de pedras de granito e, vez por outra, se via também cavalgantes de camelos, alguns empobrecidos, outros ricamente trajados.

O barulho estava à altura de uma cidade grande e, sem dúvida, havia, no mínimo, tantos odores quantos ruídos; estava no ar um cheiro forte e seco de fumaça de carvão de lenha, misturado com o cheiro adocicado de vinho e o cheiro azedo de cerveja, que vinha das muitas tabernas e botequins.

As pessoas prosseguiam com seus afazeres e ninguém parecia notar a presença dos três e tanto movimento desnorteava os sentidos deles e eles se sentiram aliviados quando encontraram uma hospedaria em que havia na frente um grande pátio, onde puderam encostar o vagão. "Barril de Ouro" era o nome da hospedaria e, ali, eles foram cordialmente acolhidos. Receberam um quarto cujas paredes eram rebocadas e pintadas, e a porta guarnecida de uma pintura melindrosa. O chão era coberto por uma esteira fina e havia cortina nas janelas. No meio do quarto se encontrava uma cama larga que parecia convidativamente macia e, para a iluminação, havia dois candeeiros de cerâmica abastecidos com um óleo de cheiro agradável. Estavam surpresos por todo aquele conforto e, ainda mais, porque o compartimento diretamente do lado era um quarto de banho. Délia nunca havia visto um banheiro tão confortável; a água entrava por um cano que enchia uma banheira de alabastro e saía por outro cano, perdendo-se pelo campo por detrás da parede. O chão também era lajeado de alabastro e, na parede, pendia um cordão que acionava um sino, avisando o servente quando se desejava a água do banho. Nesse compartimento se encontrava também a latrina, composta de uma cadeira de madeira em cujo assento havia um buraco redondo e, debaixo dela, encontrava-se um recipiente de cerâmica. Délia se deleitou e, do fundo do coração, agradeceu a Ula, a vidente, pela boa sugestão. Depois de banhados, perfumados e vestidos com roupas limpas, tomaram a ceia da noite e dormiram como três abençoados soberanos!

No outro dia, nas primeiras horas da tarde, saíram a pé a procurar uma casa que estava para alugar. Barzon carregava Aziza na suspensa que trazia atravessada ao peito. Sem pressa, foram passeando pelas ruas. Sevon os fascinava com sua diversidade, suas cores e seus aromas. "Uma beleza de cidade". Pensava Barzon.

As construções de dois a quatro andares que se encarrilhavam umas às outras nas largas ruas principais, eram em sua maioria casas de comércio, bazares, oficinas de artesãos, por onde centenas de comerciantes e fregueses circulavam todos os dias. Porém, as ruas laterais eram bem mais estreitas e delas partiam dezenas de becos. Gozaram o prazer daquele passeio, familiarizaram-se com a cidade, viram a grande casa de banho público que era uma construção maravilhosa com pilastras colossais e estátuas de alabastro e mármore. A banheira principal era imensa, com um metro de profundidade, e era alimentada por fontanas que jorravam de figuras decorativas em forma de peixes, mulheres e demônios. Banheiras menores com águas cálidas rodeavam a principal. Era uma casa pública, mas, pelo preço do ingresso, certamente só seria frequentada pelos ricos.

A casa que foram olhar se encontrava fora do centro da cidade. Uma modesta e pouco atrativa casinha, de paredes de argila batida. O chão não tinha pavimento, a cozinha era escura e úmida e os quartos bem pequenos. "Não. Numa cidade como aquela, um dentista precisava de coisa melhor; não necessariamente de luxo, mas, pelo menos, numa boa área, com um grande e bem iluminado compartimento para o consultório. Barzon acompanhou Délia e Aziza de volta à hospedaria e saiu novamente para procurar uma casa mais adequada. Ia atento, devagar e remarcando ruas, becos, templos e tudo o que era importante por onde passava.

A rua principal atravessava a cidade e culminava numa grande praça, no meio da qual se erguia uma extraordinária construção. Uma obra-prima arquitetônica. A construção ordenava, na forma de um círculo, vinte delgadas pilastras de mármore rosado que sustentavam um balaústre ricamente esculpido. Com imensa admiração se via ali quão melindrosamente os canteiros trabalharam a superfície daquele capitelado. Finos e estupendamente complicados eram os ornamentos do arremate inferior das colunas. E no seu interior, outras vinte pilastras menores, formavam outro círculo cujo pavimento era um belo mosaico que apresentava a imagem de Zaray, a Deusa da arte e da música e Grallas, o Deus dos prazeres e da volúpia. Entrava-se naquele monumento por todos os lados, e, naquela praça, encontravam-se também mais quatro templos consagrados a diferentes Deuses.

Barzon se agradava cada vez mais daquela cidade e, por onde passava, ia solicitamente perguntando por uma boa casa que pudesse alugar. Entrou por uma ruela não muito longe do monumento e, ao passar por uma bodega simples, porém asseada, viu um moleque sentado sozinho a uma mesa tomando uma refeição. Imediatamente, reconheceu Mibu. O rapazinho, um menino esbelto, de pele queimada pelo sol, bela fisionomia, cabelos negros e lisos e olhos espertos também viu Barzon e um alívio profundo se apoderou de Mibu, que se sentiu tão feliz que precisou chorar. Correram um ao encontro do outro; Barzon lhe passou o braço pelo ombro, contente de tê-lo reencontrado. Aquela aventura havia sido algo muito perigoso e Barzon estava imensamente grato ao menino. Eles se sentaram à mesa. Barzon bebeu uma cerveja enquanto Mibu terminava sua refeição e, logo, o menino se pôs a relatar a aventura por que passara:

— Tudo se deu como previsto. Encontrei os soldados do Rei e os levei imediatamente em outra direção. Eu descrevi vocês perfeitamente e falei da menina, de modo que tiveram de acreditar em mim.

— Oh, meu jovem amigo, estive mesmo de consciência pesada; deixei que você corresse perigo de morte.

— Não, meu senhor, nós todos estávamos em perigo! Os soldados já estavam bem perto de nós e esta decisão foi um golpe de sorte, o que provavelmente salvou também a minha vida.

— Estavam eles dispostos a nos matar?

— Certamente teriam matado o senhor e a mim e capturado Délia e a menina, pois o Rei a deseja com vida.

— E como lhe foi possível fugir?

— Por pura preguiça, cometeram um erro. Já na primeira noite me mandaram buscar água na beira do rio e me deram uma ânfora muito grande. Então, deixaram que eu levasse o cavalo para poder transportar a ânfora, que ficaria pesada demais quando cheia. Na parte mais larga, onde deu pé para o cavalo, atravessei o rio, entrei por um matagal e me afastei rapidamente dali, antes que percebessem a minha ausência.

— Como você é esperto e inteligente, meu amigo! E há quanto tempo, já está aqui em Sevon?

— Há quatro dias, senhor. Eu estava muito preocupado em como reencontrá-los; e vocês, há quanto tempo estão aqui?

— Nós chegamos ontem. Agora, estamos acomodados na hospedaria *Barril de Ouro*. Eu já estou à procura de uma casa e quase não posso esperar para poder começar novamente a trabalhar — Barzon olhou o menino nos olhos e percebeu todo o cansaço que se estampava na face dele. — E você Mibu, como passou esse tempo todo? — Mibu deu de ombros.

— Como sempre senhor. Com trabalho e privações — disse ele entristecido. — Eu saí perguntando e encontrei trabalho na oficina de um ferreiro. Lá, tive que trabalhar de manhã até quase à noite e, para comer, eu recebia duas vezes por dia um prato de sopa e um pouco de pão, mas não recebia dinheiro, porque, de acordo com as contas do homem, a ração do cavalo já era cara o suficiente como pagamento. Porém, hoje de manhã eu escutei quando ele combinava com um freguês a venda do cavalo. Ele não me percebeu no compartimento do lado. O velhaco planejava me roubar. Sem alarde, fui para o estábulo, peguei o animal e saí em disparada.

— Oh, meu pobre, jovem amigo, quanto sufoco você ainda terá que aturar? — Disse Barzon e, comovido, tomou as mãos do menino.

— Mas, hoje ainda cedo, encontrei o bodegueiro dessa casa no mercado e me ofereci para ajudar no transporte de sua mercadoria. Ajudei também no serviço da casa e, assim, mereci esta boa refeição — disse ele, sorrindo orgulhoso.

O comerciante veio ao encontro deles; Barzon se apresentou ao homem e esclareceu:

— Eu sou o tutor deste menino e o dono do cavalo que ele traz consigo. No nosso caminho de vinda, tivemos que nos separar e, por sorte, nos reencontramos em tempo. Ele me disse que o senhor o tratou bem e eu lhe agradeço. Que a paz seja sua.

— E que a paz seja sua, senhor. Se eu puder ajudar em outras coisas... — disse o comerciante, um homem pequeno e gordinho, careca na testa com o resto do cabelo grisalho e longo, preso de rabinho. Ele se chamava Kaspari e parecia ser bem simpático.

— Eu sou médico e dentista. Minha família e eu chegamos ontem em Sevon, onde pretendemos nos estabelecer. Estou à procura de uma boa casa, onde possamos morar e atender aos meus pacientes. — Barzon não estava muito certo se deveria continuar se passando por médico: a mentira lhe causava certo desconforto. Sentia a consciência pesada, mas o sucesso que havia tido até ali, dava-lhe a sensação de ter um talento natural para aquela profissão.

— Eu sei de uma casa muito boa, e tenho uma filha muito doente. Se o senhor encontrar uma forma de ajudá-la, direi uma palavra a seu favor com o dono da casa — disse o homem, testando o outro.

— O senhor querendo, posso agora mesmo dar uma olhada na sua filha — disse Barzon, decidido!

Mibu ficou esperando do lado de fora e os outros entraram na casa. Kaspari o levou a um quarto, que parecia ter sido carinhosamente decorado para uma menina, no meio do qual se encontrava uma grande cama de ferro. Em cima da cama, havia muitas almofadas, colchas e um monte de bonecas de pano; e, no meio de tudo isto, jazia uma menina pequena e extremamente magra. Parada do lado da cama, a mulher do comerciante, permanecia muda. Quando Barzon se aproximou, a menina apertou uma das bonecas contra o peito e olhou temerosa para Barzon, com olhos apáticos, mas que pareciam querer pular das órbitas. Com muito jeito, Barzon lhe tomou as mãos e lhe apalpou a testa. A menina começou a choramingar.

— Já está fazendo mais de um ano que ela sente dores contínuas e não sabemos mais o que fazer para aliviá-la. Já passamos por todos os médicos de Sevon e fizemos oferendas a todos os Deuses e até mesmo o mais importante sacerdote da mais honorífica posição religiosa nos visitou pessoalmente. Mas nada mudou, nossa filha vai de mal a pior — esclareceu Kaspari.

Barzon empurrou algumas coisas para o lado e se pôs a examinar a menina. Perguntava se estava doendo, enquanto lhe apalpava o corpinho, mas não pôde chegar a nenhuma conclusão, pois a pobrezinha sentia dores por todo o corpo. Mas então ele percebeu, na região da virilha esquerda, algo endurecido, que não se percebia do lado direito e, quando ele apalpou novamente aquela área, a menina gritou de dor. Ele pôde sentir o caroço que era pequeno, como uma avelã. Ele conhecia algumas excrescências de tecidos da área dentária, mas ele mesmo nunca operara pessoalmente, embora tenha estado ao lado do pai, quando este operava. Ponderou por algum tempo: Se era possível remover tais tumores da cavidade bucal, por que não seria possível removê-los de outras áreas? Ele deu seu diagnóstico a Kaspari e à mulher e a opinião que tinha sobre a possível solução do problema. Esclareceu também que nunca operou paciente algum e que eles teriam que procurar a opinião de um operador competente. A criança lhe causava pena; como ele havia descoberto o problema, se comprometeu pesadamente. Queria muito ajudar a menina, mas era, na verdade, um charlatão. O que deveria ele fazer agora? Confessar que não era médico?! Ele retornou para a hospedaria, acompanhado de um alegre e entusiasmado Mibu, mas não se sentia bem.

Quando Délia reviu o menino, abraçou-o com tanta força contra o peito que este ficou rubro de embaraço.

— Oh, que bom vê-lo de novo, menino — disse ela, toda alegre.

— É bom vê-los também. Onde está Aziza? — ele quis saber.

— Ela está dormindo no quarto e ela percebeu como ele estava sujo e fedorento. E, como se tratasse de uma criança pequena, ela o tomou pela mão, mostrou o quarto de banho e lhe disse como usá-lo.

Enquanto Mibu se banhava, Barzon pôs Délia a par dos acontecidos, o encontro dele com o comerciante e a doença da filha. Délia era da opinião de que ele precisava urgentemente esclarecer que não era médico, e ele viu que ela estava com a razão. Não deveriam começar sua nova vida com uma mentira. Sim, a partir daquele momento ele seria somente dentista. Estava decidido!

Mas era tarde, pois, no outro dia bem cedo, Kaspari, o comerciante, viria procurar Barzon. Quando Barzon o deixou no dia anterior, ele foi logo procurar por Pym, o médico mais renomado de Sevon, que havia pouco tempo também examinara a menina. Ele relatou o diagnóstico do novo médico e Pym se sentiu ratificado pois esta era também a opinião dele e se colocou à disposição para uma conferência com o novo médico. Kaspari não queria perder tempo e apressou Barzon para que fossem se encontrar com Pym.

Enquanto andavam, Kaspari foi lhe falando sobre Pym: Ele nascera em uma pequena província. Seu avô era tido como um muito eficiente mago que podia curar ou destruir e também como um homem temível e sem piedade. Do velho se dizia que fora aos poucos se perdendo em superestimação, se tornando cada vez mais despótico e ganancioso, e que passara a tiranizar o único filho, pois jamais o perdoara por não ter herdado nenhuma das habilidades do pai. E assim, ao perceber que para ele já não contava nenhuma justiça, passou o povo também a repudiá-lo. Porém, o velho reconhecera em Pym o seu sucessor e reviveu a sua ambição. Decidiu fazer do menino um estadista, um regente, e, na tenra idade de sete anos, mandou-o para Sevon. Sob a tutela do tio, o menino serviu oito anos como aprendiz no templo da Deusa Lubit, a padroeira dos homens de negócios. Dali, ele foi aceito na Casa da Justiça e passou a estudar direito e política, mas não se agradara daquele estudo e, por isso, deixou a casa do tio e se pôs a viajar pelo continente, dedicando-se mais tarde ao estudo da medicina. Apesar de ser ele mesmo religioso, Pym reconhecera cedo o suficiente que doenças não vinham e nem dependiam da vontade dos Deuses, e passou a se rebelar contra os médicos desabilitados, que mantinham essa crença para terem sempre um motivo que os livrassem de responsabilidades. E, assim, sua meta passou a ser a divulgação da medicina como questão científica, livrando esta das suas amarras supersticiosas. Naquele meio-tempo, tornou-se o médico mais renomado de Sevon.

Pym morava numa área nobre, onde as casas foram artisticamente construídas. Algumas eram de adobes, outras de pedras, com telhados de diversas formas e alturas, cobertos de telhas canais. As casas se encontravam bem jutas umas das outras, mas não eram iguais. Cada uma tinha estilo próprio e se percebia que cada morador tentava apresentar na fachada da casa, a própria fantasia. A casa de Pym era grande com somente pequenas claraboias para o lado exterior e grande janelas voltadas para o pátio interno. Tinha dez compartimentos, seis térreos e quatro no pavimento de cima e também uma área aberta que parecia um terraço. Todos os cômodos eram lajeados com pedras chapeadas, e a sala de entrada tinha o pavimento preto e branco, como na tábua de xadrez, trabalho efetuado por canteiros competentes. As paredes eram estucadas e decoradas com murais e tapetecarias.

Foram cordialmente recebidos e Kaspari tomou logo a palavra:

— Que a paz seja sua. Este é Barzon, o novo médico. Eu... — Pym o ignorou e se virou para Barzon:

— Ao que parece, você é um bom conhecedor da medicina. Eu estou admirado da sua rápida e precisa diagnose — disse ele, um tanto charmoso. Barzon reavaliou rapidamente a situação em que se encontrava: seria uma grande tolice prolongar a mentira. A chance de poder começar uma nova vida dentro da sua profissão, naquela bela cidade, não deveria ser desperdiçada. Rubro pelo constrangimento e sem entrar em muitos detalhes, explicou a Pym e ao perplexo Kaspari que não era médico. Que se passar por médico foi uma momentânea necessidade, durante a forçada viagem que tiveram que fazer, mas que em tempo algum colocara pacientes em perigo.

— Mas sou, porém, um habilitado dentista como meu pai, meu avô e os nossos antepassados.

— Então seja bem-vindo a Sevon, como dentista. Um bom dentista é um enriquecimento para a cidade. — Numa longa prosa, conversaram sobre suas profissões, seus conhecimentos e sobre o sofrimento da filha de Kaspari. Estavam de acordo que era urgente a remoção do tumor, pois a menina já estava à beira da morte. Com a autorização de Kaspari, Pym decidiu que já na próxima manhã operaria a menina e Barzon deveria assisti-lo.

Kaspari se foi. Pym e Barzon passaram ainda horas conversando. Pym lhe contou do desejo e dos planos de fundar uma "Casa da Medicina", com muitos compartimentos e salas onde os médicos pudessem observar com precisão o desenvolvimento das doenças, para tentar descobrir suas origens, usando racionalmente os entendimentos que tinham e analisando as observações que faziam. E, se chegassem a uma conclusão, poderiam administrar a droga adequada. A "Casa da Medicina" seria um lugar em que o estudo da medicina ficaria acessível a todos que se interessassem pelo assunto. Pym já havia conversado com Parcy, a Rainha de Goria, e ela parecia inclinada a permitir, e até mesmo financiar, o projeto. Pym era de opinião que se aquela operação viesse a ser bem-sucedida, teria mais um bom argumento para convencer de vez a Rainha.

Barzon o escutava fascinado, tinha que admitir que nunca conhecera alguém de melhor conduta moral, porque, com toda a naturalidade,

Pym usava de frases como: "Não há nada demais se um médico, em caso de dúvidas, pede a opinião do seu colega. Mas, perante o doente, não se deve cair em disputas ou querelas." "A medicina é uma arte nobre, mas, por causa da ignorância daqueles que levianamente a desacreditam, não recebe ela a mesma admiração que as outras artes." "O médico deve praticar com calma e paciência. Deve esconder do paciente aquilo que este não deve saber e, ao mesmo tempo, com fisionomia descontraída, dar ao paciente o conforto de que este precisa; ele deve saber censurar o doente com autoridade e, ao mesmo tempo, mansamente consolá-lo, e não deve nunca deixá-lo perceber que se encontra em perigo de vidamorte." E quanto ao pagamento dizia Pym: "Não se preocupe de antemão com o pagamento. É melhor perdoar a ingratidão do doente curado do que condená-lo ao sofrimento. Considere a situação financeira do paciente e não hesite em tratá-lo, caso ele não disponha de meios para pagar. E se for o caso de ter-se que tratar de um mendigo ou de um estrangeiro, será esse o momento de praticar o amor ao próximo, pois onde se encontra a arte de se amar ao próximo, se encontra também a arte e o amor à medicina."

De lá, Barzon se pôs de volta a caminho da hospedaria. Livre do fardo daquela mentira, ia ágil e ligeiro por entre o monte de gente, que ia e vinha, pelas ruas, ruelas e becos. E estava feliz, pois havia conquistado a simpatia de Pym, um homem tão honorável.

Na hospedaria, falou de Pym para Délia e Mibu e do que haviam planejado para a manhã seguinte. Naturalmente estava ele preocupado com a possibilidade de a operação não correr bem, mas teriam que tentar, pois a menina não sobreviveria muito no estado em que se encontrava. Aziza gargarejava seus ruídos de neném e Barzon a tomou no colo: "Que beleza de criança." Ele pensou, e lhe cantou cantigas.

Délia lhe chamou a atenção para o fato de que Mibu necessitava de algumas roupas. Ele e o jovem se puseram a caminho do mercado principal. Em diferentes bancas, Barzon comprou para o menino duas túnicas comuns de algodão para o dia a dia e uma túnica de linho para os dias de feriado. Um par de sandálias e uma niqueleira de couro, presa num longo cordão para ser usada atravessada ao peito. Para si, comprou uma túnica num tom de verde acinzentado e para Délia um corte de tecido verde claro com barrado dourado. Como pai e filho, saíram a passear pela cidade, perguntando sempre por uma casa que pudessem alugar e visitaram algumas. Assim, passaram o resto do dia e, ao cair do crepúsculo vespertino, retornaram para o *Barril de Ouro*.

Ao chegar à casa de Pym na manhã seguinte, Barzon não pôde deixar de admirar de ali encontrar um sacerdote. Provavelmente, ao que parecia, Pym não confiava somente no conhecimento que tinha de medicina, mas buscava também a proteção dos Deuses.

— Não são os Deuses que nos mandam as doenças, estas são parte da natureza e se apoderam de nós por caminhos naturais e nós mesmos é que temos de combatê-las. Os Deuses nos ajudam, livrando a nossas almas dos preconceitos — dizia Pym.

A pequena paciente chegara deitada em uma maca, carregada por Kaspari e mais três homens, que fizeram todo o trajeto a pé, para poupá-la do desconforto do balanço da charrete. O consultório era um dos cômodos da casa. Uma sala grande com uma janela alta, cujas paredes eram lajeadas de mármore branco até a altura de dois terços. Tudo já estava preparado para a operação e eles logo começaram. De repente, uma estranha sensação se apoderou de Barzon; ele pensou automaticamente em Aziza e esta lembrança parecia ter algo de profundo, era a mesma sensação que ele sentia quando se achava diante de situações em que tinha que tomar alguma decisão importante, mas não estava certo de como decidir.

— Eu acho que você também deve se preparar para começar — disse Pym em voz baixa e Barzon sorriu desconcertado. Estava realmente perdido em pensamentos e não podia explicar por que pensava sempre em Aziza em tais situações. Ele escutou o sussurrar baixinho do sacerdote que já começara uma ladainha; Barzon respirou fundo, relaxando a tensão que o tomava.

Tudo estava acuradamente preparado e Pym parecia absolutamente concentrado. Barzon se postou ao lado dele, observando atenciosamente todos os movimentos do outro e cuidando para que houvesse ordem na mesa de operação. Kaspari cuidava da fervura e desinfecção dos utensílios.

E o sacerdote rezava em contínua ladainha.

Dois dias e duas noites passou a menina em um delírio de coma, sem que soubessem dizer se ela sobreviveria. A incerteza pesava sobre o ambiente, como um manto opressor, e uma ameaça angustiante pairava sobre o seu destino. Mas Pym permanecera calmo; tantas vezes vira as sombras da morte que havia aprendido a reconhecer todos os vestígios de vida e não perdia a esperança. Tinham que ter sucesso, deu o melhor de si, foi assistido por um jovem corajoso e inteligente entendido de medicina e tiveram a proteção dos Deuses.

Kaspari passou o tempo todo ao lado da filha, cabisbaixo e oprimido. De tão pálida, a menina parecia uma figura de cera e mesmo com a confiança de Pym no sucesso da operação, ele já estava por perder as esperanças, quando, como por milagre, a menina voltou a si. No mesmo instante, toda aquela tensão se desfez e um alívio indescritível se apoderou deles. A vida se decidira por ficar.

A estória da filha de Kaspari, a terrível doença dela e a milagrosa cura se espalharam por toda a cidade chegando também aos ouvidos da Rainha, que por fim liberara os meios para a fundação da "Casa da Medicina" planejada por Pym, que fora a primeira no país de Goria.

Mais de dois anos se passaram e Pym concluiu seu projeto. Notável fora sua percepção e grandioso o planejamento, e ele se tornou o indiscutível fundador da medicina clássica. Como nenhum outro, soube ele estabelecer o padrão de conduta de um médico, independentemente dos recursos disponíveis ou da situação dada. E vieram de todas as partes aprendizes que disputavam um lugar ao lado dele, decididos a aprender e a aceitar os seus ensinamentos, sua prática de curandeiro e suas regras morais. A doutrina de Pym determinava que não somente a profissão, mas também a conduta social de um médico deveria estar sempre de acordo com o alto mérito da medicina!

Sevon era, sem sombra de dúvida, a cidade mais interessante que Barzon conhecia e ele se agradava cada dia mais daquele lugar. Ele e sua família moravam agora numa área muito boa, nas proximidades da bela "Casa de Banho". A casa era de dois andares, construída de alvenaria e revestida de tijolinhos; à primeira vista, parecia somente uma pequena torre, pois não tinha janelas para o lado da rua. Um ornamentado portão de ferro dava passagem para o pátio interno. As paredes internas eram caiadas de um branco meio amarelado e a construção tinha aqui e acolá enfeites de bordaduras de gesso. A sala de entrada era simples e dela saíam duas portas: uma levava ao consultório que se compunha de dois compartimentos, e a outra levava a um corredor do qual se alcançava os outros compartimentos da casa. A cozinha era comprida e relativamente estreita e dela desciam alguns degraus que levavam a um pequeno porão, que não era mais do que um calabouço para se guardar vinho e óleo. Do lado da cozinha, estava o quarto de banho e do outro lado subiam os degraus que levavam aos quartos de dormir; três quartos pequenos e um grande do qual subiam mais alguns degraus que levavam ao terraço. Os compartimentos inferiores eram lajeados de cerâmica e os de cima, cobertos com um revestimento feito de um capim d'água próprio daquela região. Todas as janelas davam para o pátio e este se abria para um pequeno jardim no qual se encontravam alguns arbustos floridos. Dois empregados cuidavam dos afazeres da casa, pois Délia havia dado à luz o primeiro filho em comum. A casa era grande, confortável e perfeita para a vida que levavam. Haviam conseguido muito mais do que ousaram sonhar e estavam satisfeitos e felizes.

Aziza se desenvolvia saudavelmente. Era engraçadinha, inteligente e esperta. Sua carinha rosada, os olhinhos reluzentes e a boquinha em forma de coração encantavam a todos que se acercavam dela e, desde que descobrira a fala, não dava mais sossego a Mibu e aos pais adotivos, com tantas perguntas curiosas e engraçadas que fazia.

Por meio de sua amizade com Pym, Barzon ganhou depressa respeito e consideração dentro da sociedade de Sevon e, por meio da boa qualidade do seu trabalho, muitos pacientes e, consequentemente, muito dinheiro.

Mibu perdeu a posição de empregado e Barzon o mandou para uma escola, que fazia parte do grande Templo. O jovem não gostava da escola, mas tinha que frequentá-la quatro vezes por semana. Ele se sentia aprisionado, gostava mesmo é de estar do lado de fora, com os cavalos, e aquela rotina lhe custava um grande sacrifício; mas não queria ser ingrato e, assim, saía quase sempre em louca disparada pelas ruelas, chegando na última chamada para o começo da lição. Os aprendizes, alguns filhos de cortesãos, outros de comerciantes e demais financeiramente bem situados cidadãos, assentavam-se em bancos de madeira e trabalhavam os seus exercícios. O afazer principal era copiar acuradamente a lista de palavras que o mestre apresentava, e Mibu achava aquilo tudo terrivelmente monótono. Porém, naquele meio-tempo, já sabia ler satisfatoriamente, mas seus dedos já estavam dormentes de tanto cravar o estilete na tábua de argila, que se usava para os exercícios, pois os pergaminhos eram mais valiosos. Vez por outra, tudo se confundia em frente a seus olhos, quando tentava se concentrar naquelas letras cunhadas. Na pausa de meio-dia, comiam o lanche que levavam consigo que era quase sempre um pedaço de pão ou bolo e frutas secas e podiam descansar ou brincar por algum tempo. Na parte da tarde, aprendiam a arte de calcular e, muitas vezes, ele sentia na pele o arder da varada, quando calculava errado ou não se comportava apropriadamente, mas seus tutores sabiam que tinham nele um jovem inteligente. No fim da tarde, ele retornava para casa, cansado e esgotado, porém feliz por ter deixado a escola para trás.

Um dia, Barzon quis comprar um novo cavalo e, junto com Mibu, foi ao encontro de um estribeiro, cujo estábulo se encontrava fora da cidade. Lá, viram um majestoso cavalo ainda selvagem. — Este ainda não está a venda, é animal teimoso e ninguém ainda conseguiu domesticá-lo — esclareceu o estribeiro. Mas Mibu já caíra de amores pelo animal e disse:

— O senhor ainda não pode usar este cavalo, porque não o entende. Faça a nós uma boa oferta e nós ficamos com ele. Eu posso domesticá-lo.

Com calma, ele se achegou ao animal que começou a reagir nervoso, tomou-lhe as rédeas e mudou sua posição de maneira que sua cabeça ficou virada para o lado do sol. O jovem havia percebido que o animal se amedrontava de suas sombras. Então, Mibu foi acariciando o cavalo e lhe sussurrando palavras meigas ao ouvido; e, com um salto ágil, montou no animal. Primeiro, o cavalo se revoltou, se estrebuchou e se levantou nas patas traseiras; mas Mibu segurava as rédeas com firmeza. Então, o cavalo saiu em louca disparada e o jovem o comandava com voz firme, apertando os calcanhares nas ilhargas do cavalo. Barzon observara a situação. Ele estava preocupado, mas não interferira, e, quando o jovem retornou trazendo o cavalo num trote manso, Barzon se alegrou e se encheu de orgulho. "Não somente um excelente cavaleiro, o jovem era sensato, esperto e sem dúvidas, possuía as qualidades autárquicas, de quem sabe comandar com autoridade." Admitiu Barzon para si mesmo.

Mesmo com as muitas responsabilidades que tinham, estavam Barzon e Délia satisfeitos com sua família e a vida que levavam. A adoração dos muitos Deuses não chegara a tomar lugar em suas vidas, mas eles estavam determinados a incluir na educação das crianças o valor e o respeito pelas coisas sagradas. As visitas aos diversos belos templos eram motivo de muito prazer e eles não faziam objeção de participar de suas festas, dentre as quais a mais abundante era a festa anual de veneração a Grallas, o mais popular entre os Deuses de Goria.

Délia se encontrava no terraço, quando olhou para baixo e viu parar em frente da casa um vagão que ela imediatamente reconheceu. Cheia de contentamento, desceu correndo as escadas e impetuosamente recebeu Eurípedes e Florinda, as yjaras que haviam encontrado quando estavam a caminho de Sevon. Em breve se daria a festa anual de Grallas e por isso elas haviam sido chamadas por seus fregueses que desejam novas roupagens para aquela ocasião. Nelas não se via nenhuma mudança, continuavam alegres, coloridas e extravagantes. Ficaram três semanas em Sevon e durante sua permanência eles se encontraram frequentemente e Mibu também se agradou do jeito descontraído das yjaras. "Elas estão de bom humor dentro do vagão, quando andam pelas ruas, quando trabalham ou se deitam ou se levantam." Ele pensou, divertindo-se. Elas costuraram também para Délia e para os demais da família.

Enfim começara o verão e para o povo de Sevon, bem como para Barzon e sua família, havia chegado a hora de se juntarem a parentes e amigos para comemorarem juntos a grande festa anual de Grallas. Os muitos Deuses e Deusas venerados em Goria eram regularmente festejados. O fato de que a religião em Goria ocupava um lugar muito importante na vida dos gorianos, e de que os Deuses arcavam com a responsabilidade por tudo na vida, do nascimento até a morte, era algo que todos sempre afirmavam, mas não necessariamente acreditavam. Os Deuses mais poderosos como Grallas, Lubit ou Zaray eram adorados por todo o país e para eles se construíam grandes templos; outros Deuses eram regionais, entre os quais se contava Talim e Taulus, mas havia também os Deuses particulares que se encarregavam dos problemas familiares. Estes não tinham templos, eram adorados em pequenos altares que os devotos construíam dentro de casa.

Délia estava muito bela. Aprontara-se com esmero para a festa e Barzon a mirou com prazer e satisfação. Ainda a caminho do templo, já se encontravam no meio de um alvoroço de tanta gente que ia e vinha de todas as direções. Barzon carregava o recém-nascido na suspensa atravessada ao peito e Aziza, que já completara três anos, ia toda fascinada no meio daquele fuzuê festivo. Para as crianças, a festa era uma oportunidade de se divertir e de usar roupas bonitas, além do que recebiam por parte dos cortesãos muitas guloseimas, tais como frutas ou nozes cristalizadas.

A praça principal, onde se encontravam o grande monumento e os grandes templos, estava apinhada de gente e de todas as esquinas iam e vinham centenas de pessoas: serventes, comerciantes, cortesãos, soldados, artesãos e, sobretudo, os devotos sacerdotes do Deus padroeiro do dia. Via-se nos trajes das pessoas as suas posições sociais; os mais pobres trajavam a túnica rudimentar e andavam descalços; outros trajavam longas alizabas ou túnicas franjadas com um xaile pendurado pelo ombro, mas os ricos usavam suas mais extravagantes vestimentas, rebordadas em ouro e prata. As mulheres comuns usavam vestidos simples, de corte largo, e as mais ricas, vestidos talhados de tecidos escolhidos entre os mais belos. Algumas tinham os cabelos trançados e arranjados em volta da cabeça; outras os traziam soltos ou presos por uma fita ou uma Tiara. E as joias eram apresentadas como troféus.

Vieram para a cidade muitos mercadores de outras paragens com suas tendas e suas especialidades, e os mercadores locais vendiam comidas e bebidas. A bebida popular era a cerveja. Naquela região, havia dez diferentes tipos de cerveja. Os cereais, as plantas e ervas que lhe davam o aroma, o mel ou o malte que lhe davam o gosto ou o tempo e a forma de fermentação, determinavam suas características, por meio das quais elas se distinguiam umas das outras. Vinho, por sua vez, parecia ser uma exclusividade para os ricos. Mas todos podiam apreciar os espetáculos oferecidos, as comédias teatrais e a música tocada em liras, harpas, trompetes e outros instrumentos. Também com jogos de azar, oferecidos em algumas tendas, se podia passar o tempo.

Contagiado pela alegria geral, passeavam Barzon e sua família pela cidade, no meio da multidão que se empurrava de um lado para outro, sem dar atenção uns aos outros; e o barulho era tão intenso que era preciso gritar, se se quisesse dizer alguma coisa.

— Oh, olhem lá os saltimbancos — gritou Mibu e apontou para o fim da rua, onde, no meio de um aglomerado de gente, se apresentava alguma coisa. Foram até lá, forçando a passagem por entre o povo até poderem ver os artistas. Mibu e Aziza, com os olhos arregalados e encantados, encaravam o grupo. Nunca haviam se divertido tanto; tudo era tão excitante que inflamava as fantasias deles e irradiava suas faces. Por uma fração de segundos, Mibu viu por detrás do acrobata uma fisionomia um tanto familiar, mas não conseguia se lembrar de onde a conhecia. Pouco depois, eles se empurraram novamente para sair do meio do aglomerado, passando para o outro lado da rua, onde havia uma banca que vendia naxá, uma especialidade típica dos dias de festas. Naxá era um pãozinho de massa fina, recheado com uma massa de nozes moídas, mel e determinadas ervas de tempero que cresciam pelos matos daquela região. Um quitute muito delicioso. A dona da banca era uma mulher gorda de cabelos pretos, repartidos em duas tranças que lhe caíam sobre os ombros. Era uma mulher simpática e Barzon comprou naxá para todos. Ali, Mibu viu novamente, do lado da tenda, a fisionomia conhecida, mas ainda não atinara para quem poderia ser aquela pessoa.

Os músicos tocavam para a apreciação dos espectadores, e as melodias que vinham dos instrumentos eram penetrantes e sem fim, mas alguns tocavam muito bem e a estes Barzon recompensava com alguma moeda, pela qual era agradecido com um aceno de cabeça. Eles foram dali para a bodega de Kaspari, onde pretendiam se encontrar com Pym e sua família. As mesas e o balcão estavam cheias. Encontravam-se ali muitos soldados que conversavam em voz alta, davam risadas, se insultavam e bebiam enormes quantidades de cerveja. Mas Pym já se tinha ido.

Barzon já sentia os músculos doloridos, pois carregava o neném já por muito tempo e Aziza também já estava esgotada pelas tantas andanças e resolveram retornar para casa. Mibu recebeu de Barzon autorização para ficar por mais algum tempo. O jovem continuou tranquilo suas andanças por entre as tendas e bancas e conseguiu até se infiltrar na arena para assistir à luta que era um privilégio dos homens adultos.

Mais tarde, a caminho de casa, passou novamente pela bodega de Kaspari e, ao ver os soldados que ainda lá se encontravam, lembrou-se, de supetão, a quem pertencia a fisionomia que lhe chamara a atenção: era um dos soldados do Rei Heros II, do grupo que ele enganara. "Se esse homem me reconheceu, encontrou os procurados!" O pensamento o aterrorizou e o medo, em forma de dor, apertou-lhe o coração. Ficou por um momento pasmado, mas, num repente, como que picado, se pôs loucamente a correr. "Preciso urgentemente prevenir Barzon." Pensava, enquanto tentava não colidir com as pessoas que ainda iam ou vinham do centro. Tomou todos os atalhos e corta-caminhos que conhecia.

Completamente sem fôlego, alcançou a rua na qual sua casa se encontrava. O portão estava escancarado, mas o silêncio era ameaçador. Entrou pela casa e começou a chamar baixinho por Barzon e Délia; depois, mais e mais alto até começar a gritar. O cheiro do sangue lhe invadiu as narinas ainda antes que pudesse vê-lo e, instintivamente, soube que a tragédia acontecera. Mortos, assassinados, caídos em uma poça de sangue, ele encontrou Barzon, Délia e o neném. O jovem ficou parado, o coração batia como se quisesse lhe pular do peito e sua boca queimava de secura. Quase não conseguia controlar a tensão e os joelhos tremiam enquanto procurava por Aziza. Mas sabia que a procura era vã, que os assassinos a levaram consigo!

Petrificado, observou por mais algum tempo a família assassinada; sua família, a única que conhecera. A família que ele amara e que o amara. Suas lágrimas correram soltas por sobre a face e uma dor profunda lhe queimava a alma. Viu a cruel verdade diante dos olhos, o poder derradeiro e fatal da morte, o fim de toda felicidade! Não sabia mais como conseguira chegar à casa de Pym, e, soluçando de desespero, relatou o acontecido.

O assassinato de Barzon e sua família e o sequestro da menina se tornaram um escândalo na cidade de Sevon. Pym estava revoltado e nos seus olhos ardia uma grande fúria. "Isto jamais poderia acontecer." Repetia indignado, enquanto organizava os pormenores para que se começasse o mais cedo possível com a perseguição dos assassinos e sequestradores. Ele levou o caso pessoalmente à Rainha que também reagiu indignada: — Sem a minha autorização, nenhum Rei tem o direito de perseguir, matar ou sequestrar, dentro do meu país! Ela ordenou ao comandante da Guarda que tomasse sem delongas a perseguição dos criminosos. Mandou Kamor, seu conselheiro para assuntos exteriores, seguir imediatamente para Aládia, para exigir do Rei Heros II uma explicação para aquele atrevimento.

Pym confiava na Rainha e na competência da guarda real. Ele quis convencer Mibu a ficar com ele e sua família e deixar a busca por conta da Guarda, mas teve que admitir que Mibu estava com razão em querer procurar ele mesmo pelo último membro de sua família que ainda vivia. O jovem pegou o melhor cavalo e, envolto em lúgubre tristeza, partiu dali.

Os sequestradores tinham dois dias de vantagem. Mibu conseguiu descobrir que eram um grupo de quatro e que escolheram um atalho no qual teriam problemas com a carroça e também estava certo de que Aziza lhes tornaria a viagem difícil. “Eu os alcançarei em breve.” Repetia consigo mesmo. Quase não havia dormido nas últimas 48 horas, mas não se sentia cansado; ao contrário, sentia-se aferrado e impaciente. Seus pensamentos circulavam loucos pela cabeça e voltavam sempre para a visão daquela barbaridade. Olhava estagnado para frente sem sequer perceber quão fatigante era o caminho no qual se encontrava. Obstinado, açoitava o cavalo e, pertinente, perseguia o seu objetivo.

O dia estava por findar, quando Mibu alcançou outro vale. Já não sabia mais onde se encontrava e a vista sobre o vilarejo, cujas casas haviam sido construídas contra o paredão rochoso, só lhe dizia que se encontrava longe de qualquer cidade. O manto da escuridão que se punha sobre a luz do dia fazia no trigal os perfeitamente ordenados feixes de trigo parecerem fantasmas. Mais para o fim do vilarejo, encontrava-se uma casa de pedras, de cuja chaminé saía uma fumaça escura e densa, e, de uma árvore um tanto seca, no desleixado jardim, pendia uma lanterna. Mibu tomara repentina consciência de que sentia fome e resolveu perguntar ali se poderia conseguir comida. Uma mulher de aparência um tanto assustadora, vestida com um longo manto preto com um grande capuz, saiu da casa. Mibu apeou do cavalo, fez uma reverência e disse:

— Que a paz seja sua, senhora. Eu estou a caminho de viagem; estou com fome e com sede. Posso receber da senhora uma xícara de chá?

— Certamente, meu jovem — disse ela com uma voz rouca, que lembrava a voz de um homem. — Pois entre.

Parecia que ela estava a esperar por Mibu. Sobre a mesa, havia uma cesta de pão que cheirava a pão fresco e, na lareira, borbulhava um caldeirão de sopa. A mulher se chamava Lapadia, tinha um olhar sinistro, mas tratou Mibu como se fossem velhos conhecidos, e ele, sem realmente se dar conta, contou-lhe tudo: desde o primeiro contato com Barzon até a chegada dele à casa dela. Ela não o interrompeu e, quando ele chegou ao fim, da narrativa, ela disse:

— Os sequestradores e a menina não estão muito longe daqui, somente duas ou três horas, se muito.

— Mas como sabe a senhora onde eles se encontram? — perguntou Mibu, admirado.

— Eles também passaram por aqui, contaram-me uma estória mentirosa, mas não foi difícil perceber que a criança não lhes pertencia. Assim, eu já esperava que alguém viesse em seguida para resgatar a menina; porém me surpreende ser o libertador dela uma pessoa tão jovem, disse ela, tentando ser mansa; não queria ofender o corajoso rapazinho.

— Pode se tratar de uma coincidência eu ter chegado justamente à casa onde eles estiveram? — perguntou ele, desconfiado.

— Fique despreocupado, eu sou uma mandingueira, e as pessoas veem a mim sem que percebam. Minha atração é forte.

— E quando estiveram aqui?

— Hoje de manhã. Eu lhes dei a refeição matinal.

— Hoje de manhã? Então eles estão com um dia inteiro de vantagem.

— Não, não, eles certamente não foram longe.

— E por que acredita a senhora que eles não foram longe?

— Eu lhes dei, dissolvido no chá, uma boa porção de purgante. Eles terão que parar! — disse ela, e deu uma boa risada. Pressa e impaciência, começaram a se apoderar de Mibu.

— Se é assim, posso continuar imediatamente minha cavalgada e alcançá-los ainda esta noite.

— Você está esgotado. Para o seu próprio bem e para o sucesso da sua missão, deve descansar. E seu cavalo também precisa de descanso e alimento, mas eu mesma me encarrego dele. Relaxe e durma por algumas horas, eu o acordarei na hora certa de partir e você os encontrará cedo o suficiente. Eles estarão dormindo profundamente, pois o dia lhes terá sido muito desagradável. — Já bocejando de sono, o jovem ainda perguntou:

— Onde estamos nós aqui, senhora?

— Aqui estamos em Bartum, ao pé da cordilheira da fronteira com Aládia.

Mibu dormiu um sono profundo e sem sonhos. Quando a mandingueira o despertou, ele teve a sensação de que não dormira nem meia hora, mas saltou do leito de palha já pronto para cavalgar. Olhou para o firmamento e deduziu ser o meio da noite e, mesmo com a sonolência lhe travando os músculos, sentiu-se bem; estava acostumado a enfrentar dificuldades e, sem perda de tempo, cavalgou pelo vale iluminado pela luz da lua. Estava envolto numa profunda tenacidade e uma sensação de amarga euforia, misturada com o orgulho de saber que estava no encalço dos criminosos, o instigava. Desde o assassinato da sua família e o sumiço de Aziza, ele vinha tendo pesadelos, mas pior do que os pesadelos era a lembrança da imensa perda que sofreu. Havia uma semana, estava feliz e satisfeito, em uma invejável situação; podia frequentar uma escola, trabalhava no que lhe dava prazer e era amado e respeitado. E então tudo estava perdido, e ele se sentia roubado e ferido; um surto de ódio lhe varava as entranhas, quando pensava em poder infligir aos criminosos o mesmo quinhão de dor. Ele temia nunca mais poder dormir em paz enquanto não clamasse por justiça. Ele queria vingança!

Uma fraca estria alaranjada se estendia pelo horizonte trazendo a primeira luz da manhã, e Mibu foi tomado repentinamente por uma espécie de pânico, ao se dar conta de que havia chegado ao seu alvo. Percebera, à curta distância, o acampamento dos criminosos. Do lado do caminho se estendia uma espécie de prado e, mais além, corria um rio; porém, o aplanado era amplo e não proporcionava refúgios. O cavalo de Mibu relinchou quando sentiu a presença dos outros animais amarrados a um arbusto na beira do rio. Mibu esperou com a respiração contida, mas nada sucedeu, e ele apeou do cavalo muito cuidadosamente. O silêncio era letal. Enrolados em cobertores, dormiam, estirados no chão, os quatro soldados do Rei e pareciam em sono profundo. Por um momento, o jovem se sentiu tentado a esfaqueá-los, mas sabia que os gritos de um acordariam os outros e, por isso, esforçou-se para se conter. Não viu a menina no chão. Deixou o cavalo a certa distância e com extrema cautela se achegou da carroça dentro da qual Aziza dormia e, prudentemente, despertou-a. A criança começou a choramingar e ele lhe apertou a boca com a mão, até que ela enfim o reconheceu. A menina compreendeu que era preciso guardar silêncio e ele a resgatou.

A primeira preocupação de Mibu foi se afastar daquele vale o mais depressa possível. Em vez de seguir pelas margens do rio, cavalgou em direção ao norte, subindo por uma colina cuja picada se enveredava por um árido terreno no qual só se via, de ambos os lados, altos, alcantilados e desbotados rochedos. A subida ia se tornando cada vez mais inclinada e o chão, coberto de cascalho solto, cedia ao passo do cavalo que reagia nervoso; por isso, Mibu tinha que usar de muita autoridade para controlar o animal. Aziza ia recostada ao peito e braço dele e já estavam por coisa de duas horas naquele fatigante caminho. Ele tentava alcançar o vale do outro lado, onde esperava encontrar um melhor caminho, mas estava tão cansado que suas forças ameaçam deixá-lo e teve que se permitir uma pausa. Contudo, mesmo terrivelmente esgotado, teve que sorrir quando a menina reclamou do desconforto da viagem no lombo do cavalo.

O jovem sentia uma estranha euforia; não tinha ideia de como continuar tudo aquilo. Só tinha consigo um pouquinho de mantimentos e praticamente nenhum dinheiro; mesmo assim, estava feliz, muito feliz. Conseguira um admirável feito, havia sozinho resgatado a menina das mãos dos sequestradores dela, quatro soldados armados!

Aziza perguntava por Barzon, Délia e pelo irmãozinho, e Mibu se consolava com o fato de ela não ter tomado conhecimento daquela carnificina.

Seria muito arriscado tomar agora o caminho direto de volta a Goria, e ele se pôs a pensar: "De onde estava, tenho uma boa visão sobre a picada; podemos permanecer ali por algum tempo e, mais tarde, retornar à casa de Lapadia. A mandingueira certamente nos ajudará novamente".

O sol brilhava no céu e o vento soprava mansamente um ar tépido e agradável e, naquele momento, Mibu só sentiu a felicidade de estar novamente junto a sua "irmãzinha" e à inocente criancice da menina, que o abraçava, beijava e tagarelava coisas engraçadas, enchendo-o de bem-aventurança. Mas, de repente, ele a encarou, e uma onda impetuosa de tristeza se abateu sobre ele e uma compaixão infinita o tomou. Duas vezes, tinha ela perdido os pais. Por quê? Ela ainda não sabia da tragédia e ele não achava coragem para lhe dizer. Seria melhor deixar que Pym contasse tudo a ela.

Por volta da tarde, puseram-se a caminho de volta. Mibu sentou a menina firmemente na sela e lhe explicou como se segurar. E ele foi descendo por entre os cascalhos do barranco, levando pelas rédeas o cavalo. O caminho de descida era tão desconfortante quanto fora a subida e, quando enfim avistou o vilarejo, Mibu mirou a casa da mandingueira e percebeu dois cavalos que tentavam pastar naquele árido pátio, e, pelos apetrechos que se encontravam ao redor, ele reconheceu os cavaleiros. Os soldados haviam percebido o plano dele e o esperavam na casa da mandingueira, enquanto os outros dois provavelmente esperavam na rua principal. Por ali, não poderiam continuar e teriam que retornar pelo mesmo caminho. O jovem se sentiu abatido e completamente desanimado. Retornar significava fazer todo aquele penoso trajeto mais uma vez e seus músculos já estavam extremamente doloridos pela peleja de puxar as rédeas para manter o animal na picada. E quando a menina se pôs a reclamar que estava com sede e que queria apear do cavalo, ele teve que lutar contra a raiva surda que lhe ameaçava subir pelo peito. Resignado, prometeu à criança que procuraria um local adequado e que fariam uma pausa.

Por algum tempo, ele ficou olhando tensamente para a escarpada subida e, abruptamente, tomou uma decisão: Não havia sentido em retornar, ao contrário, desceria o resto daquela colina em sentido contrário ao do vilarejo, procuraria o rio ou algum riacho e seguiria um pouco mais confortavelmente pelas suas margens. Para onde, já não tinha mais importância, pois não poderiam mais tomar o caminho de casa, onde os soldados os esperavam.

— Agora temos que ir um pedaço a pé — disse ele para a menina e a desmontou. Segurava as rédeas com mão de ferro e, para descontrair o cavalo, ia dando nele mansos tapinhas no pescoço, enquanto regorjeava ruídos como: Hei tcha, hei tcha...

Por aquele lado, eles desciam um abarrancado perigoso. "Respeito", ele pensou, ao observar Aziza, que fazia sozinha o caminho por entre o monte de pedregulho solto! Não, medrosa ela não era e ambos conseguiram achar o passo seguro, mas o cavalo se agitava a cada escorregada e estrebuchava, correndo o risco de debandar barranco abaixo. Daquele lado não havia árvores nem sequer arbustos, só se via aqui e acolá uma espécie de capim seco; mas, por fim, alcançaram uma parte plana e pararam por um momento com a respiração ofegante; e, apesar de um vento forte lhes soprando nas orelhas, estavam molhados de suor.

Mibu olhou para trás e nem pôde acreditar que conseguiram chegar ali sem perdas e danos. Olhando-se de baixo para cima, a barranqueira parecia uma barreira intransponível. Dali, eles não demoraram a encontrar um riacho e fizeram a merecida pausa. Mibu não desarreou o animal, mas deixou que pastasse livre pela beira do riacho.

O vento foi se tornando cada vez mais forte e mais frio, e a luz do dia se desvanecia. Mibu deu à criança um gole de água e o último pedaço de bolo de mel que levava consigo; ele mesmo não comeu nada, achou prudente racionar o alimento, pois só tinha ainda um pedaço de pão, que já estava um tanto quanto duro, e um pouco de chá; mas, como poderia saber em quanto tempo estariam a caminho?

Aziza se recostou ao peito dele e fechou os olhos. Ele sabia o quanto ela estava cansada. Suas costas doíam e seus pés lhe queimavam, mas tinham que encontrar um lugar melhor para passar a noite. Ele se levantou de um pulo:

— Vamos prosseguir antes que escureça — disse ele, e teve de usar de toda sua força de vontade para colocar novamente em movimento suas cansadas e doloridas pernas. Foram seguindo a descida do riacho, cujas margens proporcionavam o único agradável panorama naquela área; mas o vento assobiava com força e o jovem pesquisava atentamente os arredores, até que descobriu uma rachadura no rochedo, que se abria numa espécie de vão. Ele inspecionou a cavidade com a menina que temia aquele lugar medonho, colada atrás de si. O vão era úmido, escuro e frio, mas ele reconheceu ali o resto de uma fogueira. Respirou fundo: "era pelo menos um recanto protegido", e, rapidamente, lutando contra a escuridão que ligeiramente tomava conta do céu, desarreou o cavalo, juntou uma braçada de capim seco e acendeu um pequeno fogo, feliz por poder esquecer-se por um momento da escuridão e do frio. Aziza já caía de sono e o jovem a apertou bem junto a si. Enrolaram-se na coberta, uma chamalote de lã de camelo, e caíram em sono profundo.

A manhã seguinte estava nublada. As nuvens pareciam baixas e escuras e o vento assobiava. Mibu se esforçou em reacender o fogo e preparar o chá, enquanto a menina ainda dormia. Seu estômago roncava como um leão furioso. Mibu tirou da capanga o pedaço de pão, umedeceu-lhe a superfície e tentou esquentá-lo à beira do fogo.

Eles comeram aquela parca refeição matinal enrolados na chamalote, observando da entrada daquela cavidade as mofetas de nuvens escuras que se moviam no céu como fantasmas. Aziza perguntava continuamente por Délia, Barzon e o irmãozinho, e Mibu tentava entretê-la contando a ela todas as estórias que estava em condição de inventar.

Por fim, as nuvens se abriram e o vento se acalmou; e, com as juntas ainda duras de frio, Mibu arreou o cavalo e se pôs novamente a caminho. Alcançaram novamente as margens do riacho que então corria em direção ao norte. Ali, o chão era plano e quase tão bom quanto uma verdadeira estrada. Mibu não sabia mais onde se encontravam, mas sabia que, mais cedo ou mais tarde, o riacho desaguaria num rio e, perto de rios, havia sempre algum vilarejo e ele poderia então se orientar novamente. De qualquer forma, Goria ficava no Leste.

O jovem estava simplesmente esgotado, todos os seus músculos doíam e ele já não tinha mais forças para suportar o peso da criança recostada ao peito e braço dele. "Quanto tempo levarei para alcançar um vilarejo?" Pensava acabrunhado, pois a menina choramingava de fome e ele mesmo tinha que lutar contra a tontura que o estômago vazio lhe causava. Muitas vezes, sentia tudo escurecer à frente dos olhos e, quando Aziza, toda agitada, chamou a atenção dele para o belo vagão parado adiante, ele acreditou estar vendo miragens, acreditou também estar escutando canções. Tudo começou a girar à sua volta e o silêncio e a completa escuridão se abateram sobre ele.

Quando Mibu reabriu os olhos, ele viu, sobre si, as amáveis fisionomias de Eurípedes e Florinda, as yjaras amigas de Barzon e Délia.

— Como está se sentindo? — perguntaram preocupadas.

— Abatido. Eu acho que desmaiei de fome — disse ele, acanhado.

— Nisso tínhamos pensado. Venha, sente-se aqui e tente beber um pouquinho de chá; assim que se sentir melhor, pode comer um pedaço de pão ou de bolo. — Ajudaram-no a beber o chá forte e tépido que lhe prepararam, mas não puderam esperar para perguntar o que os dois faziam sozinhos naquelas paragens.

Mibu retornara logo ao estado normal e sua cabeça pensava novamente com clareza; porém, uma angústia sufocante lhe subiu ao peito ao se dar conta de que teria que informar a elas sobre aquela tragédia.

— O que aconteceu, o que estão fazendo aqui? — perguntaram impacientes, antecipando o agouro.

O jovem ainda procurava aflitamente pelas palavras certas, quando foi assaltado por uma convulsão de tremor e não pôde mais conter as lágrimas que lhe brotaram dos olhos. Atormentado, pôs-se a falar e o relato saiu apressado, desordenado, em palavras e frases entrecortadas por soluços.

As yjaras escutaram o relato estarrecidas, sem poder acreditar no que ouviam, mas a máscara de dor que cobria a face do jovem as consternaram profundamente. Aziza também se pôs a chorar. Será que ela entendeu o que se passara?

O jovem ainda tremia e, de repente, pareceu ser pequeno e desamparado. Eurípedes o tomou nos braços, acariciou-lhe os cabelos e o embalou gentilmente, para acalmá-lo e consolá-lo. "Inacreditável tudo o que eles tiveram que aturar nestes últimos dias." Pensavam elas comovidas. Florinda se ocupava de Aziza e naturalmente as yjaras tomaram para si o encargo de proteger e acompanhar aqueles órfãos de volta à casa deles. As yjaras estavam a caminho de Rujia, onde moravam, e haviam procurado o riacho para lavar suas roupas. "Mas que coincidência!" Pensavam todos.

Kamor e o acompanhante chegaram a Partalan. O embaixador de Goria foi devidamente recebido por Gorel, o conselheiro das relações diplomáticas, e, logo após as formalidades iniciais, Kamor chegou ao motivo da sua visita:

— Soldados do Rei Heros II invadiram o país de minha Rainha e, sem permissão, praticaram dentro do nosso território assassinatos e sequestro. Eu peço uma audiência imediata com o Rei. — Ao dizer isto, Kamor entregou a Gorel a carta de Parcy, a Rainha de Goria, para o Rei de Aládia. O conselheiro se sobressaltou. A cera que lacrava a carta era roxa e significava ameaça. Gorel tomou nas mãos o pergaminho e se inclinou fundo, como mandava o protocolo.

— Senhor, eu fico na esperança de que esta carta não nos traga notícia desastrosa. Nosso Rei será informado e precisará de tempo para ler e meditar sobre o conteúdo dela. Enquanto isso, nós oferecemos ao senhor nossa hospitalidade enquanto espera. Eu o informarei quando o Rei desejar recebê-lo.

— Eu agradeço, mas devo dizer que uma rápida decisão será certamente do interesse do seu Rei. — disse o embaixador energicamente. Kamor era pequeno e magro, de uma estatura que parecia frágil, o que lhe fazia parecer bem jovem; ele se apresentava, porém, com segurança e autoridade. — Meu acompanhante e eu certamente acharemos uma pousada para descansar e estou certo de que o senhor não terá problemas em nos encontrar.

Os outros também se inclinaram fundo. — Se o senhor nos desculpar... Que a paz seja sua.

— E que a paz seja sua — disse Gorel, já prevendo o mal!

O embaixador e o acompanhante se retiraram e Gorel se foi a passos largos ao encontro do Rei, que já cismava: — Por que procurava por ele o embaixador de Parcy? Gorel se postou na frente do Rei e, sem cerimônias, foi logo relatando sua conversa com o embaixador e lhe entregou a carta de Parcy. Heros ficou perplexo ao ver a cor do lacre. Uma repentina tensão enrijeceu os músculos de sua face e, quase que com deferência, abriu a carta. Leu minuciosamente o seu conteúdo e num repente disse:

— Diga ao embaixador que tomei conhecimento do conteúdo da carta e que minha resposta seguirá por meu mensageiro. Procure por Ruviel e diga que desejo urgente um relatório da atividade dos nossos soldados fora do território de Aládia e mande dizer ao sacerdote-maior que desejo vê-lo imediatamente.

Heros ficou agitado, a carta de Parcy não deixava dúvidas. Ela exigia o retorno da criança e a condenação dos criminosos e lhe dava somente duas semanas de prazo. A criança deveria retornar saudável e sem danos e o não cumprimento da sua demanda seria tomada por uma declaração de guerra. O Rei podia sentir sua indignada cólera e a ameaça era iminente. O Rei se pôs a refletir se a perseguição da criança fora das fronteiras de Aládia havia sido mesmo necessária; desde que ela se fora, parecia haver paz e harmonia por todo o país. Ele franziu a testa desgostoso. Não queria desavenças; não somente por ser um homem amante da paz, mas também porque sabia muito bem do poder das forças armadas de Goria, que eram, no mínimo, tão fortes quanto as dele e isso era motivo de muita preocupação!

Gorel retornara acompanhado de Matuza e, antes que o sacerdote se inclinasse, o Rei lhe colocou a carta na mão. Heros encarou o sacerdote sem dizer nada. Um silêncio profundo se abateu sobre o aposento e a fisionomia do sacerdote escureceu. Gorel não pôde mais conter a impaciência e perguntou:

— Perdoe-me senhor, mas o que aconteceu? Estamos sendo ameaçados pelo reino de Goria? — também sem dizer nada, Matuza lhe passou a carta e ele a leu em segundos. O Rei permanecia calado.

— Senhor, deve o conselho da coroa ser chamado?

— Sim, o mais depressa possível. Vá e organize a conferência — Gorel se foi. Perturbado, o Rei virou-se para o sacerdote:

— Matuza, por que deseja Taulus que padeçamos? O sacerdote-maior se aprumou. Sua face e seu corpo se enrijeceram.

— Senhor, como pôde chegar a tal pensamento? Não é Taulus quem quer dificultar as nossas vidas e sim Talim! Não vê? Taulus nos dá bem-estar, riquezas, liberdade, prazeres, alegria... e o que Talim nos dá? Nada; ao contrário, além de querer que vivamos em privações, ele ainda envia sua protegida para desencadear tormentas e desavenças entre os povos... — o Rei conteve sua agitação e o interrompeu:

— Matuza, você está consciente de que esta ameaça é real, de que uma guerra nos traria imensas perdas?

— Naturalmente, meu senhor...

— Então não seria melhor deixar que a criança retorne?

— E decepcionar para sempre o nosso Senhor e Protetor? — disse Matuza alterado, mas amenizou a voz: — Heros, eu sempre o servi com lealdade como sacerdote e conselheiro; mas, da mesma forma, sou leal ao meu Deus e esta lealdade defenderei até à morte.

— A alternativa talvez seja encontrar a crônica... — o Rei falava, quando um dos lados da pesada porta se abriu e a Rainha Lidana entrou no aposento, acompanhada dos filhos. Ao perceber o engano, disse meigamente:

— Ah, sinto muito, não sabia que estava ocupado — e quis se retirar, mas Raco I, o príncipe herdeiro, já começara a tagarelar e o Rei achou por bem dispensar o sacerdote e se descontrair um pouco daquela tensão. Tentou se entregar ao prazer de estar com sua família, mas a cabeça dele fervilhava. — Então a menina estava a caminho? Por que não havia sido informado? — Lidana quis saber o motivo da visita do embaixador, mas Heros não lhe disse nada sobre a ameaça.

No outro dia, encontrava-se na sala do trono o completo conselho da coroa. Heros II repassou os olhos por entre os seus conselheiros e esclareceu:

— Meus senhores, Taulus, nosso Deus verdadeiro, nos ordenou uma ação que feriu e ofendeu Parcy, a Rainha de Goria. Ela nos ameaçou com guerra, caso ignoremos suas exigências de reconciliação e estou temeroso de que teremos que lutar, pois, se cumprirmos a exigência, ofenderemos a Taulus.

— E qual é a exigência? — perguntou Aquim, o mais velho entre os conselheiros.

— A Rainha exige o retorno da criança reclamada por Taulus, que nossos soldados sequestraram em solo real, dentro da capital de Goria.

— Mas onde se encontra a criança?

— Provavelmente a caminho de Partalan. Sua chegada ainda não nos foi anunciada.

— Então nem sequer sabemos se a criança ainda vive? — perguntou o ancião preocupado, enquanto tamborilava os dedos pelo rosto.

— Exatamente — disse o Rei, também preocupado e apreensivo.

— E estamos correndo o risco de entrar em guerra contra um inimigo capaz de nos destruir somente por causa desta criança?

— Pois esta é a ameaça — repetiu o Rei. O resto do conselho escutava em silêncio.

— Nós ainda podemos deixar que a criança seja devolvida...

Com a voz alterada, Matuza interrompeu o ancião: — Senhor, Parcy nos deu somente duas semanas de prazo. A criança não está aqui e não sabemos quando chegará. Mesmo querendo, não creio que possamos devolvê-la dentro do prazo determinado. Não haverá como evitar esse conflito. O melhor agora é nos prepararmos para a guerra. Taulus receberá a oferta de sacrifício que deseja e nos recompensará com a vitória. — Matuza se calou e, por um longo tempo, houve silêncio. Depois, o conselho se aprofundou em discussões. O Rei e os moderados preferiam devolver a criança, pois ainda restaria a possibilidade de, mais tarde, capturá-la de novo, mas Matuza e os devotos aferrados queriam o sacrifício definitivo dela. A maioria ficou a favor do sacerdote, e os demais tiveram que ceder. Em seu coração, Heros repudiara a decisão e, a contragosto, disse para Ruviel, seu conselheiro de armas:

— Organize o encontro de todos os nossos prefeitos. Temos que discutir nossos planos estratégicos. É chegada novamente a hora de ser provada a lealdade dos meus súditos a mim e a Taulus.

E o reino de Aládia se preparou para a guerra!

As yjaras, o jovem e a criança alcançaram novamente o vilarejo no qual se encontrava a casa da mandingueira. Pararam no topo da colina e espiaram os arredores; não viram nada estranho, tudo parecia estar em ordem e puderam ver Lapadia no pátio da frente. "Certamente os soldados já teriam perdido as esperanças de que passariam por aquele caminho", pensavam eles. Quando chegaram, a mandingueira exclamou:

— Já esperava por vocês. Eurípedes a olhou surpresa e disse:

— Senhora, que a paz seja sua, nós somos...

— Eu sei quem vocês são — interrompeu a mulher, com sua voz masculina, que soava como se ela estivesse de mau-humor; porém, ela já havia preparado uma deliciosa refeição. Mandou logo que se assentassem à mesa e Mibu e Aziza comeram com grande gulodice.

— Vocês estão pretendendo retornar para Goria, não é mesmo? — disse Lapadia.

— Sim, nós éramos amigas dos pais dessas crianças e queremos acompanhá-las de volta à casa delas. A senhora certamente sabe o que lhes sucedeu, não é?

— Sim, sim, muito lamentável; mas lá eles não encontrarão mais um lar. Goria e Aládia se preparam para guerra. Ambos os lados sofrerão imensas perdas e odiarão a criança por isso! — As yjaras encararam a mandingueira sem saber se deviam acreditar naquela informação e sem entender o motivo daqueles acontecimentos.

— E o que é que devemos fazer? — perguntou Florinda, com a voz trêmula.

— Levem-nas com vocês para Rujia e façam sigilo da origem delas.

— Certamente poderíamos levá-las conosco, mas a senhora sabe quem somos, como somos e como vivemos. Isso seria bom para elas? — perguntou Florinda um pouco desconsertada.

— Oh, estou certa de que estas crianças estarão perfeitamente bem nas mãos de vocês.

De repente Eurípedes foi assaltada pela desconfiança: — E por que está a senhora preocupada em proteger a criança?

— Eu certamente a teria destruído, caso Taulus me tivesse ordenado. Mas ele não me ordenou e, por isso, vou deixá-los seguir. Em suma, todo Ser tem o direito de lutar pela própria existência, esta criança também — disse a mandingueira, sem demonstrar emoções, e, não somente as yjaras, mas também Mibu ficaram presos num enigma: Era Lapadia uma boa ou uma má pessoa?

Lapadia lhes ofereceu pousada, mas as yjaras decidiram continuar viagem; já não se sentiam bem na presença da mandingueira; mesmo assim, aceitaram o saco de mantimentos que a mulher lhes ofereceu; mas ela tinha razão, seria mais seguro não mencionar mais o nome da menina. A partir dali, passaram a ter o cuidado de, na presença de estranhos, só se referir a ela ou chamá-la de Zia.

De lá, foram seguindo pela estrada principal, pois não viam mais necessidade de se esconderem; os soldados certamente estariam patrulhando em sentido oposto ao que tomariam. A estrada era plana e livre de cascalhos e seguia mais ou menos reta, subindo por um corcovado ainda verdejante. Os cavalos marchavam em passo ligeiro e, em breve, já não se viam mais casas, gente ou animais. Dali, o rigoroso e árido planalto se estendia adiante, até a um horizonte infinito e distante. Durante três dias, viajaram sem nenhum obstáculo por aquela estrada e, depois de passarem por dois vilarejos, alcançaram a cidade de Naret. Ao pé da colina, já se via o primeiro amontoado de barracos pobres e casebres modestos, mas, à medida que se chegava ao centro, melhores se tornavam as construções e tanto mais belas e bem vestidas, as pessoas. Todos se alegraram em estar novamente na cidade, poderiam se lavar e talvez, uma ou duas noites, dormir confortavelmente numa hospedaria ou estalagem.

Mal acabaram de chegar e as yjaras já foram procuradas por fregueses que desejavam os serviços delas, e, assim, eles ficaram em Naret por quatro dias. No último dia, quando tomavam sua refeição, perceberam outro hóspede: um homem pequeno, moreno escuro que estava acuradamente vestido em uma simples, porém elegante e rara indumentária. Eurípedes notou que ele os observava intensamente e acreditou tê-lo visto apontar em sua direção, enquanto cochichava alguma coisa ao ouvido da dona da casa. O homem deixara o local e, na hora de se despedir, Eurípedes perguntou à hospedeira quem era aquele homem e a mulher, que estava satisfeita com o serviço que a yjara lhe havia feito, foi logo dizendo o que sabia. O homem era um viajante vindo de Calisten. Dizia-se que pertencia à malta dos que se chamam "Oripins" e, ao que parecia, estava à procura de uma determinada criança. Eurípedes se sobressaltou. "Será que a perseguição da pobre menina não teria mais fim?" E ele, por sua vez, havia feito perguntas sobre elas, quisera saber o que tinham elas que ver com as crianças, pois yjaras não tinham filhos. A dona da casa afirmou ter-lhe dito que as crianças eram irmãs e viajavam para o seu destino sob os seus cuidados.

Um estranho receio se apoderou de Mibu, que escutava a conversa; ele se lembrou que, havia algum tempo, escutara quando Barzon e Délia conversaram sobre os oripins. Não se lembrava mais do que se tratara, mas se lembrava de que Barzon e Délia pareciam preocupados. O jovem compartilhou de temor com as yjaras e, pensativos, puseram-se novamente a caminho.

Mais dois dias, viajaram por aquelas ásperas e inóspitas paragens até que alcançaram as fronteiras de Rujia. Desde que deixaram a cidade de Naret, Eurípedes estava cismada de que estavam sendo seguidos e já caía a tarde quando enfim chegaram a um lugar que proporcionava um bom esconderijo. Era uma área de estranhas formações rochosas; pedras imensas se elevavam do chão arenoso, formando uma espécie de labirinto. Ali acamparam para passar a noite.

Na manhã seguinte, no sétimo dia de viagem, os viajantes tomaram a refeição matinal, sentados em volta do fogareiro e Eurípedes esclareceu o seu plano: Eles fingiriam que não perceberam a perseguição e Florinda seguiria em frente com o vagão levando Aziza, enquanto ela e Mibu ficariam ali, se esconderiam e assaltariam o perseguidor, pois tinham que saber por que estavam sendo seguidos.

Puseram o plano em ação e, armados de facas, estiraram-se no chão por detrás das grandes pedras e espreitaram o caminho. Eurípedes sentiu secura na boca e uma sensação de mal-estar lhe apertava o ventre; sempre se sentia assim, nas situações em que pensava em usar uma arma. Não tardou muito, o cavaleiro se aproximou. Eles reconheceram imediatamente o viajante da hospedaria e, ao comando de Eurípedes, os dois saltaram juntos do esconderijo. Mibu agarrou as rédeas e, num relâmpago, Eurípedes empurrou o cavaleiro da sela, que caiu de barriga no chão empoeirado. Seu coração martelava incontrolado, mas ela tomou da faca e a encostou na garganta do perseguidor.

— O que é que o senhor deseja de nós? — perguntou ela esbaforida. O homem ficou algum tempo sem se mexer; depois, vagarosamente, se virou para o lado e encarou a yjara com olhos estreitos. Ele falava baixo e manso, porém com arrogância.

— Eu posso primeiro me sentar, prezada senh... hrr... — parecia estranho a ele referir-se à yjara como mulher; mas, por outro lado, jamais poderia tratá-la como um homem; assim, simplesmente ignorou a saudação. — Eu não desejo absolutamente nada de vocês e não sei o que vocês desejam de mim. Por que me assaltaram? — perguntou ele, fazendo-se de ofendido.

— Não tente nos enganar; desde que partimos de Naret, o senhor vem seguindo nossos passos.

— Talvez seja porque viajamos com o mesmo destino e, nestas paragens, não há muitas opções de caminho.

— Ah sim, fazemos o mesmo caminho! Para onde o senhor está indo?

— Para Rujia — respondeu ele com altivez.

— Pois bem, se é assim, nosso caminho se apartará em breve; minha irmã e eu estamos na incumbência de levar estas crianças a seus parentes em Tárkia — mentiu a yjara e guardou a faca. O homem se levantou, sacudiu a poeira da sua roupa e ajeitou novamente o pequeno e arredondado barrete. Mibu lhe devolveu o cavalo.

— Quem são estas crianças? — perguntou, mas, em vez de responder, Eurípedes disse:

— Eu posso lhe assegurar que nenhuma dessas crianças é aquela que o senhor procura. A criança prometida foi sequestrada nas terras de Goria por soldados do Rei Heros II e se encontra a caminho de Aládia.

As yjaras possivelmente falavam a verdade. Ele mesmo escutara de diversas fontes a estória do sequestro em Sevon, mas não conseguia se livrar da sensação de estar próximo a tal criança. Teria ele se enganado? Poderiam aquelas criaturas tão esquisitas enganar quatro experientes soldados do Rei e lhes tomar a criança? Ele estava confuso e a yjara perguntou:

— Por que o senhor está a procura dessa criança? O que tem os oripins que ver com ela? Quem é o senhor?

— Meu nome é Ba Murat. Como chegou à conclusão de que eu sou um oripim à procura de uma criança? — perguntou ele em resposta.

— O senhor andou fazendo perguntas e, além disso, está vestido com uma muito peculiar indumentária que não se vê com frequência. Nós, as yjaras, viajamos por todo o continente e certamente podemos identificar as pessoas pelas vestimentas que usam.

Ba Murat balançou a cabeça, estava aborrecido por ter-se deixado assaltar como um idiota e teve que admitir que aquelas criaturas esquisitas não eram nada bobas.

— Neste caso, vocês estão com a razão. Como guardiões da Crônica Santa, temos nós, os oripins, o dever de analisar todo aquele que se diz vindo de Deus...

— Mas existem tantos Deuses... — interrompeu a yjara.

— A velha crônica tartárica prediz a assunção de um poderoso soberano. Aquele que perpetuará a linha Divina do sangue tartárico... — subitamente, Ba Murat parou de falar, como se tomando consciência de ter falado demais. De um salto, estava novamente na sela; levantou brevemente o barrete e disse:

— Vocês me desculpem... — e galopou dali.

Uma brisa fria soprava contra a face dos viajantes e o ar fresco da manhã lhes fazia arrepiar a pele, mas, tranquilizados, continuaram a viagem. Sem aquele contratempo com o oripim, eles já estariam bem mais longe; mas, pelo menos já estavam em Rujia. As yjaras se decidiram por ir direto para Ilia, a capital de Rujia. Pediriam lá uma audiência com a Rainha e solicitaram dela proteção para aqueles órfãos.

Rujia era por natureza um país de solo árido e arenoso, mas os rujianos jamais se cansavam de se esforçar em tentar torná-lo verdejante e belo. Arbustos, palmeiras e muitas árvores haviam sido cuidadosamente plantados e formavam as alamedas das ruas principais. Chafarizes artísticos enfeitavam a cidade e proporcionava aos passantes água pura e cristalina. Para muita gente, Rujia era o país mais liberal e tolerante do continente e, ao mesmo tempo, um grande triunfo de genial e criativa capacidade.

Os viajantes chegaram a Ilia naquele mesmo dia, mas a claridade já se havia ido e eles se hospedaram na estalagem "Lo Raples". Cansados e famintos, abateram-se sobre a refeição que lhes foi servida. A comida era composta de uma variedade de pães, inclusive pão integral e pão de passas, uma espécie de patê de carne, além de queijo, compota, mel e bastante chá. Também ovos cozidos lhes foram oferecidos. As yjaras eram muito jeitosas e combinaram com o estalajadeiro pagar a hospedagem e a comida com bons trabalhos, e, satisfeitas, foram dormir.

Já cedo, na manhã seguinte, logo depois da primeira refeição, eles se puseram a caminho do palácio e, na guarita de entrada, deram seus nomes e o porquê da petição de audiência. As yjaras eram normalmente bem-vindas ao palácio e a guarda lhes dera passagem. Tiveram que esperar por algum tempo, e se puseram a apreciar a beleza do amplo pátio interno que era um jardim muito belo. Trepadeiras cobriam praticamente toda a murada, roseiras de várias espécies se enfileiravam em volta dos canteiros e um fio de água, em cujas margens crescia um matinho rasteiro com florzinhas de vermelho púrpuro, serpenteava por entre as plantas.

Um servo veio ao encontro deles e os guiou por uma surpreendentemente simples e singela construção, que para um palácio parecia bastante pequena. Chegaram logo à sala onde Emita, a Rainha, recebia os súditos. À sua chamada, os visintantes entraram no salão e uma meiga e bondosa Rainha lhes sorriu. Emita parecia muito idosa, trazia os já completamente brancos cabelos num coque aprumado, preso por um diadema. Estava vestida numa bela roupagem de cor azulada e segurava o cetro com uma pequena e trêmula mão. O salão tinha o teto arqueado, decorado por pinturas em forma de nuvens que iam de um tom azul turquesa até ao branco. As paredes também eram de um azul bem pálido, decoradas na margem de cima e na margem de baixo por uma faixa que apresentava uma pintura colorida e melindrosa. O chão era lajeado de mármore branco e, como mobília, se encontrava ali somente a poltrona real. Atrás, havia duas poltronas mais simples, nas quais se assentavam dois conselheiros. Em frente, duas cadeiras para os visitantes.

Depois dos cumprimentos, as yjaras relataram, tentando manter a voz calma, o sucedido àquelas crianças. Explicaram a importância de manter sigilo sobre a origem da menina e por que a chamavam de Zia. A Rainha ficou comovida e se compadeceu dos órfãos. "Que barbaridade", pensou. Ela mesma não conseguia acreditar na existência de Deuses, mas, como Rainha, achava melhor permitir que cada um acreditasse no que quisesse. Ela deu às yjaras a permissão de levar os órfãos para o "País das Yjaras" e de cuidar deles e lhes garantiu proteção.

Haviam permanecido cinco dias em Ilia, e, enfim, chegaram ao destino. O País das Yjaras ficava ao nordeste de Rujia e tinha uma população de mais ou menos cinco mil habitantes; não era somente uma parte de Rujia, mas também uma mistura de povos e raças. As yjaras eram extrovertidas e amigáveis e estavam sempre dispostas a oferecer aos visitantes informações sobre o "país" de onde elas vinham, no qual havia somente uma cidade, e, afora as que trabalhavam no campo, moravam as demais em vizinhança compacta. A cidade não tinha nenhuma construção monumental e não se via ali nenhuma construção com mais de dois andares e haviam todas sido construídas de argila de barro. As casas eram intercaladas umas às outras e não parecia haver em nenhuma parte uma parede que fosse reta e as fachadas mantinham a cor marrom-dourado da argila e só o madeirame das portas e janelas eram coloridos. Cada morada tinha suas portas e janelas pintadas da cor favorita do morador, e a minúscula área em frente à porta de entrada, se não era completamente coberta de plantas, apresentava pelo menos um pote de flores ou jardineiras nas janelas.

A estória de Rujia era uma estória da qual se podia ficar orgulhoso;

uma triunfante extensão de suas fronteiras fora adquirida, não por conquista, mas por meio de penosa luta contra o inclemente deserto. Dizia-se do País das Yjaras que este era "Um lindo oásis artificial" e as yjaras diziam: "Belas flores deleitam os olhos e sublevam a alma ao prazer"; e, já por centenários, vinham elas a apreciar e a cultivar plantas de todas as partes do continente, mesmo naquelas condições quase impossíveis de escassez de água. E assim era o jardim Atarena, que ficava no meio da cidade, uma mostra da arte da criação e cultivo de novas e velhas espécies, e o parque Escol, onde trabalhavam renomados botânicos locais e estrangeiros, um jardim do qual se dizia ser um dos mais belos do continente. O tempo que o estranho gastasse visitando a cidade seria sem dúvida um tempo muito bem aproveitado.

O País das Yjaras se estabelecera também como um grande centro de manufaturas de artigos de luxo: livros, joias, porcelana, vidros, roupas, etc. Suas destrezas eram altamente apreciadas e bem pagas e havia coisas belas por todas as feiras e bazares. Elas eram boas artesãs e muitas delas viajavam pelo continente, como Eurípedes e Florinda, e, por isso, cada bloco de cinco a seis casas era entremeado por uma estrebaria para cavalos e uma cocheira para os veículos.

A cidade era animada o suficiente para agradar as jovens e impetuosas yjaras, mas calma e tradicional o suficiente para agradar às mais velhas e reservadas e o mesmo se dava com os visitantes que lá chegavam. O País das Yjaras e o jeito descontraído do povo dali eram uma experiência valiosa para todos: uma vida de cidade com a simplicidade da vida do campo, e o modesto, porém obstinado orgulho da vitória do esforço sobre o impossível se via em cada patiozinho e em cada recém-pintada janela. Com muita dificuldade e passo a passo, as yjaras criaram seu pequeno país e seus ideais perfeccionistas de beleza, dignidade e boa-vontade ainda prevaleciam. Seguras de si, elas defendiam o direito de serem diferentes; e seus acometimentos de virtude eram firmes. No País das Yjaras a gente se sentia segura.

As yjaras precisavam trabalhar muito para arcar com o custo do seu jeito extravagante de viver, pois eram todas muito generosas e adoravam festanças. Naquela cidade raramente se viam crianças e, por isso, Mibu e Aziza foram alegremente recebidos, como pequenos soberanos. Contudo, mesmo para a grande maioria das suas irmãs,

Eurípedes e Florinda esconderam a verdade. Inventaram que haviam encontrado no caminho uma pobre mulher à beira da morte e, quando ela morreu, elas se compadeceram dos filhos dela que ficaram desamparados, e os acolheram.

O tempo passara sem nenhum sinal da menina ou dos soldados. O Rei já havia enviado dois comandos de busca para descobrir o paradeiro deles. Nada! Era como se o chão os tivesse tragado! Desapontado e furioso, via o ultimato da Rainha Parcy se esgotar. Sim, ele havia esperado poder ainda, de alguma forma, evitar o conflito, mas não havia mais saída e não lhe restava senão se preparar para a batalha e defender o seu país. Mandou reunir todos os cortesãos, conselheiros e prefeitos. Espiões, que deveriam observar os preparos de guerra do adversário, já haviam sido enviados e, bem antes do que haviam previsto, um deles retornou e Ruviel, o conselheiro de armas, encarou perplexo o cavaleiro que ofegante relatou:

— A Rainha Parcy já está preparada. Suas forças armadas são imponentes e suas tropas estão prontas para avançar.

Heros II recebeu a notícia envolto em uma mistura de ira e frustração e ordenou a Ruviel:

— Mande mensageiros por todo o país e dê o alarme de guerra em todos os vilarejos. Todos os homens e todos os jovens fortes o suficiente para manusear uma arma devem se prontificar para formar a frente de defesa do nosso território.

Novamente, retornou um espião trazendo más notícias. A primeira tropa goriana já estava em marcha e se encontrava nas proximidades da fronteira e o número de soldados de que dispunha era impressionante; poucos a cavalo, porém uma multidão de soldados a pé, armados com longas e afiadas lanças.

Ruviel convocou sua tropa de arqueiros montados e ele mesmo os guiou em direção à fronteira, para reforçar os já lá postados soldados; e, num belo vale campestre, às margens do rio Adom, na área em que este marcava a fronteira entre os dois países, os inimigos se encontraram. Eles se combateram implacavelmente e, de ambos os lados, caíam por terra homens destemidos. A tropa aladiana estava em vantagem e poucos eram os seus mortos e feridos, mas a tropa goriana sofrera na batalha uma grande perda e, quando o seu comandante foi ferido, a tropa capitulou e se pôs em retirada. Ruviel reuniu os homens e ordenou o preparo para o transporte dos feridos, o enterro solene dos companheiros mortos e a incineração dos inimigos mortos. Não houve júbilo nem proclamação de alegria, pois todos sabiam que ali se dera só uma prova do que ainda viria.

Na mesma noite, outro batalhão das tropas gorianas invadiu Ladal, uma pequena vila no alto de uma montanha, no meio do triângulo fronteiriço, que fazia a fronteira entre Aládia, Goria e Matra. Aládia não havia previsto aquela invasão e os invasores não encontraram nenhuma defesa, só mulheres, crianças e anciões, pois os homens jovens haviam ido para as outras frentes. Os invasores não respeitaram o código de guerra e não só saquearam o vilarejo como também violentaram muitas mulheres e crianças.

Baraz III, o Rei de Matra, reagiu indignado quando foi informado sobre aquela invasão e sua irritação era compreensível. Ladal e mais duas outras pequenas vilas daquela montanha haviam sempre pertencido a Matra e, por somente coisa de um século, passara a pertencer a Aládia, como recompensa por negócios mal-sucedidos entre os dois reinos. Mas o povo de Ladal se sentia como matriano, falava a língua de Matra e vivia de acordo com a tradição e os costumes de Matra.

O Rei de Matra ainda estava enfurecido quando foi informado da chegada de um porta-voz de Heros II, e Ernesto, o conselheiro de relações diplomáticas matriano, o conduzira à presença do Rei. O homem estava esbaforido.

— Senhor, que a paz seja sua... — O Rei o interrompeu:

— O que o traz a nós? — perguntou impaciente.

— O reino de Goria está disposto a nos infringir infelicidade e privações. Provavelmente ameaçará também o reino de Matra, pois já formou em torno de si uma imensa força armada. Ponha-se em guarda e defenda os seus bens e liberdade.

Baraz olhou para o porta-voz com desdém e desprezo e ponderou se devia dar-lhe atenção. Desavenças entre os dois reinos eram comuns por causa daqueles vilarejos, pois ambos os lados se sentiam no direito de reclamá-los para si; porém, apenas por causa deles nunca chegaram a se guerrear. E agora vinha Heros lhe pedir ajuda? Ainda antes que respondesse, o porta-voz continuou:

— Heros II está disposto a abandonar as reivindicações dele sobre Ladal. E Baraz refletiu ligeiro: "Nada melhor do que uma guerra para se firmar novas demarcações". Apoiaria Heros e passaria definitivamente, com todos os direitos, todo o topo da montanha para o poder de Matra. Concordou com o pedido e assinou o contrato de cooperação que o porta-voz trazia consigo e mandou informar a Heros II:

— Com minhas forças armadas combaterei os invasores de Ladal e meus corajosos guerreiros serão vencedores! Protegeremos a linha da fronteira. Mas isso é tudo ao que estamos dispostos; nem eu nem meus soldados ou vassalos deixaremos nosso país para combater em chão estrangeiro. O porta-voz esperava uma promessa de ajuda mais substancial, mas todos os seus argumentos foram ignorados; tentou de toda forma convencer Baraz das vantagens de uma coalizão, mas este não se deixou convencer.

Alguns dias se passaram, e aparentemente abrandou-se o tumulto em Ladal, e os invasores já andavam negligentes pela vila. Mas as lamentações das mulheres chegaram tanto aos ouvidos de Baraz III, quanto aos ouvidos de Heros II, e elas lamentavam: — Por que Heros nos abandonou? Por que seus soldados não nos defenderam? Quando escutaremos o galope de suas tropas?

Dentro dos muros do palácio, Baraz traçava os planos de ação para o conflito, tendo sempre em mente a retomada das terras que nunca deixara de considerar como parte do reino de Matra; por outro lado, considerava também as possibilidades de vantagem caso traísse Heros. Baraz mandou seu porta-voz a Goria, com a incumbência de informar à Rainha Parcy do desagrado e indignidade do povo matriano por aquela ação contra Ladal. Ele não esperava realmente por uma desculpa, mas contava com a possibilidade de receber de Parcy uma proposta de coalizão, que talvez viesse a ser mais vantajosa para ele, do que uma coalizão com o Rei da Aládia. Parcy, porém nem sequer concedeu ao porta-voz do Rei uma audiência; simplesmente mandou seu conselheiro dizer ao porta-voz que informasse ao Rei que, se ele não soubesse, que ficasse sabendo que Ladal era um vilarejo dentro das fronteiras de Aládia, e que, portanto, pertencia ao país inimigo, com o qual Goria se encontrava em guerra!

A noite já havia expulsado a cinzenta claridade do dia, quando os guerreiros do Rei Baraz III se aproximaram do vilarejo. Estavam armados com espadas curtas, cujas lâminas eram muito afiadas. Eles se moviam com cautela e silêncio; porém, subitamente, com uma gritaria selvagem, lançaram-se sobre os gorianos. A surpresa foi perfeita, pois atacaram pelo leste enquanto o corpo de vigias, que não sabia daquele pacto, se concentrava na direção oposta. Todas as casas tomadas como aquartelamento pelos invasores foram incendiadas. Desnorteados e ainda bêbados de sono, os homens tentaram se salvar, mas em frente das casas estavam postados os guerreiros com suas espadas e, assim, todo o pelotão goriano pereceu pela espada matriana.

A Rainha Parcy se sentira ultrajada e a inesperada interferência de Matra colocara todos os outros países vizinhos em alvoroço. Todos temiam ter que se meter naquele conflito ou ter que tomar partido. O continente foi tomado por um frenético tráfico de embaixadores, porta-vozes e mensageiros que cavalgavam em disparada de um país para o outro, para conferências mútuas ou em busca de possíveis aliados, caso viessem a tomar partido.

Parcy, a Rainha de Goria nem sequer mandou seu embaixador ao Rei Baraz, mas ordenou a imediata vingança.

Um contingente de 450 guerreiros perfeitamente armados e encouraçados, entre os quais se encontravam espadachins, arqueiros e portadores de lanças, se pôs a caminho de Ladal para enfrentar os mais ou menos cem espadachins matrianos. Ao ver a imponente superioridade dos guerreiros aladianos, os matrianos tentaram escapar, mas não tiveram chance, foram perseguidos, apanhados e, mesmo com o poder de suas temíveis afiadas espadas, foram aniquilados.

Com seus animais e o pouco que pôde levar consigo, a aterrorizada e apavorada população fora expulsa do seu torrão natal e os novos vencedores incendiaram o pacato vilarejo. Ladal deixava de existir!

A grande matança custara aos gorianos somente dez mortos e poucos feridos e o contingente foi divido em três grupos menores e, dali, dois deles se puseram a caminho de Lundi, a capital de Matra e o outro a caminho de Partalan.

Baraz conteve a respiração ao ver um mensageiro que entrara em tão louca disparada pelo pátio do palácio e que parava em frente ao grande portal puxando as rédeas com tanta força, que seu cavalo estrebuchara, se levantando nas patas traseiras. O Rei o encarou pasmado e ele, sem perder tempo com cerimônias, o informou:

— Perdoe-me senhor, mas trago uma terrível notícia. Nosso batalhão em Ladal foi massacrado; ninguém escapou e o vilarejo foi incinerado! — o homem tomou fôlego e continuou: — A armada de Goria é muito forte e está a caminho daqui. O Rei percebera, com pesar, que a pequena vila realmente não valia a perda dos seus melhores espadachins e que havia sido uma grande tolice ter-se metido no conflito.

Baraz III se arrependera daquela decisão estúpida, mas era tarde: estava no meio do conflito e não havia mais tempo para diplomacias. Assim, mandou que se entoasse pelo país o chamado de guerra. Todos os súditos em posição de poder se apresentaram para confirmar lealdade à Coroa e conferenciar seus planos de ação; e, no mesmo dia, a frente de defesa estava formada. Muitos se apresentaram para lutar na linha de frente, mesmo os que não tinham nenhuma experiência militar, pois o Rei prometera recompensá-los com riquezas, e aos corajosos, com prefeituras e terras. Também porque lutar era uma paixão entre o povo matriano, que jubilava as batalhas anuais de competições e as lutas que, vez por outra, se inflamavam entre guerreiros encrenqueiros, embriagados pela forte cerveja e por sonhos gloriosos.

Em guerra, os matrianos combatiam com um entusiasmo que não só impunha respeito, mas até assustava mesmo os fortes e potentes gorianos. Como armas, preferiam a espada de lâmina curta e extremamente afiada, arma temida no combate direto, mas sempre se flanqueavam com arqueiros e lançadores. As vestimentas de combate dos matrianos eram simples: um capacete de metal de forma ocular que protegia os olhos e o nariz, com lados que desciam cobrindo as orelhas, uma adarga de couro com duas braceiras e uma couraça que protegia o ombro esquerdo. Seus superiores atacavam com um leve carro de guerra puxado por um só cavalo, no qual iam o guiador e um guerreiro trajados com armaduras de couro. Ambos eram habilitados a arremessar suas lanças durante a corrida e a saltar do carro ainda em movimento, entrando no combate corpo-a-corpo com a espada ou a pequena machada, ambas extremamente afiadas. As tropas de pé se compunham de patriotas voluntários que lutavam sem armaduras apropriadas, usando clavas, malhos, machadas, lanças, espadas e tudo que se pudesse utilizar como armas. as tropas eram conduzidas por porta-bandeiras e marchavam em blocos compactos enquanto eram motivadas por cantadores que cantavam ou recitavam versos patrióticos. Ao comando de ação, caíam sobre o inimigo aclamando alardemente:

— A vitória é nossa!

Os gorianos, por sua vez, eram de admirável sutileza e astúcia na prática de guerra psicológica. Seus superiores instigavam reciprocamente o moral de cada tropa, informando falsamente sobre a vitória das tropas que combatiam nas outras frentes e criando uma intrincada rede de espiões e traidores. Mensageiros treinados encarregavam-se de que cartas com falsas informações caíssem nas mãos dos inimigos. Conduziam com sagacidade acordos de paz, mesmo quando a Rainha não tinha nenhuma intenção de respeitar tais acordos. Todas essas práticas desorientavam o inimigo, provocando confusões que lhe roubavam a atenção, o que facilitava aos gorianos a reposição ou nova formação dos seus guerreiros. Embora belicosos e destemidos, eram os gorianos menos patriotas; muitos dos seus guerreiros eram estrangeiros que lutavam por causa do bom salário e pela oportunidade de alcançarem fama e poder. As tropas de pé eram formadas por aqueles que atendiam ao chamado da Rainha, a qual prometia boas recompensas; recebiam porém uma couraça que lhes protegia o peito e uma longa lança de ponta afiada. Eles atacavam o inimigo se postando lado a lado, formando uma espécie de paredão.

Para os aladianos, a profissão de soldado era algo muito respeitável. A segurança do país se apoiava na forte e disciplinada força armada, que havia aprendido a evitar combates sorrateiros, mas estava sempre de prontidão. Os aladianos usavam armaduras robustas; um elmo cônico com viseira, do qual pendia uma malha metálica que protegia as laterais e o pescoço, um gibão de sobrepostas tiras de couro que descia até os quadris, mas que permitia liberdade de movimentos, e um escudo retangular. Na mão, eles levavam a arma correspondente ao batalhão ao qual pertenciam e, atravessado ao peito, o estojo com o levemente encurvado punhal que usavam no combate corpo a corpo, para enterrá-lo na lateral do inimigo. Em estado de guerra, todo aladiano de idade e constituição saudável era obrigado a servir, e recebia o armamento padrão que era a lança ou a espada e um escudo. Em combate, demonstrava destreza e determinação. Sua disciplina, muitas vezes, o levava à vitória sobre inimigos mais potentes, porém negligentes. Ao atacar, juntava-se em blocos, cobrindo as cabeças e as laterais com o escudo e marchando ligeiramente para frente, evitando assim o contra-ataque dos arqueiros; e, quando as tropas aladianas jogavam-se sobre o inimigo, na luta homem contra homem, não poupavam atrocidades.

Com exceção de Rujia, que não possuía forças armadas, e de Áurea, que possuía somente uma pequena tropa de elite que zelava pela segurança da imperatriz, tinham os outros países do continente não mais de seiscentos, talvez oitocentos guerreiros em seus contingentes. Essa equivalência permanecia quase que constante, pois as vítimas dos massacres eram, em sua maioria, os inexperientes das tropas de pé.

A desgraça expandiu-se e a guerra inflamou-se. Como se uma linha imaginária dividisse o continente, os países do Norte pareciam simpatizar com Goria e sua Rainha Parcy e os países do Sul, com Aládia e seu Rei Heros II. Somente Emita, a Rainha de Rujia, parecia ignorar completamente o conflito; não mandara mensageiros aos outros países e recusara conversações de guerra com mensageiros enviados a ela. E Rujia seguia assim o seu dia a dia.

Notoriamente, parecia que todas as nações tinham se esquecido do verdadeiro motivo da guerra. Os Deuses, as coisas divinas e a importância deles, passaram subitamente a ser coisas secundárias. A grande preocupação de todos se voltava para a sua posição de poder, a segurança das suas fronteiras, o controle sobre as revoluções separatistas, que tentavam aproveitar-se da situação de conflito para exigir independência, a defesa de suas famílias e dos bens e também as vantagens e as desvantagens que a desgraça dos outros poderiam trazer.

E na imaginária linha norte-sul, enfrentavam-se as tropas contraentes e as cidades evilarejos naquelas regiões arcavam com toda a brutalidade do conflito., Aqueles que não puderam fugir observavam, aterrorizados, as multidões de guerreiros que selvagemente se dilaceravam.

Um aladiano ainda jovem, de porte atlético, chamado Hoperim, fora designado comandante de guerra, e Bargatt, um muito renomado guerreiro goriano, comandava as tropas inimigas. Hoperim mandou uma parte da cavalaria desviar a atenção das tropas de vigias e conseguiu, junto com seus guerreiros, penetrar sorrateiramente numa vila da fronteira, e, numa batalha sangrenta, tomou-a em seu poder. Mas, quase ao mesmo tempo, Bargatt, que já havia esperado a invasão, ordenou a suas tropas o cerco ao inimigo. Eles queriam vingar-se sem piedade, mas Hoperim foi informado a tempo do movimento das tropas gorianas e preparou-se com seu contingente completo. Quando Bargatt entranhou-se nos vilarejos, mal teve tempo de posicionar as tropas, pois os aladianos já lhes caíram em cima, e massacraram-se uns aos outros. Foi uma batalha curta e sangrenta, da qual não houve vencedores, apenas centenas de mortos e feridos. Ambos os inimigos puseram-se em retirada, e a área de combate ficou devastada e embebida em sangue.

Permaneceram um ano inteiro naquele estado de sítio mútuo e, a todo ataque, não tardava um contra-ataque ainda mais violento. A manutenção e alimentação das tropas foram ficando, para ambos os lados, cada vez mais precárias; a perspectiva de despojo e riquezas, cada vez menor; e a chance de vitória, cada vez mais irreal. O moral e o orgulho das tropas já desvaneciam-se e rebeliões ameaçavam tomar lugar.

Com um plano astucioso, tentou Parcy, a Rainha de Goria, retirar as tropas gorianas daquela situação atracada. Ela mandou a Heros II um mensageiro e este informou ao Rei:

— Parcy, minha Rainha, deseja pôr fim a esta inútil matança de soldados. O povo precisa ser libertado do terror das batalhas e o solo precisa recuperar-se da devastação. Ela sugere uma última batalha, a qual se poderá dar no vale das colinas de Usner. Dentro de um mês, dever-se-á decidir a disputa, mas até lá rege um tratado de trégua.

Em todas as direções do continente, puseram-se novamente a caminho os embaixadores, porta-vozes e mensageiros. Todas as nações convocaram conferências e, principalmente dos países do Norte, foram até Heros os apelos para que ele aceitasse a proposta de Parcy. E o Rei Heros II, Ruviel e os demais conselheiros, debateram a situação de suas tropas e a posição diplomática dos países vizinhos e, mesmo pressentindo a trama ardilosa por detrás das palavras da Rainha de Goria, concordaram com a proposta.

Até o dia determinado para travar o combate, o Rei andava desassossegado pelo palácio, visitou muitas vezes o templo, e Matuza, o sacerdote, aperreava-o:

— Senhor, como pôde diante de todos, de prefeitos e cortesãos até o mais baixo servente, ordenar a retirada das nossas tropas e ao mesmo tempo depositar confiança em Parcy? Não vê que não se trata somente dos guerreiros, mas da segurança do nosso país? Senhor, somente em Taulus, nosso Deus, devemos depositar confiança. Não se deixe enganar por Parcy, pois ela não lhe garante a paz!— via-se o ultraje estampado nas faces do sacerdote-maior e dura era a sua voz.

— Mas disso eu estou consciente, meu caro sacerdote. Então não é por vontade de Taulus que eu estou novamente aqui? Aqui, diante deste altar, ajoelhar-me-ei e de Taulus quero escutar: "Vá, prepare suas tropas e destrua o inimigo!"

— Então por que depositou confiança na portadora do agudo cetro, no qual, se alguém tivesse que se apoiar, teria certamente a palma da mão varada? Pois não sabemos que assim é Parcy, a Rainha de Goria, com todos os que confiam nela?

— Eu estou consciente de que Parcy planeja nos enganar, mas nós vamos surpreendê-la, e Taulus estará do nosso lado! Ela terá que se render e eles virão a nós. Todos os cortesãos com suas prendas e todos os seus prefeitos, cada um com as dádivas dos seus próprios campos; seus vinhedos, figueiras e a água fresca de suas cisternas, o óleo, o mel... e nós nos deliciaremos com seus cereais e vinho novo. Nós ficaremos com vida e eles perecerão! — estas palavras lhe brotaram, como se Heros estivesse em transe ou sonhando acordado.

Por um momento, o sacerdote olhou estranhado para o Rei. Sim, cabia a ele reafirmar o poder e a magnanimidade de Taulus, o Deus daquela nação, bem como assegurar que ele encarregar-se-ia de proteger o país contra os inimigos. Mas Matuza não era tolo. Proclamar a importância da obediência à vontade de Deus, era, sobretudo, zelar para que a sua própria importância como sacerdote-maior ficasse sempre presente. Mas, nas coisas mundanas, era certamente mais seguro contar com uma forte armada e um seguro e determinado regente. Por outro lado, ele não poderia sugerir ao Rei, que não confiasse tanto assim no seu Deus, sem correr o risco de expor-se como um impostor.

A força armada aladiana atravessou o rio Adom mais cedo do que o combinado e, por onde passavam, iam deixando um rastro de medo e angústia. Mais de quinhentos espadachins, arqueiros e lançadores compunham os disciplinados esquadrões de cavalaria que marchavam destemidos, seguidos pelos carros de guerra e pelas tropas de pé. Mas o movimento das tropas aladianas não ficara despercebido pelos gorianos que tinham os seus espiões por toda parte.

As tropas gorianas enviadas a Matra haviam cercado Lundi, a capital e a mantinham sitiada. Bargatt provou ser muito astuto por retardar a ordem de ataque, pois, junto com sua Rainha, não tardara a convencer Baraz a mudar de lado. Porém, Baraz confirmara ao Rei Heros II estar ao lado dele e Hoperim, não sabendo da traição, resolvera atravessar a fronteira de Goria, passando por Matra. Mal havia alcançado o primeiro vilarejo, quando se deparou com tropas matrianas que lhe vinham ao encontro, com todo o ímpeto e frenesi dos seus brados de guerra. Porém, ao ser informado da superioridade e do grande número de guerreiros do contingente aladiano, o comandante conseguiu a tempo interromper o ataque de suas tropas e cavalgou pessoalmente ao encontro de Hoperim. Baraz tentou ludibriá-lo, dizendo que estavam ali somente para proteger suas fronteiras e que não os reconhecera como aliados; mas Hoperim não se deixou enganar; todos tinham espiões e não havia dúvidas de que os matrianos, bem antes de atravessarem a fronteira, já sabiam que o inimigo estava a caminho. Hoperim não era tolo, Baraz o traíra! Um surto de raiva lhe subiu pelo peito, pois sabia que não deveria ter confiado em Baraz e, sem dizer palavra, tomou a espada e a cravou no peito do mentiroso. Ao ver seu comandante cair por terra, as tropas matrianas recuaram e se puseram em louca retirada, mas Hoperim ordenou o ataque; suas tropas alcançaram os traidores, que tiveram a maior parte de seu contingente massacrada.

Porém, antes que se recuperassem daquela fadiga e terminassem de enterrar os seus mortos, foram atacados novamente pelas tropas gorianas, que se encontravam em solo matriano e que vieram em reforço das outras e mesmo com seus excelentes encouraçados e suas boas armas, as tropas de reforço também não tiveram chances, foram vencidas pela grande quantidade de aladianos que as enfrentavam e mais uma vez caíram por terra centenas de guerreiros.

Hoperim vencera aquela batalha, mas estava quebrantado; repassou os olhos ao redor e só viu devassamento e sangue e seu contingente também perdera dezenas de guerreiros, mas sabia que aquela ainda não teria sido a última batalha e que não poderia esmorecer. Mandou fazer o levantamento imediato das perdas e preparar o retorno dos feridos; mandou também um mensageiro ao Rei. Seu espírito se elevou novamente ao ser informado de que as perdas eram menores do que acreditava. Ele determinou o grupo daqueles que guiariam os feridos de volta ao aquartelamento e decidiu que sairiam dali para as margens do rio Adom, que não estava distante, e acampariam por um dia. Como todos estavam esgotados, decidiram que, dessa vez, não enterrariam os mortos.

No outro dia, as forças aladianas alcançaram o vale ao pé das colinas de Usner, atravessaram a fronteira e se defrontaram com o inimigo que já esperava. Ali, no solo mais fértil daquela região, que levava o nome de "Campo do Cereal Dourado" se deu a até então mais violenta batalha daquele conflito. As forças gorianas, reforçadas pelos aliados, combatiam aferradas o avanço da cavalaria aladiana e conseguiram retê-la, ao mesmo tempo que avançavam lhe fazendo um cerco e forçando seus guerreiros ao combate corpo-a-corpo. Dessa vez, parecia haver um equilibrado número de contraentes, mas, contra o excelente encouraçado dos combatentes de Goria, falhavam as perigosas espadas dos aladianos, que por sua vez eram mais competentes nas técnicas de combate. Houve um banho de sangue de proporções medonhas no qual pereceu também Bargatt, o comandante das forças gorianas.

A noite se pusera a cair e Hoperim ordenou a recuada de suas tropas. O contingente fora dizimado e, com os poucos sobreviventes, Hoperim retornou ao seu aquartelamento. Contava então com pouco mais de duzentos guerreiros, mas sabia que o inimigo também sofrera grandes perdas.

Somente três dias haviam se passado quando Hoperim foi informado por um dos seus espiões de que a aliança entre os inimigos se desfizera e os guerreiros matrianos haviam retornado ao país deles. Hoperim viu ali sua chance, reorganizou as tropas e retomou o avanço, dessa vez chegando até as imediações de Sevon. O terror e desespero que deixavam atrás de si eram diabólicos. O novo e rápido avanço surpreendeu os gorianos que não haviam se preparado, e a resistência fora mínima.

Mas não haveria vencedores, pois a guerra cobrara seu tributo! A fome e a peste se alastraram pela região e quando Hoperim reconheceu o perigo e decidiu retornar, era tarde. A marcha da vitória não alcançou mais o seu país; rapidamente a doença se alastrou entre os soldados e, em uma manhã cinzenta, Hoperim estava morto na sua maca militar e os demais combatentes que sobreviveram às batalhas encontraram a morte nos seus primitivos acampamentos ou no retorno para casa.

Cinco longos anos padeceu o povo as consequências da guerra. Todas as áreas nas quais os combates se deram, ficaram infestadas, incultas e despovoadas, e a fome acelerou o alastramento das doenças perigosas e, não somente a peste, mas também a bexiga e a lepra grassaram com grande rapidez em todas as direções do continente, causando milhares de mortos. A desgraça se fizera perceber até nas mais remotas partes do continente.

A previsão da mandingueira Lapadia se confirmou. O reino de Aládia passara a odiar ainda mais a Talim e sua escolhida, e, para os seus veneradores, começou um tempo de discriminação e animosidade que custou a vida de muitos inocentes. O reino de Goria se arrependeu de ter-se lançado à guerra por causa da escolhida de Talim e também retirara sua tolerância tanto para com os devotos de Talim como os de Taulus.

Sete anos se passaram desde que Mibu chegara ao País das Yjaras. Ele se tornara um homem muito atraente; era inteligente e belo, tinha uma figura atlética, os olhos fogosos, os cabelos cheios e uma bela e masculina voz. Ele era um destro estribeiro e logo cedo havia ganhado a simpatia e o respeito de todas as yjaras, que, por sua vez, o veneravam como a um dos seus Deuses. Com dezesseis anos, entrou para o serviço do palácio e logo conquistou a simpatia da Rainha que o escolheu para o aprendizado das regras governamentais. Ele recebeu como tutor um renomado filósofo áureo, que lhe "ensinou a pensar", como ele mesmo dizia, e que o introduziu nos estudos da literatura e da estória. Ele descobriu o amor pelos versos e pela poesia, mas repudiava a religião.

Como que por milagre, Rujia ficara isenta da desgraça da guerra. Logo no começo da guerra, a Rainha Emita mandara erguer postos médicos ao longo da fronteira para recolher os infestados, tratá-los e não permitir que entrassem no país.

Mibu se tornara um excelente e eloquente orador, um embaixador da paz, que condenava as injustiças das guerras e advertia para o perigo do fanatismo religioso. Sua vontade era declarar todos os Deuses por nulidades, por ilusões e, ademais, seu grande desejo era livrar Aziza do agouro religioso que pesava sobre ela, pois sabia que ela ainda estava em perigo. Nos quatro anos de aprendizado e serviços prestados ao palácio, Mibu se tornara conhecido; multidões já haviam escutado seus eloquentes discursos. Comentários sobre sua habilidade retórica alcançaram até áreas remotas do continente. Por toda parte, começaram os sacerdotes e até mesmo os fetichistas a ficar preocupados, pois viam suas autoridades e suas elevadas posições em perigo. Muitos deles infiltraram espiões no país de Rujia, para que o mantivessem em observação. A opinião geral sobre ele, porém, divergia: "Ele é uma boa pessoa", diziam alguns. "Não, ele não é uma boa pessoa, ao contrário, ele desorienta e leva o povo ao engano", diziam outros. Corriam muitos murmurinhos como esses, mas no fundo ninguém parecia disposto a mudar os próprios hábitos e tradições e todos continuavam adorando seus próprios Deuses.

Aziza, que ganhara o apelido de Zia, completou dez anos. Eurípedes e Florinda queriam de qualquer maneira festejar aquele, para os costumes da região, muito importante aniversário. Queriam comemorar com uma festança, e com uma festa de rua, à qual muitas das irmãs delas, bem como dezenas de outros amigos, pudessem ir. Elas prepararam tudo cuidadosamente: bandeirolas de cores vivas enfeitavam casas e ruas e muitas tendas foram erguidas, algumas para servir bebidas, outras para as comidas e outras para servir de ambiente de repouso e conversações. Estas tiveram os seus lados cobertos com tapeçarias rebordadas, que combinavam muito bem com as dezenas de belas e confortáveis almofadas que se encontravam espalhadas pelo chão. Um grupo de yjaras mais idosas cuidava da comida e o barulho das atividades dentro da cozinha vinha acompanhado de uma complexa mistura de vozes e de um cheiro apetitoso de sopa de galinha e carne assada.

Os cavalos estavam suntuosamente aparelhados e prontos para os jogos de corrida que, mais tarde, tomaria lugar para entreter os convidados. Mibu queria apresentar também uma corrida de camelos, que haviam sido enfeitados com fitas e chapeados de prata. Também a cerveja farta e os excelentes vinhos haviam sido a contribuição dele para a festa.

Os convidados compareceram e todos desfilavam para cima e para baixo belas e festivas roupagens. As yjaras se destacavam pela demasiada porção de correntes, de brincos e pulseiras feitas de pérolas, conchas e miçangas de vidro, e Aziza, que vestia uma bela roupagem de gaze e escumilha, de suave e cintilante tom de verde-água, irradiava felicidade. Uma banda tocava música alegre e animada e, no assoalho de dança, o número dos convidados parecia ter-se multiplicado.

Foi uma bela, alegre e divertida festa que custara, sem dúvida, até o último centavo das economias de Eurípedes e Florinda, mas elas quiseram que fosse assim, pois no fundo estavam todas muito tristes; aquela fora também uma festa de despedida. Com dez anos, havia chegado a hora de proporcionar à inteligente menina o acesso à educação cultural e isso ia além das possibilidades intelectuais das yjaras. Mibu desejava para Aziza uma educação baseada somente em conhecimentos e fatos, longe da influência das ideologias religiosas, e com os áureos ela estaria, sem dúvida, nas melhores mãos e isso ele já havia organizado.

No dia da partida, sem dar atenção ao desagrado de Mibu, as yjaras construíram, na frente da casa, um grande altar de pedras para Grallas, o Deus a quem mais se devotavam. As yjaras eram de opinião de que o único propósito da vida era ser feliz, vivendo em paz, e mais que educação, conhecimentos, poder ou dinheiro, elas desejavam para Aziza somente satisfação.

Ao todo, vieram mais de quarenta "irmãs" para a despedida; elas cantavam e oravam ao Deus poderoso, espalhavam ervas de cheiro sobre as brasas incandescentes e dançavam em volta do altar. Com a proteção de Grallas, Aziza certamente alcançaria seu destino sem contratempos. A menina iria acompanhada por Artapunia, uma velha yjara e, enfim, depois de abraços e incontáveis lágrimas, os viajantes se puseram a caminho. Pelos cálculos de Mibu e, caso as condições do tempo o permitissem, eles alcançariam Áurea dentro de mais ou menos um mês e meio. Mibu tinha um vagão para si, Artapunia e Aziza dividiam outro e o terceiro ia carregado com mantimentos, presentes, bens de pagamento e demais apetrechos para a longa viagem; levavam ainda consigo dois bons cavalos de cavalgada. Haviam-se preocupado, sobretudo, com uma boa reserva de água, pois seguiriam por uma trilha que beirava o grande deserto.

Mibu também estava triste por separar Aziza das yjaras. Ele ficaria eternamente agradecido por tudo de bom que elas lhes proporcionaram, porém sentia, cada vez mais forte, a necessidade de livrar não só a si mesmo, mas sobretudo, livrar Aziza da arcaica influência das crenças e das superstições.

Quando o sol se pôs, os viajantes já se encontravam em Tárkia, um bom pedaço longe de Rujia e, cansados da viagem, pararam à beira de um poço, nas proximidades de um vilarejo. Já havia escurecido e fraca era a luz da lua. Mibu livrou os animais de suas cargas e os levou ao bebedouro. Desapontado, percebeu que o poço estava seco e isso não significava coisa boa, eles teriam que racionalizar a água que traziam consigo. De volta ao vagão, encontrara Aziza a brincar com uma caneca cheia de água e, irritado e um tanto quanto brusco, chamou a atenção dela para o fato de que eles se encontravam em uma área onde água era um bem valioso. A menina se assustara de tal forma com a inesperada rudeza que deixara cair a caneca, cujo líquido se perdera imediatamente pelo chão ressecado. Eles comeram a ceia da noite cabisbaixos e em silêncio e foram dormir.

Muito cedo, nas primeiras luzes do novo dia, foram despertados por um rebanho de ovelhas e cabras que rodeavam o bebedouro e berravam alardemente. Visivelmente surpreso, Mibu correra para o poço: Sim, os animais haviam sentido o cheiro da água e esperavam impacientes que se enchesse o bebedouro. “Inacreditável, de onde viera repentinamente toda aquela água?” Confuso, porém feliz, Mibu se pôs logo a puxar a água do poço, dando de beber aos animais sedentos. E não tardou, os habitantes do vilarejo também se juntaram à beira do poço; todos queriam saber como Mibu conseguira produzir aquele milagre, pois o poço se encontrava seco já por longo tempo.

— Senhor, qual Deus poderoso está ao seu lado, que lhe permite revivescer esta fonte? — perguntou um muito magro e empobrecido pastor.

— Quem são vocês? — perguntou outro.

— Mas... — começou Mibu — eu não fiz nada, e não fui eu quem revivesceu esta fonte, a água reapareceu por si mesma.

— Assim de repente, nesta quantidade e nesta qualidade? Impossível! — exclamaram.

Alguns se jogaram ao chão e, de joelhos, com reverência quase divinal, começaram a agradecer a Mibu. E o jovem, lutando para sair daquela situação desconcertante, apelava para que mantivessem a razão e teve que usar de toda a sua capacidade retórica para lhes assegurar que Deus, a água e ele não tinham nada que ver um com os outros. E ficou imensamente feliz quando conseguiu amenizar aquele tumulto e deixar atrás de si aquele lugar; contudo, ele mesmo ia ainda pasmado: "Como pode o poço revivescer de repente?" E o povo do vilarejo ficara para trás estupefato, contando uns para os outros daquele estranho que fazia milagres e discursava com tão belas palavras.

Já por três dias viajavam pelo que parecia uma monótona e infinita baixada, sem verem nada que não fossem pedras e areia; e como ficaram alegres ao perceber à distância um solitário camelo que lhes vinha ao encontro. Aguçaram os olhos e puderam perceber a silhueta de um adulto que carregava o que parecia ser uma trouxa e uma criança; um grupo muito estranho! Mibu se apressou ao encontro do outro e deparou-se com uma mulher ainda jovem, que carregava no braço uma criancinha pequena e, pela mão, um menino já maiorzinho. A mulher cambaleava de um lado para outro e o menino tentava orientá-la, ao mesmo tempo que segurava a corda que guiava o animal. O pequeno grupo parecia estar no fim de suas forças. Eles estavam vestidos no que parecia haver sido boas roupagens, mas que, então, como molambos, pendiam-lhes dos corpos emagrecidos; estavam cobertos por uma grossa camada de sujeira e deles vinha um desagradável odor. O menino encarou Mibu boquiaberto, sorriu aliviado e disse:

— Mamãe, tem alguém aqui. A mulher se pôs a apalpar o vazio, tentando achar a posição do estranho; tropeçou e, antes que caísse com a criança, Mibu deu um salto para frente amparando-a e percebendo que ela não enxergava.

— Quem são vocês? Para onde estão indo? — perguntou Mibu, sem poder entender o que uma mulher cega, com duas crianças pequenas, estava fazendo ali, naquele deserto perigoso. Porém, antes de dizer palavra, a mulher entregou-lhe a criancinha, assentou-se no chão e, baixinho, com a voz estremecida, cumprimentou-o. Ela tomou fôlego, tentando umedecer os lábios secos e lhe contou sua desgraça:

— Nós somos de Tambria. Infelizmente, meu marido se viciou em jogos de azar. Depois de ter perdido nossa casa e nossos bens na mesa de jogo, resolveu que deveríamos ir para Rujia, onde poderíamos achar morada com seus parentes; mas, ainda no caminho, ele procurou novamente uma mesa de jogo e perdeu também nosso vagão; e isso não foi tudo. Numa noite, apareceu um estranho procurando por mim, pois até mesmo o meu corpo ele havia apostado e perdido. Eu me recusei, mas o estranho exigiu seu direito. Houve uma briga e o estranho matou o meu marido. Eu aproveitei a confusão que se criou para fugir. Peguei meus filhos e o último animal que nos restou e me pus a caminho. O estranho, porém, não desistiu. Alcançou-me e exigiu o que considerava ser direito dele. Eu me recusei com veemência e ele, ofendido, me jogou ácido nos olhos e me deixou perdida no deserto com minhas crianças. Eu não pude ver mais nada e as crianças são indefesas; desde uns cinco dias estamos andando sem destino e já faz tempo que não comemos nem bebemos nada; o pequenino já não chora mais e eu já não tenho mais certeza se ele ainda vive. Oh, Senhor, tenha piedade e nos ajude! — disse a pobre mulher, pondo-se a chorar.

Aziza e Artapunia, que também haviam se achegado ao grupo, escutaram horrorizadas aquela estória e, cheios de compaixão, todos os três se prontificaram a tranquilizar a jovem mulher:

— Com toda certeza, ajudaremos vocês. — disse Mibu, pesaroso. Nós faremos tudo o que nos for possível! — Artapunia examinara a criancinha e constatou que ela estava desidratada, mas ainda viva; colocou-a no colo de Aziza e ensinou à menina como ir colocando, aos poucos, gotas de água na boquinha. Ligeiramente, a yjara vasculhou o vagão de mantimentos para encontrar o comestível adequado para os enfraquecidos errantes, enquanto Mibu procurava nos arredores por gravetos e cavacos, com os quais pudesse acender uma pequena fogueira. Artapunia se ocupava alternadamente do pequenino e do preparo da comida; e, nesse meio-tempo, Aziza pegou um pano e se pôs a lavar os olhos feridos de Aciata, a pobre mulher.

Artapunia preparara uma boa refeição e um mingau para o pequenino e, logo depois de comerem e de beberem uma fumegante xícara de chá, ainda antes que a escuridão da noite se abatesse sobre eles, foram dormir.

Apesar de todo o esgotamento físico, Aciata não conseguiu dormir direito, pois tinha a sensação de que sombras lhe dançavam diante dos olhos; e, à primeira luz do novo dia, ela já estava completamente desperta. Levantou-se ao mesmo tempo assustada e pasmada. Não, não eram sombras, era a luz do dia! Tomada por repentina impaciência, ela procurou pelos filhos; e seus desatinados movimentos despertaram também Mibu.

— O que está acontecendo? O que a senhora deseja? — perguntou desnorteado.

— Senhor, eu posso enxergar novamente! Eu posso ver todas as coisas! Um milagre aconteceu! — ela pulava e rodopiava de excitação e contentamento e seus olhos já não pareciam mais vazios e acinzentados, e sim cheios de ternura; e a bela fisionomia dela brilhava de felicidade. Ela não achava mais palavras, o que sentia era indescritível!

Mibu encarou a mulher sem saber o que pensar daquilo. Acordou Artapunia e ela também ficou boquiaberta, sem saber o que dizer. Aciata caíra de joelhos e se pusera a agradecer e bendizer a Mibu como o seu salvador e benfeitor, e ele se viu novamente confrontado com coisas milagrosas. "Mas que coisa estranha!" A mulher recuperara num repente a perdida visão e seu júbilo era genuíno.

Assim começou o novo dia, cedo e cheio de alvoroço. Mibu esclareceu a Aciata que, a caminho de Áurea, eles teriam que passar por Tambria e, se ela quisesse voltar para a sua terra, ela e as suas crianças poderiam seguir com eles.

— Senhor, na minha terra não temos mais nada e lá teríamos também que recomeçar do nada, como em qualquer outro vilarejo ou cidade.

Dali, eles começaram uma nova etapa da viagem. Passaram mais quase três dias sem ver nem gente nem animais e, pelos meados do terceiro dia, sedentos e cansados pelo calor e pela poeira, alcançaram uma fonte, nas proximidades da cidade de Mermem. Mibu cavalgara para a cidade em busca de novos mantimentos e, enquanto Artapunia cuidava da comida e dos demais afazeres, Aciata foi para a fonte. Ela se lavou, lavou as crianças e se vestiram com roupas limpas. Aciata era uma bela mulher e muito bem disposta. Ela lavou toda a roupa suja, puxou bastante água para os afazeres de Artapunia, deu de beber para os sedentos animais e, alegre e tagarela, contava para todos que vinham à fonte, a sua estória e o milagre que lhe sucedera. As pessoas escutavam deslumbradas e alguns passaram a acreditar que ela era uma profetisa que anunciava os poderes extraordinários de Mibu. E Mibu, que retornara da cidade trazendo um saco de mantimentos, encontrou Aciata, Artapunia e as crianças à beira da fonte, envolvidas numa profunda discussão com os moradores das redondezas; e, quando ele se achegou mais perto, as pessoas deixaram os seus potes de lado e o rodearam. Estavam maravilhadas pela estória daquela bela mulher e alguém disse subitamente:

— Não é este o homem que revivesceu o poço seco? — a exclamação despertou a curiosidade geral e todos queriam averiguar, pois a reputação de milagreiro já o tinha antecipado. E mais gente se acercou dele.

— Senhor, o senhor tem que ter sido enviado por Deus; porque ninguém pode fazer os prodígios que o senhor faz, a não ser que tenha sido guiado por Deus — disse o homem e Mibu respondeu:

— Ora, levantem os olhos e olhem para mim! Eu sou um homem comum a caminho de viagem e posso assegurar-lhes de que não fui enviado por Deus algum. Pensem bem, os olhos de Aciata foram lavados com a água de suas terras, que vêm da mesma fonte que a água que retornou repentinamente. Então não seria possível que não eu, mas sim a água possua propriedades curandeiras? — a pergunta produzira efeito e o povo se voltou novamente para Aciata. Todos estavam encantados pela beleza dela, sua espontaneidade e modéstia. O jovem estranho poderia estar com a razão, talvez fosse ela mesma a portadora de portentos e o revivescer do poço tivesse sido um presságio de sua vinda. Não a encontrara o estranho, cega e perdida no deserto? Se não tivesse poderes, como poderia ela ter sobrevivido? Não, não era a água! Era ela, aquela bela mulher, a milagreira; e convencidos de suas presunções e embriagados no carisma de Aciata, eles lhe pediram que ficasse em Mermem:

— Nós acreditamos na sua força ainda que você mesma não acredite. Não estão aqui presentes as testemunhas do milagre? — disse alguém. E assim se separaram os caminhos de Mibu, Aziza e Artapunia, que, no mesmo dia seguiram viagem, dos caminhos de Aciata e suas crianças.

Duas semanas haviam-se passado desde o encontro com Aciata. A viagem seguia sem problemas e eles avançavam mais ligeiramente do que o previsto e já se encontravam em Tambria. Dentro de mais dois dias, alcançariam Helony, a capital.

Os países do Norte eram de populações escassas e os viajantes se alegraram quando, depois de um longo tempo vendo somente aridez e desolação, chegaram a um vilarejo que se encontrava numa várzea, cujos vergeis e campos de cultura pareciam ser minuciosamente cuidados. Chegaram justamente quando o povo do vilarejo comemorava uma festa de casamento. As pessoas usavam costumes de festa e todos pareciam alegres e felizes. Todos dançavam e cantavam, e Aziza e Artapunia ficaram maravilhadas. Ao vê-los parados a certa distância, o noivo foi-lhes ao encontro e os convidou a tomarem parte naquela festividade, desculpando-se, meio sem jeito, de que o vinho já havia terminado, mas que seriam bem-vindos para compartilhar com eles a refeição festiva. Mibu aceitou o convite, foi ao vagão de mantimentos e pegou uma botija de cinco litros, de um muito bom vinho que trazia consigo e a deu de presente para o noivo. Artapunia presenteou a noiva com um de seus xailes coloridos. As guloseimas eram deliciosas e todos foram servidos do novo vinho; os demais convidados, não sabendo que aquele vinho havia sido o presente do estranho, clamavam para o noivo:

— Ora, pois não esperávamos um vinho de tão excelente qualidade. Nós lhe agradecemos pelo seu gosto e por generosidade. — e eles bebiam em abundância e o vinho parecia não acabar. O noivo não dissera nada, mas estava encabulado: "Como era possível caber tanto líquido dentro de um tão pequeno recipiente?" E os homens bebiam sem parar. Mibu, porém, acreditava que o noivo ou algum outro convidado, com toda certeza, ainda tinha por ali algum vinho de reserva.

Passaram belos momentos no meio daquela gente alegre e agradável e já era bem tarde quando retornaram para os seus vagões. Mibu ainda não havia adormecido quando alguém bateu à sua porta. Nepelim, o sacerdote que conduzira aquela festa, estava impressionado. Ele mesmo havia estado no encargo de repartir o vinho e podia assegurar que o vinho do anfitrião havia acabado antes da chegada do estranho. E aquela repentina abundância? Vinda de uma só pequena botija? Impossível! Também aos seus ouvidos haviam chegado os boatos sobre o viajante milagreiro. Procurara por Mibu na calada da noite, pois não queria passar por supersticioso nem por bisbilhoteiro.

— Senhor, eu sei que o senhor veio como discípulo de Deus; pois ninguém é capaz de produzir tais prodígios como o que o senhor produz, a não ser que Deus esteja ao seu lado. — Mibu franziu a testa:

— Qual prodígio? Do que é que o senhor está falando?

— Perdoe-me senhor, mas eu sei que o vinho do nosso anfitrião já havia acabado antes da sua chegada e uma pequena botija, como a sua, jamais poderia ter comportado tanto vinho.

— E o que é que o senhor supõe? — perguntou impaciente.

— Eu suponho que o senhor usou de um milagre para multiplicar o vinho dentro daquela botija — disse o sacerdote, sem rodeios.

— Ora, meu caro senhor, se eu possuísse o dom de multiplicar vinhos, eu seria certamente um homem muito rico! Pois posso lhe garantir que não multipliquei vinho algum e o senhor bem o sabe, pois veio a mim sob o manto da escuridão; porque o senhor mesmo não tem certeza se acredita em milagres e tenta dessa forma não se tornar ridículo. Não, não; o anfitrião certamente tinha as suas reservas.

— Mas este não foi o seu único prodígio... — o homem queria continuar, mas Mibu o atalhou:

— Pois lhe garanto mais uma vez que não sou enviado de Deus algum e não faço milagres. O senhor é um sacerdote e bem deve saber! — E Mibu despachou Nepelim com estas palavras:

— Pois esta é a razão dos mal-entendidos: a própria luz da vida e a sua lição no mundo! As pessoas amam a fascinação das coisas ocultas muito mais do que a luz, porque suas ações são más. Quem pratica coisas nocivas e corre atrás de portentos não vê a luz e não se ilumina para não ter de se envergonhar dos próprios atos. A luz é clareza e verdade e aquele que faz o que é direito se ilumina e se esclarece e suas obras se provam benignas, em perfeita harmonia com a natureza!

Contudo, aquela sucessão de coisas estranhas já estava lhe pesando nos nervos. O que estaria acontecendo? Enfim se deitara para dormir, aliviado pela certeza de que no máximo dentro de mais três semanas eles chegariam ao seu destino.

Em Aládia muita coisa havia se passado. Partalan não ficou isenta dos horrores da guerra e a família real pagara um alto preço por tudo aquilo. O Rei Heros II padeceu uma desditosa morte, apanhado pela peste que se alastrara pelo país, e também Vikta, uma das suas filhas padecera o mesmo destino; e, assim, Raco I, o príncipe herdeiro, subiu ao trono na tenra idade de treze anos.

Raco desfrutara de uma infância feliz, na qual fora amado e protegido, tornando-se uma interessante personalidade. Sempre nos calcanhares do pai, começou desde cedo a participar das assembleias reais, escutando com atenção os conselheiros, os sacerdotes e os sábios. Ele possuía um aguçado senso de entendimento e uma clara visão sobre fatos e coisas e tinha um grande interesse pelo saber. Muitas vezes levava o pai ou os tutores a ficarem embaraçados diante de perguntas, para as quais eles não sabiam as respostas.

Mas seu pai estava morto! De um supetão, ficou-lhe claro o significado de sua posição; o destino de um país inteiro lhe pesava sobre os ombros. O menino amadurecera quase que de um dia para o outro e, cheio de responsabilidades, parecia ter crescido de tamanho; mas não estava só, a mãe estava ao lado dele, e Matuza, o sacerdote-maior, zelava cuidadosamente por ele. Mas por quê? Heros era um bom Rei, íntegro, sincero e devoto. Por que fora abandonado por Taulus? Por que todo aquele sofrimento? Raco sentia um amargo ressentimento: "Onde estava Taulus?"

Diante do desassossego e da insegurança do jovem Rei, o sacerdote achou, por bem, aproveitar o momento para expandir e firmar a sua própria autoridade dentro daquela corte e, assim, pôs-se a doutrinar o jovem Rei:

— A desgraça que havíamos temido se abateu sobre nós, aquilo que nos ameaçava nos atingiu. Eu não estive despreocupado nem imperturbado; tampouco estive em paz e agora vem o grande desafio. Seu pai praticou boas obras, nunca se cansou de defender nossa liberdade e nossa crença. Pois não é justamente a fé, a base da nossa esperança? Não é a fé a incólume pureza do nosso caminho? Quantos inocentes foram dilacerados? Devem aqueles que nos defenderam com lealdade ser esquecidos? Depois de tudo o que vimos, sabemos que aqueles que praticam iniquidades serão suas próprias vítimas e perecerão por meio da vontade de Deus e se acabarão debaixo de sua ira. Que o nome de Taulus seja para todo o sempre louvado!

E sob a forte influência de Matuza, os anos se passaram. Raco I completara seu vigésimo aniversário. E assim chegou o dia em que o jovem Rei teria que se apresentar no templo, para se consagrar a Taulus. Já nas primeiras horas da manhã começara o sagrado ritual para o qual não havia expectadores, somente o Rei e os sacerdotes. O corpo de sacerdotes formava um círculo em volta de uma banheira de cobre, que tinha a forma de uma concha e o sacerdote-maior despiu completamente o jovem Rei e o banhou, enquanto os outros sacerdotes murmuravam fervorosamente suas ladainhas, até parecer terem chegado ao êxtase do profundo transe. Raco fora tomado por uma estranha sensação de ardor e um calafrio lhe percorreu todo o corpo, arrepiando-lhe a pele. Matuza vestiu no Rei uma túnica de algodão branca sem enfeites e, por cima dela, uma espécie de manto púrpura e coroou-o com uma grinalda de ramos de mirra. No fogo do altar, as labaredas se avivaram e o corpo de sacerdotes, cada um por sua vez, oferecia dádivas enquanto soltavam estranhos gemidos. Raco estava a ponto de perder a contingência e uma repentina repugnância se apoderou novamente dele. Sentiu uma vontade imensa de se afastar dali, mas sabia que isso seria uma afronta, e nem Matuza nem sua corte o perdoaria. Porém, muitas vezes, em diferentes ocasiões, ele havia, no fundo do coração, amaldiçoado o sacerdote-maior, os demais sacerdotes e até mesmo a Taulus! Como último ato, Matuza lançou ao fogo a grinalda de ramos de mirra e o ritual chegou ao fim e os sacerdotes foram se retirando lentamente. Mas Raco continuou parado à frente do altar e Matuza veio novamente ao seu encontro. O sacerdote descansou a mão no ombro do Rei e sussurrou para ele:

— Sede corajoso e forte. Vós sois aquele que conduz nosso povo. Observai as leis que vosso pai obedeceu antes de vós e não vos desvieis delas, nem para a direita, nem para a esquerda, para que, aonde irdes, possais agir com sabedoria. Estas leis não deverão deixar vossa casa e devereis tê-las em mente dia e noite e, assim, vosso caminho será de sucesso. Não temais e nem duvideis, pois Taulus, o Deus todo poderoso, estará do vosso lado, aonde quer que vades! — E o sacerdote-maior também se retirou do templo.

Raco respirou fundo, inalando a sensação de liberdade que de repente o invadiu. Ele se sentia como a flutuar; não percebia mais espaço nem tempo. Encarou as flamas e, sem se dar conta do que fazia, exclamou:

— Eu sou Raco I, o Rei da Aládia! Taulus, por que não vindes à minha presença?

Raco não sabia mais por que ainda estava ali e quanto tempo ficara, mas sentia o desejo de se retirar quando seus ouvidos captaram o sussurro de uma furtiva palavra. Um calafrio lhe subiu às entranhas e ele estremeceu. Como as visões noturnas dos desordenados pensamentos que antecedem ao sono profundo, apareceu-lhe um clarão diante das faces e de tal maneira que seus cabelos se ouriçaram. Um Ser estava diante dos seus olhos e, mesmo assim, Raco não pôde definir a aparência dele. O silêncio era profundo e Raco escutou uma voz:

— Tu és digno Raco, Rei da Aládia. Tua é a honra e o poder, porém eu sou o teu Deus e minha é a magnificência. Não deverás tolerar nenhum outro Deus ao meu lado e deverás cumprir somente a minha vontade. Assim como és tu o herdeiro do teu pai, assim sou eu o herdeiro do meu pai. Resgata a crônica e nela encontrarás a verdade sobre mim e meu pai.

Raco estava ao mesmo tempo fascinado e estarrecido por aquele turbilhão de luz. Viu no meio de castiçais uma silhueta masculina, vestida numa longa roupagem que se arrastava pelo chão, ajustada por um cinturão de ouro do qual pendia uma espada também dourada. A face dela estava coberta por uma névoa, mas seus olhos pareciam duas flamas. Seus pés e suas mãos reluziam, como cobre em estado incandescente e sua voz ressoava como a queda de muitas águas. Na mão esquerda, segurava um cetro, porém a completa visão era como a do sol em seu mais abundante esplendor. O jovem estava petrificado e já nem ousava respirar, quando sentiu a mão poderosa sobre o seu ombro:

— Não temas. Eu sou Taulus! Eu vivo eternamente e tenho a chave da vida e da morte. Não te esqueças das minhas palavras. Teu pai tolerou muitas coisas, deuses estrangeiros, profetas, curandeiros, desvendadores de mistérios e muitos que levam o povo a falsas crenças e ao engano. Mas, ainda assim, abri-te uma porta que ninguém pode fechar e sei que tens poder e que acatarás minhas palavras e não farás falsos juramentos em meu nome. As pessoas virão a ti e te honrarão e saberão que tenho amor por ti, pois tu lhes farás saber que amas a mim. Zele acuradamente pelo que é teu, para que outro não te tome a coroa! — Raco sentiu as forças se esvanecerem e caiu de joelhos, recostando a testa nas pedras frias do chão, enquanto uma pesada e sinistra escuridão se abatia sobre ele.

Ao retomar consciência, o jovem Rei percebeu que tudo aquilo não durara mais que segundos. Continuava só, diante do altar; o fogo crepitava na mesma intensidade e parecia que nada havia mudado. Parados mais para os fundos do templo, alguns serventes esperavam pacientemente que o Rei terminasse o exercício espiritual para que pudessem começar a limpeza do templo, e nenhum deles fazia menção de ter percebido algo extraordinário. Raco tentara relembrar a visão, mas à memória lhe vinha somente um intensivo facho de luz.

Quando o jovem Rei retornou ao palácio, regia ali uma completa balbúrdia. Era, sem dúvida, um dia muito especial e, para comemorá-lo, a corte ordenara um abundante banquete para os conselheiros, prefeitos, guerreiros e todos os serventes. Sendo já maior de idade e em posse de todos os direitos, o Rei deveria apresentar a grandeza, a riqueza, a honra e a beleza do seu reino e, durante todo aquele dia, estariam abertos todos os portões dos jardins do palácio e todos poderiam visitá-los.

Durante a festividade, apareceu um visitante que se deixara anunciar como um representante dos oripins. O homem se chamava Ba Murat. Já a caminho de Partalan, ficara sabendo daquela festa; mesmo assim, pedira por uma audiência e juntamente com seu acompanhante foi calorosamente recebido e convidado para tomar parte no banquete.

Da varanda, recostado em almofadas, via o jovem Rei aquele alvoroço sem realmente se dar conta de que deveria participar. Ele estava taciturno e voltado para si mesmo e, em pensamento, tentava reconstruir aquele acontecimento no templo. Ainda não tivera a oportunidade de conversar com a mãe ou com Matuza sobre aquela experiência e, depois de algum tempo, ainda pensativo, pôs-se a andar por entre os convidados, quando discretamente Ba Murat se colocou ao lado dele, começando uma amigável conversa. Sem se dar conta do que estava fazendo, Raco contara ao oripim o que lhe sucedera no templo. Ba Murat ficou atônito e entendeu que recebera ali uma informação muito importante para a sua seita. Os oripins continuavam a pesquisar os motivos que levaram àquela sangrenta guerra e estavam preocupados; dos 28 livros da crônica, possuíam somente três, mas estavam convencidos de que estes eram realmente originais. Os demais haviam-se perdido pelos séculos; eles, porém, acreditavam conhecer o conteúdo desses escritos que, entre eles, era passado oralmente de geração a geração e sabiam da promessa de Tártarus: "De ti, partirá aquele do qual me aprazarei. De ti, farei uma poderosa Divindade; elevarei o teu nome e te abençoarei; e todo aquele que sujar ou abusar do teu nome eu amaldiçoarei, e todos os reinos da terra te glorificarão por meio daquele que enviastes!" Mas a quem se referiam as palavras de Tártarus? Ele não citara nomes e tinha, sem dúvida, filhos e filhas.

O sacerdote-maior foi tomado por um frenético surto de raiva quando soube que Raco contara para um estranho um acontecimento tão importante, antes que ele próprio tivesse sido informado! Tomado de fúria, exigiu do Rei que ordenasse a prisão daquele intruso e, só depois disso, Raco tomou consciência de sua negligência e, assim, deixou que Ba Murat fosse atirado ao calabouço. O momento da prisão surpreendera Ba Murat, que não caíra em desespero mas num complicado dilema: Por um lado, finalmente uma boa pista que poderia levar à verdade; por outro, uma decepção, pois pessoalmente já estava quase convencido ser Talim o herdeiro de Tártarus e o nascimento daquela criança-prodígio relacionada a ele havia reforçado a sua opinião, pois a crônica predizia a vinda de uma tal criança. Mas como poderia ele ter certeza? Teria o Rei lhe contado a verdade? Sim, havia muitas dúvidas a serem esclarecidas!

Ba Murat passou três dias e duas noites na prisão. Recusou todo e qualquer alimento e tampouco conseguira dormir, pois estava por demais agitado e também no palácio havia agitação. O ataque colérico do sacerdote não passara despercebido e todos queriam saber o que acontecera e por que o oripim havia sido preso.

No terceiro dia, o Rei convocou a assembleia dos seus conselheiros e mandou que Ba Murat fosse trazido à sua presença. O oripim entrou no aposento e se inclinou, e Gorel, o conselheiro das relações diplomáticas, indicou a ele um assento que se encontrava sobre um estrado, oposto aos assentos da assembleia e seu acompanhante se postara atrás dele. Gorel conduzia a assembleia:

— Senhor, o que o trouxe a nós?

Havia silêncio. O homem pigarreou e começou:

— Nós, os oripins, que acreditamos na veracidade das palavras de Tártarus, o Deus dos Deuses, esperamos já por centenários que se cumpra a promessa que nos foi dada... — subitamente, alvoroço e murmurinhos se espalharam entre os ouvintes e o sacerdote cochichou algo ao ouvido de Gorel.

— Perdoe-me, senhor, mas não é Tártarus uma lenda? — sem se deixar abalar, o oripim continuou:

— Tártarus foi o Deus onipotente, o Deus original e verdadeiro, o Rei dos céus. Sim, ele nos abandonou, mas nos deixou os seus filhos e, de um desses filhos, virá aquele sobre o qual está escrito: "Grande será a sua paz, admiráveis serão os seus portentos e maravilhosos serão os seus milagres. Seu reino se perpetuará pelos tempos e sua soberania prevalecerá sobre gerações e gerações!" Tártarus foi misericordioso e clemente, um Deus de bondade; vagaroso em punições e abundante em amor e verdade. Mas por ser um Deus justiceiro e por ter também pecado, puniu a si mesmo com a própria destruição. Porém, por sua vontade, virá das alturas aquele que trará luz aos que se encontram na escuridão e nas sombras da morte, para que os nossos pés sigam felizes pelo caminho da paz. — A espontânea dissertação do oripim provocou um momento de silêncio e reflexão, porém, impassível, Gorel continuou:

— Encontra-se a crônica tartárica em poder dos oripins? — o sacerdote e o Rei esperavam a resposta com a respiração contida.

— Infelizmente encontram-se conosco somente três dos 28 livros... — Gorel o interrompeu:

— E onde se encontram os demais?

— Estes se perderam pelos tempos, senhor.

— Perderam-se pelo tempo? Mas como? Não dizem os oripins serem os guardiões da crônica?

— Sim, somos os guardiões da crônica! Não possuímos mais a obra completa, mas sabemos do seu conteúdo, que passamos oralmente às novas gerações!

A breve euforia do Rei e do sacerdote se desfizera. Se os próprios oripins não possuíam mais a crônica e nem sabiam do paradeiro dela, como encontrá-la? Mas deixaram que Gorel procedesse:

— Pois certamente sabemos da existência das crônicas, porém as consideramos coletâneas de mitos e lendas que se contradizem umas às outras. Mas se Tártarus os abandonou, por que continuam seguindo suas leis?

— Porque Tártarus nos deixou saber que é desejo dele que voltemos a viver felizes em solo fértil, saudável e belo. E não se trata de um sonho ou de utopia; por meio da crônica, Tártarus nos deu o seu código de conduta moral que é a chave do caminho de volta à perfeição. Mas infelizmente a maioria das pessoas não respeita mais a palavra do Deus original, pois são de opinião de que a crônica é uma obra criada pelos homens, e que, portanto, espelha fantasias humanas. Mas nós, os oripins, sabemos que os escritores dessa obra foram pessoas íntegras, escolhidas pelo próprio Tártarus e escreveram sob a direta inspiração dele.

— Senhor, mas o que temos nós que ver com suas crenças?

— Pois não sabem os senhores que Taulus também é filho de Tártarus? — entre os ouvintes houve novamente alvoroço e murmurinhos. Ba Murat não se deixou irritar e continuou:

— No começo a Natureza criou a si mesma e havia nela uma corrente que brotava do fundo da terra e umedecia o solo, e dela partiam outras correntes que formaram os rios e riachos. Vapores subiam, retornando ao solo como chuva, molhando a superfície na qual germinavam vegetações. Ervas brotavam do solo, formando prados e relvados; arbustos produziam flores e sementes, árvores frondosas apresentavam frutos de diversas formas. Um bulício de criaturas aquáticas se movia nas águas e em todas as direções celestes voavam as criaturas emplumadas. Animais das mais incontáveis espécies se moviam sobre o solo e o homem era, entre todas, a criatura mais formosa. E o homem subjugou todas as outras criaturas. Foram prolíficos, tornaram-se muitos e encheram a terra. Mas todos deveriam viver em unissonância e harmonia e, por isso, a Natureza criou Tártarus, a primeira criatura divina! Tártarus fora dotado de inteligência e perspicácia superior à dos homens e fora incumbido de zelar e conduzir a vida espiritual da humanidade. Era um Deus que exigia absoluta devoção, mas era justo e ponderado. Sim, Tártarus foi um Deus de amor e a terra era perfeita e satisfazia a todas as necessidades da humanidade, até o dia em que ele pecou!

— Mas nada disso prova ser Taulus filho de Tártarus. Desde os mais remotos tempos, diferentes povos adoraram diferentes Deuses... Por que o senhor acredita nesta versão?

— Porque tudo indica ser ela a verdade. A grande parte do que foi antes o território tartárico se encontra hoje dentro das fronteiras de Aládia e a crônica relata: "Num dia de verão, no qual soprava uma leve e agradável brisa, passeava Tártarus pelos jardins, quando percebeu algumas filhas dos homens a se banharem em um lago. Pela primeira vez, sentiu-se tentado a observá-las e percebeu como eram belas e atrativas. A visão delas o seduziu e ele sentiu no coração o desejo de possuí-las; sabia, porém, que era um ser superior e que era responsável pelo equilíbrio e a harmonia entre o homem e a natureza. Tártarus lutara contra o desejo que se tornava cada vez mais forte. Ele desejava não fazer o que lhe era impróprio, mas a semente do mal se encontrava também dentro dele. Por fim, Tártarus concebeu para si um corpo carnal, achegou-se das mulheres e as tomou para si. Algumas delas lhe geraram filhos e estes se tornaram criaturas excepcionais e numinosas. Mas antes que a desventura se alastrasse, Tártarus os desproveu de suas formas humanas e os deportou como seres espirituais por todo o continente. Teve porém, que admitir que havia se entregado ao mal e que jamais voltaria a ser justo; por isso se destruiu." Mas essas criaturas eram e continuam sendo os filhos do verdadeiro Deus. No que hoje é Aládia, o povo adora a Taulus como o Deus poderoso, mas muitos adoram também a Talim ou a Zaray que também são filhos de Tártarus. Contudo, o mais importante é que o verdadeiro herdeiro de Tártarus enviará à terra uma criança, que de acordo com a profecia, virá a ser uma poderosa Rainha, que unirá todo o continente em uma só nação, na qual haverá novamente paz e harmonia entre os homens.

Todos pensaram involuntariamente em Darião, o curandeiro, e naqueles estranhos acontecimentos que anteciparam a grande guerra. Mas, há muito, haviam-se convencido de que tudo aquilo não passara de uma sucessão de mal-entendidos, pois, a não ser pelas perdas e danos que a guerra em si lhes causara, nada havia mudado e, da tal menina, nunca mais tiveram notícias. Gorel perguntou:

— E aqui nasceu uma menina supostamente enviada por Talim. O senhor acredita ser ela a evidência da veracidade da profecia?

— Não sabemos exatamente, mas a profecia diz que, entre nós, os oripins, um haveria de ser informado por meio de um sonho peculiar e que, dentro de algumas gerações, a profecia se cumpriria.

A não ser o sacerdote-maior e o jovem Rei, que escutavam atentos às palavras do estranho, estavam os demais achando a conversa do oripim um tanto quanto bizarra e começavam a ponderar se não estavam diante de um charlatão e, ademais, por que teriam que se preocupar novamente com a tal menina? Já não tinha, há alguns anos atrás, a mesma estória lhes causado tanto mal? Com certa ironia, Gorel perguntou:

— E tiveram os senhores algum sonho evidente?

— Sim! Cerca de vinte anos atrás, Gra Mieta, o mais velho entre nós, sonhou o que acreditamos ter sido o sonho profético: "Eu me encontrava no ambiente feliz da minha casa e estava a cochilar no meu quarto, quando me veio um sonho que me atemorizou. Minha cabeça se encheu de pensamentos, visões encheram os meus olhos e ansiedade se apoderou de mim. E ordenei que todos os sábios da terra viessem a mim para que desvendassem o verdadeiro sentido do sonho. E vieram os magos, os sacerdotes, os videntes e os astrólogos e mandingueiros e eu lhes contei o meu sonho: Vi no meio da terra uma árvore de altura gigantesca; a árvore crescia e ficava cada vez mais forte até que sua altura alcançou o céu e sua grandeza podia ser vista de todos os pontos do continente. Sua folhagem era bela e suas frutas abundantes e havia nela alimento para todos os seres. Debaixo de suas folhagens se refugiavam os animais dos campos e nos seus galhos repousavam as criaturas aladas e também dela se alimentavam os homens. E eu vasculhava por entre as visões que povoavam a minha cabeça e vi um mensageiro vindo do céu acompanhado do som de muitas cornetas e este bradava: 'Tombe a árvore e lhe corte todos os galhos, sacuda a sua folhagem e disperse os seus frutos. Que os animais se ponham em fuga e que os pássaros se afastem. Mas o toco da sua raiz deixe que permaneça na terra, no gramado do campo e deverá ser arrematado com cinturões de ferro e bronze. O orvalho do céu o manterá úmido e tempos se passarão sobre ele.' E todos os sábios da terra não puderam desvendar o meu sonho!" E mais uma vez, cerca de dez anos atrás, Gra Mieta sonhou novamente com a mesma árvore tombada e ele relatou: "Eu vi o toco da raiz da árvore tombada que havia ficado no solo e que estava arrematado com os cinturões de ferro e bronze. Em cima do toco se encontrava uma coroa e por entre os cinturões brotavam tenras, novas folhagens e eu perguntei ao mensageiro celeste por que a árvore fora tombada. Sua voz ressoara como a queda de muitas águas quando falou: 'A árvore é a vida! Foi tombada mas não está morta. Retire os cinturões e ela se rejuvenescerá e crescerá novamente em todo o seu esplendor. E zele pela coroa, pois já está nascido aquele que possui o direito de usá-la!' E Ba Murat se calara, encarando a assembleia.

O desconserto era geral. As narrações do oripim pareciam a todos por demais fantásticas e ninguém havia entendido aonde ele queria chegar. Gorel disse novamente:

— Senhor, a criança supostamente enviada por Talim nasceu há exatamente dez anos, e, relacionado a esse nascimento, sucederam também alguns fenômenos que não soubemos esclarecer e que causaram muitos mal-entendidos que por fim desencadearam uma guerra. A criança foi retirada de Aládia e, mesmo com uma intensiva busca, não conseguimos mais encontrá-la e, desde então, não sabemos mais do paradeiro dela. Contudo, se a profecia deve se cumprir dentro de uma geração, isso significa que dentro dos próximos dez anos a menina se tornará Rainha em alguma parte do continente e subjugará não só a nós como a todos os outros países e Talim será então consagrado o Deus Onipotente! Sinto muito, senhor, mas não vejo motivos para acreditarmos nisso.

— O senhor bem o disse: A criança supostamente enviada por Talim! Ainda não estamos certos se se trata dessa criança e se foi realmente enviada por Talim ou se não por Taulus, Zaray ou um dos outros Deuses. Por isso, ainda estamos pesquisando.

Os conselheiros se entreolhavam e murmurinhos enchiam o salão. Gorel conferenciou por um momento com o sacerdote-maior e com o Rei e, por fim, pigarreou, pedindo silêncio e disse:

— Ba Murat, meu senhor, o senhor está livre para seguir sua crença. Mas não se esqueça de que a liberdade da sua crença acaba onde a liberdade da nossa crença começa. Que a paz seja sua.

Alguns dos ouvintes começaram a ponderar sobre a possibilidade de a estória de Tártarus ser mais do que uma simples lenda; a maioria, porém, continuou sem se deixar abalar e não deu importância ao que consideraram o fervor arcaico do oripim. Gorel também tentava frear a empolgação de Ba Murat; mas o sacerdote-maior e o Rei estavam absortos. Matuza quis conversar com o Rei sobre as suas preocupações, mas Raco se recusara; estava cansado, sentia-se tomado de esgotamento e deixou a conversa para o dia seguinte.

Naquela noite, Raco também sonhou coisas estranhas. Seu espírito estava inquieto e seu sono agitado e viu no sonho uma jovem e bela mulher a quem disse: "Tive um sonho e meu espírito está inquieto para saber o seu sentido." "Pois que descreva o Rei o seu sonho e eu lhe direi o verdadeiro significado dele." "Eu lhe dou a palavra, por isso diga-me você mesma o meu sonho e o seu significado, pois não é versada o suficiente para me dizer o que vi e o significado do que vi?" "O mistério sonhado pelo Rei, não podem os sábios, os sacerdotes, os videntes e mandingueiros e nem os astrólogos desvendar, porque se trata de uma profecia enviada pelo próprio Deus e nela está exposta, ao conhecimento do Rei, o que se passará nos finais dos tempos. Quanto ao senhor, ó Rei, na sua cabeça subiu-lhe os pensamentos. E quanto a mim, não me foi desvendado esse mistério por meio de nenhuma sabedoria que esteja mais presente em mim do que em qualquer outra pessoa, senão para que o próprio Rei conheça o significado desse sonho e possa entender os sentimentos do seu próprio coração. Pois este é o sonho: 'E viu o Rei uma enorme estátua. A grande estátua, que tinha um brilho magnífico, estava diante dele. A aparência dela era extraordinária. A cabeça era feita de ouro, o peito e os braços eram de prata, a barriga e as coxas eram de cobre, as pernas eram de ferro e os pés eram um de ferro e o outro de argila. E o Rei estava a contemplar e viu que fora atirada uma pedra que atingiu a estátua no pé de argila e o triturou. E o Rei viu que o ferro, o cobre, a prata e o ouro foram também triturados, de modo que tudo se tornou um pó que foi levado pelo vento e não restou ali mais nenhum vestígio da estátua. E a pedra que atingiu a estátua se tornou um admirável monte!' Esse é o sonho e eis o seu significado: A cabeça de ouro é o continente. O peito e os braços de prata são os reinos poderosos, fortes e altivos. A barriga e as coxas de cobre são os reinos menos poderosos. O ferro representa aquele que, mesmo sem reinado, tem fama e poder. Como viu o senhor, os pés de ferro e argila: O continente está dividido em fortes e fracas partes e nunca esteve sob uma só regência, seus povos jamais formaram uma unidade. Ferro e argila não se misturam. Mas o ferro tritura todos os outros elementos e tentará destruir os demais. Mas nos tempos desses reinos surgirá um novo soberano que fará do continente uma só nação e reinará sobre ela por tempos indefinidos, pois, como viu o senhor, esse tempo é a pedra que destruiu a grande estátua e triturou a argila, o ferro, o cobre, a prata e o ouro. O próprio Deus deixou saber ao Rei o que se passará nos finais dos tempos. O sonho é autêntico e seu significado fidedigno!"

Raco I acordou banhado de suor e, ainda nas tenras horas da manhã, mandou chamar pela mãe e por Matuza, o sacerdote-maior. Em grande alvoroço, o jovem lhes contou o sonho que ainda lhe estava claro na memória. Ele estava temeroso, o que queria dizer tudo aquilo? Na visão que o Rei tivera, no templo, Taulus lhe advertira que não perdesse a coroa e ele se sentia como que ameaçado. O que deveria fazer?

Lidana, a Rainha-mãe, que ainda era bela de porte e de aparência, lhe disse:

— Meu filho, escute as minhas palavras e aceite os meus conselhos. Abra o coração e o espírito para a sabedoria e compreenderá os misteriosos caminhos dos Deuses e encontrará a verdade. Taulus é o nosso Deus e para os justos guardou sabedoria, para os que andam dentro do caminho dele, ele é segurança. O caminho de Taulus é de abundância, alegria e prazeres e ele não abandonará seus fiéis seguidores. Compreenda a justiça dele, os seus direitos e desejos e cuide que permaneçamos no caminho do bem. Não tema um sonho. Se a sabedoria está no seu coração e a verdade na sua alma, não poderão pensamentos confusos se apoderar de você e nada poderá desviá-lo do caminho ou levá-lo ao caminho daqueles que veneram Deuses estrangeiros, que ignoram as nossas leis, que não se mostram agradecidos pelas dádivas de Taulus e que depositam confiança em vãs promessas. Meu filho, não se esqueça das minhas palavras e dos meus conselhos, guarde-os junto a si como a um amuleto e terá sempre privilégio e recompensa diante dos olhos de Deus e respeito diante dos seus súditos. Confie em nosso Deus Taulus e use de sabedoria e ele mesmo o manterá nos caminhos que levarão a uma gratificante e longa vida.

As palavras da Rainha confortaram o espírito agitado do jovem Rei e aprazou também ao sacerdote. Lidana não era somente bela, mas também inteligente. E o sacerdote, que havia escutado tudo aquilo calado, mas que havia percebido o estado lábil no qual o Rei se encontrava, aproveitou a oportunidade para persuadi-lo:

— Meu jovem senhor, no seu sonho havia uma ameaça, a ameaça da qual Taulus pessoalmente o preveniu. Não disse ele que zelasse pela sua coroa? — e o sacerdote continuou:

— Um filho honra ao pai e um servente honra ao seu senhor. E se Taulus é o nosso Deus, aquele que nos protege e nos guia, onde está a homenagem para ele? A aliança de Taulus com o nosso povo é uma aliança de vida e de paz. Eu sou o sacerdote dele e da minha boca não devem partir injustiças ou mentiras, pois o sacerdote é o porta-voz da verdade. Mas bem sabe que estamos em falta com o nosso Protetor e que continuamente desobedecemos às suas leis, que negligenciamos a sua aliança e por isso não podemos sempre esperar por seu perdão. A estátua que o senhor viu no sonho é certamente uma manifestação de Taulus e, por isso, eu lhe peço: deixe que ergamos em homenagem a ele uma estátua como a que apareceu ao senhor no sonho! Sim, uma grandiosa imagem de um Deus poderoso!

— Mas a imagem de Taulus que vi no templo era um clarão de luz — disse o jovem Rei.

— Sim, pois faremos a imagem de ouro e ela refletirá o brilho do sol!

— Uma grandiosa estátua completamente de ouro? Você bem sabe que já elevamos todos os impostos para cobrir os custos da guerra. Como iremos esclarecer ao povo a necessidade de mais uma coleta? — a ideia, porém, não o desagradava e o sacerdote tinha suas razões.

— Pois o motivo será chamar a atenção do povo para os deveres religiosos. Não deverão continuar acreditando que não faz diferença se suas ofertas de sacrifício satisfazem os padrões estabelecidos ou não, pois malditos são os enganadores: aqueles que possuem bens em abundância, mas fazem falsos juramentos e oferecem migalhas. Taulus é um Deus poderoso e seu nome deve ser respeitado. O povo deve honrá-lo com os melhores e mais preciosos bens, com a melhor parte das colheitas e dos rebanhos. Não deve se esquivar das leis e nem repudiar as consequências dela. Se Taulus castiga, castiga como um pai que ama o filho. O povo não deve jamais esquecer que a proteção de Deus é um bem mais valioso do que a prata e que estar em segurança junto a ele é ainda melhor do que o ouro. O amor e a proteção de Taulus é melhor do que todas as coisas e nada se iguala a esse amor. Pois façamos o que é correto, Senhor, e seus pés não encontrarão mais tropeços e continuarão firmes no caminho do bem. E não será mais assaltado por sonhos funestos; tampouco precisará temer catástrofes repentinas ou tormentas do mal, pois sã será a sua consciência e Taulus, o verdadeiro Deus, cuidará para que não ponha os seus pés em armadilha.

Raco I escutou tudo aquilo acabrunhado e pensativo. Ainda estava confuso com a lembrança do sonho, mas acabara por admitir que tanto sua mãe quanto o sacerdote estavam com a razão: era preciso retificar a aliança entre Taulus e o povo de Aládia. E quando ficou novamente só, o jovem Rei se pôs a pensar: "Ó minhas entranhas! Meu coração me oprime e nos meus ouvidos soam os clarins da advertência, pois malogros e infelicidades nos ameaçam. Meu povo é insensato, são filhos de tolos que não têm entendimento e não observam as leis de Taulus. Meu povo não hesita em praticar o mal e não se esforça em praticar o bem e não me resta nada senão arrastá-lo de volta à razão!" Raco I, o jovem Rei de Aládia, já se sentia exausto. Sentia, cada vez mais, o peso do poder e, no fundo do coração, desejava não ser Rei!

Já no outro dia, o Rei despachou seus mensageiros. Ele queria uma grande assembleia e todos deveriam comparecer; os conselheiros da coroa, os prefeitos, os escribas, os juízes e todos os que tinham nome e posição dentro do país; e dois dias depois se reuniram no palácio todos os que foram chamados. E o Rei informou:

— Um monumento de homenagem a Taulus deverá ser edificado em forma de uma estátua de ouro puro que terá dez metros de altura e dois metros de largura. Ficará em um pedestal de granito e deverá ser disposta na praça da justiça de Partalan, para que todo aquele que procurar por justiça se lembre que só há justiça em Taulus, o Deus verdadeiro.

Os membros da assembleia se entreolharam; alguns compreensivos, outros atônitos e muitos temerosos. A grande maioria dos presentes ainda não havia esquecido as trágicas consequências da guerra. E não havia sido justamente a excessiva arduidade religiosa a sua causa? Não pagara Heros II aquela impetuosidade com a vida? Por que estaria seu filho seguindo pelo mesmo caminho? Mas o Rei havia-se decidido e não aceitou os argumentos opostos.

Dentro de um impressionante curto espaço de tempo, o monumento estava pronto e superara todas as expectativas. Os canteiros e artesãos se aprumaram, fazendo da estátua uma bela obra de arte; e, quando os raios solares se refletiam no ouro polido, partia dela um intenso facho de luz. E enfim chegara o dia em que se juntaram novamente na praça da justiça os prefeitos, os conselheiros, os escribas, os juízes, o povo e o Rei da Aládia para a inauguração.

Matuza, o sacerdote-maior, vestido na mais imponente indumentária e levando na testa o símbolo da sua autoridade religiosa, conduzia a cerimônia. Ele encarou a multidão com os olhos estreitos e disse com toda a autoridade:

— Eu sou um sacerdote do Deus altíssimo e é chegada a hora de retornarmos aos caminhos da verdade. A partir de hoje, seguiremos as leis de Taulus com mais ardor! Por isso lhes digo: Ao meio-dia do terceiro e do sétimo dia de cada semana, farei entoar os clarins e, ao som deles, todo aquele que se encontrar na praça da justiça deverá se ajoelhar e adorar a imagem de ouro; e aquele que não o fizer será castigado com o fogo. — E imediatamente os clarins foram entoados e imediatamente todos se ajoelharam e adoraram a estátua. O Rei mesmo permanecera mudo durante toda a cerimônia e, quando esta findou, a multidão se dispersou agitada. Estava no ar um desagradável temor.

Não tardou muito e começaram as reclamações. Os rabugentos e provocadores começaram a denunciar todos os que não eram fervorosos ou que não veneravam realmente a Taulus. E eles pediam por audiências para dizer:

— O senhor, ó Rei, deu a ordem que, ao soar dos clarins, todo aquele que se encontrar na praça da justiça, deverá se ajoelhar e adorar a imagem; e que todo aquele que não o fizer, deverá ser castigado com fogo. Mas existe no meio do povo, também no meio dos ricos e influentes, muita gente que desrespeita a vontade real. Essa gente ingrata não reconhece a sua soberania, não veneram ao seu Deus e não adoram a imagem de ouro que lhe foi consagrada. — Raco tentava não dar atenção a tais acusações. Ele bem sabia que uma parte do povo de Aládia continuava adorando outros Deuses e ele não queria realmente castigar pessoas com fogo. Mas as acusações foram se acumulando e Matuza bem como os demais sacerdotes foram pressionando-o até que um dia ele perdeu a paciência e, irritado, ordenou que fossem trazidos à sua presença todos aqueles que, naquele dia, fossem apanhados em desobediência à nova lei. Naquela tarde, foram então trazidos à presença do

Rei um homem jovem e forte, uma mulher também ainda jovem e uma anciã. Raco lhes perguntou:

— É então verdade que não veneram ao meu Deus e nem tampouco adoram à imagem de ouro que lhe mandei erguer? Pois bem, mandarei soar o clarim e se, ao ouvi-lo, se ajoelharem e se arrependerem, estarão livres. Mas se não se ajoelharem e não se arrependerem, mandarei jogá-los ao fogo; e qual é o Deus que virá livrá-los da minha mão?

E eles responderam:

— Senhor, não temos necessidade de responder a sua pergunta, se for o caso e se for da vontade do nosso Deus, ele nos livrará do fogo e da sua mão. E mesmo se não o fizer, saiba que não veneramos o seu Deus e não adoramos a estátua de ouro.

O Rei ficou atônito. Estavam ali pessoas dispostas a sacrificar a vida por outro Deus! Ele estava ao mesmo tempo admirado e confuso, mas não podia mais retirar a palavra e assim mandou que se aquecesse a fornalha duas vezes mais do que o normal e se preparasse a queima daqueles traidores.

Ao cair da noite, acompanhado de um escriba, de Matuza e outros sacerdotes, Raco I foi assistir à execução. Dois fortes soldados amarraram os três infelizes que, mais uma vez, recusaram a oportunidade que o Rei lhes ofereceu. Não foram mortos antecipadamente e, a um sinal do sacerdote-maior, foram atirados com vida dentro da fornalha incandescente.

Subitamente, o Rei se sobressaltou. Ele se levantou aterrorizado e balbuciando perguntou para o escriba:

— Não eram três, as pessoas que amarradas, foram atiradas ao fogo?

— Sim, meu senhor.

— Mas vejam! Dentro da fornalha se movem livres e sem queimaduras quatro sombras distintas, e uma delas é como a sombra de um Deus. — Mesmo a certa distância, o calor e o vermelhão que vinham da fornalha era intenso e o Rei deu um salto para frente, esticando a mão como se quisesse retirar alguma coisa de dentro da fornalha, enquanto ao mesmo tempo todos avançaram para detê-lo:

— Senhor, recue! — gritaram, enquanto o seguravam pelas vestes. Apavorados, fizeram-no recuar, percebendo, porém que ele estava ileso. A insuportável quentura não havia lhe causado danos, nem mesmo um fio de cabelo havia se queimado e nem sequer seus vestidos se impregnaram do cheiro do fogo. Todos olharam estarrecidos para o interior da fornalha sem verem ali nada que não fossem brasas ardentes e labaredas. O que quis o Rei dizer? O que teria visto na fornalha? Rapidamente o sacerdote retomou conta da situação e bradou:

— Bendito seja Taulus, o Deus onipotente, que mandou sua proteção e salvou Raco I, o seu fiel seguidor, da morte no fogo!

Todavia o jovem Rei passou a perceber na fisionomia dos cortesãos, dos conselheiros, e até na fisionomia da sua mãe, que alguma coisa pesava na vida cotidiana da corte e também na vida pública daquela cidade e, talvez, até mesmo, de todo o país. E foi lhe ficando cada vez mais claro que muitas das coisas que via e sentia se passavam somente dentro da cabeça dele e começou a ponderar se estava a perder o juízo. Sim, precisava se recompor e decidiu descobrir a verdade sobre Taulus, Tártarus e todos os outros Deuses!

E, enfim, os viajantes chegaram a Carla, a capital da Áurea. Eles atravessaram áridas e desoladas paragens e longos panoramas agrestes, nos quais se via aqui e acolá algum rebanho de ovelhas e cabras, mas raramente pessoas. Os países do Norte eram escassamente povoados e, principalmente em Áurea, a não ser os poucos camponeses, pastores de rebanho e pescadores, morava praticamente toda a população dentro ou bem perto da cidade.

Estavam felizes por terem alcançado a cidade. Em Carla, não havia construções monumentais nem templos. As construções mais altas não tinham mais que quatro andares e mesmo o palácio da imperatriz não era muito diferente das outras casas. As construções seguiam um estilo simples, porém elegante e o detalhe principal delas era o pesado portal de madeira, quase sempre pintado numa cor forte e escura que contrastava agradavelmente com as cores pálidas das fachadas. Os áureos tinham uma grande paixão por luxo pessoal e não se via, em lugar algum, pessoas que não apresentassem em si mesmas uma mostra de bom gosto e requinte. Assim como os rujianos, os áureos também eram um povo pacífico e estavam sempre atentos para evitar conflitos. Os rujianos ganhavam o bem-estar financeiro por meio de suas destrezas e criatividades artesanais, mas, para manterem o alto padrão de vida, tinham que trabalhar muito. Os áureos, por sua vez, custeavam a vida luxuosa praticamente por meio do uso estratégico de suas capacidades mentais. Para exportação, não produziam nada, com exceção de uma pequena quantidade de pérolas; mas, se comparadas às pérolas que vinham do mar do Sul, que eram de qualidade superior, nem sequer tinham estas boas chances no mercado continental e geralmente eram usadas como forma de pagamento para estrangeiros que trabalhavam na prestação de serviços. Os áureos eram inteligentes e exportavam conhecimentos. Não somente soberanos, mas muitos ricos e influentes mandavam os filhos para serem educados em Áurea, ou contratavam os seus sábios como tutores. Em Áurea, encontrava-se a mais bem sortida biblioteca do continente e havia no país três "Casas do Conhecimento" e, em todas elas, encontravam-se sábios que estavam sempre a pesquisar, a inventar coisas novas e a melhorar coisas já existentes. Apetrechos medicinais, apetrechos para artesãos, ferramentas para o trabalho de campo e muitas outras coisas, que quase sempre tinham origem nos rascunhos experimentais dos áureos e, mesmo sendo pacíficos, até mesmo armas, já haviam sido criadas por eles.

No outro dia ainda cedo, Mibu, Artapunia e Aziza, que era agora chamada somente por Zia, se apresentaram na Casa do Conhecimento, onde Aziza fora aceita como aprendiz. Foram calorosamente recebidos pelo mesmo grupo de sábios que, havia dez anos, estivera em Partalan à procura da menina prodígio. Os sábios estavam na grande expectativa de, enfim, poder analisar precisamente o teor de excepcionalidade que havia naquela menina. As yjaras sempre negaram categoricamente a origem da menina que crescera com elas, mas os áureos não se deixavam enganar. Eles sabiam já por muito tempo que aquela que elas chamavam de Zia não era outra senão Aziza, a menina que supostamente viera ao mundo sob a graça de Talim.

Aziza e Artapunia estavam maravilhadas pela beleza dos seus anfitriões: suas lindas e ricamente bordadas vestimentas, suas faustosas joias, seus interessantes penteados e, sobretudo, suas perfeitas maquiagens, que eram belas tanto nas mulheres, quanto nos homens.

Depois de todos os cumprimentos, Mibu apresentara as riquezas que trouxeram consigo: joias de ouro, objetos de arte, dentre os quais se encontravam três cálices em forma de flor de amêndoa trabalhados em bronze e um grande castiçal para muitas velas, de prata polida. Um estojo trabalhado de madeira de acácia, repleto de pedras preciosas entre as quais se encontravam rubis, topázios, esmeraldas, turquesas, safiras e jaspes. Dezenas de cortes de tecidos feitos por prendadas tecelãs, óleos balsâmicos, unguentos para pele e cabelo e também óleo combustível para as lamparinas e lampiões. Todas aquelas riquezas não eram somente presentes, mas também o pagamento para o custo da educação de Aziza. E eles trouxeram também, como presente para a imperatriz, uma bela roupagem feita de tecido vermelho-carmim no qual foram rebordados fios azuis e dourados. A roupagem tinha acabamento em relevos de fios de lã e era rebordada com pequeninas pedras preciosas. Um presente incomparável no qual Eurípedes, Florinda e mais duas yjaras trabalharam dois meses.

Tudo estava bem e Mibu permanecera por três dias em Carla. Doía ter que se despedir de Aziza, mas era tempo de tomar o caminho de volta. A menina era às vezes geniosa e tentava impor sua vontade com pirraças, causando vez por outra situações embaraçosas, mas ele estava tranquilo: Aziza seria educada num disciplinado, porém afável ambiente e Artapunia zelaria por ela.

Aziza já havia aceitado sua nova situação. Estava triste por estar longe de suas queridas Eurípedes e Florinda, mas, desde que Mibu passara a servir no palácio, passou também a tomar todas as decisões sobre ela e as yjaras acabaram por aceitar a sua autoridade.

Amita, a Rainha de Rujia, caíra doente enquanto Mibu ainda se encontrava no caminho de volta. Amita não tinha herdeiros e Benjamim, o seu conselheiro mais íntimo, bem como os demais conselheiros, estavam preocupados, pois sabiam que Amita havia se agradado de Mibu e que passara a amá-lo como a um filho. A possibilidade de vê-lo escolhido como sucessor não agradava a eles, mesmo não tendo ele lhes dado nunca nenhum motivo de desconfiança. Porém, não tardou e as intrigas começaram:

— Pois sabemos que este jovem facundo, que sabe argumentar com tanta eloquência, poderá um dia nos levar à destruição. Não devemos nos esquecer de que ele é estrangeiro.

Quando Mibu alcançou Rujia e ficou sabendo do estado debilitado da Rainha, ele açoitou seus animais e, chegando à Ilia, foi direto ao encontro da Rainha e Amita se irradiou de alegria ao revê-lo.

Mibu era inteligente o suficiente para saber que a sua escolha como sucessor provocaria a inveja e a animosidade de todos os outros cortesãos e conselheiros, os quais se achavam com mais direito. Assim, ele mesmo persuadiu a idosa Rainha de que deixasse o poder ser passado para aquele que estivesse no direito e prometeu que apoiaria e se poria do lado do escolhido dela. Ao deixar claro que não pretendia se impor à linha sucessória, Mibu reconquistara a simpatia do rico e influente Benjamim e continuara em boas relações com todos os outros cortesãos e, sem que estes se dessem conta, ele foi se tornando cada vez mais influente nas decisões governamentais, pois havia ficado livre de intrigas, enquanto Benjamim e os demais se prejudicavam com sigilosa mutualidade, difamando uns aos outros, com o propósito de atenuar as chances do concorrente, quanto a ser aclamado o sucessor.

Depois de dois anos, quando Amita morreu, Mibu era o homem mais poderoso de Rujia. Ele era absolutamente carismático e, apesar da sua aferrada antipatia por religião, tornara-se querido por todo o povo rujiano, de modo que ninguém mais se atrevia a contestar a sua autoridade de regente. Ele tomara para si a incumbência de reorganizar o país. Criou reformas políticas e sociais e, seguindo os passos sábios de Amita, que sabia ser impossível proibir ao povo as superstições, introduzira no código de lei a liberdade de crença, mas, sobretudo, também a liberdade de repúdio à crença. Restringiu o poder dos sacerdotes e concedeu somente um feriado religioso por ano, porém, um para cada Deus adorado dentro das fronteiras de Rujia. Esses dias passaram a ser então, feriados nacionais e todo o povo estaria livre para comemorá-los ou não. Desse modo, ele conseguira acabar com a inveja e as querelas entre os veneradores dos diversos Deuses. E o povo o amava e o jubilava como a um Rei.

As muitas ocupações de Mibu e seu amor por cavalos não o impediam de se entregar à leitura e à meditação. Passara a ler e a estudar os clássicos da filosofia e as obras religiosas e a ponderar no porquê da sua influência sobre as pessoas. Ele queria evitar confrontações diretas, mas a sua meta era fazer com que a influência religiosa se perdesse pouco a pouco pelos caminhos das superstições banais. A meta principal do seu novo código de leis era criar harmonia dentro da família, da sociedade e do Estado. Respeito e obediência passaram a ser os mandamentos da vida comum.

Três anos depois da morte de Amita, na idade de 25 anos, ele apoiou Benjamim contra um adversário e Benjamim se deixou aclamar como o novo Rei de Rujia. Mibu, porém, continuara ao encargo da regência política. Ele reduziu os impostos, investiu na infraestrutura, melhorou ainda mais o padrão de vida geral e o país prosperou. O jovem regente conduzia com muito sucesso sua política externa e, durante esse tempo, criou o que mais tarde entraria para a história como "Mubianismo". Essa doutrina não era de fato nova, era somente uma nova disposição de velhas sabedorias. Era uma coletânea de simples mas importantes leis de tempos passados que ele modificara, de modo a torná-las compreensíveis e aplicáveis aos novos tempos. Era, no fundo, uma doutrina antirreligiosa e denunciava a insensatez de orações e de venerações e afirmava que as pessoas deveriam ver nos Deuses somente os símbolos dos poderes da natureza. Com isso, ele criou uma obra filosófica que se tornara clássica e que sobreviveu mais de mil anos depois da morte dele e que influenciaria a vida de muitos povos em gerações futuras.

Cinco anos haviam se passado desde que Aziza fora levada para Áurea. Durante esse tempo, Mibu a visitara somente uma vez e a sua consciência já o estava atormentando. Ele sabia que deveria dedicar a ela um pouco mais de tempo, mas as yjaras a visitavam todos os anos e, além disso, ele era regularmente informado dos progressos dela e ela ia muito bem. Todavia, era tempo de revê-la!

O Rei Raco I estava decidido a descobrir a verdade sobre os Deuses. Ele deixou a regência do país ao encargo da Rainha-mãe e dos conselheiros reais e se tornou recluso, concentrando-se somente no estudo das obras religiosas. A seu convite, viera a Partalan uma delegação de oripins e, pela primeira vez, depois de muitos séculos, os três remanescentes livros da crônica tartárica deixaram a sua reclusão. Os oripins cederam ao pedido do Rei da Aládia e levaram consigo as escritas arcaicas, apesar de ter havido entre eles uma grande polêmica. Mas por que não? Afinal, Partalan se encontrava justamente onde a crônica tivera origem. Sa Dabra, o segundo mais velho oripim ainda vivente, um ancião que já contava 101 anos de idade, mas que ainda se encontrava em excelente condição física e mental, vinha acompanhado de Ara Borel e Aron Korpa, que eram os portadores das chaves do recipiente no qual se encontravam os livros, que ameaçavam se decompor pela ação do tempo, e os seus guardiões zelavam acuradamente por eles. Os livros haviam sido escritos com uma caligrafia clara e bem legível, na língua original da antiga região tartárica que praticamente já estava extinta. Além de Sa Dabra e dos dois portadores das chaves, somente Gra Mieta, o mais velho de todos os oripins, ainda era capaz de entender o significado daquela tão antiga escrita. Suas páginas haviam sido decoradas com melindrosos ornamentos florais e os livros se encontravam encadernados numa capa de madeira e couro na qual havia sido trabalhado um cadeado de metal. Só raramente ainda se abriam aqueles originais. Para o uso comum, havia cópias, pois a ocupação principal de um oripim era cuidar para que as leis de Tártarus não caíssem em esquecimento; e não só eram eles os encarregados de copiá-las, mas também os responsáveis pela fidelidade de cada cópia. Eles eram competentes em suas funções e seus trabalhos eram de excelente qualidade e, justamente por isso, era difícil para eles explicar quando e por que a maioria dos livros haviam se perdido e também porque não havia, dos livros perdidos, nem uma cópia. Também não sabiam explicar quando e nem quem formulara a primeira cópia, passando da língua original para a língua atual. Cada livro fazia referência aos demais e se sabia que entre eles havia alguns bem curtos e outros bem longos.

Raco I passou dois anos absorvido no estudo dos livros originais e também dos relatos orais dos oripins. Taulus havia lhe ordenado que encontrasse a crônica, pois nela encontraria a verdade. Ele encontrara três dos livros e muitas estórias, mas... e a verdade? O que era a crônica? Um código de leis? A estória da vida do antigo povo tártarico? Uma bula conselheira ou uma antiga coletânea de mitos e lendas? Os oripins lhe asseguravam: “Mesmo tendo sido a crônica escrita pelos homens, sempre foi, desde que existe, considerada pelos descendentes do antigo povo tartárico, ou seja, nós, os oripins, como a palavra do verdadeiro Deus e nós não duvidamos um só momento de que foi escrita sob direta inspiração divina.

Raco era, porém, por demais inteligente e não poderia deixar de questionar a veracidade de tudo aquilo. Se Tártarus realmente existiu?! E naturalmente questionava também a importância da crônica tartárica para os dias atuais. Talvez tenha, com o passar dos tempos, perdido o seu sentido original?!

O Rei havia depositado grande esperança no estudo daquela obra, mas não estava satisfeito, não encontrara clareza para os seus receios e sim mais e mais dúvidas. Era difícil entender tanto os livros quanto os relatos, e, de certa forma, ele se sentia extrapolado. Ao que parecia, quase todos os livros, com poucas exceções, tratavam da estória dos pecados de Tártarus como sendo o assunto mais importante. O segundo tema principal era a anunciação do seu filho como o escolhido, do qual viria uma criança que um dia uniria todo o continente em uma só nação, restabelecendo novamente a paz e a harmonia. A redação da crônica havia se prolongado por algumas gerações; seus escritores não possuíam a mesma educação e conhecimentos e, por isso, mesmo relatando o mesmo acontecimento, cada versão apresentava o seu próprio caráter e algumas se divergiam de tal forma, que pareciam se contradizer. Também, sobre um determinado encontro entre dois dos filhos de Tártarus, havia contraditórias versões e, em seus relatos, alguns escritores expressaram detalhes que lhes pareceram de muita importância, enquanto outros nem sequer mencionaram tais detalhes. E nenhum havia citado nomes! Assim entendera o Rei um dos relatos do tal encontro: "Um dia, estava um jovem Deus a vagar por ermas paragens e, depois de ter passado muitos dias e noites em completa abstinência, ele se encontrou com o seu meio-irmão e lhe disse:

— Estou com vontade de me divertir, porquanto organizarei um banquete.

— Ora, para quê? Um verdadeiro Deus não precisa realmente de alimento.

— Ah! Não seja tolo. Alimentos para os convidados e vinhos, música e prazeres para nós.

— Você bem sabe que não é do agrado do nosso pai que nos metamos nas coisas mundanas.

— Não há necessidade de que o nosso pai fique sabendo de todas as coisas...

— Mais cedo ou mais tarde, ele sempre toma conhecimento de todas as coisas!

Os dois saíram dali e foram juntos para uma cidade e subiram nas ameias de uma grande torre.

— Vamos travar uma pequena disputa: vamos nos jogar para baixo para ver quem atinge o solo primeiro! — o outro hesitou e não deu resposta e o primeiro insistiu: — Por que o temor? Se você é um Deus, o que lhe poderia acontecer? Nosso pai não permitirá que sequer tropecemos em alguma pedra.

— Você deveria saber que não devemos incomodar nosso pai com tais aborrecimentos.

E, de onde estavam, os dois podiam contemplar todos os reinos do continente, suas terras selvagens e seus desertos e, apontando para o horizonte, o primeiro disse enfezado:

— Você é um covarde, além de um grande chato. Tudo isso me pertence, mas estou pronto a me desfazer de tudo e lhe deixar a preferência se você reconhecer que eu realmente sou o mais belo, o mais inteligente e o melhor entre todos nós! — e a resposta veio zangada: — Ora, vá embora e me deixe em paz. Você não sabe se tudo isto é seu. Nosso pai é quem decidirá qual dos filhos será o herdeiro dele e qual deles terá poder sobre todas as coisas!

Aquela obra continha não somente as intenções e as ordens de Tártarus, como também dava mostra da personalidade dele. Por meio daquele estudo, o Rei concluiu que Tártarus pecara por ter sido sentimental e que sentia genuíno amor por todos os seus filhos. E que, em nenhum momento, fora indiferente a eles, o que haveria de suceder aos filhos e aos homens.

De tempos em tempos, o Rei discutia com os conselheiros e sacerdotes o progresso dos seus estudos. Entre os intelectuais praticamente não havia ninguém que aceitasse os livros e os relatos como sendo possivelmente uma obra divina. A maioria era de opinião de que a crônica era uma obra criada pelos homens e, portanto, espelhava as fantasias dos homens.

O primeiro livro da crônica começava dizendo: "A garantia de uma vida feliz é a aquisição de conhecimento sobre mim, o Deus original e verdadeiro e sobre aquele escolhido por mim; o meu filho querido, no qual se encontra o tesouro da sabedoria e da verdade." A crônica esclarecia que todas as promessas de Tártarus se cumpririam por meio do filho dele e que ele era a chave da solução de todos os problemas. Mas por que não citara Tártarus nenhum nome? A qual dos seus filhos ele se referia? E a crônica continuava: "Deixo o meu poder de julgamento ao meu filho querido. Ao meu herdeiro deixo a minha justiça. Que todas as nações o venerem, porque bendito é o meu escolhido, no qual me aprazo, e bendita é a sua semente, que fará maravilhas!"

Desde os mais remotos tempos de existência da crônica, esperavam os oripins o nascimento da criança prometida, que viria por meio do filho escolhido de Tártarus. A criança nasceria entre os mortais e agiria sobre o continente, e, por meio de sua grande virtude, poria fim ao pecado e restabeleceria a paz e a justiça por tempos indefinidos.

Raco I meditava e ponderava e repassava minuciosamente aquelas informações, mas não via sentido no que estudava. Existira realmente Tártarus, um Deus único e original? Era Taulus um dos seus filhos? Se a crônica era realmente a palavra de um Deus superior, por que não era uma obra simples e compreensível? Por que tantas contradições? Não havia como ignorar as centenas de contradições que tornavam quase impossível acreditar na veracidade daquelas estórias; mas os oripins não viam motivos para dúvidas e reafirmavam continuamente: "A crônica foi escrita dentro de um período que abrangeu muitas gerações, e, por 28 diferentes pessoas. Todas foram pessoalmente inspiradas por Tártarus, mas quando duas ou mais pessoas escrevem sobre um mesmo tema, algumas descrevem detalhes que a outras passam despercebidos. Os escritores vieram de diferentes origens e nem todos eram eruditos. As diferenças em detalhes são produtos das suas diferenças sociais. O mais importante, porém, é que a crônica nos ajuda a entender claramente a doutrina de Tártarus."

Mas para Raco ali estava justamente o problema, ele não via nenhuma clareza! Por fim, o Rei concluiu, desapontado, que não encontrara mais do que longas ladainhas de boas-intenções e estórias confusas que se contradiziam. Mesmo assim, tanto os livros quanto os relatos eram fascinantes e ele não perdera nada em tê-los pesquisado.

Para Matuza, o sacerdote-maior, a presença dos oripins no palácio fora, desde o começo, um grande contragosto. O sacerdote estava convencido de que eles defendiam somente os próprios interesses. Os oripins viam a si mesmos como protetores e perpetuadores da, por eles considerada, única verdadeira religião e nunca haviam sido tolerantes com outras crenças. Matuza via neles perigo, mas o Rei se sentia seguro e não dera importância aos receios do sacerdote. Os oripins eram somente uma comunidade dentro de Calisten e, no seu todo, não compunham mais do que quinze por cento da população daquele país. Calisten não arriscaria uma guerra por causa deles e, mesmo se o fizessem, as forças armadas daquele país não poderiam competir com as de Aládia. As forças armadas de Aládia eram ainda uma das mais poderosas do continente e uma afronta desnecessária por parte de Calisten só poderia levá-lo à derrota. Contudo, era na divergência religiosa que o sacerdote via o perigo e não tardou a acontecer o que ele temia.

Um dia, ainda cedo pela manhã, Ara Borel, um dos oripins, se encontrara da praça da justiça com um grupo de sábios do palácio. Eles se achavam diretamente em frente da grande estátua de ouro consagrada a Taulus e se puseram a conversar e a discutir sobre o sentido ou a falta de sentido daquela estátua; e a discussão, que aos poucos se tornara aferrada, acabara por chamar a atenção dos passantes. Era o terceiro dia da semana e justamente quando ressoou o som do clarim, exigindo dos presentes a veneração à estátua, elevara-se do pico do monte, que se via à distância, um denso tufo de fumaça, ao mesmo tempo em que se sentia tremular o chão por baixo dos pés. No céu, anunciou-se uma tempestade e todos os que se encontravam na praça se atemorizaram. Pesadas nuvens se puseram a colidir entre si produzindo relâmpagos e raios inflamados, e a densa fumaça se estendera como um véu de luto sobre o firmamento. Ao mesmo tempo, trovões estrondeantes se misturaram ao som dos clarins que ainda soavam, e a grande estátua de ouro começara também a tremular. Com o estrondo de uma explosão, o monte cuspira uma grande labareda de fogo e todos observaram estarrecidos aquele espetáculo. Subitamente Ara Borel se pôs a bradar:

— Vejam, é o próprio Deus que vem ao monte como fogo! — A fumaça se tornara ainda mais densa e mais uma gigantesca labareda se lançou pelos ares, enquanto o chão vibrava ainda com mais intensidade. E o povo aterrorizado pediu ao oripim:

— Pois, se este é o seu Deus, fale o senhor mesmo com ele e não deixe que ele fale conosco, para que não morramos. — E Ara Borel respondeu:

— Não temam, pois o verdadeiro Deus veio para nos pôr em prova, para que o temor por ele esteja sempre presente e para sabermos que não devemos pecar.

Porém, tudo aquilo terminara tão repentinamente como começara. A comoção se acalmara, o chão estava novamente firme e a fumaça se desvanecia ligeiramente; mas, ainda paralisadas de medo, as pessoas permaneceram onde estavam. O oripim encarou a estátua de ouro e se pôs a recitar uma ladainha na estranha língua natal dele. Todos pensavam que ele adorava a Taulus, mas, quando ele se voltou, banhado de suor, disse para o aterrorizado povo:

— Todo aquele que aqui se encontra é testemunha de que Deus é capaz de se fazer presente nas mais diversas formas. Este acontecimento foi uma demonstração da sua ira, pois todos aqui vivem em desacordo com a sua lei, e o fazem porque seguem uma falsa doutrina.

E, para reforçar suas palavras, pôs-se a recitar a lei do Deus que ele considerava verdadeiro:

— Não deverás fazer Deuses de ouro ou prata. Não deverás adorar outros Deuses. Não deverás fazer imagens à minha semelhança. Eu sou o verdadeiro Deus e exijo completa obediência. Não deverás oferecer sacrifícios senão a mim, e não deverás me amaldiçoar e nem amaldiçoar aos guardiões da minha palavra...

Mas o povo percebera que o oripim falava como se estivesse em transe. As pessoas se entreolharam tentando compreender o que se passava. Não estavam certas se deveriam considerar o que ele proclamava. Estavam todas por demais assustadas com o espetáculo vivido e começaram a se dispersar. Ao perceber que o povo não lhe dera atenção, Ara Borel se pôs a vociferar zangado:

— Vocês... vocês cometeram um grande pecado, pois fizeram de Deus uma imagem de ouro e ele certamente os punirá...

O oripim ainda falava quando o céu se abriu e uma chuva grossa se abateu sobre todos. Caiam das nuvens pingos de chuva do tamanho de uvas e todos correram em busca de abrigo.

Matuza, o sacerdote-maior, ficou enfurecido quando soube do comício do oripim: "Que direito tinha o homem em querer ridicularizar a crença dos aladianos? Que vergonhosa afronta aos seus anfitriões! Como pretendia ele saber se aquele acontecimento não fora exatamente uma mostra da fúria de Taulus sobre ele e suas ofensas?" Indignado, o sacerdote foi ao encontro do Rei.

A assembleia dos conselheiros da coroa foi apressadamente convocada, e a grande maioria dos presentes concordou com o desagrado de Matuza.

O Rei deu o seu estudo da crônica tartárica por finalizado e dispensou os oripins. Sabia, porém, que muita gente tinha rancor dos oripins e mandou que eles fossem escoltados até deixarem as fronteiras de Aládia. A última guerra ainda não estava esquecida e Raco não se encontrava com disposição para novos conflitos; por conseguinte, mesmo debaixo da pressão do sacerdote, deixou que os anciões retornassem os livros para a sua reclusão centenária. O jovem Rei estava convencido de que tudo havia de ser um engano: naqueles livros não havia nada que pudesse ser um perigo para Taulus ou para aquele país!

O Rei estava decepcionado. Passara dois anos tentando entender aquela obra e tentando achar nela alguma coisa que realmente se relacionasse com Taulus. Se havia uma relação, possivelmente ela se encontrava em alguma passagem dos livros perdidos, sem que nem mesmo os oripins a tivessem percebido. Tratava-se talvez de alguma outra obra? Não existia uma série de outras crônicas?

Sem se dar grande pausa, Raco I chamou ao palácio sábios de Tambria e da Mídria do Sul para acompanhá-lo no estudo das também legendárias epopeias "Previsões de um Sábio" e "Conselhos de um Deus".

Um fato muito interessante era que as duas obras propagavam uma estranhamente similar doutrina, divergindo-se somente no ponto básico, pois uma repudiava o que para a outra era fundamental. Da Mídria do Sul, vieram Gerão e Eira, os quais já eram conhecidos no palácio, de uma visita anterior. Os midrianos também esperavam pela vinda da criança prometida por Deus; esperavam, porém, por uma criança especificamente feminina e negra!

Gerão e Eira eram eruditos e pragmáticos, mas divertidos e bem-humorados e com eles o Rei tomara amplo conhecimento das crenças deles e do porquê delas. Por meio deles, ficara sabendo de muitas estórias e mitos dos tempos passados e uma delas o deixara bastante impressionado: "Um dia, há muitos séculos, Jardião, o guardião dos livros da lei, mandou chamar todos os povos das Mídrias e lhes promulgou:

— Escutem, ó povos midrianos, as leis e os mandamentos que eu hoje lhes faço saber. Devem escutá-las, guardá-las e cuidar para que sejam praticadas. Nosso Deus ratificou conosco a sua aliança! E ordenou:

"Deverás viver em santidade, pois eu, o seu Deus, sou santo! Não deves nunca te tornares a outros que se dizem "Deuses", pois eu não tolero outros Deuses ao meu lado! Não faças imagens à minha semelhança!

"Não deverás julgar com parcialidade. Julgarás somente com justiça e igualdade. E não deverás espalhar calúnias por entre os povos.

"Não deverás acalentar o ódio em teu coração, nem praticar vingança sobre o filho do teu povo e nem lhe guardar rancor. Não ponhas os pés sobre o sangue do teu próximo.

"Não deverás repassar a colheita e, nos teus vinhedos, não deverás colher os frutos tardios e nem recolher as uvas caídas. Essa parte deixarás para os oprimidos e os estrangeiros que se encontrarem em tuas terras.

"Não deverás cobiçar os bens do teu próximo: sua casa, seus campos ou os seus serventes. Nem tampouco cobiçarás os seus animais ou qualquer coisa que lhe pertença.

"E não deverás procurar por milagreiros e desvendadores de mistérios para que não venhas, por meio deles, a te tornares impuro. Não deverás procurar por ocultismos e nem praticar magias. Tais coisas me são repugnantes e não as tolerarei.

"Deverás respeitar a pessoa de um ancião e, se encontrares nas tuas terras um estrangeiro, deverás tratá-lo e amá-lo como a teu próximo.

"Não desrespeites as filhas do teu povo, para que a tua terra não se perca em promiscuidade.

"Deverás ter um dia de feriado, no qual não farás nenhum trabalho. E nem o teu filho ou a tua filha, nem o teu servente, nem o estrangeiro que estiver em tua casa e nem teus animais.

"E deverás te santificar e viver em santidade, pois eu, o seu Deus, sou santo! Deverás observar e praticar as minhas leis!"

Também nas terras de Mídria o povo havia vivido em paz e harmonia enquanto seguia as leis de Deus. Mas então faleceu o velho e autoritário soberano, cujos filhos já haviam falecido antes dele, e Jared, o seu neto favorito, subira ao trono na idade de dezesseis anos. Jared era um jovem devoto que fazia continuamente o que era bom aos olhos de Deus, seguindo o exemplo de Amazias, seu avô. Jared era, porém, inexperiente e, logo que assumiu o poder, seus conselheiros, corrompidos e instigados por seu primo Eládias, voltaram-se contra ele e, na ânsia de sobreviver, viu-se obrigado a fugir. Todavia, seus perseguidores o encontraram e o assassinaram em terras estranhas. Mas trouxeram o corpo dele de volta à cidade e, com todas as pompas, os embusteiros e mentirosos, sepultaram-no junto aos ancestrais dele. E assim a regência de Jared durara somente dois anos e, com a idade de 21 anos, seu primo Eládias se tornara Rei. Eládias não era devoto e fazia continuamente o que era mal aos olhos de Deus e também como Rei não deixou de fazer o que era mal e o povo foi se afundando cada vez mais em pecados. Eládias passou a exigir dos povos cada vez mais altos impostos e estes se puseram a reclamar com outros reis, até que se formou uma rebelião, e o Rei da Etaria aproveitou para invadir as terras de Mídria. O Rei invasor alcançou Pilaser, a capital e a manteve em sitiada por três longos anos. O povo passou a sofrer ainda mais sob o poder das forças invasoras, mas em vez de reconhecer que sofria por ter se afastado do Deus verdadeiro, o povo passou a se enveredar ainda mais pelos caminhos da adoração de Deuses estrangeiros. E o povo prosseguiu, seguindo por caminhos impróprios, pondo-se a procurar por coisas repudiáveis aos olhos de Deus. Construiu templos e altares por todas as cidades e a corrupção se alastrava até aos mais remotos portais. Construiu também imagens e símbolos sagrados e ofendia, cada vez mais, ao Deus verdadeiro.

Contudo, Eládias conseguiu libertar suas terras das mãos dos invasores, e reconheceu que era o responsável por toda aquela desgraça e se arrependera genuinamente dos seus atos. Tomado de repentina devoção, convocou a assembleia de todos os sábios e anciãos e, naquele dia, foi com eles à casa do verdadeiro Deus. Esta não era mais do que um modesto templo no topo de uma colina. Eles estavam acompanhados de uma grande multidão. Com eles, estavam também os sacerdotes e os juízes. Eládias se postara diante da casa de Deus e, voltando-se para os presentes, jurou reatar a aliança entre Deus e o povo e prometeu acatar suas leis, seguir seus mandamentos e venerá-lo com todo o fervor da sua alma. E ordenou ao povo que retornasse ao caminho do bem. Mas era tarde, sua autoridade já havia se perdido e o povo não lhe deu ouvidos, continuando na prática dos novos adquiridos maus costumes. O Rei, porém, advertia-os:

— Não devem fazer essas coisas. Retornem ao caminho do bem, observem os mandamentos e as leis de Deus. — O povo continuou a negligenciar as advertências e a seguir por caminhos impróprios, assimilando, cada vez mais, os costumes e hábitos estrangeiros.

Eládias se esforçava, mas o povo parecia ter perdido a razão e praticava ocultismo e se enveredava por rituais estranhos, deixando os filhos e caminharem sobre brasas incandescentes. E vendiam-se continuamente para praticar o que era mau, até que Eládias perdeu a paciência. Tomado de ira contra o próprio povo, ele o condenou à miséria e privações, entregando-lhe como escravo nas mãos de saqueadores até que muitos pereceram debaixo daquele jugo e só restaram três pequenas comunidades.

Então chamou o Rei povos de outras nações para que lhe povoassem as cidades. Mas estes, mesmo tendo se aclimatizado nas novas terras, não temiam o Deus de Eládias. Então, o Rei deixou que retornassem ao país alguns dos sacerdotes que viviam em exílio e deu a eles a incumbência de ensinarem aos novos cidadãos a religião do País. Mas os estrangeiros havia muito já se voltaram para os Deuses e as tradições dos seus próprios países de origem e os adoravam em altares próprios. Mais uma vez chamou o Rei o povo à razão:

— Não devem adorar a outros Deuses, nem devem se inclinar a imagens, nem lhes fazer oferendas. As leis e os mandamentos do nosso Deus devem ser respeitados por todo o tempo.

Mas o povo não o escutava! E, por fim, Eládias deixou-se guiar pela fúria. Convocou a assembleia dos sábios e idosos e proclamou:

— Vi o caráter deste povo e este povo é teimoso! — e ele ordenou a todos os sacerdotes, aos guardiões dos portais e a todos que ocupavam cargo de regência dentro do seu reino, que destruíssem todos os templos, todos os altares, todos os apetrechos de rituais, e tudo que servisse de meios de adoração a qualquer corpo celeste. Ordenou o desterro de todos os sacerdotes estrangeiros e até mesmo de todos os astrólogos.

Mandou derreter todas as imagens de ouro e de prata e triturar todas as imagens de pedra e argila e queimar todas as liturgias. E mandou queimar e triturar as casas das prostitutas masculinas e também as casas de mulheres vadias que viviam a tecer toalhas de altares. E mandou que as cinzas fossem espalhadas pelo campo de sepultamento de todos os pecadores. E o monte de destroços que se formou, chamou ele acertadamente de "Monte da Perdição". E, ademais, deu fim a todos os ocultistas, mediadores de espíritos, praticantes de magias e a todos que introduziram rituais repugnantes à vontade de Deus. Até que por fim restabeleceu a palavra e a vontade de Deus! E se provou que não houve nenhum Rei como ele, que retornara a Deus com todo o coração. toda a alma e com toda a força, em pleno acordo com as leis divinas e que nunca houve outro depois dele!

Mais tarde, quando Eládias finalizou a depuração, apareceu-lhe o verdadeiro Deus em um sonho e lhe disse:

— Eládias, antes que os tempos se completem, virá da sua descendência uma criança que governará sobre todas as nações. Sua origem encontra-se em tempos antigos, em tempos da criação do mundo. E acontecerá nos finais dos tempos que a casa de Deus estará firmemente estabelecida; e a criança governará como Rainha. Seu poder abrangerá todo o continente e todos os povos lhe renderão homenagem. E o código de leis de Mídria e os mandamentos do seu Deus serão as leis do continente. A criança governará com justiça e porá fim aos conflitos entre os povos. Ela será poderosa. No dado momento eu, o seu Deus, zelarei para que venha da sua descendência, a criança na qual me aprazarei.

Além de estórias como essa, encontravam-se na epopeia "Conselhos de um Deus" muitas informações históricas, cuja veracidade se podia comprovar com informações contidas em outros documentos e também muitas poesias e poemas, até mesmo alguns de caráter romântico. Raco I estava fascinado: "Muito interessante, porém igualmente confuso."

Nos tempos em que a epopeia fora escrita, era Mídria um só território; contudo, sempre houve conflitos entre os seus diferentes povos. Na atualidade, mesmo tendo sua religião, sua cultura e seus costumes permanecidos os mesmos, o território de Mídria encontra-se dividido em duas nações, que se designaram Mídria e Mídria do Sul. Na cópia de um dos livros da "Crônica Tartárica", que se encontra em poder dos midrianos do Sul, existe uma profecia que prediz a reunificação das duas nações, que se daria por meio da criança prometida. Contudo, esse livro não faz nenhuma referência ao Rei Eládias. Por outro lado, os outros livros da crônica, em poder dos oripins, predizem a reunificação de todo o continente, como também o faz os sonhos de Eládias; e o mais interessante é que, em um deles, encontra-se uma passagem que se refere também à estória do Rei Eládias. Raco I ponderava: "Seria possível encontrar a verdade?"

Os sábios da Mídria do Sul e de Tambria, entrosaram-se muito bem uns com os outros e respeitavam o desejo do Rei de não querer ser ele e nem os seus súditos molestados com proselitismo. Ele queria somente tomar conhecimento do conteúdo daquelas obras, mas não pretendia se converter e nem permitir a conversão dos seus súditos. A obra "Previsões de um Sábio" também era confusa e contraditória, mas foi a que mais agradou ao Rei.

Os eruditos de Tambria, um homem chamado Lutz e duas mulheres chamadas Rogina e Terena, eram não somente inteligentes, mas também fascinantes contadores de estórias. O povo de Tambria tinha características físicas similares a dos áureos; eram grandes, esbeltos e de pele e olhos claros, porém Terena era uma exceção. Ela havia nascido de uma mãe tambriana e de um pai tarkiano e herdara as características da família do pai. Tinha a pele bem escura e os olhos verdes, uma raridade que vez por outra se sucedia em Tárkia, mas nunca em outras partes do continente. Seus cabelos eram curtos e encaracolados e ela era uma bela mulher.

A epopeia "Previsões de um Sábio" também contava a estória do Deus original, porém em outra versão, e também não citava nomes. Raco I, mais uma vez, se deixara fascinar: "Um dia, viu Deus uma virgem a se banhar no lago do jardim; a jovem era bela e ele se aprazou daquela visão. Repetidamente retornava àquele lugar se dando ao prazer de observá-la, até que o desejo de possuí-la se apoderou da razão dele. No desatino da sedução, ele se esqueceu de sua posição, abandonou a sua morada original, vestiu-se de uma aparência humana e tomou para si a bela virgem. Depois desta, tomou também outras mulheres e elas lhe geraram filhos. Estes vieram a ser excepcionais, possuindo habilidades que não foram previstas para os homens. Mas a Natureza não permitia a mistura entre espírito e carne, e Deus também estava sujeito à lei da Natureza e para ele prevalecia: "Anda somente pelos caminhos espirituais e não estarás sujeito aos desejos da carne, pois a carne está, em sua origem, voltada contra o espírito e este está, em sua origem, voltado contra a carne, e esta contradição é intransponível!"

O Deus original sabia que aquele que se deixa tomar, torna-se escravo daquele que o tomou. Um dia ele chamou em sua morada os filhos que nasceram dele e das mulheres e lhes disse:

"Eu sou o Deus verdadeiro e vocês são meus filhos; mas a mim não foi dado o direito de gerar filhos. Por meio do meu pecado, destruí o equilíbrio da Natureza, apaguei a luz da justiça e encaminhei a humanidade para a perdição, e minha destruição certamente não será poupada. Todavia é meu desejo, que vocês possam assumir com confiança, as suas posições de Deuses.

"Um grande quinhão de sabedoria lhes será dado por meio do reconhecimento da Natureza e de suas leis, pois esta mesma criou a tudo com graciosidade e perfeição: A terra, o céu e o mar e todas as coisas viventes e, sobretudo, o sopro divino que está em mim. Com isso, ela lhes dará uma valiosa dádiva que lhes permitirão tomar parte na sua grandiosidade, considerando que se mantenham afastados das artimanhas e da voluptuosidade do mundo.

"Sim, e por isso adicionem, a suas qualidades pessoais, perseverança, devoção, simpatia e amor fraternal. Não caiam em inatividade ou improdutividade. Firmem os seus direitos divinos e terão lugar dentro do círculo eterno da Natureza. Compreendam que o poder da criação se manifesta também nas suas próprias existências.

"Minhas palavras vêm da minha privacidade, meus pecados foram frutos da minha própria vontade. A Natureza me criou com perfeição, dotado de entendimento e liberdade!

"Sinto, porém, que se aproxima o fim da minha existência. Sejam saudáveis em suas mentes e humildes em suas ações e tenham, sobretudo, amor um para com os outros, pois amor é a fonte do bem. Tenham muito zelo por suas posições como Deuses.

"E estejam sempre cientes de que existe muita maldade entre os homens, bem como existem entre vocês aqueles que se tornarão para o mal! Que negarão o poder e magnitude da Natureza e criarão seitas, nas quais afirmarão serem os próprios criadores da vida. Audazes e de livre-arbítrio não temerão o que é sagrado. Dezenas de povos lhes darão ouvidos e chamarão para o meio deles tantos outros povos levianos. E suas cativantes eloquências de conteúdo perversos, que despertam os desejos da carne e pura libertinagem, atrairão mesmo aqueles que acreditam estar no caminho do bem.

"Permaneçam justos, mesmo residindo no meio da maldade e não caiam em tentações. Cuidem para que cresçam no respeito e reconhecimento da grandiosa criadora, a sagrada Natureza! Que vivam e desfrutem da glória dela, agora e até os dias da eternidade!

Em momento algum, mencionara o Deus verdadeiro o nome dos filhos e nem fizera referência alguma ao próprio nome. A obra "Previsões de um Sábio" contava muitas estórias e se referia às muitas leis. Contudo, interessante era que aquilo que era proibido em muitas outras doutrinas, ou pelo menos pouco incentivado, era para o povo tambriano não somente natural como também altamente honorável. Uma dessas leis era:

"Se alguém vier ao país à procura de alívio para a alma agoniada, deverá ser ajudado em nome de Deus. Certamente se encontrará entre o povo alguém capaz de reabilitá-lo, conduzindo-o por meio de um banho de fogo. Alguém que conheça as veredas do ocultismo, alguém que preveja o futuro, um fetichista que desfaça amarras e feitiços. Algum mediador entre os espíritos, alguém que desvende sonhos, ou algum milagreiro. Todo aquele capaz dessas virtudes possui habilidades semelhantes a dos Deuses e deve usá-las para a glória de Deus, pondo-se à disposição do próximo."

"Previsões de um Sábio" era uma obra repleta de estórias fantásticas e Raco estava fascinado, sobretudo, com as estórias que envolviam reis da antiguidade, e uma delas era: "Depois de uma desavença, saíra o Rei Raman pelos caminhos dos jardins do palácio, enquanto o seu irmão Agar tomara o caminho da própria morada. Raman não vira mais o irmão até o dia em que fora informado de sua morte. Agar estava morto e todo o reino lamentava o falecimento dele, e também Raman chorava de tristeza. Arrependera-se amargamente de ter estado em rancor com seu irmão. Tempos antes, Raman havia expulsado do país todos os mediadores de espírito, os milagreiros, os desvendadores de mistérios e todos os portadores de virtudes especiais. E aconteceu que, pouco depois da morte de Agar, as forças armadas de um reino estrangeiro invadiram o país dele, e antes que percebesse, ele se encontrava sitiado. Ao se dar conta da situação na qual se encontrava, Raman fora assaltado de temor e pusera-se a perguntar a Deus o porquê daquele acontecimento. Mas não recebera de Deus nenhuma resposta, nem mesmo em sonho. Por fim, depois de muitas noites mal dormidas, chamou seu servo e lhe disse:

— Procure por alguém que seja mestre no conhecimento de mediação com os espíritos, pois desejo questioná-lo. Depois de algum tempo o servo encontrou uma mulher e o Rei se disfarçou com as roupas comuns de um súdito e acompanhado de dois serventes foram, durante a noite, na casa da mulher e lá chegando, ele disse:

— Traga-me, por meio do seu contato com os espíritos, aquele que desejo questionar. — Mas a mulher lhe disse:

— Senhor, todos sabem que o Rei Raman proibiu todo tipo de quiromancias e adivinhações, bem como todo contato com os espíritos e proibiu a todos os habilidosos de usarem suas habilidades, sob pena de sofrerem pesadas punições. Por que vem o senhor a mim para me colocar numa armadilha que pode me levar até mesmo à morte?

Imediatamente Raman jurou em nome de Deus e disse:

— Esteja certa de que não lhe cairá nenhuma culpa nesta questão. — E a mulher perguntou:

— E quem devo eu lhe trazer do infinito? — e o Rei ordenou:

— Traga-me Agar. — a mulher se pusera nos rituais da sua competência e, ao ver a imagem de Agar, compreendera do que se tratava e começou a chorar, a lamentar e disse:

— Por que me enganou, se é o próprio Rei? — Raman porém a tranquilizou:

— Não tema. Mas, o que viu na eternidade?

— O irmão do Rei me veio à mente. — e o Rei se certificou:

— Qual é a aparência dele?

— Ele ainda é jovem. Está vestido com uma túnica dourada e segura uma corrente com um medalhão.

E o Rei soube que se tratava de Agar. Ele se jogou de joelhos e abaixou a cabeça até quase encostá-la no chão. E, por meio da mulher, Agar lhe perguntou:

— Por que perturbou a minha paz me trazendo à sua presença?

— Meu irmão, eu estou em apuros. Fomos invadidos e o inimigo nos mantém sitiados e mesmo Deus parece ter me abandonado, pois não responde aos meus apelos. Mandei chamar-te para que me aconselhes no que devo fazer.

— E por que pergunta a mim se o próprio Deus o abandonou? Pois não fez de mim inimigo? — e Raman se encheu de tristeza e lhe disse:

— Você está certo, sua conduta para comigo sempre foi correta e meus olhos não viram defeitos em sua pessoa, nem maldade no seu coração e nem rancor, até o dia em que brigamos. Sim, meu querido irmão, volte para o infinito e esteja em paz para que não faça o que não é bom aos olhos de Deus. — E Agar disse:

— Tu bem sabes que também aos meus olhos não havia defeitos na tua pessoa. Pois bem, manda avisar teus guerreiros e, no raiar das primeiras luzes da manhã, surpreende os invasores, atacando de todos os lados. Tu os vencerás e os atirarás ao fogo. A vitória te será certa! — as palavras do irmão lhe entraram nos ouvidos como um bálsamo, mas o Rei já não tinha mais forças, pois, além das noites mal dormidas, ele também havia jejuado por muitos dias e noites. E a mulher, retornando do transe e percebendo que o Rei estava abatido, disse a ele:

— Deixe que eu lhe sirva um pedaço de pão, para que recupere as forças. — Ele, porém, recusou. Com a ajuda dos acompanhantes, retornou na mesma noite para o palácio.

Tudo acontecera conforme a previsão de Agar, e Raman mandou reabilitar todos os portadores de portentos e conferiu alto mérito para as habilidades deles. E, por fim, ele firmou na lei do seu país não só o direito, como também o dever, do uso de tais habilidades em proveito de todos."

Naquela obra, havia também a estória de uma inundação que provocara imensas perdas por toda a região na qual ocorrera. E, sobretudo, continha a profecia: "Uma portentosa criança virá ao mundo para restabelecer paz, igualdade e harmonia entre os homens, os Deuses e a Natureza." Era uma epopeia realmente muito interessante. Continha nela leis, profecias, estórias, poesias, conselhos e até mesmo anedotas.

Raco I investira três anos no estudo das obras "Conselhos de um Deus", "Previsões de um Sábio" e algumas outras. Sua fome de saber, porém não fora saciada; ao contrário, suas dúvidas e cepticismos se tornaram mais profundas do que nunca! O que mais poderia fazer? Não havia ele feito tudo para encontrar a verdade, conforme a vontade de Taulus? Só lhe restava saber ainda por que alguns povos eram agnósticos. Por que repudiavam a ideia da existência de um "Deus." Sim, e isso ele ainda faria!

Não tardou e Raco I se pôs a caminho de Áurea, acompanhado de somente uma pequena comitiva. Já por centenários os sábios e eruditos de Áurea haviam criado em suas Casas de Conhecimentos um estudo que titularam de "Estória crítica da literatura". Nessa doutrina, eles afirmavam que todas as crônicas da antiguidade não passavam de coletâneas de mitos e lendas. Eles negavam a existência de Seres Superiores ou Deuses e eram de opinião de que todas essas obras descreviam fantasias e utopias de pessoas ignorantes e analfabetas que não possuíam conhecimentos sobre as leis da Natureza. Eram de opinião de que as "Crônicas Sagradas" possuíam um grande valor literário, como tantas outras obras, mas, por "a palavra de Deus", jamais poderiam ser tomadas. Mesmo com toda boa vontade o problema já começava no fato de que havia muitos considerados Deuses e cada povo afirmava que era a crônica sagrada delas a única inspirada pelo verdadeiro Deus. A outra grande dificuldade era que os mencionados fatos históricos não respeitavam a cronologia e muitos deles jamais aconteceram. E, ademais, se um Deus todo-poderoso tivesse mesmo existido, como poderia ter sido tão tolo?! E entre eles havia os que afirmavam: "Deus" é um fenômeno como a miragem!

Todos esses pensamentos cruzaram a mente de Raco durante a jornada dele. Porém, ele estava convencido de que era de muita importância chegar ao fim daquela questão!

Pela vontade do destino, Mibu, o regente de Rujia, e Raco I, o Rei da Aládia, alcançaram Áurea ao mesmo tempo. Para os áureos, a visita de tais celebridades não deixava de ser motivo de excitação. Ao tomarem conhecimento de que ambos estavam a caminho, o país se encheu de alvoroço. Centenas de pessoas se juntaram para vê-los passar. A caravana do Rei de Aládia, que por aqueles tempos era, possivelmente, o soberano mais importante do continente, fora a primeira a chegar. Ele viera com somente um pequeno séquito; porém, seus camelos e cavalos traziam ouro, pedras preciosas, óleos perfumados e muitas outras preciosidades; e o povo de Áurea, que amava luxo e beleza, estava fascinado. Especialmente as mulheres jovens e solteiras estavam em alvoroço. Elas trajavam lindas vestimentas e perfeitas maquiagens, e todas desejavam serem notadas pelo Rei, que não era somente um rico soberano, mas também um homem muito belo em porte e estatura. Embora a ansiedade fosse contagiante, a espera pela chegada das celebridades acabara por se expandir numa espécie de festa popular e, no meio do povo, encontravam-se também Aziza e Artapunia.

O povo jubilava enquanto a caravana avançava pelas ruas. Raco I havia se erguido em sua bela carruagem e acenava e sorria ao povo, agradecendo pelas festivas boas-vindas. Aziza, que até então estivera alegre e descontraída, pôs-se na ponta dos pés, até que conseguiu, no meio de tantas cabeças, mirar por um curto momento o semblante do soberano. A jovem sentiu, no mesmo instante, um sobressalto no coração e, por um momento, a respiração ameaçou lhe faltar. Pelo corpo dela, passou um sopro que lhe arrepiou as penugens e as mãos se umedeceram ao mesmo tempo em que a garganta se ressecou. Aziza fora arrebatada por uma sensação jamais sentida. Sentira o germinar de uma paixão!

Assim que Raco se perdeu de vista, desapareceu também todo o entusiasmo de Aziza e ela não quis mais permanecer ali, mesmo sabendo que todos esperavam também por Mibu. Não somente pela perspectiva de serem notadas por Raco I, mas também por causa de Mibu, estavam as jovens mulheres excitadas. Mibu não era Rei, mas era o honorável regente de Rujia, além de ser carismático e inteligente; e de aparência e estatura era no mínimo tão belo quanto Raco I. Artapunia não entendeu imediatamente o que se passava, mas a jovem insistiu e elas retornaram para casa.

Mibu, que alcançara a cidade logo depois de Raco, foi recebido também com euforia e júbilo. Ele vinha só, num grande vagão puxado por quatro cavalos, pois também trazia consigo preciosidades para os seus anfitriões. O jovem regente foi recebido com todas as pompas oficiais e, pela primeira vez, viu-se frente a frente com Raco I, o filho de Heros II, por quem, mesmo estando morto, jamais deixaria de sentir rancor. Raco, porém o cumprimentou não só com a cortesia e respeito devido a um importante regente, mas também amigavelmente, pois até então não sabia da relação entre Mibu e a protegida de Talim.

A troca de cumprimentos e saudações tomou bastante tempo e dali foram diretamente guiados para o salão de festas do palácio. A imperatriz ofereceu um grande banquete em homenagem aos ilustres visitantes, para o qual compareceram também os cortesãos, os conselheiros, muitos dos sábios e eruditos das Casas de Conhecimentos e também outros eruditos estrangeiros que se encontravam no país. Bebia-se o melhor vinho imperial em lindos cálices de cristal e as guloseimas eram deliciosas. As mulheres também bebiam os pesados vinhos vermelhos e os doces vinhos brancos. Todos conversavam amigáveis e solícitos, sobre as diferentes culturas, viagens, aventuras perigosas, luxo, misérias e um monte de coisas banais. A atmosfera era descontraída, agradável e aperfeiçoada por danças e música.

Raco I conversava com a imperatriz de Áurea e alguns sábios e conselheiros, enquanto num outro grupo conversavam Mibu e alguns sábios e eruditos locais e estrangeiros, quando o assunto passou a ser religião. Sem que se dessem conta, começaram uma ardente discussão sobre os prós e contras das diferentes doutrinas e de suas influências sobre as pessoas. Todos sabiam que Mibu era um ateísta ainda mais aferrado do que os áureos, e Raco estava curioso para vê-lo expor seus argumentos. À medida que a discussão se inflamava, foram todos se achegando a eles. Entre eles, encontrava-se uma erudita etariana e esta disse:

— Existem duas determinadas posições entre aqueles que acreditam na existência de Deuses. Uma aconselha que, diante de calamidades, é preciso voltar-se para si mesmo e humildemente aceitar a vontade de Deus, pois Deus sabe o que faz. A outra confere ao fiel o direito de queixar-se e lamentar-se, pois este é carne e a carne é fraca. Diante de calamidades, as pessoas tendem a repudiar a existência de Deuses, pois se põem a clamar: "Por que não evitou este ou aquele Deus esta desgraça?" Nossas almas se rebelam contra nossas crenças e esperanças, pois não vimos mais a Deus mas somente o desgosto. Mas o que seria de nós sem fé e esperanças?

— Clamar por humildade diante das calamidades e desgraças que extrapolam as nossas forças e posses é definitivamente algo de bom e muito importante. Mas ser humilde não significa necessariamente aceitar a existência de Deuses. Tanto as orações e rituais pedindo por proteção, quanto as lamentações e queixas por não se tê-la alcançado, não muda nada nos acontecimentos. Os Deuses não são os responsáveis por sofrimentos, por misérias e morte; não são eles onipotentes e oniscientes nem bons ou maus, pois não há Deuses. Se houvesse Deuses, não haveria desgraças; pois qual seria então a função deles? — disse Areta, enquanto jogava para detrás do ombro, os longos cabelos louros.

— O grande problema é que os devotos dos diferentes Deuses tentam esclarecer todos os problemas partindo do ponto de vista da própria doutrina. Isso seria talvez uma ajuda, mas não oferece soluções. Não importa se o devoto é a favor ou contra uma ou outra doutrina, porém cada um, cada indivíduo deve decidir para si mesmo a importância de Deus em sua vida. Não há crença coletiva. Cada devoto deve encontrar sua própria ligação com Deus. Talvez estejamos tão desorientados, porque já não aceitamos mais as velhas doutrinas sem questioná-las; por outro lado, temos falhado quanto a procurar soluções pessoais. Quer a solução se encontre entre os dois extremos "furor" e "humildade", não torna mais fácil a questão, mas faz da procura por entendimento dos caminhos divinos uma experiência mais gratificante — disse Murzo, um sábio bartumense.

— Enquanto as pessoas idealizarem Deus como um velhinho barbudo e bondoso, sentado num trono e sempre disposto a perdoar todos os pecados dos homens, tanto mais difícil será compreender o verdadeiro mal e tão mais fácil culpar a ele por toda desgraça. O universo tem as suas leis e a natureza tem o seu ritmo intrínseco que é uma ordem primordial, quer seja do agrado do homem, quer não seja. Tudo acontece e se passa dentro dessa ordem, porém sob a vigilância de Deus, pois este é realidade. Agradecemos a maravilhosa diversidade de vida sobre o solo, a água e o ar, à ordem universal da natureza que inclui também os homens e da qual não há separação. Mas, na sua arrogância, o homem deseja ser como Deus, deseja agir como ele e justamente aí se espelha o amor de Deus: na sua infinita paciência. Por isso, é aconselhável ser humilde diante de Deus, pois sua vontade influencia as nossas vidas e ele não tem nenhuma obrigação de nos dar esclarecimentos; nós, ao contrário, teremos de prestar contas se formos por ele chamados — disse Arta, um sábio tambriano.

— As mais antigas e mais interessantes epopeias afirmam que a natureza criou o Deus original à semelhança dos homens, porém provido de um sopro divino. Assim, não é surpreendente que o devoto tente entender o seu Deus ou Deuses, partindo de um ponto de vista pessoal. Alguns idealizam seus Deuses como seres de aparências humanas, devotos de outras doutrinas; repudiam imagens e veneram somente o seus espíritos e isso é a prova de que a religião é uma invenção do homem. Vejam bem, se a natureza possui o poder da criação, por que haveria ela de criar Deuses? As leis da natureza não reconhecem nem o bem nem o mal. Calamidades e desgraças acontecem e jamais deixaram de acontecer. Eu, particularmente, sou de opinião que estaremos bem mais próximos da paz e harmonia, se nos concentrarmos nos princípios básicos da conduta de ética. As ambições humanas não devem interferir na perfeição da natureza. — E dizendo isso, Dória, a Imperatriz, também se meteu na discussão.

— Mas não cabe ao homem determinar como devem os Deuses se comportar ou não. Se, diante de uma desgraça, o homem reage com furor e amaldiçoa a Deus, então o homem desconhece um mandamento básico: "A vós foi anunciado o que é bom e o que o seu Deus espera de ti: Que andeis nas veredas do seu caminho, que guardeis a sua palavra e que confieis nele em todos os tempos; e que ameis ao próximo e que sejais humilde." Sabemos que somos seres de inteligência e imaginação limitada e sabemos também que a realidade é muito mais do que o pouco que conseguimos perceber e, por isso, não cabe a nós criticar ou condenar aos Deuses, senão aceitar com humildade a superioridade deles; para que não somente crenças, mas, sobretudo, esperanças tenham lugar nas nossas vidas — disse novamente Núbia, a erudita etariana.

— Todas as religiões, quer por meio de suas epopeias, crônicas, oráculos ou por meio de mitos e lendas, fazem saber aos seus seguidores que "Deus" ordenou isto ou aquilo. Aqueles que recebem as mensagens estão sempre só e nunca há testemunhas da aparição de Deus ou de seus mensageiros. Não seria então possível ser a existência de Deus ou Deuses somente o produto de fantasias ou desejos? A esperança íntima de que há de existir um ser superior que dará solução aos problemas? Ou fim aos tormentos? E com que propósito haveria de existir Deuses? Sim, existem centenas de fenômenos para os quais não temos explicações. Mas não creio que nossa inteligência e imaginação seja assim tão limitada, minha cara Núbia, pois não há, entre nós, aqueles capazes de produzir portentos? E não são os seus feitos estranhos, assombrosos, maléficos ou também benditos? O próprio homem decide pelo bem ou pelo mal. A cruel realidade nos mostra, porém, que o homem se esforça muito mais para praticar o que é mau do que para praticar o que é bom; mas esperar por alguma forma de justiça divina é insensatez — disse Martão, o alquimista.

Raco escutou a opinião de Martão e se sentiu de certa forma ofendido. Como poderiam fantasias ou imaginações ter levado Heros II, seu querido pai, que era um homem ponderado e honorável, a desencadear uma guerra? E teriam sido fantasias e imaginações os fenômenos que lhe ocorreram nos últimos tempos? Havia sido uma ilusão ter sentido o peso da mão incandescente no ombro? Não! Com a mesma possibilidade de ser a existência de Deuses somente o produto da imaginação do fiel, poderiam os áureos estar completamente equivocados em suas posições. O próprio Martão reconhecia a existência de fenômenos inexplicáveis e os próprios áureos, entre os quais existem tantos prodigiosos, não sabiam explicar o porquê e nem os motivos e nem a relação das coisas dentro do imenso poder de criação da natureza. Se não havia provas concretas para a existência de Deuses, também não havia provas para a não existência deles. Restava então procurar explicações racionais para os fenômenos estranhos ou aceitá-los como ações divinas. Raco estava em posse de todas as suas faculdades mentais e aceitava o fato de os áureos negarem a existência de Deuses, da mesma forma que aceitava o fato de que outros povos adorassem outros Deuses. Ele, porém, era um aladiano e adorava a Taulus! Raco não pretendia se meter na discussão, mas acabou por dizer:

— Todos os nossos pensamentos, retóricas, ações, nossos reconhecimentos, nossos trabalhos técnicos, nossas pesquisas, nossa completa vida social se desenvolve de acordo com as capacidades do nosso cérebro, que vem se aperfeiçoando desde tempos remotos e que possivelmente ainda não atingiu a capacidade final. Tudo aquilo que se encontra fora da atual capacidade do nosso cérebro, passa a ser para nós fenômenos sobrenaturais. Nosso cérebro, porém, é capaz de reconhecer as próprias limitações, como reconhece também que não deve descartar de antemão as possibilidades, habilidades e realidades existentes fora de suas limitações. E reconhece também que o poder da criação não está em nós e sim em uma "força" superior e que somos nós mesmos produtos dessa força. Uns dizem que essa força é a natureza, outros dizem que é Deus e ainda outros dizem que são Deuses! Não nos resta senão admitir que não entendemos os porquês dessa força superior, mas não devemos ser demasiadamente tolos para exigir ou esperar esclarecimentos plausíveis, nem sequer reagir desapontados ou irados quando as ações divinas não sucedem como nos convém, ou porque os Deuses não evitaram uma ou outra desgraça. Deus não é uma função do nosso cérebro. Somos parte da criação e sujeitos a todos os tipos de calamidades, e isso temos que reconhecer com humildade, para que haja, pelo menos, uma justiça divina.

— Todos os dias, as pessoas conversam sobre verdade, porém minha experiência particular me provou definitivamente que existem no mundo somente três verdades incontestáveis. Primeira: Todos morrerão. Ninguém pode comprar ou ordenar para si a vida eterna. Segunda: Ninguém tem o poder de interferir no círculo vicioso da noite e do dia. Terceira: Todos têm que aceitar o tempo como ele é. Ninguém é capaz de transformar as condições climáticas ao seu favor. Outras justiças me são estranhas e não acredito que existam. Esperar por elas é utopia — disse Mibu, com certa arrogância.

— Não creio que a justiça divina se compare com a justiça aclamada pelos homens nos seus julgamentos; creio, porém, que a justiça divina seja a recompensa para aqueles que guardam os mandamentos dos seus Deuses. Temer a Deus é praticar autocontrole, é evitar o mal, é ter amor e respeito pelo próximo. A função dos Deuses é zelar pelos bens da natureza. Os Deuses são misericordiosos e piedosos, tardios em suas iras e grandes em suas benevolências e verdades. Multiplicam as benevolências em milhares e perdoam iniquidades, transgressões e pecados. Mas não tomam culpados por inocentes. Aos olhos dos Deuses, não há justiça onde não há amor — disse um ancião midriano.

E teriam continuado a troca de argumentos eternamente, pois naquele aglomerado se encontravam tantos ateus quanto devotos. Enfim, o banquete terminou com a apresentação de uma bela dançarina.

No outro dia, Raco levantou da cama se sentindo um tanto quanto atordoado por causa do muito vinho bebido na noite anterior. O dia estava ensolarado e um vento manso agitava a folhagem da vegetação que se estendia pelo parque e que se via da janela do Rei. Ele deixou o aposento e se pôs a andar pelo terraço do seu anfitrião e de lá viu uma jovem mulher que atravessava o pátio em companhia de uma yjara. A jovem era de muito boa aparência; alta, esbelta e, mesmo usando uma túnica de corte simples, que era típica entre as aprendizes das casas de conhecimentos, parecia muito elegante; ao andar, os quadris dela se moviam numa cadência incitante. A leve brisa brincava com as mechas dos cabelos castanhos claros da jovem e lhe enrubescia as faces. Ela tagarelava com a yjara. Raco não conseguiu captar o que ela dizia, mas se agradou muito do som da voz dela e foi acompanhando-a com os olhos, até que ela alcançou o outro lado do pátio e desapareceu por uma porta. O atordoamento do Rei desapareceu dando lugar a um arrepio de excitação.

"Ah, até que enfim", pensou Mibu ao ver Artapunia lhe vindo ao encontro. Mas quem era aquela bela jovem que a acompanhava? Onde estava Aziza? Ele se sentiu nervoso ao vê-las se aproximarem e quase não pôde conter a tensão, quanto percebeu, atônito, o brilho nos olhos da jovem, que de braços abertos se jogou sobre ele.

— Mibu, meu querido Mibu. Eu já estava morrendo de saudades! Por que você ficou tanto tempo longe de mim? Esqueceu-se de que eu existo? Não gosta mais de mim? — Mibu afastou alguns passos de si e a encarou com incredulidade, não conseguia acreditar nos próprios olhos e ouvidos. Ele ainda pensava em Aziza sempre como uma criança, sua pequena irmãzinha, e agora estava diante dele uma jovem mulher; uma mulher muito bela cuja silhueta se acentuava através da luz matinal que entrava pela janela. Através do pano fino da túnica dela, ele pôde perceber as curvas da figura dela. Os sedosos cabelos de Aziza lhe emolduravam a face e caíam negligentes por sobre os seus ombros. Subitamente, Mibu se sentiu acanhado. Ele estava extasiado e pressentia perigosas e inapropriadas sensações. Continuou parado sem conseguir desviar os olhos de cima dela; estava completamente confuso, sentindo dentro da cabeça o eco da batida do coração e procurava desesperado pelas palavras certas.

— Mibu... — a yjara o encarou curiosa. Ela pressentia o que se passava. Mibu tinha na face um sorriso amarelo e balbuciava coisas desconexas sem conseguir se livrar do embaraço que se apoderou dele, e mesmo Aziza o fitava curiosa, pois nunca o vira tão nervoso. Por fim, o jovem regente inventou uma desculpa e, com demasiada pressa, afastou-se a passos largos, quase que em fuga.

Raco ainda se encontrava a andar pelo terraço, quando percebeu novamente a bela jovem que retornava atravessando o pátio, ainda em companhia da yjara. Agora podia vê-la de frente e aquela visão atiçou no peito dele a flama da paixão. O Rei da Aládia ficou consciente da sua culpa ao perceber claramente por debaixo do pano fino da túnica, o contorno do corpo daquela bela jovem; sua cintura fina e graciosa, os quadris arredondados e os seios firmes, cujas extremidades se ressaltavam enrijecidas; não conseguia mais desviar os olhos. Ele se encontrava semicamuflado por uma parreira verdejante que se alastrava pelos balaústres e pilastras. Aziza levantou os olhos e percebeu que estava sendo observada, mas não o reconheceu e não lhe deu importância. Ela ainda não havia tomado consciência do efeito que a sua beleza provocava sobre os homens. Mas Raco I não ficara satisfeito por somente observá-la, queria conhecê-la. Chamou seu criado e ordenou que se informasse sobre quem era ela.

Aziza e Artapunia esperavam impacientes por Mibu. Artapunia havia preparado uma boa comida que sabia ser do agrado de Mibu, pois haviam combinado que tomariam juntos a refeição do dia. Não entendiam o motivo do atraso, pois Mibu era correto e pontual. Esperaram até que a comida esfriou completamente. O rapaz não apareceu e Artapunia decidiu por procurá-lo, encontrando-o no seu aposento. Ele estava pálido e acabrunhado e suas mãos tremiam.

— Você está doente? — perguntou a yjara preocupada.

— Não, não — balbuciou ele.

— Somente um pouco esgotado pela viagem e pela bebedeira da noite passada. — Tentou um sorriso que parecia uma careta. Ele estava nervoso e andava da mesa para a janela e vice-versa até que começou a cambalear. A yjara o amparou e o forçou a se deitar na cama. Ele quis protestar, mas ela o despojou dos sapatos e dos vestidos e o cobriu com o lençol. Deu-lhe um gole d'água, cerrou as persianas das janelas e lhe disse:

— Durma por algumas horas e se sentirá melhor. — Ela estava para deixar o aposento quando ele sussurrou:

— Acreditei estar trazendo lindos presentes para Aziza, mas nada do que tenho comigo é tão belo quanto ela... — a yjara o encarou e percebeu que ele parecia delirar. Não disse nada e resolveu ficar até que ele adormecesse. Mibu queria dormir, queria não pensar, mas o sono lhe vinha entrecortado de sonhos estranhos. Ele se virava agitado de um lado para o outro e suava em bicas, e a yjara decidiu ir em busca de um médico. Por fim, o rapaz foi envolvido num sonho que o acalentou:

— De noite em minha cama busquei por aquela que minha alma reclama e não a encontrei. Levantei-me. Rodeei a cidade, andei por ruas e praças e não a encontrei. Encontrei-me com os guardas que rondavam a cidade e lhes perguntei: "Viram aquela que minha alma reclama? Aquela que vem perfumada de mirra, de incenso e de todos os tipos de pós aromáticos?" Para ela ergui um palanquim de madeira de cheiro com colunas de prata, estrado de ouro, almofadas púrpuras e revesti seu interior de amor! Afastei-me mais além e enfim encontrei aquela que minha alma reclamava, prostrei-me aos seus pés e conjurei que não despertasse e não instigasse o meu amor até que me quisesse.

— Levante-se minha querida e venha, porque já se passou o inverno. A chuva cessou e se foi e apareceram as flores nos campos. Chegou o tempo das cantorias e o ar está cheio do trilar dos pássaros. As figueiras já deram frutos e estes exalam o seu aroma. Levante-se, minha formosa, e venha. Minha amada que se esconde nas fendas das penhas, no oculto das ladeiras, mostra-me a sua face, deixe-me ouvir a sua voz, porque sua voz é doce e sua face aprazível. Antes que refresque o dia e caiam as sombras, venha, amada minha!

— Beije-me com os beijos da sua boca, porque o seu amor é melhor do que o vinho. Aromáticos são os seus unguentos e como unguento derramado é o seu nome. É virgem, bela e aprazível e o sol resplandece sobre o seu ser. Correrei e pedirei por seu amor até que o rei me introduza na sua câmara. Como é formosa minha querida, como é bela a sua face entre os seus cabelos e o seu pescoço com seus colares. Os seus lábios são como um fio de escarlate e o seu falar é doce. Porém conjuro que não desperte e não instigue o meu amor até que me queira.

— Você é formosa minha querida e sua pureza não tem manchas. Você é a rosa do jardim e o lírio do campo. Como o lírio entre os espinhos é você, minha amada, entre as mulheres. Como uma macieira entre as árvores do bosque é você, minha amada. Desejo a sua sombra, pois debaixo dela quero me assentar e saborear o seu fruto que me é doce ao paladar. Favos de mel manam dos seus lábios e o mais doce néctar está debaixo da sua língua e o cheiro dos seus vestidos é como o cheiro do bálsamo. Levante-se, vento do Norte, e venha, vento do Sul, assopre o meu jardim para que se derramem os seus aromas. Venha amada minha para o meu jardim e coma dos meus frutos excelentes. Antes que se refresque o dia e caiam as sombras, venha amada minha!

— Leve-me para a sala do banquete, fortaleça-me com passas e maçãs porque desfaleço de amor. Ponha a sua mão esquerda debaixo da minha cabeça e com sua direita me abrace. Quão puro é o seu amor e quão melhor do que o vinho. Seus bálsamos são melhores do que todas as especiarias. Tantas são as rainhas, tantas são as concubinas e tantas são as virgens, mas somente uma é a minha amada, aquela que aparece como a alva do dia, como a lua brilhante e como o sol formidável. Eu sou da minha amada e minha amada é minha. Põe-me como selo sobre o seu coração, pois meu amor é profundo como o oceano e derradeiro como a morte. O ciúme é como brasa de fogo e muitas águas, nem mesmo rios poderão apagar este amor. Porém, conjuro que não desperte e nem instigue o meu amor até que me queira.

— Você é virgem, minha querida, como a fonte selada e o manancial fechado e os seus renovos são um pomar com frutos excelentes, com ciprestes e o nardo; e aloés e açafrão, cálamo, mirra e a canela e todas as especiarias. Você, minha amada, é para mim como um ramalhete de mirra e morará sobre o meu peito. As traves da nossa casa serão de cedro, nossas varandas de cipreste e nosso leito será viçoso. Você é formosa e o seu umbigo é como uma taça redonda na qual não falta bebida e seu ventre como o campo de trigo. Seja minha e me tenha afeição. Passeie pelos campos para ver as vinhas, desça ao jardim das nogueiras para ver os novos frutos do vale e se já brotam as romeiras. As mandrágoras dão cheiro e à minha porta se encontram todas as espécies de frutos que guardei para você. Venha, minha amada, e nos canteiros de bálsamo lhe darei o meu grande amor. Antes que refresque o dia e caiam as sombras, venha amada minha!

— Já vim para o meu jardim e comi do meu favo de mel. Dormi, mas meu coração velava pois clamava por amor. Meti a minha mão pela fresta da porta porque minhas entranhas estremeciam pelo amor da minha querida. Minha cabeça estava atordoada e minha pele umedecida pelo orvalho da noite. Minhas mãos destilavam o vinho e minha pele gotejava o orvalho sobre as aldravas da fechadura. Reservei o melhor vinho para saboreá-lo suavemente dos seus lábios, mas minha amada é cândida. Mas já despi os meus vestidos, como os tornarei a vestir? Já me banhei, como tornarei a me sujar? Procurei por minha amada, mas já havia se retirado e minha alma se despedaçava. Procurei e não encontrei, chamei, mas não me respondeu. Acharam-me os guardas que rondavam pela cidade, espancaram-me e me feriram e lhes conjurei que minha amada é a mais bela entre todas as mulheres e que lhe digam que estou enfermo de amor. Porém conjuro que ela não desperte e não instigue o meu amor até que me queira.

Mibu escutou como se vindo de longe, o sussurrar de vozes. Ele se ergueu no encosto da cama e sentiu que sua cabeça martelava. Tentou abrir os olhos, mas as pálpebras estavam pesadas como chumbo e ele constatou que nunca havia se sentido tão mal. Sentiu alguém lhe apalpando o corpo e lhe sacudindo os ombros, porém, não sabia se estava sonhando.

— Eh... Mibu... Mibu? Você está me escutando? — a voz era real e ele queria responder, mas não conseguia descerrar os lábios e nem tinha forças para abrir os olhos. Continuou escutando os sussurros e os passos ligeiros de pessoas que se encontravam à sua volta. Havia vozes masculinas e femininas. Ele estremeceu ao sentir algo molhado e frio a lhe escorregar sobre a pele e o gosto amargo de algo que lhe descia pela goela. Escutou novamente a voz suave:

— Mibu... Mibu... — ele foi seguindo o som do seu nome que se perdia no infinito, até cair num profundo vazio.

Quando acordou, estava cercado por Artapunia, Aziza, Mera e mais dois médicos imperiais. A impertinente dor de cabeça desaparecera. Ele ergueu-se no leito, suas forças haviam retornado, mas a boca estava bastante seca. Todos lhe sorriram e Mera perguntou:

— Meu caro Mibu, como está se sentindo?

— Estou melhor, bem melhor — disse ele. — Estava somente um pouco esgotado da viagem.

— Você está sentindo alguma dor? — Mera o observava com a sobrancelha arqueada.

— Não, estou somente com sede. — Artapunia tomou imediatamente a botelha e encheu a caneca que se encontrava na mesa de cabeceira e Mibu estendeu a mão para pegá-la, mas a mão tremulava de tal maneira, que não conseguiu segurar a caneca, e Artapunia lhe deu de beber como a uma criança. Ele olhou para a própria mão um pouco surpreso e repassou o olhar por todo aquele grupo que o observava com a testa enrugada de preocupação. Subitamente, tomou consciência de que não se encontrava no seu aposento.

— Onde estou?

— Na nossa Casa de Medicina. Não se preocupe, pois está em boas mãos. Boris e Soto, os nossos melhores médicos, e eu, estamos ao seu lado, e naturalmente também Artapunia e Aziza.

— Eu estive doente? — perguntou incrédulo.

— Você não se lembra de ter estado doente? — retrucou Mera.

— Não. Só me lembro de ter dormido e sonhado.

— E como está se sentindo agora?

— Estou me sentindo bem. Precisava só de um descanso. Talvez tenha dormido demais, ou possivelmente bebi demais o excelente vinho do banquete de ontem. Sinto muito por ter causado preocupação. — O grupo se entreolhou confuso. Aziza e Artapunia trocaram cochichos e também o fizeram os dois médicos.

— Mibu, o banquete não foi ontem e sim há três dias — disse Mera, com a fisionomia séria. O jovem a encarou boquiaberto.

— Então, estive dormindo todo esse tempo?

— Não creio que alguém possa dormir tanto tempo. Você esteve doente. Temos que confessar que não sabemos ainda qual a doença que o afligiu. Você esteve prostrado e sem reações e, como não reagia, experimentamos diversos meios medicinais para retirá-lo da letargia, de modo que agora já nem sabemos mais exatamente qual dos meios o curou.

— Só posso lhes assegurar que estou me sentindo bem. — Ele olhou novamente para as mãos e elas estavam normais; apanhou a caneca com firmeza e bebeu mais um gole de água. Fez menção de se levantar e já ia empurrar o lençol, quando percebeu que estava nu. Olhou desconcertado para um e para outro e só então percebeu realmente a presença de Aziza e enrubesceu.

As mulheres e a yjara se retiraram deixando-o a sós com os médicos que o ajudaram a se banhar e barbear. À tarde, quando se encontraram novamente, Mibu parecia ter perdido peso, mas também completamente revitalizado.

Artapunia havia feito um delicioso bolo de mel que era tanto a guloseima preferida de Aziza, quanto de Mibu e o chá fumegava na chaleira. O rapaz lhes apresentou os presentes que trouxera. Eurípedes e Florinda também mandavam presentes, sobretudo roupas, e ambas exclamavam de felicidade. Mibu se esforçava para parecer natural, mas a yjara percebeu que ele estava constrangido e que tentava se esquivar dos eufóricos beijos e abraços que Aziza lhe dava. Haviam terminado a refeição e Artapunia recolheu as canecas e os pratos. As duas ocupavam um compartimento de uma casa que era constituído de uma sala, na qual se encontrava uma mesa redonda e baixa rodeada de almofadões. Nas paredes pendiam tapeçarias confeccionadas por elas mesmas que era o trabalho com o qual ocupavam o tempo ocioso. No parapeito interior da janela, repousava o candeeiro e ali se encontrava também um pote de planta. Encostado num canto, estava o cesto com os apetrechos de costura e as linhas de bordado. No quarto de Aziza havia uma cama de ferro torneado sobre a qual pendia um baldaquim transparente e, ao pé da cama, se encontrava um baú de madeira. Na parede oposta, dois corrimãos de ferro, sobre os quais ficavam as roupas. A janela era pequena e estreita e dos lados pendia uma pesada cortina de veludo da cor de musgo. No parapeito, repousava o castiçal. O quarto era fresco e, mesmo à luz do dia, dominava a penumbra; o chão era coberto de esteiras de capim d'água. O quarto de Artapunia era semelhante, com a diferença de que ela gostava de tudo bem mais colorido e tinha no seu quarto um grande espelho de pé. Na cozinha, só havia o fogão de ferro, que era transportável e alimentado a lenha, uma mesa comprida sem cadeiras, um suporte de ferro para o balde e o jarro de água, algumas prateleiras, um baú de mantimentos, um banquinho estreito contra a parede e o cesto de lenha. A fonte de água e o quarto de banho com a latrina ficavam no pátio. Todos os cômodos eram pequenos. Elas poderiam viver com mais luxo se quisessem, mas ali Aziza estava perto da biblioteca que gostava de frequentar e elas gostavam da vizinhança e estavam satisfeitas. Desde que elas chegaram a Áurea, nunca mais havia acontecido coisas estranhas em suas vidas, o que era uma grande tranquilidade para Mibu.

Aziza havia se recostado negligentemente nas almofadas e tagarelava, querendo saber notícias de tudo e de todos, até mesmo dos cavalos. Ela usava uma túnica de algodão fino e tinha os cabelos soltos e em desalinho. A jovem se remexia nos almofadões com a displicência de uma criança inocente e, vez por outra, sua túnica deixava à mostra as pernas ou escorregava no ombro, revelando parte do colo dela. Sua pele clara tinha a tonalidade do bronze dourado. Aziza estava a perfurá-lo de perguntas e, quando parava para escutar as respostas, encarava o rapaz com olhos que brilhavam como diamantes, com as faces rosadas e a boca levemente entreaberta. Mibu se esforçava para conter a excitação. Escolhia as palavras cuidadosamente e respondia as perguntas falando baixo e devagar. Subitamente Aziza se inclinou sobre ele para cochichar-lhe algo ao ouvido. Os seios dela roçaram o ombro dele e ele pôde sentir o calor da pele de Aziza e o cheiro do óleo perfumado que vinha dos cabelos dela. Os lábios rubros da moça roçaram o ouvido de Mibu e ele sentiu um desejo louco de abraçá-la, apertá-la contra o peito e beijá-la.

Artapunia percebeu a agitação na qual Mibu se encontrava e mandou a jovem ir para o quarto experimentar a nova túnica que Florinda enviara a ela. A yjara se aproximou do rapaz, descansou a mão no ombro dele e lhe disse em tom de sussurro:

— Ela se tornou muito bela... — Mibu se sentiu acanhado, como se pego em flagrante.

— Sim... — balbuciou ele, tentando afastar de si aquele espúrio.

— Eu suponho que o que você está sentindo agora não é exatamente o amor de um irmão, ou estou enganada? — a yjara o encarou.

— Eu... eu não sei... eu nunca me senti assim antes, minha amiga. Se... se for assim, seria o meu comportamento aceitável? — ele tinha uma súplica no olhar.

— Meu querido jovem, você sabe que não é irmão dela, mas ela acredita ser sua irmã. Antes que faça algo precipitado, teremos que colocá-la a par de suas origens e dar-lhe tempo de aprender a vê-lo com outros olhos. Você terá que ser paciente, mas, se for da vontade dos Deuses... — a yjara não pôde continuar, pois Aziza entrou dançando pela sala, rodopiando, para mostrar de todos os lados a nova e bela túnica.

Não tardou, e Raco I estava em posse da informação solicitada por ele. A moça se chamava Zia e era a irmã de Mibu, o regente de Rujia, e há cinco anos se encontrava como aprendiz em uma das Casas de Conhecimentos de Áurea. O jovem Rei passou o dia a refletir e ponderar sobre a melhor maneira de se aproximar da moça sem causar alarde. Queria falar-lhe, conhecê-la de perto. Se ela fosse uma filha do povo, poderia mandar seu criado comunicar a ela do interesse do Rei sem maiores formalidades; mas ela era a irmã de um regente e, como se não bastasse, irmã de um eufórico ateísta!

Raco informou-se sobre a rotina do dia dela: quando ela saía de casa, qual caminho percorria, se estava sempre acompanhada, em quais compartimentos recebia lições, onde passava as horas de pausa e até mesmo quem eram os tutores dela. Analisou as informações recebidas. Quase todos os dias, pelo fim da tarde, ela passava por volta de duas a três horas na biblioteca da cidade e ele concluiu que ali seria o lugar perfeito para conhecê-la "por acaso".

O jovem Rei passara toda a tarde na biblioteca. Deixou que lhe trouxessem os livros que tratavam do assunto que o levara a Áurea e realmente tentou passar o tempo se dedicando à leitura daquelas antigas literaturas; mas não conseguia se concentrar, seu espírito estava por demais agitado. A imagem daquela formosa mulher não lhe saía da cabeça e ele imaginava a beleza da face dela em cada página que tentava ler. A moça, porém, não apareceu, e ele se sentiu decepcionado. Na manhã do outro dia, Raco, sabendo que Mibu, o regente de Rujia, havia caído doente e se encontrava na Casa da Medicina, ordenou ao criado que o mantivesse informado. Ele não sabia exatamente por que, mas pressentia dificuldades. Na manhã do quarto dia, foi informado de que Mibu havia se restabelecido.

Em Carla, havia três bibliotecas que se encontravam em diferentes pontos da cidade. Cada uma era parte da sua correspondente Casa de Conhecimentos e mantinha os livros, rolos e antigos tablados de argila, que tratavam dos assuntos da responsabilidade e do interesse de cada casa. A biblioteca onde se achavam as antigas epopeias religiosas, e onde Raco esperara por Aziza, era a construção mais pomposa da cidade. Tinha as proporções e a opulência de um pequeno templo e se encontrava na praça principal, onde sucumbiam as quatro grandes ruas que cortavam a cidade. Era uma construção de dois andares com duas torres laterais, cujos telhados eram extremamente pontiagudos; tinha um grande portal principal de entrada e cada torre tinha o próprio portal que era de um madeirame pesado e escuro e rebuscadamente talhado. Esses portais se encontravam debaixo de arcadas que protuberavam numa sequência de arcos cada vez maiores, o que parecia alargar a entrada. As arcadas culminavam num triângulo, dentro dos quais havia clarabóias. Estas eram vitrais redondos e coloridos e, na parede mais alta atrás, encontrava-se outro vitral grande e filigrano. A construção era de pedras de arenito e intricadamente trabalhada com figuras e ornamentos. Subia-se quinze degraus para se alcançar o portal de entrada. Entrava-se primeiro num vestíbulo e, deste, para um alto e amplo salão no qual se enfileiravam mesas e púlpitos. Nas paredes laterais do andar térreo, só havia janelas que eram muitas e enchiam o aposento de claridade; e entre estas pendiam lampiões, que podiam ser acendidos quando os dias estavam escuros. Do térreo, subiam, à esquerda e à direita, os degraus que levavam à galeria superior onde, ao longo das paredes, se encontravam as prateleiras com livros. Os livros muito raros e os pergaminhos e tablados de argila antigos se encontravam nos aposentos especiais das torres. Um balaústre de ferro protegia os que se encontravam na galeria. Mesmo com a pomposa fachada, a biblioteca era por dentro simples e funcional. Luxuosos eram somente o piso trabalhado em granito de diversas cores, as colunas de granito rosado e os melindrosos vitrais.

Raco I não recebera a informação certa. Aziza raramente usava a biblioteca central e o jovem Rei passou mais uma tarde na vã expectativa de vê-la.

Aziza ia quase todos os dias a uma biblioteca mais modesta, que se encontrava mais próxima de sua casa. Havia recebido de Artapunia a permissão de ir e vir desacompanhada e ali ela repassava as suas lições do dia, fazia suas pesquisas e passava o tempo lendo os livros que agradavam a ela. Frequentar a biblioteca era parte de sua vida cotidiana e uma importante parte de sua vida social; era ali também que se encontrava com as amigas para conversar, para cochichar e trocar impressões e sentimentos por este ou aquele jovem aprendiz dos pavilhões masculinos. Os tutores dela eram rígidos e não permitiam conversas e brincadeiras durante as aulas, e o tempo das pausas eram tomados pelas refeições, pois as aprendizes tinham que preparar elas mesmas as próprias refeições, o que era parte do aprendizado. A biblioteca que Aziza frequentava era uma construção arredondada, da cor de areia e se encontrava no meio de um pequeno parque ajardinado. Parecia um grande coreto de teto abaulado e ficava sobre um pedestal rodeado pelos degraus que lhe davam acesso. O portal de entrada era de madeira pintada de verde escuro e emoldurado com uma borda de vitral colorido, e as janelas também eram da mesma cor. Diferentemente da biblioteca central, as prateleiras de livros se encontravam no meio do salão e as mesas e púlpitos em frente das janelas.

Naquela tarde, Aziza encontrara suas amigas agitadas, fogosas e preocupadas. Ficaram sabendo que o belo Mibu, o regente de Rujia, estava doente e que Raco, o jovem e belo Rei de Aládia, havia estado na biblioteca central e pretendia ficar por um longo tempo em Carla para pesquisar, em antigas escrituras, coisas do interesse dele.

Aziza nunca havia comentado com suas amigas o parentesco dela com Mibu, pois fora instruída a não fazer comentários sobre as origens dela; mas, naquele momento, sentiu um grande desejo de tranquilizá-las dizendo que Mibu já estava novamente restabelecido; contudo, ao ouvir o nome do Rei da Aládia, ela sentiu o coração se sobressaltar. “O Rei ficaria por longo tempo em Carla... teria ela a chance de vê-lo novamente?" As moças estavam eufóricas e faziam planos de, nas próximas tardes, irem à biblioteca central ou visitar a Casa da Medicina, na esperança de talvez serem notadas pelos jovens almejados.

Em Áurea, as meninas recebiam a permissão de se vestirem como adultas, usar maquiagem e serem cortejadas quando completavam quinze anos de idade, e com dezesseis anos já eram livres para se casar. Com poucas exceções, era esta a regra comum em todo o continente.

Naquele dia, pela primeira vez, a jovem tomou consciência da aparência das amigas. Nunca antes havia se preocupado com isso e não pôde conter um estremecimento ao constatar que muitas delas eram lindas. Aziza se pôs a observar a desenvoltura e a graça de Tátia, uma aprendiz que vinha de Calisten. Ela tinha os cabelos louros claros e brilhantes que caíam em cachos sobre os ombros. Tinha a pele como o marfim, os lábios rosados e seus olhos eram de um azul profundo. Não menos desenvolta e graciosa era Rebea, uma aprendiz midriana. Ela era negra como o ébano, e sua pele, lisa e completamente desprovida de pêlos, brilhava. Era alta e esbelta, seu corpo era perfeito como o de uma estátua. Tinha os lábios de um tom lilás que se abriam num sorriso amplo que mostravam dentes absolutamente perfeitos. O nariz dela era largo e harmonizava perfeitamente com os lábios cheios, e seus olhos negros eram como uma fonte de luz. Ela usava o cabelo, que era crespo, num corte arredondado que lhe emoldurava a bela face. Não menos bela era Sibel, que vinha de Etarien e tinha a pele morena, olhos puxados, que lembravam uma gata, e cabelos pretos e tão lisos, que pareciam a superfície de um lago numa noite escura sem vento. Também lindas eram Naray e Tinar que vinham de Tigras, e também o eram as centenas de belas aurianas. Aziza sentira um calafrio lhe descendo pela coluna, e uma pontada de ciúme atravessou-lhe o coração.

Ninguém conseguia se concentrar em nada, e as moças resolveram sair a passear e a brincar pelo parque, e Aziza tentava ignorar a repentina antipatia ciumenta que havia se apoderado dela.

Novamente em casa, a jovem aproveitou o momento em que a yjara saíu para a fonte, para se pôr diante do espelho a examinar a própria beleza. Observou cuidadosamente sua face, seus cabelos, sua pele, os contornos da sua figura, os trejeitos que fazia ao falar e ao sorrir e seu jeito de andar, e acabou por sentir vontade de chorar: como poderia se comparar com Tátia, com Rebea, Sibel, Naray, Tinar e todas as outras lindezas que estavam à sua volta? E como iria Raco I notar a presença dela, se ele tinha à frente todas as outras? Absorta, não percebeu que a yjara já estava de volta e a observava com um sorriso maroto. Aziza passou por ela sem fazer comentários; pegou seus apetrechos de bordado, jogou-se sobre as almofadas e se pôs a bordar. Artapunia sabia que alguma coisa afligia a outra, porém não quis constrangê-la com perguntas. No momento apropriado, Aziza certamente lhe confidenciaria os seus segredos.

Mibu parecia ter se recuperado completamente daquele estranho ataque de fraqueza. Todos os dias fora examinado por Mera e pelos outros médicos, e eles não constataram mais nada que lhes causasse preocupação. Mera, porém, chegara à conclusão de que aquele súbito delírio fora causado pelo veneno de uma paixão. Uma paixão proibida?

As aventuras amorosas realmente proibidas e castigadas eram somente aquelas que envolviam as jovens menores de dezesseis anos, o que poderia significar até mesmo a pena de morte para o aventureiro. Aventuras amorosas com jovens maiores de dezesseis anos, mas ainda solteiras, eram escandalosas, mas não eram castigadas publicamente e as aventuras amorosas com mulheres casadas eram repudiáveis, mas não eram incomuns, pois a maioria das mulheres se casava antes de completarem vinte anos de idade e, mesmo havendo a liberdade de recusa, a maioria dos casamentos era um arranjo entre as famílias. E também, nesse particular, quase todo o continente seguia as mesmas regras. Mas havia Mibu se apaixonado justamente em Áurea?

Aziza passara o dia carrancuda e mal-humorada, e ansiava pelo final das lições. Sabia que algumas de suas amigas haviam decidido que, naquela tarde, visitariam a Casa da Medicina e, delas, Aziza sentia certa pena, pois sabia que elas não encontrariam lá o que procuravam. As outras, no entanto, iriam para a biblioteca central e ela não conseguia parar de imaginá-las em lindas túnicas de passeio, com lindas maquiagens, os cabelos cuidadosamente perfumados, os sorrisos coquetes... Certamente teria tido a permissão de Artapunia, caso quisesse ir também, mas, como iria controlar o coração, vendo o Rei de Aládia a cortejar as outras moças? A jovem estava certa de que se perderia nas sombras das radiantes belezas das amigas. Estava enciumada, deprimida e triste.

Mesmo sabendo que não encontraria lá nenhuma das amigas, Aziza foi, naquela tarde, para a sua biblioteca de costume. Se tivesse sorte, não encontraria também nenhum dos jovens dos pavilhões masculinos, que só raramente visitavam aquela biblioteca, pois preferiam as outras duas. Agradou-lhe a ideia de estar só.

A moça caminhava pela alameda que conduzia ao portal de entrada. Ela usava uma túnica comum de algodão, ajustada na cintura por uma faixa de tecido de cor violeta e tinha os cabelos mais ou menos presos debaixo de um xaile fino lilás claro. Ela tinha nos pés chinelos de tiras de couro, que também eram os do dia a dia. Caminhava displicentemente, sem se dar conta de estar sendo observada. Ela não percebera nada que lhe parecesse estranho e, ao alcançar o portal, despiu os chinelos empoeirados e entrou descalça para o aposento que parecia estar isento de outras pessoas. A jovem acreditava estar só e se pusera a cantarolar, enquanto repassava a vista pelos livros das prateleiras, antes de se decidir por um deles. Mas, de repente, ela percebeu o movimento de uma sombra por detrás de outra prateleira e se conscientizou de que não era a sua própria sombra. Parou abruptamente contendo a respiração, porém não escutou nenhum ruído. Ela permaneceu por um momento sem se mover. Por fim, retirou vagarosamente um dos livros da prateleira e tentou espreitar pela fresta o que poderia ter causado aquela sombra. Não viu nada, respirou fundo e, então, quase morreu de susto, quando escutou diretamente por detrás de sua cabeça, uma voz masculina:

— Ah, então tenho enfim o prazer de conhecê-la, Zia... — Aziza se virou tão bruscamente, que seu xaile voou da cabeça, deixando os cabelos dela se espalharem por volta da sua face. O medo inicial transformou-se em estupefação. As faces dela se enrubesceram ao mesmo tempo em que um calor agonizante lhe subia pelo peito. O coração se pôs a martelar e ela não estava certa se devia acreditar nos próprios olhos. Raco I, o Rei de Aládia, a olhava de um modo tão penetrante, passeando os olhos pelo corpo dela, que ela se sentia presa, acuada, como um animal em uma armadilha. Sentia um desejo louco de fugir, de sair daquele embaraço, ao mesmo tempo em que uma fascinação indescritível lhe travava os movimentos. Passaram, o que parecia uma eternidade, a se observarem mutuamente, até que, por fim, Raco quebrou a tensão:

— Por favor, perdoe-me. Não tive a intenção de assustá-la. Que a paz seja sua! — o Rei se inclinou, apanhou o xaile, percorreu os dedos pelo tecido fino, sentindo nele o cheiro agradável dos cabelos de Aziza. Ela continuava muda, queria falar, mas a voz não saía e não sabia como se comportar. O jovem Rei percebeu o embaraço dela, sorriu-lhe, estendeu-lhe o xaile com uma pequena reverência e disse:

— Eu sou Raco I, Rei de Aládia... — a moça se recompôs. Tomou fôlego e o interrompeu, ao mesmo tempo em que inclinava os joelhos, abaixando a cabeça:

— Eu sei quem é o senhor...

Raco alargou o seu sorriso e disse:

— Mas, por favor, não precisa de formalidades. Aqui e agora, eu não sou senhor de ninguém — disse ele, com o charme de um conquistador.

— Mas... — balbuciou a moça, ainda de cabeça baixa. — Como sabe quem sou?

— Eu a vi passar em companhia de uma yjara e me deixei informar...

— Mas... por quê? — a moça ainda balbuciava, sem ousar levantar os olhos.

— Por quê? — repetiu o jovem Rei, achegando-se a ela, que, de repente percebeu estar descalça, mal vestida e descabelada. Tomada de um repentino pânico, ela recuou e, desatinada, deu com o cotovelo numa fileira de livros, fazendo com que dois deles caíssem da prateleira. Ambos se inclinaram ao mesmo tempo para apanhá-los e, por um momento, suas faces quase se tocaram. Raco se perdeu no brilho dos olhos da moça, um caramelo claro que, vez por outra, faiscava verde, algo que fazia lembrar os olhos de uma gata selvagem. Ele se sentiu invadido pelo desejo de beijar os lábios dela que se encontravam perigosamente próximos aos dele. Sentiu o bálsamo dos cabelos dela lhe subir pelas narinas e sussurrou baixinho ao ouvido da jovem:

— Porque me embebi no seu encanto... — Aziza sentiu, ao mesmo tempo, euforia e desespero, e a sensação de estar em perigo. Tinha que sair dali, tinha que se acalmar; estava por demais agitada.

— Eu... eu... acho que é melhor que eu me vá — disse ela, baixinho.

— Se minha presença lhe é desagradável, prometo que não mais a incomodarei, senhora — disse Raco, tornando-se sério.

— Não! — disse a moça, quase que histericamente. Ela o encarou novamente, tentando recuperar o autodomínio. — Não — sussurrou

— sua presença não me é desagradável; ao contrário... é que eu... acho que é melhor que eu me vá... — virou-se para se retirar. Parou, virou-se novamente e disse:

— Eu não sou uma senhora. Ninguém nunca me chamou de senhora... — o jovem Rei sorriu da meninice dela, enquanto ela deixava o aposento em louca disparada.

Artapunia estava na cozinha quando Aziza entrou em casa esbaforida. Ela entrou direto para o quarto da yjara e se pôs a observar a si mesma diante do espelho. Respirava ofegante e tinha as faces rubras de excitamento.

— Mas, ora, ora... Se não há alguém aqui preocupada com a beleza... — disse Artapunia, com um sorriso maroto. A jovem se voltou para a outra, que se postara debaixo do vão da porta, pensou em sair sem dar resposta, mas como iria passar por ela?

— E por que já está de volta tão cedo? — perguntou a yjara.

— Porque não encontrei ninguém na biblioteca e não quis ficar lá sozinha... — balbuciou a jovem, tentando acalmar a respiração, mas a voz lhe soou entrecortada.

— Ninguém? — Repetiu Artapunia, arqueando a sobrancelha e se dando conta de que algo do qual ela ainda não sabia estava acontecendo.

— Você não quer me contar o que está acontecendo? — perguntou, aproximando-se de Aziza e se pondo a brincar com os cabelos desalinhados da jovem. Aziza se esforçava para se acalmar.

— O que está acontecendo!? O que é que você está querendo dizer? Não está acontecendo nada.. — disse Aziza, mirando o chão, sem coragem de encarar a yjara que a via de frente pelo espelho.

— Mas, ora, ora, minha querida menina, pois não sou eu sua melhor amiga? Hum... Nada de bobagens, o que quer que seja, me conte, hum...

— Mas eu não tenho nada para contar...— balbuciou a moça, querendo se desviar da frente do espelho.

— E a propósito — disse a yjara, ajeitando-lhe os cabelos e delineando-lhe a cintura. — Pode estar certa de que você é muito bela... está alguém a fazer-lhe cumprimentos, ou alguma das suas amigas lhe está colocando defeitos...

— Nem uma coisa nem outra — disse a moça, saindo da frente do espelho.

— E por que você não encontrou ninguém na biblioteca? Pra onde foi todo mundo? — Aziza deu de ombros, querendo parecer indiferente.

— Porque as "abobalhadas" acreditam que já podem laçar reis e regente... — disse a moça, com certo desdém. Artapunia sentou-se na beira da cama e puxou Aziza para perto de si, deitando a cabeça dela no colo.

— Aha! Então as meninas estão alvoroçadas por causa do Rei de Aládia e por causa de Mibu...

— E parece que tem alguém com ciúmes...

— Eu não estou com ciúme de ninguém! — disse Aziza ofendida.

— Tudo bem, mas por que ninguém foi hoje à biblioteca? Vocês brigaram?

— Não. Algumas foram para a Casa da Medicina na esperança de serem vistas por Mibu e as outras foram para a biblioteca central, na esperança de serem vistas por Raco... — disse a jovem. Artapunia não pôde deixar de perceber o arrepio que percorrera o corpo da jovem, quando esta pronunciou o nome do Rei e, enfim, a yjara pressentiu o que se passava. Ela se lembrou subitamente do estranho comportamento de Aziza depois de esta ter visto o Rei de Aládia no dia da chegada dele.

— Mas é perfeitamente normal que elas estejam entusiasmadas. São jovens, bonitas, bem educadas... e tanto o Rei quanto Mibu são também jovens, belos, bem-sucedidos e solteiros... E não vá me dizer que você também não está entusiasmada, hein? — Aziza deu de ombros, sem responder.

— E você não encontrou ninguém na biblioteca? — a moça não respondeu.

Artapunia achou prudente não fazer mais comentários. Aziza já completara quinze anos e estava pronta para descobrir o amor. A preocupação da yjara era somente a possibilidade de ela vir a se apaixonar justamente pelo Rei da Aládia. Isso não poderia acontecer de jeito nenhum e teria que ser evitado! Seria uma tragédia que só poderia levá-la ao sofrimento. Mas o que fazer? E Mibu, que estava tão enamorado que até caíra doente? Como reagiria? A yjara estava preocupada. Com Mibu, ela não poderia comentar aquele assunto. De Eurípedes e Florinda, levaria tempo até que pudesse receber resposta. O que fazer? Não queria perder a calma. No final das contas, a moça só vira o Rei uma única vez, no dia da chegada dele, e só o vira de longe, e ele nem sequer olhara na direção dela. Não, ainda não havia motivos para se perder os nervos; seria só uma questão de não dar a ela chances de vê-lo novamente.

Não havia como deixar de perceber a alienação que se apoderara de Aziza, que segurava o seu bordado e a agulha, olhando para o vazio, sem dar um ponto sequer. A yjara sabia que os pensamentos da menina estavam a se enveredar por caminhos perigosos; contudo, tentou ser alegre e descontraída:

— Eh, preguiçosa, não vai me ajudar a preparar a ceia? Se esqueceu que Mibu vem para jantar? — Aziza acordou dos seus sonhos, colocou o bordado de lado e se levantou de um salto. Havia mesmo se esquecido que Mibu viria para jantar. Ela se alegrou com a lembrança e se pôs a pensar como suas amigas ficariam furiosas se soubessem que ele era irmão dela e ela nunca lhes dissera nada. Afinal, por que não?!

Quando estava a cortar os legumes, ela perguntou:

— Artapunia, por que eu não devo dizer que Mibu é meu irmão? — a yjara arqueou a sobrancelha, já temendo o que viria. Tentou permanecer descontraída.

— Porque Mibu... e também nós, Eurípedes, Florinda e eu, somos de opinião de que seria melhor para todos nós se passássemos este tempo aqui em Áurea, sem chamarmos a atenção para as nossas pessoas.

— E teria chamado a atenção se os outros soubessem do nosso parentesco? Mas por quê? Aqui há um monte de aprendizes que também são irmãos ou filhos de reis, regente e outros honoráveis. Eu nunca percebi que alguém recebesse por isso maior atenção — disse ela, em tom de desafio.

— Minha querida menina, alguma coisa a está aborrecendo... hum? — disse a yjara, querendo mudar de assunto.

— Foi por isso que Mibu passou tanto tempo sem me visitar? — insistiu a moça.

— Não. Mibu estava metido no meio de um grande conflito político, depois da morte da nossa Rainha, e teria sido desastroso se ele tivesse se afastado de Rujia. Você está se preocupando com coisa à toa, Aziza.

— Temos que nos envergonhar das nossas origens? É esse o motivo para o sigilo? — a pergunta surpreendeu a yjara de tal maneira, que ela deixou cair o caneco de água que segurava. Ela sabia que mais cedo ou mais tarde a pergunta viria, mas havia tido a esperança de que Eurípedes e Florinda estivessem por perto para esclarecê-la.

— Aziza, mas, ora... por que teria alguém que se envergonhar das suas origens? — a moça ficou calada por algum tempo, depois disse, como para si mesma:

— Eu sei que há algo errado comigo... — a yjara ficou indecisa por um momento, porém pensou em Mibu e na situação na qual ele se encontrava. Concluiu que quanto mais cedo Aziza soubesse da verdade sobre si mesma, tanto maior a possibilidade de que ela mudasse de sentimentos em relação a ele. Mas a yjara não se sentia no direito de contar a verdade a ela. Deixaria a questão para Eurípedes e Florinda ou para o próprio Mibu. Disse energicamente:

— Agora, pare de bobagens. Não há absolutamente nada de errado com você. Vamos terminar depressa com os preparos porque Mibu já está para chegar.

Mas Aziza ficara a remoer os porquês de um monte de coisas que até então não lhe havia causado preocupações. Ela se pôs a recompor os farrapos de memórias que vez por outra lhe vinham à mente. Por que não sabia nada sobre os pais dela? Ela sabia que as explicações que as yjaras lhe davam eram invenções, mas por que elas não lhe diziam a verdade? Ela estava certa de que havia um mistério em torno de si e era hora de descobrir a verdade!

Logo que chegou, Mibu lhes comunicou que partiria de retorno a Rujia na tarde do dia seguinte e que, pela manhã, participaria de uma conferência no palácio da Imperatriz na qual compareceria também o Rei de Aládia. Aziza sentiu um leve sobressalto. Mibu, porém, pôs-se a conversar sobre os pormenores dos estudos de Aziza. Dentro de quatro meses, os tutores dela dariam por encerrados os estudos dela e Mibu retornaria para escoltá-las de volta a Rujia. Todos os tutores dela estavam satisfeitos com os progressos de Aziza e a tinham em conta de uma jovem perfeitamente bem-educada. Um partido muito bom para qualquer pretendente. Mibu estava alegre e à vontade, e Artapunia estava preocupada; ela queria adverti-lo quanto ao perigo da presença de Raco I, mas não sabia exatamente como. Então, perguntou em tom casual:

— E o Rei de Aládia? Quanto tempo ele ainda ficará por aqui?

— Não sei exatamente. Ele veio para pesquisar coisas religiosas e conferenciar com eruditos áureos.

— O que você achou dele? — Mibu a olhou com a testa franzida.

— Minha amiga, o que é que eu posso achar dele? Você sabe de quem ele é filho, não sabe? — Aziza olhou interrogativamente para os dois, mas a yjara continuou rapidamente:

— Meu caro e belo Mibu, você por acaso está ciente do alvoroço que não só a sua presença, mas também a presença de Raco, têm causado entre as jovens neste país?

Mibu olhou sorrateiramente para Aziza e ficou sério. A moça abaixou a cabeça como se pega em flagrante, e a yjara continuou em tom de prosa:

— Pois Aziza e eu estivemos hoje a conversar sobre esse assunto e eu bem lhe disse que não há nada demais em se sentir atraído, afinal, tanto você quanto ele são jovens, belos, bem-sucedidos e, sobretudo, solteiros... e com tantas belas jovens que se encontram nas casas de conhecimento, não seria de admirar se sucedesse alguma paixão, não é mesmo?

— Uma paixão! — exclamou Mibu, sem estar certo onde a yjara queria chegar. E Aziza disse constrangida:

— É porque eu contei para Artapunia que algumas das minhas amigas foram para a Casa da Medicina na esperança de serem vistas por você, e outras foram para a biblioteca central para serem vistas por Raco. — Mibu olhou para ela com o olhar aguçado.

— E você também foi para a biblioteca para vê-lo?

A moça ficou indecisa, mas respondeu-lhe:

— Eu fui somente na biblioteca de sempre e não havia ninguém lá. — e, olhando para ele e prosseguiu: — Minhas amigas ficarão furiosas quando descobrirem que eu sou sua irmã e não lhes disse nada. Mibu, por que não devo mencionar o nosso parentesco? Por que nunca falamos sobre os nossos pais? — Mibu sentou-se ao lado dela e tomou-lhe as mãos. Passou um longo tempo olhando-a nos olhos até que recostou a cabeça dela em seupeito e, acariciando-lhe os cabelos, disse:

— Aziza, eu tenho muita coisa para lhe contar, coisas da sua origem e do nosso passado. Coisas que vão surpreendê-la e magoar. Mas não quero fazer isso agora, senão juntamente com as yjaras que nos acolheram. Dentro de quatro meses, estarei de volta para buscá-las e, até lá, você será paciente. Promete? — a moça se afastou e o olhou de maneira interrogativa.

— O que você quer dizer com da minha origem? Não temos nós as mesmas origens?

— Não — disse o rapaz cabisbaixo.

— Como assim? Não temos o mesmo pai? Ou a mesma mãe? Qual é o nosso parentesco?

— Nenhum. — Sussurrou Mibu. Aziza o olhou atônita e os olhos dela foram se enchendo, até que as lágrimas se puseram a descer-lhe pelas faces.

— Mas... — começou a balbuciar e puxou-a novamente contra o peito enquanto lutava contra as próprias lágrimas.

Na manhã seguinte, Mibu foi um dos últimos a entrar no salão de conferência, antes de Dória, a imperatriz. Todos se assentavam em almofadões que se encontravam às dezenas pelo chão lajeado em preto e branco. O salão era amplo e de teto alto e as paredes recobertas de um brocado vermelho, entremeadas por um madeirame branco, copiosamente rebuscado de filigranas e relevos dourados. O salão se abria por meio de altas e largas portas envidraçadas, para um pátio interno no meio do qual se encontrava uma grande fontana em forma de uma mulher completamente nua, a qual segurava no ombro esquerdo um jarro tombado, do qual jorrava a água. O modelo havia sido acuradamente trabalhado, pois dava mostra dos mais pequenos detalhes do corpo feminino, até mesmo os eróticos caracóis dos pelos pubianos. O ajardinado por volta da fontana seguia formas geométricas e não havia flores, somente folhagens, o que lhe dava um aspecto muito elegante.

Ouvia-se um murmurinho de vozes. Raco I conversava animadamente com duas mulheres e, ao vê-lo, Mibu se lembrou-se da estranha conversa da yjara na noite anterior. Teve que reconhecer que o Rei era um homem realmente muito atraente, pois era alto, esbelto, tinha os cabelos cheios e sedosos, o porte e a aparência que expressavam autoconfiança. Seus gestos eram elegantes e suas maneiras afáveis. Ao se aproximar, viu que Raco se inclinava ao ouvido de uma das mulheres com quem conversava, sussurrando-lhe algo e ela sacudia a cabeça concordando com o que ele dizia. Mibu o cumprimentou com um aceno de cabeça e o Rei revidou com o mesmo gesto, mas ergueu a cabeça e o seguiu com os olhos. Mibu sentou-se, porém, fora do alcance da visão do Rei, e, de onde estava, podia contemplar perfeitamente a fontana e, quanto mais olhava para ela, mais reconhecia nela a silhueta de Aziza.

Todos se ergueram e se inclinaram quando Dória, a Imperatriz, entrou no salão. Ela usava a bela roupagem que havia sido o presente enviado pelas yjaras, quando Aziza começara os estudos. A maioria dos participantes estava ali por causa de estudos relativos a si mesmos, ou relativos a algum parente, e a parte oficial da reunião não tardara a findar. Depois, passaram todos para as conversas informais.

O Rei de Aládia avistou novamente Mibu e não pôde deixar de observá-lo atentamente. O regente de Rujia possuía o carisma e o charme de um verdadeiro estadista. Sua inteligência era incontestável e suas maneiras perfeitas. Raco tentava ler na face do regente se este sabia do interesse do Rei pela irmã do regente. O Rei estava ainda indeciso se devia dirigir-lhe a palavra. Até então, não haviam trocado mais do que meia dúzias de palavras, mas o comportamento cordial, porém frio e reservado do regente de Rujia, não passara despercebido pelo Rei, e, antes que se este decidisse, viu Mibu despedir-se da Imperatriz, dos demais, e deixar o salão, sem sequer olhar novamente em sua direção.

Também de Artapunia e Aziza, Mibu se despedira rapidamente. Havia uma multidão de novas sensações e pensamentos lhe atormentando a alma. Teria que tomar algum tempo para refletir sobre aquela nova situação. Precisava urgentemente da opinião de Eurípedes e Florinda. Teriam que encontrar juntos a maneira mais mansa e efetiva de esclarecer Aziza das circunstâncias do nascimento dela e das desventuras pelas quais ela havia passado.

E ele se pôs de volta a Rujia.

No outro dia, Aziza ficou em casa. Estava amuada e triste e, ao mesmo tempo, enfurecida. Por que tinha que esperar ainda mais para receber esclarecimentos? Não haviam todos, tanto Mibu quanto as yjaras, enganado-a o suficiente? Por que tinha que manter sigilo sobre si? O que havia de errado com ela? Artapunia tentava consolar a moça, mas a moça não queria mais saber de desculpas, queria a verdade! Ia do quarto para a sala e da sala para o quarto. Não queria voltar para as lições, recusava comida e até mesmo a ida para a biblioteca se lhe tornou indiferente; mesmo se tivesse certeza de que encontraria lá o Rei, não iria, pois estava num estado de agonia tão grande, que não teria sequer a coragem de encará-lo. O Rei dissera haver se informado sobre ela, o que será que soube? Ela sabia que na Casa do Conhecimento o nome dela constava como Zia e ela estava lá como irmã de Mibu e esta seria certamente a informação que o Rei recebera. Será que ele ainda se interessaria por ela, se soubesse que ela não era a irmã de um regente? Tomada de angústia, a moça se jogou na cama e se pôs a chorar.

Ela queria continuar morrinhenta, mas a yjara não lhe deu chance e, em tempo, na manhã seguinte, despachou-a para as suas lições. Aziza encontrou as amigas no mesmo alvoroço anterior e acabou por se deixar contagiar por elas. Naquela tarde, encontraram-se novamente na biblioteca, com exceção de algumas das meninas que foram novamente para a biblioteca central.

— Já souberam que Mibu deixou hoje a cidade? — disse Tinar, com uma fisionomia que expressava decepção. Ela falava baixinho para não ser ouvida por três rapazes que também se encontravam no aposento.

— Deixou a cidade? Para onde? — perguntou Tátia, surpresa.

— Ele retornou para Rujia — disse Aziza, querendo parecer indiferente.

— Ah, mas que pena... assim tão cedo? Nem tivemos a chance de vê-lo direito... Mas quem foi que lhe disse isso? Você tem certeza? — perguntou Tátia, virando-se para Aziza.

— Sim, ele veio se despedir de nós... Ele é muito amigo de Artapunia.

— Parece que ele não foi à sua casa somente para se despedir... andei escutando que ele esteve ceando duas vezes com vocês... — disse Sibel, com um sorriso sarcástico. — E, a propósito, dizem que ele passou ontem uma grande parte da tarde com vocês... — ela se achegou de Aziza e seus olhos estreitos brilhavam numa fúria contida. — Por que não nos conta a verdade... hum?

— É verdade o que Sibel está dizendo? Você o conhece com intimidade e não nos disse nada? Mas por quê? — perguntou Tátia, indignada. — Ah... a não ser que...

— Vocês estão apaixonados? Ele está lhe fazendo a corte? — perguntou Tinar, com a voz já angustiada, como querendo chorar.

— Não. Não é nada disso — disse Aziza. — Ele esteve algumas vezes conosco porque é muito amigo de Artapunia e também porque temos certo parentesco — disse ela, ainda sem querer acreditar no que Mibu lhe dissera.

— Oh... Zia, você pode mencionar a minha pessoa, da próxima vez que tiver a oportunidade de estar com ele? Promete que me dá uma ajuda... hein? Seria maravilhoso se você pudesse influenciar... — disse Tinar, que genuinamente havia se enamorado de Mibu.

— Claro — disse Aziza. — Foi uma bobagem não ter pensado nisso antes. E como foi na biblioteca, com o Rei? — perguntou, tentando manter um tom casual.

— Não o encontramos lá. Não estava quanto chegamos e não apareceu. Aprendizes do pavilhão masculino disseram que ontem ele esteve aqui, nesta biblioteca; mas provavelmente isso não é verdade, pois Tátia, Rebea e também Diru e Zumia estavam aqui e ninguém o viu. Os meninos afirmam tê-lo visto também na tarde anterior, a cavalgar por este parque. É sempre assim, se tivéssemos ficado aqui, ele não teria aparecido... — disse Sibel ainda zangada.

Aziza engoliu seco. Será que fora observada, durante aquele encontro inesperado com o Rei?! Se os meninos o viram por ali, certamente a viram também...

— É possível que os meninos estejam somente se divertindo às nossas custas. Na tarde anterior, estive aqui e não encontrei ninguém. Não quis ficar só e voltei logo para casa, e não vi os meninos nem o Rei e nem ninguém; nem na vinda e nem na volta — disse Aziza, tendo que se esforçar ainda mais para controlar a inquietação que ameaçava se apoderar dela.

— E como você mesma sabe, nossa ida a Casa da Medicina também foi em vão. Mibu não apareceu mais por lá; contudo me alegro que tenha sido assim, pois isso prova que ele já está completamente curado. Mas ir embora assim tão depressa... — suspirou Tinar.

— Mas dizem que hoje o criado do Rei esteve a cavalgar por este parque... — continuou Sibel. — Será porque... Será que o Rei pretende aparecer novamente por aqui?

— Ora, mas por que viria o Rei a esta biblioteca, se as outras são maiores e melhores? — disse Tinar.

— Por que não? Aqui se encontram também muitos livros que são únicos — disse Aziza, evitando encarar as outras.

— A propósito, por que você não quis ir conosco, Zia? — perguntou Sibel.

— Porque pensei que Mibu nos visitaria naquela tarde. — ela mentiu.

— E por que você não compareceu ontem às lições?

— Porque me sentia doente... — de repente, Tátia, que olhava pela janela, deu um grito eufórico:

— Olhem, o Rei de Aládia vem vindo nesta direção!

As moças se atiraram alvoroçadas contra as janelas e, logo em seguida, saíram estabanadas para fora.

Raco I mantinha o cavalo num trote manso, enquanto seguia pela alameda principal, e a emoção de ver o Rei se aproximando tomou conta do espírito das jovens, que o olhavam encantadas, quebrando a tensão somente com um ou outro risinho histérico. Mas Raco não fez menção de que pretendesse parar e, ao se aproximar do portal, sorriu galantemente para o grupo, inclinando levemente a cabeça, ao que as moças responderam prontamente, abaixando os joelhos e inclinando levemente as cabeças. Contudo, a decepção se estampara nas faces delas, ao verem que o Rei tornava à esquerda, continuando no mesmo trote o caminho que serpenteava pelo parque. O jovem Rei não concedeu a nenhuma delas nenhuma palavra e sequer um olhar especial.

Aziza estava lívida de tensão. Sentia como se um caroço do tamanho de uma batata lhe tivesse travado a garganta e, ao contrário das outras, sentiu um imenso alívio por ele não ter se decidido a visitar a biblioteca. Não queria nem imaginar como se sentiria diante dele, na presença das outras meninas e dos demais que ali se encontravam. Assim que a silhueta dele desapareceu além do caminho, as moças se puseram a debater exaltadas:

— Eu estou certa de que o Rei vinha com a intenção de visitar a biblioteca, por que será que mudou de ideia? — disse Sibel, enfezada.

— Ah, certamente porque percebeu que existe gente demais aqui. Como iria poder pesquisar em paz? — disse Tinar.

— Mas assim tão selvagem, nós também não somos... Ficaríamos curiosas, mas em silêncio, se ele realmente quisesse se concentrar... — disse Tátia, já se sentindo um pouco ofendida. Afinal elas eram os melhores partidos e ele poderia ter-lhes dado a chance de conhecê-lo. Naquela idade, a possibilidade de conhecer pessoas do outro sexo, que fossem realmente interessantes, ficava ao encargo da sorte, pois, para tomarem parte nas festividades oficiais, teriam primeiro que completar dezesseis anos e, para isto, parecia que o tempo se recusava a passar. Tátia estava muito aborrecida por Raco não lhes ter dado aquela chance. Pensou rapidamente e disse:

— Amanhã vamos fazer assim: Quando ele se aproximar, vamos ficar em absoluto silêncio, para que ele acredite não haver ninguém aqui.

— Mas como podemos saber se ele vem amanhã? — perguntou Sibel.

— Talvez venha, talvez não — disse Tátia. — Mas se vier, vamos fazer assim, está bem?

— Está bem. — Concordaram as outras.

Aziza estava dispersa nos próprios pensamentos. Será que Raco estivera novamente ali por causa dela? Mas por que então não lhe concedera nem sequer um olhar? E, se hoje já se encontrava tanta gente ali, amanhã se encontrariam ainda mais, pois certamente Rebea, Naray e todas as outras, viriam também, com a esperança de vê-lo de perto. A chance que teria de poder trocar uma palavra com ele seria provavelmente zero. Aziza estava tomada por um reboliço de emoções.

Três dias se passaram, nos quais todas as moças esperaram ansiosas, passando toda a tarde na biblioteca, sem que o Rei e sequer seu criado aparecessem por aquelas bandas. Mais cinco dias se passaram, nos quais elas visitaram alternadamente todas as bibliotecas, sem que encontrassem vestígios da presença dele. Elas sabiam que ele ainda se encontrava em Áurea, mas parecia ter-se escondido. Aziza já estava angustiada: “Porque me embebi no seu encanto”, desde que escutara essas palavras não conseguia mais dormir direito. Pensava nele dia e noite. Por que lhe dissera tais palavras, se não tinha realmente interesse por ela? Teria sido igualmente leviano com as outras? Se ela não se atrevia a comentar com as as amigas o encontro com ele, possivelmente elas também guardariam sigilo, caso tivessem se encontrado com ele. Aziza acreditava já ter sido descartada, pois nem imaginava que o Rei a seguia todos os dias com o olhar, quando ela caminhava para as lições.

Contudo, demorou ainda mais cinco dias, até que a moça ficasse sabendo que o Rei pesquisava, enclausurado em uma das torres da biblioteca central.

Durante sua estada em Áurea, nunca havia partido de Aziza nenhuma ação que pudesse relacioná-la a milagres. Havia chegado aos ouvidos dos áureos todos aqueles acontecimentos inexplicáveis, sucedidos durante a viagem dela, mas Mibu repudiara veemente a ideia de que os acontecimentos tivessem algo que ver com eles e achara explicações plausíveis para tudo. Mesmo assim, os áureos chegaram à conclusão de que Zia era Aziza, a prometida de Talim, e que a estória de ela ser a irmã de Mibu havia sido somente o manto que a manteve camuflada e livre de perseguição. Zoé, que era tida não somente em Carla, mas em todo o país, como uma grande e capacitada ocultista, havia imediatamente pressentido sua aura. Os áureos haviam guardado o sigilo, porque para eles não havia motivos e nem interesse em colocá-la em perigo.

Mas, como quis o destino, numa das conversas informais entre os sábios e eruditos, alguém cometera a indiscrição de um comentário, que de certa forma revelara o segredo e, sem mais demora, este chegara aos ouvidos do Rei de Aládia. Ele, que estava tomado de amores, que havia sido arrebatado por uma paixão jamais sentida, que se sentia cada vez mais disposto a qualquer sacrifício e que já havia se decidido por pedir oficialmente a permissão de Mibu para cortejá-la, recebeu a informação como se recebesse uma sentença de morte. Ficara profundamente abalado. Entre todas as mulheres, por que justamente ela? Ficara por demais atormentado e, por isso, decidiu-se recluir em uma das torres da biblioteca central, com a desculpa de conduzir suas pesquisas com mais esmero. Porém, tinha o firme propósito de refletir com calma sobre como reagir.

Mibu viajara por dez dias, absorto e em profunda ponderação. Não se esquecia um minuto sequer de Aziza e a imagem do Rei de Aládia pairava sobre os seus pensamentos, como uma afiada guilhotina pronta a ser acionada. Ele estava prestes a completar a metade da jornada quando, de supetão, decidiu retornar a Áurea. Por que esperar mais quatro meses? Por que ignorar a advertência de Artapunia? A possibilidade de Aziza travar conhecimento com o jovem Rei e possivelmente se sentir atraída não seria somente um sofrimento para o coração apaixonado da moça, mas também um perigo para a segurança dela. Com a morte de Heros II, parecia ter o reinado de Aládia desistido da perseguição da prometida de Talim, pois a guerra causara muitos danos e perdas para os países envolvidos, e, nos anos seguintes, todas as atenções estiveram voltadas para o restabelecimento das necessidades básicas, como a ordem, o combate às epidemias e a procura por nova prosperidade. Mas não estava Raco justamente pesquisando coisas religiosas? Para quê? Sobre o sumiço e o paradeiro da criança prometida, haviam cursado, por todo o continente, diversas estórias, e as crianças aos cuidados das yjaras haviam sido também uma delas. O fato de Aziza estar em companhia de uma yjara, poderia já ser motivo para que Raco I viesse a tomar conhecimento da sua presença e certamente não lhe seria difícil rimar uma coisa com outra. Não! Havia sido uma tolice ter-se afastado de Áurea. Havia sido um grande erro não ter reconhecido o perigo de estar ela tão próxima do Rei de Aládia. Como Mibu pôde ter sido tão tolo? Um surto de raiva contra si mesmo lhe subiu pelas entranhas e ele se pôs a caminho de volta, com uma pressa desvairada.

O jovem Rei também não se esqueceu um minuto sequer de Aziza. Seria realmente ela, aquela que fora o motivo de tanta tormenta nos dias do pai dele? Ele repassava na mente a imagem daquela jovem mulher tão formosa a caminhar pelo pátio e o candor do embaraço dela quando fora surpreendida na biblioteca, e ele não conseguia acreditar que pudesse partir dela qualquer forma de perigo. Contudo, a lembrança da ameaça de Taulus persistia em afligir os pensamentos do Rei. Mas tudo parecia tão ridículo! Se ela era a prometida de Talim, então quem era Mibu? Por que teria ele, um ateu tão aferrado, declarado ser sua irmã justamente a enviada de um Deus? E com que propósito?

Que soldados aladianos sequestraram a criança prometida em território goriano, era um fato documentado e indiscutível, mas os sequestradores jamais retornaram a Aládia e os aladianos nunca mais tiveram informações concretas sobre o paradeiro do seu refém. Algo catastrófico haveria de lhes ter sucedido para que preferissem a deserção, pois o retorno da criança proporcionaria grande recompensa a eles. Com o fim abrupto das relações diplomáticas entre os dois países, tornara-se impossível descobrir como a criança chegara a Sevon, apesar de todos os caminhos estarem sob vigia. Também nunca ficaram sabendo quem havia sido responsável por sua retirada da casa do curandeiro, pouco antes da chegada da patrulha. Na casa das yjaras, as duas crianças chegaram como irmãs. A estória que contaram sobre a procedência delas poderia parecer ridícula, mas muito mais ridículo era querer acreditar que duas yjaras, espalhafatosas e barulhentas, tivessem sido capazes de arrebatar a menina das mãos dos sequestradores. Mas então quem era Mibu? Como entrara ele na vida de Aziza? Ou ela na vida dele?

Raco I repassara dezenas de vezes aquelas dúvidas. Ele desejava ardentemente encontrar um ponto, um detalhe, um indício qualquer que confirmasse: "Não. Zia não era Aziza!" Mas sabia que esse indício não lhe viria do nada e teria que averiguar adequadamente. Ele precisava revê-la! Precisava falar-lhe! Decidido, tomou uma pequena folha de pergaminho que levava o seu cunho real e escreveu uma mensagem. Chamou o criado e deu-lhe instruções para que ficasse à espreita de Zia, no caminho dela para as lições e lhe passasse discretamente o bilhete.

No outro dia, assim que a avistou, o criado se pôs a caminhar em direção a ela e, ao passar por ela, deixou cair o bilhete diante dos pés dele, continuando a andar sem se voltar. A moça fizera menção de alertá-lo para a perda do bilhete, quando percebeu a insígnia real. Ficou por um momento indecisa, mas por fim apanhou o bilhete e viu que estava endereçado a ela:

Senhora, desejo e preciso falar-lhe. Por favor, venha amanhã à biblioteca central. Não me tome por atrevido, mas desejo falar-lhe a sós. Não quero comprometê-la e nem causar-lhe desconforto e, se não for possível, faça chegar ao meu criado a sua recusa. Ele cruzará amanhã novamente o seu caminho. Caso não receba a sua recusa, passarei a tarde a esperá-la. Seu, em profundo respeito, Raco I.

Aziza ficou tomada por um turbilhão de emoções. Olhava para o bilhete com uma mistura de euforia e apreensão, enquanto relia, revirava e o passava de uma mão para a outra, como se este fosse uma brasa incandescente. Aquela mensagem simples, clara e repentina a pegara de surpresa. Já haviam se passado quase três semanas, desde aquele encontro na biblioteca e ela já estava por aceitar a ideia de que o Rei lhe fizera somente uma lisonja que teria feito a qualquer outra que tivesse encontrado numa situação como aquela. Mas ali estava a prova de que ele não a esquecera! O alvoroço lhe fez tremer os joelhos e acelerou seu coração de tal maneira, que ela podia sentir as batidas como as retumbadas de um gongo. De tanto atordoamento nem percebeu duas das outras aprendizes que se aproximavam dela.

— Uau! — Exclamou Zumia, ao ver a insígnia real no pergaminho. — Então não é só com Mibu que você tem intimidades, hum...?

— O quê? — exclamou Aziza, pega de surpresa.

— Desde quando você recebe mensagens reais? — perguntou a moça, com o olhar enviesado e um sorriso malicioso, já antecipando o prazer das intrigas que se dariam.

— Ah... — balbuciou Aziza, esforçando-se para encontrar uma explicação plausível.

— Zia, esta é definitivamente a insígnia do Rei de Aládia... — insinuou Diru, a outra, enquanto circulava em volta, tentando conseguir, por detrás do ombro de Aziza, decifrar o conteúdo do bilhete, mas Aziza o mantinha encoberto com a palma da mão.

— Ora, Zia, não fique fazendo tanto suspense...O que é que o Rei quer de você? hein...?

De prontidão, Aziza enfiou o bilhete nas pregas da faixa que cingia a sua cintura.

— Quem me dera que Raco I me enviasse mensagens... — murmurou ela, revirando os olhos e tentando disfarçar a situação.

— Ah! Não venha querer nos enganar. Esta é uma mensagem do Rei! — disse Zumia, já querendo perder a paciência.

Zumia era entre todas a mais bisbilhoteira. Era muito bonita de rosto, mas pequena e gorda e estava sempre disposta a provocar conflitos; e quando se enfurecia não poupava vulgaridades; porém, em seguida se comportava, como se nada de mal tivesse acontecido. Diru, por sua vez, também era bonita. Seus cabelos eram ruivos e longos e ela era esbelta. Era, porém, de poucas palavras e ardilosa. Nunca levantava a voz, bem como quase nunca sorria, e se movia com a sutileza de uma gata. A não ser Zumia, ninguém gostava muito dela e Aziza odiou ter, naquele momento, justamente a companhia daquelas duas.

— Esta mensagem não foi endereçada a mim — disse Aziza, querendo cortar a conversa e fazendo menção de continuar seu caminho.

— Não me venha com esta! Se não foi endereçada a você, o que é que está fazendo nas suas mãos? Ou você por acaso é agora mensageira do Rei? — disse Zumia, no seu tom mais agressivo.

— Este bilhete estava no chão. O criado do Rei passou por mim, pouco antes de eu encontrá-lo e penso que o perdeu— esclareceu Aziza.

— Ah, mas que coincidência... — sussurrou Diru, cujo tom insinuante provocou em Aziza certa repugnância. — E a quem está endereçado?

— Isso não é da nossa conta! — disse Aziza, energicamente.

— Mas ora, ora... — continuou Diru. — Então por que estava a virtuosa Zia a ler a correspondência alheia, hein?

— Ora, deixem-me em paz! — disse Aziza, que, de repente, perguntou-se por que haveria de dar explicações àquelas impertinentes. Olhou para elas com desdém e apressou o passo, justamente quando percebeu Tinar, que vinha esbaforida por já estar atrasada. As quatro chegaram à sala de aula somente um minuto antes da tutora.

Zumia e Diru passaram o tempo todo encarando Aziza e trocando entre si olhares maliciosos, de modo que todas as outras perceberam ter acontecido alguma coisa interessante, antes mesmo que Zumia começasse a espalhar a novidade.

Aziza não escutou uma palavra sequer do que foi dito naquela lição. Arranjar uma desculpa plausível para ir sozinha para a biblioteca central, sem causar suspeitas a Artapunia já seria difícil, mas se esquivar das insistentes perguntas das amigas era ainda pior. Desejou não ter que se expor aos questionários delas, mas se não aparecesse naquela tarde na biblioteca, certamente a ausência dela seria tomada por uma confirmação de que algo misterioso realmente estava a acontecer. Ela se sentia como a pisar em brasas. A expectativa de rever a Raco lhe excitava o espírito e, se pudesse, iria imediatamente ao encontro dele. Mas sabia que precisava ser prudente, se quisesse evitar dificuldades. Ao término das lições, ela foi a primeira a alcançar a saída; porém, antes que pudesse pôr os pés para fora, sentiu a mão de Tinar a lhe segurar pelo braço:

— O que é que estas enjoadas estão querendo com você? — perguntou Tinar, referindo-se a Zumia e Diru.

— Conto-lhe de tarde, na biblioteca — respondeu Aziza, disparando para fora, antes que alguma das outras jovens se aproximassem.

Em casa, o nervosismo de Aziza não passou despercebido a Artapunia. A moça se esforçava para parecer natural enquanto fingia arrumar o quarto, mas seus movimentos agitados e a profusão de busca por entre roupas, sandálias e acessórios chamaram a atenção da yjara. Mas, assim que ela se decidiu pelo que usaria na tarde seguinte, finalizou aquela farsa e foi para a biblioteca. Sabia que seria perfurada por perguntas impertinentes e decidiu de antemão que levaria o assunto pelos caminhos do bom humor. Acharia um jeito de abafar as suspeitas que Zumia certamente levantaria. Quando chegou, Tinar já estava a esperar por ela no portal: — E então? — foi logo perguntando.

Antes de responder, Aziza a encaminhou para a porta, entrando para o salão. Não havia sentido em conversar primeiro somente com Tinar, pois sabia que teria que responder as mesmas perguntas para as outras moças.

— É verdade que você recebeu um recadinho de Raco? — a pergunta soou como um disparo. Sibel estreitara ainda mais os olhos já estreitos e encarou a jovem que entrava, com a indignada expressão de quem acabara de ser injuriada.

— Ora, que bobagem. Não recebi “recadinho” de Raco e nem de ninguém... — respondeu, olhando zangada para Zumia, que tinha um risinho malicioso nos lábios.

— Ah, Zia, elas viram o bilhete... — disse Tinar. Aziza correu o olhar pelo salão. Todas as aprendizes do grupo ao qual pertencia estavam presentes e esperavam a novidade com a fisionomia atônita e a respiração contida. Receber a atenção dos jovens poderosos e belos, Mibu ou Raco I, era um sonho que estava a alvoroçar o espírito de todas as jovens, desde o dia em que eles chegaram à cidade. Todas daquele grupo estavam prestes a completar dezesseis anos e, especialmente entre elas, as emoções se atropelavam.

— Eu já havia esclarecido a Zumia e Diru que o bilhete não foi enviado a mim. Eu o encontrei caído no chão, quando estava a caminho. Pouco antes, o criado do Rei havia passado por mim, por isso suponho que ele tenha perdido o bilhete que levava para alguém — disse Aziza, encarando as fofoqueiras.

— Mas que criado desleixado... — insinuou Diru.

— Eu não entendo por que todo este constrangimento. Se fosse eu que tivesse recebido um recado de Raco I ou de Mibu, certamente todo o país já teria tomado conhecimento, pois eu estaria dando pulos de contentamento — disse Rebea, sem olhar diretamente para Aziza. Tinar, por sua vez, olhou para Aziza como querendo açoitá-la. Ela considerava Mibu uma descoberta particular e via a pretensão das outras como uma ameaça e uma afronta.

— Mas, depende da mensagem, minha cara Rebea, se esta fosse comprometedora, não iríamos querer espalhá-la aos quatro ventos, não é...? — insinuou novamente Diru.

— Zia, não dá para acreditar nessa estória de você ter achado o bilhetc. Fala logo o quc o Rci qucr dc você. Se for a sua sorte... então azar para nós! — disse Tátia decepcionada e quase sem poder conter as lágrimas que pareciam já prestes a rolar pela sua face.

— Eu realmente encontrei o bilhete no chão! — disse Aziza, num tom decidido. — Diru está com a razão, um grande desleixo do criado, que certamente será punido e que merece ser punido. Coisas dessa natureza são comprometedoras e não devem jamais cair em mãos estranhas. — continuou Aziza, desviando a atenção de cima da sua pessoa e provocando um murmurinho de alívio entre as jovens.

— Mas estava definitivamente endereçado a uma mulher... — interferiu novamente Diru. — Um homem jamais enviaria a outro homem uma mensagem em tal pergaminho...

— Sim, estava endereçado a uma mulher... — disse Aziza, abaixando os olhos, enquanto pensava rapidamente na estória que inventaria. — E justamente por isso o criado deve ser punido. — continuou, com ar sério.

— É algo comprometedor? — perguntaram Tátia e Rebea, ao mesmo tempo.

— Sim, muito comprometedor... Se bem que... Hum... Afinal, Raco é um homem livre para ter a aventura que quiser, não é mesmo? — disse ela, tentando parecer indiferente.

— Então, não tem mesmo nada que ver com você? — perguntou Tátia, radiando novas esperanças.

— E para quem era a mensagem? — interrompeu Naray.

— Isso eu não sei, ele não mencionou o nome.

— Isso é fácil de se descobrir — disse Zumia. — Deixe-me ver o bilhete! — e estendeu a mão.

— Eu não tenho mais o pergaminho. Artapunia mandou que eu o destruísse.

— O quê? Por que é que você tem que contar tudo para ela? — exclamou Zumia, zangada.

— E por que não? Nós não temos segredos — disse Aziza, dando de ombros.

— Mas isso agora não vem ao caso — disse Naray. — Mas conte-nos o que estava escrito... — Aziza ficou algum tempo a refletir.

— Era uma mensagem curta, um agradecimento por uma noite de amor... — disse a moça, consciente da grande mentira que estava prestes a contar e pela qual já sentia uma espécie de comichão lhe subindo pelo ventre.

— Mas conta logo... — disse Tinar, já impaciente. Aziza sentira um estranho prazer ao vê-las quase aflitas, a esperar pelos detalhes picantes de uma mensagem íntima; por fim, disse, quase como a recitar:

— Amada, jamais havia experimentado tanta felicidade e deleite. Nunca acreditei ser possível tanto prazer. Jamais esquecerei o calor da tua pele que ainda arde sobre a minha. Tua nudez é um encanto e teu ventre, o portal do paraíso! Quando me quiseres novamente, basta que me deixes saber. Sou teu! R.

— Mas é claro que ela é casada! — exclamou Rebea. — Só pode ser, pois se estivesse livre não haveria motivos para não querer ser cortejada oficialmente por ele. E muito pelo contrário, principalmente sabendo estar ele apaixonado. Quem deixaria de agarrar tal oportunidade? — concluiu Rebea.

— Mas como é que você pode saber se a "amada" não deseja ser cortejada oficialmente? — perguntou Sibel.

— Por causa da última frase: "Quando me quiseres novamente..." Não é ele quem decide quando quer revê-la e sim ela. E qual seria o motivo do sigilo? — esclareceu Rebea.

— Ou então ela ainda não completou dezesseis anos... — disse Zumia, com os olhos presos em Aziza. As demais, porém, olharam para ela carrancudas.

— Ah, Zumia, pare de falar bobagens — disse Tátia, e, voltando-se para Aziza: — Eu acho que Rebea tem razão, trata-se certamente de uma paixão proibida, o que não torna a coisa melhor... Eu estava realmente a alimentar a esperança de que ele viesse a tomar conhecimento da minha pessoa... mas, ao que parece, ele já está preso nos laços de outro amor... Que pena... — suspirou a bela jovem.

— É. Que pena! — concordaram Sibel e Naray.

Aquela fora uma tarde na qual nenhuma delas conseguira abrir um livro sequer. Depois daquela estória de Aziza, as moças passaram o resto do tempo a fazer suposições sobre quem poderia ser a tal "amada". Aziza também fazia as mais absurdas sugestões, querendo que parecesse verdade aquilo que havia inventado.

Novamente em casa, quando estava a ajudar no preparo da ceia, Aziza perguntou num tom displicente:

— Artapunia, eu preciso pesquisar em alguns livros da biblioteca central. Podemos ir lá amanhã? — Ela sabia que o dia seguinte seria aquele em que a yjara normalmente lavava as roupas da casa e havia acalentado a esperança de que Artapunia dissesse que não tinha tempo e que ela fosse só. Mas não teve sorte. Ela não sabia que Artapunia já estava a desconfiar daqueles segredos, e que decidira evitar que Aziza cruzasse os caminhos do Rei de Aládia.

— Mas claro, podemos sim. — respondeu a yjara, sem mencionar que seria dia de se lavar roupas.

Aziza sentiu uma grande decepção. Tinha então duas opções: ou fazer chegar a Raco a advertência quanto à presença da yjara, ou desistir de ir, o que causaria o desconforto de ter que explicar-se por que mudara de ideia. Pensou por um momento e decidiu que mandaria a mensagem ao Rei.

— A propósito, por que suas amigas já não estão mais tão interessadas em ir para a biblioteca central? — perguntou Artapunia.

— Porque já há duas semanas que o Rei não aparece mais por lá, e elas se cansaram de ficar a esperar em vão.

— Ah, mas que pena. Eu também gostaria de vê-lo de perto. — suspirou a yjara.

— Quem sabe? Se tivermos sorte, talvez ele apareça por lá amanhã. Todos dizem que ele ainda se encontra em Carla — disse a moça, tentando ser natural. — Podemos aproveitar para levar meu chinelo para consertar — continuou ela, que se lembrou, de repente, de que o sapateiro era o amor sigiloso de Artapunia.

— Qual dos seus chinelos estão estragados? — perguntou a yjara, sem se lembrar de ter visto nenhum chinelo estragado.

— Aquele que eu estava usando ontem — respondeu a moça. Seu chinelo não estava estragado, mas ela acabara de se decidir a estragá-lo, na esperança de que Artapunia a deixasse só na biblioteca e aproveitasse, assim, para estar também só com o sapateiro. Contudo, por segurança, mandaria a advertência.

Na manhã seguinte, o criado do Rei cruzou, novamente o caminho dela e, ao passar por ele, ela entregou-lhe rapidamente o bilhete, depois de ter averiguado de que ninguém os observava.

O bilhete dizia:

"Senhor, com prazer irei à biblioteca. Não estou certa se estarei só e, caso não esteja, não precisa me dirigir a palavra. A propósito, não creio que teremos a chance de estar a sós, há sempre alguém pesquisando alguma coisa. Alegro-me em poder revê-lo. Sua, em profundo respeito, Zia."

Naquela manhã, as lições pareciam não querer chegar ao fim e mesmo se esforçando em prestar atenção, Aziza não conseguia evitar que seus pensamentos se dispersassem. Pensava em Raco, em como se livrar de Artapunia, na roupa que usaria, nas pessoas que encontraria na biblioteca, e, sobretudo, na mensagem que recebera. Queria ele revê-la ou precisava revê-la? E neste caso, por quê? Para conversar sobre o quê? O que será que ele sabia sobre ela? Não comentou com ninguém que iria de tarde à biblioteca central. Estava cansada de ter que dar satisfações.

Saindo de casa, era para Artapunia e Aziza um longo caminho até o centro da cidade. A pé, caminhava-se mais de meia hora, mas era possível ir de charrete, pagando-se uma pequena taxa, o problema era só que a charrete não estava sempre à disposição. As duas não possuíam veículo de passeio, só os pesados vagões. Aziza ficara contente ao perceber que Artapunia havia se vestido bem e se maquiado e seus cabelos exalavam o cheiro do bálsamo. Estava quase certa de que ela iria preferir ir só para a oficina do sapateiro. Ela mesma escolhera para si a túnica que Florinda lhe enviara recentemente. Achou prudente não exagerar em esmero, pois não queria de forma alguma causar suspeitas a Artapunia e, ademais, o Rei já a vira bem mais mal-vestida e pareceu não se importar com a sua roupa. O tempo estava excelente, o sol brilhava, mas não estava muito quente e elas decidiram ir a pé, deixando a casa um pouco mais cedo.

Raco I se pôs a esperar desde o começo da tarde. Ele se encontrava no pavimento superior da torre da esquerda, num compartimento que havia sido colocado à disposição dele, para que pudesse conduzir suas pesquisas, livre de incômodos. Mandou o criado se pôr à espreita e informá-lo assim que a moça se aproximasse. Ele tentou passar o tempo pesquisando alguma coisa, mas não conseguiu. Estava nervoso e apreensivo, sem ter certeza do que realmente sentiria diante da verdade. E se ela fosse mesmo Aziza, a prometida de Talim? Será que teria a coragem de mandar matá-la? Não! Jamais! Queria afastar de si aquele pensamento horripilante; contudo, todo o seu ser parecia estar a girar em torno daquela questão.

Pelos meados daquela manhã, ele havia recebido do criado uma mensagem vinda de uma das suas admiradoras, com quem ele, vez por outra, tomava a ceia vespertina. A mulher lhe informara do que uma aprendiz da casa de conhecimento havia espalhado entre as amigas, na tarde anterior. A jovem afirmara ter encontrado, perdida na rua, uma mensagem do Rei, supostamente enviada a uma amante. Por que será que Zia inventara aquela estória sobre ele? Com que propósito? Com relação àquela tão bizarra informação, Raco não ficou zangado, somente surpreso e curioso. Ele estava por demais preocupado com a verdadeira identidade daquela que lhe ocupava os pensamentos e sentidos e por demais ansioso por revê-la.

Assim que avistou Aziza e Artapunia vindo pela rua, o criado avisou o Rei, o qual imediatamente ordenou a ele que ficasse a observar todos os passos delas e o informasse, caso surgisse a oportunidade de ele se achegar a ela sem causar alarde.

Para a decepção de Aziza, Artapunia entrou com ela na biblioteca, sem fazer menção de lhe sair do encalço, e a moça desejou ardentemente que o jovem Rei não aparecesse. Naquelas primeiras horas da tarde, ainda não se encontrava muita gente ali: via-se apenas um ancião curvado sobre um grande e pesado livro e, mais para os fundos, duas mulheres que discutiam baixinho, alguma coisa que liam em vários pergaminhos. Aziza passou algum tempo a percorrer os corredores das prateleiras de livros, fingindo procurar pelos livros certos, tendo a yjara sempre perto de si, até que pegou alguns deles e se assentou a uma das mesas, pondo-se a folheá-los.

Artapunia, que depois de certo tempo se convencera de que Raco não se encontrava ali e que provavelmente não apareceria, desculpou-se com Aziza e disse que, enquanto ela estivesse ocupada, procuraria pelo sapateiro, para assim ganhar tempo. Aziza concordou com um gesto de cabeça, sem levantar os olhos, como se estivesse completamente concentrada na leitura; porém, mal podia conter a impetuosidade do alívio que sentia. Seguiu a yjara com o canto do olho até ver o pesado portal se fechar atrás dela. Permaneceu por mais algum tempo onde estava, mas nem olhava mais para os livros. Seu espírito estava completamente tomado de alvoroço. O que aconteceria a seguir? Viria Raco I ao encontro dela? Dirigir-lhe-ia a palavra diante daqueles que ali se encontravam? Por que ainda não havia aparecido? Não dissera ele que passaria a tarde a esperar por ela? Os minutos pareciam horas e a moça se pôs novamente a andar pelos corredores das prateleiras, na esperança de acalmar sua aflição.

Assim que viu Artapunia deixar a biblioteca e desaparecer na esquina seguinte, o criado foi avisar o Rei. Raco escreveu rapidamente um pequeno bilhete e o criado o depositou discretamente sobre a mesa que a jovem ocupava, afastando-se ligeiramente. Aziza olhou para o ancião e as mulheres, mas parecia que ninguém tomara notícia. As mãos dela tremiam ao desdobrar o pergaminho real que dizia:

"Senhora, encontro-me na torre à esquerda do portal principal e peço-lhe que venha ao meu encontro. Seu, R."

O coração de Aziza disparou a bater acelerado e suas mãos tremulavam ainda mais; porém, rapidamente depositou os livros de volta na prateleira e deixou o salão. Não poderia dar-se ao luxo de perder tempo, pois a yjara poderia retornar a qualquer momento. Respirou fundo e, antes de empurrar o portal da torre, este lhe foi aberto por Raco, que o fechou novamente logo que ela atravessou o limiar da porta. O vestíbulo não tinha janelas e somente uma escassa estria de claridade que descia do andar superior, quebrava a penumbra. Os dois ficaram por alguns segundos parados um diante do outro, sem que se atrevessem a quebrar o silêncio. O jovem Rei sentiu o cheiro do bálsamo que emanava dos cabelos dela e se lembrou de repente das palavras sedutoras que ela supostamente inventara em nome dele. Ele sorriu, fazendo-lhe um gesto em direção à escada, e a jovem sentia os joelhos como se feitos de goma, enquanto o seguia.

Estavam a sós no compartimento que Raco recebera para si. Era um cômodo não muito grande, porém com uma grande janela, que tinha por cima um encaixe de vitral. No aposento se encontravam uma escrivaninha com duas cadeiras, uma prateleira de livros, um divã e duas poltronas de veludo vermelho-carmesim e uma mesa baixa e estreita. Em cima da mesa se encontrava uma bandeja e, nela, uma garrafa de cristal que continha um líquido marrom-avermelhado, alguns cálices também de cristal e, ao lado, uma botija de cerâmica que provavelmente continha água, e dois canecos. A escrivaninha estava atulhada de livros e rolos de pergaminhos e, dos dois lados da mesa, encontravam-se grandes castiçais. Na parede oposta à prateleira, pendia uma tapeçaria que apresentava uma cena de caça, na qual os caçadores observavam, por detrás de arbustos, uma mulher que se banhava nua em um lago.

Aziza observara tudo aquilo em segundos, ao mesmo tempo em que Raco, ainda em silêncio, seguia os olhos dela. Seus olhares se encontraram novamente diante da tapeçaria e a moça abaixou a cabeça, ao sentir o calor do embaraço lhe subir às faces.

Raco se aproximou dela. Ele sentia o calor que vinha da pele da moça e o perfume dos cabelos dela; tocou-lhe o queixo forçando-a a olhar para ele. Ela tinha as faces rubras, os lábios entreabertos e seus olhos brilhavam. Não se afastou quando ele começou por lhe acariciar os cabelos, descendo os dedos vagarosamente pelo ombro dela até lhe sentir o bico enrijecido do seio. Ela fez menção de se afastar, mas ele a segurou pelo ombro, inclinou-se sobre ela e roçou levemente os seus lábios e o pescoço, enquanto a apertava mais de encontro ao peito. A moça se sentia ao mesmo tempo excitada e entorpecida e se deixou envolver no abraço do rapaz, que parecia querer sufocá-la, mas, quando ele quis beijá-la novamente, ela se livrou subitamente dos braços dele e se afastou Ele, por um momento, ficou decepcionado, lutando para controlar a própria excitação. Mas sorriu, tomou-lhe a mão e a conduziu à poltrona, percebendo a agitação que tomara conta dela.

O jovem Rei tomou da garrafa de cristal e verteu duas doses do licor, oferecendo uma para a moça que, naquele meio-tempo, já estava apavorada a pensar nas consequências da sua impetuosidade. Raco se ajoelhou no chão diante dela, colocou-lhe o cálice na mão, e passaram mais algum tempo a se olharem mudos. Eles ainda não haviam trocado nem sequer uma palavra e, por fim, abrindo um sorriso, ele começou a recitar: "Amada, jamais havia experimentado tanta felicidade e deleite. Nunca acreditei ser possível..." A moça se levantou de um salto e estava prestes a disparar para a porta, mas ele a segurou mansamente pelo braço, fazendo com que ela se sentasse novamente.

— Zia, eu estou muito feliz por você estar aqui, pois temi que não viesse — disse ele, fazendo menção de acariciar novamente os cabelos dela. Mas a moça se esquivou.

— Eu... eu... acho que teria sido melhor que eu não tivesse vindo... — balbuciou ela, evitando olhar para ele.

— Mas por quê? Não me disse em sua mensagem que teria prazer em me ver?

— Sim, mas eu não pretendia me comportar desta forma...

— De que forma? — sussurrou ele, ainda insistindo em querer acariciar os cabelos dela.

— Senhor, penso que é melhor que eu me vá agora... — disse ela, com a fisionomia séria e querendo se levantar. Mas Raco se levantou primeiro e disse:

— Por favor, não fuja de mim. Prometo que não tocarei mais em você, e me perdoe se lhe faltei com o respeito, é que...

— Como ficou o senhor sabendo...?

— Da suposta mensagem? Primeiro, não me trate por senhor; para você sou somente Raco — censurou ele. — Bem... alguém me mandou hoje pela manhã a informação de que uma aprendiz da casa de conhecimento encontrara perdido na rua uma picante mensagem que eu supostamente teria enviado à minha amante. A única aprendiz que pude relacionar à alguma mensagem enviada por mim, foi você...

— Eu... eu... eu posso explicar... — balbuciou a moça, tomada de constrangimento.

— Não precisa explicar... afinal, parece que você previu meus sentimentos... as duas primeiras frases espelham exatamente o que sinto agora; e as demais... — mas Aziza o interrompeu e contou de um só fôlego o porquê da necessidade de ter tido que inventar aquela estória, pois tinha que afastar de si as atenções.

Raco repassou na memória a sensualidade lasciva da mensagem amorosa formulada por ela e foi tomado novamente da vontade ardente de pegá-la nos braços e beijá-la efusivamente. Mas a moça havia se recomposto e se aprumado contra o encosto da poltrona, e ele teve que admitir que a magia erótica do momento havia se desfeito.

— O Senhor... ah!... você disse que precisava falar-me... — Raco afastou o manto dele que estava jogado em cima do divã e se assentou de frente para ela. Bebeu de um só trago o seu licor, enquanto a moça mal encostara o cálice nos lábios.

— Eu precisava revê-la... porque desejo conhecê-la melhor, saber dos seus sentimentos... — De repente, a moça tomou consciência do perigo de estar a sós com ele. Estava novamente a se deixar seduzir por aquela voz lasciva e decidiu que era tempo de se afastar dali. E ademais, se ele estivesse sendo sincero, nada o impediria de pedir a permissão para cortejá-la oficialmente, afinal ela já estava prestes a completar dezesseis anos. De repente, ela se ergueu, inclinou os joelhos abaixando levemente a cabeça e marchou com passos duros em direção à porta. Já estava a atravessar a soleira, quando Raco chamou-a: — Aziza! — A jovem se virou para ele com uma expressão de puro espanto. Ninguém, com exceção de Mibu, Artapunia, Eurípedes e Florinda, jamais a chamou de Aziza. Uma estranha sensação se apoderou dela. O que sabia o Rei sobre ela? Qual seria o verdadeiro motivo daquela aproximação? E ela, o que sabia sobre ele? Nada! E ele provavelmente sabia mais sobre ela do que ela mesma. Ela se sentiu como prestes a cair em uma armadilha e, sem dizer mais nada, deixou o aposento atrás de si sem, no entanto, perceber, no corredor, uma sombra que espreitava, semiencoberta por uma outra porta entreaberta. Ela estava novamente num carrossel de emoções!

Aziza entrou novamente para a biblioteca onde então se encontravam muitas pessoas. Ela não pôde conter um arrepio quando viu Tátia e Rebea entrarem no salão, e suspirou aliviada por não ter dado de cara com elas ao deixar a torre, pois como iria poder explicar por que estivera na torre? Ela acenou sorrindo para as meninas, mas estava tão agitada que se esquecera de abrir algum livro na sua frente.

— Por que você não disse que viria aqui hoje? — perguntou Tátia. — Poderíamos ter vindo juntas.

— Eu não sabia que viríamos hoje à cidade, mas Artapunia quis trazer chinelos para consertar... — inclinou-se mais para perto delas e abaixou a voz, como que para contar segredinhos. — Acho que o sapateiro é a paixão sigilosa dela... — disse a moça, disposta a fazer tudo para afastar as atenções de cima de si.

— E então, "ele" por acaso apareceu por aqui hoje? — perguntou Rebea.

— Não, já estou aqui há bastante tempo e ele não apareceu. Que pena...

— Será que "ele" já terminou as suas pesquisas? Por que será que não quer mais aparecer? — disse Tátia, esmorecida. As duas sentaramse à mesa junto com Aziza. Elas estavam ali somente pela esperança de encontrarem o belo Rei de Aládia, e nem fizeram menção de abrir algum livro. Ficaram algum tempo cochichando baixinho até que Artapunia retornou. A yjara tinha os cabelos desalinhados, as faces rubras e cheirava a tabaco, porém irradiava satisfação.

As três jovens trocaram um olhar e um risinho cúmplice.

— Mas ora, vocês também estão a pesquisar coisas para as lições? — olhou para a mesa vazia e sorriu. — Que beleza pesquisar sem livros, não é? — disse ela com sua voz masculina e seus gestos largos.

— Nós justamente acabamos de levar os livros de volta para a prateleira — disseram as moças, quase que ao mesmo tempo e, naquele mesmo momento, todas as atenções se voltaram para o Rei de Aládia, que entrava no salão.

Raco mirou os degraus que conduziam à galeria, que se encontravam bem atrás das moças e da yjara e foi caminhando em sua direção, enquanto fazia leves acenos de cabeça e sorria jovialmente em todas as direções, tomando conhecimento dos presentes. Ao passar por aquele grupo, ele abriu o sorriso e cumprimentou Artapunia, como se a conhecesse:

— Uma boa tarde, minha bela yjara, que a paz seja sua! — Artapunia curvou os joelhos enquanto lhe estendia a mão sobre a qual ele se encurvou levemente, como se para beijá-la. As moças ficaram como que petrificadas, com os olhos arregalados e a respiração contida, e Aziza sentia os joelhos querendo falhar. Raco, porém, não deu a menor mostra de que a conhecia; ficou um momento parado, olhando para elas, até que a yjara se recompôs da surpresa:

— Senhor, que agradável surpresa. Eu me chamo Artapunia e estas são Zia, a minha pupila, Rebea, uma filha da Casa Real de Mídria e Tátia, filha do Império Calisteno. — O jovem Rei tomou respectivamente a mão de cada uma das jovens e as levou brevemente aos lábios, enquanto olhava penetrante nos olhos delas. O encanto dele era arrebatador. As moças inclinaram os joelhos, mas não se atreveram a dizer nada, e o Rei se virou para Artapunia:

— São vocês parentes de Mibu, o regente de Rujia?

— Sim, temos certo parentesco com ele... — disse a yjara, sentindo no seu íntimo a sirene de um alarme.

— É uma pena ele ter partido, antes que eu tivesse tido a oportunidade de trocar algumas palavras com ele... — disse Raco, sem estar seguro se devia ou não tomar alguma iniciativa. — Mas não quero incomodá-las senhoras... Boa tarde — o Rei fez um breve gesto de cabeça e continuou em direção aos degraus, subindo para a galeria e se perdendo por entre as prateleiras de livros.

As moças continuaram por um momento boquiabertas, enquanto Artapunia remoía o porquê da pergunta sobre o parentesco delas com Mibu. Será que Raco já descobrira a identidade de Aziza? A situação era séria e ela teria que mandar um mensageiro ao encalço de Mibu. Mas por que não demonstrara ele nenhum interesse especial por Aziza? Ou era essa falta de interesse uma farsa? Artapunia teve que chamar duas vezes pela menina, até despertá-la do estupor que a envolvera. Enquanto Tátia e Rebea se enchiam de euforia, felizes por desfrutar enfim a proximidade do jovem Rei, Artapunia apressava Aziza para que se pusessem a caminho de casa. Não pôde deixar de ficar surpresa ao perceber que a jovem, ao contrário de suas amigas, desejava por si mesma retirar-se rapidamente. O que se passava na cabeça da menina?!

Cinco dias haviam se passado, até que o criado do Rei cruzou novamente o caminho de Aziza e lhe passou discretamente um bilhete de Raco. Talvez tivesse lhe entregado o bilhete antes, mas nos dias anteriores ela havia feito o caminho em companhia de Tinar ou tendo Zumia e Diru nos calcanhares. Era o mesmo pergaminho real da mensagem anterior e pedia quase a mesma coisa: “Senhora, preciso falar-lhe. Por favor, venha amanhã ao meu compartimento na torre. Estou ansioso por revê-la. Se não receber a sua recusa, ficarei a esperá-la. Seu, com respeito, Raco I.” Dessa vez, a moça não se deixou abalar, releu várias vezes as poucas palavras e se pôs a refletir: Se ele estava enamorado dela, por que não mandava uma mensagem a Artapunia pedindo permissão para lhe falar. Todo homem enamorado tinha o direito de querer conhecer de perto aquela por quem se sentia atraído, sem necessariamente ter que desposá-la. Ele poderia visitá-las e tomar com elas uma xícara de chá. Por que todo o sigilo? No entanto, por que a chamara de Aziza, se Mibu e as yjaras faziam tanta questão de chamá-la de Zia? Não conseguia deixar de sentir uma forte emoção ao pensar nele e era quase impossível não fazê-lo! De noite, quando se deitava, os pensamentos dela se voltavam para a sensação sentida pelo roçar dos lábios dele, o toque dos seus dedos e a ardência da sua pele que se encontrara tão próxima da dela... Mas sabia que tinha agido levianamente ao ir só ao encontro dele. Se alguém a tivesse visto ali, ela teria a reputação afetada. Não, não iria mais atender ao pedido dele! E mais cinco dias se passaram, nos quais ela esteve três vezes em companhia de outras aprendizes e, nas duas vezes em que estivera só, o criado do Rei cruzara o caminho dela, retardando o passo, na espera de receber dela uma mensagem para o seu senhor. Mas a moça simplesmente o ignorara.

No outro dia, quando ainda não se havia afastado muito de casa, ainda antes da esquina na qual normalmente se encontrava com Tinar ou alguma das outras aprendizes, o criado do Rei lhe cortou novamente o caminho, colocando ligeiramente na mão dela outra mensagem do Rei:

"Senhora, por que não me responde? Se a magoei, perdoe-me. Existe um estranho sigilo em volta da sua pessoa e, por isso, um grande mal-entendido entre nós; mas, por favor, deixe-me revê-la e falar-lhe. É meu profundo desejo esclarecer essa questão, pois já não posso dormir e nem comer e só tenho você no meu pensamento... Não me deixe sofrer e venha... Seu, em frenética paixão, Raco I."

E ela, que se havia decidido a não se deixar influenciar mais por tal correspondência, derretera-se ao ler as palavras ardorosas do jovem Rei. Afinal, por que esperar as explicações de Mibu ou das yjaras? Estava ali a oportunidade de ficar sabendo de coisas importantes sobre si mesma e por que não aproveitá-la? E por que não revê-lo, se também ele ardia de paixão?! Na outra manhã, enviou a Raco um bilhete informando que iria estar com ele naquela tarde.

Aziza passara a manhã em completa alienação: seu espírito estava tomado de emoções e na cabeça dela fervilhavam pensamentos e perguntas para as quais nunca recebera respostas satisfatórias. Não escutara uma palavra sequer do que havia sido dito durante as lições e nem sequer atinara para o tempo, sendo sobressaltada pelo alarde provocado pelo alvoroço que as moças produziam ao término das lições do dia.

A caminho de casa, ela decidiu que não pediria permissão a Artapunia. De tarde, sairia normalmente como que para a sua biblioteca e iria para a cidade ao encontro do Rei. Porém, logo que alcançou a rua, viu parado diante da casa o vagão de viagem de Mibu. Por um momento, ela se esqueceu de todas as preocupações e se sentiu imensamente feliz por Mibu estar de volta. Apressou o passo, mas, ao parar diante da porta, um repentino mau pressentimento lhe invadiu o coração. Por que Mibu havia retornado? Teria acontecido alguma coisa? Esforçando-se para manter a calma, a moça entrou em casa, mas, ao ver Mibu, não pôde conter-se:

— Mibu, por que você está de volta? Aconteceu alguma coisa?

— Não, não. Fique tranquila. Não aconteceu nada, eu só mudei de ideia... — disse o jovem, querendo parecer descontraído, apesar de estar claro de que ele estava esgotado da viagem e tão empoeirado, que seus cabelos pareciam ter ganhado um brilho dourado. Mas Aziza percebeu que alguma coisa estava no ar e eles se cumprimentaram constrangidos, quase que acanhados, como se fossem estranhos; o que, por sua vez, não passou despercebido a yjara, que logo se pôs a quebrar a tensão.

— Mas, meu caro, temos tempo e podemos conversar sobre seus novos planos. Vamos tomar uma xícara de chá... — mas Mibu disse, sem tirar os olhos de Aziza:

— Não, minha querida amiga. Estou muito cansado e muito sujo... Vou para a minha pousada me lavar e descansar por algumas horas. Retornarei para tomarmos juntos a ceia da noite — e disse para a moça:

— Estou muito feliz em revê-la, Aziza, mas tenho a impressão de que você não ficou feliz com o meu retorno...

— Ah, Mibu, eu só estou surpresa... ela abriu um sorriso e enfim o abraçou; claro que estava feliz em revê-lo! Por segundos, ele apertou-a contra o peito e, sem dizer mais nada, deixou a casa.

Aziza não conseguia afastar a inquietude.

— Artapunia, por que Mibu retornou? — perguntou de pronto.

— Ele decidiu que nós deveremos retornar para Rujia junto com ele...

— Retornar para Rujia? — a moça quase gritou a pergunta, tomada de um repentino pânico. A yjara a olhou apreensiva, certa de que alguma coisa se passava com a menina.

— Sim, e é uma excelente ideia. Eu já estava mesmo a ponderar sobre o porquê de permanecermos aqui por mais tempo. Seus estudos já estão além do que lhe é necessário e eu, de minha parte, já estou morrendo de saudades de casa...

— Mas... — balbuciou a moça, já sentindo um nó a se formar na garganta e uma aflição efervescente lhe subir às entranhas, enquanto pensava em Raco. "E agora, o que fazer? Com qual desculpa sairei hoje de casa?" O que seria daquela tenra paixão, se ela tivesse que partir?

— Menina... você está me escondendo algum segredo, hum...?

— Eu...? Por quê...? — Respondeu a moça, alarmada.

— Você anda muito agitada nos últimos tempos... — Aziza escutou o comentário e, sem dar resposta, entrou para o quarto. Ela releu o bilhete de Raco várias vezes enquanto pensava no que fazer. Releu também os dois bilhetes anteriores. O desejo de revê-lo era quase angustiante, mas seria muito arriscado ir ao encontro dele, pois Mibu também estaria na cidade. E Artapunia certamente faria questão de uma festiva ceia e não a dispensaria para que fosse para a biblioteca. Teria que decepcionar Raco; mandar-lhe-ia na manhã seguinte uma mensagem. E, durante o tempo que passaram preparando a ceia, Aziza ficou de cabeça baixa, sentindo sobre si o olhar inquisitivo da yjara.

Raco I fora informado do retorno de Mibu antes mesmo que este tivesse entrado na cidade e, mesmo assim, ficara à espera da moça que não apareceu. Ele também estava tomado de aflição. Não parava de pensar em Zia; por um lado, porque estava perdido de amores por ela, por outro lado, porque lhe corroia cada vez mais a suspeita de ser ela Aziza. Mas quem era Mibu? Como pôde um órfão, amparado por algumas yjaras, chegar a regente de um país?

O jovem Rei já nem mais pensava em Taulus ou outros Deuses e sua preocupação maior estava voltada para o que diria e faria sua mãe, a Rainha Lidana, que se mantinha fiel aos ideais do falecido esposo. E o que diria Matuza, o sacerdote-maior, quando soubessem da paixão do Rei, caso Zia fosse realmente Aziza. E se esta viesse a ser a cruel realidade, o que seria dele? Se Zia fosse Aziza, então ela certamente havia crescido sem conhecimento do próprio passado, pois, do contrário, não teria se envolvido com ele, que era o filho daquele que havia ordenado a morte dela. Ele estava cansado de repassar aqueles pensamentos e resolveu que era hora de simplesmente esclarecer a questão. Sim, era uma boa coincidência Mibu estar de volta, pois qualquer que fosse o relacionamento dele com a moça, era ele o tutor dela. Sim, enviaria uma mensagem a Mibu!

Sem que o jovem Rei se desse conta, o sumo sacerdote, em Partalan, havia recebido a informação sobre o fato de o Rei estar enamorado e também sobre a possibilidade de ser a escolhida dele justamente a menina desaparecida, que se tornara uma jovem muito bela. O sacerdote ficou apavorado e imediatamente foi ter com a Rainha. Não! Teriam de qualquer maneira que evitar aquele mal e, antes do raiar do novo dia, o mensageiro do reino de Aládia se pôs a caminho de Áurea, levando uma ordem da Rainha: Raco deveria retornar imediatamente a seu país!

Já era tarde, e a yjara estava ficando preocupada, quando enfim Mibu apareceu. A aparência dele estava bem melhor e ele cheirava a um bom óleo perfumado. Ele se atrasara porque havia se deitado para descansar um pouquinho e caíra em sono profundo, sem se dar mais conta do tempo. Enquanto comiam, Aziza perguntou:

— Você disse que retornou porque mudou de ideia. Sobre o que você mudou de ideia?

— Sobre retornar sozinho. Já é tempo para que vocês também voltem para casa... — A moça pensava angustiada numa maneira de contradizer aquela abrupta decisão, sem provocar suspeitas. Até poucas semanas atrás, ela mesma ansiava por enfim retornar para junto de Florinda e Eurípedes e teria dado pulos de alegria por aquela decisão, mas agora, como poderia se afastar dali? Como poderia se afastar de Raco? De repente, engolir a comida se tornava um sacrifício, pois um grande nó lhe travava a garganta e ela permaneceu quase que muda durante o resto do tempo em que Mibu passou com elas. Ela nem escutava mais o que Mibu e Artapunia combinavam para a partida, pois pensava freneticamente numa solução para o seu dilema. Sim, havia uma solução: Raco poderia pedir a permissão para cortejá-la! O nervosismo da jovem não passou despercebido, nem a Artapunia nem a Mibu.

O jovem regente decidira que não deveriam perder mais tempo. Logo cedo, depois que a moça deixou a casa, a yjara se pôs a ajuntar as coisas para carregar os vagões de viagem e, quando estava a repassar os olhos pelas coisas de Aziza, viu, camuflado por entre roupas, as três mensagens que ela havia recebido do Rei de Aládia. Artapunia engoliu em seco: então era este o segredo? Havia ela estado com ele?

Mas quando? A yjara sentiu a curiosidade lhe queimar as pontas dos dedos, mas se conteve. Não, não iria se atrever. Esperaria o momento certo para tocar no assunto e pedir que a jovem confiasse nela. Não poderia correr o risco de vir a ser odiada por ela. Artapunia respirou fundo. Que feliz coincidência Mibu ter decidido retornar! Sim, tinham que se ir dali antes que fosse tarde e ela se pôs a ajuntar as coisas, quase que freneticamente.

Aziza andava o mais vagarosamente possível, porém já estava prestes a alcançar o portão de entrada e nem sinal do criado do Rei. O bilhete que escrevera a Raco já estava ficando úmido, pois as mãos dela suavam de nervosismo. Pensava em retornar ligeiro até a última esquina e começar novamente a caminhada. Talvez o criado tivesse se atrasado?! Mas não tivera mais chance, pois logo que se virou, viu Zumia e Diru que acabavam de aparecer na esquina. Aziza sentiu um surto de raiva, acompanhado da sensação de desespero. E agora? Como faria chegar a Raco a sua mensagem? Ela se desvirou de um supetão e entrou ligeiramente pelo portão, para não ter que dar conversa às duas que se aproximavam. E passou aquela manhã tão alienada, que sua tutora lhe perguntou se ela estava se sentindo doente.

Mas o retorno de Mibu já estava no conhecimento das demais e Tinar já nem podia mais esperar para saber se ela já havia estado com ele, e, de repente, Aziza teve uma brilhante ideia: Não estava Tinar louca para se aproximar de Mibu? E por que não? Tinar era, como filha única dos soberanos de Tigras, um excelente partido, e era não apenas bela, mas também amável e muito inteligente; e era, sobretudo, uma ateísta, que não gostava sequer de falar sobre Deuses e religiões. Se Mibu se enamorasse dela, isso sem dúvida retardaria o retorno deles e daria a ela tempo de esclarecer com Raco o que fazer daquela situação. Ela não estava certa se Mibu viria à tarde para tomar chá com elas, mas estava certa de que ele viria para a ceia. Por isso, sem mais rodeios, combinou com Tinar que, ao cair do crepúsculo, ela viesse para a sua casa. Só que, ao tomarem conhecimento daquele arranjo, Rebea, Tátia e Sibel insistiram em participar da ceia também, e Aziza, não tendo como recusar, acabou por ponderar: "melhor ainda, se ele não gostar de uma, gosta da outra!"

Quando chegou em casa, deu com Artapunia escolhendo aqui e acolá as coisas que levariam de volta para Rujia, e a yjara arqueou as sobrancelhas quando Aziza a informou que teriam a visita de quatro amigas para a ceia. Aziza se mostrava alegre e descontraída, mas a yjara pressentia que Aziza tramava algo. Às vezes, uma ou outra das meninas apareciam à tarde para o chá; mas, para a ceia, Aziza nunca havia convidado ninguém. Artapunia estava impaciente para tocar no assunto dos bilhetes e se pôs a observar a moça, tentando imaginar quando foi que ela teve a oportunidade de estar com o Rei de Aládia.

— E qual é o motivo da visita das amigas?

— É claro que é Mibu — disse ela sorrindo. Elas todas já sabem que ele esteve todos os dias conosco enquanto estava aqui; e agora não querem perder a oportunidade de conhecê-lo.

— Ora, mas por que você não as informou de que já estamos de partida?

— De partida? Mas não estamos partindo já, como que em fuga, não é?

— Não — suspirou a yjara. — Mas não poderemos perder tempo, pois Mibu precisa retornar ao serviço da regência.

— Mas uma ou outra ceia não vai atrapalhar os planos dele, vai? — disse a moça, num tom de acusação.

— Menina, este não é o meu plano... é Mibu que quer assim...

— Pois bem, os planos dele...

— Você não deseja retornar? Aziza, o que está acontecendo?

— Não está acontecendo nada... Por que é que você está sempre me perguntando isso?

— Porque você está muito diferente... eu penso que deve haver um motivo...

— Seremos sete pessoas para a ceia, acho que é melhor começar a cuidar da comida. Você pode fazer um bolo de mel ou de passas? — perguntou a moça, desejando pôr fim àquela conversa, enquanto se virava pegando o balde e saindo para a fonte.

Naquela mesma manhã, Mibu recebeu a mensagem do Rei de Aládia: "Senhor, desejo e preciso falar-lhe. Por isso, peço-lhe que me conceda uma audiência. Com profundo respeito, Raco I, Rei de Aládia."

Mibu ainda estava refletindo sobre o porquê daquele pedido, quando Turas, uma das tutoras de Aziza, foi ter com ele e o informou de que Aziza havia sido vista, quando deixava sorrateiramente, na torre esquerda da biblioteca central, aposento privado do Rei da Aládia. Turas estava muito preocupada, pois os áureos estavam absolutamente convencidos de que Zia era Aziza, mesmo que o jovem regente e as yjaras ainda insistissem em negar tal fato. Mibu se sobressaltou. Por que motivo teria a jovem ido ao encontro do Rei, no aposento particular dele? Por que quebrara as convenções? Não lhe estava claro o perigo de arruinar a própria reputação? O que teria se passado entre eles? Tomado da desagradável surpresa, não poderia dizer se sentia temor, raiva, desapontamento ou ciúme.

— Senhor, o seu retorno é uma feliz coincidência, pois estávamos realmente indecisos sobre o que fazer. O senhor bem sabe que, entre nós, há aqueles que não acreditam no seu parentesco com esta pupila e que acreditam ser ela a prometida de Talim... e sabemos o que se passou nos dias do Rei Heros II — disse Turas. Mibu a olhou admirado, mas não estava surpreso. Ele sabia que não só entre os áureos, mas muitos em Rujia e também entre outros povos já haviam se convencido de terem descoberto o paradeiro da misteriosa criança. Restava então saber se Raco I também sabia ser Zia a suposta “prometida” de Talim.

— Turas, acho que já não faz mais sentido querer esconder a verdade... Zia é realmente Aziza... porém, está o Rei de Aládia em conhecimento deste fato?

— Não... isto é... acreditamos que não — disse a mulher, indecisa.

— E o que poderia ter levado Aziza ao encontro dele...?

— Ora, senhor, ambos são jovens e belos... — Míbu sentiu um calafrio.

— Mas quando ficaram se conhecendo...?

— Não sabemos, mas já no dia seguinte ao da sua chegada a Áurea, o criado do Rei já estava a averiguar sobre quem era a bela jovem companheira da yjara...

— É possível que alguém tenha mencionado a suspeita de não sermos parentes?

— Quanto a nós, posso garantir-lhe que ele recebeu somente a informação oficial: Zia é irmã de Mibu, regente de Rujia. Não temos interesse e nem motivos para colocá-la em perigo e, por outro lado, não ficaríamos desatentos...

— Minha cara Turas, só posso lhes ficar muito agradecido pelas suas atenções... — Mibu reconhecera com amargura a grande tolice de não ter esclarecido à Aziza mais cedo sobre as suas origens e o perigo que o Rei da Aládia representava para ela. Mas não havia motivos para desespero, precisava somente pensar com calma no que fazer.

O jovem regente passou o resto do dia taciturno e estava tão preocupado quanto triste. Se Raco descobrira que se tratava de Aziza, poderia estar a lhe preparar uma armadilha, com consequências nas quais ele nem queria pensar... Por outro lado, se não soubesse e tivesse se enamorado dela, o problema não seria menor... Quanto a Aziza, tinha que reconhecer que ela não tinha culpa, pois o Rei era atraente e poderoso... Justamente naquele momento se lembrou da estranha conversa de Artapunia, no dia da partida dele.

Ao final da tarde, Mibu enviou a Raco uma mensagem, dizendo que, na manhã seguinte, estaria a esperar por ele no jardim do palácio da Imperatriz.

Artapunia não teve mais a oportunidade de abordar Aziza, quanto aos bilhetes reais, pois a moça acabara de descansar o balde de água na cozinha, quando Tinar já estava a acionar a sineta da porta. Tinar já não continha mais o alvoroço e não queria, de maneira alguma, perder a oportunidade de trocar pelo menos algumas palavras com Mibu, antes que as outras chegassem, caso Mibu também chegasse mais cedo. As duas entraram para o quarto, jogaram-se sobre a cama e se perderam em cochichos e risadinhas e, a contragosto, Artapunia se viu forçada a adiar a conversa. Mais tarde, enquanto a yjara fazia o bolo, as duas se puseram a cortar legumes e frutas para a ceia e, ainda antes que caísse o crepúsculo, chegaram também as demais. Todas haviam-se esmerado em suas roupas e maquiagens e o cheiro do bálsamo que traziam nos cabelos se espalhara por toda a casa, sobrepondo-se ao cheiro da boa comida. Tudo estava preparado e a impaciência parecia querer sufocá-las enquanto os minutos avançavam, enquanto esperavam pela chegada de Mibu.

O jovem regente se surpreendeu com a presença de tantas belas jovens e se esforçou efusivamente para elevar o espírito e afastar do coração a pontada de mágoa que teimava em se aninhar no seu peito, ao pensar em Aziza e Raco. Tanto ele quanto Artapunia conseguiram controlar suas tensões e a ceia se passou dentro de um clima de alegria e descontração. Contudo, tentando demonstrar certo pesar, ele aproveitou para deixar definitivamente claro que estavam à beira da partida, mas que ficaria imensamente feliz se um dia tivesse a oportunidade de revê-las, tanto em Rujia, quanto nos seus próprios países. Também fez saber às moças que o parentesco dele com Aziza era de muito, muito longe, enfim, que eram parentes somente por afinidade. E logo já se escutou o barulho das charretes parando diante da porta, que chegavam para recolher as visitantes.

Assim que todas se foram, houve um momento de silêncio no qual parecia que todos os três estavam indecisos sobre o que dizer. Mibu queria contar para a yjara aquela desagradável notícia e saber dela se sabia do encontro de Aziza com o Rei da Aládia, mas não queria fazê-lo diante da moça. A yjara queria questionar Aziza sobre as mensagens reais e não conseguia decidir-se se deveria deixar Mibu tomar conhecimento disso. Aziza, por sua vez, queria explicar para os dois que não pretendia se afastar de Áurea agora, que precisava de algum tempo, mas não sabia como tocar no assunto. Mas já estava ficando tarde e o jovem regente decidiu que voltaria na manhã seguinte para conversar com a yjara, depois que a moça saísse para as lições; faria isso, porém, antes mesmo de se encontrar com Raco. E só então, depois que Mibu se foi, Artapunia enfim perguntou a Aziza o porquê daqueles bilhetes reais.

— Você mexeu nas minhas coisas? — disse a moça, chocada.

— Não, eu não mexi nas suas coisas... Vi os bilhetes por acaso, quando estava a considerar o que poderíamos acomodar nos vagões, para a nossa viagem de volta... — fez uma pausa, mas como Aziza ficara muda, a outra continuou: — E então...?

— Ele... ele disse que está apaixonado por mim...

— Apaixonado por você? — a yjara quase gritou de surpresa. — Mas como? Quando foi que você conversou com ele? — disse ela, ao mesmo tempo em que repassava na memória as diversas ocasiões em que Aziza se comportara estranhamente.

— Naquele dia em que eu estava sozinha na biblioteca... e uma segunda vez, quando você estava no sapateiro... — sussurrou, de cabeça baixa.

— Mas Aziza...

E a jovem lhe contou tudo, com todos os pormenores. Artapunia estava pasmada. Como iria explicar para ela o perigo no qual se encontrava? O que faria Mibu, quando soubesse?

— E você... o que está sentindo por ele...?

— Eu... eu não sei direito... ele disse que iria me explicar algumas coisas... Falou que existem mal-entendidos... Fiquei de me encontrar novamente com ele ontem de tarde, mas, com o retorno de Mibu...

A yjara aproximou-se da menina e a abraçou, enquanto lhe acariciava os cabelos.

— Mibu precisa ficar sabendo disso... sinto muito, mas terei que informá-lo...

— Então você explica para ele por que eu não quero ir embora agora? —perguntou ela, numa súplica cheia de esperanças. Artapunia não deu resposta, mandou que ela fosse se deitar e ficou refletindo sobre aquela situação, enquanto arrumava a cozinha.

Dentro de poucos minutos, na manhã seguinte, Artapunia colocou o jovem regente a par do que estava acontecendo e ambos concordaram que quaisquer que fossem os motivos de Raco, o melhor para eles seria pôr-se a caminho de volta para Rujia, ainda naquele mesmo dia. A yjara acomodaria nos vagões as coisas necessárias e Mibu deixaria o transporte do restante ao encargo de um vassalo. Assim que a jovem retornasse das lições, eles partiriam.

Raco I se sentia nervoso. Ainda era bem cedo quando se pôs a caminho do jardim. Já havia percorrido diversas vezes todas as picadas que cortavam aquele belo e aprazível lugar quando avistou Mibu vindo ao seu encontro. Sentiu de longe a instintiva animosidade existente entre eles. O regente de Rujia caminhava com passos seguros e firmes e seus ombros largos e quadris estreitos, acentuavam-lhe o porte atlético. Por um momento, o jovem Rei, reconheceu nele a própria imagem, pois ambos eram da mesma idade e de características físicas semelhantes. Instintivamente, Raco aprumou os ombros e recompôs a altivez real, caminhando também em direção ao outro.

Por um momento, os dois belos jovens duelaram com o olhar, até que Raco I inclinou levemente a cabeça e cumprimentou o outro.

— Que a paz seja sua, senhor. Obrigado por me conceder o seu tempo.

— E que a paz seja sua, senhor... — Mibu respondeu com a mesma breve reverência e houve um longo momento de silêncio, no qual, fazendo um gesto demonstrativo, Raco deu a entender a Mibu que continuassem a seguir pelas picadas. O jovem Rei respirou fundo e sem se voltar, disse:

— Senhor, preciso falar-lhe a respeito de Zia... eu...

— O senhor bem sabe que não tinha o direito de colocar a reputação da jovem senhora à mercê da condenação pública — disse Mibu carrancudo, voltando-se para o outro.

— Pois peço que o senhor me perdoe. Essa não foi a minha intenção... Justamente por isso, pedi-lhe esta conversa. Eu desejo... eu peço a sua permissão para cortejá-la... — Mibu o encarou sem saber se sentia ódio ou pena e perguntou com aspereza:

— Ainda não é do seu conhecimento que Zia é Aziza? — parecia-lhe difícil acreditar que o Rei não tivesse ordenado a completa pesquisa da vida daquela por quem tivesse se enamorado.

— Então é mesmo verdade...? — balbuciou Raco, tomado de uma estranha sensação.

— Acho que não será necessário relembrarmos todo o sofrimento que lhe foi infligido por parte do reino de Aládia, senhor... Todo o sofrimento que nos foi afligido... — disse o jovem regente amargurado, ao se lembrar da carnificina, que nunca deixou de povoar-lhe os pesadelos.

— Senhor, eu...

Mibu interrompeu o outro secamente:

— Seguiremos hoje mesmo de volta para Rujia e eu lhe peço, senhor, que nunca mais se aproxime da minha protegida. Caso o faça, não me restará senão desafiá-lo para um duelo! — Dizendo isso, o jovem regente virou-se nos calcanhares e se afastou quase que com passos militares. Um véu de penosa amargura se abateu sobre o Rei de Aládia, que se prostrou sobre um dos bancos do jardim.

Havia muito para tagarelar sobre a ceia do dia anterior e as moças estavam aflitas para que a tarde chegasse e pudessem se encontrar na biblioteca. Aziza pressentia que Mibu não prolongaria a estada e ela haveria de ter que ceder à vontade dele. Acreditava, porém, que não estavam ainda de partida imediata. Naquela tarde, ela contaria para Tinar o seu segredo, pois talvez viesse a precisar de uma aliada e, tranquilizada com aquela decisão, pôs-se a caminho de casa. Seguia lado a lado com Tinar e Sibel, tendo Diru e Zumia a dois passos atrás de si. Aziza não deixou de sentir um sobressalto, quando Diru disse com certo deboche:

— Olhem, lá vem de novo o criado do Rei. Será que perderá de novo a mensagem para a "amada"? — Involuntariamente, todas se voltaram e o criado apertou o passo, passando por elas como se não as tivesse visto. Aziza, porém, pressentiu que ele trazia consigo uma mensagem para ela. Sentiu uma comoção lhe subir pelo ventre e teve que se esforçar para permanecer calma; no entanto, estava certa de que o homem acharia uma maneira de lhe entregar o bilhete.

— Mas ora, esse criado está sempre passando por aqui, será que não é uma das nossas tutoras a "amada"? — disse Sibel, com a fisionomia de quem fizera uma grande descoberta.

— Ou uma das pupilas... — provocou Zumia.

Enfim alcançaram a esquina na qual seus caminhos se separavam. Aziza havia dado poucos passos a sós, quando, saindo detrás de um nicho, o criado apareceu diretamente na frente dela e, num segundo, lhe passou o bilhete, afastando-se com passos acelerados. A moça olhou rapidamente para os lados, mas não percebeu justamente Mibu que lhe vinha ao encontro, tanta fora a ânsia de ler a mensagem: "Amada, jamais me esquecerei dos breves momentos nos quais a tive junto a mim. O mel dos seus lábios, o calor da sua pele e o bálsamo dos seus cabelos estarão nos sonhos, que preencherão as minhas noites solitárias. Encontro-me perdido de amores, porém aconteceram coisas no passado que põem uma grande mágoa sobre este amor. Fui proibido de me aproximar novamente da sua pessoa e respeitarei essa proibição, se este for também o seu desejo. Temo que não esteja em conhecimento de alguns fatos que o relacionam ao reino de Aládia e que agora me enchem o coração de amarguras; porém, sinto cada vez mais que você me pertence, assim como eu lhe pertenço. Se me quiser, estarei a esperar por você e renunciarei a tudo por seu amor. Seu, em angustiante paixão, Raco I." Mibu parou a alguns passos diante da moça, que, ao vê-lo, se assustou de tal forma, que por um longo tempo não conseguiu falar e nem se mover. Ficou olhando para ele, que, por sua vez, fixava o bilhete que trazia o inconfundível cunho do reino de Aládia. Mibu não se sentia zangado e nem enciumado, simplesmente tomado por uma sensação de cansaço, como se estivesse há muitos dias sem dormir e, sem demonstrar emoção, disse:

— Nós já estamos de partida.

Aziza nem fez menção de esconder o bilhete, pois, num segundo, ficou-lhe claro que Mibu já sabia do segredo dela e que fora ele quem proibira Raco de se aproximar novamente dela. E entendeu que haveria de existir um motivo muito forte para aquela decisão e, assim, sem protestar e sem ter certeza do que estava sentindo, seguiu-o.

O dia estava ensolarado e quente e mesmo assim a moça não podia conter a convulsão de calafrios que teimava em lhe fazer arrepiar todos os pelos. Tinha quase que correr para acompanhar Mibu, que caminhava com passos largos e duros, como se estivesse a marchar. Ela queria conversar com ele, queria esclarecer de vez o mistério em torno de si; para que esperar mais tempo? Mas ele não olhava mais para ela e seguia adiante com as feições tensas e os lábios enrijecidos.

Na frente da casa, Artapunia terminava de acolchoar os assentos dos vagões que já estavam prontos para a partida. Com "nós já estamos de partida" a moça havia entendido que partiriam dentro de no mínimo mais um ou dois dias e a surpresa lhe fez doer o coração. Então não teria mais tempo de se despedir das amigas? E Raco? Partiria sem lhe deixar uma mensagem? Sem dizer sequer uma palavra, Mibu montou no vagão, açoitou os cavalos e seguiu em frente. A moça olhou desesperada para a yjara que lhe abriu os braços, envolvendo-a num abraço afetuoso, porém mudo, e, enfim, Aziza foi tomada por um surto de angústia que culminou numa sucessão de soluços, e lágrimas se puseram a rolar por sua face. Artapunia não deixou de perceber o bilhete que a moça ainda segurava e, por mais algum tempo, acariciou-lhe os cabelos, sem fazer comentários; mas, enfim, também montou no seu vagão e instigou os cavalos. Aziza sentiu vontade de se rebelar, de não segui-los. Mas o que faria sem eles? Como poderia se decidir por Raco, que acabara de lhe revelar que havia um empecilho para aquele amor? Mas o que tinha Mibu contra ele? Não seria um júbilo para qualquer outra família a possibilidade de casar uma filha com o jovem Rei do próspero e rico reino de Aládia? Desolada e infeliz, montou também no seu vagão e, ainda sem conter os soluços, pôs-se a seguir os outros.

Um ano havia se passado desde o fim abrupto daquele tenro romance. Em Aládia, Raco I retomara as diretrizes da sua regência. Embora mais belo do que nunca e adorado e idolatrado por centenas de mulheres de todas as partes do continente, o jovem Rei se tornara taciturno. Ele mantinha, com relação a Matuza, o sacerdote-maior, uma grande distância afetiva mas, ainda assim, havia-se voltado para as práticas religiosas, ainda com mais ardor do que o próprio pai. Todavia, revogara a incômoda lei que exigia a adoração da imagem de ouro e suspendera também a proibição de adoração a Talim.

Lidana, a Rainha-mãe, tudo fazia para espairecer o espírito enturvado do filho querido e organizava festas e banquetes, atraindo para Partalan grandes e pequenas celebridades. O país prosperava e o povo adorava o Rei como a um Deus. Como primeira prioridade ao retomar o governo, Raco reatara oficialmente as relações diplomáticas com todos os países entre os quais ainda prevalecia a animosidade causada pela guerra e fez saber ao regente de Rujia, que, por parte de Aládia, querelas pessoais não interfeririam nas relações diplomáticas dos dois países.

O Rei de Aládia não enviara a Aziza mais uma mensagem sequer, embora jamais a afastasse dos pensamentos e dela não recebera também uma palavra sequer. Ele sabia que aquela cruel verdade haveria de tê-la abalado tanto quanto abalara o próprio espírito dele. Mas o silêncio e a distância não o incomodavam; ele estava estoicamente convencido de que tudo estava claro: Não havia ela nascido para ser Rainha? Não nascera ela num vilarejo de Aládia? Onde deveria reinar, senão em sua própria terra? E não era ele o Rei da Aládia? O destino dela era reinar ao lado dele e esse destino estava selado! Quanto a Mibu, sabia que somente alguém muito capacitado chegaria à posição em que chegou, partindo de onde partiu. O Rei respeitava Mibu pela inteligência e eficácia, mas não o temia!

Também em Rujia, aquele ano havia sido mais um ano de prosperidades. Mibu deixou que se tornasse pública toda a verdade sobre Aziza e também sobre o seu próprio passado, o que provocou um escândalo por todo o continente, mas que logo se acalmou. Afinal, a não ser para alguns rujianos da classe privilegiada, que ainda alimentavam certo rancor, por ter Amita, a velha Rainha, permitido a ascensão de um estranho à regência daquela corte, e para os religiosos aferrados dos países que se envolveram na última guerra, o assunto havia muito deixara de ser tão importante. Contudo, durante aquela fase, o jovem regente aproveitara a atenção geral voltada outra vez para o motivo da desavença, para mais eloquentemente prevenir e advertir sobre o perigo do fanatismo religioso. Mas ele sabia ser tolice querer forçar mudanças radicais e sabia ser necessário permanecer tolerante diante das práticas religiosas do seu povo, que para desgosto de Mibu, já passara a venerar a ele mesmo como a um dos muitos Deuses.

Mibu não cansava de se admirar do fato de poder reger o país praticamente sem querelas internas e se sentia muito agradecido a Benjamim, o atual Rei. Benjamim se distanciava cada vez mais dos problemas da regência, enquanto passava horas, dias e até meses consecutivos, voltado a um interesse particular pela música, pela arte e por inúmeros colóquios com Ada, sua mais querida amiga, uma bela, culta e cativante yjara. O jovem regente se encontrava no auge da beleza física e era almejado por centenas de mulheres de todo o continente.

O quinhão de informações sobre si mesma e, sobretudo, o peso dos detalhes sangrentos que envolveram sua infância, quase tiraram de Aziza a vontade de continuar a viver. Contudo, ela não conseguia odiar a Raco, tampouco poderia revidar os sentimentos de Mibu. Ela havia sido sobrepujada e precisava de tempo para se recuperar daquele estupor, que lhe agitava o fundo da alma e desequilibrara todo o mundo dela. Ela amava Mibu, mas o amava como irmão e sofria por saber que ele sofria por ela. Havia reconhecido a extensão da dor que causara a Mibu, por ter-se ela enamorado justamente de Raco, filho daquele que lhes causara tanto mal. Ela sofria também por saber que jamais poderia recompensar todo o sacrifício e privações que Mibu passara para protegê-la. Quanto a Raco, doía nela pensar nele e, mesmo assim, não conseguia esquecê-lo. Ela pensava nos pais que a geraram, nos pais que a acolheram, e na injustiça que lhes fora afligida, e uma grande tristeza envolvia o espírito dela. Mas seria ele o responsável por toda aquela desgraça? Por outro lado, por que continuava ele a adorar a Taulus, um Deus que exigia o sacrifício de uma criança? Mas, também, por que Talim não evitou aquela tragédia? Ela queria, desejava odiar o Rei para poder esquecê-lo, para esquecer de tudo aquilo, mas era impossível afastá-lo completamente da memória.

O clima de tensão e constrangimento que passou a existir entre Aziza e Mibu, desde que retornaram a Rujia, ameaçava se tornar venenoso e, antes que isso acontecesse, as yjaras decidiram que era chegada a hora de empreenderem uma longa jornada pelo continente, cortando-o por caminhos desconhecidos, para ampliar os seus conhecimentos geográficos e diversificar o seu círculo de freguesia e Aziza poderia acompanhá-las. Não houve objeção por parte de Mibu, que compreendeu a necessidade daquela tomada de distância; por outro lado, nem por um segundo ele deixaria Aziza correr riscos, de modo que, tão logo as yjaras deixaram a cidade, conduzindo dois pesados vagões, o melhor vassalo dele, um homem discreto, porém experimentado, pôs-se a segui-las. As yjaras não se deram conta e, no começo, nem o vassalo de Mibu, mas, ao encalço delas seguia também um vassalo de Raco I. O Rei da Aládia havia muito postara o seu espião nas imediações da casa das yjaras e era constantemente informado dos passos da sua amada, pois, além de tudo, não queria que ela corresse riscos. Contudo, não tardou para que os dois vassalos percebessem que seguiam e protegiam a mesma caravana. Eles se mantinham à distância, porém, não se perdiam de vista, tendo ambos o cuidado de não se deixarem perceber pelas viajantes.

Depois de seis meses de viagem, descobrindo novas paragens e vivendo grandes e pequenas aventuras, elas chegaram a Tigras. Aziza, que ainda andava absorta e introvertida, tivera ali um bom motivo para se alegrar; Tigras era a terra de Tinar e de Naray, suas amigas da escola.

A caravana alcançou Atiba, a capital, e, tão logo fora informada de que elas ali se encontravam, Tinar, sua mais querida amiga, foi depressa ao encontro de Aziza. As yjaras decidiram fazer naquela cidade uma longa estação. Atiba era uma pequena capital e mesmo sendo Tigras um país relativamente pobre, a nobreza dele era orgulhosa e seletiva. Elas poderiam costurar para os cortesãos belas roupagens, enquanto Aziza desfrutaria a alegria de estar com sua amiga, o que seria para elas um alívio, pois já não aguentavam mais ver a moça acabrunhada e triste.

Durante a estada naquela cidade, elas foram acolhidas pela família de Tinar, e os vassalos que as seguiam ficaram extremamente preocupados, pois a ordem que ambos receberam havia sido de que não deveriam perder a jovem de vista. Mas o que fazer? Nenhum dos dois poderia declarar-se vigilante dela!

Aziza dividia com Tinar os aposentos e passava o tempo todo em companhia da amiga. As yjaras se descontraíram com isso, e não viram mais motivos para se preocupar, pois, estando atrás das muradas do palácio, a jovem estaria em segurança. Elas não sabiam, porém, que Tinar não tirava Mibu dos pensamentos e que se encontrava justamente num estado de visível euforia, pois acreditava ter encontrado uma maneira de ganhar para si o interesse do jovem regente. Apesar de ainda jovem, Tinar era absolutamente ateísta e se dizia também descrente de superstições. Contudo, sucedeu que, de repente, sua ama se encontrava em plena felicidade, vivendo todos os sonhos de amor com o homem que amava, mas que nunca antes havia se interessado por ela. O tal homem abandonara repentinamente a mulher e os filhos para estar com ela e o segredo, segundo a mulher, estava numa mistura que uma estranha dríade havia feito para ela. Então, contrariando os próprios princípios, Tinar também se deixou tomar pela ilusão de alcançar a felicidade por meio de façanhas ocultas.

A tal dríade aparecera repentinamente por aquelas paragens e, dentro de poucos dias, ajuntou em torno de si um grande grupo de aventureiros que procuravam soluções portentosas para os problemas. Na primeira vez, Tinar acompanhou a ama por simples curiosidade; na segunda, para tentar entender o que ali se passava; e, por fim, sem que se desse conta, perdera-se em fascinação pelo estranho ritual e passara a alimentar a esperança de que também para ela fosse criada a tal mistura. A jovem estava consciente de que não teria a permissão dos pais para se envolver naquilo e que, se tocasse naquele assunto, poria em risco a ama, com quem tinha muita afinidade. Assim, nas noites em que havia a função, as duas deixavam sorrateiramente o palácio, usando uma passagem secreta. A passagem era estritamente proibida aos serventes, mas a ama se apoderara sigilosamente da chave. A passagem culminava num bosque de vegetação bastante densa, em cujas entranhas se encontrava uma pequena clareira, camuflada por arbustos e trepadeiras, e ali se agrupavam os conjurados da estranha seita. Já na primeira oportunidade Tinar convenceu Aziza a acompanhá-las.

Era uma noite fria e a lua cobria tudo com um reflexo prateado. O ar estava parado e a natureza parecia em silêncio. Aziza estava tomada de uma desagradável sensação, sabia que estavam sendo levianas e que teria grandes problemas com as yjaras, quando estas tomassem conhecimento daquela escapada, e pressentia que elas certamente tomariam ciência. Era tarde, todos já haviam se recolhido quando elas deixaram o palácio, mas o vassalo de Raco, que estivera a aproveitar a calada das noites para rondar as muradas à procura de uma maneira de poder espiar no interior delas, percebeu o movimento daqueles três vultos e os seguiu.

Temerosa, seguindo bem de perto Tinar e sua ama, Aziza alcançou a clareira. Poucas pessoas se encontravam ali. A área estava iluminada somente pela luz das labaredas que crepitavam de uma pequena fogueira. Esta queimava dentro de uma rasa tigela de pedra, que se encontrava mais para o outro lado da clareira. Por detrás da clareira se encontrava uma espécie de trono, um assento também de pedra, sem decorações, e que parecia desconfortável; nele se assentava alguém que Aziza não pôde identificar imediatamente. Mesmo não produzindo fumaça, as labaredas turvavam a visão sobre aquela pessoa. Postados de ambos os lados da tigela incandescente se encontravam, respectivamente, dois guardiões. Eles pareciam ainda jovens, eram esbeltos e tinham a constituição física de guerreiros. Usavam apenas um saiote curto que deixava à mostra quase toda a superfície do corpo, cuja pele lisa brilhava num tom de bronze fundido. Eles traziam no peito uma grande tatuagem em forma de ave estilizada, e símbolos estranhos lhes ornamentavam os braços e também as faces. Os cabelos deles eram longos, volumosos e estavam um pouco presos na nuca, e tudo conferia a esses homens uma aparência intimidante, porém atraente. Eram estranhos; Aziza jamais vira homens como aqueles, mas não pôde deixar de admitir que eram estranhamente belos. Elas se achegaram em silêncio e não houve saudações; todos estavam em silêncio e, afora os guardiões e a pessoa misteriosa à frente, estavam os demais ajoelhados e elas se ajoelharam também. Um longo tempo se passou sem que nada acontecesse, até que de repente as chamas se elevaram ao mesmo tempo que a pessoa sentada no trono se ergueu. Imediatamente os guardiões, que se encontravam ao lado da tigela incandescente, postaram-se voltados um para o outro, em frente da tigela, formando uma alameda, e todos os presentes se ergueram também. A mulher que se ergueu do assento de pedra não fez menção de contornar a tigela na qual ardia a fogueira e Aziza não poderia explicar como, mas, de pronto, a mulher estava diante deles, como se simplesmente tivesse flutuado sobre o fogo. Ela era uma mulher bela e interessante, esbelta e muito alta; sua altura ultrapassava a altura de todos os demais presentes. Tinha longos cabelos louros cujos cachos abundantes lhe emolduravam a bela face e desciam até para baixo da cintura. Contudo, o brilho do seu olhar era fascinante, porém austero e intimidante. Ela se movia com graça e gestos lânguidos e, ainda em silêncio, achegou-se de um dos presentes, parando à frente dele e tocando-lhe o queixo com seus longos e elegantes dedos que finalizavam em longas unhas laqueadas, forçando-o a olhá-la nos olhos. Repetiu o mesmo procedimento com todos os demais e, por último, aproximou-se de Aziza. Diante desta, a mulher se enrijeceu e prendeu por segundos a respiração, comprimindo levemente os olhos penetrantes, mas logo se recompôs e um leve sorriso lhe passou pelo semblante. Ainda sem dizer palavra, a bela dríade caminhou de volta e parou em frente à tigela de fogo, cujas flâmulas se avivaram com a sua proximidade. Ela usava um vestido que parecia branco-prateado, de tecido leve e vaporoso, com mangas longas cujas extremidades estavam presas às extremidades da saia e, ao levantar os braços, parecia uma ave a içar voo. Três vezes ela ergueu os braços, entrando repentinamente num transe convulsivo enquanto deixava ecoar um gemido esquisito, longo e assustador, passando deste para uma espécie de cantilena que rimava, num sussurro gutural, palavras de uma língua estranha. Enquanto sussurrava a estranha cantilena, a dríade se pôs a rodear a tigela de fogo. Ela seguia uma cadência, na qual levava a mão direita à testa, ao mesmo tempo que encostava a mão esquerda nas costas, movendo o corpo para frente e para trás e alternando continuamente a posição das mãos. Os quatro guardiões se puseram na roda seguindo a mesma cadência e elevando, com os seus vozeirões, o que parecia ser o refrão da cantilena. Aziza estava tão presa à fascinação daquele ritual, que não percebera a presença de mais um daqueles estranhos homens, que segurava um cuité no qual havia um líquido avermelhado, que ele levava à boca de cada um dos presentes e, do qual, todos pareciam ter tomado uma golada. Quando ele parou diante dela, Aziza se sobressaltou, pois todos que bebiam iam um após o outro, caindo em transe, soltando o mesmo gemido, entrando na roda e seguindo na mesma cadência a bela dríade. Instintivamente, Aziza recuou quando o homem lhe chegou o recipiente aos lábios; Tinar, porém, lançara um olhar encorajador para Aziza, segundos antes de entrar ela mesma naquele transe convulsivo. O estranho não se afastara e novamente levou a bebida aos lábios de Aziza, e ela, por fim, bebeu um pequeno gole, convencida de que Tinar não tinha motivos para lhe desejar o que fosse ruim. Segundos se passaram e ela não percebeu nenhuma reação. Será que não bebera o suficiente? Começou a ficar inquieta, pois o estranho não se movera, parecendo estar à espera de uma reação. Ela ponderou ligeiro: Para que causar tumulto? Sem demora, sacudiu os ombros, simulou um gemido gutural e entrou logo atrás de Tinar naquela roda, imitando tudo o que a outra fazia.

Escondido por detrás de arbustos, o vassalo do Rei de Aládia acompanhava atônito o que acontecia e, acreditando ter Aziza se deixado subjugar pelos praticantes do estranho ritual, achou que seria melhor alertar o Rei o quanto antes.

O vassalo de Mibu porém, já andava curioso sobre o porquê do interesse do outro vassalo nas yjaras e na jovem que ele guardava e resolveu, naquela noite, segui-lo para saber o que tramava. Acabara de descobri-lo a observar alguma coisa que se passava na clareira e, ao ver o homem se retirar dali com toda a cautela, rapidamente tratou de averiguar o que ali se passava. O homem ficou estupefato ao perceber no que havia se metido a jovem que ele deveria estar guardando. Não havia tempo a perder, teria que informar imediatamente o seu senhor e também, sem causar nenhum alarde, saiu dali e se pôs a caminho de Rujia.

Na clareira, o ritual continuava. Agora murmurava-se em gorinês, a língua comum, uma outra ladainha. Aziza conseguira captar algumas sentenças daquele embaraçado murmurinho:

Celebrai com júbilo todas as terras
Cantai a glória do seu nome
Dai glória ao seu louvor
Quão superior é Ela nas suas obras
Pela grandeza do seu poder, os seus inimigos se submeterão
Todos cantarão o nome dela
Ela rege eternamente e seus olhos estão sobre tudo
E visita a terra e a refresca e enriquece
A Ela clamamos com as nossas bocas e a
exaltamos com as nossas línguas
O esplendor dela paira sobre nós e unge nossa cabeça
Ela ouve as nossas vozes e atende nosso chamado
Nela repousa a nossa alma e dela vem a recompensa
Ela está vestida de magnitude e nobreza
Coberta de luz e divindade
Faz da terra água e da água um fogo abrasador!

Nerur, a dríade, despertou do transe, sentou-se novamente no trono e bateu uma vez as mãos. As labaredas se encresparam e, quando se abaixaram novamente, todos os demais também despertaram do transe, ajoelharam-se e tudo voltou à condição inicial. O estranho que servira a bebida cochichou algo ao ouvido de Nerur e ela olhou fixamente em direção a Aziza; tão fixamente que a moça se sentiu como que puxada na direção da outra. Aziza pensou em resistir, em ignorar aquela força autoritária; Nerur, porém, disse simplesmente: "Venha!" E Aziza não pôde mais resistir. A dríade tinha a voz gutural e baixa, e a palavra lhe saiu entrecortada como que passada por um vibrador. Quando a moça parou diante dela, Nerur se levantou e lentamente a contornou, parando novamente à frente de Aziza. Aziza se sentiu diminuta – pois sua cabeça não atingia os ombros da outra – e submissa, pois tinha que erguer o queixo para olhar a outra nos olhos. A dríade não disse mais nada e apenas olhou para o jovem que tomou do cuité e o levou novamente aos lábios de Aziza, que, daquela vez, tomou um gole mais longo. Segundos se passaram e nada aconteceu e, como ela não soubesse o que deveria fazer, decidiu ajoelhar-se novamente.

O silêncio era constrangedor e os demais pareciam não ter se importado com aquele intermezzo. Nerur se levantou e, novamente sem ter contornado a tigela de fogo, estava, num segundo, diante dos demais conjurados. Ela parou diante do primeiro, deu-lhe a mão para que se erguesse e, com gestos lascivos, inclinou-se e o beijou nos lábios, indo então até a tigela de fogo, assoprando dentro dela e conjurando, num sussurro gutural, uma sentença do que parecia uma reza. Repetiu o procedimento com cada um dos presentes, sem fazer diferença entre homens e mulheres. Quando enfim só restava Aziza, a dríade já recitara uma longa prece:

Senhora, não me repreenda na sua ira, nem me castigue no seu furor
Porque as suas flechas se cravam em mim e a sua mão sobre mim desceu
Minha carne não está sã; nem há paz no meu espírito por causa da sua ira
Minha carga é pesada e é demais para as minhas forças
Minhas chagas cheiram mal e estão corruptas por causa da minha loucura
Estou encurvada, estou abatida e ando lamentando todo o dia
Porque minhas entranhas estão cheias de ardor
Estou fraca e quebrantada e tenho rugido pela inquietação do meu coração
Senhora, meu desejo está exposto e meu gemido não é oculto
Meu coração dá voltas, minhas forças me faltam e a luz dos meus olhos me deixou
Estou prestes a coxear e minha dor está constantemente em mim
Mas os meus inimigos estão vivos e são fortes e os que me odeiam se multiplicam
Não me desampare, senhora, e não se afaste de mim...

Contudo, ao encarar Aziza, a sombra de um sorriso lhe amenizou novamente a severa fisionomia, e ela, sem completar o procedimento, se voltou retornando ao seu trono. Assentou-se, bateu novamente as mãos e as chamas se desfizeram prontamente. Uma repentina e densa escuridão se abateu sobre a clareira e, sem nenhum gesto de despedida, os conjurados se puseram em retirada.

Somente três semanas se passaram entre a partida do vassalo aladiano e sua chegada a Partalan. O homem fizera o longo trajeto parando somente para comer e dormir, o que custou a vida a seu belo cavalo, que acabou por perecer, poucos dias depois, consumido pelo imenso desgaste daquela viagem. No mesmo dia, ainda empoeirado, cansado e faminto, o vassalo procurou o Rei e colocou-o a par do que se passava. Uma grande aflição se apoderou do jovem Rei. O que fazer? Contudo, não tardou e sua angústia deu lugar à ira. Fazia já mais de um ano que vira Aziza pela última vez e com Mibu, o regente de Rujia, nunca mais trocara uma palavra sequer, pois este retificara as relações diplomáticas com o reino de Aládia, mas ignorava com ostentação todas as tentativas de proximidade que partisse dele. Raco sentia vontade de mandar espancar aquele arrogante, pois onde estava a proteção que Mibu deveria ter providenciado para a moça?! Não era ele o aclamado tutor dela? Aquele que a mantinha com mão-de-ferro longe do Rei e da grande paixão que lhe corroía as entranhas?! Até então, o Rei esteve disposto a dar tempo ao tempo; esteve disposto a esperar por compreensão, tanto por parte de Rujia, quando por parte de sua própria Corte. Não! Não esperaria mais. Havia chegado a hora; ele não duvidava um só momento de que aquela paixão ardia com a mesma intensidade também no coração da sua amada. Iria ao encontro dela, cairia aos pés dela e faria dela a sua Rainha! Ordenou para a manhã seguinte a assembleia dos conselheiros da Coroa e desejou não ser mais incomodado pelo resto do dia.

O jovem Rei passara horas em claro a ponderar a sua situação e, mesmo depois da noite mal dormida, despertou com radiante disposição, sentindo-se liberto de amarras. Sim, iria ao encontro da amada e a arrebataria, não permitindo que nada, nada mais se pusesse entre eles! Ele se vestiu lânguida e acuradamente, enquanto repensava os argumentos da sua decisão e, quando entrou majestosamente na sala do trono, Lidana, a Rainha-mãe, não pôde conter um estremecimento, pois parecia estar vendo diante de si a réplica de Heros II, nos anos da mocidade. Raco caminhou com passos largos para o trono, enquanto todos se inclinavam. Não se sentou e ignorou o olhar estreito e agourento com o qual Matuza, o sacerdote-maior o encarava, pois este já pressentia o que viria. Sem perda de tempo, foi direto ao assunto:

— Senhores, como Rei e soberano deste país, tenho o dever de informá-los de que me apaixonei e de que desejo desposar aquela por quem se me queimam as entranhas. O silêncio que pairava sobre o salão era tão denso, que parecia que todos continham a respiração e Raco continuou:

— Sei que não contarei com a compreensão de todos, pois a mulher por quem me apaixonei não é outra senão aquela por quem nosso país esteve em guerra durante os dias do meu pai. Sim, meus senhores, desejo desposar Aziza! Sim, aquela que veio ao mundo, supostamente enviada por Talim.

— Senhor, está consciente do que está nos dizendo? — Matuza estava lívido de indignação.

— Sim, meu caro sacerdote — respondeu o jovem Rei, encarando-o.

— Mas, meu filho... — balbuciou Lidana.

— Não, meu jovem senhor, não creio que esteja. Esta união é simplesmente impossível! — clamou o sacerdote, voltando-se para os demais. Houve um momento de silêncio.

— Senhor, bem sabemos da sua paixão, mas sabemos muito bem que tanto a jovem quanto o tutor dela nos guardam profundo rancor. Como seria possível tal união?— perguntou Aquim, o mais velho dos conselheiros.

— Somente Mibu nos guarda rancor. Não creio que Aziza me odeie de alguma forma. Não se diz que o amor está sempre pronto a perdoar?

— E corresponde ela à sua paixão? — continuou o ancião.

— Sim... creio que sim...

— Mas, meu filho, como pode afirmar ter tomado tal decisão se o senhor mesmo não está certo dos sentimentos dela? — exclamou Lidana.

— Raco, meu jovem senhor, somos devotos de Taulus. Nossa nação é a mais próspera entre todas; a mais poderosa e toda a nossa riqueza conseguimos sob a proteção do nosso Deus, que é o Deus verdadeiro. Como pode pretender repudiá-lo por uma paixão? — a voz do sacerdote tremulava pela fúria contida.

— Matuza, não pretendo repudiar o nosso Deus. Jamais repudiarei Taulus! Nunca houve provas de ser ela realmente a enviada de Talim e, mesmo que seja, eliminaremos o problema pela raiz. Eu a desposarei e farei dela uma Rainha, e a tal profecia se cumprirá. Porém sou eu o Rei e Taulus é o meu Deus. Talim estará fadado a permanecer sob o poder de Taulus. E se, segundo a profecia, ela vier a reinar sobre todo o continente, isso significará que eu, Raco I, reinarei sobre o continente e Taulus será para sempre consagrado o verdadeiro Deus. — toda a assembleia encarava o jovem Rei como se estivessem diante de um desvairado. Aquele plano parecia por demais fantástico.

— E como pretende obter a permissão do tutor dela? — perguntou Aquim, já convencido de ter o Rei perdido o juízo.

— Não lhe pedirei permissão. Ele não terá alternativa. — Com poucas palavras, Raco explicou à perplexa corte o que se passava e dispensou a assembleia.

Ao cabo de dois dias, Raco I estava pronto para a partida. Ordenou o preparo da charrete adequada para a longa viagem, que era puxada por quatro cavalos. Estaria acompanhado somente do seu vassalo e levariam consigo mais dois dos seus melhores cavalos. Sem se deixar pressionar por Matuza, o sacerdote-maior, e sem dar maior atenção à sua perplexa corte, o Rei se pôs a caminho. Ele estava tomado de ansiedade e da sensação de que o tempo se esvaía das suas mãos. Mas o sacerdote estava por demais preocupado e mandou ao encalço da amada mais dois vassalos.

Assim como Raco I, mantinha também Mibu o seu espião nas proximidades do Palácio Real em Partalan, e ele não tardou a relatar ao regente a partida súbita do Rei, que, segundo a informação que recebera, partira em direção ao Sul. Mibu se inquietou. Ele vinha sendo regularmente informado da trajetória percorrida pelas yjaras, que lhe mandavam mensagens de todas as cidades em que faziam estação por mais de uma semana. Ele já sabia que elas se encontravam em Tigras e que haviam sido recebidas calorosamente por membros da Família Real. A prolongada permanência delas em Atiba, a capital de Tigras, não lhe causara estranheza, pois Aziza parecia ter reencontrado alegria em companhia de Tinar, sua melhor amiga dos tempos de escola. Aziza desejava passar também algum tempo em companhia de Naray, que vivia com a família, que era muito rica, numa vila remota, a algumas horas de caminho de Atiba. Mas qual seria o propósito daquela repentina viagem do Rei de Aládia? Partira acompanhado do mesmo vassalo que chegara esbaforido somente dois dias antes daquela partida. Onde precisaria ir com tanta pressa? Ele seguia preparado para uma longa jornada, mas para onde? E por quê? Não, não se tratava de uma viagem diplomática, do contrário iria acompanhado de pelo menos um conselheiro.

O jovem regente passou a tarde a ponderar sobre aquela situação. A última mensagem das yjaras chegara à suas mãos havia uma semana e elas diziam estar tudo bem. Do seu vassalo, não recebera nenhuma mensagem, o que era sinal de que tudo estava bem. Poderia Aziza ter estado em contato com Raco I, sem que as yjaras ou o vassalo de Mibu percebessem? Talvez com a ajuda de Tinar? Mas, então, por que de tão longe? Afinal, Atiba era a última cidade no Sudoeste do continente, ao pé da grande cordilheira, que dali se retalhava em fiordes que se perdiam pelo mar adentro. O jovem, porém, já havia se convencido de que só haveria um motivo para aquela súbita viagem e o motivo era Aziza! Não sabia ainda exatamente por que, mas pressentia que o Rei recebera alguma informação que se relacionava com Aziza. Mibu sabia que Raco continuava enamorado de Aziza e que mantinha a pretensão de tomá-la para si. Ele havia recuado, não por temer a ameaça de Mibu, e sim para deixar que o tempo abrandasse as mágoas que sobrepujaram o espírito da sua escolhida. Aziza jamais comentara com Mibu a aventura dela com o Rei; e com as yjaras, nunca mais mencionara sequer o nome dele. A verdade sobre ela e seu passado lhe quebrantara o espírito e a tornou taciturna e arredia. Mas estaria ela agora pronta para perdoar? Seria possível perdoar o filho de Heros II?

Quanto mais pensava, mais se agitava e um crescente temor, acompanhado de rebentos de ciúme começou a se apoderar dele. Num repente, mandou seu servo chamar Biros, o mais fiel conselheiro. O homem não tardou em estar com ele e Mibu lhe expôs todos os seus receios. Biros também não achou explicação para a súbita viagem do Rei de Aládia e sugeriu que mandassem imediatamente um vassalo ao encalço do Rei. Mas Mibu sabia que não encontraria sossego e decidiu que ele mesmo seguira ao encalço do Rei. Dali, foram ao encontro de Benjamin, o Rei de Rujia e, em poucos minutos, organizaram tudo. Biros, mais uma vez, assumiria a regência durante o afastamento de Mibu.

Naquela noite, o jovem regente não conseguiu dormir direito e, no primeiro clarão da manhã, estava pronto para a partida. Dessa vez, dispensou o robusto e confortável vagão de viagem, pois seguiria bem mais ligeiro montado no seu alazão favorito. Iria acompanhado de dois vassalos que levariam consigo mais dois bons alazões. Artapunia insistiu em acompanhá-los, mas Mibu recusou firme. As yjaras eram excelentes artesãs e absolutamente responsáveis, mas, em determinadas circunstâncias, eram tão inflexíveis quanto todas as mulheres, o que retardaria a chegada ao destino em muitos dias, e ele urgia em alcançar Tigras.

Mibu se pôs a caminho e, mal havia deixado a cidade, deu com o vassalo que regressava de Tigras. O homem ficou muito surpreso de encontrar Mibu tão cedo, mas, sem delongas, o vassalo confirmou-lhe as suspeitas, relatando o que se passava com a protegida de Mibu. O vassalo não se deparara pessoalmente com o Rei da Aládia, mas, ao passar por Sevon, ficara também sabendo que o Rei seguia em direção ao Sul. Mibu sabia que Raco I tinha espiões dentro de Rujia e não ficou surpreso ao ser informado de que o Rei também mantivera, o tempo todo, um vassalo no encalço das yjaras; e, enquanto mais uma onda de ciúmes lhe subia pelo peito, Mibu cismava desgostoso: "A moça corria perigo e ele não tardara a se pôr ao seu resgate!" Eles teriam que ganhar chão o quanto antes. Mesmo cansado, o vassalo que retornara decidiu-se acompanhá-los. Colocaram a insígnia real no arreio do cavalo esgotado e o libertaram. Alguém o levaria de volta à estrebaria e o homem montou um dos alazões que levavam consigo.

Dez dias haviam se passado desde que fora informado da partida do Rei e Partalan estava bem distante de Atiba, mas não tão distante quanto Ilia. Mas o Rei seguia numa charrete que, mesmo puxada por quatro cavalos, não manteria boa velocidade, pois, partindo de Partalan, o Rei teria de atravessar três cordilheiras para alcançar Tigras. Quanto a Mibu, tendo ele e a sua comitiva os melhores cavalos e precisando atravessar apenas uma cordilheira, estaria em vantagem em relação ao Rei. O jovem pensou rapidamente na rota que seguiria e calculou que, se não houvesse contratempos, poderia alcançar Tigras, mais ou menos ao mesmo tempo que o Rei da Aládia.

Aziza parecia ter recuperado a alegria de viver e as yjaras a viam sempre junto com Tinar, a tagarelar e a sorrir, de modo que as yjaras não cogitaram a possibilidade de alguma coisa estar errada. No entanto, as jovens já haviam acompanhado a ama de Tinar pela quarta vez àquela estranha função.

Apesar de ainda não ter entendido por que, Aziza percebera nos olhos de Nerur, a dríade, o mesmo brilho que percebera no olhar de Raco I e no olhar de Mibu, quando ambos lhe expuseram os seus sentimentos. Não dera atenção ao fato, afinal, que bobagem!, Nerur era uma mulher estranha, muito alta, diferente das outras, mas não deixava de ser uma mulher! Contudo, mesmo tendo estado tão abalada por aquele turbilhão de emoções que se derramara sobre ela nos últimos dias de sua estada em Áurea, Aziza tomara, enfim, consciência de que era bastante atraente e que muitos homens a cobiçavam como mulher. Vez por outra, ela pensava em Raco e estremecia ao relembrar o que sentira quando fora tocada por ele. Estava, porém, decidida a afastá-lo do pensamento e esquecer de tudo aquilo. Doía, mas iria conseguir! Quanto a Mibu, não, não poderia se apaixonar por ele. Não, jamais! Ou seria possível?! Ela se odiava por saber que o fazia sofrer. Tinar era tão linda, tão inteligente, por que Mibu não se apaixonava por ela? Aziza preferiria não mais tomar parte naquele obscuro agrupamento; primeiro porque não queria causar problemas por mentir para as yjaras e segundo porque não conseguia compartilhar a euforia que se apoderava dos demais conjurados durante o ritual. Da última vez, ela se convenceu de que a dríade sabia que ela não era afetada e que simplesmente simulava os efeitos que aquela bebida provocava nos demais. Mas aquela estranha mulher não dizia nada e se comportava como se estivesse tudo em ordem. Tinar estava no auge da empolgação, pois a dríade deixou-a saber, por meio da sua ama, que a poção criada para ela estava pronta. Tinar mal podia esperar pelo próximo encontro, e Aziza acabou por se alegrar com ela. Quem sabe? Não seria excelente se Mibu se apaixonasse por ela?

Mais uma vez as jovens seguiram a ama pelos labirintos daquela passagem secreta, deixando sorrateiramente as muradas do palácio atrás de si. O céu estava desprovido da lua e das estrelas e a noite parecia tenebrosa. Apesar de não estar frio, Aziza sentiu um arrepio lhe ouriçar as penugens e, por um momento, foi tomada por maus pressentimentos. Alcançaram a clareira que, então, parecia comportar um número ainda maior de conjurados. Todos já se encontravam de joelhos e parecia que a dríade estivera somente a esperar pelas duas e, assim que se ajoelharam, Nerur começou o ritual e tudo se repetia como nas vezes anteriores. Quando chegou o momento no qual a dríade fazia com que cada conjurado a olhasse nos olhos, Aziza reconheceu certa familiaridade em um dos presentes, cuja silhueta se iluminou somente por uma fração de segundos, pelo clarão da chama. A moça não atinou imediatamente para a identidade daquela pessoa, porém ficou precavida e continuou a observá-la, mas logo o belo estranho apareceu, levando aos lábios dos conjurados aquela estranha bebida. Quando este levou o cuité aos lábios da pessoa que Aziza observava, ela não pôde conter um sobressalto, pois ali estava justamente Florinda e, ao lado de Florinda não outra senão Eurípedes. A yjara acabou de engolir a golada daquele líquido, quando mirou justamente a face espantada de Aziza. Porém, o líquido produziu efeito, a yjara soltou um gemido e seguiu os demais na frenética ciranda. Aziza estava certa de terem os olhos de Florinda se encontrado com os seus, mas, a não ser pelas chamas de fogo, estava tudo muito escuro. Será que a yjara a reconhecera? Logo depois de Florinda, entrou também Eurípedes naquele transe, bem como todos os demais e Aziza, como nas outras vezes, simulou novamente a sua parte. Enquanto se encontravam envoltos naquele frenesi, os conjurados pareciam presos dentro do próprio delírio e não davam mostras de reconhecerem uns aos outros. Com exceção do belo estranho que segurava o cuité, no qual ainda havia algum líquido e que se encontrava do lado do desconfortável assento de pedra, estavam todos os demais presentes a cirandar em volta da tigela de pedra na qual ardia a pequena fogueira. Aziza não conseguiu reconhecer se ele também estava em estado de transe, pois ele estava simplesmente parado, aprumado, de peito e cabeça erguida e era o único do qual não partia nenhum movimento, embora os olhos dele parecessem estar atentos. Aziza resolveu experimentar o que aconteceria caso interrompesse aquele circuito e, então, simplesmente parou a simulação e deixou a ciranda. Imediatamente, o guardião se moveu na direção dela e, antes que ele fizesse menção de levar novamente a cuité aos lábios da moça, que o fitava desafiadoramente, Nerur também deixou a ciranda e, com um gesto, ordenou ao homem que voltasse para o posto dele. Nerur não disse nada e, com os mesmos gestos lânguidos que lhe eram característicos, acercou-se da jovem. Aziza não saberia dizer se sentia temor, repulsa ou fascinação. Ficou-lhe claro que, tanto aquele guardião, quanto Nerur, não entravam realmente em transe e tinham, durante todo o tempo, consciência do que se passava ao redor. Os demais, porém, permaneceram completamente alheios àquele intermezzo e continuavam a cirandar e a conjurar a eterna ladainha, sem perceber o afastamento da dríade. Mas por que não funcionava sobre ela aquela poção? Havia, a cada encontro, engolido uma quantidade maior daquele líquido, pois desejava realmente experimentar o que se passava no espírito daquele que se encontrava tomado pelo efeito da droga. Dessa vez, engolira rapidamente duas grandes goladas, mas não sentiu nenhuma mudança, nem no corpo, nem na mente. Ela estava absolutamente em posse da consciência.

A dríade ergueu o queixo da moça e a fitou nos olhos. Aziza sentiu um repentino calafrio ao perceber a sombra de um lascivo sorriso que, por um momento, mostrou-lhe o semblante. A mulher se curvou sobre Aziza, e a face dela quase tocou a da moça, que sentiu aqueles dedos longos e esmaltados de prata removerem o xaile que lhe cobria a cabeça. Por um momento, ficou pasmada, revidando aquele intensivo e penetrante olhar; mas, quando a mulher fez menção de acariciar a face e os cabelos de Aziza, Aziza se sobressaltou e agarrou com firmeza o pulso da grande dríade, afastando-a de si. Nerur sorriu e se voltou languidamente para o ritual. Ela não dissera nem uma palavra. Nerur se assentou novamente no trono de pedra e bateu uma vez as palmas das mãos. As chamas se encresparam e, quando se abaixaram novamente, os conjurados retornaram do estado de transe e se ajoelharam. Ela prosseguiu como se não houvera nenhuma interferência. Ela se achegou novamente a cada um, dando-lhe a mão para que se erguesse, beijando-o na boca, assoprando as labaredas de fogo e conjurando a estranha ladainha. Quando chegou a vez de Tinar, Nerur tirou, não se sabe de onde, um pequeno frasco e, com a sombra de um sorriso, porém sem dizer nada, entregou-o para a moça. A dríade continuou o ritual, e Aziza, que desejava ser ignorada, sentiu um repentino pânico, ao ver Nerur parar-lhe à frente. Repulsa e asco se apoderaram de Aziza, quando sentiu os lábios de Nerur sobre os seus, que dessa vez a beijava com muito mais ardor. Naquele mesmo instante, a moça decidiu que, por nada deste mundo, retornaria àquele lugar e sentiu vontade de sair correndo, mas tinha ainda a esperança de não ter sido percebida pelas yjaras e não queria causar tumulto. Por fim, a dríade retornou ao seu assento, bateu as palmas das mãos e as chamas se extinguiram, anunciando o fim daquela função. Aziza agarrou imediatamente o braço de Tinar e, apesar da densa escuridão que cobria todo o bosque, debandou pela picada. A jovem a seguiu sem entender o porquê de toda aquela pressa e a desnorteada ama teve quase que correr para alcançá-las.

Na mesma picada, puseram-se também as yjaras no caminho de volta a seus vagões, que se encontravam no pátio do palácio. Florinda ia cabisbaixa, remoendo uma estranha sensação. Não estava certa do que vira. Teria realmente visto Aziza? Como teria ela se metido naquele meio? E para quê? As yjaras haviam tomado conhecimento da habilidade daquela dríade de criar poções que influenciavam o amor e ninguém era capaz de produzir algo mais eficaz. Florinda sabia que não era correto usar de truques para conquistar o homem desejado. Contudo, achava que tinha que se ajudar de alguma forma, pois a natureza a dotara de um físico por demais masculino, sem os atributos afáveis como os de Eurípedes e de outras yjaras, e ela ansiava por um novo amor. Mas por que estaria Aziza naquele meio? Não, não poderia ser ela; certamente havia se enganado. Naquela escuridão, não seria possível reconhecer ninguém! Mas não conseguiu achar sossego e acabou por colocar Eurípedes a par das suas suspeitas.

Na manhã seguinte, logo após a refeição matinal, as yjaras mandaram chamar Aziza e a questionaram sobre a noite anterior. Eurípedes muitas vezes se mostrava autoritária e exigente, mas Florinda quase nunca, e a moça, ao deparar-se com a fisionomia severa de Florinda, percebeu que não faria sentido mentir e abaixou a cabeça esperando pelo sermão.

— Aziza, por acaso nós ficamos sabendo da existência de uma estranha dríade, capaz de produzir um determinado portento... — A moça ficou muda e Florinda continuou: — O tal portento é uma poção capaz de influenciar as paixões entre as pessoas, e a poção criada por ela é supostamente muito eficaz. Todos nós sabemos, porém, que o uso desse tipo de portento nunca é genuinamente gratuito: mais cedo ou mais tarde se paga um alto preço, pois o efeito não dura para sempre e, quando a pessoa influenciada se recupera, a sua revolta pode causar até mesmo morte — disse a yjara, com a voz entrecortada de emoção. A moça continuou muda.

— Você esteve ontem presente na função dessa tríade?— perguntou Eurípedes de supetão.

— Sim... — balbuciou a jovem, sem erguer a cabeça. As yjaras se entreolharam assustadas.

— Foi a primeira vez que você esteve com ela?

— Não... — balbuciou a jovem.

— Mas Aziza, como foi você parar em tal meio? E por quê?

— Eu simplesmente acompanhei Tinar — disse a moça, ainda sem ousar levantar os olhos.

— E tem Tinar a autorização dos pais para frequentar tais meios? — perguntaram ambas incrédulas.

— Não, nós saímos sorrateiramente. A ama de Tinar é que é uma conjurada de Nerur, a dríade.

— Mas que mulher irresponsável! — clamou Florinda.

— Mas... mas se essa conjura é assim tão repudiável, o que é que vocês... — a moça não ousou continuar e Florinda, por fim, apertou-a contra o peito. Aziza se pôs a chorar e contou a elas todos os pormenores. — Se isso chegar aos ouvidos de Mibu... — suspiraram as yjaras.

Elas não a repreenderam mais; se a moça não deveria estar naquele meio, elas também não. E confiavam demais na segurança dela, por estar dentro das muradas do palácio. Mas como poderiam imaginar que a dócil Tinar estava sendo desobediente aos pais? Fizeram com que Aziza prometesse convencer Tinar a conquistar Mibu somente pela graça, beleza e inteligência e não por um meio tão grosseiro como o uso de poções. E, mesmo com todos os protestos da jovem, as yjaras resolveram que partiriam na manhã seguinte, e se puseram a preparar a viagem. Só com muito custo, a jovem conseguiu que elas concordassem em deixá-la ainda passar alguns dias com sua amiga Naray e, assim, em vez de se porem a caminho de casa, prosseguiriam em sentido contrário, pois a pequena vila ficava a algumas horas de Atiba, ainda mais para o sul e era realmente o último vilarejo de Tigras, antes que se alcançasse o mar. Com abraços e muitas lágrimas, Aziza se despediu da amiga. Levava sigilosamente a poção preparada para Tinar. Prometeu que, na primeira oportunidade, a daria de beber a Mibu.

Ao cair da tarde daquele mesmo dia, Aziza e as yjaras alcançaram o pequeno vilarejo no qual se encontrava a residência da família de Naray. Tiveram a sensação de se encontrarem no centro do que parecia ser um imenso pomar. Centenas de árvores frutíferas se enfileiravam em todas as direções e a encosta das colinas eram cobertas por vinhedos. Crescia ali uma extraordinária variedade de frutos, castanhas e leguminosas, uma fartura desconhecida no resto do continente. Aquele vale de solo fértil se estendia por uma faixa de terreno relativamente estreita, que começava nas fronteiras de Rojas e descia, cortando as encostas montanhosas de Tigras, até se perder em vegetações rasteiras que culminavam no mar. Toda aquela área pertencia, havia muitas gerações, à família de Naray e dali se abasteciam muitos mercados do continente. A não ser as famílias reais, nenhuma outra possuía tantos bens e riquezas como aquela.

As viajantes pararam às margens de um lago cristalino cujas águas límpidas convidavam para um formidável banho e, como o dia já estava terminando, resolveram pernoitar ali e iriam ter com Naray na manhã seguinte. Passaram um agradável fim de tarde se banhando alardemente naquele belo lago; depois, tomaram uma saborosa ceia e, assim que o manto da escuridão se abriu sobre elas, foram-se a dormir. As yjaras dormiam juntas em um vagão e Aziza dormia só, no outro.

Florinda foi a primeira a despertar. A manhã estava radiante e as condições climáticas perfeitas. O sol já brilhava no céu e a natureza bailava sob a cadência de uma brisa que soprava mansa e suave. Florinda se pôs a preparar o chá da manhã e, não tardou, Eurípedes também estava desperta. Não havia pressa e elas se puseram a lavar as roupas na beira do lago, enquanto esperavam por Aziza.

Terminaram aquele afazer e se deram conta de que já esperavam por um longo tempo. Do vagão de Aziza não partia nenhum movimento. Dormia a moça um sono assim tão profundo? Florinda se pôs a pendurar os panos molhados no varal estendido ao longo do vagão e Eurípedes bateu na porta, chamando mansamente pela jovem:

— Aziza... Ei preguiçosa, não vai acordar não? — Esperou e não teve resposta. Bateu com mais força e chamou bem mais alto: — Aziza... Aziza... — nenhuma resposta. Eurípedes experimentou a porta, mas estava travada por dentro. Um surto de medo se apoderou da yjara e, por um momento, ela ficou petrificada; porém, de supetão, Florinda se jogou, com o seu largo e masculino ombro contra a porta e a abriu, arrebentando a tranca que a travava. Florinda soltou um gemido ao perceber que a jovem não se encontrava dentro do vagão. Aflitas, as yjaras se puseram a perguntar: "Mas aonde poderia ela ter ido? E por que sem dizer nada? Se a porta estava travada por dentro, como deixara o vagão? Teria ela se esgueirado pela minúscula janela? Mas por quê?" Andavam de um lado para outro sem querer acreditar que aquilo realmente estivesse acontecendo. Não, alguma coisa muito grave teria que ter-se passado; deliberadamente Aziza não lhes causaria tal aflição. Teria ela sido mais uma vez raptada? Mas por quem? Por quê? Por fim, decidiram que Florinda ficaria ali e vasculharia as imediações e Eurípedes cavalgaria até a residência de Naray. Quem sabe a moça tivesse, sim, se atrevido a procurar sozinha a amiga? Não estava Tinar a desobedecer aos seus pais? Talvez estivessem elas numa fase em que ser desobediente fosse algo importante, pensava a yjara, tentando se acalmar. Mas teria Aziza se posto a caminho a pé? Todos os cavalos estavam no acampamento! Tudo parecia muito estranho e sua cabeça fervilhava, enquanto cavalgava.

Eurípedes estava esbaforida quando desmontou diante da bela residência. Naray e sua mãe Arbela vieram logo ao encontro de Eurípedes, que tinha a garganta seca e se esforçava para não tossir. Logo que mirou as anfitriãs e, antes de expressar qualquer cumprimento, perguntou com a voz esganiçada pela aflição:

— Aziza está aqui? — Naray e a mãe se entreolharam interrogativamente.

— Não, ainda não. Recebemos a mensagem de que vocês viriam para uma pequena estada e as esperávamos... Mas o que aconteceu? — perguntou a elegante mulher ao perceber a palidez que se apoderou da yjara. Eurípedes fez menção de responder, mas seu coração batia numa cadência desordenada e sua respiração era um resfôlego entrecortado de chiados. Mãe e filha lhe ampararam de ambos os lados e a fizeram sentar-se numa das confortáveis cadeiras de palha que se encontravam na varanda da entrada. Arbela mandou o criado buscar água e elas se assentaram em volta da yjara.

— Acalme-se — pediu Arbela tomando nas mãos elegantes e finas as mãos grandes e masculinas de Eurípedes. O criado trouxe água, e a yjara bebeu em pequenos goles até se sentir mais calma.

— Conte-nos o que está acontecendo — pediu novamente Arbela. Eurípedes tomou fôlego e relatou de vez o sumiço de Aziza.

— Oh... — murmurou a mulher sem saber o que dizer. — Vá chamar seu pai — disse, virando-se para Naray, e a moça se ergueu de um salto, livrando-se do estupor que a sobrepujava. Arbela continuou segurando as mãos de Eurípedes e ambas permaneceram em silêncio, remoendo cada uma para si todos os estranhos acontecimentos que sucederam em torno da vida de Aziza.

O dono da casa se chamava Dardaru. Tinha a pele morena e bem curtida pelo tempo, as mãos largas e calosas e era completamente calvo. Nele se via o eterno camponês, mesmo sendo ele um dos homens mais ricos do continente. Veio a passos ligeiros com a fisionomia preocupada:

— Que a paz seja sua, minha cara yjara — disse Dardaru, estendendo-lhe as mãos. — Mas o que lhes aconteceu? — perguntou ele, ajoelhando-se à frente dela.

— Senhor, estamos desesperadas e precisamos da sua ajuda.

— Mas claro, claro... Ponha-me a par de tudo. Vocês passaram três semanas em Atiba. Aconteceu ali algum imprevisto, acidente, desavença ou qualquer contratempo que lhes tenha chamado a atenção?

— Não, meu senhor. Fomos acolhidas pela própria família real e mesmo os nossos vagões acharam lugar dentro das muradas do palácio. Aziza compartilhava os aposentos com Tinar... — Subitamente a yjara se lembrou da dríade e ponderou. Olhou para Dardaru, para Arbela e para Naray, e, tomando fôlego, disse: — Sim, houve um contratempo... — Todos os três a encararam esperando o esclarecimento e ela olhou novamente para Naray e disse:

— Querida, pode nos deixar por um momento a sós? — A jovem se levantou contrariada e Arbela fez sinal para que o criado também se afastasse. Curta e precisamente, Eurípedes relatou aquele imprevisto.

— Hum... e vocês resolveram partir?

— Sim, o mais rápido que pudermos.

— E informaram aos seus anfitriões no que andam metidas a jovem Tinar e sua ama?

— Não... — balbuciou a yjara já se sentindo culpada.

— Mas por que não? É-lhes indiferente que Tinar também esteja correndo perigo? — perguntou o homem um pouco exaltado.

— Oh não... não... é que... — Dardaru arqueou a sobrancelha e a fitou. — É que Tinar e também Aziza nos fizeram prometer guardar sigilo. Mas Tinar prometeu e jurou que nunca mais procurará essa dríade — completou ela, desculpando-se.

— Minha cara yjara, teria sido muito, muito importante ter informado ao Rei. Eu desconfio que essa dríade possa ser uma Serena... — Dardaru tamborilou os dedos na testa como se esforçando para pensar. — Sim, pode ser uma Serena... — repetiu ele. — Ter informado ao Rei, provavelmente teria evitado o que lhes aconteceu agora... — disse Dardaru, novamente ajoelhado, segurando-a pelos ombros.

— Mas... então é a dríade a responsável pelo sumiço de Aziza? Mas... por quê? E o que é... o que é que o senhor quer dizer com "Serena"? — perguntou, perplexa.

— Nunca ouviu falar das Serenas, das grandes e poderosas mulheres de além das cordilheiras?

— Senhor, não se trata aí somente de um velho mito? — perguntou, com os olhos arregalados de surpresa.

— Não, ao que parece, não! Nos povoados desta região, a consciência popular afirma que em intervalos regulares de um século ou talvez mais, uma delas transpõe a cordilheira. Elas vêm acompanhadas de seus estranhamente tatuados vassalos e ninguém até hoje descobriu como eles conseguem transpor a cordilheira. Supõe-se que exista uma passagem secreta, uma trilha por entre as rachaduras naturais dos rochedos. Contudo, nenhuma das nossas expedições e nem as expedições dos demais países encontraram ainda essa passagem. A súbita aparição de uma Serena coincide sempre com o desaparecimento de alguma bela e jovem mulher. E segundo a sua descrição, minha cara, essa dríade é, sem dúvida, uma Serena. — exclamou Dardaru.

— E o que podemos fazer agora? Foi Aziza levada para o outro lado da cordilheira? E o que acontece com as jovens sequestradas? — Eurípedes se levantou e se pôs a andar de um lado para outro, sentindo dentro de si o amargor do desespero, e a face de Arbela espelhava aflição e incredulidade.

— Minha cara, teremos que contar com a sorte. Ninguém sabe o que acontece com elas e nenhuma nunca retornou. Segundo diversos relatos do passado, cada vez que uma Serena aparece, desaparece uma jovem dentro da faixa etária de quinze a vinte anos. Mas já aconteceu de desaparecer jovens mulheres sem que ninguém percebesse nenhum sinal da presença de uma Serena. Porém, não temos tempo a perder, teremos que informar ao Rei.

Antes que Dardaru e a yjara alcançassem a cidade, viera-lhes ao encontro uma nova notícia terrível: Tinar também desaparecera e o Rei já havia despachado mensageiros para todas as províncias com o alerta de que todas as jovens que se encontravam dentro daquela faixa etária se pusessem em segurança, pois tudo indicava que realmente circulava pelo país uma "Serena". Naquele dia, não só a cidade de Atiba mas também todo o país se puseram num frenético alvoroço. O Rei despachou também um mensageiro para Rujia, para que Mibu fosse informado.

Uma semana se passou na qual as yjaras e a ama de Tinar foram dezenas de vezes questionadas sobre como souberam daquela dríade e tantas vezes tiveram que responder que alguém, em algum momento, comentara sobre a existência da estranha dríade e da excelente poção criada por ela, mas nenhuma delas conseguia se lembrar quem fora esta pessoa.

Lourenzo, o Rei de Tigras, mandou toda a sua armada, que se compunha de mais de quinhentos vassalos e guerreiros, procurar e vasculhar toda a encosta montanhosa. Ele ponderou que, depois do sequestro das duas jovens, a Serena e os seus vassalos não teriam mais motivos para permanecer daquele lado das montanhas. Mas havia a esperança de que pudessem ainda impedir que eles se pusessem a caminho ou, pelo menos, encontrar os seus rastros nas picadas daquele maciço montanhoso. Colocou também a clareira e todo o bosque debaixo de permanente vigilância, pois ninguém sabia exatamente o que se passava com as jovens raptadas. Sabia-se, porém, que nenhuma delas retornara e nenhum vestígio fora jamais encontrado. Mas aquela situação era inédita, nunca antes haviam Serenas sequestrado jovens assim tão abertamente e nunca antes na cidade se deixando ver por tanta gente. Até então, todos os relatos sobre elas foram testemunhos de camponeses pobres, residentes de remotos, pequenos vilarejos e, por isso, a maioria das pessoas acreditava não passar tudo aquilo de um mero mito camponês.

Os dias se passavam e a casa real, Dardaru, as yjaras e todos os demais já estavam a perder as esperanças, quando finalmente retornou um vassalo informando, triunfantemente, terem descoberto o paradeiro dos procurados; seu comando de busca que contava com trinta homens armados havia encontrado e seguido os rastros que subiam esgueirando a beirada de uma perigosa penha, no fim de uma picada muito remota. A Serena e seus vassalos seguiam a pé e se refugiaram em uma caverna, numa área em que o paredão rochoso parecia se fender em profundas rachaduras, cujas entranhas se assanfonavam como filetes de geleiras. Eles se encontravam em um elevado de onde não se via mais nenhuma vegetação, somente geleiras e centenas de picos nevados. A armada já fizera o cerco e quando o vassalo se pôs a caminho do palácio, os homens estavam somente a esperar pelo momento oportuno de realizar o resgate. Isso teria que se dar em breve, pois, naquela altura, o frio era torturante, e nem eles nem os procurados estavam agasalhados adequadamente para tão baixa temperatura.

O Rei já estava se preparando para ir ao encontro dos resgatados, quando Raco I chegou ao palácio. Ainda antes de alcançar a fronteira de Tigras, fora informado do que se passava e, em poucas palavras, explicou ao estupefato Lourenzo o porquê da sua presença. Lourenzo ordenou ao Rei de Aládia e aos seus vassalos uma imediata saciável refeição e cuidado e descanso para os cavalos deles, pois partiriam logo a seguir.

Mibu e seus três vassalos alcançaram Atiba poucas horas depois da partida do Rei Lourenzo e seus acompanhantes. Ele também já estava a par do que se passava, pois na manhã daquele dia, o vassalo mensageiro que lhe fora enviado encontrara-os no caminho. Antes de procurar o palácio já ficara sabendo da partida do Rei, que seguia acompanhado de cinco guerreiros e do Rei Raco I, que estava também escoltado dos seus vassalos. Não havia sentido em se perder tempo e, quase que impacientemente, escutou o relato das yjaras; tão logo tomou conhecimento do caminho seguido pelo Rei e seus acompanhantes, colocou-se no encalço dele. Cavalgaram sem parar até que seus cavalos começaram a escumar de cansaço e com muito contragosto teve que fazer uma pausa. Até ali o caminho havia sido uma contínua subida que se estreitava cada vez mais e a vegetação havia muito se tornara esparsa. Mibu e os seus vassalos se dispersaram, procurando pelas imediações alguma fonte de água, para que pudessem dar de beber aos animais. O jovem regente estava nervoso e agitado e deu uma grande bronca em um dos seus vassalos, quando retornou daquela busca e encontrou o homem estendido no chão, tentando descansar o seu corpo dolorido.

— Senhor, procurei com ênfase, mas não encontrei nenhuma água. Não só nossos animais estão exaustos, nós também! Temos que descansar um pouco... O senhor também tem que descansar um pouco... pois não sabemos o que encontraremos pela frente.. — disse o vassalo, inclinando-se diante do jovem regente. Mibu encarou o homem e sua fisionomia se amenizou.

— Sim, você está certo... tente descansar até que os outros retornem...

Mas ele não achou sossego e se pôs a ajuntar gravetos e capim seco para acender um fogo, pois o frio já estava se tornando insuportável. Logo retornaram os outros dois vassalos, não só encontraram água, como também todos os animais da caravana do Rei Lourenzo e de Raco I, pois depois do bebedouro, o caminho se perdia por uma estreita picada montanhosa e dali só se poderia seguir a pé. Os homens queriam descansar primeiro; Mibu, porém, decidiu que levariam os cavalos ao bebedouro e descansariam ali. Eles atravessaram um pequeno corcovado, por detrás do qual deram com uma planície de pedra lisa, cortada por uma rachadura natural, na qual se ajuntava a água que gotejava das geleiras que cobriam os picos dos montes, aos pés dos quais eles se encontravam. Junto ao encosto do primeiro paredão, ainda fumegava o resto de uma fogueira, o que lhes deixou claro que a caravana havia partido dali, há poucas horas. Mibu preferiria prosseguir tão logo desvencilhassem os cavalos dos seus arreios, mas os demais o convenceram, enfim, da necessidade do descanso e assim reativaram a fogueira e envoltos em seus grossos chamalotes, estenderam-se pelo chão, caindo logo em sono profundo. Somente Mibu se remexia inquieto: "Uma Serena? Jamais acreditara naquele mito. Mas se realmente existiam eram pelo menos de 'carne e osso', ao contrário dos supostos "Deuses". E sendo seres reais, ele as encontraria!" Tomado dessa certeza, conseguiu finalmente dormir.

O novo dia raiava lentamente quando Mibu acordou, sendo chamado por seu vassalo. Dormiram por muitas horas a fio e tudo já estava pronto para que prosseguissem. Os homens encontraram a rachadura rochosa em cujo vão os apetrechos de cavalgada do Rei e dos seus acompanhantes foram armazenados e perto dali encontraram outra na qual armazenaram os seus, pois era melhor deixar os animais livres dos seus arreios. Tudo o que precisavam e podiam carregar consigo já estava arrumado dentro das mochilas e assim que Mibu terminasse a improvisada refeição matinal e enrolasse a sua chamalote, poderiam se pôr a caminho.

A picada era estreita e inclinada. Ora seguia beirando precipícios, ora se estreitando por entre escarpados e nessa fadiga andaram por todo aquele dia até que o cair da noite os fez parar.

Naquele meio-tempo Lourenzo e os seus alcançaram o largo no qual o vassalo havia deixado os seus companheiros. Pararam estupefatos ao ver corpos caídos por todo os lados. Imediatamente todos sacaram dos seus punhais ou de suas espadas e se puseram em guarda e uma voz, saída de detrás de uma grande pedra, gritou:

— Companheiros, o reforço chegou! O Rei veio pessoalmente ao nosso encontro! — E, por detrás de pedras e de entre as rachaduras rochosas, saíram os que sobreviveram até ali. Dos vinte e nove homens do comando que havia cercado os procurados, só restavam onze.

— O que aconteceu com os nossos guerreiros? — perguntou o Rei, abismado com o massacre que via ali.

— Senhor, os sequestradores certamente se refugiam dentro de uma caverna, ali mesmo, bem perto de nós. — O homem fez um gesto apontando para um paredão intercalado de rachaduras que se encontrava do outro lado de um estreito abismo. — São somente cinco guerreiros, mas nós não podemos atacá-los porque não encontramos nenhuma maneira de transpor este abismo enquanto eles nos atacaram durante a noite. Na primeira noite tínhamos somente uma sentinela e a surpresa nos custou dez homens...

— E como é que eles transpuseram o abismo? — perguntou o Rei, atônito.

— Não sabemos, senhor. Na noite seguinte, dormimos com nossas armas nas mãos e ao primeiro alarme dos nossos sentinelas, que eram cinco, pulamos todos prontos para o combate, contudo até estarmos totalmente despertos, eles eliminaram mais oito de nós e desapareceram novamente na escuridão, camuflados por uma densa névoa.

— E ninguém percebeu como eles passam para este lado?

— Não, meu senhor... ambas as noites estavam nubladas.

— Se existe para eles a possibilidade de transpor o abismo, há de existir para nós também... — ponderou o Rei. Lourenzo, Raco I e os vassalos que acabaram de chegar, olharam intensamente ao redor de si. Eles se encontravam em um estranho lugar; era uma área plana, uma penha sobre um abismo do qual não se via o fundo e delimitado pela direita por um paredão rochoso arredondado e liso, desprovido de qualquer beirada, saliência ou vegetação que permitisse se transpor a sua lateral e que fazia um contorno em forma de ferradura, se abrindo do outro lado, num largo similar ao que se encontravam. Do outro lado pela direita se erguia quase que verticalmente mais um gigantesco maciço que praticamente enclausurava os dois largos e o abismo central. A distância de uma ribanceira a outra, era coisa de uns cinquenta metros de largura. Aparentemente era ali o fim daquela picada. Mas como conseguiram os fugitivos passar para o outro lado? E se já estavam do outro lado, por que não continuavam sua fuga? Estavam eles tão certos de que seus perseguidores não achariam a maneira de transpor o abismo? Mas o que estariam esperando? E, sobretudo, como transpunham eles todas as noites aquele obstáculo?

— Senhor, posso lhes assegurar de que vasculhamos toda a beirada do precipício e os paredões e ponderamos todas as possibilidades e a única maneira que nos parece viável, seria tentar laçar uma das pedras salientes do outro lado e se jogar sobre o abismo preso pela corda — disse o homem. O Rei parecia alienado nos seus pensamentos e Raco perguntou:

— Vocês têm certeza de que eles se encontram do outro lado?

— Sim, meu senhor. Não vimos as jovens nem uma vez, mas antes dos ataques nossos sentinelas observaram a grande mulher a conjurar um estranho ritual, bem no meio do largo daquele lado, no meio da noite, e a luz do que parecia ser uma tigela incandescente que um dos vassalos depositara no chão.

— Mas não há entre vocês nenhum arqueiro? — exclamou Raco I. — Estando ela assim exposta, por que não a atingiram?

— Meu senhor, este foi o nosso primeiro pensamento, temos arqueiros capazes de atingir um alvo a mais de cem metros de distância, contudo não sabemos explicar por que, mas nossas flechas se perderam no abismo, sem nem mesmo atingirem o outro lado...

— Então é possível, meu caro, que as Serenas possuam poderes especiais.. — disse Raco, tomando Lourenzo pelo braço.

— Mas o que eu não entendo é por que estão eles ainda aqui, sabendo que estamos tão próximos e dispostos a tudo... e se não somos um perigo para eles, por que nos atacam? De repente um relâmpago de clareza cruzou o cérebro de Raco:

— Meu caro Lourenzo, é possível que ela seja imune às nossas armas, porém seus vassalos provavelmente não — exclamou o jovem. — Veja bem, eles aparecem repentinamente, aniquilam imediatamente tantos quanto conseguem e se retiram também imediatamente, antes que possam sofrer danos...

— Mas para que estariam correndo este risco? Bastaria que seguissem o seu caminho, pois se não podemos atravessar este obstáculo, não poderemos nem sequer segui-los... — contrapôs o Rei.

— Penso que há duas possibilidades, ou não existe saída por aquele lado e eles têm que nos eliminar para continuar por aqui, ou a passagem secreta para o outro lado da cordilheira se encontra de tal forma diante dos nossos olhos, que eles não se atreverão a usá-la enquanto houver alguém a observá-los...— sugeriu Raco. Lourenzo ergueu os olhos e encarou satisfeito o jovem Rei da Aládia.

— Sim, ali estava a resposta da questão. — Até ali onde agora estavam, já haviam estado outras expedições que tentaram transpor a cordilheira e mesmo com intensivas buscas, ninguém encontrou passagem. Mas tinha que haver uma passagem e a Serena e seus vassalos a conheciam.

O Rei de Tigras reuniu todos os homens ao seu redor e conferenciou com eles sobre a situação presente. Ninguém decidira até ali o que fazer dos mortos e era tempo, pois as aves de rapina há muito cruzavam o céu sobre suas cabeças. O chão rochoso não permitia sepultamento e para incinerar não havia madeira e combustível. Decidiram então, por deixar que os mortos encontrassem o seu derradeiro final no fundo daquele abismo.

Na sua maioria o povo de Tigras adorava a Deusa Jael e esta prometia aos seus fiéis uma nova existência dentro do seu próprio jardim, mas havia os que adoravam a outros Deuses também, contudo, com uma cerimônia solene, se despediram dos companheiros falecidos. O Rei não era realmente devoto, mas respeitava a crença dos seus súditos e ele mesmo trovou uma cantilena:

— Preparado está o meu coração
Trovarei e cantarei com toda a minha alma
Clamarei por justiça para aqueles que pereceram pelas mãos do inimigo
E suas almas deixarão as trevas da morte
Despertarão com júbilo para a nova vida
Se ajuntarão aos remidos do oriente, do ocidente, do norte e do sul
Saciados, habitarão nas suas moradas
Colherão os frutos do seu próprio pomar
E não conhecerão mais a solidão, a tristeza e a dor
Abra-te, portão da eternidade!

Todavia, não havia tempo a perder, tinham que descobrir a maneira de atravessar o abismo. O Rei mandou que alguns dos homens se pusessem a observar minuciosamente o outro lado enquanto os outros procurariam por abrigo e tentariam dormir por algumas horas, pois naquela noite estariam todos de sentinela. O grupo contava agora com o Rei de Tigras, o Rei da Aládia e vinte guerreiros e vassalos e todos eram destemidos, porém entre eles havia quatro feridos.

A noite estava úmida e o vento assobiava uma cantiga gelada. A espera já estava a corroer os nervos quando, de repente, viram um vulto alto e esguio e atrás deste outro que segurava um recipiente no qual se via as chamas de um fogo. O guerreiro depositou no chão o recipiente e a estranha mulher praticou um ritual no qual erguia os braços, vociferava e cirandava em volta do fogo. Tudo se passou ligeiramente, o fogo se extinguiu de pronto e os dois vultos se perderam em uma das rachaduras daquele maciço. Profunda escuridão se abateu sobre eles e os homens esperavam com a arma firme na mão, agasalhados com as suas chamalotes. O tempo se passava e nada. Sonolência e nervosismo se alastravam entre eles e Raco I acreditou já ver no horizonte a primeira estria de luz do novo dia, quando uma repentina e densa névoa turvou ainda mais a já precária visão sobre os arredores e num repente, como que surgidos do nada, os cinco estranhos guerreiros estavam diante deles, atacando com horrenda fúria e destemor. Numa fração de segundos o jovem Rei se deu conta da situação e gritou energicamente: "Em guarda," se esgueirando do golpe decidido de um dos estranhos guerreiros enquanto os demais se desvencilhavam dos seus agasalhos e se punham em combate. Lourenzo e alguns vassalos reforçaram o jovem Rei, pois o estranho guerreiro manuseava as suas armas com tanta rapidez e agilidade, que parecia lutar por muitos. Mas um golpe certeiro desarmou o Rei de Tigras e no mesmo instante a espada do guerreiro quase decepou o membro inferior do braço esquerdo do fiel vassalo, que se jogara a frente do Rei para protegê-lo. Porém neste mesmo instante, Raco cravou a sua espada real na virilha esquerda daquele estranho e, antes que este tombasse ao chão, os demais recuaram de uma só vez, desaparecendo da mesma inexplicável maneira em que haviam aparecido. Não tardou e se desfez também aquele súbito nevoeiro e o dia começou a raiar. Lourenzo se pôs pessoalmente a acudir o seu vassalo enquanto Raco repassava os olhos a seu redor. Três mortos e dois feridos fora o preço daquela batalha. Mas haviam eliminado pelo menos um dos seus inimigos.

Estavam todos exaustos, mas de um a um foram se achegando em volta do corpo daquele estranho. Estavam impressionados, pois o guerreiro estava praticamente nu, trajando somente uma lapela de couro que lhe cobria o ventre. Esta estava presa a um cordel em volta dos seus quadris e deste pendia também um pequeno frasco que continha um líquido. Na aparência física o estranho poderia passar por um homem comum, mas a grande tatuagem que ornamentava o seu peito e as demais que ornamentavam seus bíceps e face eram completamente desconhecidas. E o fato de ele estar nu sob uma tão baixa temperatura fazia dele uma criatura realmente extraordinária. Alguns dos homens sentiram certo pesar por ele estar morto e automaticamente descobriram suas cabeças e reverenciaram o falecido, porém sem maiores comentários, cada um procurou para si um canto qualquer, se enrolou na sua chamalote e tentou se recompor da sua fadiga.

O sol de meio-dia espalhava os seus raios dourados sem que estes conseguissem expulsar a brisa gelada que soprava mansa. Alguns dos homens ainda dormiam quando Mibu alcançou aquele acampamento. Sua chegada provocou, porém, um alvoroço que acabou por despertar a todos. O jovem regente olhou estranhado aquela situação. “Por que estavam a dormir em pleno dia? E por que estavam a dormir, se havia mortos caídos ao chão? Ele se achegou do Rei de Tigras que tentava se recompor da ainda presente sonolência e se inclinou:

— Senhor, que a paz seja sua. O que está acontecendo aqui?

— Que a paz seja sua, meu caro Mibu... — Lourenzo não estava surpreso de vê-lo ali, pois se o Rei da Aládia viera à procura de Aziza, estava claro que Mibu também não tardaria. — Fomos atacados nesta madrugada... — completou o Rei. Raco I que já havia se recomposto, acercou-se deles e encarou o regente de Rujia.

— Que a paz seja sua, senhor... — cumprimentou. Mibu o encarou austeramente por um longo tempo e por fim lhe disse:

— Senhor... então não terei alternativa senão cumprir com a minha ameaça! — Houve um momento de desconsertado silêncio. Lourenzo sabia da rixa que se criara entre os dois, mas não só Aziza estava em perigo, sua filha também e não havia tempo para desavenças.

— Meus jovens amigos, Aziza e Tinar se encontram em iminente perigo, temos que resgatá-las das mãos de seus sequestradores e eu lhes peço... não, eu lhes imploro, juntemos nossas forças! Que todas as querelas pessoais se decidam mais tarde! — clamou o Rei com grande ênfase. O Rei olhava de um para outro e os dois se entreolharam e por fim se deram as mãos firmando aquele pacto mudo. Raco esclareceu a Mibu a situação na qual se encontravam enquanto o Rei avaliava a situação geral dos seus homens e dava as ordens para os passos seguintes. Lourenzo anunciou a despedida solene dos falecidos, porém, antes que o corpo do estranho também fosse atirado ao abismo, Mibu sacou do seu pergaminho e tomou nota de todas as peculiaridades daquele estranho guerreiro, fazendo um esboço das tatuagens e da posição destas no corpo do homem. Raco já tomara posse do frasco que pendia da sua cintura.

Como conseguiam transpor o abismo? E por que se deixaram encurralar? O que estariam padecendo as jovens? Estas perguntas se repercutiam em suas cabeças, enquanto comiam uma grande refeição, pois até ali a maioria deles só tinha no estômago a refeição matinal do dia anterior. As mais absurdas possibilidades foram mencionadas. Mas as horas se passavam e acabaram todos por acreditar estar o Rei da Aládia com a razão. Os estranhos certamente queriam evitar que a passagem secreta fosse descoberta. Mas não teria sido demasiadamente audacioso da parte deles, pretender eliminar a todos os seus perseguidores, antes de prosseguir? Eles haviam perdido mais três homens, porém com Mibu e seus vassalos, somavam agora um total de vinte e três. Mesmo tirando os seis feridos, ainda se compunham de dezessete e com poucas exceções, eram todos excelentes no manuseio de suas armas e a sua superioridade em número, certamente compensaria a extraordinária agilidade dos guerreiros estranhos que agora eram somente quatro. Contudo eles estavam com a grande desvantagem de serem forçados a estar em permanente guarda, uma vez que os estranhos dispunham daquela inexplicável maneira de surpreendê-los. Tinham que descobrir o meio de transpor o abismo!

Raco I ponderou que eles pareciam surgir saídos do nevoeiro e retornavam entrando pelo nevoeiro que por curto espaço de tempo, cobria o abismo. Será que o líquido daquele frasco tinha alguma coisa a ver com aquela proeza? O jovem Rei abriu o frasco e despejou algumas gotas numa pequena tigela e imediatamente foi completamente envolto numa densa névoa, que de tão espessa parecia um colchão de espuma. "Ali estava a resposta", exclamaram todos, eufóricos.

Não se via nenhuma atividade do outro lado e se decidiram por fazer o experimento. Raco entornou todo o líquido na beira do abismo. Uma densa névoa apareceu e um voluntário, preso pela cintura por uma corda se jogou no meio dela e não afundou, pois podia caminhar por cima da sua densidade. Seria um grande risco, todavia, conferenciaram um plano de ação: Lourenzo e dois dos seus mais destemidos guerreiros se camuflariam à beira do precipício e os demais se poriam com ostentação em prontidão, porém bem mais recuados, longe da beira do abismo, para que o Rei e seus vassalos pudessem atravessar rapidamente aquele obstáculo e resgatar as jovens, enquanto Mibu, Raco e os demais manteriam os guerreiros presos na batalha. Formariam um batalhão fechado para não lhes dar a chance de combate pessoal.

O plano, porém, não funcionou como devia. Um dos guerreiros da Dríade percebeu a manobra e retornou, ficando somente três deles em combate. Todavia, o Rei e os seus guerreiros conseguiram atravessar e encontrar a entrada da caverna. Por segundos, viram inerte, deitada sobre uma esteira, a jovem Tinar e mais para os fundos estava a Serena, curvada sobre a outra jovem que se debatia, presa por uma coleira, tendo as mãos atadas às costas. A mulher estava sofregamente a lhe atar amarras também nos pés. Antes que pudessem dar sequer mais um passo, o guerreiro que retornara os atacou e eles tiveram que se pôr em guarda. O estranho lutava com uma fúria e agilidade estonteante e logo um dos vassalos já recuara, com um profundo e sangrento corte que lhe descia do ombro ao cotovelo esquerdo. Mas assim que a Serena livrou a jovem da coleira, que a prendia ao chão, ela se rebelou tão energicamente, que a mulher não pôde mais contê-la e teve que chamar pelo seu guerreiro, que, neste meio-tempo, já havia ferido também o Rei. No mesmo instante, o jovem bárbaro compeliu a espada contra a espada do último combatente, empurrando-o com grande força para longe de si. Em segundos, pegou a moça e a jogou sobre o ombro, ao mesmo tempo em que a estranha mulher bateu as palmas das mãos, fazendo com que o fogo que queimava numa cavidade do chão se apagasse num repente, enchendo a caverna de tenebrosa escuridão.

Quando a névoa se desfez, estavam caídos por terra mais oito guerreiros do Rei e poucos eram os que não sofreram danos. Mibu sobreviveu por estar usando um colete de couro que se cortou em duas partes, evitando que a afiada lâmina do punhal do inimigo afundasse em sua carne, num golpe certeiro que lhe atravessou o peito. Raco levara um corte na altura do pescoço e os demais feridos também não estavam em estado grave. Estavam, porém, aliviados, pois os três estranhos guerreiros também pereceram naquela batalha. Mas o que sucedera ao Rei que não retornara?

Diante deles estava novamente o abismo e não havia mais nada que pudessem fazer no meio da escuridão que cobria o largo. Acabaram por se enrolar nos seus chamalotes, tentando se recompor do desgaste da batalha, até ao raiar do dia.

Na primeira luz da manhã, o vassalo do Rei Lourenzo, que não sofrera danos, se achegou da beira do abismo e se pôs a gritar para que soubessem que haviam sobrevivido. Os homens podiam reconhecer o vulto dele que gesticulava, mas só ouviam um eco desconexo do que ele dizia. Uma coisa, porém estava certa, se ele estava livre para lhes fazer sinal, ou a Serena e o quinto guerreiro estavam mortos ou poderia se tratar de uma armadilha, pois onde estavam o Rei, o outro vassalo e as jovens?

Mibu e Raco juntaram em volta de si todos os homens, para conferenciar a situação. Estavam em posse dos três frascos da portentosa mistura que tomaram dos guerreiros inimigos tombados, mas teriam que ponderar a maneira mais proveitosa de usá-los. Senão todos, pelo menos uma parte deles teria que atravessar o abismo, pois tinham que enfrentar o que quer que os esperasse do outro lado. Seria preciso agir com calma e cautela, pois qualquer falsa decisão poderia se tornar um desastre. Teria o Rei conseguido resgatar as jovens? Ou teriam eles também sido tomados por reféns? Quanto poder haveria de possuir uma Serena?

Os homens prepararam uma refeição matinal, a qual todos comeram depressa e agitados. Logo apareceram novos vultos do outro lado do abismo. Reconheceram a silhueta do Rei, dos dois vassalos e de uma mulher. Raco e Mibu acreditaram compreender a situação: A Serena havia escapado com uma das reféns! E quase que instintivamente pressentiram ter sido Aziza a não resgatada e para ambos estava claro que não retornariam aos seus países sem levá-la de volta consigo. Raco I puxou Mibu para o lado e lhe disse baixinho:

— Senhor, se for Aziza a não resgatada, seguirei imediatamente ao encalço dos seus raptores, pois pretendo desposá-la e fazer dela a minha Rainha! — disse o jovem Rei num tom decidido e firme. Ao que o jovem regente no mesmo tom respondeu:

— Senhor, se for Aziza a não resgatada, seguiremos eu e meus vassalos ao encalço dos raptores dela e se o senhor voltar a assediá-la, serei obrigado a cumprir a ameaça que lhe fiz! — Os dois se encararam a tão curta distância, que seus narizes quase se tocaram. Estavam ambos, sujos e cansados pela longa viagem e as muitas noites mal dormidas, contudo eram igualmente belos, esbeltos e de perfeita constituição física. Permaneceram algum tempo atracados naquele olhar carrancudo até que Raco I disse:

— Senhor, não o temo, porém o pacto que fizemos com o Rei Lourenzo deve permanecer. Decidiremos esta questão quando "a minha escolhida" estiver novamente em segurança!

— Sim, se o senhor deseja insistir, eu sugiro que sigamos juntos ao seu resgate, pois não sabemos quais as dificuldades que nos esperam; porém, decidiremos esta questão tão logo "a minha protegida" esteja novamente em segurança!

Decidiram que uma das poções seria usada para que o Rei e os demais pudessem retornar para aquele lado. Não havia sentido em querer se precipitar, pois seria prudente conversar com calma sobre o que se passara do outro lado, antes de empreenderem uma tão grande aventura. Eles se puseram na beira do abismo e gritaram alardemente, agitando os braços ao alto e quando perceberam os vultos dos extraviados também próximos à beirada, Raco I entornou de uma vez dentro do abismo todo o líquido de um dos frascos e a densa névoa se formou. Tão ligeiro quanto lhes foi possível, o pequeno grupo transpôs o obstáculo, retornando para junto dos demais. O vassalo que estava saudável amparava de um lado a jovem Tinar, que se encontrava sob o efeito de alguma droga, e do outro, o Rei de Tigras, que fora ferido no abdome e perdera muito sangue, estando num estado bastante grave. O outro vassalo ainda podia caminhar, mas gemia pelas dores do ferimento que tinha. Lourenzo e o vassalo ferido estavam enfraquecidos demais para conversar e Tinar se encontrava em estado de estupor. Enquanto se ocupavam dos feridos, o homem que não sofrera danos, foi relatando o pouco que pôde observar, enquanto lutavam do outro lado, com o estranho guerreiro.

— Senhor, num repente aquela misteriosa dríade fez com que o fogo se extinguisse e a caverna se encheu de densa escuridão e até que os meus olhos se acostumaram, ela e o seu guerreiro já haviam desaparecido, levando consigo a outra jovem. Sei que não deixaram a caverna, pois estávamos do lado da entrada e eles não passaram por nós. Depois que ajudei o Rei, o meu companheiro e a jovem Tinar a saírem daquela escuridão, retornei para tentar descobrir por onde escaparam. Não havíamos levado conosco nenhuma lanterna e eu quase não via nada e fui tateando pela lateral até dar com o fundo da caverna. Lá se encontram dois paredões sobrepostos e no canto direito, há entre eles uma abertura estreita, porém larga o suficiente para permitir a passagem de um homem. Experimentei a abertura e ela vai se estendendo como uma espécie de túnel. Andei coisa de uns cinco metros por ela adentro em absoluta escuridão, mas então decidi por retornar, pois me pareceu mais urgente acudir ao meu Rei e sua filha.

— Sim, meu caro. Você agiu corretamente e lhe ficamos gratos por ter se esforçado em descobrir como escaparam. Seu esforço lhe será certamente recompensado — disse Mibu, tocando-lhe o ombro.

Não havia tempo a perder. Dois dos mais destemidos vassalos do Rei de Tigras reforçariam a expedição e todos os demais se encarregariam de guiar imediatamente a ele, sua filha e os demais feridos de volta a Atiba. Apesar da pouca experiência em combates, Mibu não sofrera nenhum dano e ainda contava com os seus três vassalos, que, com exceção de alguns pequenos ferimentos, ainda estavam todos saudáveis. Raco I havia se ferido bem mais gravemente do que admitiria. Havia perdido um de seus homens; contava ainda com o outro e mais os dois que Matuza havia enviado ao encalço dele e que se ajuntaram a eles durante a jornada. Eles também haviam sobrevivido àquelas lutas sem maiores ferimentos. Juntos, formavam um grupo de dez pessoas, o que era suficiente para continuar a perseguição dos raptores. Ambos ordenaram a seus homens que juntassem todos os comestíveis disponíveis e recolhessem do legado de todos os mortos e também entre os sobreviventes tudo o que pudesse ser de proveito para a jornada que empreenderiam em busca da jovem refém. Eles se enveredariam por um caminho jamais trilhado por outra expedição daquele lado do continente.

A caravana do Rei de Tigras estava pronta para se pôr a caminho de volta. Ao se despedirem, Mibu se deu conta da beleza de Tinar, que se encontrava sob o efeito de alguma droga e não tomara nota da presença dele. Ele ficara sabendo dos sentimentos dela, mas o que poderia fazer, se seu coração palpitava dolorosamente por Aziza?!

Haviam juntado tudo o que cada um estava em condição de carregar consigo e quase que solenemente puseram-se à beira do abismo. Raco I olhou para Mibu que lhe fez um sinal afirmativo e ele derramou de uma vez o líquido do pequeno frasco, produzindo aquela estranha e densa névoa. Eles sabiam que atravessariam ali somente o primeiro grande obstáculo e que muitos outros lhes viriam pela frente.

Antes de se entranharem pela caverna, Raco I ergueu os olhos para o firmamento e numa prece muda, agradeceu a Taulus, o seu Deus, toda a proteção que lhe concedera até aquele momento e que o guiasse ao encontro da amada. Ao mesmo tempo, ergueu Mibu também os olhos, amaldiçoando a Talim e a todos os Deuses, caso realmente existissem, por serem então os responsáveis por toda aquela desgraça que envolvia Aziza desde o nascimento.

E a caravana daqueles dois belos rivais se enveredou por aquele tenebroso túnel, iniciando a jornada com destino ao desconhecido mundo de além das cordilheiras...

Livro 2

A abertura no interior da caverna era tão camuflada, que fora uma feliz coincidência o vassalo do Rei de Tigras tê-la procurado no escuro, tateando ao longo do paredão. Se estivesse em posse de uma lanterna, talvez não a tivesse percebido. Era preciso esgueirar-se e se contorcer para passar por ela; os homens mais corpulentos estiveram prestes a desistir, pois alguns até se feriram naquela labuta. Atravessar os mochilões, por meio da tão estreita fenda, provou-se também uma grande façanha. Aquele empecilho lhes custara muitas horas e eles usavam três das quatro lanternas, pois a abertura se encontrava por detrás de um paredão que se sobrepunha a outro, que, por sua vez, bloqueava a pouca claridade vinda da entrada da caverna, fazendo do lugar algo bastante tenebroso. Contudo, não poderiam se dar ao luxo de tanta luz. Eles não sabiam por quanto tempo teriam que prosseguir por aquela escuridão e o combustível para as lanternas estava de antemão racionalizado. Suspiraram aliviados quando se viram todos do outro lado, e Mibu ordenou que se apagassem duas das lanternas. Dali, a passagem se alargava um pouco, formando uma espécie de corredor ainda bastante estreito, que dificultava imensamente o transporte das equipagens que eram bem mais largas do que os corpos dos que passavam. Em alguns trechos, fora preciso arrastar ou empurrar a bagagem para poderem seguir em frente. O homem que seguia na frente levava a lanterna, cuja luz se perdia pelas curvas e saliências do caminho, deixando os que seguiam na rabeira numa desagradável penumbra. Todos sabiam que ainda não tinham ido longe, mas o constante problema com os pesados fardos já os havia fatigado e, assim que alcançaram uma parte na qual o corredor se alargava por coisa de dois metros, fizeram uma pausa.

Raco surpreendera os demais por beber de uma vez uma grande golada de água. Não sabendo quanto tempo estariam em tais condições, seria prudente racionalizar a água também. O Rei da Aládia estava consciente disso, mas não se sentia bem. A alça da mochila repuxava a pele dele na área ferida, provocando um grande desconforto. Porém, estava convencido de que em breve a ferida se fecharia. Eles não haviam feito planos quanto às refeições, mas, de acordo com os seus cálculos, o dia ainda não teria findado; então, decidiram prosseguir por mais algum tempo.

Vez por outra, Mibu pegava seu pergaminho e fazia anotações quanto à topografia do caminho e conferenciava com Raco, que junto com ele controlava a bússola. Não havia dúvida de que caminhavam para sudoeste. Contudo ainda se encontravam dentro do que parecia ser um túnel, ora estreito e baixo, ora mais largo e alto e, sobretudo, bastante escuro. Eles caminhavam no mesmo nível no qual se encontravam ao empreenderem a jornada, pois não haviam percebido, durante o trajeto, nem subida e nem descida. Ainda não se haviam deparado com nenhuma bifurcação e isso era, por si só, um grande alívio. A fadiga já se fazia presente nos passos lerdos dos que iam ficando para trás, até que uma pálida claridade mostrou-se à frente. Apertaram o passo e deram com um largo parecido com aquele no qual tinham estado em frente à caverna. O ar estava muito frio e a área parecia desolada e inóspita, mas um fio de água escorria por uma encosta.

O dia estava a se pôr e alguns vassalos percorreram a área em busca de capim ou musgo seco, com os quais pudessem acender um pequeno fogo, enquanto os outros cuidavam dos comestíveis ou preparavam, dentro do túnel, o seu canto de dormir. Os homens encontraram algum musgo, mas estava úmido e demorou um longo tempo até que conseguissem transformá-lo em chamas, que, além disso, mal bastava para ferver a água no caldeirão de sopa e na chaleira do chá. Quando enfim a refeição ficou pronta, Raco I já dormia completamente vestido e todo enrolado nas duas chamalotes que levava consigo. Seu vassalo o chamou para que comesse algo e ele recusou. Sentia-se cansado e queria somente dormir. O homem insistiu e ele, a contragosto, bebeu uma cuia de sopa. Seu ferimento doía.

O dia amanheceu nublado e uma brisa gelada lhes queimava as narinas. Com muito custo, conseguiram esquentar a água para o chá, de que precisavam urgentemente para se livrarem da rigidez com a qual o frio da noite travara os músculos deles. Depois da refeição matinal, os homens se dispersaram em várias direções, procurando a picada que deveriam seguir. O largo onde eles se encontravam era delimitado por maciços lisos e verticais e era realmente desolado. Via-se, aqui e acolá, alguns amontoados de musgos, mas nenhuma outra vegetação. Pedras planas e lisas cobriam o chão quase como um calçamento. A saída do túnel era uma grande rachadura no paredão rochoso, que daquele lado se elevava até perder de vista, mas que ia decrescendo rapidamente à medida que se caminhava para a esquerda. Olhando para a direita, viam-se tantos outros maciços que se elevavam hostis, sem que se visse entre eles nenhum caminho. Os homens não viram nada que pudessem reconhecer como trilha e não havia nenhum vestígio sequer da passagem dos raptores e da jovem, por aqueles lados. E agora, como deveriam prosseguir? Conferenciaram, ponderando a opinião de cada um. Atrás deles ficava o paredão com o túnel do qual vieram: à direita e à frente, maciços lisos e hostis; só restava-lhes seguir pela parte plana e aberta, para o sudoeste.

A caravana caminhou toda a manhã, sem que no panorama nada se modificasse. O grupo seguia por uma planície desprovida de vegetação e delimitada por formações rochosas. Não se encontrou nenhum vestígio do paradeiro dos perseguidos e parecia não haver vida naquelas paragens, pois nem mesmo aves de rapina voavam por aquelas alturas. Raco I propôs uma pausa. Ele estava fatigado, sua ferida o incomodava. Os homens beberam um gole de água, mas nem se deram ao trabalho de procurar coisas com as quais pudessem acender um fogo; onde estavam não havia nem mesmo musgo. O frio era castigador e todos se enrolaram nas suas chamalotes, enquanto tentavam descansar. Sabiam que não deveriam dormir, era importante ganhar chão enquanto podiam contar com a luz do dia. Raco, porém, adormecera e, quando seu vassalo precisou despertá-lo, percebeu que o Rei estava febril, mas o jovem Rei se levantou, sacudiu os ossos e assegurou que estava tudo bem.

Tinham caminhando por cerca de três horas, quando perceberam que aquela planície findava na beira de um precipício. Os homens se entreolharam desapontados. Que fariam agora? Retornar... para onde? Transpor os maciços... Como? Eles se desvencilharam das mochilas, e passaram a ponderar com calma sobre como prosseguir.

Mibu e Raco se mantinham o tempo todo em contida distância; contudo se esforçavam em permanecer corretos e dignos. Sabiam que toda aquela dificuldade só poderia ser vencida se continuassem unidos. Mibu se aproximou de Raco e percebeu que, apesar do frio intenso que fazia, gotas de suor brilhavam na testa do Rei. Não disse nada, pois sabia que o outro estava ferido, embora não se queixasse.

— Senhor, é difícil acreditar que Aziza e seus raptores tenham feito este trajeto, senão haveríamos de encontrar pelo menos um pequeno vestígio. Estou convencido de que eles não deixaram aquele túnel nesta direção. Certamente há outra rachadura naquele maciço — disse o jovem regente.

— O senhor se esqueceu de que eles estão em condições de transpor abismos? Quanto a não deixar vestígios, é claro que têm de ser cuidadosos, se não quiserem ser apanhados — contrapôs o Rei.

— Senhor, Aziza é inteligente, difícil de ser manipulada, além de ser muito astuta. Penso que ela acharia um jeito de deixar rastros. Por isso penso que estamos enganados.

— E como poderíamos ter nos enganado? Não seguimos o único caminho possível...?

Logo os outros homens se acercaram deles e todos se puseram a debater o problema. Eles tinham consigo a última poção que criava aquela densa névoa, sobre a qual se podia caminhar. Mas se atravessassem aquele abismo, não haveria retorno. Todavia, a maioria acreditou estarem no caminho certo e que deveriam atravessar o abismo e continuar a busca, pois, encontrando os procurados, haveriam de encontrar também um meio de retornar. Mas como o dia já estava para findar, resolveram que primeiro fariam uma minuciosa busca pela redondeza, analisando bem todas as possibilidades. Se não houvesse nenhuma outra opção razoável, atravessariam o abismo na manhã seguinte. Antes que se dispersassem, Mibu se voltou para Raco e lhe disse:

— Senhor, sei que não está bem. Sugiro que aceite alguns cuidados e descanse. Um homem debilitado só irá nos causar maiores problemas. E, voltando-se para os homens:

— Aquele que tenha noção de medicina, que cuide do Rei. — E um dos vassalos do Rei Lourenzo se prontificou. Dois outros ficaram para preparar a refeição e ele e os demais se puseram a vasculhar os arredores.

O ferimento do Rei não havia se fechado, parecia estar inflamado e o Rei estava febril. Sobre a pequena chama da lanterna, o vassalo conseguiu ferver um pouquinho de água, que usou para limpar a ferida; depois, colocou sobre ela ervas e tabaco. Raco se agasalhou bem e tentou dormir, mas ondas de calafrio lhe roubavam o sossego.

A claridade do dia havia muito já se desfizera, quando enfim se deram conta de que um dos homens não havia retornado ao acampamento. Não queriam dormir antes de saber o que sucedera ao companheiro, mas o cansaço acabou fazendo com que sucumbissem.

Despertaram novamente numa manhã nublada, cujo frio parecia ter se intensificado. Mibu foi um dos primeiros a despertar e encontrou o vassalo debruçado sobre Raco, colocando novas ervas sobre a ferida. O Rei ainda dormia e Mibu lançou um olhar sobre a área lesada; não gostou do que viu. Certamente teriam problemas. O jovem regente se sentia acabrunhado e deprimido, pois o homem extraviado ainda não retornara. Preocupado, pôs-se a procurar musgo seco. Precisariam urgentemente de uma caneca de chá quente para que se reanimassem os seus ânimos. Raco ainda dormia. Mibu dera ordens para que a sua carga fosse dividida entre todos, pois o Rei não se encontrava mais em condições de carregar nenhum fardo.

Os homens se prepararam para prosseguir viagem. Deixariam a bagagem e algum mantimento para o companheiro desaparecido. Se nada de mal lhe tivesse acontecido, ele certamente acharia o caminho de volta a Tigras. Mibu fora ter com Raco que já estava desperto e bebericava vagarosamente sua caneca de chá. Ele estava pálido, mas se esforçava em parecer bem. Protestou quando Mibu lhe disse que ele não deveria carregar nada, para que a área lesada pudesse se recuperar.

Por fim se puseram todos na beira do abismo. Os dois belos jovens se entreolharam e Mibu sentiu um grande calafrio, pois ali a situação era diferente: não se via com precisão o outro lado, somente uma profusão de montes, picos e chapadas. Mas o Rei não hesitou e verteu de vez todo o líquido daquela portentosa poção. Estava para dar o primeiro passo, quando foi segurado pelo vassalo. Os homens hesitaram, pois a névoa que se produziu não se compactou na mesma densidade que da outra vez e, demonstrando muita presença de espírito, um dos vassalos lançou sobre ela o seu feixe de corda e este foi se afundando pouco a pouco.

Todos se entreolharam perplexos. O que teria acontecido com a poção? Teria se exalado o seu poder de ação? Ou simplesmente não fora suficiente para cobrir aquela grande distância?! Ficaram ali, observando a esparsa névoa, até que esta se desfez completamente. O vassalo enrolou novamente a corda. Estavam amuados e se dispersaram cabisbaixos.

Mibu se pôs novamente a andar pela beira do precipício e quase pulou de susto ao ver, numa ribanceira lateral do abismo, a uns trinta metros abaixo da altura na qual ele se encontrava, a silhueta distinta de um homem. Este, ao vê-lo, agitou os braços, fazendo-se reconhecer como o companheiro perdido. O homem tentou dizer alguma coisa, mas Mibu só escutou ecos desconexos e, depois de uma série de sinais que lhe fizera, ele desapareceu por uma rachadura. Mibu correu de encontro aos demais e lhes contou o inusitado e todos se debandaram para a beira do precipício. Passaram mais de uma hora a observar o lugar que Mibu indicara sem que nada acontecesse, até que, por fim, esgueirando-se por detrás de um dos rochedos, o homem reaparecera no meio deles. Houve grande júbilo e todos faziam perguntas, até que Mibu pediu silêncio para que o homem pudesse contar o que acontecera.

— Senhor, como pôde ver, é possível se esgueirar por uma abertura neste paredão à nossa esquerda. Ontem esgueirei por ela e me encontrei dentro do que parecia ser um túnel similar ao que percorremos anteriormente. Resolvi experimentar alguns passos e logo me ficou claro que esse túnel se torna rapidamente uma descida bastante inclinada. Estava para retornar quando tropecei em alguma pedra solta e escorreguei uns dois metros para baixo. Quando me firmei novamente, fiquei indeciso sobre o que fazer. Sabia que para retornar teria de subir apalpando as laterais, pois a escuridão era total; por outro lado, percebi que, em sentido contrário, via-se ao longe uma estria de luz. Decidi-me por seguir a claridade; porém, esqueci-me de que o dia já estava para terminar e, quando alcancei a saída, que se encontra lá, onde o senhor me viu, já estava escuro. Não me restou mais nada, senão tentar dormir até que o dia raiasse novamente. Hoje pela manhã, constatei que a saída do túnel dá numa penha um tanto estreita, mas que pode ser percorrida; e, seguindo coisa de alguns metros por ela, dá-se na entrada do que parece ser outro túnel. Não me arrisquei a experimentá-lo, pois temi que partissem antes do meu retorno.

— Muito bem, meu caro, muito bem! Obrigado por ter se arriscado sozinho — disse Mibu, explicando que realmente quiseram partir e por que não foi possível. Ele se afastou ligeiro para ir ter com Raco que se encontrava recostado contra uma pedra e que não se sentia nada bem. Mibu o colocou a par do sucedido e disse:

— Senhor, mesmo estando convencidos de termos enveredado por uma falsa trilha, certamente será prudente analisar essa nova possibilidade, pois não deixa de existir a possibilidade de terem eles realmente feito esse trajeto. para alcançar a penha na lateral do precipício será preciso um pouco mais do que uma hora. De lá até a entrada do próximo túnel, parece não ser longe e eu poderia entranhá-lo por algum tempo, para tentar achar algum vestígio dos foragidos. Considerando também o tempo de retorno, isso me custaria toda a manhã, talvez um pouco mais. Retornarei então a este acampamento e decidiremos novamente se seguimos a nova trilha ou se retornamos uma parte do caminho, em busca de algum outro vestígio.

— Por que o senhor insiste em acreditar que estamos enganados? Não é essa a prova de que estamos no caminho certo?

— Veja bem: nós somos homens, estamos bem equipados e mesmo assim estamos tendo grande dificuldade em prosseguir. Nós sabemos, porém, que os foragidos não levam nada consigo e nem estão agasalhados para estas temperaturas. E mesmo que a serena e o seu vassalo sejam imunes ou tenham poderes especiais, Aziza não tem e não creio que a tenham raptado para que morra no caminho. Além do mais, segundo a descrição, a serena não deixa de ser uma mulher delicada e este caminho me parece por demais rudimentar — explicou Mibu e, depois de ponderar algum tempo, Raco concordou.

— É possível que o senhor esteja com a razão. Quantos homens o senhor levará consigo?

— Dois ou três voluntários.

— Então não há necessidade de se perder tempo. Enquanto o senhor faz a sua inspeção, retornarei com os demais no caminho que fizemos para averiguar se realmente não deixamos de perceber alguma outra picada.

— De jeito nenhum! — exclamou Mibu. — O senhor deve se deitar novamente e permanecer em repouso até a minha volta. A próxima etapa desta jornada certamente não será fácil e o senhor terá que estar em condições de nos acompanhar. Ordenarei aos homens que vasculhem novamente os arredores. — E, voltando-se para o vassalo: — Cuide para que o ferimento esteja limpo e o Rei não se desidrate. Mantenha-o em repouso.

Não tardou e Mibu já estava a caminho, acompanhado daquele que descobrira a passagem e mais dois homens. Levavam consigo seus punhais, feixes de cordas atravessadas ao peito, duas lanternas e algum mantimento. A rachadura naquele paredão era também bastante estreita e, para atravessá-la, tiveram de esgueirar-se e contorcer-se, tal como na primeira vez. Já tinham alguns metros de caminho atrás de si, quando o vassalo que havia estado ali, pisou na pedra na qual tropeçara e exclamou:

— Ah, aqui está a danada que me fez cair. — Mibu olhou para a pedra e a tomou na mão. Era uma pedra polida, pedra de rio. Não era parte daquele maciço, fora colocada ali por alguém. Continuaram descendo pelo túnel, que, em determinados trechos, era mesmo bem inclinado e eles tinham que se envergar para trás, para manter o equilíbrio. Conseguiram, mesmo assim, manter um bom passo e logo já estavam sobre a penha. Mibu sentiu medo e se estirou no chão para poder olhar para baixo, enquanto os outros se puseram contra o penhasco. Aquele abismo era realmente profundo, e o parapeito natural no qual se encontravam, muito estreito. Ele quase não pôde acreditar naquela maravilha que se via. A partir dali, o gigantesco maciço se entrecortava em diferentes formações rochosas, que se perdiam abismo abaixo. Mibu acreditou reconhecer, ao fundo, algumas vegetações e uma linha sinuosa que poderia ser talvez um rio. Acreditou até mesmo ter escutado o gorjear de alguma ave. Imaginou encontrar-se no fundo daquele abismo um lindo vale. Mas como chegar até lá? Percebiam-se algumas encostas, como aquela onde estavam, mas pareciam todas isoladas umas das outras. Não! Por elas não seria possível, a menos que se pudessem dar saltos gigantescos. Eles seguiram cautelosos pela estreita beirada e alcançaram rapidamente a entrada do próximo túnel. Mibu percebeu que outra pedra polida havia sido deliberadamente colocada à vista. Seria aquilo um rastro deixado por Aziza? Onde teria ela encontrado aquelas pedras? De qualquer forma, alguém que passara por ali, posicionara aquela pedra! Deram uma última olhada naquele cenário tão estranhamente belo e enveredaram pelo túnel. Dessa vez, não tiveram de se esgueirar, pois a entrada era larga e bem recortada no maciço, como a entrada de uma obra planejada. Eles caminharam um bom pedaço, ainda auxiliados pela luz natural que vinha da entrada, até que algo, que parecia uma grande escultura, lhes bloqueou o caminho. Era uma formação arenosa e calcificada, algo muito interessante. Mibu sentiu que gostaria muito de observar aquilo com mais minúcia, mas o momento não era oportuno. Temeram ser ali o fim daquele novo caminho, mas estavam com sorte, pois ali mesmo o túnel se guinava abruptamente para a direita e, poucos passos adiante, novamente para a esquerda, envolvendo os caminhantes em trevas. A luz da lanterna era esparsa; contudo, por precaução só usariam uma, deixando a outra como reserva. Ainda assim, os homens atentaram para o fato de que o revestimento daquela passagem passara a ser arenoso e calcário. Bem diferente dos túneis anteriores, além de bem mais úmido. Mas este se abria, vez por outra, em espaços bastante amplos. Contudo, não tardou e o túnel foi se estreitando cada vez mais. À medida que avançavam, foi-se tornando mais nítido um sussurrar que parecia ser de água corrente e, por fim, o barulho se tornou alarmante, ao mesmo tempo em que aquela passagem se reduzira a uma pequena e achatada abertura, por detrás da qual se ouvia o retumbar de uma cascata.

Mibu se sentiu frustrado, pois havia começado a acreditar terem encontrado um caminho viável. Aquelas pedras lisas foram trazidas de outro lugar, disso ele estava certo! Alguém estivera ali! O jovem atinou para o fato de que eles já estavam muito tempo a caminho e era preciso retornar. Porém, ele sabia que não teria sossego se não se certificasse satisfatoriamente de que aquela passagem realmente findava ali. Ponderou e conferenciou com seus homens. Tinha-se a sensação de que a queda-d'água se encontrava diretamente do outro lado daquele orifício e não sabendo a posição certa dela, seria muito arriscado aventurar-se por ali. Pela turbulência que se ouvia, tratava-se provavelmente de uma cascata de grande porte cuja bacia certamente seria também bem funda, mas mesmo assim um deles se voluntariou a arriscar uma espiada sobre o que se encontrava por detrás daquela abertura.

Prepararam o aventureiro, atando-o bem com as cordas, cujas extremidades foram também amarradas aos demais, para que servissem de contrapeso, e, noutra corda, prendeu-se a lanterna que fora levada por ele. O homem se esgueirou pela abertura e logo sentiram o baque do seu corpo a cair, forçando-os a se contrapor. Eles se aprumaram contra as laterais do orifício, posicionando-se adequadamente para suportar o peso do outro. Mas, quase imediatamente, a pressão relaxou. Observaram que alguns metros de cordas foram puxados vagarosamente pelo aventureiro, mas não sentiram mais nenhuma pressão. O homem teria que estar andando sobre solo firme.

Passou-se o que pareceu uma eternidade, até que eles suspiraram aliviados, vendo o aventureiro se esgueirar de volta. O homem estava bastante sujo, tinha as roupas úmidas e lambuzadas de um barro esbranquiçado. Ele tiritava, sem saber ao certo se pelo medo que sentira, ou se por estar molhado. Livraram-no rapidamente das amarras e da veste umedecida e Mibu lhe vestiu em seguida a sua própria veste e os três homens fizeram um cerco à volta daquele homem e o abraçaram por alguns minutos, para que pudesse se reaquecer um pouquinho. Tão logo conseguiu se controlar, o homem disse:

— Senhor, não poderei dizer se os nossos procurados passaram por aqui, mas este é definitivamente um caminho que leva a algum lugar e foi, sem dúvida, usado por outros. Essa passagem dá para uma cavidade muito ampla e essa abertura está perigosamente à beira da queda-d'água; porém o mais surpreendente é que este caminho não é virgem. Diretamente sob a abertura se encontra um parapeito afixado ao paredão. Dali, passa-se para outro, que se encontra numa estufa mais abaixo e, deste, para outro também mais abaixo e assim por diante. Essas estreitas passarelas se encontram à direita e seguem o paredão levemente encurvado, até alcançar o fundo da cavidade. — Os ouvintes estavam atônitos.

— Mas que passarelas são essas? Tem certeza de que não são naturais? — perguntou Mibu, já arrependido de não ter ele mesmo visto aquilo com os próprios olhos.

— Não estou muito certo do que foram feitas, pois a umidade causada pelo respingo das águas já cobriu tudo com um lodo escorregadio. Acredito que se trate de bambus e não há duvida de que alguém as construiu. — Mibu estava estupefato. Possivelmente haviam encontrado um caminho que atravessava a cordilheira. Todavia não seriam os primeiros a atravessá-la. Algum povo do outro lado a usou primeiro, e Mibu tinha a sensação de que não se tratava das serenas ou dos vassalos dela. Não conseguia imaginá-los usando um caminho tão primitivo. Possivelmente existiam também alguns desfiladeiros por entre os maciços.

— E. como lhe pareceu, pode-se seguir em segurança por essas passarelas?

— Não... isto é... parece-me extremamente perigoso. Tudo é muito úmido e escorregadio. Quando saltei da abertura, escorreguei de vez para o abismo e, se não estivesse seguro por vocês, eu estaria morto. Experimentei alguns passos andando lateralmente e me recostando ao paredão. Este é completamente lúbrico e muito frio e não há fendas ou rachaduras nas quais a gente possa se firmar. É possível que se trate de coisa antiga, que o tempo tornou imprestável. Contudo ninguém as teria construído em vão; assim, penso que se outros conseguiram usá-las, seria possível para que nós também o fizéssemos.

Mibu se sentia ao mesmo tempo eufórico e contrariado. Aquelas pedras eram certamente um rastro; mas provavelmente haviam sido trazidas do outro lado para cá, pois as únicas fontes de água, desde que se puseram a caminho, haviam sido os fios d'água que escorriam pelos paredões rochosos, provenientes de degelos nos picos nevados. Do outro lado, no entanto, havia água corrente. Não poderiam ter sido deixadas por Aziza e isso inquietava Mibu ainda mais. Por que não deixara ela nenhum vestígio? Ela não tinha como saber que ele ou Raco I estariam ali, mas saberia que o Rei de Tigras não deixaria de mandar um comando de busca à procura dela!

Eles se puseram no caminho de volta e, ainda antes de alcançarem a saída daquele segundo túnel, deram com o resto da caravana. Os vassalos não encontraram nenhuma outra picada e, para não perder mais tempo, Raco decidira antecipar a partida naquela direção. Os dois grupos se reencontraram numa parte em que o túnel se alargava, formando uma espécie de átrio. A cavidade era revestida de um calcificado esbranquiçado, que refletia de alguma forma a esparsa luz das duas lanternas, fazendo rebrilhar, num cintilante dourado, a sua superfície. O lugar poderia ser considerado belo, não fosse pela sensação desagradável que a umidade causava e a grande preocupação quanto à incerteza do caminho tomado pelos fugitivos.

Mibu pusera o Rei e os demais a par da complicação que os esperava adiante e sugeriu que fizessem ali mesmo a pausa do dia, pois, a partir dali, o caminho se tornava cada vez mais úmido. Por estarem há muito tempo dentro da penumbra do túnel, não sabiam mais se já havia anoitecido, mas estavam todos muito cansados, principalmente Raco, que, mesmo debilitado, carregara a própria bagagem, pois seus homens tiveram que se encarregar também dos mochilões de Mibu e de seus três companheiros. Apesar do frio intenso que fazia onde se encontravam e das esparsas refeições que se permitiam, estavam os homens bem dispostos e se diziam prontos para o que desse e viesse na continuação daquela jornada. Mesmo o jovem Rei, cuja fisionomia não escondia mais o desgaste que a ferida lhe causava, ficou contagiado pela euforia que antecipava mais uma perigosa etapa do caminho, que os levaria ao mundo desconhecido de além das cordilheiras. Cada um comeu uma fatia de carne seca com uma bolacha de cereal e se permitiram um gole de aguardente. Não havia nada com o que pudessem acender um fogo. Mesmo as lanternas foram rapidamente apagadas, pois era preciso racionalizar o pouco combustível que levavam com eles. Eles tiritavam enrolados nos seus chamalotes.

Mibu despertou bem disposto. Apesar do frio, ele dormiu um sono profundo e sem sonhos. O vassalo que cuidava do Rei também já estava desperto e se acercou de Mibu dizendo:

— Senhor, temo que o Rei da Aládia não esteja em condições de prosseguir neste penoso trajeto. Sua ferida está infeccionada e ele está febril. Já estou a temer por sua sobrevivência — disse o homem preocupado.

Mibu se acercou de Raco que estava rubro pelo calor da febre. Odiava-o, tanto por ser o filho de Heros II, quanto por ter-se acercado de Aziza. Mas não era ali que praticaria a sua vingança. Não contra um inimigo debilitado. Tampouco desejava a morte do Rei dentro daquelas circunstâncias. Ponderou que a próxima dificuldade poderia realmente significar o fim dele. Mibu poderia ordenar a seus homens que levassem o Rei de volta para Tigras, mas o risco de o Rei perecer no caminho pareceu-lhe também muito grande. Assim, ordenou ao vassalo que usasse a chama da lanterna para esquentar tanta água quanto fosse preciso, para preparar uma caneca de chá quente para o doente e fazer a limpeza do ferimento. Despertou os demais e, tão logo os fardos foram novamente divididos entre eles, puseram-se a caminho. Eles decidiram seguir e teriam de fazê-lo o quanto antes, pois tinham que achar a saída daquelas trevas o mais rápido possível.

Mibu seguira à frente, levando a lanterna e mantendo um passo ligeiro, quase militar, forçando os demais a se apressarem, para que permanecessem juntos. Logo estavam diante da abertura. Raco I se esforçava para acompanhá-los, mas sentia que suas forças já ameaçavam deixá-lo. Olhou pasmado para o pequeno e baixo orifício, pelo qual teriam que se esgueirar, e o retumbado das águas que se fazia ouvir do outro lado enchera-o de temor. Ali a caravana conferenciou novamente e o homem que havia estado do outro lado explicou mais uma vez o que achava ser a forma mais adequada de se atravessar a abertura: descer pelo paredão e alcançar o térreo daquele vão, correndo o menor risco possível.

— Senhores, não sei dizer exatamente quantos metros nos separam do pé desta descida, mas estou certo de que nossas cordas serão suficientes para chegarmos até lá. Procederemos assim: Eu atravessarei primeiro, segurado por vocês e me postarei bem rente à abertura. Ficarei segurando a lanterna. O próximo segue também segurado pelas cordas e faz o seu caminho até alcançar o piso, desfaz-se da amarra para que a corda possa ser retornada e o mesmo procedimento se repita. Depois que dois ou três homens estiverem lá embaixo, devem-se arriar os fardos, que tratarão de arrecadar da maneira que lhes for possível. Após a descida das coisas, continua-se a travessia, até que todos se encontrem reunidos. Eu serei então o último a descer. E mais uma coisa: a minha curta primeira experiência me deixou claro que, mesmo não havendo nenhum imprevisto, chegaremos lá embaixo, se não completamente molhados, pelo menos com nossas roupas bem sujas e bastante úmidas, o que pode vir a ser um grande problema para todos nós. Assim, sugiro que façamos a descida, já despidos. — Todos se entreolharam apreensivos. Mibu lançou um olhar ligeiro sobre Raco, que agora era a sua grande preocupação. Quanto mais delongassem, menores se tornariam as suas chances de sucesso naquele empreendimento. Ele começou a se despir, no que foi seguido pelos outros. Conservaram somente uma cueca de linho grosso, que usavam por debaixo de suas vestimentas. O frio castigava. Porém, o vassalo estava com a razão: só iriam poder prosseguir naquela tão baixa temperatura se mantivessem as roupas secas. Eles padeceriam muito naquela decida, mas poderiam se reaquecer novamente, tão logo vencessem aquele obstáculo. E virando-se para Raco, disse:

— Senhor, deve atravessar uma atadura sobre o peito, para que o ferimento fique protegido. — Ele sabia que o jovem Rei estava no fim de suas forças, mas nem sequer perguntou como ele se sentia. Naquela condição de saúde, o risco que o Rei correria ali seria bem maior do que para os outros. Mas o que fazer?! Ele não concordaria mesmo em retornar para Tigras! Pois, que deixasse então a sua sorte nas mãos de Taulus, o seu Deus! E o jovem regente determinou a ordem na qual seguiriam: Primeiro um dos seus vassalos, depois ele junto com Raco, depois outro homem. Os demais arriariam os fardos e desceriam a seguir.

O parapeito por debaixo da abertura não tinha mais do que um metro de comprimento e talvez menos que meio de largura. O vassalo que atravessara primeiro se postara rente ao lado, para deixar o máximo de espaço possível para os que saíam do orifício. Mibu logo atravessou para o outro lado. Respirou fundo ao olhar para o homem que tentava segurar a lanterna com firmeza sem, no entanto, conseguir controlar a tremedeira que o frio causava. Ajudou o Rei a sair do orifício e firmar-se ao seu lado. Sabia que o momento não era apropriado, mas não pôde deixar de admirar o que se via ali. A cascata era a queda de um riacho que emergia de uma rachadura estreita do paredão à frente, numa parte em que este se protuberava, formando um pequeno patamar que ficava coisa de um metro abaixo da altura na qual se encontravam. Dali, as águas se precipitavam, turbilhonando numa bacia que se encontrava somente a uns dois ou três metros à esquerda daquela fenda, continuando então a escoar como riacho, seguindo por uma cavidade larga e abaulada que entranhava o rochedo naquela direção. Eles estavam há mais de dois dias caminhando por dentro de montanhas geladas, que por fora pareciam compactas e sem vida; no entanto, por dentro, toda aquela complexidade! Se não estivesse vivendo aquilo pessoalmente, não acreditaria! Pediu ao Rei que não olhasse para o fundo, que se envergasse para trás, apoiando os ombros contra a parede e que fosse seguindo lateralmente, atinando para a orientação que ele lhe desse. Não poderiam e nem deveriam se deixar tomar pelo medo, pois um dos homens já alcançara o solo e eles o alcançariam também! O jovem regente sentia repulsa toda vez que tocava o corpo do jovem Rei, mas teve que fazer isso várias vezes, para evitar que o Rei perdesse o equilíbrio. Estavam seguros pela mesma corda e, se Raco viesse a cair, Mibu cairia também e não queria pensar nas consequências. Enfim, os dois se viram no piso daquele vão, que, apesar de úmido, era surpreendentemente firme e, para sua agradável surpresa, o homem que descera primeiro já ajuntara gravetos e cavacos que o riacho trouxera e os amontoava para acender uma fogueira. Mibu permitiu-lhe usar do combustível da lanterna que trouxera consigo, pois a madeira estava tão úmida quanto tudo mais ao redor.

Assim que as mochilas e demais apetrechos foram arriados, os homens que já haviam alcançado o solo foram ligeiramente se vestindo novamente e cuidando para arrecadar mais gravetos e pedaços de madeira para alimentar a fogueira que enfim já fornecia um pouquinho de conforto. Raco I se dera por vencido. O esforço que fizera para chegar ali lhe custara o resto de suas forças. O vassalo lhe removeu rapidamente a atadura suja, cobrindo-a com um pedaço de linho seco; despiu-o da úmida cueca e lhe vestiu a túnica. Estendeu uma chamalote bem rente ao fogo e agasalhou o jovem Rei tão bem quanto lhe foi possível. Sua fisionomia estava visivelmente doentia e todos já temiam a morte dele.

Mibu temia também pelo homem que segurava a lanterna no topo da passarela. Depois que o último deles passasse pelo orifício, este teria que atravessar novamente para o outro lado e desatar as amarras, para livrar as cordas que seriam levadas consigo. Depois, retornar e descer pelo paredão sem nenhuma segurança. Mas, depois de tanto tempo parado, com o corpo molhado e estarrecido de frio, seria um perigo e ele não queria correr o risco de perder nenhum membro daquele grupo. O jovem se livrou novamente das roupas, vestiu outra vez a cueca úmida e, tão logo o último deles alcançou o chão, ele se pôs a subir, pronto para servir de apoio e segurança, para aquele no qual repousou, enfim, a parte mais penosa daquele empreendimento. O pobre homem também chegara ao fim de suas forças; já não sentia mais as suas extremidades e seus lábios estavam azuis. Ele, assim como o Rei, se estendera também bem rente à fogueira, sendo agasalhado pelos demais. E o caldeirão de sopa que se permitiram ali, foi, sem dúvida, o mais aprazível de suas vidas!

Depois de reconfortados pelo calor da sopa quente, Mibu e alguns dos homens se puseram a sondar aquela estranha cavidade na qual se encontravam. Era impressionante o fato de que maciços que pareciam tão sólidos pudessem ter no interior, cavidades tão magníficas como aquela e também outras, como as que haviam encontrado pelo caminho que trilhavam. O ar que respiravam parecia bem mais fresco do que o das passagens anteriores. Eles estavam certos de que teriam de se encontrar próximos a uma abertura que conduzia a céu aberto. O riacho escoava para a esquerda de onde estavam e, daquele sentido, vinha também uma corrente de ar. No entanto, as margens do riacho eram lamacentas e irregulares. Seria possível seguir por elas, mas seria, sem dúvida, uma grande peleja. Contudo, havia à frente e à direita várias outras fendas e rachaduras. Encontravam-se diante de muitas opções.

Raco parecia moribundo. Estava desperto, mas não participava mais da conversa ao seu redor. Eles tinham consigo quatro lanternas e Mibu decidiu que três voluntários fizessem, cada um, uma sondagem das aberturas que se via para averiguar a possibilidade de se encontrar o caminho a prosseguir. Ele mesmo sondaria com mais precisão a possibilidade de se seguir pelas margens do riacho, o que parecia ser, naquele momento, a opção mais viável. Por sorte, havia bastante madeira para se manter a fogueira, que além do conforto do calor, iluminava bastante aquele vão. Mibu se despiu, vestindo novamente a mesma cueca molhada que usara anteriormente. Cada um pegou uma lanterna e se pôs em busca. O jovem foi seguindo cautelosamente pelas beiradas, apoiando-se a um pequeno bastão que improvisara de uma vara que encontrou a boiar na bacia da cascata. Prosseguia, afundando-se, vez por outra, até à altura do joelho, num sedimento que parecia não haver sido tocado por muitos anos. Estava claro que, por muito tempo, ninguém passava por ali, se é que alguém alguma vez usou aquele caminho! De repente, Mibu tomou consciência de que a abertura se estreitava e se achatava cada vez mais e que o fluxo da água se tornava mais ligeiro, fazendo uma virada abrupta para a direita. Ele ficou temeroso, pois a passagem já se tornara por demais apertada e não permitia mais que ele ficasse de corpo erguido. Contudo, daquela direção vinha uma leve brisa e ele arriscou mais alguns passos. Ao mesmo tempo eufórico e decepcionado, vira a luz do dia, por meio de uma pequena e achatada fenda, pela qual a água se precipitava para fora daquelas trevas. Sim, estavam bem próximos da luz do dia, só que não poderiam alcançá-la por ali. Mibu retornava, caminhando mais por dentro da água, sob a qual o sedimento era mais firme e permitia uma marcha mais rápida. Ele sentia a água gélida lhe queimar a pele.

Os três outros homens já haviam retornado de suas averiguações e um deles estava eufórico, pois encontrara, logo na entrada de uma das aberturas, as tais pedras de rio que Mibu considerara anteriormente como possíveis marcas de caminho. Os outros dois encontraram aberturas pelas quais era possível caminhar, mas não perceberam nelas, e nem nos arredores, nada que fosse relevante. Beberam uma fumegante caneca de chá e, com exceção do jovem Rei, estavam novamente todos prontos para continuar a jornada. Não havia alternativa: Raco teria que ser carregado. Os homens improvisaram uma maca, usando algumas chamalotes; dividiram novamente todos os fardos e combinaram que, de tempos em tempos, trocariam suas posições, para que ninguém ficasse sobrecarregado. Optaram pelo caminho marcado pelas pedras e estavam convencidos de que, dentro em breve, encontrariam a saída.

A caravana enveredou por uma passagem que lembrava a segunda que percorreram antes de chegar onde estavam; ela também logo se tornou uma contínua descida, às vezes mais, às vezes menos acentuada. A passagem era estreita, baixa e sinuosa e o ar bem mais pesado do que no vão anterior; contudo, continuavam otimistas. Não vira Mibu a claridade do dia? Não, não poderiam estar tão longe da saída! Andaram até se sentirem exaustos, sem que no trajeto nada tivesse se modificado. Seguiam nas mesmas condições iniciais, sempre descendo. Quando enfim alcançaram um trecho que lhes pareceu plano, decidiram que fariam uma pausa. Aquele túnel no qual se encontravam não era tão úmido quanto o anterior; mas, até ali, não encontraram nenhuma parte na qual ele se alargasse de alguma forma, e já andavam por ele por horas a fio. De todos os caminhos que trilharam até ali, aquele parecia ser o mais medonho. Mibu permitiu acender mais uma lanterna, para que o vassalo pudesse cuidar de Raco, que parecia ir de mal a pior, e para ele foi preparado um pouquinho de chá. Ali mesmo cada um comeu uma fatia de carne seca com bolachas de cereal e, por fim, não tiveram mais ânimo para prosseguir. Eles se enrolaram nas suas chamalotes e caíram no sono.

Mibu fora despertado pelo vassalo que estava na incumbência de cuidar do Rei. Ele temia ter o Rei falecido durante o tempo em que dormiram, pois este não dava mais sinal de vida. De um salto, o jovem pôs-se de pé. Não! Não queria que isso tivesse acontecido! Ele se debruçou por sobre Raco e sentiu um indescritível alívio ao perceber a leve ressonância que ainda vinha do peito dele. Tinham que sair dali! Tinham que respirar ar puro! Teriam que encontrar uma maneira de desinflamar aquela ferida, antes que fosse tarde demais! Despertou a todos e deu ordem para que prosseguissem imediatamente.

Não saberiam dizer por mais quanto tempo andaram dentro daquelas mesmas condições, sempre descendo, até que o túnel se alargou de repente, ao mesmo tempo que acreditaram ver à frente, alguma coisa florescente. Haviam alcançado uma espécie de átrio, cujo teto era cheio de pequenos pontos de luz e abaulado. Quanto menos se achegava a lanterna, tanto mais brilhavam os pequenos pontos. Ficaram tão fascinados por aquela maravilha, que só mais tarde perceberam que, pouco adiante, corria também um riacho. Estavam todos curiosos para saber o que era aquilo e poderiam ter passado horas apreciando aquela estranha maravilha, mas Mibu se lembrou da situação precária na qual Raco se encontrava e instigou os homens para que procurassem a saída. Dali, só se poderia seguir paralelamente ao riacho que fazia várias curvas sinuosas. Deram, então, com uma larga abertura, pela qual entrava uma fraca claridade. Há muito já haviam perdido a noção de tempo e não estavam certos se a esparsa claridade se devia ao entardecer ou ao alvorecer do dia, mas não importava, pois tinham enfim encontrado a saída. Haviam caminhado por entre túneis e passagens sinuosas, mas sempre para o oeste. Eles estavam convencidos de terem, enfim, atravessado a montanha.

A caravana se encontrava numa planície com vegetação. Não havia árvores, mas havia muitos arbustos e, com a queda contínua da claridade, o grupo entendeu que a noite se punha sobre ele. O céu estava estrelado e o ar tépido, como numa noite de verão. Certamente se encontravam em uma altitude, muitos metros abaixo de onde estiveram. Contudo, não havia motivo para júbilo: estavam a esperar a morte de Raco, cuja ferida cheirava mal e cuja face já se tornara como uma máscara de cera. Ele estava a se desvanecer e eles já não viam mais a possibilidade de curá-lo! Alguns homens ajuntaram ligeiramente galhos, gravetos, capim seco e pedaços de madeira trazidos pelo riacho, acenderam uma fogueira e prepararam bastante chá. Não poderiam fazer mais nada, a não ser esperar que o novo dia raiasse. Por fim, foram novamente tomados pelo sono.

Mais uma vez Mibu foi desperto pelos chamados sôfregos do vassalo que cuidava do Rei. O homem estava apavorado, o Rei havia desaparecido! Mibu escutara aquilo, sem entender direito o que se passava; ele estava ainda embebido no sono e acreditou ser aquilo parte de um pesadelo. Mas o vassalo o sacudiu pelos ombros até que ele atinou pela situação. Levantou de um salto e constatou, perplexo, que o lugar no qual Raco havia repousado estava vazio. O alvoroço despertou também aos demais e todos se entreolhavam estupefatos. O que poderia ter acontecido? Teria o Rei milagrosamente se recuperado? Mas para onde teria ido?! Não, Raco fora levado dali! Mas por quem?!

— Senhor, temo ter acontecido uma grande tragédia. Durante a noite, fui despertado pelo o que me pareceu o rugido de um animal e percebi um farfalhar por entre aqueles arbustos ali mais adiante, mas como tudo mais parecia em paz, pensei ter-se tratado de um sonho e adormeci novamente. É possível que o Rei tenha sido vítima de um predador selvagem. Sinto muito por não ter atinado para o perigo, senhor — disse um dos homens, sentido-se culpado.

Foram todos compelidos a analisar o que viam. Um animal selvagem de grande porte poderia, sim, ter levado o moribundo. Mas enrolado em chamalotes e mantas? Sem deixar nenhum rastro?! Não se via em nenhuma direção sequer uma gota de sangue. Timidamente, outro vassalo disse:

— Senhor, eu também acreditei ter visto algo estranho. Pareciam dois grandes olhos felinos a espreitar por meio do arbusto e, de repente, sombras, que pareciam vultos de crianças, fizeram com que aqueles olhos se afastassem dali. Eu também acreditei estar sonhando, pois me pareceu impossível que alguma criança pudesse circular por estas paragens, no meio da noite. Além do mais, tudo estava em absoluto silêncio e não escutei sequer um sussurro. Eu estava simplesmente sonolento demais para pensar que algo importante pudesse estar a acontecer.

Os homens se puseram a debater o acontecido e a ponderar as possibilidades. Uma coisa era certa: não estavam sós naquele lugar! Não acreditavam ter sido o Rei abocanhado por uma fera selvagem, tampouco que tivesse se afastado por si mesmo. Ele fora raptado! Teria sido a serena e o seu guerreiro os responsáveis? Estariam eles assim tão perto? Mas com que propósito levariam um homem à beira da morte? E se estavam em suas terras, por que não os aniquilaram de vez? Por outro lado, eram as serenas muito altas e seus guerreiros pouco menores. Além do mais, um dos vassalos vira vultos de pequena estatura. Poriam elas as suas crianças, no meio da noite, ao encargo de uma façanha como aquela? Essa possibilidade também lhes pareceu pouco viável. Teriam que descobrir o que se encobria por detrás daqueles vultos, pois certamente eram aquelas sombras as responsáveis pelo sumiço de Raco I.

O sol despontava no horizonte, prometendo um dia bonito. Eles se deram conta de que a temperatura era amena e agradável. Mibu ordenou que se preparasse uma boa refeição matinal, mesmo sabendo que só dispunham ainda de uma pequena quantidade de mantimentos. Mas o jovem ponderou que onde houvesse gente, haveria também alimentos. Não havia sentido em se precipitar. Teriam primeiro que se orientar e organizar um plano de ação, bem como se recuperar fisicamente. Eles se encontravam sobrepujados por tantos acontecimentos desgastantes e tinham à frente duas tarefas difíceis: descobrir o que sucedera ao jovem Rei e encontrar novamente os rastros dos raptores de Aziza.

Depois da refeição, eles se dispersaram para sondar cautelosa e precisamente, aquela área. Haviam passado a noite diretamente em frente à saída do maciço, por cujas entranhas haviam caminhado. Este se elevava a uma extrema altura e a abertura parecia mínima, comparada à grandiosidade daquela cadeia montanhosa que lhes roubava o horizonte naquela direção. Mibu consultou a sua bússola e fez anotações. As grandes montanhas se alinhavam ao leste de onde estavam e se amenizavam, tanto para a esquerda, quanto para a direita, e aquela planície se estendia pelo oeste, sendo entrecortada, aqui e acolá, por pequenos montes. O chão pedregoso estava coberto por uma relva diversificada e, pelas encostas, havia algumas plantas mais altas, algumas até mesmo com mais de um metro de altura: vegetação típica de altitudes montanhosas. No riacho, havia peixes e muitas aves aquáticas e, nas margens dele, cresciam arbustos que se encontravam carregados de frutos. Pelos ares, voavam alguns pássaros. O lugar parecia ser habitável para qualquer ser vivente.

Resolveram que seguiriam em grupo, porém distantes uns dos outros, para que o caminho fosse observado com mais apuro. Precisavam encontrar um rastro qualquer, pelo qual pudessem se orientar. O homem que andava pela margem percebeu que deixava no sedimento macio rastros de suas pisadas, mas não via o rastro de nenhum outro andante, somente uma ou outra pisada de pequenos animais. Por isso, sobressaltou-se quando reconheceu, à beira d'água, os moldes deixados claramente por duas grandes patas felinas. Os homens se agruparam ao redor do achado. Pelo tamanho das pegadas, haveria de rondar por ali felinos de grande porte, bem maiores do que todos os que conheciam. Teriam que se pôr em guarda, mas, enquanto estivessem juntos, estariam em segurança. A existência de feras perigosas estava comprovada, mas o que seriam os pequenos vultos? Certamente algum povo habitava aquelas terras, ou, pelo menos, vez por outra, passava por ali. Toda aquela fartura não ficaria despercebida. Contudo, qual povo deixaria as suas crianças à mercê de tal perigo? E à noite?! Não adiantava fazer suposições. Havendo um povoado, acabariam por encontrá-lo!

O sol já havia atravessado o arco do céu, quando se permitiram uma pausa. Andaram até se sentirem exaustos, analisando tudo o que encontravam pela frente, mas nada apontava para a presença ou passagem de estranhos. Por não conhecerem os frutos que se encontravam em abundância naqueles arbustos, não quiseram experimentá-los, mas os homens conseguiram fisgar peixes que seriam saboreados à beira do fogo que acenderam. No entanto, eles não sabiam que estavam sendo observados desde que saíram daquela abertura. Depois que comeram, eles se estiraram sobre seus chamalotes para um pequeno repouso. O peso dos fardos que carregavam sobre os ombros e a desigualdade do solo faziam da caminhada algo estafante e, nas pausas, tinham que se descontrair. Um dos homens, que havia se deitado mais para perto do riacho, percebeu, de repente, que uma sombra se movia com muita astúcia por detrás dos arbustos na margem oposta. Ele não fez nenhum movimento brusco e aguçou a visão. Sim, não somente uma, senão duas crianças os observavam. Em nenhum momento, ele conseguiu vê-las nitidamente, mas vira o suficiente. Elas eram de pele clara, mas haviam se camuflado com estrias de cores que iam do ocre ao verde escuro e usavam somente o que parecia uma fralda feita da pele de algum animal, da qual pendia um rabo. Considerando o tamanho e constituição física delas, seriam comparáveis aos jovens de doze ou treze anos dos povos do continente. A camuflagem as tornava quase invisíveis e ele estava certo de que elas os observavam o tempo todo e provavelmente acreditavam estarem todos a dormir, pois do contrário não teriam se deixado perceber. Quando todos se aprumaram novamente, preparando-se para seguir em frente, o vassalo relatou o que havia observado.

Evitando causar alarde, os homens conferenciaram. Eles eram estranhos, estavam armados com ostentação e se aventuravam por terras alheias. Para outros povos, eles não deixariam de representar perigo. Mas, no entanto, estavam sendo observados e seguidos por crianças! Onde estariam os adultos? Se os vultos noturnos que o vassalo vira na noite anterior eram crianças, como poderiam ter afugentado uma fera de grande porte? Não havia dúvida de que o povo, ao qual as crianças pertenciam, era responsável pelo sumiço de Raco. Mas o que queriam de um moribundo? Talvez tivesse Raco morrido naquela noite, mas, nesse caso, o que queriam com um defunto? As possibilidades que lhes passaram pela mente não lhes agradavam. Seria por demais macabro e eles não queriam nem sequer pensar nelas. Contudo, consideraram que quando o Rei foi raptado, todos dormiam indefesos e poderiam ter sido presas fáceis dos raptores; mas, nada havia acontecido. Será que os raptores eram pacíficos? Mas por que levaram Raco?! Afinal, não havia motivo para delongas, teriam que abordar aquelas crianças e forçá-las a levá-los ao seu povo. Ponderaram e Mibu decidiu que seguiriam adiante deixando ali algum pertence para servir de chamarisco. Mais adiante, fariam outra pausa e, caso as crianças tivessem se interessado pelas coisas, eles tentariam atraí-las oferecendo-lhes mais presentes, até poderem capturá-las.

Os homens fizeram como planejado. Seguiram em frente deixando para trás um xaile vermelho bem brilhoso e uma niqueleira presa a um grande cordão. Andaram por mais algum tempo e fizeram uma pausa, mas, por mais que espreitassem os arredores, não viram mais nem as sombras das tais crianças. Mibu decidiu repetir o mesmo procedimento, e seguiram dali, deixando dessa vez um belo bracelete de couro, decorado de pedras azuis. E andaram, até que a exaustão lhes fez parar. Ainda caminhavam na planície paralela ao riacho e, mais uma vez, tiveram peixe fresco como refeição. Ali mesmo, os homens organizaram a dormida para aquela noite, pois o crepúsculo já se abatia sobre eles. Dois deles foram designados como vigias noturnos e se revezariam nas noites seguintes.

Era alta a madrugada quando os vigias escutaram rugidos selvagens e um farfalhar por entre arbustos. Escutaram também o que parecia estalos produzidos com a língua. Aguçaram os olhos, mas não viram nada além das sombras dançantes que a claridade da lua e uma leve brisa produziam por entre as folhas dos arbustos; e, como tudo se acalmou novamente, eles acabaram por cair num cochilo. Porém, qual não foi a surpresa ao despertarem no novo dia: o xaile, a niqueleira e o bracelete haviam sidos colocados jeitosamente, bem no meio do acampamento; além do que, ali se encontrava também o que parecia um bornal feito das folhas largas do colonhão, cheio de algumas das frutas que cresciam naqueles arbustos. Os homens ficaram alvoroçados, mas, por fim, concluíram, que quem quer que fosse aquela estranha gente, era certamente pacífica. Mas o que teria feito de Raco?! Ponderaram que os estranhos estalos só poderiam ser parte da linguagem daquela gente. Todavia, por mais que aguçassem os olhos, não viram mais os vultos dela. Eles tomaram a refeição matinal. Não viam os seus seguidores, mas sabiam que estavam sendo observados e, por isso, saborearam as frutas ostentadoramente, pois queriam deixar claro que confiavam neles, bem como estavam agradecidos pela oferta. Quando terminaram, puseram a dar estalos com a língua, na esperança de atraí-los. Eles se espalharam em várias direções e já estavam a se considerar ridículos, quando um deles deu de cara com dois pequenos seres. Não, não eram crianças, eram simplesmente adultos de pequeno porte! O homem estava diante de duas pessoas masculinas, cuja altura não lhe ultrapassava a altura do ombro. Eles tinham a pele clara, olhos castanhos claros, um pouco esverdeados, e os cabelos também eram castanhos claros, porém de um pixaim miúdo e lanoso. Um deles lhe estendeu as mãos, nas quais se encontrava um grande peixe fresco, e o outro lhe estendeu o que parecia uma abóbora. O homem aceitou as dádivas e retornou dando a um deles o lenço que trazia no pescoço e, ao outro, uma bolacha de cereal que tinha no bolso. Os dois se entreolharam e sorriram e se comunicaram apontando para o estranho. Eles se comunicavam no que pareciam ser sílabas soltas, entrecortadas de pequenos estalidos. Não tardou e estavam todos à volta deles. Os pequeninos estavam praticamente nus, usando somente uma espécie de fralda feita de pele, da qual pendia um rabo relativamente longo. Eles se ornamentavam com um colar de contas miúdas e tinham pulseiras nos pulsos e tornozelos. Tudo bastante primitivo. A camuflagem que usavam era perfeita para disfarçá-los naquele meio. Os homens estavam fascinados, mas, por meio de muitos gestos e pantomima, fizeram entender que queriam saber o que sucedera ao Rei. De ambos os lados se seguiram tantos outros gestos, até que, por fim, os dois pequeninos se puseram a caminho, sendo seguidos pela caravana.

Não tardou para que percebessem que se afastavam cada vez mais do riacho e dos seus aprazíveis arredores e se enveredavam por um caminho estreito que serpenteava por uma colina. Andaram até se sentirem esgotados, pois os estranhos andavam num pique ligeiro e sem olhar para trás, não lhes dando a chance de fazer uma pausa. Mas, por fim, o dia findou e eles se deixaram cair pelo chão. Mas os pequeninos continuaram em frente e a caravana os perdeu de vista. Os homens recolheram gravetos e cavacos e acenderam uma fogueira. Não conheciam o legume redondo que lhes havia sido dado, mas resolveram fazer dele uma sopa e grelharam o peixe; isso foi a refeição do dia, pois eles estavam exaustos demais para tentar encontrar outros comestíveis.

Dormiram o sono pesado do cansaço e, ao amanhecer, foram novamente surpreendidos pela generosidade daqueles pequeninos, que já haviam acendido uma fogueira e assado duas aves, que pareciam ser patos selvagens, uma grande quantidade de peixes e um monte de legumes, tudo enrolado numas folhas largas de algum arbusto; além disso, os pequeninos colocaram à disposição dos outros diversas frutas. Os dois observavam os estranhos e as fisionomias deles não revelavam nenhum receio. Vez por outra, eles se comunicavam por meio de seus estalidos. Os homens não se deixaram constranger e comeram com apetite o que lhes parecia um banquete. Ao fim da refeição, arrumaram rapidamente os pertences e seguiram os pequenos quem sem mais nenhum gesto comunicativo, puseram-se a andar.

Em pouco tempo, alcançaram a aldeia onde viviam aqueles nativos. A aldeia ficava no topo de uma chapada, de onde se tinha uma ampla visão sobre os arredores. O centro era uma área escalvada, em torno da qual se encarrilhavam pequenas choupanas. Os abrigos eram pequenos e suspensos sobre pilares de pedras, que as mantinham pouco acima do chão. Tinham somente o piso, que parecia ser um madeirame leve semelhante a bambu e quatro vigas laterais que suportavam o telhado, que era de capim. Não tinham paredes e se podia entrar nelas por todos os lados. Ao todo, não eram muitas e eles estavam surpresos por ser aquela gente um grupo tão pequeno para um terreno tão vasto e uma fartura tão abundante de alimentos. Dentro das choupanas, havia esteiras de capim, peles de animais e um ou outro pequeno utensílio, mas praticamente nada de maior porte e nem tampouco um fogão ou fogareiro. A única construção que se sobressaía também não era muito grande: tinha as laterais protegidas por esteiras que pareciam um trançado de capim d'água, com a altura de meia parede, e se entrava nela somente pela frente ou pelos fundos. No mais, tinha as mesmas características que as outras e a mesma escassez de bens; não era central e, para ela, eles foram guiados pelos pequeninos.

Ali, eles encontraram reunida toda a tribo e, para o alívio geral, também Raco I, que se encontrava deitado num leito feito de esteiras sobrepostas e forrado de pele. Quando chegaram, os dois guias se comunicaram com os demais em sua estranha linguagem, fazendo alguns gestos e, vez por outra, apontando para os viajantes; depois, postaram-se ao lado dos demais e todos ficaram simplesmente a encará-los. O

Rei estava vivo, não havia dúvida! Sua aparência estava bem melhor e, ao vê-los, ele até forçou um sorriso. Será que o raptaram somente para salvar-lhe a vida? Os homens estavam boquiabertos. Com um gesto súbito, um dos vassalos fez menção de se curvar sobre o Rei, o que fez com que a mulher que estava ajoelhada ao lado do leito se assustasse e se levantasse de prontidão. Mibu afastou o vassalo. Não havia motivos para grosserias e Mibu não queria perder a simpatia daquele povo.

A mulher, que parecia ter estado a cuidar do doente, era de uma constituição física tão franzina, que podia ser tomada por uma criança, não fosse pelos seios murchos e caídos e pelas muitas rugas que a identificavam como uma anciã. Todos os adultos, também as mulheres, trajavam somente aquela estranha fralda de pele, da qual pendia um rabo comprido, também feito de pele, e todos usavam mais ou menos o mesmo tipo de ornamento. As crianças estavam nuas, mas traziam nos antebraços e pernas ornamentos feitos de uma faixa de capim trançado, enfeitada de ambos os lados com penas de aves. Mesmo o minúsculo bebê que uma jovem segurava no colo, já usava aquele ornamento, confeccionado na medida adequada para ele.

Mibu constatou que nenhum deles usava o que parecesse ser algum tipo de arma. Será que não tinham nenhuma? Mas como abatiam os animais dos quais usavam a pele? Havia certamente muita coisa interessante a se descobrir sobre aquela gente, mas não deveriam se precipitar. O jovem regente se curvou diante da anciã, abaixando o joelho e retirando o gorro que usava, tentando dar a entender que também eram humildes e vinham em paz. Olhou para ela e encostou os dedos nos olhos, apontando imediatamente para Raco. A mulher entendeu e, ao mesmo tempo em que pronunciava algumas sílabas entrecortadas de estalidos, curvou-se sobre o enfermo e descobriu a ferida. Os homens se assustaram, pois a lesão parecia imensa; porém, ficou-lhes claro como eles conseguiram salvar o Rei. Aquele povo tinha muita coragem, pois aquele método também tinha os seus perigos. Queimar uma ferida poderia acabar com uma infecção, mas poderia também desencadear outras muito piores. Contudo estavam pasmados. Raco estava ainda fraco demais para falar, mas se esforçava em sorrir. Estava consciente e parecia não sentir nenhuma dor. O ferimento estava incrustado e lambuzado do que parecia algo muito viscoso, de um tom esverdeado.

Certamente não ficaria uma boa cicatriz, mas o jovem Rei sobreviveria e teria que agradecer àquele povo por sua vida.

Os homens acabaram por sentir-se comovidos diantes da simplicidade e generosidade daqueles primitivos. Mibu pegou novamente o xaile vermelho que havia usado para atrair os seus seguidores e o ofereceu para a anciã. Ele queria se mostrar agradecido e retribuir de alguma forma aquela bondade. A mulher não somente recusou a dádiva, como também devolveu o lenço e a bolacha que um dos homens havia dado aos pequeninos, no seu primeiro encontro. Mibu ficou algum tempo sem saber como reagir; por fim, quebrou um pedaço da bolacha e colocou na boca, oferecendo outro pedaço para a mulher, que o olhou estranhada, mas que acabou aceitando e comendo. O jovem concluiu que aquele povo não tinha necessidade nem desejo de possuir coisas materiais. Ele ponderou que eles certamente não eram os primeiros estranhos a aparecer por ali, pois a reação daqueles nativos fora por demais natural. Eles não pareciam ter estado assustados nem tampouco amedrontados pela presença dos estranhos.

Mais uma vez, o jovem foi tomado de surpresa, quando um dos nativos, que parecia jovem e bem encorpado, se achegou da anciã, entregando-lhe o que parecia um pacote. Mibu pôde ver o brilho excitado do olhar daquela idosa mulher, ao tomá-lo nas mãos. Era algo quadrangular, embrulhado meticulosamente em fibras naturais. Um embrulho perfeito e terminado por um laço feito de um cordel fininho. A mulher o depositou nas mãos de Mibu, disse alguma coisa na língua dela e, por meio de gestos, deu a entender que abrisse o pacote. O jovem também se sentiu agitado, pois aquilo destoava completamente de tudo que vira ali até então. Abriu o pacote e quase não pôde acreditar no que viu diante de si: era um livro, escrito por um erudito de Áurea! Mas não, não era somente um livro, era também um dicionário que tentava passar para a língua auriana, a linguagem primitiva daquele povo. O jovem estava tão fascinado que suas mãos tremiam e seu coração badalava.

Enfim, depois de dizer uma série de coisas e fazer largos gestos com as mãos, a mulher se afastou, indo para junto de alguns dos nativos que preparavam, no terreiro dos fundos daquele abrigo, o que parecia ser a refeição. Os homens entenderam os gestos como uma permissão para se sentirem à vontade. Alguns se puseram a reorganizar as mochilas, separando as roupas que deveriam ser lavadas e estirando ao sol as chamalotes e mantas, para livrá-los da umidade. Outros se puseram a observar o preparo da comida, que parecia ser suficiente para toda a tribo, o que esclarecia a ausência de um fogareiro dentro das choupanas. Um outro se pôs a sondar os arredores e Mibu se assentou ali mesmo onde estava e logo se perdeu na preciosidade que era aquele livro, naquele momento. Perto dele, Raco I ressonava.

Da chapada onde se encontrava aquela aldeia, via-se uma cordilheira montanhosa e eles acreditaram ser ela a mesma que separava o continente daquele mundo no qual agora se encontravam. Eles não sabiam que estavam enganados.

Mibu percebera, com o canto dos olhos, que, de tempos em tempos, alguém se achegava ao doente e lhe umedecia a ferida com aquela substância viscosa e lhe levava aos lábios uma pequena cabaça. Os nativos eram maneirosos e se moviam de modo tão fugaz que quase não se notava as suas presenças. O grupo todo se compunha de vinte homens adultos, dos quais uns doze pareciam mais jovens e oito mais velhos. Trinta mulheres, das quais quinze eram mais jovens, dez de meia-idade e cinco mais velhas, inclusive a anciã, que parecia ser a autoridade naquele grupo. Onze crianças do sexo feminino e nove do sexo masculino, em diferentes idades e o mais jovem era ainda um bebê, além de que uma das jovens mulheres estava visivelmente grávida.

Já fazia um bom tempo que o sol atravessara o arco do céu. O jovem regente ainda se encontrava imergido na leitura, quando um dos nativos veio chamá-lo. Pelos gestos do nativo, Mibu entendeu que estava sendo convidado para comer. Mais uma vez se viu agradecido pela fartura e generosidade. A comida tinha cheiro e aparência muito apetitosos e havia sido preparada de uma maneira que para eles era inusitada. Tudo, os peixes, as aves e os legumes, haviam sido colocados sobre as folhas largas de uma planta que crescia pelos vales. Outras tantas folhas cobriam os comestíveis e, sobre elas, foi acendida uma fogueira. Assim que toda a madeira se queimou, retirou-se o borralho e a comida estava pronta. Muito disciplinadamente os nativos se enfileiraram e os forasteiros lhes seguiram o exemplo. Dois homens repartiam a comida. Davam a cada um que se aproximava uma folha, que abria na palma das mãos, e nessa folha era colocado um pedaço de ave ou peixe e alguns legumes e o servido se afastava rapidamente, para depositar a sua folha em algum lugar, pois a comida fumegava de quente. Alguns se acocoraram ali mesmo no quintal, à sombra de algum arbusto, mas a maioria achou lugar dentro da grande choupana, que parecia ser o salão de reunião de toda a tribo. Comia-se com as mãos e em silêncio, sobretudo com muita calma. Quem terminava podia entrar novamente na fila, caso desejasse um pouco mais e podia fazer isso enquanto ainda houvesse comida.

Os nativos não eram tão primitivos, pois, perto de onde havia sido feita a comida, corria um fio d'água que havia sido puxado de longe, por meio de calhas feitas de bambu. As folhas usadas como prato foram empilhadas no lugar onde a fogueira havia estado e certamente seriam queimadas na próxima vez em que se acendesse o fogo novamente. Cada um lavou as mãos, esfregando nelas uma florzinha miúda, que crescia ali mesmo na vargem úmida. Bebia-se também daquela mesma água. No entanto, o mais interessante é que passavam todos perto de um arbusto baixo e frondoso, de folhas miudinhas, e saíam mastigando uma de suas folhas. Os forasteiros os imitavam em tudo e, de repente, perceberam que estavam somente entre si, pois todos os nativos se estiraram no chão de suas próprias choupanas, pondo-se a dormir no meio da tarde. Isso explicava por que não tinham problema em estarem despertos à noite.

Mibu retomara sofregamente a leitura e estava fascinado. Aquele diário havia sido escrito havia coisa de cem anos atrás e o seu autor estivera ali pelo mesmo motivo que eles. Mas, à medida que lia, o jovem foi se acabrunhando, pois o autor afirmava que aquela área era somente um pequeno paraíso perdido entre duas cordilheiras e que as serenas e suas vítimas jamais estiveram ali. Somente ele e mais dois membros de sua caravana haviam conseguido alcançar aquele lugar e que, apesar do desgaste físico no qual se encontravam, eles vasculharam toda a encosta da próxima cordilheira e não encontraram passagem. Por fim, só restou ele e, como também já não tinha mais forças, bem como findara a esperança de resgatar a refém, ele acabou por esperar ali mesmo pela morte.

Já completava o sexto dia de suas estadas naquela aldeia e os nativos pareciam não se importar com a presença dos estranhos. Seguiam os seus afazeres diários que consistiam em revezar a vigilância noturna, para afastar o perigo das feras felinas, que para eles era o grande perigo;

armar as armadilhas para capturar aves, fisgar peixes e colher pelos vales frutos e legumes. Em suma, a labuta comum de um povo primitivo.

Raco I se recuperou. Já estava novamente de pé e o ferimento havia perdido a crosta que o cobrira e já estava a se fechar completamente. A cicatriz ficaria grosseira, mas ele ficaria com a vida! Todas as vezes que a anciã esteva a cuidar dele, dizia várias coisas apontando para o ferimento, mas o Rei simplesmente sorria, pois não entendia nada.

Por meio da leitura daquele manuscrito, o jovem regente ficara sabendo que os nativos usavam aquele estranho rabo atado às fraldas porque acreditavam que conseguiam, assim, amenizar a fúria dos enormes felinos que rondavam por aquela área. E a experiência parecia ter-lhes dado razão, pois conseguiam mantê-los afastados sem o uso de nenhuma arma, somente com autoritários e destemidos comandos. Quando precisavam de novas peles, eles armavam armadilhas para os felinos; contudo, isto só acontecia duas vezes por ano, quando havia troca de mulheres entre as tribos. De acordo com os conhecimentos daquele autor, haveria de viver naquelas redondezas coisa de umas quinze tribos, porém, todas com uma população maior do que aquela. Ele acreditava que todos se comunicavam com a mesma linguagem e afirmava também que os nativos se chamavam a si mesmos de "tuvituis".

O áureo se deu ao trabalho de traduzir as palavras mais importantes, bem como explicar a maneira de reconhecê-las, de acordo com a sonoridade dos estalidos. Mibu experimentara algumas vezes, tentando se comunicar com a anciã e ela, ao perceber que ele se esforçava, passara a falar mais devagar olhando diretamente para ele. Assim, quando ela falou do ferimento de Raco, o jovem entendeu que o enfermo ainda não estava curado, mas não entendeu o que ela ainda pretendia fazer. Contudo, não tardou para que entendesse.

Na manhã do sétimo dia, foram despertados por uma estranha cantoria. A anciã e uma das jovens mulheres haviam preparado o que parecia que seria uma operação. Raco estava deitado, imóvel e inconsciente. Do lado dele, estava um cuité grande, que continha um líquido claro, e duas cabaças menores, uma com a goma viscosa e a outra com um líquido bem escuro. Em cima de uma folha, havia um espinho fino e comprido, outros espinhos menores e uns fios bem fininhos da espessura de um fio de cabelo. Os homens se entreolharam atemorizados, mas Mibu os conteve. Até então, aquele povo só lhes fizera o bem e não havia motivo para não confiar naquela mulher. Mansamente, eles se aproximaram e se acocoraram à pouca distância, para observar o que se passaria. A jovem estava em silêncio e a anciã cantava de olhos fechados, com as mãos estendidas sobre Raco. Assim que terminou a cantoria, ela tomou do espinho e, com inacreditável precisão, atravessou um dos fios por uma quase invisível rachadura que se encontrava nele. Depois, pegou uma minúscula e extremamente fina lasca, do que parecia um cristal rosado, e mergulhou-a no líquido escuro. O jovem deduziu que aquilo seria certamente o instrumento de corte, pois parecia mesmo uma lâmina afiada. Com dois cortes ágeis e precisos, a anciã retirou de vez a superfície grosseira do ferimento, deixando-o novamente em carne viva. Imediatamente, a jovem comprimiu a lesão com um pedaço de pele que havia sido também embebido no líquido escuro. A frieza daquele ato fora tal, que um dos homens desmaiara; mas a anciã só deu um grunhido, parecendo não se importar. Ela pegou os espinhos pequenos e com eles fixou os dois lados da lesão, que, para a surpresa de todos, quase não sangrava. Acurada e cautelosamente, com pontos miúdos e precisos e com toda a calma do mundo, ela se pôs a coser a abertura. Quanto terminou, Mibu lançou o olhar sobre a lesão e ficou atônito ao ver a qualidade daquele trabalho. Não tinha dúvida de que tudo correria bem. O jovem Rei sobreviveria e teria somente uma cicatriz quase invisível.

A mulher disse novamente várias coisas e o jovem só entendeu que o Rei precisaria de mais repouso, o que era óbvio. E, assim, mais três dias se passaram até que Raco se pusera novamente de pé. Ele não conseguia ver o ferimento, mas já tomara conhecimento da maravilhosa melhoria na aparência de sua lesão. Ele queria muito recompensar aquele povo, mas eles não aceitavam nada.

O Rei estava revitalizado e não havia mais motivos para que o grupo não procedesse na busca pelos foragidos. Ponderaram muito sobre o que fazer. Sim, haviam conseguido o feito de atravessar a cordilheira! Em outras circunstâncias, isso contaria como um grande triunfo; contudo, não viam motivos para júbilo.

De acordo com as anotações do áureo, aquelas terras, que ele carinhosamente chamara de "pequeno paraíso", eram somente um vale entre duas majestosas cordilheiras, e a próxima cadeia montanhosa não se encontrava longe dali. Ele afirmava que, mesmo com intensivas buscas, não encontraram nenhuma abertura ou picada por entre aqueles maciços, e acabara por se convencer de que os raptores de sua filha não pisaram aquele chão. Todavia, para os homens, era prudente considerar que só ele e dois dos seus companheiros conseguiram chegar ali, pois o desgaste da aventura lhes custara a saúde. Será que averiguaram mesmo todas as possibilidades? Por outro lado, mesmo se houvesse uma passagem, para que lhes serviria, se os procurados não passaram por ali?! Eles não queriam e nem poderiam se deixar tomar pela frustração, pois a moça teria que ser encontrada. Mas aonde teria ido, que caminho teria tomado?!

Enfim, o jovem comunicou à anciã que precisavam partir. Com a ajuda dos nativos, juntaram uma grande quantidade de ervas, sementes e raízes, pois teriam que levar consigo algum alimento não perecível, e os nativos lhes deram um bornal cheio de folhas, das que mastigavam depois da refeição. Também por meio daquele manuscrito, o jovem ficara sabendo por que eles faziam isso: era uma forma de suprimir a fome, pois eles só faziam uma refeição por dia e a seiva daquela folha fazia com que o estômago só reclamasse novamente por comida naquela mesma hora do outro dia. Para os viajantes, uma preciosa dádiva, pois certamente não seria fácil encontrar comestíveis quando saíssem dali.

Mibu sentiu imensa vontade de levar consigo aquele livro, mas sabia que não seria correto. Assim como o livro fora de ajuda para eles, seria também para outros forasteiros, que, por algum motivo, viessem a pisar naquelas terras. Ele anexou ao original do áureo as suas próprias notícias e, depois de refazer o minucioso embrulho, devolveu-o solenemente para a anciã. De repente, ocorreu-lhe que nem sequer tentara explicar para aquele povo tão hospitaleiro por que estavam ali, e retirou do seu bornal as anotações e desenhos que fizera dos guerreiros da serena e os mostrou para os nativos. Ele teve a sensação de que nada abalava a tranquilidade daqueles pequeninos. Com toda a naturalidade os tuvituis apontaram em direção à outra cordilheira e fizeram gestos de voo com os braços, enquanto davam estalidos com a língua. Suas expressões não demonstravam nem receios e nem alegrias e o jovem se conscientizou de que eles realmente quase não sorriam. Mas que surpresa! O áureo havia se enganado. Talvez não tivesse sabido explicar o que procurava, ou talvez somente os nativos de agora tivessem percebido a existência deles. Um grande peso lhes caíra do coração. Tinham enfim uma direção a seguir. Custasse o que custasse, eles atravessariam aquela segunda cordilheira e resgatariam a refém!

Os homens tentaram ainda saber dos tuvituis como seria possível transpor os maciços, mas os tuvituis só apontavam para as montanhas e faziam gestos de voo. O grupo recusava acreditar que a serena e seu vassalo tivessem voado por sobre a cordilheira. Sim, os perseguidos possuíam estranhos poderes, mas como levariam Aziza?! Os tuvituis eram um povo modesto e simples demais e certamente nem sequer experimentaram a descoberta de outras paragens. Não eram aventureiros e, por serem tão pacíficos, certamente eram deixados em paz pelos aventureiros que, por algum motivo, chegavam àquele vale. Mas enfim estavam prontos para a partida. Agradecidos e, de certa forma comovidos, despediram-se e se puseram a caminho.

À medida que ganhavam chão, ia crescendo diante dos seus olhos a imponência da cordilheira. Os pesados fardos faziam a jornada estafante. Raco ainda só levava um pequeno bornal pendurado no ombro sadio, e os demais dividiam o restante. Contudo, não podiam se queixar, pois havia abundância de peixes no riacho, muitos frutos nos arbustos e a temperatura continuava amena, mesmo já se vendo dali uma enorme geleira que começava pouco além de onde estavam. Eles haviam passado três dias seguindo a subida do percurso do riacho que descia daquelas montanhas, até que, por fim, alcançaram o pé da segunda grande serra.

No raiar da primeira luz da manhã, Mibu despertou a todos. Mais de um mês havia se passado desde que Aziza fora raptada e o tempo urgia. O lugar onde se encontravam era entrecortado por diferentes formações rochosas, e eles não queriam nem sequer considerar a possibilidade de não encontrarem passagem. Estavam a ajeitar sobre os ombros os seus mochilões, quando subitamente um grande felino, que os espreitava, pulou do patamar sob o qual haviam acampado, diretamente sobre um dos homens que se abaixara para pegar a bagagem. Ninguém estava preparado para aquele ataque, mas, numa fração de segundos, um outro homem pegou da fogueira um cavaco ainda incandescente e o encostou na pele do animal, para desviá-lo do companheiro. Imediatamente os outros sacaram seus punhais e espadas, bem como outros cavacos, partindo para cima da fera que parecia não temê-los. O animal era enorme e, com uma patada precisa, fizera voar para longe a tocha com a qual o homem o ferira, fazendo-o recuar contra uma rocha. Mas os demais avançaram com destemor e a fera foi enfim afugentada. Eles se voltaram para o companheiro atacado e este estava ileso. O animal abocanhara o turbante dele e lhe cravara as garras no colete de couro, mas fora interrompido antes que pudesse acertar o pescoço da sua vítima. Sim, a sorte estava a favor deles. O que teria se passado se o ataque tivesse ocorrido durante a noite? Será que os nativos ainda os protegiam?!

Depois de se recomporem daquele susto e, apesar do perigo, eles se dividiram em dois grupos. Um seguiria para a direita e o outro para a esquerda, na procura de uma trilha que pudessem tomar por caminho. Eles se reencontrariam por volta de meio-dia, para ponderar sobre as possibilidades encontradas. Mibu levava a bússola e tentava achar caminho em direção ao Oeste, mas, à medida que subiam, os paredões pareciam ir se tornando cada vez mais hostis. Raco e seus homens tiveram mais sorte e encontraram o que parecia ser um passo, até bastante largo, que se tortuava por entre os maciços. Ao se reencontrarem, só beberam um gole de água, pois não se sentiam mais seguros naquela área onde foram atacados e também era preciso ganhar chão antes que anoitecesse.

A caravana começou ali uma subida que durou o que pareceu uma eternidade e que levou alguns deles quase à completa exaustão. Os maciços se sobrepunham em alturas que variavam de pequenos montes a picos que se perdiam entre as nuvens, e eles se viam muitas vezes diante de empecilhos intransponíveis, que os faziam retornar grandes caminhadas. A temperatura passava subitamente de suportáveis graus positivos, para frio veemente, que lhes travava os músculos. As noites eram gélidas. A única água que encontraram foram as geleiras glaciais, além de que não havia quase nada que pudessem queimar para se aquecer, preparar chá ou alguma refeição quente. E para o desalento geral, caminhavam contra um vento forte que lhes queimava as faces. Mibu estava preocupado. De acordo com suas anotações, eles deveriam ter continuado para o Oeste, mas aquele passo os levava para o Norte. Mas os homens o sossegavam, o importante no momento era somente atravessar aquela serra.

Ao entardecer do décimo dia, puderam enfim contemplar o vale que se estendia por detrás da cordilheira. Eles se encontravam sobre uma penha que beirava um entremeado de picos pontiagudos que se perdiam penhasco abaixo. Tinham, dali, uma visão que lhes pareceu um sonho. Puderam reconhecer manadas de animais pastando naquele vale. Porém, ainda demorou o resto da tarde e todo o outro dia até que completaram a descida. Mesmo com o espírito quebrantado pela fadiga, a fome e a sede, eles se abraçaram com jubilação. Estavam felizes por terem vencido mais uma grande peleja. Mas a noite se pôs e eles decidiram que pernoitariam ali mesmo, tendo como refeição somente uma caneca de chá.

Despertaram diante de um maravilhoso panorama: Rebanhos de cabras, carneiros e gado pastavam no amplo planalto que se via à frente, e ali se encontrava também um magote de belos cavalos, cujos quetos bailavam ao vento, quando, vez por outra, atravessavam o vale em selvagens e livres galopes. Instintivamente, souberam que teriam que se colocar em guarda, pois aqueles animais certamente tinham dono e, caso não tivessem, então haveria de rondar por ali predadores de grande porte. A fome os compelia; contudo, antes que conseguissem abater um animal sequer, já estavam cercados por um grupo de cavaleiros, que pareciam extremamente ágeis sobre a sela dos seus animais. Os homens recuaram, a sacar as armas. Mas que surpresa! Os cavaleiros eram mulheres. Somente mulheres, coisa de umas vinte e não havia sequer um homem entre elas. Raco I e Mibu se entreolharam, sem saber ao certo o que fazer; por fim, inclinaram-se diante delas, dando a entender que eram de paz. Algumas delas saltaram dos seus cavalos, observando minuciosamente os estranhos. Elas eram de uma exótica beleza. Eram esbeltas, de pele escura e tinham os cabelos encaracolados e volumosos. Trajavam calças largas, cingidas nos tornozelos e na cintura por uma espécie de gorgorão rebordado, tendo por cima uma camisa também larga e comprida, cingida nos punhos com o mesmo gorgorão, e também com este, enfeitadas ao redor do pescoço e sobre o busto. As vestimentas eram de seda. Tinham mais ou menos o mesmo corte, mas variavam na cor e nos enfeites. Algumas usavam diademas, outras fitas e penduricalhos nos cabelos, além de brincos grandes e pendentes.

Timidamente Mibu tentou um cumprimento em gorinês, a língua comum do continente. As mulheres se entreolharam e conversaram entre si, no que pareceu aos homens do Rei Lourenzo um velho dialeto que por muito e muito tempo se falara em Tigras, e um deles, por meio de palavras soltas, tentou comunicar a elas que estavam a padecer de fome. Não souberam se haviam sido entendidos, pois, sem tentar nenhuma conversação, as mulheres remontaram e fizeram gestos para que as seguissem. Os homens ajuntaram ligeiramente as mochilas e apetrechos e se puseram a segui-las. Estavam tanto curiosos, quanto temerosos. Eles eram um grupo de homens de boas proporções físicas; estavam armados e eram estranhos; no entanto, foi ao encontro deles um grupo de mulheres, que, à primeira vista, estavam desarmadas. Por que não os temiam? E onde estavam os homens?! Será que dali também não eram eles os primeiros aventureiros?!

Logo perceberam que aquela gente não vivia ali, pelo menos não o tempo todo, pois chegaram a um acampamento, cujas moradas eram umas tendas arredondadas, feitas de um entrelaçado de madeira e cobertas de algo que parecia um feltro grosso. Havia três grandes e duas menores. Antes de alcançarem o acampamento, os homens perceberam que, dentro do que parecia ser uma área determinada, outro grupo de cavaleiros galopava em rápidos e curtos galopes, num aparente jogo ou competição. Eles estavam rodeados pelos espectadores e as crianças aplaudiam entusiasmadas. Naturalmente todos pararam suas atividades para encarar boquiabertos os estranhos. As mulheres se dirigiram a uma outra mulher, que parecia já não ser mais jovem, mas que ainda era muito bela e que estava trajada de roupas e acessórios suntuosos. Ela estivera a assistir ao que se passava naquela arena. Estava sentada sobre um acolchoado e, pasmada, encarou aquele grupo. Ela não fez menção de se levantar e os forasteiros deduziram que ela era se não a Rainha, então a chefe daquele clã. O grupo todo se inclinou, descobrindo a cabeça. As cavaleiras disseram alguma coisa e a Rainha enfim se levantou e se aproximou dos estranhos, olhando-os bem de perto. Os demais observavam mudos e extasiados, até que ela disse uma série de coisas. Os homens, que eram os que cavalgavam naquele evento, dispersaram-se para fazer o que ela mandara.

Sem saber ao certo o que os esperava, Raco I pegou o xaile vermelho e o bracelete de couro com pedras azuis, que a anciã da outra tribo havia recusado, e os ofereceu para a Rainha. Ela aceitou os presentes, inclinando levemente a cabeça. Dentro em pouco, foi estendido no chão mais um acolchoado, no qual, por meio de gestos, eles foram convidados a se assentarem. Logo vieram uns homens ainda jovens, que lhes ofereceram algo que parecia um creme, para que lambuzassem os lábios e faces queimados pelo vento gelado das montanhas. Nativos e visitantes se encararam mudos por um longo tempo, até que, de repente, escutaram berros e souberam que cabras e ovelhas estavam sendo abatidas.

Não tardou para lhes ficar claro que se encontravam em um núcleo social no qual as mulheres comandavam; além de que, por algum motivo, a proporção de homens era de somente um quarto para o número de mulheres, e entre os homens não se via nenhum velho. Contudo, entre as crianças havia mais meninos. Os homens não só cuidavam das atividades que entretiam o clã, como também faziam todo o trabalho de manutenção do acampamento. Eles abateram, trincharam e cozinharam num grande caldeirão de ferro uma parte das carnes e assaram outro tanto sobre brasas. Além disso, estenderam os acolchoados para os demais, colocando no meio deles tábuas de madeira, sobre as quais serviram a comida, que parecia compor-se somente de carnes.

Mesmo tendo percebido que os homens ocupavam uma posição inferior naquela sociedade, os forasteiros não se manifestaram, esperando pacientes que as mulheres lhes fizessem gestos. Certamente por serem estranhos, estavam sendo honrados, pois a Rainha imediatamente lhes deu a entender que poderiam comer, ao mesmo tempo que as mulheres e as crianças, enquanto os homens do clã esperavam. E eles comeram com desenfreada gula, até que nada mais atravessasse a suas gargantas. Só depois que as crianças e algumas mulheres se levantaram, os homens nativos se assentaram para comer. Todo o trabalho de retirar os restos, cuidar dos utensílios e fazer a limpeza da área de trabalho também lhes foi deixado ao encargo. Mais tarde, eles serviram ainda o que parecia uma cuia de leite fermentado e transformado em aguardente, e mesmo as crianças beberam um gole daquilo.

Novamente Mibu tentou se comunicar. Retirou do seu bornal o pergaminho com suas anotações e os desenhos que fizera do povo pequenino que encontrara. Apontando para as montanhas, ele tentou dar a entender que vinham ainda de mais longe do que de onde vivia aquele povo. Só que nem a Rainha nem as demais mulheres à volta pareciam reconhecer aqueles seres e olhavam com ar de incredulidade para eles e para as montanhas. Sem se deixar esmorecer, o jovem lhes mostrou também os desenhos que fizera dos vassalos das serenas e a reação foi a mesma. A expressão que tinham na face era de incrédula curiosidade, como se vissem neles criaturas jamais vistas. Todavia, haveria de existir outros povos por aquelas paragens. Ao que parecia, era aquele clã somente pecuarista, mas as mulheres trajavam seda, usavam joias e acessórios finos e se via no acampamento muitos utensílios manufaturados. Se eles mesmos não produziam aquelas coisas, haveria de existir comércio! Com muito jeito, Mibu se pôs a desenhar, no chão, aquele acampamento e outros em volta dele. Tentou saber das mulheres em que direção os outros povos se encontravam, até que elas entenderam o que ele queria e posicionaram os outros clãs dentro do desenho, mostrando suas posições com relação a eles. Mibu e o jovem Rei tentaram também saber qual era a aparência dos outros povos e, por fim, deduziram que eram todos os povos conhecidos daquela gente, de aparência similar às dela própria e, provavelmente, tinham estrutura social e cultura semelhantes. Sim, possivelmente era o grupo de Mibu os primeiros estranhos a pisarem aquelas terras!

Os forasteiros estavam cansados. Passaram um longo tempo assentados diante da Rainha que parecia não se saciar de vê-los, até que ela chamou alguns homens, deu ordens e, fazendo alguns gestos, levantou-se, entrando para uma das grandes tendas. Algumas mulheres a acompanharam. Aliviados, eles se levantaram também. Estavam desnorteados. O que deveriam fazer? Foi sorte terem encontrado aquele povo antes que a fome fizesse com que sucumbissem; contudo, parecia que haviam encontrado uma trilha que não os levaria ao destino almejado. Se as serenas e os guerreiros dela tivessem, alguma vez, passado por ali, certamente alguém os teria reconhecido. Mas os desenhos de Mibu só provocaram mais espanto nas faces daqueles nativos. Por fim, eles entenderam poder pernoitar em uma das pequenas tendas e, tão logo a claridade do dia findou, foram dormir.

Mesmo naquela relativamente baixa altitude, as noites eram muito frias e os visitantes entenderam por que as habitações eram móveis. Aquele povo passava somente o verão naquele lugar; enquanto as vastas planícies se transformavam em relvados, cujas ervas produziam uma baga rica, de sustança vital para os seus animais. No inverno, aquelas paragens certamente se transformariam em uma estremadura bastante inóspita.

No decorrer do dia seguinte, entenderam também por que a população masculina era tão pequena. A tenda onde passaram a noite era confortável e os acolchoados macios e quentes e por terem estado tão fatigados, acabaram por dormir quase toda a manhã. Quando acordaram, encontraram os nativos envolvidos numa calorosa discussão. Um grupo de mulheres discutia alguma coisa diante da Rainha enquanto, num canto, homens jovens esperavam tensos e temerosos. Por fim, a Rainha chamou um dos homens que se aproximou de cabeça baixa. Ele se inclinou diante dela e ela lhe ditou uma sentença. O homem não disse nada e se retirou cabisbaixo. Imediatamente os outros homens se puseram a preparar os seus cavalos. Os forasteiros gostariam muito de beber uma caneca de chá e comer alguma coisa como refeição matinal, mas, em vez disso, eles foram convidados a se assentarem em volta daquela arena, para assistir ao que se passaria. Demorou um longo tempo até que os cavaleiros se postaram nas cabeceiras da arena e o homem que havia sido chamado pela Rainha, postou-se no meio da arena, sobre um pequeno pedestal. Ele estava visivelmente nervoso e olhava agitado de um para o outro grupo de cavaleiros. O corpo dele estava despido da cintura para cima e, no pescoço, reluzia um valioso colar de ouro. Depois que todos rodearam a arena e depois que mesmo os cavalos começaram a ficar impacientes, a Rainha fez um sinal e o evento começou.

No começo, os visitantes não entenderam o que estava acontecendo, até que lhes ficou claro a brutalidade daquele acontecimento. De ambos os lados, partiam ao mesmo tempo dois cavaleiros, cada um com a meta de arrancar o colar de ouro do pescoço do homem que se encontrava no centro. E este, sem poder sair de cima do pedestal, tinha que se contorcer e revirar e se defender somente com as mãos, para não perder o colar. Os galopes se repetiriam até que todos os cavaleiros tivessem tentado a sua sorte; todavia, a tragédia se passou mais cedo. Já no terceiro galope, ambos cavaleiros conseguiram agarrar o colar ao mesmo tempo e o impacto causado pela enorme força gerada pelo galope dos cavalos, fez quebrar o pescoço do pobre nativo, matando-o instantaneamente. Os dois matadores pularam de vez dos seus cavalos e seguraram ambos o colar e, como nenhum queria soltá-lo, foram juntos para diante da Rainha e se inclinaram. Algumas mulheres se puseram novamente a discutir e, quando elas se calaram, a Rainha pegou o colar das mãos dos homens e lhes ditou uma sentença e eles se afastaram, com um ar de satisfação nos seus semblantes. Os visitantes não entenderam o porquê daquela ação e estavam tanto chocados quanto enojados daquela frieza. Era aquilo um passatempo? Um ritual? Poderia acontecer com eles?

Alguns homens removeram o corpo do morto, levando-o para outro lugar. Outros se puseram a armar, no meio do acampamento, uma plataforma de madeira, enquanto outro grupo se punha a preparar a refeição. Ao que parecia, aquele povo também só fazia uma refeição por dia, e eles se lembraram agradecidos das milagrosas folhinhas que os nativos lhes deram. Contudo, ainda antes que alguma comida fosse servida, os nativos deitaram sobre a plataforma, que havia sido coberta de pano branco, o corpo do falecido, que estava vestido com uma bata de seda branca. Logo apareceu, saindo de uma das grandes tendas, uma mulher bem mais velha, também vestida completamente de branco. Ela tinha os cabelos volumosos, longos e já bastante grisalhos. Segurava nas mãos uma vara e um tamborim. Com exceção dos homens que cuidavam dos afazeres, todo o clã se reuniu formando um grande círculo em volta da plataforma e da idosa mulher. Os visitantes também se puseram naquele círculo e todos estavam em silêncio, com exceção de duas mulheres que choravam baixinho. A mulher bateu uma vez no tamborim e todos, também a Rainha, se inclinaram diante dela. Sim, estava claro que a idosa mulher era a morubixaba daquele clã.

O ritual de despedida daquele defunto não fora realmente longo. A morubixaba rezava e cantava em volta do corpo, enquanto batia uma cadência monótona no tamborim. Depois, as duas mulheres que estiveram a chorar, achegaram-se ao corpo e acariciaram a face do morto, acariciando em seguida as próprias faces. A seguir, o corpo foi removido da plataforma e se formou o cortejo do enterro. Não muito longe do acampamento, estava o cemitério e havia nele muitos amontoados de pedras, que pareciam ser as sepulturas. Os homens da caravana estavam surpresos e ainda mais confusos. Os nativos mataram aquele homem que parecia ainda jovem e saudável, de uma maneira tão bárbara. Se ninguém fizera menção de evitar aquela morte, porque rendiam ao morto honras póstumas?!

Os forasteiros passaram o resto da tarde tentando, com todos os recursos, entender o que se passara e o porquê daquilo. Quando se recolheram para dormir, um dos vassalos do Rei Lourenzo disse:

— Acho que consegui entender o porquê do sucedido... — Todos aprumaram os ouvidos e o homem continuou: — Ao que parece, uma das mulheres simpatizou comigo. Ela me deu a entender, que seria possível passar a noite com ela e outras jovens mulheres... para isso, eu teria que tomar o lugar do homem no pedestal e defender o colar que me seria colocado no pescoço. Sendo bem-sucedido, a porta da tenda das jovens mulheres me estaria aberta; porém, perdendo o colar, aquele que o arrebatasse tomaria o meu direito. Segundo entendi, nem sempre se perde a vida por esse desejo; mas muitas vezes o resultado da competição é o que vimos hoje. – e, virando-se para Mibu, que por força das circunstâncias se tornara o chefe daquela expedição, o homem continuou temeroso:— Senhor, não estou certo se consegui fazê-la entender que temos outros costumes; por outro lado, entendi que se ela expuser o seu desejo, e a Rainha me chamar à sua presença, não poderei mais recusar... O que devo fazer?

— O que é que você sente pela mulher? Estaria disposto a correr o risco por ela? — Os homens ficaram cabisbaixos. As nativas eram belas e, no fundo, quase todos eles as cobiçaram desde que as viram. Porém, estavam chocados diante do preço que se pagava por elas.

— Eu... Eu também gostei dela tanto quanto ela de mim, mas somente por uma aventura, não quero correr o risco de perder a vida... — balbuciou o homem, um pouco envergonhado da própria covardia.

— Nesse caso, penso que seria melhor deixarmos este acampamento o quanto antes. Amanhã cedo partiremos, pois já nos recuperamos o suficiente da nossa fadiga e, ao que parece, os nossos procurados não passaram por aqui. — E, virando-se para Raco I:

— Tem o senhor alguma sugestão de para onde deveremos seguir?

— Segundo os nossos cálculos, nós nos desviamos muito para o norte, então deveríamos tentar seguir novamente para o oeste. Se bem que... Como poderemos saber que direção eles tomaram?

— Tenho que confessar que estou muito decepcionado. Os pequeninos apontaram para este lado das montanhas, e, contradizendo o nosso antecessor, nós encontramos a passagem. Por isso me é difícil acreditar que este povo realmente não saiba nada sobre as serenas e os seus guerreiros — disse o jovem regente, num tom frustrado.

— Mas se soubessem, por que fingiram não saber?

— Não sei. O que me intriga é que se os pequeninos sabem da existência delas, por que este povo não saberia? — Retrucou Mibu. Juntos com os demais eles discutiram as diferentes possibilidades, enquanto preparavam os mochilões.

No primeiro clarão da manhã eles estavam prontos para a partida. Eles já não estavam mais muito certos de onde se encontravam com relação a Tigras e decidiram que, de onde estavam, seguiriam em frente, entranhando aquelas terras desconhecidas, pois que diferença faria a direção, se não sabiam aonde deveriam ir? Mais cedo ou mais tarde encontrariam as terras dos procurados. As serenas e os seus vassalos certamente pertenciam a diferentes povos, pois suas características físicas eram bem diferentes. Sim, aquele lado das cordilheiras não era muito diferente do lado que conheciam. Havia diferentes povos, com diferentes culturas. Os tuvituis viviam enclausurados entre duas cadeias montanhosas e certamente por isso não se desenvolveram. A sociedade daquele acampamento tinha a sua estranha hierarquia feminina, mas era suficientemente civilizada. Contudo, as serenas certamente viviam em cidades desenvolvidas. Seus conhecimentos tinham que ser grandiosos, pois já por séculos elas atravessavam a cordilheira para raptar jovens mulheres, enquanto parecia serem eles os primeiros entre os povos do outro lado a conseguirem aquela façanha. Além do mais, elas falavam gorinês e talvez até outras de suas linguagens! Mas por que faziam aquilo? O que sucedia às moças? Por que não mantinham contato diplomático com eles?

Os homens já haviam esperado um bom tempo, quando enfim a Rainha saiu da sua tenda. Já munidos de suas bagagens, eles se aproximaram dela, inclinaram-se e lhe deram a entender que pretendiam partir. A mulher os encarou surpresa e disse uma série de coisas que eles não entenderam. A morubixaba lhes veio ao encontro. Ela olhou zangada para o homem que a nativa enamorada pretendia propor para a próxima competição. Disse também uma série de coisas e sua fisionomia tornava visível o seu desagrado quanto à notícia. Todavia, nada apontava para algum tipo de agressão, pois outras mulheres os rodeavam bem como alguns homens também e nenhum deles portava armas. Por fim, para a surpresa de todos, ela estendeu a Mibu o que parecia um talismã. Era uma ave de asas abertas. A figura não tinha mais que cinco centímetros de tamanho, porém era um trabalho filigranado e acurado e tinha sido feito de um metal que o jovem não pôde identificar imediatamente. A morubixaba pegou um graveto e se pôs a desenhar no chão o que parecia ser um bosque ou floresta; a seguir, ela fez uns estranhos gestos mexendo todos os dedos, enquanto movia as mãos lateralmente. Ela falou e gesticulou apontando para uma determinada direção e o jovem sacou sua bússola, para determinar a direção. Sim, aquele talismã tinha que ver com os perseguidos, era o mesmo símbolo que tatuava o peito do guerreiro! Mibu estava certo de que a mulher sabia o que eles estavam procurando.

Eles se inclinaram mais uma série de vezes, tentando agradecer pela hospitalidade e, por fim, puseram-se a caminho. A mulher apontara para o sul e, naquele sentido, eles se afastariam daquele acampamento e, com exceção de somente três, também dos demais acampamentos daqueles povos.

Ainda não tinham ido longe e já se sentiam famintos. Talvez tivesse sido mais prudente partir depois da refeição, mas quem sabe quando a Rainha teria chamado o vassalo?! Eles se puseram a mastigar as folhas milagrosas dos tuvituis, tentando não pensar em comida. Eles não tinham mais nada que fosse comestível, nem mesmo chá. Todavia, o panorama era belo e o relvado se tornava mais abundante à medida que as planícies se perdiam numa descida suave. Muitos rebanhos pastavam naquelas paragens e certamente não seria uma grande perda para os nativos se tomassem para si algumas daquelas reses. Contudo, esperariam até que fizessem a pausa do dia.

Aziza se rebelara contra o seu rapto, mas teve que admitir que suas forças eram mínimas contra a vigilância e a astúcia da Dríade, bem como a força do seu vassalo. Estava claro que só poderia escapar usando de sagacidade e perspicácia. Logo que eles enveredaram pelo túnel, ela teve o pulso direito atado por uma corrente de metal ao pulso esquerdo do guerreiro e toda tentativa de fuga só fazia com que a áspera argola lhe ferisse a pele. Por isso, decidiu que se deixaria guiar, até que surgisse a oportunidade certa para a fuga.

A jovem estava bem mais preocupada do que temerosa. Que sufoco estariam passando as yjaras por sua causa? E como estaria Mibu, depois de todos aqueles mal-entendidos? O que sucedera a Tinar? Não, da dríade e do vassalo ela não tinha medo! Ambos pareciam ser mais fortes do que ela, mas para onde quer que eles a estivessem levando, eles a queriam com vida, de modo que, com a sobrevivência, ela não tinha que se preocupar. Só estava temerosa de não encontrar mais o caminho de volta, quando conseguisse se livrar de seus captores; e a cada dia que passava, esse temor aumentava, pois caminhavam por um túnel sinuoso e completamente escuro, e ela não conseguia reconhecer nenhum ponto de referência. Ou eles conheciam precisamente aquele caminho, ou tinham a habilidade de enxergar no escuro, pois seguiam sem nem mesmo esbarrar nas paredes; e pareciam também imunes à sede, fome e cansaço, pois quase não paravam e, quando ela reclamava, eles lhe davam um pequeno gole de um líquido que levavam em um frasco e parecia que eles mesmos não bebiam nada.

Não havia dúvida de que o Rei Lourenzo mandaria um comando de busca no encalço das jovens raptadas, mas ela sabia que não precisaria contar com tal ajuda, pois seus raptores usaram de um truque para desfazer seus rastros. Uma das paredes rochosas dentro da caverna era móvel e, por detrás dela, encontrava-se a passagem pela qual seguiam. O guerreiro afastara a rocha para passarem e a puxara de volta ao lugar inicial. Estava claro que os perseguidores tomariam outro caminho. Ela teria que se libertar sozinha!

Mas não houve possibilidade de fuga e, depois do que lhe pareceu uma longa trajetória, eles se depararam com um riacho. Ali se encontrava um barco. Aziza fora forçada a embarcar também e o guerreiro simplesmente deixou que a embarcação se colocasse em movimento riacho abaixo. A moça estava apreensiva. A escuridão era tenebrosa e o silêncio aflitivo; só aqui e acolá escutava-se o ressonar de um ou outro pingo de água que se saltava do teto da cavidade por dentro da qual o riacho prosseguia. O líquido que eles lhe davam para beber parecia não só afastar a sensação de fome, sede e cansaço, mas também de frio; mesmo assim ela não conseguiu conter os calafrios que a assaltavam, enquanto prosseguiam naquele lugar caliginoso.

A jovem tentara diversas vezes começar alguma conversação com Nerur, mas a mulher não se manifestava e não conversava nem mesmo com o vassalo. O silêncio se tornara agonizante e, por fim, a jovem se deitou no banco da embarcação e caiu no sono, só despertando novamente quando o barco atracou, pouco antes de o riacho se perder nas profundezas de um precipício. Ali eles desembarcaram e se puseram a descer por uma rampa que parecia uma sucessão de degraus escavados na rocha. Enquanto seguiam, escutavam o retumbar da queda-d'água que parecia se perder numa grande profundidade. Aziza já nem tentava mais se orientar e, mesmo se surgisse ali a possibilidade de fugir, não se arriscaria mais. Como iria reencontrar os próprios rastros dentro daquelas trevas?!

Depois de uma longa descida eles deram novamente com a beira do riacho, na qual se encontrava outro barco. Embarcaram novamente e parecia que tudo simplesmente se repetia como na primeira vez. A embarcação deslizava pelas águas, envolta em completa escuridão e silêncio e, sem poder sair daquele infortúnio, a jovem se deitou novamente no banco e acabou novamente tomada pelo sono. Sonhou estar fazendo aquela baldeação por muitas vezes...

Aziza teve a sensação de ter dormido por dias a fio, quando foi despertada pelo gorjear de muitas aves. Estavam agora a céu aberto, porém o crepúsculo da noite já se anunciava no céu. A embarcação deslizava pelas águas de um rio, no qual o riacho certamente desaguara. Ele cortava um vale de magnífica beleza e, de ambos os lados, havia um rebuliço de criaturas aladas, das mais diferentes plumagens e cores; além de belíssima vegetação. Por um momento, a moça se esqueceu de que se encontrava em cativeiro e se pasmara com tanta beleza. As aves procuravam lugar de repouso, enquanto, devagarzinho, a penumbra da noite se punha sobre aquela maravilha, como se estendendo sobre tudo um fino véu de cor violeta. Entretanto, longe adiante, a jovem reconhecera a claridade de lanternas ou lampiões, que rebrilhavam como pequenas estrelas, se bem que distantes uma das outras. Teriam chegado ao destino daquela jornada?

O guerreiro parecia ter fixado um daqueles pontos de luz e, usando os remos, conduzia o barco naquela direção. Mesmo depois de a noite a envolver completamente, Aziza pôde perceber que o rio se alargara a perder de vista, tornando-se um boqueirão. E que o lume vinha de uma pequena torre no topo de um elevado, que emergia das águas. O vassalo atracou o barco ao pé de um monte que se erguia à frente, e todos se puseram a subi-lo, descendo novamente pelo outro lado assim que atingiram o topo. Deram de frente com uma ponte que atravessava o canal que corria entre um elevado e outro. "Muito estranho!" Pensou a jovem.

Sem delongas, atravessaram a ponte e encaminharam-se para a escadaria que levava à construção na qual se erguia a torre. Tudo estava em silêncio e a porta lhes fora aberta por uma mulher que tinha as mesmas características do vassalo da Dríade. Com poucas palavras de sua linguagem, Nerur passou a jovem, que já havia sido libertada das algemas, para os cuidados daquela mulher, afastando-se imediatamente junto com o guerreiro.

Aziza foi levada para uma alcova, cuja iluminação difusa enchia o aposento de suspense. Havia nela uma grande cama, por sobre a qual pendia um baldaquim de tecidos leves e transparentes, em diferentes tonalidades. Sobre a cama, repousava um roupão também de tecido leve e claro. A mulher a conduziu para um quartinho ao lado no qual havia um banho já preparado. Numa banheira de cobre, fumegava um tanto de água quente e a mulher se pôs a verter por cima água fria, até alcançar a temperatura ideal. Depois, enriqueceu a água com uma loção esbranquiçada. Verteu nela óleo perfumado e ervas. Por meio de gestos, deu a entender que a jovem devia se banhar, deixando-a sozinha no aposento. Aziza ponderou que não fazia mais sentido se rebelar ou precipitar. Teria que sondar com calma aquele novo ambiente e reconsiderar as possibilidades de fuga. Assim, desfrutou do conforto daquele banho e vestiu o roupão que lhe haviam dado. Logo, a mulher voltou trazendo uma bandeja com comida e bebida, depositando-a sobre uma banqueta que posicionou à frente de Aziza. Novamente a mulher fez gestos, dando a entender que a outra devia comer. A mulher se retirou e

Aziza comeu o que parecia ser uma excelente refeição, bem como bebeu o que parecia ser um vinho adocicado, muito saboroso. Depois, tentou dormir, mas o sono não lhe veio, pois dormira muito naquela tarde. Tudo estava em silêncio e à meia-luz, ela se pôs a sondar o aposento: a cama era acolchoada e macia, o piso revestido de esteiras e o ambiente agradavelmente perfumado. Seria a acomodação perfeita para um visitante importante. Mas por que para ela? Por que havia sido levada ali? Tentou aumentar a claridade, mas não conseguiu encontrar a fonte de luz, pois, em lugar algum, via um candelabro, lampião ou lamparina. Andou de um lado para o outro e experimentou a porta que, para a sua surpresa, estava aberta. Olhou para todos os lados e não viu nenhum vulto sequer que lembrasse um vigia. Será que estava livre?!

A jovem atravessou a soleira e desceu os degraus, fazendo o mesmo percurso que fizera com os seus raptores, mas a ponte que atravessava o canal não estava mais no lugar e ela compreendeu por que não estava sendo vigiada. Seus movimentos estariam delimitados pela barreira natural do que parecia ser uma ilha. Retornou e, quando alcançou o topo da escadaria, olhou ao redor e pôde reconhecer, à fraca luz da lua, que havia uma série de pequenas construções, num aplanado ao pé daquele elevado, no qual se encontrava o aposento dela. Quem ocuparia aquelas moradas? O povo ao qual a Dríade pertencia ou o povo ao qual o vassalo da Dríade pertencia? Quando enfim conseguiu dormir, a jovem teve estranhos pesadelos; num deles, ela viu um homem esbelto, louro e muito alto, ainda mais alto do que Nerur.

Ao despertar, encontrou sobre a banqueta uma bela roupagem de seda e apetrechos de toalete. A jovem estava sem saber o que pensar daquela situação. Fora raptada e forçada a chegar àquele lugar. Todavia, estavam tratando-a como hóspede. O que queriam dela? Não tardou e a mulher que havia cuidado dela na noite anterior, apareceu. Aziza decidiu que não faria sem transtornos o que a outra quisesse e a forçaria a ter que procurar um meio de se comunicar com ela de maneira apropriada. Quando a mulher lhe fez gestos de que deveria segui-la, ela se sentou na beira da cama e apontando para si mesma, lhe disse com toda a calma:

— Eu me chamo Aziza. — E apontando para a mulher: — E você? falando mansamente e em gorinês. Se Nerur falava gorinês, outros possivelmente falavam também. E se aquela mulher estava ao encargo de cuidar dos hóspedes, havia uma boa chance de que pelo menos entendesse alguma coisa. A mulher reagiu insistindo nos gestos de que devia segui-la, mas a jovem repetiu a mesma coisa, sem fazer menção de se mover. Depois de um tempo, a mulher apontou para si mesma e disse:

— Xavalu. — E insistiu nos gestos. Aziza não se moveu e perguntou:

— Para onde iremos? — A mulher a encarou zangada e revidou com os gestos de que deveria segui-la. — Para onde iremos? — insistiu a jovem, e a mulher respondeu asperamente:

— Siga-me!

Aziza pensou ter compreendido. A mulher falava, ou pelo menos entendia muito bem gorinês, mas não queria ou talvez não pudesse conversar com Aziza. Mas teria que fazê-lo ou Aziza não se arredaria dali. Por fim, Xavalu deixou o aposento sozinha. A moça ficou algum tempo onde estava, mas, como a mulher não retornou, ela decidiu sondar as paragens daquela ilha. Estava para deixar o aposento, quando Nerur lhe veio ao encontro. Durante toda a jornada que fizeram, aquela intimidante mulher não lhe dissera sequer uma palavra e ela não pôde conter um calafrio ao sentir, outra vez, o olhar lascivo da outra a lhe passear sobre o corpo.

— Espero que, daqui por diante, você siga as instruções de Xavalu, sem lhe causar problemas — disse Nerur, com uma voz que soava como vinda de um vibrador. A jovem se enfureceu. Afinal, que direito tinha aquela mulher de lhe dizer como deveria se comportar?!

— Eu simplesmente quis saber o nome dela, para onde estaríamos indo, que lugar é este onde me encontro, porque estou aqui, etc., etc., etc. A propósito, você está certa, não é ela que tem que me dar satisfações, mas você mesma! É meu direito saber quem é você, por que me raptou e o que deseja de mim, e não me afastarei deste aposento enquanto não receber esclarecimentos! — Ameaçou a jovem. A mulher sorriu com desdém.

— Você se encontra em cativeiro. Se não seguir as instruções pelo bem, as seguirá pela força. Agora, siga-me! — E se virou para deixar o aposento. Aziza porém não se mexeu e a mulher, por fim, bateu palmas e um vassalo entrou no salão. O homem se aproximou da moça e colocou um frasco sob o nariz dela e, em segundos, ela perdeu os sentidos.

Quando voltou a si, estava deitada num divã de veludo e se encontrava num aposento sofisticado, porém de uma elegância simples e confortável. Estava só. O salão era amplo e quadrado, com janelas abauladas para todos os lados. Mais uma vez, ela se esqueceu do cativeiro e se pôs a admirar a grandiosidade do que se via dali. Percebeu que se encontrava no mesmo lugar, porém em um piso bem mais alto, provavelmente o topo derradeiro daquela torre. O panorama ao redor era fantástico e ela jamais vira antes alguma coisa parecida. Ela não saberia dizer se se encontravam em uma imensa lagoa ou em mar aberto. Aquela torre se encontrava no topo de um elevado e, no aplanado em frente, estendia-se um vilarejo com casas, áreas ajardinadas que pareciam pomares e hortas e também celeiros e fornos. Também alguns animais domésticos viviam ali, e parecia que todos os habitantes do lugar pertenciam ao mesmo povo que Xavalu, pois a moça não vira mais ninguém com outras características. No entanto, o mais interessante era que o elevado e o vilarejo estavam circundados por água, que os tornavam uma ilha. Por sua vez, a água estava circundada por terra, o que fazia das águas um canal. Essa terra se elevava a aproximadamente dois metros de altura apenas e formava uma espécie de paredão cônico, que enclausurava o canal e a ilha, separando-os das águas ao redor. De onde estava, podia identificar muitas outras ilhotas como aquela. As águas cintilavam em azul-turquesa e as terras e elevados eram de um verde viçoso. Sobretudo, havia nos ares e nas águas, um enorme rebuliço de aves, das mais diferentes espécies. A jovem não se cansava mais de observar o estranho mundo no qual se encontrava e acreditou reconhecer também, grandes peixes e outras criaturas que viviam naquelas águas. De qualquer dos lados que olhasse, via somente lindos cenários e ela sentiu que não seria capaz de descrever com palavras a beleza daquilo que contemplava. De repente, ela pensou nas yjaras, no seu mundo e na situação na qual se encontrava. Por que a raptaram? Quem eram aqueles povos? O que queriam dela? E como que chamados, entraram no aposento Nerur e o homem que ela pensara ter visto em sonho.

— Bem-vinda a Serxas, a terra dos serenos e dos xárxeos, e que a paz seja sua, minha cara Aziza. — O homem falou manso e em gorinês, mas a jovem recuou. Ele era ainda mais alto do que Nerur, de porte esbelto e maneiras afáveis e tinha as mesmas características que ela. Era louro e tinha os olhos de um azul profundo e sua voz também soava como por meio de um vibrador. Poderia ser considerado belo, contudo a jovem sentira uma repentina repugnância, além de ser a sua demasiada altura, intimidante. Mas ela se recompôs e sem se importar com cumprimentos, perguntou:

— Quem são vocês? Por que me raptaram? O que desejam de mim?

— Nós somos os serenos, provavelmente o povo mais antigo deste mundo, incluindo o outro lado das cordilheiras. Não somos muitos, porém temos uma longa vida, bem mais longa do que a de todos os outros povos. Somos pacíficos e vivemos em harmonia com a natureza... — o homem ainda falava, quando a jovem o interrompeu.

— Pacíficos?! Vocês?! Não me parece uma ação muito pacífica raptar pessoas e matar tantas outras, para fugir com reféns! — acusou a moça.

— É claro que podemos compreender a sua indignação... Mas mesmo um povo pacífico se vê obrigado a usar da força, para garantir a própria sobrevivência.

— Sobrevivência? Mas que perigo representaria eu para a sobrevivência de algum povo? — De repente ela foi tomada pelas lembranças de tudo que Mibu e as yjaras lhe contaram a respeito dela: suas origens e as tantas desavenças religiosas que a envolveram desde o seu nascimento e nas quais ela se recusara a acreditar. Não! Havia ali um grande engano. Como poderia ter sido enviada por um Deus, se nem sequer era capaz de acreditar realmente em sua existência?! Todavia, foi invadida por insegurança:

— Vocês também acreditam que eu seja a enviada de Talim...? — balbuciou. O homem arqueou as sobrancelhas:

— A enviada de Talim? Ah, vocês e os deuses! Quem é Talim? Quem são todos os outros deuses? Se existem deuses, eles não existem deste lado das cordilheiras, pois aqui ninguém jamais os viu. Se temos sabedoria, o poder está em nossas próprias mãos e só a Natureza determina o que deve e o que não deve ser ou prevalecer!

— Mas não estava Nerur, a dríade, a invocar os deuses nos seus ritos e ladainhas?

— Não. Respeito e reverência, nós só rendemos à Natureza. No seu mundo, Nerur estava somente criando o ambiente certo para atrair pessoas aflitas ou curiosas. Sempre há entre elas uma ou outra jovem. Capturar uma delas é a meta da visita dela ao seu mundo.

— Nerur e seus vassalos me raptaram do meu vagão e minha amiga Tinar, dos seus aposentos. Para que então todos aqueles encontros clandestinos, se poderia nos ter apanhado a qualquer momento?

— Vocês não foram vítimas do acaso. Nerur, bem como nossas outras irmãs, amantes e amigas, que tomam tal incumbência, não são versadas no desvendamento do caráter dos povos estrangeiros. Porém, sabemos que os povos daquele lado amam a fascinação das coisas ocultas e se entregam de corpo e alma àqueles que lhes prometem portentos e milagres. Por isso, elas usam desse expediente para se certificar de que a jovem escolhida possua as qualidades necessárias para a função que ocupará aqui...

— Função? Então serei uma escrava? Mas por que vocês pretenderam ter Tinar, a filha de um Rei, como escrava?

— Para nós, não há diferença hierárquica entre as pessoas.

— Mas por que se deram a todo este trabalho para uma mão-de-obra a mais? Para que, se esse outro povo parece lhes fazer todas as vontades?

— Você não será nossa "escrava." Bem..., pelo menos não como pensa. Você ocupará aqui uma função superior, algo que para nós é tão sagrado quanto o nosso amor pela natureza... Sua função é sublime e de vital importância para a perpetuação do nosso povo...

— Quaisquer que sejam as esperanças depositadas em mim, terei que decepcioná-los. Passei cinco anos estudando em Áurea e um ano a viajar pelo continente em companhia das yjaras, minhas mentoras, e elas, bem como Mibu, o meu tutor, sempre fizeram tudo para mim, de modo que não tenho experiência em coisa alguma. A não ser algum bordado, não sei fazer nada, nem mesmo cozinhar — disse a moça, para deixar claro que perdiam tempo com ela.

— Você mesma já percebeu que temos mão-de-obra suficiente à nossa disposição. Os xárxeos nos servem com completa dedicação... Sua função, Aziza, é dar à luz uma nova geração de serenos! É contribuir para a perpetuação do nosso povo... — A moça sentiu um calafrio lhe subir pela coluna e ficou por um momento estarrecida. Não estava certa se entendera direito o que lhe fora dito. Não! Certamente não entendera, pois o que escutara era simplesmente absurdo.

— O que o senhor quer dizer com "dar à luz uma nova geração de serenos"? — perguntou, com os olhos arregalados de espanto.

— Primeiro, tenho que lhe esclarecer as peculiaridades do nosso povo... Mas não quero sobrecarregá-la de uma só vez com informações. Deixe que tomemos nossa refeição matinal, pois você também ainda está em jejum. Depois, eu a guiarei para que conheça o nosso mundo. Não há pressa... você passará um longo tempo conosco!

— Mas, senhor, isso é absurdo! Eu não pertenço ao seu povo. Como pode... — Mas o homem se retirou seguido por Nerur, que, durante todo o tempo, não dissera nada.

Aziza sentiu um surto de desespero. Estava no mundo de gente maluca. Sim! Só podiam ser malucos! Não queria comer. Estava aterrorizada imaginando o que planejavam para ela. Permaneceu onde estava e os outros dois pararam na soleira da porta, dando-lhe a entender que esperavam que ela os seguissem. A moça ponderou rapidamente e concluiu que seria melhor fazer-lhes a vontade, até que tomasse melhor conhecimento dos arredores e pudesse planejar uma fuga.

A mesa estava posta num salão do pavimento abaixo do que estiveram antes. Havia uma boa variedade de alimentos, alguns conhecidos, outros não. Dois longos bancos de madeira ladeavam a mesa e eram acolchoados. Os dois se assentaram de frente para Aziza e permaneceram em silêncio. Ambos se serviram de diferentes coisas, todavia em mínimas quantidades. Ao que parecia, não comiam muito e ela também havia perdido completamente o apetite. Por fim, depois que bebericaram o que parecia uma gotinha de licor, o homem, que se chamava Teodor, conduziu-a para fora, levando-a para conhecer aquele estranho mundo.

Primeiro, ele mostrou todos os aposentos de uma torre, que seria a morada de Aziza para os próximos tempos; depois, a construção baixa que circulava a torre e o lindo jardim que se encontrava entre elas. Às vezes, ele dizia a ela uma ou outra palavra para explicar ou esclarecer alguma coisa do que ela via, mas parecia sempre pouco disposto a conversação, pois ignorava as suas muitas perguntas, não dando respostas. Ele a conduziu também por todas as ruelas do vilarejo, bem como pelos caminhos que levavam aos estábulos e cercados, onde se encontravam os animais. Naquelas habitações, moravam os xárxeos. A moça percebeu que, quando passavam, as pessoas que os viam a olhavam com certa curiosidade, porém retornavam logo aos seus afazeres; percebeu também que Teodor e elas, às vezes, trocavam um leve sorriso ou um aceno de cabeça, mas não se cumprimentavam com palavras. Quando passaram por um pequeno pomar, Aziza viu duas crianças brincando, as únicas que vira em todo o vilarejo.

Depois atravessaram o canal usando a ponte que estava novamente no lugar e que parecia ser fixa, e a jovem teve que refletir no porquê de não tê-la encontrado mais ali, na noite anterior.

Aziza e Teodor subiram o elevado que enclausurava a ilha e, do outro lado, onde havia um pequeno cais no qual se encontravam atracados alguns barcos, uns bem pequenos, outros maiores, os dois embarcaram em um dos pequenos. As águas ao redor refletiam um tom azulado, mas eram tão cristalinas que se podia ver através delas, até uma grande profundidade. Parecia não haver correnteza, pois a superfície quase não apresentavam ondas e a embarcação parecia deslizar por si mesma, pois só raramente o homem usava o remo para definir a direção.

Teodor a levou para a próxima ilhota. Transpuseram o elevado que a separava das grandes águas, atravessaram o canal por uma ponte e se encaminharam para a construção do topo do elevado arredondado que também tinha a sua torre, diante da qual se estendia também um vilarejo. Tudo muito similar ao que vira antes. Ali, eles foram recebidos por outros serenos. Eram ao todo dois homens e três mulheres e tinham as mesmas características que Teodor e Nerur. Eram louros, de olhos azuis e muito altos. Usavam roupagens finas e de cor clara. Teodor e eles se cumprimentaram com uma palavra do idioma deles, que soou a ela como "Badu" e Teodor os beijou na boca. Depois, apontou para ela e disse simplesmente "Aziza" e cada um deles se achegou dela e a beijou na boca também. Ninguém lhe dirigiu a palavra e ela ficou tão atordoada que não saberia dizer se sentiu repulsa por aquela intimidade, ou raiva por estar sendo ignorada no seu direito de esclarecimentos. Que povo estranho era aquele?!

Subiram para um aposento que parecia ser a sala de estar daquela torre. O ambiente ali também era de uma elegância simples e confortável, com sofás e divãs de veludo. Também dali se podia observar, por todos os lados, os lindos panoramas ao redor. Eles passaram longo tempo com aquele grupo e, mesmo entre eles, não se trocou mais do que algumas palavras. Passaram o tempo bebericando vagarosamente um licor, que fora servido numa tacinha muito pequena. Bebericavam tão vagarosamente, que somente se umedecia a ponta da língua cada vez que se chegava a taça aos lábios. Ela sentia que sua impaciência aumentava e aquela insolente calada já irritava os seus nervos, mas se esforçou para manter a calma, pois estando só no meio deles, seria mais prudente evitar confrontações. Durante todo o tempo a moça não pôde deixar de observar que justamente as mulheres a observavam com um brilho libidinoso no olhar. Sim, tinha que descobrir com urgência a maneira de retornar para a sua terra. Todavia, sentia também que lhe crescia uma estranha fascinação por aquele mundo.

Enfim deixaram aquele grupo. A despedida fora como a chegada, o mesmo cumprimento e beijos. Porém, quando quiseram beijá-la, a moça recuou e virou o rosto, recusando aquele repulsivo contato. Os serenos a olharam com desdém, mas não insistiram. Dali, Teodor a levou para outra ilhota. Entre uma e as outras parecia haver uma distância de mais ou menos uma hora com o barco. Enquanto eles navegavam, ela pôde observar que outros barcos também se moviam entre as ilhas. Em alguns, ela reconhecia serenos, mas na maioria navegavam xárxeos.

Também na outra ilhota, eles se encaminharam para a construção no topo do elevado e foram recebidos por outros serenos. Dessa vez, eram dois homens e duas mulheres e o cumprimento foi o mesmo que os anteriores. Ela tentou se esquivar, mas eles ignoraram a recusa dela. Teodor observava a cena com um leve sorriso nos lábios.

O sol já estava alto no céu e eles subiram para um aposento da torre, onde uma mesa estava posta. Havia bastante comida e, mais uma vez, ela se viu diante de um grupo que não lhe dirigira a palavra e, mesmo entre si, só trocava uma palavra ou outra.

Ela se servira da quantidade que estava habituada a comer e observou que todos eles comiam bem menos do que ela. Ali, também, todos se puseram a bebericar vagarosamente uma tacinha de licor. O tempo estava a se alongar em eternidade e a sonolência começou a dominá-la, até que por fim Teodor se despediu e eles retornaram para a ilha que seria a morada dela.

Aziza tentou diversas vezes retomar a conversa que tivera pela manhã, mas o homem só dizia que não queria sobrepujá-la de uma só vez. Tão logo ela tomasse conhecimento da grandiosa complexidade da vida no mundo de Serxas, ele lhe esclareceria as peculiaridades dos dois povos que ali habitavam.

Naquela noite, a jovem foi dormir frustrada e enfurecida. Dormiu mal e sonhou que era acariciada por um sereno.

Nos dias que se seguiram, aquelas visitas passaram a ser rotina. Teodor chegava pela manhã e juntos tomavam a refeição matinal. Depois, ele a levava com o barco para visitar as outras ilhas e os seus moradores. No começo, visitavam de três a quatro ilhas por dia, depois esse número foi diminuindo, à medida que a distância entre a sua ilha e as demais aumentava. Por fim, passaram a pernoitar na ilha que visitaram por último, para dali partir para as outras ainda mais distantes. O programa tinha a monotonia que parecia de um ritual, os mesmos cumprimentos, os mesmos beijos e o longo tempo que se passava bebericando a minúscula taça de licor. Raramente dirigiam a palavra a ela, e a moça já se sentia como se estivesse a fazer aquilo por uma eternidade. Por fim, visitaram ilhotas bem distantes que já não tinham mais moradores, somente florestas e animais, sobretudo muitas aves.

Ao que parecia, a população de serenos era realmente muito pequena. Aziza perdera a conta de quantos eram, mas estava certa de que não chegavam a quinhentos indivíduos. O estranho era que todos pareciam estar dentro da faixa etária de trinta a quarenta anos. Ela não conheceu ninguém que aparentasse ter idade acima disso e conheceu somente quatro indivíduos que pareciam mais jovens, entre eles um rapazinho em fase púbere. Cada ilhota era por si uma cidadela com subsistência própria. Um grupo de serenos, cujo número de membros variava entre dois e seis, habitava a construção no topo do elevado, e, no vilarejo, que se estendia à sua frente, morava um completo clã de xárxeos. Estes se responsabilizavam pela funcionalidade de toda a cidadela.

A população de xárxeos era bem maior do que a dos serenos, todavia também muito pequena se comparada às populações dos povos que viviam do outro lado daquela gigantesca cordilheira. A moça compreendeu que falar era algo pouco praticado dentro daquela sociedade, também entre os xárxeos. Estes pareciam comunicar-se com palavras, um pouco mais do que os serenos, mas também não muito; e, ao que parecia, tinham os dois povos o mesmo idioma. Quanto aos xárxeos, Aziza não estava certa se mais alguém além de Xavalu falava ou entendia gorinês ou alguma outra língua estrangeira. Entre os serenos, não havia dúvida de que todos eles entendiam perfeitamente gorinês e provavelmente outras línguas estrangeiras também. Depois de algum tempo, passou a acontecer, vez por outra, de algum deles se dirigir a ela, mas a conversa findava sempre por causa do desinteresse em prolongar um diálogo.

Aziza já se encontrava havia mais de um mês naquele lugar e, apesar da grandiosa beleza panorâmica que envolvia aquelas paragens, a vida daqueles dois povos lhe parecia, cada vez mais, o círculo vicioso de um mesmo ritual. Os xárxeos passavam o tempo ocupados dos seus diversos afazeres e suas atividades produziam ruídos e barulhos que se integravam ao gorjear e ao trilhado das muitas belas aves, que pareciam ser os animais predominantes naquela área. Mas os serenos pareciam viver em ociosidade. A não ser pelas atividades que exerciam numa das ilhas que parecia ser uma área de experimentos, ela não pôde perceber que trabalhavam. Estava certa de que eles eram cultos. Em uma das ilhas, havia uma grande biblioteca, em volta da qual havia um grande e aprazível jardim, com muitos terraços, varandas e coretos, nos quais se encontravam divãs, poltronas, espreguiçadeiras e bancos. Parecia ser ali o lugar preferido de todos eles, pois, em qualquer momento que se procurasse aquela ilha, ela estaria cheia de serenos. Vez por outra, via-se ali também um ou outro xárxeo. A moça constatou que, além de livros escritos em vários idiomas dos quais tinha conhecimento, havia também muitos outros em línguas que lhe eram completamente desconhecidas, além de muitos livros que, pela aparência, pareciam ser muito antigos. Será que haveria daquele lado outros povos, além daqueles dois?

Para ela, o tempo parecia ter parado. No começo do seu cativeiro, ela perdera muitas vezes o comedimento e exigira explicações e se rebelara, mas só conseguia isolamento. Por fim, ponderou que teria que prosseguir com calma, até encontrar a maneira de se safar daquele tão estranho aprisionamento. Depois que Teodor lhe apresentou a todos os serenos e lhe mostrou todas as ilhas, ele passou a agir como se não se interessasse mais por ela. Muitas vezes, ela o questionou sobre o que ele quis dizer com relação à "nova geração de serenos", mas ele só respondia que ela teria primeiro que se conformar com a nova situação, bem como se aclimatizar àquele ambiente; tão logo fizesse isso, ele lhe daria explicações. Desde então, parecia que ninguém mais a vigiava. Ela podia deixar os aposentos, pegar o barco e navegar para qualquer ilha que quisesse, e ela tentou não perder um minuto sequer daquela oportunidade. Todos os dias, ela deixava cedo os aposentos, pegava o barco e sondava todas as vias aquáticas, na esperança de reencontrar o rio em que se lembrava ter navegado junto com Nerur e o guerreiro dele, a caminho daquele alagado. Contudo, em qualquer direção que fosse, vinha-lhe sempre a sensação de que navegava em círculos, sem nunca realmente se afastar daquele núcleo. Mas a preocupação com suas queridas yjaras, com Mibu, a amiga Tinar, além da grande saudade de casa e também de Raco, de quem ela ainda não conseguia esquecer, fazia com que a atenção dela se concentrasse permanentemente em encontrar a maneira de retornar ao seu mundo.

Naquele meio-tempo, ela tentou ganhar a simpatia de Xavalu que parecia ter sempre tudo pronto para servir a ela. Se quisesse se banhar, parecia que o banho estava pronto, se quisesse comer ou beber, a mulher aparecia com uma bandeja. Toda manhã, encontrava roupas limpas e perfumadas à disposição. Um dia, ela insistiu em querer saber por que Xavalu lhe servia e a mulher lhe disse simplesmente que aquela era a sua função. A falta de comunicação a incomodava. Por isso ela se dispunha, vez por outra, a passar horas observando os serenos a bebericar o licor servido naquela ridícula taça pequena, enquanto os visitava nas suas ilhas, só para poder trocar com eles pelo menos meia dúzia de palavras. Ela mantinha sempre a esperança de que um deles viesse, mesmo se por acaso, a lhe revelar o caminho.

O tempo se arrastava sem que a busca de Aziza prometesse nenhum sucesso. Aziza se amuou. A beleza natural daquele lugar já não lhe enchia os olhos. Ela começou a se sentir doente e, por fim, perdeu a vontade de deixar o quarto. Começou a acreditar que delirava, pois tinha sempre o mesmo sonho: nele, via um sereno bem próximo de si. Todavia, juntou novamente as forças e decidiu que não se daria por vencida. Preferiria a morte a não retornar ao seu país! No outro dia, ela pegou o barco, decidida a seguir em frente. Navegaria numa mesma direção, até que deixasse atrás de si toda e qualquer ilhota. para onde iria, não tinha importância, queria somente sair daquele lugar.

Aziza acordou sobressaltada sem entender direito o que estava acontecendo. Esfregou os olhos e reconheceu Teodor, que passou de outro barco, para o barco no qual ela se encontrava. O xárxeo que o trouxera ali se afastou imediatamente. O sereno se limitou a olhá-la com um leve sorriso nos lábios. Não a censurou e disse somente: "Se afastar-se dessa forma pode lhe custar a vida, há muitos perigos nessas redondezas!" A jovem entendeu que a tentativa de fuga falhara e sentiu um enorme desalento. Por que teria o sono de abatê-la justamente ali?! Será que encontrou a saída?! Será que teria a oportunidade de tentar de novo? Sentiu na garganta o amargor da decepção e teve que lutar para conter as lágrimas. Eles se encontravam em águas abertas, pois, de onde estavam, não se via mais nenhum elevado e o barco parecia deslizar sem que Teodor sequer movesse o remo. Lentamente, o crepúsculo da noite se pôs sobre eles. A jovem não saberia dizer por quantas horas navegaram em completa escuridão e silêncio e já estava novamente a cochilar, quando, enfim, atracaram no cais da ilha da sua morada. Teodor não fez menção de desembarcar e lhe disse:

— Você passará longo tempo conosco. Por favor, não tente deixar-nos. — E se afastou assim que ela desembarcou.

Aziza despertou tendo Xavalu a esperar por ela. A mulher lhe trouxe a refeição matinal e dispôs, aos pés da cama, uma bela roupagem. Disse-lhe que naquela manhã ela receberia visitas e, assim que estivesse pronta, que subisse para o salão. A jovem refletiu que seria certamente alguém vindo censurá-la por ter tentado a fuga. Deu de ombros enquanto pensou: "E daí? Eu não fiz nada para merecer ser raptada e posta em cativeiro." Estava claro que tentaria a fuga e tinham que saber que continuaria tentando, enquanto suas forças lhe permitissem. Não se apressou e, quando entrou no salão, encontrou Teodor, que estava acompanhando de Nerur e mais outro casal de serenos. Ali se encontravam também um casal de xárxeos. Com um gesto, Teodor lhe deu a entender que se assentasse diante deles. A moça pretendia não se deixar abalar pela indignação que tivesse lhes causado, mas sentiu que suas mãos suavam e seu coração palpitava acelerado. Contudo, assentou-se de cabeça e peito erguidos e os encarou com desafio. Nerur a olhava com desdém, enquanto os demais tinham um ar de preocupação nos semblantes. Com jeito e maneiras afáveis, Teodor disse:

— Minha cara Aziza, nós, os serenos, vivemos neste lugar há muitos e muitos milênios. De onde viemos? Não sei. Ninguém sabe. No começo da nossa existência, éramos capazes de nos reproduzir como todos os povos que hoje vivem e tínhamos um ciclo de vida também similar aos dos povos modernos. Porém, no decorrer dos tempos, o desejo de prolongar a vida foi entre nós se tornando cada vez mais imperativo, até se tornar uma obsessão; e, em algum dado momento, a meta principal do nosso povo passou a ser a descoberta do elixir da vida eterna. Nunca chegamos a alcançar tal meta, pois todos nós perecemos um dia. Todavia, conseguimos alcançar a longevidade. Nos tempos de hoje, temos uma vida média de cinco a seis centenários. — Teodor se calou, voltou-se e pegou de sobre a mesa, que se encontrava no aposento, uma das pequenas taças que continha o licor que sempre bebericavam e a levou aos lábios. Nerur continuou:

— À medida que fomos aperfeiçoando o nosso elixir de longevidade, fomos perdendo a capacidade de reprodução e, quando nos demos conta do preço que estávamos pagando por nossa longa vida, já era tarde demais e, por fim, acabamos por perdê-la completamente e fomos, consequentemente, tornando-nos poucos. — Nerur se calou e se pôs também a bebericar o licor, enquanto a outra serena continuava:

— Acontece, cara Aziza, que as consequências da nossa profanação da lei natural das coisas não ficou somente entre nós. Não sabemos exatamente como nem por que, mas neste mesmo período de tempo, passaram também os xárxeos, que viviam a muitos dias de viagem daqui, a perderem também a capacidade natural de reprodução. Eles se viram então obrigados a deixar as suas terras, em busca da causa do que lhes estava a acontecer e assim eles chegaram a nós. — A mulher também tomou de uma pequena taça, para umedecer os seus lábios e o outro sereno continuou:

— Nesse mesmo período de tempo, desapareceram muitas espécies animais que viviam tanto nesta área, quanto nas terras de onde os xárxeos vieram. Não sabemos dizer se eles se extinguiram ou se adaptaram a outras paragens. Todavia, as criaturas aladas se proliferaram e, nas matas, pequenos predadores se tornaram perigosos. Não estamos absolutamente certos, mas acreditamos que foi a nossa interferência no círculo natural da vida a causa responsável por esta lamentável reação em cadeia. — O homem também se calou, pondo-se a bebericar o licor. A jovem escutava aqueles relatos, com crescente constrangimento. Não estava certa do que sentia. Mereciam os serenos o que lhes acontecera? Mas não era um desejo natural entre todos os povos, o de viver tão longamente quanto possível?! O que tinha aquele infortúnio que ver com ela? Ela estava, ao mesmo tempo, temerosa e curiosa por tomar conhecimento da estória daqueles povos; porém, já havia compreendido que falar parecia ser uma atividade que extrapolava as suas energias e, assim, esperou com paciência, até que o xárxeo continuou:

— Para o nosso povo eram as aves as criaturas sagradas da natureza e, quando elas passaram a aparecer com cada vez mais intensidade, acreditamos se tratar de um milagre e de algo bom para nós. Contudo, o declínio demográfico do nosso povo nos forçou a procurar os motivos e, nessa procura, demos com a civilização dos serenos, que até então nos era desconhecida. Não tardou para que nos ficasse claro que eles eram os responsáveis pelo desequilíbrio da natureza. Nossa primeira reação foi querer aniquilá-los, o que seria fácil para nós. Porém já havíamos também perdido completamente a nossa capacidade reprodutiva e ponderamos que seria melhor ajudá-los, para que pudessem encontrar a fórmula de desfazer o processo que desenvolveram. Já estávamos, ambos os povos, correndo o risco de extinção, quando enfim os serenos descobriram uma nova fórmula. — O xárxeo também parou de falar. Não tomou o licor, mas bebeu uma caneca cheia do que parecia água. Falar parecia ser também para eles, algo fatigante.

— Os serenos alcançaram longevidade, mas nós, os xárxeos, temos uma vida média de somente 120 anos e por isso nosso risco de extinção continua ainda maior do que o deles. O novo elixir reativou a capacidade de reprodução entre os xárxeos, porém de forma limitada. Não importa qual a mulher nem tampouco a quantidade de elixir que se beba, pois incluindo-se todos os clãs, os nascimentos serão no máximo, cinco por ano. Para eles mesmos, o novo elixir não funcionou de forma nenhuma e o problema continuou, pois a nossa existência passou a depender da sobrevivência deles. Além do mais, os serenos haviam criado também o elixir da juventude, o que fez com que suas resistências físicas se debilitassem. Tanto maior o desgaste físico, tanto menor a expectativa de vida. Assim, acabamos por criar uma simbiose. Precisamos do elixir que eles produzem e, para alcançarmos a mesma longevidade, assumimos todo o trabalho de subsistência de ambos os povos — disse a xárxea, que também bebeu uma caneca de água, enquanto Teodor continuava:

— Existem outros povos deste lado da cordilheira. Alguns primitivos, outros altamente civilizados. Todavia, nós, os serenos, sempre vivemos voltados para nós mesmos. Somos um povo um tanto egocêntrico. Não somos gananciosos e nos sentimos atraídos somente por nossos iguais. Mas o desejo de sobreviver altera as convenções e, com a descoberta do novo elixir, acreditamos ter encontrado a solução para o nosso problema. Se não havia mais como perpetuar o povo sereno, pelo menos havia a possibilidade de se criar um povo novo com a ajuda dos xárxeos, ou algum dos outros povos. Todavia, depois de inúmeras experiências, ficou-nos claro de que não havia compatibilidade entre nós e os xárxeos, pois não nasceu nenhum descendente comum. — Teodor se voltou novamente para o seu licor e o xárxeo retomou a palavra:

— Existe uma densa floresta que separa serenos e xárxeos dos outros povos que vivem deste lado da cordilheira. Era preciso muitos dias para atravessá-la. Nessa floresta sempre existiram pequenos crustáceos carnívoros e extremamente agressivos, que vivem em buracos subterrâneos. Esses animais deixam suas tocas durante a noite, invadem a floresta e devoram tudo que encontram no chão. Contudo, era possível atravessá-la dormindo durante a manhã, caminhando durante a tarde e passando a noite, enganchado no galho de alguma árvore. Mas, assim como as aves, essas criaturas se multiplicaram tanto, que já não esperam mais escurecer e atacam assim que percebem movimento. Tentar a travessia passou a ser perigo de vida e acabamos por perder o contato com os outros povos.

Aziza acreditou ter entendido o porquê dos raptos. Estava claro que havia compatibilidade entre eles e os povos do seu mundo. Mas como e quando descobriram isso? A moça controlou o pânico que ameaçava invadi-la e juntou toda a coragem que tinha:

— Senhor, como descobriram que havia compatibilidade entre o seu povo e o meu? Desde quando conhecem o caminho que atravessa a cordilheira? E por que precisam raptar mulheres, se podem consegui-las por bem, por meio de contatos diplomáticos? — Teodor já se voltara para a sua bebida.

— As coisas não são tão simples quanto você pensa, minha cara jovem. Nosso primeiro contato com o povo do outro lado se deu há tempos que já vão longe. Nós mesmos já havíamos atingido o ponto de aceitar o fato de que um dia nossa existência teria fim por falta de descendentes, mas os xárxeos nunca se cansaram de procurar alternativas e possibilidades e, em suas buscas, descobriram a passagem. Sim, começamos por desenvolver contatos diplomáticos, fomos sinceros e expusemos o nosso problema. O povo que contatamos se prontificou a nos ajudar e mesmo muitas mulheres se voluntariaram a se deixarem testar como fertilizadoras das nossas sementes e os xárxeos lhes abriram as nossas portas, revelando-lhes o caminho que os trariam a nós. — O sereno também se calou, deixando Nerur continuar:

— O segredo da nossa juventude e longa vida não está somente no poder das poções que criamos, mas, sobretudo, na maneira como vivemos. Como você mesma pode ver, minha cara, vivemos com bastante conforto. Sim, tudo o que nos cerca, nossas moradas, nossos móveis, nossas roupas, nossa alimentação, enfim tudo é retirado da natureza; todavia, nunca abusamos do nosso ambiente. Nossa vida não é somente longa, mas também lenta. Para cada árvore que tombamos, para cada animal que abatemos, para cada monte de entulhos que resulta das nossas manufaturas, e para todo lixo e dejetos que produzimos, deixamos transcorrer tempo suficiente, para que tudo se decomponha e se integre novamente ao círculo natural. Também para a longevidade das coisas que nos cercam, criamos um elixir, de modo que passamos a ser centenários, sem precisar renová-las. E os xárxeos já eram, por si mesmos, ainda mais modestos do que nós. — Nerur levou a tacinha aos lábios e a outra serena continuou:

— Mas tão logo veio a nós, o povo contatado começou a fazer demandas. Embora tivéssemos esclarecido os efeitos colaterais das nossas poções, eles passaram a insistir em tomar conhecimento das suas fórmulas, até que começaram a nos ameaçar com o uso da força, além de demonstrarem completo desrespeito pela ordem da natureza. Assim nos ficou claro que, se não tomássemos alguma medida, nossa existência findaria ainda mais depressa, por meio deles.

— Nesse meio-tempo, numa das mulheres que se voluntariaram, germinou a semente da nova geração de serenos. Somente uma, entre todas as mulheres testadas. Não foi preciso forçá-la a ficar, pois ela entendera como era precária a nossa situação e decidiu, por si mesma, que ficaria. Quanto aos demais, fizemos um acordo, no qual prometemos uma quantidade do nosso elixir, em troca das suas retiradas. Todavia, não lhe demos a poção que desejavam e sim um elixir de esquecimento, que impediria que reencontrassem o caminho — continuou Teodor.

— A compatibilidade se provou, porém se provou também que o direto contato com o outro lado é nocivo para nós. Ao contrário de nós, as fertilizadoras da nossa semente só sobrevivem aqui, por coisa de um século e, durante todo esse tempo, só produzem um máximo de quatro descendentes. Depois da primeira experiência, recaímos no mesmo problema e decidimos tentar novamente por meio dos caminhos diplomáticos; dessa vez, com um povo mais distante e o resultado foi ainda pior, quase fatal. Por fim, resolvemos contornar o problema, agindo da maneira que agimos. Temos que garantir não somente a nossa sobrevivência, mas também a sobrevivência dos xárxeos, que dependem de nós e de quem nós não desejamos mais nos separar. Para isso, precisamos, a cada século, de uma jovem e saudável fertilizadora — disse o outro sereno.

Aziza refletiu sobre tudo aquilo. Não sentia mais temor ou medo, somente uma melancólica tristeza e uma onda de amargura que lhe comprimia o peito. Sim, podia entender o dilema daqueles povos. Grandes e sangrentas guerras já haviam sido travadas por motivos mil vezes mais insignificantes. Deveria esperar-se que pagassem com suas existências pelo erro que cometeram? O que seria daquele mundo tão fantástico sem eles? Estava claro que eles tinham que fazer o que fosse necessário para continuarem existindo e ela sentiu que desejava que continuassem existindo! Mas, depois das tantas desventuras pelas quais passara, seria enfim sacrificada para que dois povos estranhos continuassem a existir?! Não, não seria justo! Não se conformaria, tentaria novamente a fuga! Ela se levantou e tomou para si também uma das minúsculas tacinhas e bebeu de um só gole o seu conteúdo. Ninguém lhe dissera o que era aquilo que bebiam, mas a moça deduziu que se tratava, provavelmente, da mistura dos elixires da juventude e longevidade, pois os xárxeos não se serviam daquela bebida, somente os serenos. Embora temesse o efeito daquilo no seu organismo, ela quis mostrar-lhes que não tinha medo e que continuava disposta a se rebelar.

— Se só precisam de uma "fertilizadora" por temporada, por que raptaram também a Tinar?

— Ela me pareceu a pessoa certa para o nosso propósito, mas você apareceu e turvou o meu entendimento. Não pude mais distinguir com clareza todas as virtudes de Tinar; por outro lado, também não pude distinguir as suas. Você exerceu uma atração muito forte sobre mim, bem como a tem exercido sobre as demais mulheres da nossa comunidade. Tenho que confessar que esta interferência é algo novo para nós e já não estou certa de ter optado corretamente, quando me decidi por você, no momento da fuga... — Nerur falou como se culpando. Aziza manteve a calma, enquanto um relâmpago de esperança a atingiu.

— Então existe a possibilidade de que eu não sirva para o seu propósito. Nesse caso, me deixariam partir?

— Não!

— Por que não, se eu não poderia servi-los?

— Porque nossa semente já se encontra em você e não poderemos correr o risco de que venha a germinar fora da nossa terra... — Mais uma vez a jovem pensou não ter entendido o que escutara. Do que estavam falando? Teriam...?! Tomada da terrível suspeita, perguntou quase com histeria:

— Vocês... Vocês me violaram? — Ela se pôs a andar de um lado para o outro, enquanto seus nervos se contraíam de exaspero.

— Não. Não como você pensa... Por favor, acalme-se... — Teodor fez menção de tocá-la, mas ela se afastou arisca. A angústia deu lugar à ira. Quando a tocaram? Será que os sonhos...? Repassou na mente a situação em que se encontrava. Se o motivo do seu rapto era aquele, então mais cedo ou mais tarde...! Mas, assim, sem ter sido informada? Sem ter tido a chance de se preparar mentalmente? Aziza se sentiu ultrajada. Queria gritar, xingar, sair correndo; mas para onde? Estava só contra todos e cativa naquela armadilha. Engoliu o nó que lhe travou a garganta e se forçou a se recompor:

— Quando me violaram?

— Não a violamos! Sim, tivemos que tocá-la, mas não a violamos — repetiu Teodor.

— Como assim? Como posso ter em mim a sua semente, se não me violaram?

— Tentando achar solução para a nossa esterilidade, acabamos por descobrir a maneira de passar a nossa semente para a fertilizadora sem a necessidade do contato físico. Não queríamos uma mistura entre nós e os povos estrangeiros, senão descendentes que fossem somente serenos.

— Mas... mas isto é possível? — A moça não conseguia acreditar no que ouvia, tudo parecia por demais absurdo.

— Sim, e o nosso processo se provou eficaz, já por muitos centenários.

— E quando... quando me passaram a semente?

— Logo depois da sua chegada.

— Então, em breve...

— Minha cara, já percebemos que algumas das nossas poções não funcionam em você. Já se passou tempo suficiente para que tivéssemos certeza da sua fertilidade, contudo esta ainda não se deixou constatar. O nascimento do novo descendente ou dos descendentes, caso tenhamos sorte, dá-se no decorrer do século; porém, a germinação é imediata. Tememos não ter havido compatibilidade. Todavia, você possui uma índole bastante incomum e talvez por isso o processo tenha se retardado... — Teodor parecia já estar exausto e o outro sereno continuou:

— Seria muito lamentável termos feito a escolha errada. A serena que segue em busca da nova fertilizadora gasta tanta energia, que sua expectativa de vida se encurta por mais de dois séculos. Esse é um sacrifício que prova o amor de uma serena pelos seus iguais e por sua terra. Nós, os homens serenos, jamais deixamos nossa terra. Nesse particular, a vida aqui é como em todo lugar; são as mulheres que se sacrificavam para as novas gerações. Sim, ainda temos a esperança de que nossa semente germine em você.

Houve uma longa pausa, durante a qual eles bebericaram, introvertidos, o seu licor. O casal de xárxeos também estava em silêncio e a jovem se pôs a contemplar pela janela, aquele tão maravilhoso e admirável mundo. Sua cabeça ameaçava explodir, tantos eram os pensamentos que lhe cruzavam a mente. Ela queria que ambos continuassem existindo, mas de maneira alguma se sacrificaria por eles. Não! Não poderia perder mais tempo, tinha que encontrar a maneira de fugir dali! Mas o que seria dela se a "semente" se fertilizasse? Será que as yjaras, Mibu e, sobretudo, Raco entenderiam que não tivera culpa naquela questão?

Em Mira se passou algo muito estranho. Um grupo de pescadores estava a desempenhar suas labutas diárias nos seus pequenos barcos, quando testemunharam perplexos um grande e fugaz clarão, provindo de algo que surgira no firmamento e se perdera nas águas do mar. O fenômeno se deu dentro de um curto espaço de tempo e, se não fosse pelo que se seguiu, eles não teriam nem mesmo acreditado terem visto aquilo. Nenhum deles saberia mais dizer ao certo quanto tempo se passou, desde o momento em que viram o estranho facho de luz e o grande tremor que sacudiu toda a área e que fora forte o suficiente para provocar deslizamento de terra, fazer desabar casebres e tombar árvores. Aquilo sucedeu pelo final da tarde e o momento aterrorizante não durou mais do que alguns minutos. Apesar de grande destruição, a ocorrência não custou nenhuma vida e as pessoas foram, devagarzinho, se recompondo daquele susto. Sim, a visão do que pareceu aos pescadores uma estrela cadente, era algo inusitado; contudo, o tremor de terra, não. Muitas vezes, já haviam experimentado tal sensação, que sempre vinha acompanhada de perdas. Porém, eles não sabiam que viveriam naquela noite uma grande tragédia. O dia findou, e quando todos se encontravam recolhidos nos seus cantos de dormir, ondas gigantescas alcançaram a costa, pondo a desdobrar-se sobre orlas e baías, com uma fúria jamais vista antes. Quase tudo que o terremoto havia lhes poupado perdeu-se então sob a fúria do mar. Tumulto e desespero se abateram sobre a população, que, envolta pela escuridão e varrida pelas águas, acreditou estar vivendo o fim do mundo! Gente gritava, chorava e pedia aos deuses misericórdia ou perdão, até que o mar se acalmou e as águas recuaram.

Na manhã seguinte, nos primeiros sinais do alvorecer, quando os sobreviventes se puseram a sondar os arredores, chocados por tamanha devastação e pelas centenas de corpos jazidos por todos os lados, eles ouviram mais um suplicar ardoroso, clamando pela ajuda de Deus. Gemidos angustiados chamaram a atenção de alguns deles. Completamente desamparada, no meio de entulhos e muitos corpos sem vida, uma jovem mulher dava à luz uma criança. No momento exato do nascimento, um grande clarão iluminou os arredores e luzes apareceram no firmamento, como as sombras fantásticas de dançarinos celestes. E no meio de todo aquele infortúnio, iluminado pela estranha sinfonia de cores, uma nova vida se criava. Uma menina. Mas, assim que o pequeno ser soltou o seu primeiro choro, como se reclamando pela vida, as luzes se perderam de vez e uma súbita ventania redemoinhou todas as coisas jazidas. As pessoas tiveram que se agarrar uma às outras, fazendo um círculo em volta da mulher, para evitar que a pequena também fosse levada pelo vendaval. Tudo aquilo se dera rapidamente e as pessoas ficaram muito tempo extasiadas e assombradas sem entender ao certo o que se passava.

Mira era, sem dúvida, o país mais pobre do continente. Os mirianos viviam da pesca e da lavoura de subsistência e comercializavam quase somente pérolas, que eram de qualidade inferior às pérolas do mar do Sul, e as peles dos muitos animais que capturavam nos seus bosques e florestas. Localizado no extremo noroeste, o país se encontrava enclausurado entre maciços. De um lado a grande cordilheira, cujos mais elevados picos se perdiam entre as nuvens e que se estendia por milhas e milhas mar adentro, e outra cadeia montanhosa, que partia da grande cordilheira e ia decrescendo, até quase alcançar o mar. Essa cadeia marcava a fronteira de Mira com o país de Calisten. Mira era um país de grande beleza panorâmica onde as florestas e bosques ainda eram quase virgens e proporcionavam uma grande fauna e um perfeito meio. Isso se dava porque a população dele era pequena e vivia quase somente nos vales e nas orlas marítimas. Todavia, eles jamais viveram antes uma catástrofe daquela dimensão, e alguns entre eles, principalmente aqueles que conheciam a malta dos oripins, estavam muito preocupados. A crônica tartárica relatava um acontecimento como aquele, sucedido nos últimos dias da existência de Tártarus. Fora aquilo um presságio? Aquele tremor de terra se fizera sentir em todo o Norte do continente, até pelos meados de Tambria.

Em Calisten, durante aquela mesma noite, Gra Mieta, o mais velho dos oripins, que já contava 118 anos, teve um sonho enigmático. Um sonho muito similar ao que ele sonhara anos antes e que levou os oripins a relacionar o nascimento da menina supostamente enviada por

Talim, ocorrido no país de Aládia, com a profecia revelada na santa crônica tartárica. Gra Mieta acordou ao raiar da manhã, coberto de suor e muito impressionado pelo sonho. Todo o mundo ainda se encontrava agitado e preocupado por causa do forte tremor e pela desagradável notícia de que também um maremoto causara muitas mortes e muita destruição no litoral do país. O velho oripim ficou, por conta disso, ainda mais impressionado. Havia uma relação entre o sucedido e o sonho evidente? Estaria o espírito de Tártarus lhes fazendo entender que se enganaram? E assim, mesmo no meio de tão caótica e fulminante situação, Gra Mieta convocou a assembleia dos oripins, para informá-los do sonho. E ele relatou:

— Vi tombada no meio do jardim a majestosa árvore, com abundantes frutos e folhagem, no meio da qual centenas de seres encontravam abrigo. Ao som de muitas cornetas, apareceu o mensageiro trovador e ele bradou: "A árvore não foi tombada pelos homens e sim pela fúria da natureza. Corte o que lhe foi danificado e cuide para que a raiz sobreviva. Proteja-a com os cinturões de ferro e bronze, pois está nascida aquela que usará a coroa, que se encontra no meio da folhagem!"

A princípio, os oripins acreditaram que aquele novo sonho viera somente para reforçar a possibilidade de ser Aziza realmente o messias esperado por eles. A jovem nascida de pais idosos causou perturbação por todo o continente, pois muitas coisas estranhas estiveram relacionadas a ela e o fato de ela se encontrar agora nas mãos de um povo, que até então era considerado mítico, só fazia aumentar a importância que o povo já lhe dispensava. No entanto, ao tomarem conhecimento do nascimento que agora sucedera em Mira, suas terras vizinhas, sob tão dramáticas circunstâncias, iluminado por inexplicáveis e fantásticas luzes, foram eles, novamente, tomados de incerteza.

Os oripins aceitavam a existência dos muitos deuses. Todavia, acreditavam ter sido Tártarus o Deus original e que quando o verdadeiro messias tivesse nascido, assumiria a regência sobre todo o continente, tornando-se, então, o único representante do verdadeiro Deus sobre a terra, conforme a profecia escrita na crônica tartárica. Nos sonhos do oripim, a coroa simbolizava o direito de regência sobre todos os povos, conferida diretamente por Tártarus e reservada para aquele que viria ao mundo enviado por um dos seus filhos. Durante muito tempo houve penosas controvérsias quanto a como entender aquela questão. Por fim, os guardiões da crônica concluíram que não se tratava de assumir a regência política do continente, mas somente a regência religiosa.

O primeiro sonho dizia: "Já está nascido aquele que possui o direito de usá-la!" O novo sonho dizia: "Está nascida aquela, que usará a coroa!" O que significava aquela diferença? Os oripins sabiam que não deveriam enganar-se e teriam que estar completamente seguros, antes de tomarem qualquer decisão!

O terremoto abalou também o país de Áurea, que também teve o litoral atingido pelo maremoto, ainda que de forma não tão devastadora. Naturalmente, os áureos enviaram logo os seus entendidos daqueles problemas para pesquisarem o que sucedera. Mas não tardou para que a desgraça acontecida em Mira se tornasse do conhecimento de todas as nações do continente e naquele momento de grande precariedade, todos se voltaram para o envio de ajuda ao desafortunado país, pois nem mesmo a residência do seu regente fora poupada de danos. Assim, o choque da certeza de que a existência das serenas e de seus vassalos era realidade, bem como a preocupação geral quanto ao drama que envolvia a jovem raptada e os seus resgatadores, perdeu por algum tempo a prioridade. E, ao mesmo tempo, a estória do nascimento de uma menina, no meio de tantos mortos, iluminado por estranhas luzes, passou a circular por todo o continente, como um milagre! E, como viam os oripins, ser parte dos seus deveres como guardiões da crônica averiguar todos os nascimentos ocorridos em circunstâncias excepcionais, e os relacionadas aos sonhos dos seus anciões, o que, naquele caso, sucedera quase simultaneamente, eles enviaram um representante para encontrar e analisar a tal criança. Os áureos, por sua vez, também não poderiam deixar de pretender desvendar aquele novo mistério. Assim, a mesma caravana que outrora estivera em Aládia à procura de Aziza, pusera-se novamente a caminho de Mira.

Mibu caminhava como se estivesse numa parada militar, forçando os demais a manterem um passo ligeiro. Ele sentia que, a cada dia que passava, diminuía entre os homens a crença de que reencontrariam a refém.

Ele mesmo lutava para não se deixar tomar por desalento e, a não ser Raco I que se tornara taciturno, já tinham os demais se esquecido do motivo daquela busca e se comportavam como se estivessem numa expedição de descobertas, eufóricos com o resultado daquela aventura. Tinham conseguido o feito de atravessar a cordilheira, além de terem conseguido atravessar mais uma por detrás da primeira e ainda por cima descobriram e viveram o dia a dia de dois povos desconhecidos. Os homens já estavam a fazer planos quanto à fama que alcançariam nos países deles quando retornassem, e alguns sugeriam que talvez já tivesse chegado a hora de retornar. Ao cair da tarde, depois de exaustos pela longa caminhada, eles encontraram um lugar ideal para passar a noite. Estavam famintos; porém, não foi difícil capturar uma ovelha que abateram e assaram no braseiro da fogueira que um deles tratou logo de acender.

Os relvados pareciam se estender ainda por um longo trecho de terreno à sua frente, mas já se via ao longe, no horizonte, um ondulado verde-escuro, que eles acreditaram ser um bosque ou uma floresta. Seria aquele o bosque que a morubixaba lhes indicara? O que seriam os gestos que fizera? Sim, de acordo com a bússola, estavam na direção certa. Nem Mibu e nem Raco I pensavam em desistir daquela procura e, até ali, nenhum dos homens ousara se rebelar.

Já estavam havia duas semanas a caminho. Depois que deixaram o acampamento daquelas estranhas e belas mulheres, eles não viram mais nenhum ser humano. Nenhum caminho seguia naquela direção e parecia não haver nem mesmo picadas, pois andavam por dentro da relva alta que cobria o chão naquela época do ano. Eles estavam convencidos de que era verão e que durante o inverno, aquelas paragens se tornariam bastante hostis. Contudo, por que ninguém passava por ali, se pelo menos naquela época do ano a terra parecia tão fértil e havia abundância de pastos? E por que não encontraram os acampamentos que supostamente deveria encontrar-se naquela direção? Estavam por demais cansados e se estiraram em volta da fogueira, ficando um dos homens como sentinela, pois, onde havia rebanhos, certamente haveria predadores.

Não houve transtorno durante a noite e mesmo a sentinela dormiu profundamente. Todavia, despertaram numa manhã nublada e úmida e, no horizonte, delineava-se um bulcão. Eles se encontravam a céu aberto e não havia ao redor nenhum abrigo, nem mesmo árvores. Não teriam alternativa a não ser enfrentar a chuva que certamente cairia no decorrer daquele dia. Reavivaram a fogueira e tomaram, como refeição matinal, mais um tanto do assado. O resto eles levaram consigo, pondo-se logo a caminho. Mibu retomou novamente a frente da caravana, seguindo na sua marcha militar. Ele não queria perder mais tempo e, sobretudo, não queria dar aos demais a oportunidade de sequer pensar em retorno. Ainda não haviam ido longe, quando a borrasca se abateu sobre eles. Um vento forte e súbito começou a soprar com tanta força que parecia querer elevá-los no ar. Tiveram que se posicionar de cabeça baixa contra a violência daquela força que os empurrava para trás, enquanto eles se esforçavam para se mover para frente. Não havia sentido em querer parar, pois não havia nenhum abrigo. Logo a pesada chuva se pôs a cair e, no céu escurecido, rajadas de relâmpagos se cruzavam, ao mesmo tempo que os trovões retumbavam. Aquela tempestade que fez Raco I se lembrar da que presenciara por ocasião da festa do seu décimo aniversário. Involuntariamente, ele pensou em Aziza. Que teor de verdade haveria naquela estória de ser ela uma divindade? Interferiam os Deuses realmente na vida dos homens?! Ele não queria duvidar do seu Deus e nem trair os ideais dos seus pais e da sua cultura; mas não conseguia e nem queria esquecer de Aziza. Fosse como fosse, ele a tomaria para si!

Não sabiam por quanto tempo estiveram sob o castigo daquela tempestade e, quando esta cessou, eles já não possuíam mais nada, que ainda estivesse seco. Mesmo os mochilões, bem como tudo dentro deles, estavam encharcados. O forte vento rastejara a relva e a chuva alagara o chão de tal forma que parecia ter aquela área se tornado um pântano. A chuva fizera decair rapidamente a temperatura e, com os corpos e roupas molhados, o grupo começou a tiritar de frio. Contudo não viu alternativa, pois não havia como acender uma fogueira. Assim, a marcha continuou, como se nada tivesse acontecido.

Eles caminharam até que completa exaustão os fez parar. Haviam alcançado um pequeno elevado, sobre o qual a água já havia se escoado e cujo chão, coberto de cascalho, já se encontrava novamente seco. Os homens se dispersaram para procurar gravetos, cavacos e tudo que pudessem incinerar, pois tinham urgentemente que reaquecer os corpos resfriados e tentar secar pelo menos as botinas. Enquanto sondavam os arredores, perceberam que quase não se viam mais ovelhas e cabras e, já há bastante tempo, não viam mais nenhum gado. De onde estavam, já podiam ver uma ou outra árvore que antecedia o bosque, mas, a não ser pelo resto do assado do dia anterior, eles não tinham nenhuma comida e não podiam estar certos de que encontrariam naquele bosque o que pudessem comer. Mas, depois que comeram e que beberam uma caneca de chá, eles avivaram e alongaram a fogueira. Depois, espalharam o braseiro e esticaram as cordas sobre ele, improvisando uma espécie de varal. Colocaram para secar, sobre as cordas, algumas roupas que lhes permitissem conseguir dormir naquela noite pelo menos algumas horas. O dia ainda não havia findado e assim decidiram capturar algumas reses para levar.

A noite fora um castigo e, pela manhã, tinham todos os músculos enrijecidos e doloridos, mas, ainda assim, havia motivo para alegria, pois a tempestade lavou a atmosfera. O céu estava azul e o sol já espalhava os seus raios. Não tinham mais chá, mas reacenderam o fogo e esquentaram a água que beberam em silêncio. Depois espalharam pelo chão, em volta da fogueira, todos os seus pertences. Permaneceriam ali até que tudo estivesse novamente seco.

A manhã se arrastou. Esperar enchia o jovem regente de exaspero, enquanto aumentava a taciturnidade do jovem Rei e, por fim, um dos vassalos do Rei Lourenzo tomou da palavra:

— Senhores, até onde devemos prosseguir? Não me parece que estamos a caminho de alguma civilização superior, como se espera do povo dessa serena, pois não topamos com nenhum empecilho verdadeiro que pudesse impedir que houvesse contato entre elas e o povo com quem estivemos. Sendo capazes de atravessar a cordilheira, não faz sentido que não tivessem encontrado esse povo, que está do mesmo lado. Mas não há, nestas paragens, sequer picadas. Isso não é estranho?

— Sim, é bastante estranho — disse Mibu. — Todavia, pelo menos a morubixaba sabe da existência das serenas, disso eu não tenho dúvida. Suponho que não haja contato entre um povo e o outro, porque um ou o outro lado não deseja tal contato. Mas por quê? Não podemos saber. E não creio realmente que as serenas vivam no bosque ou na floresta, acredito que o país delas se encontra além da floresta.

— Se depois de atravessarmos a floresta, não encontrarmos nada, poderemos então fazer planos de retorno? Perdoe-me, senhor, mas já se passou tanto tempo! Qualquer que seja o destino que os raptores pretendiam dar para a jovem senhora, certamente já terão dado e eu acredito que não haja mais como resgatá-la.

— Eu posso entender que vocês queiram findar essa busca e retornar para os seus países, mas eu não desistirei e pretendo encontrá-la, mesmo que seja somente o seu cadáver. Porém, todos sabem que só conseguimos chegar até onde estamos, porque estamos juntos. Mas se for o caso, eu prosseguirei mesmo que seja só, e os que quiserem retornar, que o façam! — disse Mibu, um tanto agressivo.

— Eu também prosseguirei — disse o jovem Rei. — E não podemos prosseguir sozinhos. Eu lhes peço, tenham perseverança e continuem conosco. Eu lhes prometo uma generosa recompensa quando retornarmos.

Na tarde daquele dia, eles abateram mais uma ovelha e comeram a fartar-se, mas, precavidos, guardaram cuidadosamente o restante para as próximas refeições. Com suas chamalotes novamente secas, eles conseguiram dormir com mais conforto e, assim, cedo na manhã seguinte, puseram-se novamente a caminho.

À medida que avançavam, iam surgindo cada vez mais árvores pelo caminho. Em algumas delas, pendiam frutos, e as ovelhas e cabras que eles levavam presas por uma corda, muitas vezes não queriam mais se afastar dali. Os homens ponderaram que se os frutos eram adequados para aquelas duas diferentes espécies, eram provavelmente comestíveis para eles também. Todavia, não deveriam se dar ao luxo de brincar com a sorte e, como ninguém tinha certeza, decidiram por sorteio quem se arriscaria primeiro a comer deles. O homem cobaia comeu três frutos diferentes sem que de imediato nada acontecesse; passou também todo o outro dia, sem nenhum sintoma de doença. Os demais se descontraíram aliviados. Teria sido uma tragédia se tivessem perdido o companheiro, e se alegraram por terem descoberto novas fontes de vitamina!

Mais três dias se passaram e eles ficaram, de certa forma, desapontados por não terem encontrado os acampamentos que acreditaram poder encontrar daquela direção. O bosque ameno, entrecortado de clareiras e cheio de vida, passou a dar lugar a uma floresta escura, densa, de árvores altas, cujo solo se apresentava cada vez mais fechado por brenhas espinhentas. Mibu consultou a bússola. Sim, ainda estavam no caminho certo! Ele mesmo se sentia amuado diante daquele emaranhado sinistro e sabia que, se os homens concordassem em prosseguir por ali, não seria mais pela expectativa de recompensa, mas sim porque, em um grupo pequeno, a chance de re-encontrarem o caminho e, sobretudo a chance de sobreviver às labutas e perigos do retorno, seriam mínimas, além de que nem ele e nem o Rei abririam mão das anotações que fizeram com relação às direções seguidas. Perder-se por aquelas estranhas paragens seria bem pior do que enfrentar juntos mais aquela peleja. Para ele, não havia alternativa, pois estava disposto a encontrar a sua protegida, ainda que tivesse que pagar com a própria vida por isso! Ele conferenciou com Raco que também continuava firme no propósito de prosseguir. Por fim, o jovem disse para os demais:

— Sei que o ânimo e a perseverança já estão a nos deixar e que as trevas desta floresta medonha nos apavora. Mas temos que prosseguir. Não vejo nenhuma alternativa melhor do que permanecermos juntos. Mas eu lhes prometo, em cima da recompensa do Rei da Aládia, eu lhes darei outro tanto, de minha parte.

Ali mesmo, entraram em acordo quanto à melhor maneira de vencer os obstáculos. Dois homens seguiriam na frente, usando machados para abrir caminho por entre as moitas e touceiras. Os demais seguiriam pela trilha desbravada e, de tempos em tempos, revezar-se-iam para que ninguém ficasse por demais fatigado. Assim, enveredaram-se pelas entranhas da floresta, que, a partir de onde estavam, era tão escura, que fora preciso acender uma lanterna apesar de ainda ser dia. Além de bagagens e do restante da carne da rês abatida anteriormente, levavam também uma boa porção das frutas, pois as árvores da floresta pareciam não ser mais as mesmas que encontraram antes. Eles ainda tinham consigo duas cabras e três ovelhas. Mas o peso excessivo dos fardos lhes contraíam os músculos, e o chão desigual tornava aquele trajeto algo muito penoso. Havia também o cansaço mental causado pelo permanente temor aos animais selvagens. A possibilidade de realmente existirem ali criaturas horrendas, como nas lendas, contadas pelos loucos e desvairados, que afirmavam ter estado daquele lado, desgastava ainda mais o ânimo deles.

Nada de fatídico lhes aconteceu, ainda que houvesse mesmo animais predadores naquela floresta. Os homens tiveram a sorte de não darem cara a cara com nenhum que realmente lhes causasse medo. Todavia, percebiam a presença das feras, ao constatar, toda manhã, o sumiço de uma ou outra das reses que levavam consigo. Eles mesmos não foram molestados e só viram animais de pequeno porte. Qualquer que fosse o predador, este preferira as reses e o grupo estava aliviado por tê-las levado consigo. Mas, havia, em abundância, um interessante tipo de ave que não voava e que era mais ou menos da altura do joelho de um homem adulto. Muitas delas, cuja carne era deliciosa, eles comeram em suas refeições. Já estavam havia uma semana desbravando aquele emaranhado escuro e acreditavam não ter ido longe, pois aquela travessia se provou simplesmente estafante. Porém, no decorrer do quinto dia, perceberam que já não precisavam mais abrir caminho a golpes de machados. As brenhas se amenizavam e a densa floresta se abria novamente em um bosque que permitia que alguns raios de sol se infiltrassem até o chão. Depois de mais um dia, viram-se as margens de um rio muito largo e perceberam que não estavam sós, pois, preso a uma estaca, encontrava-se um barco!

A várzea, que se estendia por uma larga faixa de terreno entre o bosque e a margem, era viçosa e se encontrava florida com diversos tipos de flores silvestres. O lugar era muito aprazível e parecia estar coberto de vegetação natural, pois nada indicava ter aquele solo sido cultivado. Mas a quem pertencia aquela embarcação?! Teriam que se colocar em guarda, pois se encontravam em terras habitadas! Eles se sentiam ao mesmo tempo apreensivos e eufóricos. Teriam alcançado a terra das serenas?! Os homens sondaram o barco. Dentro dele se encontravam dois remos, uma rede de pesca, um rolo de cordão, um facão, um porrete de madeira e uma lança comprida de ponta aguçada, além de uma botija de cerâmica, algumas cabaças e pequenos utensílios. Parecia ser o equipamento de alguém que pescava ou caçava. Poderia talvez pertencer a algum dos guerreiros! A partir dali, eles teriam que se comportar com muita prudência, pois o que poderia um grupo de dez homens cansados e enfraquecidos pelo desgaste daquela jornada contra a estupenda agilidade daqueles guerreiros? E, ainda mais, na terra desses guerreiros?! Teriam primeiro que se recuperar e elaborar um plano de ação, caso quisessem ter algum sucesso. Consternados, eles tomaram consciência de que, na ânsia da perseguição, nem sequer haviam pensado nisso, embora tivessem presenciado a destreza daqueles estranhos homens.

Naquele trecho, o rio era tão largo que eles só reconheceram do outro lado o delineado verde-escuro do que parecia ser outra densa floresta e que já começava diretamente a partir da margem. A várzea se estendia tanto para a esquerda quanto para a direita, e eles não viram mais nenhum outro barco pelos arredores. Mibu consultou a bússola e constatou que caminharam em direção ao Sul. Eles não sabiam que já haviam sido descobertos e que estavam sendo observados pelo dono da embarcação.

Eurípedes e Florinda permaneceram ainda muito tempo em Tigras, esperando a cada hora e a cada minuto o retorno de Mibu e dos demais destemidos, que se puseram ao resgate de Aziza. Para elas, Aziza seria eternamente a menina por quem se tornaram responsáveis e que ao longo dos anos, tornara-se a parte mais importante da vida delas! Mesmo debaixo do desespero, da agonia e da dor insuportável da separação abrupta, bem como do temor de que seus amados se perdessem para sempre, elas também, assim como todo o país, alegraram-se quando o Rei Lourenzo e sua filha Tinar retornaram trazidos por seus vassalos. O Rei retornou gravemente ferido e a jovem Tinar atordoada, ainda presa em um transe. Não só os médicos tiveram que usar de toda a habilidade que tinham, como não se dispensou nenhum tipo de ajuda que pudesse, de alguma forma, contribuir para o restabelecimento da saúde do Rei e sua filha. Sacerdotes de todas as seitas e religiões se puseram em preces e conjurações, e suas ladainhas reviveram todos os templos; até mesmo charlatões tentaram se aproveitar daquela fase de infortúnio.

Para as yjaras, cada dia que passava escurecia e amargurava mais e mais o mundo delas, ao passo que, para os tigrenses, o mundo se normalizava, voltando a resplandecer. O Rei conseguiu se recuperar, depois de ter passado muitos dias à beira da morte e Tinar já tecia novos planos de como conquistar Mibu. Ela estava convicta de que os perseguidores libertariam Aziza e retornariam sãos e salvos! O consolo trazido pela notícia de que o jovem Rei da Aládia viera imediatamente, ao tomar conhecimento daquela tragédia, bem como o fato de ele ter forçando Mibu a um acordo de paz, com o propósito de juntos poderem chegar à meta prioritária do momento, que era o resgate de Aziza, não fora suficiente para sossegá-las. A espera se tornou por demais dolorosa e elas decidiram que não fazia mais sentido permanecer ali e, assim, puseram-se a caminho de casa.

Não só o "País das Yjaras", mas todo o país de Rujia se cobriu de luto. Mesmo nas mais remotas áreas, não só as yjaras choravam e se lamentavam, solidárias com as infortunadas Eurípedes, Florinda e Artapunia, pelo sumiço da menina, que para elas era como a própria filha, mas também toda a população padecia sob o medo latente de que o jovem regente não retornasse. Não havia mais felicidade, não havia festas e nem alegria. Nunca antes estiveram as yjaras tomadas de tão forte depressão. Mesmo o esplendor das cores fortes e brilhantes dos seus trajes e dos seus mais extravagantes acessórios, que sempre emanara confidência e alto astral, desaparecera. Entristecidas, elas já não se esmeravam mais nas suas aparências.

Mibu, o ateu aferrado, estava ausente e para os sacerdotes de todas as religiões existentes em Rujia, surgiu ali a oportunidade de se libertarem das limitações impostas as suas práticas, desde que ele assumira a regência. Muitos deles ainda não haviam perdoado o que consideravam ter sido uma arrogante falta de respeito à tradição e cultura daquele país. Ainda mais, vindas de um cidadão surgido do nada, que subiu ao poder somente pela sorte de ter um dia seduzido a velha Rainha Amita, que certamente já estava caduca, bem como pela incompetência do seu herdeiro Benjamim. Assim, eles começaram por se mostrar pesarosos e preocupados. Mas, mesmo antes que meio ano tivesse se passado, eles já estavam a se rivalizar publicamente, quanto a qual Deus se devia orar e fazer oferendas, para que este guardasse, protegesse e retornasse os desaparecidos. Biros, que regia durante a ausência de Mibu, tentou impedir que as desavenças religiosas retornassem para o dia a dia daquele país, mas sucumbiu diante da ferocidade dos diversos sacerdotes. Biros conduzia com soberania os negócios do Estado, mas infelizmente não possuía sobre a população nem a autoridade, nem a tenacidade que Mibu possuía. As yjaras, por sua vez, nunca deixaram de venerar a Grallas, o seu Deus favorito, e, para elas, se havia um Deus capaz e propenso a salvar os desaparecidos, então era ele Grallas! E não se passou um dia sequer, em que elas não oferecessem incensos a Grallas.

O país de Aládia também cobriu-se com um manto de tristezas. Lidana, a Rainha-mãe, tentou retomar a regência no lugar do filho, mas a agonia e o desespero de não saber o que se passava com ele, onde estava e o temor de que não retornasse, custava-lhe todas as forças e ela envelhecera a olhos vistos. Ela já não conseguia dormir, não queria comer e passava horas a chorar pelos cantos. Assim, sua filha Liday, a irmã mais velha de Raco I, passou a reger o país.

Matuza, o sacerdote-maior, aproveitou a tragédia para propugnar a insensatez do jovem Rei. Ter-se deixado apaixonar por uma jovem supostamente enviada por Talim, fora não somente um ato de irresponsabilidade, como também uma grande afronta a Taulus, o Deus daquela nação! Todavia, ele estivera tranquilo; a jovem parecia ter, por si mesma, consciência daquele mal e tivera o bom senso de se manter afastada do Rei. "Malditas serenas! Quem eram aqueles seres?" O sacerdote cismava, enquanto pensava enfurecido na decisão precipitada e tola de Raco I. Sim, o fato de que as tais serenas não eram somente uma lenda e que de tempos em tempos apareciam para raptar jovens mulheres, não poderia mais ser contestado e era um motivo de grande preocupação e naturalmente do interesse de todo o continente. Ele podia entender a necessidade de mostrar-se solidário, e Aládia, o país mais desenvolvido do continente, não se negaria a enviar um grande comando de busca. Seus fiéis vassalos estavam sempre de prontidão. "Mas aquele tolo, por que tinha ele que se pôr pessoalmente ao resgate da moça? Como pôde ser tão ingênuo para acreditar que encontraria de vez um caminho, que centenas de outras expedições não encontraram?!" Mas, o que mais preocupava o sacerdote era o que aconteceria, caso a jovem sobrevivesse ao infortúnio e ela e o Rei retornassem sãos e salvos! A Rainha-mãe já não parecia mais tão aferrada contra a possibilidade do seu filho desposar sua amada, pois sua grande preocupação e desejo passaram a ser somente que ele, seu filho querido, retornasse! O sacerdote temia perder sua autoridade e influência sobre Lidana, que, por sua vez, era a única a quem o jovem Rei ainda dava ouvidos, e por quem ele aceitara estar distante da sua amada. Por isso, no fundo do seu coração, Matuza passou a desejar que o Rei não sobrevivesse à aventura!

Os homens estavam a ponderar sobre para qual lado seguir, quando perceberam o estranho que lhes vinha ao encontro. Ficaram boquiabertos, ao mesmo tempo em que se puseram em guarda, prontos para sacar de suas armas. O estranho estava só e parecia retornar da caça. Ele usava botas, calça bombacha e, por cima de uma camisa de mangas largas, uma veste comprida que parecia feita de feltro grosso e, esverdeado. Trazia, cingido à cintura, uma espécie de punhal e, jogadas sobre o ombro, duas das aves que não voavam. Em uma das mãos, segurava pelo rabo um pequeno animal abatido, parecido com uma lebre e, na outra, um pequeno saco cheio de algumas coisas redondas. Ele não parecia ameaçador e encarava os aventureiros com recíproca incredulidade.

O nativo tinha os cabelos grisalhos, mas não parecia velho. Seus cabelos e barba eram de um encaracolado miúdo e volumoso. Ele era esbelto, de boa constituição física e de pele escura e, para um caçador, parecia uma pessoa bem cuidada. Sim, o homem tinha certa similaridade com o povo encontrado antes. Será que encontraram, assim tão distante, o outro acampamento? Eles haviam deduzido que os homens do acampamento anterior eram todos jovens, porque não chegavam a viver tempo suficiente para alcançar a velhice. Se, para estar com uma mulher, tinham que passar por uma prova tão brutal, então seria de esperar que, em uma delas, se perdesse a vida. Mas certamente havia a possibilidade de que no outro acampamento houvesse outra cultura!

O homem parou diante deles e eles se encararam até que, por fim, Mibu se inclinou, retirando o gorro, no que foi seguido pelos demais. O homem continuou a encará-los e o jovem regente o cumprimentou em gorinês. Não teve resposta. Então, apontou para a mata, tentando dar a entender de onde vieram. O homem o encarou ainda mais espantado e reagiu apontando para a direção à esquerda, enquanto falava algumas palavras na sua própria língua, que parecia ser diferente da do povo anterior. Provavelmente aquela era a direção do acampamento ou povoado dele. Deu-se uma pausa, pois sabiam que não falavam uma língua comum. Por fim o homem apontou para o barco e para Mibu, apontando novamente para a esquerda. Mibu entendeu que estava sendo convidado para ir com ele, pois, de fato, no barco só caberia o remador e um passageiro. O jovem conferenciou rapidamente com Raco e concluíram que não teriam alternativas senão se apresentarem aos povos daquelas terras. Mibu deixou com os demais os pertences dele, levando consigo somente alguns regalos, caso fosse preciso agradar alguém. Novamente apontando para si mesmo, o jovem repetia várias vezes o seu nome e, por fim, entendeu que o outro se chamava Paka. Embarcaram e o nativo deixou que a embarcação deslizasse rio abaixo. Os demais acenderam uma fogueira e se puseram a esperar. Sabiam que, mais cedo ou mais tarde, teriam que enfrentar os guerreiros da dríade, mas estavam aliviados por não terem sido surpreendidos por eles, mesmo não sabendo ainda se aquele estranho era mesmo de paz!

O barco descia o rio sempre paralelo e próximo da margem. O jovem regente constatou que, do lado oposto, o panorama continuava uma sombra escura, que se elevava diretamente a partir da margem. Ele ponderou que a floresta daquele lado seria possivelmente ainda mais densa do que a mata que atravessaram para chegar ali. Mas, do lado em que se encontravam, a faixa de terreno entre o bosque e a margem do rio se alargava cada vez mais e, à medida que avançavam, iam aparecendo animais domésticos e áreas cultivadas, seguidas por construções que se aprimoravam cada vez mais em qualidade e beleza; até que atracaram num cais feito de madeira, que se encontrava no que parecia ser o centro de uma cidade bastante desenvolvida.

À primeira vista, parecia uma cidade em dia de feira, como muitas outras do mundo que conheciam. Muitos outros barcos, botes e outras embarcações de maiores portes bailavam sobre as águas da baía, em volta da qual se estendia a cidade. No topo de uma colina que se delineava por detrás do emaranhado de casas, Mibu reconheceu uma construção pomposa que poderia ser um templo ou um palácio. Um tumulto de gente, de animais de carga e mercadorias entulhavam as ruas adjacentes e a praça diante do porto. Homens e crianças carregavam e descarregavam as embarcações e pareciam todos tão concentrados em seus afazeres, que não reconheceram de imediato o jovem regente como um estranho. Mibu estava admirado da semelhança existente entre aquela cidade e qualquer outra do mundo dele. O barulho era típico de um mercado e Mibu concluiu que ali também o açougueiro bradava a qualidade das carnes da sua tenda, enquanto outro mercador oferecia alardemente os seus tecidos por preços baixos, ao mesmo tempo em que algumas mulheres anunciavam a chegada dos peixes frescos, pescados por seus maridos.

Numa esquina, um grupo de homens jovens se ameaçavam por conta de alguma desavença, forçando um mercador de produtos de cerâmica a tirar suas coisas do caminho, ao mesmo tempo em que crianças travessas tentavam roubar os figos, ameixas e as maçãs dos mercadores de frutas. Dezenas de mulheres iam e vinham com cestos e balaios de compra.

De aparência, aquele povo parecia ter certo parentesco com o povo que Mibu conhecera anteriormente, mas nada indicava que as mulheres daquela comunidade fossem privilegiadas, pois muitas delas também estavam a trabalhar. Certamente se vivia bem naquela cidade. O jovem observou que mesmo as coisas simples do dia a dia eram feitas com esmero e bom gosto. As botijas de vinho, os jarros de água, os bules de chá, as tigelas e travessas e todos os artefatos de cerâmica eram decorados com desenhos e relevos, pintados de branco, vermelho, amarelo e marrom. Com exceção de Paka, que retornava da caça, parecia que ninguém andava armado, pelo menos não de modo que se pudesse reconhecer. Mibu observara tudo aquilo antes mesmo que tivesse se afastado do porto e, de repente, um menino percebeu a presença de Mibu e começou a chamar alardemente a atenção dos demais.

Não por sua aparência e nem tampouco pela sua vestimenta, que não destoava tanto assim das vestimentas locais, mas, sobretudo pelo gorro que usava e pelo excesso de armas quc trazia junto ao corpo, ele foi reconhecido como um estranho. O jovem levava atravessado ao peito um estojo, dentro do qual se encontrava um estilete; na cintura, um punhal e, na lateral, uma espada. Ele seguia o homem que o levara ali. As pessoas iam abrindo caminho e observavam com espanto e curiosidade, até que Paka parou em frente a uma mulher, a quem entregou o pequeno animal, as duas aves e o saco de coquinhos, já sem a parte que ele deixara dentro do barco.

No pouco tempo que pararam ali, uma multidão se ajuntou à volta deles e parecia que todos queriam saber do homem quem era o estranho e de onde vinha. Logo, apareceu também outro homem que certamente era a autoridade local. Os demais abriram passagem e ele se achegou de Mibu, dirigindo-lhe a palavra. O jovem não entendeu o que lhe foi dito, mas decidiu-se curvar diante do outro, levantando o gorro. Depois, retirou de sobre o peito o estojo com o estilete e o ofereceu solenemente para a autoridade, tentando dar a entender que vinha em paz. O outro aceitou a dádiva com um gesto de cabeça e depois dialogou entusiasmado com o homem que o levara ali, e Mibu reconheceu duas vezes o seu nome. Por meio dos gestos que Paka fez, Mibu deduziu que ele dera ao outro a informação sobre os demais membros da sua caravana, bem como o lugar onde eles se encontravam. Ali mesmo, a autoridade ordenou a Paka e mais alguns homens, e eles se dirigiram imediatamente para o cais. Embarcaram em grandes canoas e se puseram a remar rio acima. Certamente trariam consigo os que ficaram a esperar. Mibu não estava certo se sua situação era segura; todavia, até ali não tivera motivos para se sentir em perigo.

O homem abriu o estojo e avaliou o estilete, e um ar de satisfação lhe abriu o semblante. O jovem apontou para si mesmo, dizendo o seu nome e apontou para o outro até que este entendeu e se disse chamar Hugo. Ele era de meia-idade, esbelto e de boa constituição física, como quase todas as pessoas que circulavam por aquela feira. Ele fez ao jovem um gesto para que o seguisse, pondo-se a caminhar pelo meio da rua, com passos gingados e vagarosos, sem se importar com os curiosos que os seguiam. Mibu não estava certo se ele o exibia para o povo que os olhavam atordoados, ou se lhe mostrava a sua cidade.

A praça diante do porto e todas as ruas adjacentes eram calçadas e as casas, feitas de tijolos, comprimiam-se umas às outras; eram rebocadas e pintadas de diferentes cores. Na sua maioria, podia-se ver pelas janelas os artesãos a trabalhar nos seus ofícios. Em muitas outras, via-se alguém a rodar os moinhos de pedra, que trituravam trigo ou azeitonas, o que parecia ser produtos abundantes naquela cidade. As ruas principais eram largas o suficiente para a passagem dos carros puxados, mas para se alcançar a maior parte das moradias, que se encontravam nos pátios e quintais por detrás das casas da frente, era preciso enveredar-se por pequenos becos ou estreitas vias. A cidade parecia antiga. Muitos muros e fachadas apresentavam o desgaste natural de centenários. Eles caminhavam se desviando ora para a esquerda, ora para a direita; para não colidirem com os burros de carga que se desgastavam com o peso dos balaios cheios de azeitonas para os moinhos ou uvas para o mercado, ou os carros de boi cheios de botijas de vinho. Muitos carretos subiam direto do porto para o palácio no topo da colina. O jovem estava curioso para saber quem habitava nele, mas Hugo ainda não fizera menção de subir a colina. Será que era ele mesmo o habitante dali? Se ele era o soberano, era assim tão chegado ao seu povo?!

Por fim, eles seguiram por uma rua sem saída, que culminava em alguns degraus que conduziam à entrada de uma construção simples, sem nenhum ornamento, que era um templo, no qual só havia um aposento. As paredes interiores eram decoradas somente por uma estreita faixa, que apresentava uns desenhos melindrosos, porém já bastante desbotados pelo tempo e o chão era revestido de cerâmica polida. No meio do salão, encontrava-se a estátua de uma mulher nua. Mibu nunca vira uma mulher com proporções como aquelas. A figura tinha os seios enormes. A barriga e as nádegas volumosas e redondas, braços e pernas cheios e roliços. Havia sido esculpida no granito e parecia já estar ali por centenários. Ao contrário das paredes, a estátua parecia bem polida. Não havia janelas naquele compartimento e a única claridade vinha da entrada e de duas tigelas colocadas nas suas laterais, nas quais ardia um fogo. O ambiente parecia estar sempre envolto em penumbras. Hugo se achegou da estátua e percorreu as formas dela com as mãos, levando-as depois ao coração. O jovem regente não estava certo se vira devoção ou luxúria no olhar da estátua, mas não deu atenção, pois estava certamente diante da estátua de alguma deusa, e ele não queria se envolver novamente com religião. Saíram dali e percorreram mais uma parte da cidade, retornando novamente pelo meio do mercado. Pararam diante de uma das casas, e Hugo, por meio de gestos, Mibu deu a entender que aquela era a casa dele.

Um murinho de uns dois palmos de altura bloqueava o vão de entrada, que não tinha porta, o que não surpreendeu Mibu, pois já havia percebido que portas ou janelas para se abrir e fechar parecia ser uma raridade naquela cidade. Passaram por cima do empecilho e se acharam no compartimento de trabalho da casa. Ali, havia um fogão grande, uma mesa grande e, pelos cantos, amontoavam-se barris, botijas, ânforas, balaios e cestos, onde estavam armazenados os comestíveis. Grandes panelas de ferro, de diferentes tamanhos, pendiam sobre o fogão, e baldes de água se enfileiravam por sobre a pedra da pia. O compartimento era imenso e estava cheio de mulheres atarefadas, em cuja roda brincavam ou choravam algumas crianças. Todos pararam para admirar o estranho, mas Hugo só disse umas palavras para uma das mulheres e subiura uma escada que levava ao compartimento superior, no que foi seguido por Mibu. O segundo piso também era um compartimento aberto e parecia ser ao mesmo tempo a sala de estar e o dormitório da família. O chão estava coberto por tapetes e nele se encontravam um monte de almofadas e acolchoados, bem como pilhas de cobertores. A morada se abria para os fundos e a claridade só vinha daquele lado, pois não havia janelas. Mibu ponderou que as noites certamente eram frias, se não havia como fechar as portas! De lá subiram para o terraço, que tinha uma parte coberta por um entrelaçado de capim. De lá, podia-se contemplar a praça do porto e a vida buliçosa da cidade. Mibu concluiu que, para os padrões da cidade, Hugo levava uma vida confortável. Mas quem era ele? Quem morava no palácio? Ele sentiu pesar por não entender a língua daquele povo.

A mulher trouxe um bule de chá e duas canecas e os dois homens estavam a bebericar a bebida, quando perceberam o tumulto diante do cais e souberam que os outros membros da caravana haviam chegado. Mibu se ergueu de prontidão, dando a entender que queria ir ao encontro dos demais e Hugo o seguiu, depois de dizer mais uma série de coisas para uma das mulheres.

Os curiosos já haviam feito um cerco ao redor dos visitantes e Hugo abriu caminho por entre eles. Sim, os estranhos com suas estranhas roupagens, seus pesados mochilões e apetrechos de viagem e, sobretudo, com suas ostensivas armas, fascinavam-nos. Os nativos sabiam da existência de muitos outros povos, mas, a não ser pelo povo que habitava uma cidade a algumas léguas rio acima e o povo de outra cidade, também a algumas léguas rio abaixo, só raramente eram visitados por estranhos. Todavia, vivia naquela cidade um homem que afirmava ter vindo de muito longe dali! Mibu apontou para cada um dos seus companheiros, dizendo os respectivos nomes e depois repetiu a mesma coisa com relação a Paka e Hugo. Seus companheiros entenderam que ainda não havia, entre eles e os nativos, comunicação de fluência verbal.

O dia já estava a cair e Hugo disse algumas coisas para os homens que os haviam buscado e, olhando para Mibu, tentou dar a entender que deviam despir-se de suas armas e coisas e entregá-las àqueles homens. Os demais ficaram temerosos e, instintivamente, puseram-se em guarda; mas, com exceção deles mesmos, parecia que ninguém estava armado. Mibu informou a Raco que, até o momento, não tivera motivos para se sentir ameaçado e a um sinal de consentimento do rei, eles se despiram dos seus fardos e armas e, tão logo os homens ordenados pela autoridade pegaram as coisas e se puseram com elas a caminho. Hugo fez aos visitantes e também a Paka o sinal de que deviam segui-lo e se pôs no caminho oposto, rumo a sua casa. Muitos curiosos os seguiram, até que eles adentraram a cozinha do anfitrião.

Hugo os levou novamente para o terraço. As mulheres haviam forrado o chão com tapetes e espalhado várias almofadas e pequenos colchões em volta de algumas mesas baixinhas. Por cima de um banco também baixo e comprido, encontravam-se algumas botijas de vinho e umas tigelinhas rasas, nas quais se bebia o vinho. Havia no terraço um grande recipiente de cerâmica, que coletava a água da chuva e, nele, havia uma abertura vedada por uma rolha. O anfitrião retirou a rolha e lavou as mãos na água que jorrava e foi seguido pelos convidados. Logo que se acomodaram, chegaram mulheres trazendo comida. Podia-se usar pratos ou tigelas rasas, que eram de cerâmica e tinham as beiradas decoradas e pintadas de alguma cor. Os homens foram servidos de uma bandeja cheia de carnes variadas que tinha também peixes e de tigelas de legumes e feijão. Tudo cheirava apetitosamente em diferentes temperos e especiarias, além de que, para a sobremesa, havia ainda um docinho de mel e também uvas, figos e peras. Os visitantes comeram e beberam até se sentirem extasiados. Já não sabiam mais quando tiveram pela última vez uma refeição tão boa!

O anfitrião era, sem dúvida, uma pessoa comedida e calma, além de bem humorado, pois acabava caindo na gargalhada, toda vez que tentavam esclarecer alguma coisa por meio de gestos e mímicas e não conseguiam. Por fim, Mibu acreditou ter entendido que todas as mulheres naquela casa eram esposas do anfitrião e todo aquele mundo de crianças, filhos dele. Havia ali cinco mulheres e pelo menos umas vinte crianças. A mulher mais velha parecia ser da mesma idade que Hugo, que devia ter mais ou menos cinquenta anos; a mais jovem parecia ter uns vinte, talvez vinte e cinco e as outras pareciam ter idades entre aquelas. Todavia, parecia existir harmonia dentro daquela casa. Os homens se fartaram também do vinho do anfitrião e, quando a penumbra da noite começou a se pôr, eles já estavam a cair de sono. Raco I fez um gesto de que desejava dormir e Hugo disse algo para Paka, e eles guiaram os homens para fora, conduzindo-os para o templo. No caminho, Paka parou diante da sua casa. Hugo e os demais esperaram alguns minutos e ele retornou com um acolchoado enrolado debaixo do braço.

Os homens da caravana entraram para o templo. Lá, encontraram todos os seus pertences e uma grande pilha de acolchoados e cobertores que outros moradores haviam lhes cedido, a pedido de Hugo. Estranhados, eles admiraram a estátua que se encontrava no centro do salão. Nenhum deles vira antes uma deusa tão opulenta. Estranharam, também, ao verem os dois nativos percorrerem as formas dela com as mãos. Raco I tentou ainda saber que deusa era aquela e se tinha nome, mas os demais começaram a arrumar um canto para ele dormir e ele deixou a questão para o outro dia.

Dormiram o sono dos justos e acordaram com o sol alto no céu. Paka já estava a esperar e os guiou ainda desarrumados, para o que parecia ser ao mesmo tempo um toalete e uma casa de banho coletiva. Ali entravam e saíam os homens daquela cidade. Havia muita gente nas ruas, mas não era dia de feira. Ao que parecia, era tudo muito organizado naquela cidade. A casa, que era uma construção simples, tinha o chão e as paredes ladrilhadas. Entrava-se por um compartimento, no qual se despia e armazenava as roupas. Ao longo das paredes laterais do cômodo seguinte, encontrava-se um banco comprido de pedra, com coisa de uns seis buracos espaçados, que eram as latrinas. Depois delas, elevava-se um pódio raso também de pedra, por detrás de um muro baixinho, sobre o qual os homens se enfileiravam para serem banhados. A água usada para o banho não se perdia, pois se acumulava num canalete e escorria por debaixo da bancada das latrinas, carregando consigo os dejetos. Primeiro, usava-se a latrina e depois se postava sobre o pódio para o banho. Na parede de fundo se encontrava uma grande fornalha, que esquentava a água de uma caldeira. Por cima da fornalha pendia um monte de fechos de ervas e flores secas. Algumas delas ferviam dentro de pequenos caldeirões, cujo vapor perfumado encobria o fedor das fezes. Havia ali dois mestres de banho e três rapazinhos que se ocupavam de trazer e misturar as águas quentes e frias. Paka tentou explicar que se podia escolher o cheiro que se queria para a sua água, mas eles não entenderam e, por fim, todos se banharam com a água de cheiro de alfazema. O procedimento se dava da seguinte forma: O mestre de banho pegava um balde de água morna, vertia nele um tanto da água perfumada e alguma coisa que a fazia borbulhar e, com um caneco, ia jogando a água sobre o seu cliente, enquanto o esfregava energicamente da cabeça aos pés, sem deixar um vínculo sequer do corpo intocado. Depois que todos estavam banhados, Paka discutiu alguma coisa com o mestre de banho e, em seguida, fez gestos indicando que podiam se retirar. Mibu supôs que certamente se pagava por aquele serviço, mas só poderia resolver isso mais tarde, pois ainda nem sabiam que espécie de moeda circulava naquela sociedade. Raco I teve a sensação de que nunca se sentira tão bem como depois daquele banho! Quando se lavara pela última vez?!

Paka os guiou para a casa dele, para tomarem juntos uma refeição. A casa era semelhante à de Hugo, porém, um pouco menor e mais modesta. Tinha também a entrada sem porta, bloqueada por um murinho, sobre o qual se entrava pela área de serviço e se subia para o dormitório, passando dali para o terraço. De lá se via o intricado de becos, casas, terraços e quintais dos outros moradores. Possivelmente eram todas as casas assim. Paka tinha três mulheres e uns doze filhos e, também naquela casa, parecia haver harmonia. Depois de se fartarem novamente com boa comida e delicioso chá, deram a entender ao anfitrião que deveriam voltar para o templo. Tinham que se vestir, organizar as coisas e tentar saber como prosseguir em busca da sua meta.

Não poder se entender claramente com aquele povo era realmente uma pena, pois parecia ser generoso e de boa índole. Eles estavam a ponderar como deveriam tentar fazer Hugo entender o que estavam procurando, quando ele apareceu acompanhado de um ancião.

O homem parecia tão velho, que eles não poderiam dizer se já tinham visto alguma vez na vida alguém com tal aparência. O corpo curvado e extremamente magro do velho parecia quebrar ao primeiro toque. Na sua face, coberta por profundas rugas, ainda se via uma barba minguada e completamente branca e, no meio da qual, mal podia-se reconhecer a boca e o nariz. Os olhos avermelhados eram rasos e embaçados e, na cabeça, só havia ainda uns poucos fios de cabelo. Mas para a surpresa de todos, o ancião os cumprimentou com uma voz ainda firme. Ele falava a língua de Rojas, um país ao norte de Tigras. Era uma das poucas línguas do continente, que nem Mibu e nem Raco I falavam. Mas era similar à língua de Tigras e, escutando-se com atenção, era possível se compreender algumas coisas. Mas um dos vassalos do Rei Lourenzo era natural daquele país e respondeu:

— E que a paz seja sua, meu Senhor! — Eles estavam estupefatos. O que mais poderia surpreendê-los?! Estenderam rapidamente um acolchoado para o velho e se assentaram à volta dele, impacientes para saber quem ele era e o que estava a fazer ali. O ancião disse chamar-se Gapato e se pôs a lhes contar sua estória:

— Há mais de trezentos anos...

— Trezentos anos? — exclamou o intérprete, arregalando os olhos em espanto. O idoso fez um gesto com a mão pedindo paciência e continuou:

— Há mais de trezentos anos, fui designado para fazer parte de um comando de busca, que deveria seguir os rastros dos raptores de uma jovem da nossa sociedade. Segundo testemunhas, ela havia sido raptada por uma serena. Dizia-se das serenas, que elas viviam do outro lado das cordilheiras, que, até então, ninguém entre nós havia conseguido atravessar. Mas a jovem estava prometida em casamento ao filho do Rei e teria que ser encontrada. Durante um longo período de tempo, vasculhamos toda a encosta montanhosa e, quando já estávamos por perder as esperanças, descobrimos uma passagem. Éramos um grupo de 35 homens, quando nos enveredamos por ela. A jornada nos levou por caminhos que nos forçaram a aventuras que passavam de fantásticas para horripilantes e encontramos lugares maravilhosos bem como lugares funestos e hediondos. Nós nos esgueiramos por rachaduras, nós nos arrastamos por buracos medonhos, atravessamos geleiras e escarpados, passamos dias a fio enveredados por túneis escuros e úmidos e, para quase toda etapa que vencíamos, algum dos homens deixavam a sua vida. Quando o nosso grupo se reduziu para vinte indivíduos, decidimos desistir e retornar. Acreditamos que seríamos capazes de reencontrar o caminho de volta, mas não o encontramos e ficamos perdidos. Já não tínhamos mais comida. Desesperados, acabamos por encontrar um bosque, no qual havia animais e frutas. Até ali o nosso grupo já havia se reduzido para nove. Ninguém sabia mais quanto tempo havia se passado, mas no bosque conseguimos sobreviver por muito tempo e, enfim, dispusemo-nos a procurar novamente o caminho de volta.

O intérprete pediu um tempo e passou para os demais a narrativa do ancião. Estava aquele homem ainda lúcido? Sim, as aventuras e desventuras descritas eram verdadeiras, pois eles também viveram muitas situações semelhantes. Mas trezentos anos?! Poderia alguém sobreviver por trezentos anos? Euforia e descrença se turbilhonavam em suas mentes. Todavia, se tudo aquilo era verdade, então só teriam que seguir a orientação daquele senhor, para descobrirem o paradeiro dos perseguidos.

— E a sua equipe conseguiu resgatar a refém? — continuou o intérprete.

— Não. Infelizmente, não...

— Mas... Mas o que aconteceu?

— Os serenos não agem sozinhos. Eles contam com a proteção do povo, do qual recrutam os seus guerreiros e estes possuem uma incrível agilidade...

— Sua equipe encontrou também a terra dos guerreiros deles?

— Sim, os serenos e o povo dos seus guerreiros parecem viver em simbiose, num mundo aquático de fantástica beleza... — O ancião falou como se perdido em pensamentos e o homem o apressou:

— Onde se encontra esse mundo e como se chega até lá?

— Eu suponho que a floresta do outro lado da margem do rio seja o único obstáculo que nos separa deles, porém não tenho certeza, pois os encontramos por outro caminho e por acaso. Como disse antes, depois que nos recuperamos do imenso desgaste, decidimos que procuraríamos novamenteo caminho de volta e, assim, enveredamos mais uma vez por um túnel, cuja posição em relação à posição das estrelas, prometia seguir na direção certa. Mas, no seu interior, deparamo-nos com muitas bifurcações que acabaram por nos desorientar completamente e, num dado momento, demos com um riacho, no qual se encontrava um barco. Sentimo-nos salvos do nosso infortúnio. Se havia um barco, então havia alguém que navegava naquelas águas e esse alguém pertenceria a algum povo. Onde quer que esse povo se encontrasse, poderíamos, a partir dali, orientarmo-nos novamente e, sem dúvida, o barco não teria sido deixado ali por acaso. Sim, com aquele barco chegaríamos a alguma civilização! Mas nosso grupo ainda contava com nove homens e o barco só comportaria seis. Só dispúnhamos de uma lanterna, cujo combustível já estava para acabar e não queríamos perder a chance de escapar daquelas trevas. Assim, decidimos desfazer dos nossos pertences e arriscar a jornada, comprimindo todos dentro da pequena embarcação. A sorte não estava a nosso favor, pois não tardou e as águas passaram a correr com mais e mais fluência, até que nos ficou claro que nos aproximávamos de uma queda-d'água. Na ânsia de alcançar novamente a margem, perdemos o controle sobre a embarcação e ela virou lançando-nos nas águas frias e turbulentas. Só me lembro ainda do barulho das águas se perdendo cascata abaixo. Quando dei novamente por mim, estava caído na areia da baía de um rio, cercado por um maravilhoso jardim. Primeiro, acreditei ter morrido e transportado para uma outra vida, mas, não muito longe de onde estava, encontrei também desfalecido um dos meus companheiros. Depois, junto com ele, demos uma busca pelas redondezas e encontramos mais dois dos nossos homens. Infelizmente, somente um ainda com vida, e não encontramos mais nenhum rastro dos demais. — O intérprete pediu novamente tempo e passou as informações para os demais. Todos escutavam pasmados e o silêncio era intenso. O homem perguntou:

— E, depois dessa tragédia, como foi possível, somente com três homens e sem nenhum equipamento, continuar a jornada?

— Não continuamos, pois o acaso nos levou aos procurados. Estávamos famintos e nos escondemos atrás de arbustos para tentar capturar uma das aves que habitavam aquele jardim. De repente, percebemos um barco deslizando sobre as águas, guiado por um dos guerreiros e no qual se encontravam duas serenas. Assim, soubemos que nos encontrávamos nas terras delas e que, se fôssemos descobertos, não teríamos a menor chance de nos safar. Passamos o resto do dia escondidos e, depois do cair da noite, percebemos que tudo se cobria de profundo silêncio e nada parecia ter vida. Na calada da noite fomos então seguindo na direção tomada pelo barco que vimos. Caminhamos até a exaustão sem encontrar nada diferente e, ao raiar do dia, escondemo-nos novamente. Dormimos por algumas horas, mas, no meio-tempo, pudemos observar que outros barcos e pequenos botes navegavam pelo rio que se tornara bem mais largo. Estávamos a padecer de fome, mas algo nos dizia que morreríamos se nos deixássemos perceber e, assim, esperamos até que a noite se pusesse novamente. Abatemos uma ave e a comemos crua, pois não tínhamos como acender um fogo e não podíamos nos trair. Por fim, descobrimos no horizonte pequenas luzes que não eram naturais. Havíamos alcançado uma área na qual o rio se abria num grande delta. Do nosso esconderijo, só pudemos perceber uma torre, que parecia emergir do meio de um elevado cercado por água, e o que parecia a silhueta de mais duas outras mais distantes, em diferentes direções. Durante o dia, muitas embarcações circulavam em todas as direções, tanto com serenos quanto com pessoas do outro povo. Certamente eram aqueles levados às moradas daqueles povos, mas só se poderia alcançá-las por barco. Mais uma noite se passou, durante a qual vasculhamos as imediações à procura de uma embarcação que pudéssemos usar para averiguar aquelas moradas. O novo dia estava para raiar, quando descobrimos um pequeno barco. Decidimos que eu ficaria vigiando a embarcação, enquanto meus companheiros se certificariam de que não havia ninguém nas imediações. Mas logo um farfalhar, acompanhado de uma algazarra provocada pelas aves assustadas e uma assuada de vozes, fez-me perceber que meus companheiros tinham sido descobertos. Fiquei petrificado. Escondi-me por trás de arbustos e tentei me enganar com a ilusão de que meus companheiros retornariam. Passei todo o dia acocorado naquele lugar ponderando sobre o que fazer. Sozinho, eu estaria também condenado à morte. Quando a noite se pôs novamente e nada mais se movia, procurei novamente pelo barco e ele ainda estava no mesmo lugar. Decidi que navegaria em direção a um daqueles elevados e me entregaria ao destino. No barco, havia uma botija cheia de algum líquido e, tomado pela angústia, resolvi experimentar seu conteúdo, pois acreditei tratar-se de algum vinho. Não era vinho, mas um tipo de aguardente dulcificado. Bebi muitas goladas daquele líquido. Comecei a me sentir tonto e acabei por perder os sentidos. Não sei quanto tempo se passou e nem o que se passou. Quando recuperei os sentidos, eu estava sendo cuidado por este povo.

Gapato respirou fundo, cansado da grande narrativa. O homem traduziu o resto da estória. O silêncio ainda era intenso e todos se olhavam abismados. Mibu e Raco discutiram baixinho e o regente pediu ao intérprete que perguntasse o que ele quis dizer com “Há trezentos anos”. O ancião sorriu balançando a cabeça:

— Não estou caduco, meu senhor, nem estou mentindo. Aquilo se passou há mais de trezentos anos. Não me pergunte como alcancei essa idade, pois não tenho uma explicação. Quando me vi nas mãos deste povo, eu estava completamente desmemoriado. Só depois de mais de cem anos, comecei a recuperar a memória, mas aqueles que me encontraram já haviam morrido e a estória do meu aparecimento já se tornara lenda. Assim nem mesmo sei como vim parar aqui. Porém, afirmo que segurei no colo o avô do avô de Hugo, quando este era um bebê recém-nascido.

— Desculpe-me senhor, não quisemos ofendê-lo. Não há motivo para duvidarmos da sua palavra. Se somente o senhor e nenhuma outra pessoa desta comunidade desfruta de longevidade, então é de se supor que o senhor a adquiriu em outro lugar, pois também no nosso mundo ninguém jamais conseguiu alcançar tamanha idade. Nós tivemos a oportunidade de presenciar o poder de uma poção criada pelas serenas. O senhor acredita que poderia ter sido a bebida encontrada no barco a poção portentosa que alterou o seu ciclo de vida?

— Sim, acredito que sim. Não vejo outra explicação mais viável. Todavia, não posso ter certeza, pois não sei do paradeiro dos meus companheiros e se algum deles teria se tornado como eu.

— Senhor, nós também empreendemos esta jornada em busca de uma jovem raptada. Não importa o que nos espera, temos de encontrá-la. Nós lhe ficaremos extremamente agradecidos por toda ajuda que puder nos prestar tpara encontrar o caminho que nos leva aos raptores. — Gapato os olhou com tristeza.

— Sinto muito, mas temo não poder ser de muita serventia. Depois que recuperei a memória, tentei diversas vezes reencontrar o lugar onde estivera, mesmo sabendo que já se passara mais de um século e que certamente outra jovem já tivesse, havia muito, ocupado o lugar da refém procurada por nós. Estes nativos nunca viram nem os serenos nem o povo que vivem com eles e acreditam ser a existência dos serenos somente uma lenda de tempos passados. Mas muitos deles se compadeceram de mim e se prontificaram a me acompanhar na minha busca. Caminhamos rio acima até dar com um maciço gigantesco que bloqueia o caminho e do qual estas águas borbotam e se perdem montanha abaixo, formando uma cacimba de fúria e proporções medonhas. Essas águas se revolvem por léguas e léguas, antes de se tornarem o rio manso que vemos aqui. Caminhamos também rio abaixo até sermos bloqueados pelo mesmo motivo, porém ao inverso. Ali o rio manso se perde novamente jorrando por uma garganta profunda com tanta fúria, que levanta mofetas de poeira d'água, que parecem se elevar até as nuvens. Tanto para um lado, quanto para o outro, estsa civilização e os seus vizinhos estão limitados a este ambiente e, para ser sincero, é-me difícil entender como conseguiram se desenvolver tão bem.

— O senhor mencionou anteriormente acreditar estar a terra das serenas diretamente atrás da floresta na outra margem. Por que procurou por caminhos tortuosos se seria então muito mais fácil atravessar o rio e a floresta?

— Ah, não, meus caros amigos! Os senhores conseguiram um grande feito atravessando a cordilheira, de cuja dificuldade eu mesmo sou testemunha. Conseguiram ainda, sem perdas e danos, atravessar essa floresta para chegar a nós, o que foi também um grande feito, pois mercadores deste povo a atravessam de tempos em tempos para comerciar com mulheres dos povos daquele lado. Mas toda expedição lhes custa a vida de alguns homens, o que prova não ser fácil tal façanha. Porém, do outro lado a dificuldade é outra. Não é possível atravessá-la. Não sobreviveriam sequer uma pequena distância! — exclamou Gapato.

— Mas então que dificuldade é essa? O que há de tão medonho naquela floresta? Existem ali criaturas horrendas? São seus animais gigantescos?

— Não, ao contrário, o perigo parte de criaturas pequenas, que de certa forma são até mesmo belas. Trata-se de pequenos crustáceos. São carnívoros e muito agressivos.

— Mas onde estaria o problema? Não seria somente uma questão de eliminá-los?!

— Sim, se fossem somente alguns poucos, mas existem milhões e milhões dessas criaturas. No tempo que se gasta para destruir uma delas, outras cem já o terão atacado e começado a devorá-lo vivo, pois num piscar de olhos já lhe terão arrancado, com as afiadas tesouras delas, pedaços tão grandes quanto nozes. Existem alguns animais que não são molestados por elas, mas ninguém sabe por quê e só existem dois elementos capazes de os manterem à distância: água e fogo! Por isso, estamos seguros: elas não atravessam o rio.

— E ninguém tentou destruí-las com fogo?

— Sim, na minha obsessão de reencontrar a terra das serenas, insisti para que abríssemos uma vereda por meio de uma queimada. Hoje, arrependo-me muito de ter insistido nisso. Causamos um grande devassamento florestal, no qual centenas dos animais imunes, bem como milhares de aves pereceram. Mas os crustáceos não sofreram danos, pois vivem em buracos subterrâneos: além de que, eu não havia pensado que, por um caminho em chamas, não se podia caminhar e que, tão logo isso fosse possível para nós caminhar, seria para eles também. A desventura custou a vida de oito nativos, que, mais de uma vez, acompanharam-me na minha loucura. Marcou também o fim de todas as minhas esperanças. A partir de então, aceitei o meu destino e vivo feliz com este povo.

O intérprete esclareceu o que escutara e os homens se entreolhavam, ao mesmo tempo, amuados e insatisfeitos. Não queriam acreditar que, depois de terem vencido tantas dificuldades, seriam pequenos crustáceos o que os impediria de chegar à sua meta final. Por outro lado, se mesmo os nativos não conseguiam vencê-los, seria muito pretensioso acreditar que um pequeno grupo o conseguiria. Mas havia ainda o outro caminho e eles teriam que encontrá-lo!

Os viajantes debateram o problema entre si, enquanto Gapato explicava para Hugo o que procuravam. O anfitrião fez um gesto de desalento, enquanto pedia a ele que explicasse para os homens que, naquele particular, não tinham como ajudá-los; mas, se decidissem encerrar aquela busca, poderiam ficar na cidade e seriam aceitos de braços abertos na comunidade. Mibu e Raco ficaram agradecidos, mas nem sequer ponderaram a possibilidade de desistir. A busca continuaria! O jovem pediu ao intérprete que perguntasse para o ancião:

— O senhor sabe por qual motivo esses dois povos se isolam do resto do mundo? Por que raptam jovens mulheres? Por que não desejam contatos diplomáticos?

— Meus senhores, para as duas primeiras perguntas não tenho resposta; mas, quanto aos contatos diplomáticos, posso dizer que, nos tempos da minha infância, existia uma lenda que afirmava ter existido amizade, e até mesmo parentesco, entre o nosso povo e os serenos. A lenda dizia ter tudo se passado havia muito e muito tempo. Mas até então ninguém se importou com o teor de verdade da tal lenda, até que a prometida do filho do Rei desaparecera. Somente a ama da jovem e mais dois camponeses afirmaram tê-los visto, e houve grandes discussões sobre a veracidade daquela afirmação, antes de empreendermos a jornada da travessia. Hoje, sou testemunha de suas existências, mas infelizmente não consegui retornar para confirmar tal fato.

O velho reconhecera o desalento que se fizera presente entre os homens da caravana. Sim, eles se sentiam frustrados. Por anos a fio, ele também se sentira assim, até que o tempo o libertou da angústia. Resolveu elevar o espírito geral mudando de assunto. Ele explicou para os estranhos que aquele lugar se chamava Laris. Naquele vale, que não era muito grande, havia mais dois outros povos: rio acima se encontrava Maris e rio abaixo, Baris. Todos falavam a mesma língua. Gapato sugeriu, tanto para Hugo quanto para o intérprete, que poderia ser interessante irem juntos visitar o palácio no alto da colina. Raco I estava novamente taciturno e voltado para si mesmo, mas Mibu gostou da ideia. Seria bom espairecer e ponderar com calma uma solução para aquele problema. Ele estava também curioso para saber quem residia ali.

Alcançaram o palácio, admirados da resistência física de Gapato. Era difícil acreditar que ele tivesse toda aquela idade, apesar da aparência. Mas, depois de tantas coisas inexplicáveis que viveram até ali, não queriam e nem podiam duvidar de mais nada!

O palácio tinha uma arquitetura simétrica. Quatro pilastras feitas de alabastro, sustentavam um capitelado em forma triangular, cuja decoração expressava a cena de um banquete. Nas laterais se anexavam mais duas construções menores, porém semelhantes à construção central. Elas tinham o capitelado sustentado por somente duas pilastras e suas decorações também apresentavam cenas de banquete. Entrava-se por um portal estreito e alto que não permitia a entrada de muita claridade e, logo, uma cortina de cor vermelho-escuro bloqueava a entrada. Dela, pendia um cordão que acionava uma sineta. Hugo tocou-a, e uma voz feminina disse alguma coisa e ele afastou a cortina, permitindo a passagem dos demais. Deram em um aposento cuja iluminação difusa, vinda de pequenos lampiões que pendiam do teto e das paredes, espalhava sobre tudo um reflexo avermelhado. Não se viam janelas; porém, de cada lado, havia mais dois compartimentos cujas entradas estavam seladas por cortinados. De um recipiente arredondado, subia um vapor perfumado que inebriava o ambiente. No centro do salão, havia um pódio coberto por um acolchoado largo que parecia muito macio e nele repousava uma mulher. Ela estava envolta em tecidos voláteis, de vários tons de vermelho e lilás, que se sobrepunham em diversas camadas. Levava diversas argolas nos pulsos e tornozelos; muitos cordões sobrepostos e brincos grandes e pendentes aumentavam ainda mais a sensação de opulência, pois a mulher tinha as proporções da estátua que se encontrava no templo. Todavia, era uma bela mulher. Tinha os cabelos longos e volumosos, cheios de penduricalhos, os olhos grandes e expressivos e quando falava ou sorria, revirava as mãos, cujos dedos repletos de anéis suntuosos, bailavam num ritmo lânguido e voluptuoso. Os panos que cobriam o corpo dela pareciam não ter costuras, mas, da pele, só se viam as mãos e os pés, que estavam descalços. Ela percorreu com um olhar divertido aquele grupo de estranhos e sorriu para Gapato e Hugo e lhes fez um gesto. Todos se acocoraram ao redor do pódio e ela se assentou no meio do seu acolchoado, cruzando os pés. Continuou a sorrir sem dizer nada e, por fim, Hugo se levantou, inclinou-se diante dela e lhe entregou alguma coisa pequena que tirou do bolso. Era uma pedra azul. A mulher mirou o objeto virando-o em vários ângulos e, por fim, sorriu satisfeita, fazendo um gesto afirmativo com a cabeça. Hugo se levantou e se dirigiu para um dos compartimentos ao lado, perdendo-se por detrás da cortina.

A mulher continuou sorrindo, fazendo trejeitos com as mãos ou repiscando os olhos, enquanto o ancião explicava para o intérprete que aquela mulher era a Deusa da comodidade. Os homens daquela sociedade a procuram sempre que querem ser confortados, serenados ou simplesmente mimados. Mas primeiro é preciso agradá-la de alguma forma, quer seja por meio de um presente, boa comida ou mesmo contando-lhe uma estória, anedota ou qualquer outra coisa que a divirta. Ele, por exemplo, já a teria agradado por tê-los levado ali e, se quisesse, poderia visitar uma das suas musas que se encontravam naqueles compartimentos ao lado. O homem repassou a informação e os demais se admiraram, mas acabaram por se descontrair. O intérprete perguntou:

— Mas, senhor, pareceu-nos que ter em casa mais do que uma esposa é coisa comum nesta sociedade. Não é então exagero procurar musas neste palácio? Quem se responsabiliza pelos filhos nascidos delas?

— Oh não, meus senhores. Não há filhos nascidos dessas mulheres. Tanto Darita, a Deusa, quanto suas musas são virgens. Delas só se recebe conforto moral e espiritual e, vez por outra, a honra de se percorrer as suas formas com as mãos, pois, para esse povo, uma mulher só é realmente bela depois de atingir essa proporção.

— Sendo assim, por que as mulheres comuns não se tornam gordas?

— Simplesmente porque não há comida suficiente. Darita e suas musas recebem alimentos de todos os admiradores. As outras mulheres, somente dos maridos. Mesmo numa terra fecunda como esta, não é fácil alimentar uma grande família.

— E não ficam as demais mulheres enciumadas?

— Não, é estranho, mas não. Duas vezes por ano, Darita oferece uma grande festa e, nessas ocasiões, mesmo as mulheres lhes trazem dádivas, na grande maioria guloseimas como bolos, biscoitos e pudins.

— São todas as musas como Darita?

— Sim, e todas são belas e jovens.

— Belas e jovens? Onde estão as que não são mais jovens? Ao contrário de mim, elas não chegam a alcançar a velhice. Não sabemos o motivo.

— E de onde elas vêm?

— Do povo. Quando uma jovem recebe a proposta de casamento, pode recusá-la se não gostar do pretendente. Porém, no máximo três vezes. Da próxima vez terá que aceitá-la ou deixar o teto da casa dos pais e, por isso, muitas se decidem a procurar asilo no palácio, tornando-se musas.

Darita aceitou os pequenos regalos dos homens que quiseram visitar as musas, bem como os coquinhos que Paka reservou para ela. Por serem estranhos, os homens da caravana foram servidos de chá, que puderam beber na presença dela, o que era uma honra. Durante todo aquele tempo, os visitantes se mostraram alegres e descontraídos. Somente Raco I estava absorto. Ele pensava em Aziza e no que sentira quando a vira pela primeira vez atravessando o pátio. E também na sensação de volúpia que lhe atordoou os sentidos, quando, mais tarde, teve-a tão próxima dele. Desde então, passou a existir para ele somente uma pulcritude, e sua musa era ela, Aziza!

Os homens retornaram para o templo que lhes servia de alojamento. Raco estava novamente tomado de ansiedade e queria partir. Ele conferenciou com Mibu e, finalmente, por meio do intérprete, eles se puseram a considerar com Gapato e Hugo, qual a melhor direção a seguir, pois estavam determinados a encontrar a terra dos serenos e não queriam perder mais tempo. Decidiram que, na manhã seguinte, partiriam!

Aziza passou a noite em claro. Traçou, enfim, um plano de fuga. Ela estava surpresa consigo mesma pela calma que sentia. Repassou minuciosamente na memória tudo o que sabia daquele mundo, sobretudo os detalhes importantes da sua geografia. Sabia que chegara àquele lugar descendo por um riacho que corria por dentro da cordilheira. Estaria a nascente do outro lado? Sim, provavelmente. Mas não tinha certeza, pois só deram com a via aquática, depois de estarem há mais de três dias a caminho. Todavia, seguir aquele riacho em sentido contrário parecia a maneira mais viável de encontrar o caminho de volta. Se não fosse assim, por que havia sempre uma embarcação disponível toda vez que era preciso baldear? Sim, aquele era certamente o caminho mais fácil e mais curto de se atravessar a cordilheira. Mas o grande problema continuava sendo reencontrar aquela via, no meio daquele mundo de águas. Como iria vencer a escuridão daquele túnel? Os serenos tinham os seus aposentos iluminados por uma dúbia, porém agradável meia-luz, mas, por mais que procurasse e analisasse, não descobriu de onde provinha a claridade e não encontrou nenhuma explicação plausível para a presença dela. E, em lugar algum, ela encontrou uma lanterna, lampião ou qualquer candeeiro. Não tinha nenhuma fonte de luz que pudesse levar consigo. Ela já não sabia mais quantas vezes acreditou ter encontrado a via aquática que percorrera e admirara ao chegar naquele mundo fantástico, mas todas se pareciam por demais e ela não conseguia ter certeza. De qualquer forma, estava decidida a se safar dali!

Na manhã seguinte, Aziza disse para Xavalu que não se sentia bem e gostaria de receber a refeição matinal no seu aposento. Quando se viu novamente só, embrulhou alguns dos comestíveis num lenço. Na refeição seguinte, disse a mesma coisa e guardou mais alguns alimentos. Porém, não se deu ao trabalho de esconder muito bem o embrulho, pois queria que Xavalu percebesse que ela estava a preparar a fuga. A intenção dela era fazê-los acreditar que partiria de vez, pois ponderou que eles seguiriam imediatamente no seu encalço, vasculhariam todas as vias e, se tivesse sorte, eles dariam a busca dentro de três ou quatro dias por encerrada.

Mais tarde, remou para outra ilha, com a desculpa de se entreter e, lá, encontrou tanto Teodor, quanto Nerur. Ambos bebericavam licor junto com os donos da casa e a moça sentiu uma onda de excitação correr-lhe o corpo. Sim, a sorte estava a favor. Sabia que aquele ritual poderia levar horas e, assim, logo começou a bocejar, fingindo estar entediada e se despediu. Saiu dali direto para a ilha de Teodor, que sabia ser o único sereno que morava só. Ela se esgueirou nas pontas dos pés e conseguiu penetrar na morada dele sem ser vista e logo vasculhou rapidamente o aposento particular do sereno, até encontrar o que procurava. Ela não sabia exatamente o que havia naqueles frascos e decidiu-se por um que tinha uma cor azulada, semelhante ao líquido que a serena lhe dera para beber, durante a jornada de vinda. O que quer que fosse aquilo, fazia desaparecer a fome, a sede e o frio e ela pretendia sobreviver!

Aziza sabia que não teria chance de alcançar de uma vez a área na qual supunha encontrar a deságua do riacho. Assim, enquanto a calada da noite estendia o seu manto de escuridão por sobre aquele estranho e belo mundo, ela navegou para a ilha na qual se encontrava a biblioteca. Levava atado outro barco e, no meio do caminho, passou de um para o outro, deixando o primeiro seguir ao léu pelas águas abertas. Quando alcançou a ilha, esgueirou-se para dentro da construção, indo diretamente para o esconderijo que já deixara preparado dias antes. Calculou que teria que permanecer ali por pelo menos cinco ou seis dias, até poder aventurar-se novamente. Não, não seria problema. Passaria o tempo lendo bons livros.

Na noite do quinto dia, ela deixou o esconderijo e vasculhou com os olhos as águas ao redor. Não viu nada e tudo parecia dormir. Suspirou aliviada e decidiu navegar dali até a ilha na qual os serenos faziam os seus experimentos. Lá poderia esperar mais um ou dois dias e enfim alcançar a área desejada. Mas, de repente, sentiu uma mão no seu ombro e a voz entrecortada de Teodor:

— Por favor, não tente nos deixar! — O susto e a decepção fora tão grande, que por um momento a moça perdeu a respiração e o encarou perplexa. Ele a segurou pelos ombros e a luz do luar se refletiu nos olhos azuis dela. Por fim, um tremor lhe percorreu o corpo e ela se pôs copiosamente a chorar. Ele não disse mais nada e conduziu o barco de volta à sua morada.

Quando atracaram, ela ainda chorava em convulsão e ele mais uma vez lhe segurou pelos ombros e, dessa vez, apertou-a contra o peito e a beijou sofregamente.

— Entregue o elixir para Xavalu. Para você, ele é certamente mortífero — disse o homem, afastando-se em seguida. A jovem se acocorou ali mesmo onde fora deixada e chorou até se sentir vazia. Tinha de haver uma maneira de escapar e ela não desistiria!

Aziza raciocinou ligeiro. Teodor a deixou no cais, sem se dar ao trabalho de verificar se ela retornaria mesmo para a morada dela. Estava ali a sua chance, pois certamente ninguém esperaria que se arriscasse outra vez naquela mesma noite. Dessa vez, não tentaria mais o riacho. Sim, navegaria em sentido contrário até alcançar a floresta sombria e se enveredaria por ela. Não, não acreditava nos perigos da floresta. Pequenos crustáceos? Ora, ela os esmagaria com os pés!

A jovem remava com sofreguidão e já estava bem próxima à margem, quando percebeu o barco de Teodor se aproximando rapidamente do dela. Ele estava só e ela escutou um eco desconexo de alguma coisa dita por ele. Juntou todas as forças, até que sentiu o barco encostar a proa no sedimento da margem. Dessa vez, escutou claramente:

— Aziza! Por favor, não entre nessa floresta! — A jovem pulou do barco e fez menção de correr para dentro da vegetação, quando viu, a alguns passos diante de si, uma enorme quantidade de crustáceos que tinham uma cor azulada, juntados numa formação compacta, com suas tesouras expostas no ar. Pareciam prontos para atacá-la e o horror daquela visão fez com que soltasse um grito angustiante.

— Aziza, use o líquido do frasco! — gritou Teodor, que também alcançou a margem. A jovem abriu o frasco e o sacudiu em direção aos bichos. Os que foram atingidos por alguma gota, morreram na hora e os demais se afastaram assustados. Ela percebeu que também a sua mão havia sido respingada daquele líquido e que nada acontecera. Olhou para trás e viu Teodor que já atracava e, à frente, a picada que se abrira entre aquelas criaturas. Não hesitou. Respingou sobre si mesma o elixir e se enveredou mata adentro.

— Por favor, Aziza, não nos deixe! — disse Teodor mais uma vez. Ele permaneceu onde estava, pois não tinha consigo a poção e não poderia passar pelos crustáceos.

A poção exalava um cheiro azedo que fazia com que a moça sentisse náuseas, mas ela a esfregou nos braços e pernas, pois o chão parecia forrado daquelas criaturas repugnantes com suas tesouras ameaçadoras. Quase enlouquecida, ela continuou em frente. Ia tropeçando, vez por outra, nas raízes e galhos e nos muitos empecilhos do caminho. O frasco era pequeno e ela não queria nem mesmo pensar no que aconteceria, caso o líquido findasse, antes que pudesse deixar aquela brenha sinistra. Quando o dia amanheceu, ela percebeu que a quantidade daqueles bichos havia diminuído. Para onde teriam ido? Continuou sua marcha, até que a exaustão a fez parar. Ela se recostou numa árvore e sucumbiu ao sono. Sonhou que era recapturada por Teodor e deu um salto, quando sentiu algo lhe tocando a ponta do pé. Era uma das criaturas que, devagar, aproximavam-se novamente dela. Imediatamente esfregou mais um tanto do líquido no corpo e os bichos se afastaram. Cheia de angústia, constatou que se esquecera de memorizar a direção da qual viera. Olhou ao redor e se decidiu por seguir numa direção em que a mata parecia mais espaça. Sim, fizera uma boa escolha, pois ali a claridade do dia penetrava até o solo e ela pôde constatar que só se via ainda, um ou outro daqueles crustáceos, além do que naquela floresta havia outras criaturas também. Não só aves voavam por entre as árvores, mas também uma espécie de esquilo, bem como uns pequenos macacos, que pulavam de galho em galho. Tomada de pavor, a moça pôde observar quando um dos macacos não alcançou um galho e caiu no chão. Ela não viu de onde saíram, mas, em questão de segundos, dezenas de crustáceos lhe caíram em cima e, na rapidez de um piscar de olhos, não restava do primata, nem mesmo os ossos. Dali, ela se pôs quase a correr, só queria sair daquele lugar medonho, mesmo que o acaso a levasse de volta aos serenos.

A jovem se sentia exausta e a sede já a estava a incomodar. Logo que o crepúsculo se pôs, ela subiu numa árvore na qual se acomodou para passar a noite. Pelo menos dos crustáceos ela estaria segura. Apesar do desconforto, conseguiu dormir sem ter pesadelos. Ela despertou com o baque de algo que caíra ao chão, ao mesmo tempo em que escutou o rugido feroz de um felino. Olhou assustada e viu outro primata jazido, cercado de crustáceos. Porém, as criaturas se afastaram, quando o felino, por meio de bravos rugidos, reclamou para si aquela presa. Parecia que os crustáceos não eram perigosos para os felinos, mas os felinos eram mais um perigo para ela! Sim, havia motivos suficientes para que pessoas de bom senso evitassem aventurar-se por aquela floresta. Todavia, a fera parecia não ter tomado notícia da presença de Aziza, e ela, cuidadosamente, esfregou mais um tanto da poção nos braços e nas pernas. Quando enfim se convenceu de que o felino se fora, desceu da árvore e continuou desvairada mata adentro.

Aziza passou mais quatro dias naquele martírio. Ela concluiu que a poção mantinha não só os crustáceos, mas também os felinos afastados, pois duas vezes estivera cara a cara com a fera que se comportou como se não tivesse percebido a presença da moça. Já não sabia dizer se sentia fome, pois a sede lhe estrangulava a garganta. Durante todo aquele tempo, só comera alguns ovos que encontrara em ninhos e foi, para ela, um enorme sacrifício comê-los crus. Em pleno infortúnio, perdeu um dos sapatos e o outro já estava em frangalhos. O rosto, os braços e as pernas de Aziza estavam cobertos de arranhões e suas roupas rasgadas e sujas. Nem percebera que enfim deixara a mata e se encontrava num aprazível vergel, pois cambaleava de fraqueza. Todavia, acreditou escutar o ressonar saltitante de água corrente. Ela se precipitou na direção do riacho, deparando-se com um rio de correnteza ligeira e, sem cogitar se havia ali algum perigo, jogou-se naquelas águas. Saciou a sede e mergulhou diversas vezes, deixando que as águas lhe desembaraçassem os cabelos e só percebeu a frieza, quando involuntariamente começou a tiritar. Despiu-se e se pôs a estender as roupas sobre pedras, quando percebeu os primeiros crustáceos que ligeiramente se aproximavam. Pegou o frasco e esfregou o líquido na pele. Que sorte ter pegado justamente aquele frasco das coisas de Teodor! Por outro lado, se o tivesse bebido como pensara, estaria morta! Ela estava cansada, cansada demais para se preocupar. Ela se estendeu sobre uma das pedras na beira do rio, que ainda tinha um pouquinho do calor do sol, e acabou por adormecer. Dormiu o resto da tarde e toda a noite e despertou ao raiar do novo dia sentindo frio, pois havia dormido nua e uma brisa soprava mansa, fazendo arrepiar os seus pelos. Esfregou mais um tanto do líquido no corpo e se vestiu, pondo-se a sondar o local. Sentia fome.

Daquele lado, havia a floresta com seus perigos e, do outro lado, via-se o que parecia ser um vale ao pé de uma cadeia de montanhas. Aziza percebeu que uma manada pastava naquelas paragens. Seriam animais domésticos? Se fossem, então haveria por ali algum povo! O rio não era tão largo, mas parecia fundo e a correnteza era forte. Querer atravessá-lo a nado, seria um grande perigo. Por outro lado, por nada neste mundo reentraria naquela floresta, pois o líquido que mantinha afastados aqueles bichos repugnantes já estava para acabar. Estava novamente preocupada. Teria que encontrar uma maneira de alcançar o outro lado. Ela não sabia que já havia sido percebida.

Não tardou e ela viu vultos que se moviam do outro lado. Alguém caminhava na frente, seguido por dois grupos de quatro pessoas, que carregavam, cada uma, uma canoa estreita e comprida. Ela os percebeu quando desciam uma colina. Ficou perplexa e se escondeu por detrás da pedra, acompanhando-os com os olhos. Quando se encontravam quase em frente ao lugar onde ela estava, eles deitaram as embarcações nas águas. Em cada uma delas, embarcaram dois dos nativos que se puseram a remar ao encontro dela. Não havia dúvida de que estavam ali por causa dela! Mas quem era aquela gente? Saiu do seu esconderijo e os encarou.

Os nativos permaneceram com os pés dentro d'água e ela compreendeu que eles também temiam os crustáceos. Estavam diante dela três homens e uma mulher. De longe não se via a diferença, pois todos tinham a pele clara, os olhos escuros, o nariz chato e largo e os cabelos pretos, lisos e longos, além de que usavam roupagem muito parecida. A diferença era que a mulher tinha seios volumosos e sua saia era mais longa do que a dos homens. Eles também a encaravam estupefatos. Depois de discutirem alguma coisa no idioma deles, fizeram um gesto para ela, dando a entender que devia embarcar numa das canoas. Ela ponderou ligeiro que não tinha nenhuma opção melhor do que aquela. Para surpresa dela, não se sentiu amedrontada. Porém, antes de se afastarem dali, um dos homens pegou uma clava comprida e, com ela, foi atordoando os crustáceos que conseguia alcançar sem sair do solo molhado. Outro nativo puxava-os para perto de si com um gancho espetado na ponta de uma vara e o terceiro enterrava uma lâmina estreita e pontiaguda no meio da parte inferior da criatura, jogando-a a seguir dentro da canoa. Depois que ajuntaram uma boa quantidade daqueles bichos, eles se puseram a atravessar o rio. Mesmo com a forte correnteza, os nativos manejavam a canoa sem nenhum problema. Certamente, estavam acostumados a atravessar aquelas águas. Alcançaram a margem oposta e a mulher deu a entender que seguisse na frente junto com ela, enquanto os homens, juntos com os que haviam ficado ali, puseram-se a segui-las, carregando as canoas.

O vale daquele lado era uma pastagem com abundante vegetação rasteira. Ali, pastavam ovelhas e cabras e dois outros tipos de animais que ela nunca vira antes. O grupo seguia calado e a moça ia fazendo suposições sobre a vida daquele povo, que, à primeira vista, parecia ser pacífico. Começaram a subir a primeira colina que antecedia as serras abastadas de vegetação. Porém, por trás delas, mais além, delineavam-se maciços rochosos de grande porte. Eles subiram por uma picada cada vez mais em aclive e a jovem começou a sentir tontura. Tentou permanecer firme na certeza de que, tão logo alcançassem o povoado, poderia dar-lhes a entender que precisava comer alguma coisa. Mas, de repente, tudo se turvou e ela só sentiu o vazio que a invadia.

Aziza despertou dentro de uma choupana, cujas paredes eram de barro batido e o teto, de palha. Estava deitada num estrado acolchoado de capim e coberto com uma chamalote de lã. A choupana era pequena. A cama, encostada na parede, era grande o suficiente para duas pessoas e, na parede oposta, havia mais uma do mesmo tamanho. Entre as duas, havia uma mesa ladeada por dois bancos. Encostados na parede, havia uma grande botija de cerâmica, tantas outras menores e alguns sacos cheios de alguma coisa. Em varais atravessados de parede a parede, repousavam algumas roupas e cobertores e, em outros, pendiam comestíveis, tais como carne-seca e salsichas e também feixes de ervas. Logo, a mulher que a levara ali, achegou-se dela com uma tigela de sopa. Aziza se ergueu, pegou a tigela nas próprias mãos e se pôs a tomá-la com sofreguidão. Não sabia dizer se era por estar tão faminta, mas achou a sopa deliciosa. Só mais tarde percebeu que a sopa havia sido feita dos crustáceos que os homens capturaram. A mulher a olhava com simpatia e Aziza se sentiu segura. Depois, entrou um homem e três crianças e todos a encaram curiosos. As crianças eram alegres e travessas, tagarelavam e cochichavam apontando para Aziza, e a mais pequenina subiu na cama e começou a encará-la bem de perto, quase encostando o nariz no da outra. A criança se pôs a brincar com os cabelos de Aziza, tão diferentes do daquela gente. Aziza sorriu e fez cócegas no nariz da criança e lhe pareceu que havia sido aceita como parte daquela família. Mas será que já tinham visto gente como ela antes? Não lhe pareceu que eles tivessem algum tipo de receio com relação a ela.

O povoado era pequeno e se encontrava enclausurado entre algumas colinas e algumas serras mais altas. Tinha umas cinquenta choupanas. A maioria eram moradias, mas havia algumas que eram de uso comum, onde as mulheres trabalhavam os cereais, teciam suas chamalotes, cozinhavam ou confeccionavam suas roupas e acessórios. No fim do vilarejo, por cima de um elevado, encontrava-se um imenso forno feito de blocos de argila, que tinha umas estranhas aberturas pelas quais os nativos introduziam a lenha que mantinha o forno aquecido. Por cima, havia outros buracos nos quais alguns homens introduziam longas varas de bambu, pelas quais sopravam dentro da fornalha, quando queriam aumentar a temperatura dela. Perto dali, havia uma choupana aberta, na qual os homens trabalhavam o metal que derretiam na fornalha. Aquela parecia ser a ocupação principal dos homens, enquanto as mulheres cuidavam da subsistência diária. Só raramente os homens as acompanhavam para caçar ou pescar, pois quando não estavam à beira do forno ou na choupana de trabalho, estavam dispersos na busca de matéria-prima para os metais. A moça constatou que eles confeccionavam apetrechos de ouro e de prata e quase sempre em forma de máscaras ou grandes colares e peitorais. Todavia, Aziza não entendia por que, pois ainda não vira ninguém usando aquelas coisas.

Um dia a levaram para visitar uma espécie de templo. Seguiram por uma picada que cortava um matagal cerrado, até darem numa clareira. Nela, havia um elevado e, sobre ele, uma construção triangular feita de blocos de pedra. Não era grande, porém muito inclinada e se podia subir até o topo por degraus estreitos e íngremes, nas laterais. O topo era achatado e, no centro dele, havia um bloco de pedra solitário, no qual havia um buraco. Na parte inferior se entrava por uma abertura e, dentro deste único aposento, se encontravam, ao longo das paredes, várias múmias. Os mortos foram embalsamados como se estivessem sentados no chão. As faixas que os cobriam estavam tão limpas que pareciam novas, e a jovem ponderou sobre o motivo daquilo. Será que morreram todos de uma vez e há pouco tempo?! Tudo parecia muito limpo e não havia mau cheiro. O templo não tinha decorações e parecia encontrar-se no meio do nada, pois a clareira era como uma ilha cercada por matagais.

Aziza não sabia mais exatamente quantos dias já passara com aquele povo, mas se habituava à rotina dele, e, às vezes, ajudava em uma e outra das choupanas de trabalho. As mulheres pareciam aceitar a presença de Aziza sem problemas. Porém, naquela manhã estavam todos em alvoroço. Ninguém se dirigira para as choupanas de trabalho e todos estavam a se vestir com as melhores roupas. Um grupo de homens já havia desaparecido pelo mato, enquanto outro retornava trazendo animais, que pareciam camelos pequenos, e estavam selados e decorados com fitas e pendentes. Estava claro que se preparavam para alguma festividade. Aziza recebeu da sua anfitriã algumas roupas, como as comuns entre elas. Eram roupas novas e ela se sentiu muito agradecida, pois ainda usava os farrapos da roupa com a qual fugira. Junto com sua anfitriã e as outras mulheres, ela também se preparou para o evento. A jovem ficou pasmada quando viu os homens que retornavam do mato, cada um trazendo nas costas uma das múmias que estavam no templo. Outros vieram trazendo grandes balaios, dos quais tiravam as máscaras e demais apetrechos de ouro e prata. Ela quase não pôde acreditar quando eles se puseram a enfeitar as múmias com aquelas coisas preciosas. Depois, com muita precisão, acomodaram as múmias no lombo dos animais e, tão logo terminaram, todos se puseram a caminho, seguindo aqueles que as conduziam. Ninguém ficou. Mesmo os velhos e as crianças acompanharam o cortejo.

Os nativos se puseram por uma trilha que subia pela serra e se tornava cada vez mais aclive, até alcançar um patamar. Dali, eles avistaram outros grupos, que pareciam estar a praticar o mesmo ritual. Continuaram a subir serpenteando por entre maciços até que, por fim, avistaram um aplanado, no qual se estendia uma grande cidade.

O dia já estava terminando, quando adentraram a cidade. Uma profusão de gente enchia ruas e praças. Havia ali muitas construções, que pareciam templos ou palácios. Suas arquiteturas pareciam ser somente pedra sobre pedra, porém colocadas de uma maneira pela qual a ponta de uma se encaixava perfeitamente na fenda da outra, fazendo delas fortalezas. As casas comuns eram de tijolos e tinham o teto pontiagudo e coberto por uma grossa camada de capim. Elas se enfileiravam nas ruas que cortavam a cidade com simetria. A rua principal findava ao pé do grande templo, que era o maior monumento da cidade. Cada grupo que chegava, percorria essa rua até poder enfileirar suas múmias diante do templo, retirando-se novamente junto com os animais. Era a única rua que não estava apinhada de gente o tempo todo. Os diferentes grupos podiam ser reconhecidos pelos detalhes das roupas, ou pelos diferentes dialetos. Aziza estava fascinada com tudo aquilo, mas, por destoar dos demais, muita gente a encarava, cheias de pasmo.

Quando a noite se pôs, acenderam-se em volta do templo muitas tochas que o iluminaram e, por toda a cidade, fogueiras, lanternas e lampiões. Homens vestidos de branco começaram a repartir comida e bebida entre o povo. Havia bolos, pães e muitas outras iguarias doces e salgadas, feitas de um cereal que ela jamais vira no seu mundo, que era apetitoso e muito versátil. Dele, fazia-se também uma bebida alcoólica. Alguns grupos se puseram a cantar e a dançar até que a lua atingiu um determinado ponto no céu e todos se calaram de repente, encarando o templo.

Alguém, usando uma suntuosa e longa roupagem e segurando um cetro, apareceu no patamar do templo. A pessoa mirou a multidão que estava em silêncio e se pôs a recitar ladainhas. Aziza supôs que se tratava do brâmane daquele templo. O homem recitava e a multidão respondia em coro. Depois de algum tempo apareceu alguém que estava quase completamente coberto de prata. Pela sua estatura, parecia ser uma mulher. Ela usava uma máscara, braceiras, uma espécie de luvas, peitoral, saiote, perneiras e sapatos, tudo feito de prata polida, que brilhava à luz da lua. Um séquito de mais oito pessoas, todas vestidas suntuosamente a acompanhava. Aziza deduziu que a mulher de prata fosse provavelmente a Rainha daqueles povos. Esta disse várias coisas para os seus súditos que permaneceram calados. Depois que a Rainha se retirou acompanhada pelo brâmane e pelo séquito, o povo se dispersou, procurando, cada um, um canto para dormir.

No dia seguinte, a estranha festa continuou. Fora dos muros da cidade, muitos animais foram abatidos e colocados sobre grandes braseiros. Ali, foram enfileiradas também grandes botijas de bebidas. O dia estava ensolarado e a multidão começou a se juntar novamente diante do templo, atrás das múmias. Mais e mais gente começou também a notar a presença daquela estranha jovem que se encontrava no meio deles. Quando o sol atingiu o alto do céu, repetiu-se o mesmo ritual da noite anterior. O brâmane apareceu no patamar do templo e recitou suas ladainhas, sendo respondido pela multidão. Em seguida, apareceu uma pessoa, que estava quase completamente coberta de ouro. Aziza constatou surpresa que não era mais a mulher e sim um homem. Ele estava coberto por uma armadura feita de peças de ouro, cujas partes haviam sido trabalhadas com motivos em alto-relevo. A luz do sol refletia na armadura com tanta intensidade que chegava a cegar quem a encarasse. A jovem acreditou ter compreendido: A lua era a Rainha e o sol o Rei! Ou adoravam aqueles povos o Deus Sol e a Deusa Lua? Compreendeu também por que os nativos gastavam tanto tempo produzindo metais. O homem de ouro também disse uma série de coisas para o povo; e dessa vez houve uma grande algazarra e parecia que todo o mundo apontava para todo o mundo. De repente, com grande espanto, Aziza percebeu que a multidão apontava para ela. Não tardou e homens vestidos de branco foram buscá-la. Sem saber o que estava acontecendo, ela tentou se agarrar à sua anfitriã e às crianças desta, mas quando viu que a mulher recuava, compreendeu que estava em perigo.

Os homens levaram Aziza para o patamar, no qual havia sido colocado um estrado de madeira. Do lado do estrado havia uma mesa e, sobre ela, estranhos instrumentos de corte. Aziza sentiu um calafrio ao ver aquilo. O que pretendiam fazer com ela?! Os homens a entregaram para o brâmane que a olhou com minúcia, no que foi seguido pelo homem de ouro. Este deu várias voltas ao redor dela, tocando-a na face, nos cabelos e cheirando a pele dela. Aziza sentiu os joelhos falhando e temeu perder os sentidos, tão grande era o medo que sentia naquele momento. Por fim, o brâmane disse alguma coisa e os homens fizeram menção de agarrar a jovem, mas o Rei levantou a mão, fazendo-os recuar. Ele e o brâmane discutiram alguma coisa e, por fim, o Rei levantou a mão e o brâmane se calou. O homem de ouro se virou para o povo, disse alguma coisa e a algazarra se repetiu; então, os homens de branco levaram a moça para junto do séquito que acompanhava o Rei e que estava postado mais para o fundo. A jovem, espantada, postou-se ao lado daquelas pessoas, temendo o instante em que a continência a deixaria.

Um jovem foi levado para o patamar. O brâmane olhou para ele, fez um gesto com a cabeça e os homens de branco o deitaram no estrado. Na face do jovem, estava estampada uma expressão de puro horror. Ele foi segurado pelos braços e pelas pernas e um quinto homem segurou-lhe a cabeça. O brâmane recitou uma ladainha e alguém, que tinha um impassível brilho no olhar e que estava vestido somente de um saiote, veio para junto dos outros. O algoz pegou um dos instrumentos, cuja lâmina tinha a forma de meio círculo e, com ele, deu um corte preciso e profundo, abrindo o peito do jovem nativo em duas metades, cujo sangue jorrou como uma fontana. O homem tomou imediatamente de outra faca e com ela retirou o coração daquela vítima, que ainda pulsava quando ele o elevou no ar. O corpo jazido ainda deu um último estremecimento, depois de desprovido da vida. O Rei-Sol observou aquilo com absoluta imparcialidade e Aziza não pôde mais se controlar. Só escutou o grito histérico que lhe escapou da garganta, antes de perder os sentidos.

Quando despertou, estava cercada pelas pessoas que compunham o séquito do Rei e se encontrava estirada sobre uma bancada de pedra fria, sem nenhum conforto. O aposento era escuro, úmido e desprovido de janelas e de mobília. Somente por uma única abertura baixa e estreita, entrava um fio de claridade, bem como o barulho dos brados e júbilos do povo extasiado por aquele bárbaro ritual de sacrifício. Ela concluiu que se encontrava no interior do templo. As pessoas em volta a encaravam em silêncio e, por fim, ela se levantou. Foi tomada pelo braço e conduzida novamente para o patamar, onde aquele ato repugnante se dera. Não sentia mais medo. Não! Sentia somente a urgência de se afastar daquele lugar! Juntou todas as forças e se recompôs. Decidiu que não se permitiria outra demonstração de fraqueza. Havia sido poupada pela vontade daquele estranho soberano, mas sabia que não teria nada de bom a esperá-la. Todavia, teria que ser cautelosa.

Para a surpresa de Aziza, a área já estava novamente limpa. A mesa com os instrumentos havia sido retirada e, sobre o estrado, estava o corpo do jovem nativo já preparado. Ataram-lhe os braços e as pernas junto ao tórax, pondo-o na mesma posição que as múmias. Dois homens e uma mulher do grupo ao qual ele pertencia foram à presença do Rei. Aziza não pôde identificar o que era, mas viu que eles entregaram ao soberano um apetrecho feito de prata. O Rei, por sua vez, pegou das mãos do brâmane alguma coisa úmida, embrulhada num pano de linho que estava manchado de vermelho. Ela deduziu ser aquilo o coração da vítima. O Rei entregou aquele coração para a mulher, que parecia ter ficado satisfeita. Os homens pegaram solenemente o corpo do adolescente sacrificado e se retiraram.

Aziza pensou ter entendido. Aqueles povos adoravam o sol e a lua e, de tempos em tempos, sacrificavam a eles vidas humanas. Certamente, cada povoado entendia o sacrifício de um dos seus membros como uma espécie de honra, pela qual se sentiam agradecidos. Ela deduziu que os corpos dos sacrificados aos deuses eram então mumificados e preservados e, como troféus, apresentados ao público por ocasião daquela festividade. O brâmane ainda recitou várias ladainhas e rezas e, por fim, o Rei se despediu do povo, que se voltou para a algazarra da festança. Eles seguiram dali para um dos palácios. O brâmane ia na frente, seguido pelo Rei-Sol e séquito, no meio do qual Aziza se encontrava.

O palácio também era uma construção de grandes blocos de pedra. O séquito subiu para uma varanda onde todos se assentaram em banquetas abauladas, cujas pernas formavam uma cruz. Todos se puseram a observar a multidão, enquanto eram servidas comidas e bebidas. Ninguém ainda fizera menção de se comunicar com Aziza, mas, depois de algum tempo, o Rei, que ainda não havia retirado a máscara, fez sinal para que ela se aproximasse dele. Sem se levantar, ele a observou e, por fim, disse alguma coisa para algumas mulheres do séquito e elas levaram a moça para outro compartimento. Lá, Aziza recebeu uma luxuosa roupagem e uma máscara de ouro e entendeu que deveria usá-las. As mulheres se retiraram e ela viu nisso a chance para fugir! O melhor seria escapar enquanto as ruas estavam apinhadas de gente. Se escondesse os cabelos, poderia passar despercebida e, no meio do tumulto, os homens do Rei não saberiam como encontrá-la. Não quis perder tempo; esgueirou-se até o fim do corredor, seguindo em sentido contrário ao da varanda e deu com uma saída que culminava no que parecia ser jardim. Ela se esgueirou rente ao paredão do palácio, caminhando ligeiro, enquanto protegia o rosto e os cabelos com um pano. Enfim, alcançou a multidão e, camuflada por ela, procurou o caminho pelo qual adentrara a cidade. O povo se deliciava nas abundantes carnes na brasa, nas bebidas e aguardentes, que se encontravam nas botijas. Ninguém fez menção de tê-la reconhecido. Aliviada, decidiu que faria o mesmo caminho de volta, caso pudesse encontrá-lo. Ponderou também que teria muitas horas de vantagem e poderia ajuntar no vilarejo alguns comestíveis para levar consigo. De lá, procuraria o rio. Não estava certa se deveria seguir a descida ou a subida do rio. Decidiria quando o encontrasse!

Logo que deixou a cidade, deparou-se com tantas bifurcações que não conseguia mais saber de onde vinha. Seguiu por uma picada que descia beirando a serra e que, por algum motivo, lhe parecera familiar. Todavia, as outras picadas que podia ver dali apresentavam um panorama semelhante. De qualquer forma, era importante afastar-se daquela cidade. Foi seguindo num passo firme e ligeiro, deparando-se com mais e mais bifurcações. Andou até se sentir exausta.

O crepúsculo da noite já surgia, quando ela reconheceu, a pouca distância, um povoado. Não, não era aquele de onde viera! Apertou o passo e o alcançou, ao mesmo tempo em que a claridade findava. Aziza percorreu os arredores e não encontrou ninguém. Certamente estavam todos na grande festa da cidade. Ela ajuntou numa choupana alguns mantimentos e enrolou tudo numa chamalote de lã, fazendo uma espécie de mochila. De repente se deu conta de quanto estava cansada e pensou em deitar-se em alguma cama, mas temeu cair em sono profundo e ser surpreendida por nativos que pudessem retornar ainda naquela noite.

Esse novo povoado parecia ser do mesmo tamanho que o outro, mas ela não viu nenhuma fornalha. Será que não produziam metal? Contudo, percebeu que havia ali uma choupana um pouco diferente das demais e que nela tremulava uma luz alaranjada; percebeu também que emergia do capim, que cobria a choupana, um fio de fumaça quase transparente. A jovem ponderou que seria mais vantagem afastar-se do vilarejo antes do retorno dos nativos. Mas, se aquela festa era o evento mais importante para aqueles povos, quem teria ousado não comparecer? Ela não conseguiu conter-se e arriscou uma espiada por uma das frestas da porta. Mal encostou o olho na estreita fenda, quando a porta se abriu de supetão. Aziza perdeu o equilíbrio e caiu por cima da soleira. Levantou os olhos e deu com a expressão austera de um velho nativo; mas o homem ofereceu a ela a mão para que se pusesse novamente de pé. Os dois se avaliaram com os olhos e a jovem sentiu um calafrio, pois o homem parecia não estar surpreso com a presença dela e nem tampouco com a sua aparência. Ele a observou por longo tempo e, por fim, deu-lhe a entender que deveria assentar-se num tamborete que havia no aposento. Mas Aziza fez gestos, tentando mostrar que sua presença ali era acidental e que já estava de partida. Com uma agilidade que a surpreendeu, o velho cerrou a porta. Não se deu ao trabalho de trancá-la e apontou novamente para o tamborete. A moça sentou-se, enquanto ele se punha a retirar alguma coisa de um baú. Ela se encontrava no que parecia ser a cozinha de um alquimista. Dezenas de recipientes de cerâmica e muitos frascos de vidro se encontravam sobre a mesa e as bancadas que ladeavam o fogão. Dentro de um tacho raso fervia o que pareciam ser folhas e raízes. Tantas outras folhagens, frutos e galhos secos, pendiam de cordões atravessados sob o teto, bem como se amontoavam pelos cantos vários outros utensílios. O ambiente estava iluminado pelas chamas da lenha que queimava no fogão e por duas lamparinas penduradas nas paredes laterais. O que estava a fazer ali?! O velho lhe dera as costas e ela pensou em dar um pulo, alcançar a porta e simplesmente sair correndo. Mas, antes que o fizesse, o homem se virou novamente e entregou a ela um rolo de pergaminho. O homem a observava quase com impassibilidade, enquanto ela, com as mãos trêmulas pela surpresa e ansiedade, abriu o manuscrito. Sim, era exatamente o que supusera! Tratava-se das anotações de alguém do seu mundo, que, em algum tempo e por algum motivo, estivera naquelas paragens. Junto com a escrita, encontrava-se também o rascunho de um caminho com diversas legendas que certamente serviam para esclarecer o desenho. Estava escrito em um idioma que ela deduziu ser o falado no país de Mira, mas não estava certa. Podia ser também algum dialeto, talvez de Mira, Calisten ou de Tambria. As línguas dos países do Norte se pareciam e eram muito complicadas, além da influência de dialetos locais. Mesmo tendo estudado em Áurea, custara-lhe muito esforço conseguir aprender o idioma daquele país. As línguas de Barthum, Gorien e Tárkia, países mais próximos de Rujia, eram similares à língua de Aziza e ela podia entendê-las sem muito problema. Mas Mira era um país distante e de difícil acesso e, fora dele, poucas pessoas falavam ou entendiam aquele idioma ou seus dialetos, o que, infelizmente, tornaria impossível para ela entender aquelas anotações. Ela teria que analisar tudo aquilo com calma e precisaria de tempo, pois se sentia tão cansada, que já quase não conseguia mais pensar. Contudo, tinha que decidir imediatamente o que fazer. Ela não sabia o que pensar daquele nativo. Ele se sentou num outro tamborete que puxara para perto dela e continuava a observá-la sem fazer menção de se comunicar e, finalmente, por meio de gestos, ela lhe perguntou se poderia levar consigo as anotações. Para surpresa dela, o homem pareceu entender perfeitamente, pois se levantou e tomou das mãos dela o rolo de pergaminho. A seguir, agarrou os cabelos da moça com uma das mãos, para que o rosto dela ficasse virado para ele. Repetiu o gesto enquanto estendia para ela novamente o rolo. A moça ficou apreensiva. O que queriam dizer aqueles gestos? Será que entendera direito? Queria ele trocar o rolo de pergaminho pelos cabelos dela? Que coisa estranha! Para que lhe serviriam os cabelos dela? O homem não agia amistosamente, mas, por outro lado, também não parecia ameaçador. Sim, estava claro que ele fazia experimentos e certamente era o cacique daquele povoado.

Aziza se viu a flutuar no ar, tentando alcançar as mechas dos próprios cabelos que bailavam seguindo sempre adiante. Estremeceu ao perceber que caíra num cochilo enquanto ponderava. Ela sacudiu energicamente a cabeça, tentando se livrar da sensação de torpor. Queria pensar com clareza. Tinha que decidir o que fazer. Mas tudo o que conseguiu foi continuar flutuando em busca das mechas dos seus cabelos que se afastavam cada vez mais dela, até que um completo vazio a envolveu.

O dia despontava no horizonte, quando Aziza despertou. Ela estava deitada no chão, sobre uma esteira de capim. Sua cabeça repousava sobre a chamalote que havia preparado, como também a mochila que levaria consigo. Suas pernas estavam cobertas por uma manta ludra que já estava em farrapos. A moça tomou um choque e se levantou de um pulo ao ver a fisionomia do velho nativo. Não, não podia acreditar! Rapidamente passou as mãos na cabeça, constatando que havia, sim, perdido os cabelos. O nativo a encarava com a mesma impassibilidade da noite anterior e, se a situação não fosse tão séria, ela certamente teria se divertido com aquele ridículo. O homem lhe tosou a cabeça enquanto ela dormia e, naquele curto espaço de tempo, ele fizera dos cabelos dela uma peruca, que agora emoldurava o rosto dele. Aziza não pôde deixar de perceber como eram belas a cor e a textura dos seus cabelos, cujos cachos suaves desciam agora pelos ombros daquele homem, que certamente era louco. Contudo, a visão dos próprios cabelos na cabeça do nativo era simplesmente grotesca. A jovem sentiu pesar pela perda, porém ponderou ligeiro que se tratava somente de cabelos que cresceriam novamente. Todavia, tomada de suspeita, ela se apalpou e se contorceu para averiguar se não sofrera outros danos, mas parecia estar tudo bem.

Aziza se recompôs de pronto, decidida a se afastar dali imediatamente. Mas o nativo lhe estendeu o rolo de pergaminho e ela se acalmou. Afinal o homem parecia respeitar acordos. Mas havia ela concordado com a troca?! Não conseguia mais lembrar-se exatamente do que se passara. Na beira da mesa, havia uma cuia com algo que parecia um cereal torrado na panela e uma caneca com algo fumegante que parecia ser algum tipo de chá e o velho lhe deu a entender que deveria comer. Enquanto comia, observou que o nativo atravessou sobre um lado do peito um recipiente feito de um gomo de bambu, que tinha uma tampa feita da parte inferior de um gomo mais largo. Atravessou para o outro lado um recipiente semelhante, sem tampa, no qual havia dois caninhos de pequeno diâmetro e uma série de varinhas finas e jogou por cima dos ombros uma mantilha que parecia ainda nova. Parecia estar pronto para partir e, assim que ela terminou de comer, ele lhe indicou a porta. A moça ficou indecisa. Será que ele pretendia guiá-la? Mas por quê? O que mais queria dela? No entanto, sem ver alternativa, ela pegou a improvisada mochila e se pôs a segui-lo.

O povoado parecia ainda desprovido de moradores. A manhã já estava presente e não se ouvia nenhum rebuliço que não fosse o gorjear de pássaros e mugidos de animais. Os dois atravessaram o pátio e o homem se enveredou por uma picada estreita, que partia dos fundos de uma choupana, que se encontrava um pouco mais afastada das outras. A picada logo se perdeu por um matagal denso que parecia não ser atravessado com frequência, pois galhos espinhentos arranhavam a pele e se prendiam nas suas roupas de quem passava, e em um deles ficou presa a peruca do nativo. O homem reagiu irritado, soltando uma exclamação que ela deduziu ter sido um palavrão; foi a primeira vez que ela o viu perder a impassibilidade. E, ainda com a expressão raivosa, ele colocou novamente a peruca sobre a cabeça, que dessa vez ficou um pouco repuxada para o lado, tornando a aparência dele ainda mais ridícula. Instintivamente, a jovem passou as mãos sobre o que restara dos seus cabelos e sentiu um profundo desalento. Onde estava? Para onde estaria indo aquele louco? Pensou em se livrar dele, mas temeu encontrar-se com os que estariam retornando da cidade. Ela ponderou que estar à mercê daquele cacique era provavelmente menos perigoso do que à mercê dos muitos que retornavam. Caso tivessem tomado conhecimento da fuga dela, como reagiriam? Ela estava certa de que o rei teria tomado a fuga dela como uma ofensa. Não! Era pouco provável que tentassem ajudála. Assim, colocou-se novamente nos calcanhares do seu guia.

Logo, os dois começaram a descer por uma ribanceira em cuja encosta a vegetação era mais esparsa, até darem no que parecia ser uma grande caatinga. A jovem observou que não havia caminhos ou picadas e que seguiam passando sobre todos os empecilhos que uma área virgem oferecia. Já andavam por longo tempo e a sede incomodava, quando enfim o nativo levantou a mão dando a entender que parassem. Ele se curvou e, fazendo gestos para que ela o imitasse, os dois se encolheram atrás de uns arbustos ressecados. Ele olhava concentrado para uma determinada direção e a moça aguçou a visão, tentando descobrir o que ele mirava, mas não conseguiu reconhecer coisa alguma. Com cuidado e sem fazer nenhum ruído, o nativo pegou um dos caninhos, que parecia ser o talo de uma folha de taquara, enfiou nele uma das varinhas, cuja ponta estava pintada por uma tintura escura, e esperou tenso. De repente, como saídos do nada, aproximaram-se deles, um grupo de pequenos animais que pareciam lebres; o homem levou o cano à boca e assoprou com força, atingindo um dos animais. A varinha fina não atravessou a pele do bicho e se perdeu no chão, mas o susto fez com que o animal desse um grande salto, assustando os outros que se espalharam em todas as direções. Depois de dar mais uma meia dúzia de pulos desconexos, a presa caiu por terra. Aziza deduziu que a tintura na ponta da varinha era provavelmente um veneno perigoso.

Com uma estonteante agilidade, o nativo acendeu um fogo e preparou o animal para ser assado sobre as chamas. A jovem observou que ele cortou fora o pedaço da carne onde a vara atingira o animal. Sim, o veneno era certamente nocivo para os humanos também.

O outro recipiente que o nativo levava estava cheio de uma farinha temperada. Quando o assado ficou pronto, ele o dividiu em pedaços que salpicou com a farinha, e Aziza comeu com muito gosto aquela refeição. A sede dela aumentou e ela se deu conta de que a área onde se encontravam estava bastante seca e que o nativo também não levava água consigo. Mas logo que terminaram de comer, o homem sufocou o braseiro com terra e se aproximou de um arbusto baixo e retorcido, em cujo tronco e galhos cresciam umas bolotas que pareciam grandes verrugas. Ele apanhou muitas delas e se pôs a quebrá-las, como se quebra a casca de ovos, bebendo em seguida o líquido do conteúdo delas. A moça o imitou imediatamente. Já haviam passado perto de muitos arbustos como aquele. Que pena não ter sabido antes como era bom o suco daqueles frutos! Provavelmente ainda encontrariam pela frente outros arbustos como aquele, mas, por precaução, ela colheu mais alguns dos frutos para levar consigo.

O sol brilhava no céu e a temperatura era amena; porém, longe adiante, nuvens densas camuflavam a cadeia de montanhas, das quais se via somente o delineado. Aziza ponderou que, provavelmente, elas eram o destino daquela caminhada. Será que aquele nativo conhecia o caminho para o mundo dela?! Como teria tomado posse daquelas anotações? O nativo andava ligeiro e ela tinha que se esforçar para permanecer nos calcanhares dele, até que alcançaram o pé de uma colina. Ali, o homem mostrou para ela uma grande pedra fendida, de cuja rachadura emergia uma árvore torta. Fez gestos para que pegasse o pergaminho e nele lhe mostrou o símbolo que aquela pedra representava e que era o ponto inicial do trajeto rascunhado naquela anotação. O homem se postou diante da árvore, apontou para a frente e, entregando o pergaminho a ela, fez gestos para que seguisse naquela direção. Aziza se sobressaltou. Sim, havia temido aquele estranho, mas a perspectiva de ter que continuar só esmoreceu-a. Ela sabia que, com a fuga, teria que vencer sozinha não só as dificuldades, como também a solidão. Contudo, tinha que lutar constantemente contra o desalento que insistia em querer se apoderar dela. Ficou longo tempo sem conseguir mover-se, olhando para a imagem grotesca daquele homem que lhe roubara os cabelos, mas que parecia querer ajudá-la a retornar ao seu mundo. Será que um dia entenderia o motivo daquela ação? Teria sido aquele encontro uma coincidência? E, como ela não se movia, o nativo se aproximou novamente e colocou sobre os ombros dela a manta que ele levava; atravessou sobre o peito dela os dois recipientes de bambu dele e a empurrou na direção que deveria seguir. Em seguida, ele se virou e se pôs em retorno. A moça o acompanhou com os olhos, até que ele se perdeu na distância; por fim, ela se entregou ao destino. Qualquer coisa que viesse a cortar-lhe o caminho seria menos aterrorizante do que os agressivos crustáceos da sombria floresta que atravessara. E, consolada por essa certeza, ela sentou-se na beira da pedra, tentando decifrar os símbolos que marcavam o caminho. O desenho mostrava uma trilha serpenteada que seguia por entre o que ela entendeu serem montanhas. A partir de um determinado ponto, a trilha continuava sendo atravessada por arcos. Mas o que representavam aqueles arcos? Ela não estava certa se entendia aquele rascunho; por outro, lado não tinha alternativa, pois das anotações não entendera nada. Não podia ter certeza se aquele caminho a levaria de volta a seu mundo e, naquele momento, ela se odiou por não ter aprendido aquela língua!

O sol já se inclinava no firmamento anunciando o fim daquele dia e ela decidiu que seguiria em frente enquanto pudesse contar com a claridade. Ponderou que sua situação já não era tão precária. Tinha consigo uma chamalote, uma manta, alguns comestíveis, alguns frutos, aquele estranho armamento e ainda um restinho do líquido que havia roubado de Teodor e que poderia usar para manter afastados de si os animais perigosos. Ela caminhou uma boa distância até que a escuridão se tornou completa. Entretanto, havia recolhido ao longo do caminho, gravetos e capim seco. A jovem estava exausta quando encontrou um lugar que lhe pareceu ideal para passar a noite. Nunca antes tivera que acender um fogo sem os requisitos com os quais estava acostumada, e ela tentou com arduidade até se dar por vencida. Por fim, estendeu a manta, enrolou-se no chamalote e sucumbiu ao sono.

Aziza despertou ao escutar estranhos ruídos. Só viu quando pequenas criaturas se dispersaram para todos os lados, afugentadas pelos movimentos que ela fizera ao se erguer do leito. Não conseguiu vê-los propriamente, mas deduziu que eram ratos ou coisa semelhante, pois tentaram abrir o recipiente que continha a farinha, bem como desenrolar os alimentos que estavam enrolados dentro do bornal. Ela se viu forçada a ignorar o desagrado de saber que aqueles bichos fuçaram nas suas coisas, pois, numa situação como aquela, não poderia se dar a nenhum luxo e tinha que estar contente por não ter sido surpreendida por nenhum animal predador. Comeu um pouquinho do que levava e bebeu o suco de dois daqueles frutos. Em seguida, juntou suas coisas para se pôr novamente a caminho. Ela estava bastante preocupada por não ter, até então, encontrado nenhum outro arbusto com aqueles frutos.

A manhã estava nublada e um pouco fria. Nuvens baixas e escuras que prometiam chuva, encobriram parcialmente as montanhas que pareciam crescer a cada passo que ela dava. O caminho seguia uma subida mansa e ela manteve uma marcha ligeira. Estava decidida a parar somente quando fosse mesmo necessário. Uma súbita urgência havia se apoderado dela.

Já estava há quase quatro dias seguindo por aquela trilha, tendo sempre o cuidado de conferir se os tropeços do caminho coincidiam com a legenda do rascunho do pergaminho. Nunca estava muito certa e muitas vezes se decidia pelo que lhe parecia mais viável. Não encontrou mais nenhum daqueles frutos e a sede já estava novamente a incomodá-la; além disso, já não tinha mais mantimentos, a não ser um pouco da farinha. Ela ainda não tivera a coragem de usar a arma que o nativo lhe dera, sobretudo porque não tivera a chance de se aproximar o suficiente de nenhum pequeno animal, além de que, mesmo se pudesse capturá-lo, como iria prepará-lo, se ainda não conseguira acender fogo de maneira primitiva?! Ela não queria esmorecer e se convencia, cada vez mais, que, se aquele caminho não a levasse ao seu mundo, levaria pelo menos a alguma civilização. Até ali, a não ser pelos ratos que insistiam em roubar o alimento dela, não tivera mais surpresas desagradáveis.

A jovem alcançou um planalto e viu, à distância, algo que parecia um grande monumento. De onde estava, ela podia ver claramente as esculturas de duas pessoas adultas que seguravam pelas pontas um lençol esticado no ar, por debaixo do qual se encontravam duas crianças. Ela ficou estatelada. Aquilo só podia ser obra de um ou de alguns artesãos competentes! Será que encontraria em breve outro povo? Pegou o pergaminho e conferiu o rascunho. Sim, estava no caminho certo, pois reconhecera nele um símbolo que certamente representava aquilo. Aziza já nem se lembrava mais que já andara toda a manhã e a metade da tarde, pois se pusera quase a correr para alcançar o monumento. Todavia, quanto mais se aproximava dele, mais se desfazia a perfeição daquilo. Por fim, ela reconheceu desapontada que se tratavam somente de pedras naturais, que por um capricho da natureza foram ordenadas daquela forma e que, vistas de longe, pareciam esculpidas.

De repente a moça se viu assaltada pela vontade de chorar. Estava só, sentia frio, fome, sede e um indescritível cansaço. Ela se encolheu contra uma pedra e deixou que as lágrimas lhe rolassem pelas faces. Chorou até sentir-se vazia. Quando ergueu novamente os olhos, ela viu, bem próximos dela, animais de pequeno porte, como aquele que o nativo abatera. Ela pensou ligeiramente que não deveria perder aquela chance. Cautelosamente pegou o caninho, enfiou nele a varinha e soprou com toda a força, atingindo um dos animais. Ela ficou tão contente com o sucesso, que começou a pular e a gritar como uma louca, enquanto o animal corria em ziguezague, até cair por terra. A jovem se pôs novamente a chorar quando pegou o bicho nas mãos. Não estava certa se teria coragem de prepará-lo e, se não conseguisse acender o fogo, o animal teria sido abatido em vão. Porém, dessa vez, tentou até que as mãos calejaram e, por fim, conseguiu inflamar o monte de capim seco. Guiada pela tenacidade de querer sobreviver, ela ignorou a repugnância e preparou o animal, assando-o sobre as chamas.

A trilha parecia não ter mais fim e se tornava cada vez mais íngreme. A temperatura caíra muito e a moça se viu forçada a fazer da manta uma espécie de capa. Mas a capa lhe roubava a liberdade de movimento, fazendo com que a caminhada se arrastasse por horas, sem que Aziza conseguisse ganhar muito chão. Seus lábios estavam ressecados pela sede e pelo vento frio que se tornara constante e vez por outra tinha que se recostar contra alguma coisa, para vencer a sensação de tonteira e de náusea que a fome causava. Não saberia mais dizer por quantos dias estava a caminho e não estava certa se ainda continuava de acordo com o rascunho, pois alcançou uma área cujas dificuldades eram tantas, que parecia loucura querer prosseguir por ali. Porém, a única alternativa seria retornar. Mas retornar para onde?! Aziza não conseguiu capturar mais nada, pois não vira mais nenhum animal, até mesmo os ratos haviam desaparecido. As únicas coisas que comera nos últimos três dias foram umas frutinhas parecidas com morangos. Ela as encontrara nuns arbustos baixos que cresciam por aquelas encostas. Não conhecia aquelas frutinhas, mas a fome fez com que ela perdesse o receio.

O caminho se tornou perigoso, ora seguindo por escarpas, ora beirando precipícios ou se esgueirando por entre as rachaduras dos rochedos íngremes e hostis. Ela lutava contra o desalento que, não somente o cansaço, mas também o frio e a fome lhe causavam, e temia que toda aquela dificuldade viesse a corroer a resistência física dela, antes que alcançasse novamente alguma civilização. E como se não bastasse, nuvens densas começaram a se juntar no céu, e flocos de neve começaram a cair. A jovem acelerou o passo para alcançar uma penha que protuberava do maciço que se via à frente, sob a qual poderia se proteger. A última coisa que queria naquele momento era ter olhar as roupas e a chamalote. Ela se encontrava num desfiladeiro, tendo, à direita, a parede rochosa e, à esquerda, uma rampa pedregosa que declinava perigosamente. A neve se tornou mais densa, turvando a visão de Aziza, mas, antes que ela alcançasse a penha, percebeu uma abertura bastante larga, que adentrava a parede rochosa. Era uma cavidade abaulada, parecendo uma caverna. A moça rapidamente entrou ali, despiu a manta para sacudir a neve, antes que a manta se umedecesse e, em seguida, mesmo tiritando de frio, encheu a mão com a neve que já se amontoava e matou com ela a sede de muitos dias. Ainda não era noite, mas a nevada se intensificou e o dia escureceu com precocidade e, apesar da fome e do frio, a jovem se sentia feliz por ter encontrado aquele abrigo. Mas mesmo com todo o cansaço, demorou ainda para que conseguisse dormir, pois acreditou escutar o trilado de água corrente. Mas ali? Não, só podia ser fantasia da sua imaginação! Estava tão frio, que ela evitava até mesmo se mexer depois que se enrolara no chamalote. Aziza passara, até então, a pior noite daquela jornada. Teve pesadelos medonhos e acordou várias vezes, sempre acreditando escutar o ritmo de alguma água corrente. A alvorada já despontava, quando Aziza, enfim, caiu em sono profundo.

Aziza despertou para um dia acinzentado e gélido. Seu corpo doía pela rigidez do frio e seu estômago roncava raivoso. Mas teria que continuar. A jovem juntou os pertences e percorreu a caverna com os olhos. Sim, aquela cavidade entranhava aquele maciço e ela não tinha mais dúvida de que, no fim daquele túnel, havia uma corrente de água! Estava até mesmo convencida de que a corrente não ficava muito longe daquela entrada. Todavia, para os fundos, a escuridão era total e, mesmo estando curiosa, não poderia se arriscar sem uma lanterna ou lampião. Ela consultou o pergaminho e acreditou reconhecer a caverna como ponto de referência; contudo, a trilha continuava seguindo o desfiladeiro. A moça havia enfim se convencido de que aquele rascunho mostrava um caminho que atravessava a cordilheira. Ela se lembrou de que a maior parte do caminho que fizera com a serena e seu guerreiro fora por um riacho que corria por entre cavidades rochosas. Poderia ser aquele o mesmo riacho? Mas, mesmo sendo outro, ele também desaguaria em algum rio; mas onde? Ela não tinha nenhuma ideia de onde ela se encontrava e onde sairia, caso conseguisse mesmo atravessar a cordilheira.

Quando deixou a caverna, a neve já havia se desfeito quase completamente e o desfiladeiro se tornou escorregadio e ainda mais perigoso, além de que a água empoçada no chão se infiltrava nos sapatos rasos de Aziza. Só podia esperar que conseguisse em breve acender um fogo, pois como iria poder prosseguir debaixo daquela temperatura, com os sapatos molhados e os pés gelados? Aziza tinha que ganhar chão e se pôs quase a correr. Por volta do meio-dia, ela alcançou um planalto. Era uma área cespitosa; porém, quase completamente cercada por maciços lisos e verticais, que pareciam se erguer em extrema altura. Pela direita, a área era delimitada por uma sucessão de taludes que fendiam o chão, até se perder mais adiante numa garganta profunda. À primeira vista, pareceu-lhe ser ali o fim daquela trilha, pois de onde estava ela não reconheceu nenhuma possibilidade de poder seguir em frente. Todavia, antes que o desalento a arrebatasse, ela percebeu, por entre as moitas e touceiras, outros pequenos roedores que também procuravam alimento. Aziza estava com tanta fome, que acreditou poder comê-los mesmo crus; e mesmo sentindo os pés já dormentes pela friagem, ela se acocorou e cautelosamente preparou o ataque. Atingiu em cheio um dos animais e, sofregamente, pôs-se a procurar capim seco, musgo e gravetos para acender um fogo. Tinha que conseguir, pois se não encontrasse uma maneira de secar os sapatos, estaria condenada à morte!

Aziza estava tão excitada pela captura do pequeno animal e pela ânsia de poder matar a fome, que demorou até perceber, junto ao paredão rochoso, o resto de uma fogueira, e, nas proximidades desta, um monte de apetrechos e mochilas que pareciam equipagens de alguma expedição. A surpresa quase lhe fez parar o coração, que, mesmo assim, encheu-se de esperanças. Será que não estava mais só naquela paragem? Seria aquele o comando de busca enviado ao encalço dela? Mas onde estavam os homens? Sim, aquelas coisas pertenciam a gente do mundo dela, pois tudo lhe parecia muito familiar. Ela se pôs a chamar:

— Alô, tem alguém aqui? Alô, alô-ô... Por favor, eu estou só e preciso de ajuda... — E, a não ser pelo eco das palavras dela, tudo permaneceu em silêncio, e ela foi constatando aos poucos que o acampamento parecia bastante desolado e que certamente já fazia muito tempo que fora usado pela última vez. Seus pés lhe torturavam com a sensação de ardor que a friagem causava, mas ela vasculhou os arredores e encontrou não somente duas lanternas, como também combustível e, com ele, conseguiu reacender rapidamente o resto de fogueira deixada pela expedição. Tudo estava úmido e frio e ela atiçou bastante o fogo, pondo para queimar uma boa parte da lenha que os homens da expedição haviam empilhado ali perto. Colocou bem perto do fogo os sapatos, a chamalote, bem como mais dois dos chamalotes que encontrou junto das coisas, e preparou o animal que abatera para ser assado. Ela constatou, desapontada, que o bicho era bem menor do que a presa anterior, mas ela estava com tanta fome e tão cansada, que comeria aquele pouquinho e descansaria algumas horas junto ao calor do fogo, e, quando os sapatos estivessem novamente secos, trataria de capturar mais comida.

Aziza vasculhou as mochilas e encontrou nelas roupas mais adequadas para suportar aquele frio; todavia, eram roupas masculinas e, naturalmente, eram muito grandes para ela. Mas o que importava?! Pelas beiradas da fogueira, ela aqueceu uma bombacha de feltro, dois pares de meias de lã grossa, uma bata também de lã grossa, um gorro forrado de pele de carneiro e um par de botinas que encontrou entre aqueles pertences. A sorte parecia estar novamente a favor. O tecido das roupas que ganhara das nativas era leve demais para aquelas altitudes, e ela vestiu por cima as roupas que encontrara. Reconfortada pela calidez dos agasalhos, decidiu então sondar a área mais apuradamente, e as roupas grandes e grossas lhe deram a sensação de ter engordado bastante.

Não havia ido longe, quando encontrou, acocorado entre duas lápides, os restos mortais de um homem. As roupas dele ainda estavam bem conservadas, mas a carcaça jazia quase completamente desprovida de substância. A visão a fez recuar alguns passos e ela teve que lutar para não entrar em pânico. O que acontecera aos homens daquela caravana? Por que não sepultaram o companheiro morto? Tomada da desagradável sensação de agouro, ela se pôs a controlar o rascunho, pois dali se via o que parecia ser uma passagem por entre os maciços, se bem que muito estreita. Todavia, parecia ser a única maneira de deixar aquele largo.

Aziza tinha que se preparar para continuar aquela jornada e retornou para a beira do fogo. Escolheu, entre as coisas encontradas, o que lhe pareceu importante para ajudá-la a vencer as dificuldades que viesse a encontrar pela frente. Levaria consigo três chamalotes, pois temia não poder mais sobreviver a um frio como o que passara nas noites anteriores, uma lanterna, um frasco de combustível, um frasco de água, uma faca afiada, um feixe de cordas, o armamento nativo e alguma comida. A tarde já caía e Aziza decidiu que pernoitaria onde se encontrava; antes, porém, conseguiu ainda capturar mais três daqueles roedores e os assou sobre o braseiro da fogueira que crepitava. Comeu um deles e guardou os demais para levar como merenda. Naquela noite, o frio não fora um castigo tão grande; contudo, pesadelos medonhos fizeram-na despertar várias vezes.

O novo dia prometia que seria tão cinzento e úmido quanto o anterior. Aziza reviveu a fogueira e junto desta tentou reaquecer as mãos, os pés e as roupas umedecidas pelo sereno noturno. Todavia, não queria perder tempo: enrolou suas chamalotes e, só então, deu-se conta de que havia coisas demais para carregar. Não, a bagagem não era muito pesada, mas volumosa. Como levaria tudo aquilo?! Ponderou e, por fim, colocou o bornal e as coisas nativas atravessadas pelos ombros, o rolo de chamalotes nas costas, a mochila no peito e se pôs a caminho. A jovem estava determinada. Contudo, um estranho mal-estar se apoderara dela. Por que acabara ali a viagem daquela caravana? Aonde teriam ido os demais sem os seus pertences? A contar pelo tanto de coisas, eles teriam sido pelo menos quatro. Não, não iria se deixar tomar por medo e apreensão! Foi subindo pelo que considerou ser a passagem. Ela se esgueirou por entre rochas e não tardou para que alcançasse mais um pequeno largo, também rodeado de montanhas. A jovem não pôde conter um grito de pavor, ao deparar-se, poucos metros à frente, com os restos mortais de mais três homens. Estes se encontravam atados uns aos outros por uma corda e tudo indicava que haviam tentado escalar o paredão do maciço à frente, do qual também pendiam algumas cordas. Num instante, a moça percorreu com os olhos aquele largo. Havia maciços por todos os lados! Não era preciso procurar: estava claro de que não havia passagem e aqueles homens perderam a vida na tentativa de escalar o rochedo. Aziza sentiu vontade de se desfazer da bagagem, sentar no chão e simplesmente cair em prantos, mas sabia que não podia esmorecer. Permanecer ali significava esperar pela morte e Aziza queria não somente sobreviver, mas também retornar ao seu mundo e, enquanto tivesse forças, não se daria por vencida. Contudo, era impossível para ela não se deixar amuar. Durante o trajeto de volta ao acampamento, mil suposições cruzaram a mente da moça. Seria realmente aquela trilha o caminho rascunhado nas anotações? Teria o nativo se enganado? Como tomara posse daquelas anotações? Sim, talvez tivesse, já no começo da jornada, enveredado por alguma bifurcação errada e seguido, enfim, uma falsa trilha!

Junto ao calor que o resto da fogueira ainda proporcionava, ela fez uma pequena pausa. Estava novamente com fome, mas ponderou que seria mais prudente deixar a refeição para mais tarde. Todavia, não havia sentido em permanecer ali: teria que retornar ao caminho por onde viera e encontrar outra passagem.

A jovem caminhava com passos ligeiros e a claridade do dia já findava, quando deu novamente com a entrada da caverna na qual estivera e ali arriou a bagagem. Estava tão cansada, que não podia dar mais nenhum passo e, no mesmo canto onde repousara antes, ela estendeu sua chamalote, encolheu-se sobre ele e, por fim, comeu uma parte do assado, sua primeira e única refeição daquele dia. Depois se enrolou nos demais chamalotes e se pôs a meditar no que fazer a seguir. Seus pensamentos retornaram para o seu rapto, para a serena e o seu guerreiro. Ela ponderou que deveria sondar a possibilidade de seguir o riacho subterrâneo, como fizeram os seus raptores. Por fim, o sono a dominou. De repente, Aziza se viu inerte, estirada sobre uma mesa mortuária. As yjaras choravam e lamentavam ao redor dela e Mibu velava cabisbaixo e pálido, como uma estátua de cera. Mais para os fundos, Raco I vociferava e exigia que o deixassem se aproximar dela. Ela via tudo aquilo desesperada, pois não estava morta! Queria chamá-los, mas a voz não saía; queria se mover, mas os músculos não a obedeciam!

Aziza despertou ao romper do dia. Mesmo com a lembrança ainda viva do pesadelo medonho, ela dormira tão bem que acreditou ter-se recuperado de vez do cansaço de muitos dias. Mas, mesmo se ainda fosse noite, seguiria em frente, pois tentaria seguir o riacho que corria por dentro daquele maciço e ali poderia contar somente com a luz da lanterna. Decidida, juntou suas coisas, bebeu um gole de água e adentrou pelos fundos da caverna. Ela passara por tantos momentos funestos e medonhos que aprendera a sufocar o medo que, vez por outra, insistia em se apoderar dela. Não tardou e ela encontrou o riacho. Não era mais do que um córrego, apesar de correr por entre o que parecia ser uma relativamente larga cavidade. Por um momento, a moça ficou indecisa quanto a seguir para a esquerda ou para a direita e ponderou que se encontrava em grande altitude e certamente seria melhor seguir a descida. Assim, tomou a direção esquerda. As águas corriam numa queda suave sobre um pavimento que lembrava uma escadaria velha, de degraus rasos e largos. Em algumas partes, tão largos que suas laterais nem sequer se molhavam. A cavidade abaulada, pela qual a escadaria ziguezagueava, parecia um túnel escavado sob o comando de um mestre construtor. Mesmo não sabendo onde sairia, a jovem se sentiu feliz, pois dentro do túnel circulava ar fresco e ela estava certa de que em breve estaria novamente a céu aberto. Contudo, demorou mais três dias, durante os quais teve que se contentar com somente o último assado que levara consigo, até encontrar finalmente a saída. Todavia, a sorte estivera a seu favor, pois não padecera sede.

Mais uma vez, a moça teve que admirar com incredulidade a beleza do que via pela frente. Durante os últimos quatro dias, fizera uma descida suave, porém estafante, e ela estava exausta e enfraquecida. Não só o peso do fardo que levava, mas também a falta de alimentos custava-lhe um grande quinhão de energia e, mesmo todo o seu otimismo e determinação, não cobriam mais todo o seu desgaste físico. Todavia, encontrava-se agora no que parecia um gigantesco jardim, criado por um artista. As águas que desciam pelo túnel desaguavam numa cacimba que se encontrava no meio do vale, na qual desaguavam também outros fios d'água, que desciam de outras encostas. Dali, partiam tantos outros regatos e arroios, que se espalhavam pelo vale formando, aqui e acolá, outras cacimbas menores. O relvado ao redor era de um verde magnífico e entrecortado por montes que pareciam esculturas. A abertura pela qual saíra se encontrava num rochedo que parecia ter sido construído em camadas sobrepostas nos tons de ocra, que iam de um lilás escuro ao alaranjado vivo. Esse rochedo era parte de uma cadeia de tantos outros e tinham as extremidades arredondadas parecendo terem sido polidas. Alguns se elevavam do chão como estátuas individuais e alguns tinham os flancos parcialmente cobertos por relva; outros se apresentavam completamente despidos. E, no meio de toda aquela beleza natural, a jovem constatou também a presença de alguns animais. Havia animais de médio porte e ela ponderou que teria que se pôr em guarda, pois certamente haveria predadores também. Todavia, mal podia esperar para capturar algum deles e se pôs logo na espreita.

Não demorou e ela capturou o que parecia um coelho, bem como não demorou para que tivesse a próxima surpresa. Ao percorrer os arredores em busca de gravetos, ela deu novamente com o resto de uma fogueira e, ao redor desta, com algumas coisas deixadas por quem acampara ali. Ela acreditou reconhecer similaridades com as coisas do acampamento que encontrara antes. Porém, estava tão faminta, que se pôs logo a acender o fogo e preparar a presa e, enquanto esperava pelo assado, pôs-se a pensar: "Quem eram os homens daquela caravana? Sim, provavelmente eles seguiram o córrego por dentro da caverna, em sentido contrário ao que ela fizera. Mas o que estiveram a procurar? Não, não poderia ser um comando em busca dela, pois estavam mortos há muito tempo. Ela não sabia mais quanto tempo havia se passado desde que fora raptada, mas acreditou que não poderia ser tanto assim!"

Aziza estava enganada. A notícia do seu rapto se espalhara pelo continente com grande rapidez e, de uma forma até então inusitada, provocou uma espécie de euforia popular. E não somente Tigras, como também Rojas, Mídria, Aládia e Tambria, enviaram comandos de busca ao encalço dela, além dos muitos aventureiros que se agruparam em expedições particulares, atraídos pela promessa de grande recompensa tanto por parte de Rujia, quanto por parte de Aládia. Os mortos que encontrara eram os membros do comando de busca enviado por Tambria.

O lugar onde a jovem se encontrava não era apenas belo: havia ali grande fartura de pequenos animais, além de uma temperatura bem mais amena do que a friagem de que Aziza padecera nos dias, e talvez, semanas anteriores. Parecia um lugar perfeito para se viver; mas, depois de saciada de toda fome e descansada da enorme fadiga, ela vasculhou bem os arredores e não encontrou mais nenhum rastro de outras pessoas e, assim, não lhe restava nada senão prosseguir em busca do caminho de volta ao seu mundo. Dali, ela seguiu pela parte plana do vale, ladeando o curso d'água que descia serpenteando entre aquela tão bela formação rochosa.

Durante anos, décadas e até mesmo mais de um século, sonhou Gapato em poder retornar a seu mundo. Despedir-se dos homens que lhe fizeram reviver tantas lembranças, enchera-o de pesar, pois temia que partissem dali diretamente para a morte. Mesmo naquele curto espaço de tempo, ele os tomara em seu coração. A terra das serenas e seus guerreiros era real e tinha que se encontrar não muito distante dali. Sim, ele estivera desmemoriado, porém jamais estivera louco. Estivera pessoalmente naquela terra! Naquele momento, sentia-se tomado de tristeza por não ter sido capaz de reencontrar o caminho que o levasse novamente aonde estivera; todavia, esse caminho tinha que existir! Tinha que incentivá-los, pois aqueles homens eram destemidos, saudáveis e inteligentes e certamente encontrariam o caminho misterioso! Porém, o ancião sabia que a possibilidade de que retornassem ali, depois de resgatarem a jovem, não era mais do que uma ilusão. E, para ele, o mundo do qual viera certamente já se tornara um novo mundo. Quantas gerações já haviam vivido e morrido, desde que partira? Ele sentia que não conseguiria mais deixar aquela terra. Não era ele o avô ou o tio querido de toda aquela gente? Não era ele quem a acompanhava do nascimento à morte? E não tinha ele o cuidado, o carinho e as regalias de sua Deusa Darita e das musas dela? E, ademais, sentia que não viveria muito mais tempo, pois suas carnes já estavam enfraquecidas demais para carregar a mente dele, mesmo estando ainda sadia. Não, esperaria ali mesmo pelo fim!

Hugo e Paka tentaram dissuadir a caravana do que ela pretendia fazer. Ainda que a existência das tais serenas e dos seus estranhos acompanhantes fosse verdade, naquelas paragens a caravana os procurava em vão! Se aqueles estranhos povos se encontrassem mesmo tão próximos deles, seus caminhos certamente já teriam se cruzado ao longo dos séculos. Mesmo com as afirmações de Gapato, eles duvidavam. Não estivera ele por tanto tempo desmemoriado? E mesmo sendo a sua longevidade inexplicável, não seria a sua estória baseada em fragmentos de lembranças do passado? Sim, uma jovem havia sido raptada e aqueles estranhos empreenderam uma longa viagem na tentativa de resgatá-la. Mas já se passara tempo demasiado e aquela busca teria que ter um fim! Hugo e Paka, bem como outros, ofereceram-se genuinamente para ajudar os estranhos a começarem, naquela terra, uma nova vida. A não ser pelos dois povos vizinhos, era Laris raramente visitada por estranhos. A via aquática era limitada pelas duas grandes queda-d'água e, por meio da floresta onde viviam os crustáceos, ninguém jamais se aventurara a chegar ali. Também não era fácil vencer os obstáculos do bosque escuro, fechado e brenhoso, que os separava dos outros povos conhecidos. Mesmo os demais povos com quem comercializavam, deixavam ao seu encargo a dificuldade de sair ou retornar para o enclausurado meio onde viviam.

Para Mibu e Raco I, estava claro que teriam que subir o rio, pois Gapato desfalecera dentro de um barco que se encontrava nas terras das serenas e milagrosamente chegara ali. Por si, um barco só navega rio abaixo e, assim, a passagem teria que se encontrar em algum lugar para os lados da cabeceira do rio. Hugo lhes cedera um bom barco e um homem que os acompanharia enquanto fosse possível navegar rio acima. Hugo estava triste por vê-los partir, bem como convencido de que não teriam sucesso nos seus empreendimentos. Não tentara Gapato tantas vezes em vão? Gapato estava desmemoriado quando fora encontrado. Se ele veio pelas águas, como sobrevivera à turbulência da grande cascata? Mas os homens da caravana não se deixaram persuadir!

Muita gente se juntou no cais para vê-los partir e muitos lhes trouxeram merendas e guloseimas para a viagem. Até mesmo uma bela musa viera para lhes desejar boa sorte. Eles jamais esqueceriam do carinho com o qual foram acolhidos por aquela gente atarefada, porém generosa e hospitaleira. E, por fim, com os olhos rasos d'água e um grande nó na garganta, puseram-se a navegar rio acima, afastando-se daquele povo tão interessante.

Depois de cinco dias de viagem, alcançaram Maris. Raco desejava continuar até que não fosse mais possível subir o rio, mas Mibu compreendeu que os homens precisavam de uma pausa. Tanto tempo, ombro a ombro, dentro da embarcação, já estava a corroer os nervos. Em Maris, também foram recebidos de braços abertos, pois a notícia de suas presenças naquele vale já os antecedera. Naquela cidade, tudo se parecia bastante com Laris: o porto, a praça, as ruas, as construções e o palácio para o qual foram levados. Nele, havia uma Deusa que parecia ser ainda mais obesa do que Darita, mas era ainda jovem e muito bela e conferiu a eles a honra de poderem acompanhá-la numa xícara de chá. No palácio, havia também outras musas. Depois, foram levados para a casa de alguém que lhes ofereceu o jantar e a dormida. A seu anfitrião, Raco presenteou um bracelete decorado de pedras; todavia, estava preocupado, pois já não tinham muitas coisas para presentear.

Na manhã seguinte, usaram a casa de banho pública e, embora entendessem que estavam convidados a permanecer por tanto tempo quanto quisessem, tiveram que partir, pois Raco I se queimava de impaciência. Demorou mais três dias até que começaram a sentir a forte correnteza que ondulava as águas e impedia cada vez mais o avanço do barco. Por fim se viram forçados a atracar. Logo que desembarcaram, o homem que os acompanhara manobrou agilmente a embarcação que se pôs a afastar velozmente, levada pela forte correnteza. Dali, os viajantes se puseram a seguir pela margem do rio, que se elevava gradualmente, deixando o revolver das águas num sulco mais profundo.

Os homens viam crescer à frente o grande paredão rochoso do qual o rio borbotava. A marcha se tornou difícil, pois a espessa vegetação cobria o solo que se tornara cada vez mais íngreme. Já estavam exaustos quando alcançaram um patamar de onde puderam contemplar a grandiosidade daquela profusão de águas, que se espalhava pela chapada do paredão, perdia-se por estreitos e fendas e formava, assim, diversas cascatas. Seus tombos saturavam o ar com pesada umidade e o barulho era ensurdecedor. Tiveram que apreciar aquela beleza, embora estivessem famintos e cansados e uma mistura de deslumbramento e temor se estampava em suas faces. Alguns dos homens já se mostravam amuados e sem vontade de continuar aquela busca que parecia não ter mais fim; mas não havia alternativa e eles se puseram novamente na árdua subida, pois naquele patamar tanto o ar quanto o solo estavam úmidos demais para que pudessem acampar. Eles se encontravam a muitos metros acima da ribeira e muitos dias se passaram, até que alcançaram a parte plana onde se encontrava o leito do rio. Era um amplo planalto, no qual as águas, apesar da forte correnteza, abriam-se num grande boqueirão. Uma espécie de névoa se elevava por sobre a superfície das águas e turvava a visão dos viajantes. Todavia, do lado em que estavam, a vegetação era não somente bela como também parecia oferecer frutos e bagas, dos quais pudessem comer. Seguiram adiante, atinando sempre para qualquer fio d'água que desaguasse na corrente principal; porém, o segundo dia já findava sem que descobrissem nenhuma via lateral. Sim, não havia dúvida de que a conexão com a terra das serenas se encontrava em algum ponto na margem oposta e, mais cedo ou mais tarde, teriam que fazer a travessia e enfrentar o que os esperassem do outro lado. Já haviam caminhado tantas léguas, que certamente alguma via aquática teria limitado o perigo dos crustáceos na outra margem. Sim, numa densa floresta havia sempre regatos e córregos! Contudo, de onde estavam ainda não se poderia sequer pensar em atravessar a caudalosa corrente, além do que, naquele trecho, a vastidão das águas não permitia que reconhecessem a outra margem.

De acordo com a bússola, eles seguiam para o Norte e, tanto Mibu quanto Raco, temiam estarem se afastando por demais do seu destino até que, por fim, o fluxo das águas se amenizara ao mesmo tempo em que perceberam uma ponta térrea que emergia do meio do rio. Uma ilha se formou bifurcando aquelas águas e, à medida que avançavam, a ilha se tornava mais e mais larga. Estavam convencidos de que a via que procuravam encontrava-se do outro lado; por isso, tão logo aquela parte do rio se tornou rasa o suficiente, eles a atravessaram.

A ilhota parecia oferecer tudo de que precisavam para um bom descanso. Havia abundância de peixes, aves, pequenos animais e muitos frutos, além de galhos e gravetos para alimentar a fogueira que acenderam. Raco I não queria perder tempo e ordenou aos homens:

— Seguiremos em frente, tão logo estejam todos saciados e descansados. — Porém, Mibu se contrapôs. A travessia do rio não fora fácil e em algumas partes eles afundaram até a altura do pescoço e, naturalmente, estava tudo molhado, tanto as roupas quanto as mochilas e apetrechos. Além do mais, o jovem regente não queria correr o risco de aumentar a animosidade que já se fazia presente entre os homens. Não lhe passou despercebido que eles acalentavam a possibilidade de se rebelar contra prosseguir naquela busca, que há muito lhes parecia ter-se tornado em vão, dado o grande espaço de tempo passado, desde que iniciaram a jornada. Mesmo o seu fiel vassalo, bem como os igualmente fiéis vassalos do Rei Raco I e do Rei Lourenzo, não escondiam mais o desânimo. Nenhum deles acreditava mais ser possível resgatar a refém e até mesmo para procurar a maneira de retornar para o mundo deles já lhes faltava a vontade. Ele sabia que os homens estiveram prestes a aceitar a possibilidade de ficarem em Laris e começarem, naquela terra, uma nova vida. E se não fosse pelo grande incentivo de Gapato, para ele e Raco I, ter-se-ia criado um grande problema.

— Desculpe-me, senhor, mas penso que não devemos e nem podemos continuar imediatamente. Temos que primeiro cuidar dos nossos pertences. Senão, pelo menos secar nossos sapatos e chamalotes.

— Senhor, bem sabe que atravessamos somente uma parte do rio, provavelmente o seu vau mais estreito. Eu suponho que esta ilha não seja demasiadamente larga, assim penso que seria mais vantajoso, permanecermos na margem mais próxima ao nosso objetivo e se, por acaso, houver outras elevações como esta, dividindo as águas, poderíamos ainda tentar outras travessias; por isso, não faz sentido perder tempo secando nossos pertences — replicou o Rei. Mibu ponderou por um momento:

— Nesse caso, teremos que renunciar a esta pausa e partir já, pois, antes que se faça noite, será imprescindível que tenhamos nossos chamalotes secas.

— Sim, pois sigamos em frente — disse o jovem Rei, já tomando do seu fardo e se pondo em marcha, sem dar aos homens a chance de protestar. Mibu ordenou que se apagasse a fogueira e, sem maiores comentários, ele também pegou suas coisas e se pôs a seguir o Rei, que caminhava como se soubesse exatamente para onde ir. O jovem regente sabia que os homens ficariam tomados de ira, mas sabia também que nenhum deles se arriscaria realmente a deixar o grupo.

A tarde já estava avançada quando alcançaram a margem da outra parte do rio. A ilhota se provara bem mais larga do que o esperado pelo Rei. Frustrados e desalentados, eles tiveram que reconhecer que a parte já atravessada não havia sido nada, se comparada com a vastidão de águas, pelo meio das quais teriam ainda que se aventurar, caso quisessem mesmo alcançar a outra margem. Esta parecia ainda tão distante, quanto estivera anteriormente. Eles arriaram as bagagens. Estavam exaustos; todavia, teriam que se alimentar e preparar para a noite que já se aproximava. Onde estavam? O que fazer? Para onde prosseguir? Foram os pensamentos que povoaram a mente de todos, durante a noite fria e maldormida que padeceram ali.

Contudo, uma grande surpresa os esperava na manhã seguinte. Ao percorrerem os arredores em busca de alimentos e lenha para a fogueira, um deles deu com uma embarcação atracada junto a um pequeno banco de areia. Temeroso, o homem que a descobriu se agachou por detrás de arbustos e percorreu o olhar em todas as direções. Não viu nada a não ser o rebuliço de alguns pássaros. Ele esperou por algum tempo sem que nada se passasse e, por fim, camuflando-se por entre arbustos, retornou para junto dos companheiros, indo logo ter com Mibu:

— Senhor, não muito distante daqui se encontra atracada uma embarcação!

— Uma embarcação? O jovem se sobressaltou e por um momento pareceu balbuciar, como para si mesmo: "Então não estamos sós nessas estranhas paragens!"

Os demais se acercaram deles e, depois do receio inicial, foram tomados por um contagiante júbilo. Muitas suposições se seguiram, mesmo sem que o homem pudesse descrever o que descobrira, pois temera ser surpreendido, estando só junto da propriedade alheia. Convenceram-se, porém, de que, a quem quer que a embarcação pertencesse, o dono poderia pelo menos lhes dizer onde se encontravam e para onde deveriam seguir! Todavia, muniram-se de suas armas, antes de seguirem ao encontro dele.

Com grande cautela, eles se aproximaram do banco de areia. Até ali, não viram nada nem escutaram nenhum barulho que parecesse proceder de gente. Quando se achegaram um pouco mais, Mibu parou abruptamente, no que foi seguido pelos demais. Raco I o encarou e ele apontou para a areia clara e fina. O Rei compreendeu que não havia nenhuma pegada. Quem desembarcara ali, não o fizera naquele dia. Todavia, a embarcação parecia estar perfeita, pois, mesmo tendo sido puxada para cima do banco, sua proa bailava suavemente, movida pelas ondas que, vez por outra, alcançavam a pequena baía. Não poderiam dizer se se sentiam decepcionados ou aliviados. A grande questão se tornou: Quem desembarcara ali, o fizera, e com que propósito? Quando atracaram? Onde estavam? A ilhota não era grande o suficiente para que não tivessem percebido a fumaça dos fogos que fizeram. Será que estavam sendo observados? Mibu pediu a alguns dos homens que atinassem para rastros e picadas que confirmassem a presença dos estranhos, enquanto ele, Raco e dois outros homens inspecionavam a embarcação.

O barco parecia não ter nenhum dano. Dentro dele se encontravam três pares de remos e um feixe de cordas, sobre o qual alguma ave fizera ninho, o qual, no entanto, estava vazio. Ficou claro que aquele barco já estava atracado ali por muitos dias, talvez meses. Seu tamanho e forma eram para eles um tanto incomum, muito estreito e comprido e lhes pareceu pouco adequado para aquele tipo de travessia; contudo, não havia entre eles ninguém que realmente fosse um entendido em embarcações navais. Mas se havia seis remos, poderia provavelmente ser usado por seis pessoas, que se acomodariam uma atrás da outra e, nos pequenos espaços entre uma e a outra, poderiam acomodar-se as coisas a serem transportadas.

— Que maravilha! — exclamou Raco I, com uma expressão de satisfação estampada no rosto, coisa que já não acontecia há muito tempo. — Poderemos usar essa embarcação para alcançar a outra margem!

— Sim... — balbuciou Mibu, ainda pasmado pelo imprevisto, porém, analisando a melhor maneira de atravessar dez homens, bagagem e apetrechos, usando aquela relativamente pequena embarcação. Sim, teriam que fazer pelo menos duas viagens, pois não haveria espaço para todos de uma só vez.

O dia começava; estava claro e a temperatura prometia ser amena. Raco I deu ordem aos homens para que juntassem as coisas e desfizessem o acampamento. Assim que empurraram a embarcação para fora do banco de areia, os homens constataram que ela se deixava levar facilmente pela corrente veloz e só não a perderam de vez, por ela estar atada a corda, enrolada várias vezes a uma estaca. Um grande problema! Não havia dúvida quanto a ser possível atravessar aquele mundo de água. Se aquele barco estava ali, então alguém o fizera; contudo, dada a forte correnteza, eles provavelmente alcançariam a outra margem numa grande distância rio abaixo e retornar ao ponto de partida, depois de se deixar aquela margem, seria uma tarefa quase impossível. Como contornaram essee problema aqueles que usavam a embarcação? Enquanto ponderavam, um dos homens descobriu a solução: Um pouco além do banco de areia, numa parte pantanosa e encoberta por arbustos, encontrava-se outra estaca e, nela, estava atado um cabo, cuja extremidade oposta parecia se perder por dentro das águas.

— Senhores, encontrei algo interessante. — exclamou o homem. Todos se acercaram dele e se estupeficaram com a nova surpresa. A outra extremidade do cabo estava definitivamente atada a alguma coisa do outro lado, pois o cabo não cedeu ao ser puxado por eles. O cabo atravessava o rio, estando coisa de vinte centímetros abaixo da superfície das águas.

— Então é assim que se contorna o problema? Ata-se o barco a este cabo fixo, para que a correnteza não o afaste da rota. — disse o homem, admirado! Aquela descoberta serviu para lhes espairecer o espírito e novas esperanças se apoderaram deles. Mesmo o grande temor quanto a ter eventualmente que enfrentar os tais crustáceos carnívoros e agressivos, desfizera-se. Se outras pessoas cruzavam aquele caminho, o perigo não poderia ser tão grande assim!

— Senhor, em quantos grupos deveremos nos dividir para começar a travessia? — perguntou o Rei, virando-se para Mibu.

— Penso que bastaria dividirmo-nos em dois grupos. A metade dos fardos e cinco homens para cada travessia — disse ele, resoluto.

Os homens ataram o barco ao cabo submerso e, quando o primeiro grupo se acomodou, os que ficaram para a segunda viagem, notaram que a estaca que segurava o barco não estava seguramente presa ao chão. A estaca parecia ceder perigosamente ao repuxo causado pelo esforço que faziam em evitar que o barco se deixasse levar pela correnteza. Provavelmente a estaca fora fincada no chão numa ocasião em que a área se encontrava seca. Mas, um pântano, talvez criado por muita chuva, cobria agora toda a área. Estavam alarmados, mesmo que a estaca resistisse ao repuxo daquela travessia, resistiria também a mais uma?! Seriam mais duas provas, pois o barco teria que ser retornado para que os demais pudessem também usá-lo. O que deveriam fazer? O pior que poderia lhes acontecer naquele momento, seria se perderem uns dos outros e isso os enchia de pavor. Ponderaram. No barco ainda havia espaço para mais duas pessoas, talvez mesmo mais três. Mas para mais cinco? A ideia de se comprimirem todos de uma só vez naquela estranha embarcação parecia-lhes por demais ousada, mas ainda assim passou a ser a preferida pela maioria. "Se a estaca não resistir e o barco se perder..." Aquela possibilidade causava um grande mal-estar; tal desgraça custaria se não a vida de todos, pelo menos a vida de um ou outro. Por outro lado, estando juntos restaria a possibilidade de que os sobreviventes pudessem continuar a jornada. Uma separação seria para ambos os grupos uma tragédia igualmente lamentável. Como encontrar paz de espírito, se não soubessem mais o que sucedera aos outros? Além de que precisavam mutuamente dos companheiros para vencer o desalento que muitas vezes os prendiam em profunda depressão. Alguns pensavam arrependidos: "Por que não aproveitei a chance de começar uma nova vida em Laris?!"

— Senhores, sugiro tentarmos essa travessia todos de uma vez só. Esta estaca pode se soltar a qualquer momento. Parece-me mais prudente tentarmos permanecer juntos e, se acontecer da correnteza nos levar, que seja então o que Deus quiser! — disse o homem que acabara de controlar novamente a estaca que se inclinara ainda mais. Mibu e Raco I não viram o que replicar e eles se comprimiram todos dentro da embarcação, zelando cuidadosamente pela bagagem e apetrechos, pois, mesmo naquela situação de perigo, não poderiam se dar ao luxo de desfazer de coisa alguma, pois o que levavam era indispensável para a sobrevivência.

A travessia se provou uma árdua batalha contra a correnteza. Na sua parte mais veloz, as águas arrastavam o barco com tal violência, que os homens tiveram que se revezar no uso dos remos, pois seus músculos se enrijeciam dolorosamente pela enorme força que faziam para manter a embarcação em curso. Enfim, conseguiram ultrapassar a parte mais turbulenta e já estavam a pouco mais de um metro da margem oposta, quando sentiram que o cabo se relaxara completamente. Sim, a estaca cedera ao grande desgaste. Todavia, já não havia mais perigo e eles remaram energicamente, até que sentiram a proa da embarcação encostar em terra firme. Que feliz decisão terem embarcado todos de uma vez, pois um retorno ao ponto de partida já não seria mais possível!

Foram novamente surpreendidos. Atracaram na margem do que parecia ser somente mais uma ilhota; mas, dali, eles perceberam muitas outras ilhotas como aquela, espalhadas por entre a imensidão de águas. O cabo estava atado a uma árvore que se encontrava próxima à margem, mas nada ao redor traía a presença de alguém. Era como se estivessem num ambiente completamente virgem. Mas onde estaria o povo que usava aquela via aquática? Por que o faziam? Fizeram ali uma pausa e, com uma caneca de chá, tentaram relaxar seus esgotados nervos e músculos.

A ilhota era pequena e eles a percorreram rapidamente. Não viram mais nenhum outro cabo que os conectasse com outra das ilhas, mas parecia que o fluxo das águas se tornara ameno e que seria possível navegar de ilha a ilha, usando aquele mesmo barco. Naquele mesmo dia, atravessaram para outra das ilhas e decidiram que fariam isso tantas vezes, quanto fosse preciso, até alcançarem alguma civilização. Eles se convenciam, cada vez mais, de que a próxima civilização não seria outra senão a terra das serenas! Não descrevera Gapato as terras das serenas como várias ilhas em um mundo de águas? Não, de onde estavam ainda não se via nenhuma torre ou muradas elevadas, mas havia muitas águas e muitas ilhotas à frente!

Felicidade irradiou o coração de Aziza, assim que ela percebeu a presença de cabras naquelas colinas. Primeiro, pensou tratar-se de alguma espécie selvagem, mas logo que reconheceu também algumas ovelhas, o espírito dela se elevou. Havia alguns dias, deixara atrás de si as íngremes encostas e se sentia tão entusiasmada, que estava quase a correr. Mal podia esperar para dar com alguma vila ou cidade. Reconheceu também que já não descia por um chão virgem e sim por uma picada que já fora usada por outros. A não ser beleza natural, não havia nada para os lados do qual viera e ela concluiu que a picada certamente era usada pelos pastores daqueles rebanhos. A perspectiva de encontrar pessoas, quaisquer que fossem, enchia-a de impaciência. Há quanto tempo não via ninguém? Há quanto tempo não falava com ninguém? Quanta solidão ainda poderia suportar? Aziza sabia que estava suja, esfarrapada e que cheirava mal, mas se sentiu novamente feliz ao correr as mãos pela cabeça e constatar que seus cabelos haviam crescido. Não haviam crescido muito, mas, pelo menos, já não estavam tão curtos quanto antes. Será que já se passara tanto tempo assim, desde que aquele louco lhe tosara a cabeça? Uma repentina repugnância lhe subiu ao peito, ao se recordar dos muitos infortúnios pelos quais passara durante a fuga, e ela logo tratou de afastar de si aquelas lembranças desagradáveis. Não, não iria deixar-se tomar por rancor ou tristeza, pois sentia que estava prestes a encontrar outro povo e não queria acreditar que isso pudesse ser, de alguma forma, algo nocivo para ela. Não, já padecera por demasiado! Aziza queria acreditar no bem, na bondade, no quinhão de generosidade e clemência que há em todos os povos! Descia as colinas com o rosto e o peito empinado contra a brisa fresca, que soprava mansa. Estava convencida de que encontraria ajuda!

Ela parou com o coração batendo quase descompassado. Mais uma vez, viu-se sobrepujada pela beleza do que tinha pela frente. Do topo onde se encontrava, viu uma aldeota de uma beleza singela e ao mesmo tempo fantástica. Parecia uma série de ilhotas brancas, espalhadas por entre as ondas de um mar verde. A partir dali, as colinas haviam se suavizado e, por entre os pequenos e médios montes, encontravam-se pequenas construções que pareciam todas feitas de argila, bem como caiadas de branco. Pelas dimensões dessas construções, era de supor que não tinham mais do que três ou quatro cômodos. De suas chaminés, escapava fumaça e, por um momento, a jovem visualizou o conforto de estar diante de uma lareira. Naquela altitude, a temperatura já não era tão gélida, mas ainda bastante fria. Começou a descer naquela direção, tomada de ansiedade, excitação, curiosidade e também temor. Todavia, o espírito dela se acalmara ao perceber cada vez mais claramente que algumas pessoas iam e vinham aos pátios e ruelas, e crianças brincavam e alardeavam com suas algazarras e risadas. O dia estava pelo meio da tarde e as pessoas certamente estavam voltadas para os seus afazeres diários. Aziza já estava bem perto da primeira morada, quando percebeu uma mulher, que, de costas para ela, mergulhava um balde de madeira na cacimba de um fio de água. A água corria por entre viçosas folhagens e chegava ali, descendo por uma encosta. A mulher parou assustada ao se voltar e dar com a presença de Aziza. Por um momento, que pareceu uma eternidade, as duas se encararam e, por fim, a mulher falou:

— Olá. Quem é você? — Aziza sentiu o coração dar piruetas. Os joelhos dela ameaçavam não suportar mais o peso do corpo, tamanha era a euforia que sentia. Não sabia falar aquela língua, mas a reconheceu como sendo um dialeto falado nas províncias do norte de Rojas. De repente, ela sentiu medo de poder estar sonhando. Será que conseguira mesmo retornar a seu mundo?! Sim, olá! Certamente poderia dizer olá, pois essa mesma palavra se usava também em Tigras, bem como nos países midrianos. Tentou abrir a boca, quis repetir o cumprimento, mas seu corpo parecia preso num transe. Naquele momento, toda a sua força, coragem, determinação, tudo, tudo se desvaneceu e ela se sentiu pequena e desamparada. Por fim, caiu de joelhos e se derramou em prantos. A mulher se ajoelhou também diante dela e esperou calada, até que o pranto de Aziza deu lugar a soluços esporádicos.

— Você está só? — perguntou a mulher, num tom que tentava transmitir calma. A jovem só conseguiu soluçar mais fundo. Sabia que a mulher queria ajudá-la, mas não estava em condição de entender o que a outra lhe perguntava.

— Está perdida? — Com a mão trêmula, Aziza tentou limpar os olhos. Mesmo se tivesse entendido, ela ainda se sentia incapaz de articular palavra e se envergonhava de ter chorado tão copiosamente. Por fim, a mulher se levantou e disse: — Venha! — Oferendo a mão para ajudá-la a se levantar.

Quando alcançaram a porta da morada, duas crianças pararam de brincar para encarar a estranha jovem; mas, assim que entraram, os meninos se puseram a correr para junto das outras crianças que brincavam mais adiante. A mulher deixou Aziza parada diante da lareira na qual colocou mais duas achas, depois de atiçar o braseiro. Com a água do balde, encheu um caldeirão pendurado em um gancho móvel e o empurrou para cima das chamas. Encheu também a chaleira que estava ao lado do caldeirão e a colocou diretamente sobre uma parte do braseiro. Sem dizer mais nada e sem fazer gestos, a mulher saiu. O cômodo de entrada era sala e cozinha e, certamente, o maior da casa. As paredes internas eram caiadas como as de fora e a grande lareira ocupava toda a parede oposta à porta de entrada. O teto era baixo e deixava à mostra as palhas com as quais era coberto. O piso era revestido de pedras chapeadas. Ali se encontravam uma mesa com dois bancos laterais e uma cadeira de balanço e, a não ser por algumas prateleiras de madeira presas à parede, nas quais se encontravam os apetrechos de cozinha, não havia outras mobílias. Estendido entre a mesa e a cadeira de balanço, num espaço mais amplo diante da lareira, estava um tapete grande e felpudo. Tudo estava limpo e em perfeita ordem.

A mulher retornou em seguida, trazendo uma tina de estanho. Afastou as coisas ao redor e colocou a tina em frente da lareira e se pôs a verter nela a água quente do caldeirão. Por meio de gestos, fez a jovem entender que devia despir-se. Aziza olhou acanhada ao redor de si, mas a outra lhe deu um sorriso encorajador. A moça se acalmou. Sim, precisava urgentemente daquele banho e se sentiu feliz por aquela oportunidade. Ela se despiu rapidamente e saboreou o prazer do conforto da água quente sobre a pele. Já nem se lembrava mais de quando se banhara pela última vez. A mulher trouxe, de um dos quartinhos laterais, uma bandeja com um pedaço de sabão e um vidro de óleo. Enquanto a jovem se ensaboava e esfregava os cabelos emaranhados de sujeira, a mulher ferveu algumas ervas numa panelinha, produzindo uma água amarelada e cheirosa; e, quando o banho findou, ela fez a outra entender que enxaguasse os cabelos com aquilo.

Depois de banhada e vestida com roupas da anfitriã, Aziza se sentiu reconfortada. Dos seus cabelos, vinha o cheiro agradável das ervas; e da chaleira, o cheiro de chá fresco. Uma sensação de fome, dominada pela sensação de torpor, começou a se apoderar da vontade de Aziza. Ela queria permanecer desperta, queria ajudar a retirar toda a bagunça causada pelo banho... Queria também tocar naquele tapete que parecia tão macio... De repente, ela estava conversando com a anfitriã. Mas como aprendera assim tão rapidamente aquela língua? Sim, o tapete era muito macio! E o chá? Ah! O chá era o mais saboroso que já experimentara na vida. O seu nome? Aziza! Ou era somente Zia? Não, Aziza! Chamava-se Aziza e era a protegida de Mibu, o regente de Rujia. Ou era a sua irmã?! Será que era a irmã de Raco I, Rei da Aládia? Não, não tinha irmãos e era a menina querida das yjaras. Só elas, só as yjaras a amavam! Ah, desculpe. É claro que a senhora também me ama...

— Senhora! Senhora... Aziza... A senhora está bem? — a pergunta lhe penetrou o cérebro, ao mesmo tempo em que sentiu uma mão masculina sobre a dela. Não, a língua que ouvira agora ela não aprendera ali. Esta lhe era comum. Com grande esforço, ela conseguiu abrir os olhos e viu a imagem embaçada do rosto de um homem jovem, debruçado sobre si.

— Mibu... Mibu, meu querido Mibu, você me encontrou... — Por um momento ela acreditou estar ali o seu protetor e estava pronta para abraçá-lo, quando, estando completamente desperta, reconheceu que se tratava de um estranho.

— Não tenha medo, faremos o que pudermos para ajudá-la — disse o jovem, num tom manso e consolador. — Venha, sente-se à mesa, pois certamente precisa comer alguma coisa... — Ele a ajudou a levantar-se e ela constatou que havia dormido sobre o tapete felpudo. Constatou também que a mulher já retirara todos os apetrechos do banho, e preparara uma refeição, que estava a colocar sobre a mesa.

— A senhora é mesmo Aziza? — perguntou o jovem, com uma expressão de incredulidade. Ele falava gorinês, mas ela respondeu simplesmente com um afirmativo aceno de cabeça. — A jovem raptada pela serena...? Mas... mas como conseguiu escapar? — continuou, ainda com a mesma incredulidade.

— Desculpe-me senhor, é uma longa estória e a contarei com todos os detalhes. Mas estou mesmo a padecer de fome e se me permitirem comer...

— Claro, por favor... Desculpe-me pela impaciência.

À mesa, estava também um senhor um pouco mais velho do que aquele jovem e um dos meninos, que ela vira brincando, quando fora levada para aquela casa. Estavam em silêncio e o menino a encarava curioso, enquanto o casal lhe sorria de maneira compreensiva e bondosa. A jovem deduziu que eles falavam somente o dialeto local e, por não poder se comunicar, ela se inclinou diante deles, desejando que entendessem que estava muito agradecida por aquela hospitalidade.

— Estes são o senhor Tavo e sua mulher Lita, e este moleque é o filho deles. O nome dele é Zuca. — Ele esfregou a mão na cabeça do menino, emaranhando os cabelos dele e fazendo com que risse divertido. — Eu me chamo Tibo e sou filho dos vizinhos desta família.

Aziza comeu até sentir vergonha da própria gulodice. Tinha a sensação de que já fazia anos que não comia uma refeição tão saborosa quanto aquela! Quando terminaram, ela fez menção de ajudar a retirar os pratos, mas a mulher disse alguma coisa para Tibo e ele disse:

— A senhora poderia agora nos dizer como conseguiu escapar e como veio parar justamente neste tão remoto vilarejo...

— O senhor poderia me dizer primeiro onde me encontro?

— Não precisa me chamar de senhor, sou um simples camponês — disse o jovem, com humildade. — Nossa vila se chama Kerka e, no nosso dialeto, isso quer dizer mais ou menos "o fim do mundo" — disse brincalhão. — Pertencemos a Rojas e nos encontramos ao pé da cordilheira, na fronteira de Mídria. Por detrás das colinas que se veem ao leste, já se encontram vales pertencentes a Aládia. Contudo, toda essa região é quase despovoada. Há outros vilarejos como este, mas as cidades estão todas muito distantes daqui.

— Você também não precisa me chamar de senhora, sou somente uma órfã, adotada por yjaras... — Tibo sorriu. Estava surpreso pela simplicidade da jovem por quem todo o continente se pusera em alvoroço. — Desculpe-me, Tibo, não sei mais há quanto tempo me encontro perdida; todavia, parece-me terem se passado anos. Meu maior desejo é retornar ao meu país... para Rujia... Você poderia me ajudar?

— Não se preocupe mais, Aziza. Centenas de pessoas gostariam de acompanhá-la de volta a seu país, pois uma grande recompensa foi colocada ao dispor daquele que conseguisse resgatá-la. Muitas caravanas foram enviadas à sua procura e à procura dos seus raptores. Mibu, o regente do seu país, e Raco I, o Rei da Aládia, encontram-se pessoalmente entre elas. Você é certamente muito mais do que uma simples órfã adotada por yjaras... — Aziza sentiu um aperto no coração, ao mesmo tempo que seus olhos se tornaram rasos de água.

Não duvidara um momento sequer de que o Rei de Tigras e, naturalmente, Mibu enviariam comandos de busca à procura dela e sabia que Raco também o faria, apesar da distância e do grande silêncio que se criou entre eles. Mas imaginar tanto seu querido Mibu, quanto Raco, a quem tudo fizera para esquecer, tentando atravessar a cordilheira e se aventurando pelo desconhecido para encontrá-la, encheu-a de temor.

— E alguma delas já retornou? — perguntou, aflita.

— Sim, as que não conseguiram transpor a cordilheira, já retornaram, mas outras ainda não. Mibu e Raco I também não. A propósito, eles se encontram juntos, na mesma caravana. — A jovem se sentiu ainda mais angustiada ao ouvir aquilo. Sabia que Mibu odiava Raco com toda a força do coração, e sabia também que Raco não hesitaria em matá-lo, caso tivesse que fazê-lo. Ainda com os olhos lacrimosos, ela encarou Tibo, que pareceu adivinhar-lhe os pensamentos.

— Como eles se juntaram numa mesma caravana, também é uma longa estória... — disse o jovem, sentindo pena da moça, que tentava conter as lágrimas. Tanto Rujia, quanto Aládia, tentaram manter sigilo sobre a aventura amorosa do Rei Raco I com a jovem protegida por Mibu. Mas os boatos e fuxicos se espalharam por toda parte, mesmo antes dos dramáticos acontecimentos ligados ao rapto dela.

Aziza estava triste e muito confusa. O que seria deles? Onde se encontravam? Ainda que encontrassem o caminho e vencessem todos os demais obstáculos, não venceriam os crustáceos, pois sem a estranha poção, nem mesmo os serenos passavam por eles. Além de que serenos e xárxeos não permitiriam que retornassem com vida. E tudo em vão, pois não a encontrariam! Ela sentiu o gosto amargo do medo latente, de que não retornassem daquela aventura. Queria manter-se calma, queria raciocinar: Se ela esteve na terra daqueles legendários povos e conseguiu retornar, então seria possível para eles também. Sim, seria possível! Contudo, outro pensamento lhe perturbava: Que capricho da sorte, levou-a a roubar justamente o elixir que afastava os crustáceos carnívoros? Como se enveredara justamente pelos caminhos que a trouxera de volta ao seu mundo? E, ademais, se os serenos sabiam que estava disposta a tudo para escapar, por que negligenciaram a vigilância dela? Muitas vezes os pensamentos de Aziza retornavam para aquele mito, de ter ela sido enviada por um Deus. Mas não, não queria acreditar naquilo. Se esse Deus a protegia ou enviava alguma força ou sentido para protegê-la, por que não evitava ele também as desgraças, em vez de se empenhar em ajudá-la apenas a se safar delas? Por que permitiu esse Deus a morte dos pais dela? E depois dos pais adotivos? Por que permitia tanto sofrimento? Não! Não o respeitava e não queria a ajuda dele!

— Tibo, você sabe quanto tempo se passou, desde o meu rapto? — perguntou, com a voz firme, de quem retomava o raciocínio.

— Já se passou mais de um ano, Aziza. Por isso, estamos tão pasmados diante do seu retorno. Sobretudo pelo fato de você ter sozinha, não somente se libertado, como também encontrado o caminho de volta.

— Mais de um ano! — repetiu a jovem, também pasmada. — Tibo, eu desejo retornar para Rujia... o quanto antes... Você poderia organizar para mim um meio de transporte? Poderia me acompanhar? Se há uma recompensa, então você não teria prejuízo...

— Acalme-se, Aziza. É claro que você quer retornar para junto daqueles que lhe são caros e dos quais esteve há tanto tempo tão distante. Mas tem primeiro que se recuperar. Tem que comer e dormir bastante. Não vê como você está magra e enfraquecida? Além do mais, certamente já está a caminho uma confortável carruagem que a levará de volta a Rujia. Você conversou enquanto dormia e, assim que sua identidade nos ficou clara, mandamos um mensageiro ao nosso Rei, comunicando o seu aparecimento. Mas, como lhe disse antes, estamos longe de tudo e se passarão dois dias, até que nosso mensageiro retorne. Agora, por favor, conte-me o que se passou.

A moça respirou fundo e se pôs a relatar a sua desventura. Falou e falou até sentir-se exausta, tendo o cuidado de omitir algumas passagens. Por vergonha? Não, pois não estivera metida naquilo por vontade própria. Mas alguns detalhes lhes eram por demais constrangedores. Não queria explicá-los a Tibo. Sim, talvez pudesse explicá-los às suas yjaras! À medida que a jovem falava, Tibo a encarava com mais e mais espanto. Para ele, era difícil acreditar naquele relato, pois parecia por demais fantástico. Teria ela realmente vivido e sobrevivido a tudo aquilo? Será que uma parte daquilo não seriam lembranças retiradas de delírios e pesadelos? Sim, nas suas aventuras com as serenas e os xárxeos ele tinha que acreditar, pois não havia mais dúvida de que eles eram reais e de que, de tempos em tempos, apareciam para raptar alguma jovem. Contudo, mesmo sendo um homem jovem e vital, ele não acreditava que lhe seria possível vencer sozinho tantos obstáculos, mas... De todo aquele tempo, ela passou pelo menos meio ano zanzando sozinha por terras estranhas nas quais a presença de outros povos não seria impossível... E ali estava ela, na frente dele, sã e salva!

— Aziza, você se importa se eu fizer anotações das coisas que está me contando?

— Não. Eu lhe ficarei até agradecida, pois talvez não precise repeti-la para todos que quiserem ouvi-la — disse a jovem. — Mas, por favor, por hoje, basta. Não tenho mais ânimo para continuar relembrando tanto infortúnio.

Tibo passou rapidamente para o casal de anfitriões a parte mais importante da conversa. Depois, levou a jovem para fazer um pequeno passeio pelo povoado, para que ela espairecesse o espírito e deixasse que os outros moradores a vissem, pois seu retorno era um milagre e todos estavam curiosos. Assim se passaram três dias, nos quais passearam pelo povoado, sentaram-se muitas vezes num banco diante da casa de Tavo e Lita, brincaram com o travesso Zuca, enquanto Tibo ia passando para um pergaminho todos os detalhes do que a moça lhe contava da sua aventura. Aziza estava novamente admirada da sua sorte, por ter encontrado uma pessoa tão cativante e gentil como Tibo. Seu jeito manso e humilde não escondia o fato de ele ser inteligente e, de certa forma, culto, apesar de viver tão distante das cidades. Além do mais, era tão belo, que ela podia facilmente se apaixonar por ele, se o coração dela não estivesse tão transtornado de amores por Raco. De estatura, Tibo podia ser comparado tanto com Raco quanto com Mibu; todavia, sua pele era bem mais escura. Ele tinha os cabelos encaracolados, os olhos pretos bem brilhantes e os dentes tão brancos e perfeitos, que ela se lembrou, por um momento, de uma descrição que Mibu um dia fizera de Barzon, o seu pai adotivo, coisa que raramente acontecia.

A lembrança a fez ficar triste. Ela sabia que Mibu sofria ao se lembrar deles e que, por isso, fingia tê-los esquecido. Ela, por sua vez, aprendera a não sacrificar Mibu com perguntas. Ela sabia também que ele nunca esquecera a injustiça e nunca perdoara o Rei Heros II. E, agora, ele se encontrava em estranhas paragens, enfrentando perigos ao lado de Raco I, o filho de Heros, a quem Mibu também odiava. O que seria de tudo aquilo? Quanto ao retorno da caravana, sim, algo dizia a ela que retornaria. Mas como ficaria a situação de Aziza? Como ficaria a situação para todos, caso a tal "semente" que ela trazia dentro de si germinasse? Um surto de angústia lhe invadiu o peito e ela pediu a Tibo que a deixasse por algum tempo sozinha.

No dia seguinte, ainda pela manhã, a caravana vinda da capital de Rojas chegou ao vilarejo. O Rei viera pessoalmente para vê-la. Por conta dos muitos acontecimentos incomuns que a envolveram no passado e por conta da rixa pessoal que se criou entre Mibu e Raco I, também supostamente por causa dela, ela se tornara uma pessoa muito interessante. Mas uma façanha tão inacreditável?! Não somente conseguir se livrar das garras de tão poderosos raptores, mas, sobretudo, conseguir retornar era algo que o Rei teria que ver para acreditar. Até então, ninguém apresentara provas concretas de ter estado do outro lado da cordilheira. Entretanto, depois dos relatos do Rei Lourenzo e de seus vassalos, a existência das serenas passou a ser um fato indiscutível e elas definitivamente não viviam do mesmo lado que eles!

Apesar de não conhecê-la anteriormente, Udo, o Rei de Rojas, se convenceu ser ela a jovem levada pelas serenas e os guerreiros delas. O retorno de Aziza era incrível e o Rei estava pasmado de vê-la ali! Aziza repetiu para ele a urgência em querer retornar para Rujia e, por fim, Udo concordou que ela poderia partir ainda naquele mesmo dia. Ela seguiria numa confortável carruagem puxada por dois cavalos. Iria acompanhada por uma ama que estaria todo o tempo à disposição de Aziza e, com elas, seguiriam dois vassalos e dois serventes, em dois outros vagões. Os acompanhantes calcularam o tempo de viagem entre oito e dez semanas. Dali mesmo, o Rei despachou para Rujia e Aládia dois mensageiros em ligeiros cavalos, para informar do milagroso retorno de Aziza, bem como de que ela já se encontrava a caminho de casa.

Tibo anotara minuciosamente as informações que Aziza lhe dera e acreditava ser capaz de rascunhar, como um mapa, o caminho que ela percorrera e, assim, tão logo a caravana se perdeu de vista, o Rei se voltou para Tibo, para se inteirar daquela nova possibilidade. Sim, ele enviaria imediatamente outra expedição ao ainda desconhecido "outro lado" da cordilheira.

Os homens já estavam por perder a paciência, diante do que parecia ser uma brincadeira de mau gosto, imposta pela natureza. Somente Mibu e Raco I ainda permaneciam firmes nos seus propósitos de descobrirem o paradeiro da refém. Eles se encontravam então na sexta ilha, desde que começaram a bizarra travessia que parecia ser exatamente como a anterior, exceto por ser, aparentemente, bem maior, mas que não os levara a nada, além da visão de outras ilhas semelhantes. Quando dariam enfim com a outra margem? Ou com as ilhas habitadas pelos serenos e seus guerreiros? Até ali, não viram mais nada que indicasse a presença de algum povo e isso os preocupava, pois, afinal, a quem pertencia o barco que encontraram?

O panorama ao redor era magnífico. As águas que então pareciam ser de grande mansidão, eram cristalinas. As ilhas que adentraram, eram cobertas de relvas, arbustos e muitas árvores frutíferas. Aves das mais diferentes espécies, de plumagens jamais imaginadas por eles, revoavam por sobre as cabeças daqueles homens. Contudo, ninguém se sentia mais propenso a desfrutar daquela beleza. Pensavam obstinados em resgatar a moça e tratar de encontrar o caminho de casa! Mas não havia alternativa e eles continuaram naquela peleja. Atravessaram mais duas ilhas e, por fim, atracaram às margens do que acreditaram ser o outro lado do rio. Ali, as águas pareciam estranhamente paradas; mas, um dos vassalos, que estivera a observar uma folha sobre as suas superfícies, disse:

— Senhor, não me tome por maluco, mas me parece que a fluência deste rio segue agora no sentido contrário. — Todos o olharam admirados e ele apontou para a folha, que seguia levada devagar, mas definitivamente no sentido contrário.

— Ora, isto não pode ser! — disseram os demais. Todavia, tinham que admitir que a folha realmente estava sendo levada no sentido contrário ao qual o rio correra anteriormente.

— Talvez nos encontremos agora numa parte muito plana, na qual não se percebe mais a correnteza e a folha esteja sendo levada somente pela ação do vento — disse outro. Mas não havia vento naquele momento. Sim, muito estranho! Mas a atenção de todos estava voltada para outro grande problema. Os que já haviam descido do barco, ainda estavam com os pés dentro d'água, pois acreditavam estar do lado no qual os tais crustáceos viviam. Assim, ali mesmo no banco de areia, eles acenderam uma fogueira, muniram-se de tochas e se prepararam para enfrentar as terríveis criaturas, pois, fosse como fosse, teriam que conseguir ficar em terra seca. Deram os primeiros passos receosos e prontos para tocar fogo no que aparecesse, mas nada de asqueroso surgiu saído de buracos, ou por detrás de arbustos. Pelo jogo de sorte, escolheram um homem que se aventurou alguns metros para dentro do terreno. Ele levou consigo a tocha de fogo, mas nada aconteceu. Ficaram todos novamente confusos, pois Gapato dissera que os crustáceos eram tão agressivos, que atacariam imediatamente. Será que alcançaram somente as margens de mais uma ilha? Todavia, sentiam-se, de certa forma, aliviados.

A questão do fluxo das águas os intrigava, e Mibu construiu com gravetos e folhas, um barquinho a vela e o colocou mansamente na água. Ele queria observar direito para que lado o barquinho se afastaria, e não tardou para constatar que também seguia na mesma direção que a folha. Os homens ponderaram sobre o que estaria a provocar aquele fenômeno. A possibilidade que lhes pareceu mais viável foi a de que, provavelmente, não se encontravam mais no mesmo rio, e sim em algum riacho que brotava de outra fonte e seguia em outra direção. Isso explicava também por que se enganaram quanto à margem em que se encontravam. Mas, quando passaram de um rio para outro?! A questão era interessante, mas não era primordial e eles se prepararam para descobrir o que havia no denso bosque que cobria aquela terra.

O terreno se mostrava bastante brenhoso, fazendo lembrar o bosque que atravessaram para chegar a Laris e, como daquela vez, dois homens foram abrindo caminho com espadas e machados e os demais os seguiam na picada que ia ficando livre. Avançaram uma boa distância, até que alguém se deu conta de que o homem que seguia na rabeira desaparecera. Preocupados, eles retornaram chamando por ele sem que houvesse resposta. No entanto, a poucos passos da picada, camuflado pelas brenhas, descobriram um grande buraco. Parecia que alguém havia cavado ali uma cisterna estreita e muito funda. Tão funda que, no seu interior, não se via nada, além de escuridão. Será que o companheiro caíra naquele buraco? Sem nenhum grito ou gemido? Procuraram pelos arredores, gritaram o nome dele e nada! Por isso, concluíram que, por algum motivo, ele se desviou da picada e foi vítima daquele vão.

O que fariam então? Ponderaram e maioria decidiu que, independentemente da profundidade, alguém teria que descer naquele buraco para averiguar se o companheiro havia caído ali, pois havia a possibilidade de que ele ainda estivesse com vida. Mesmo estando morto, deveriam resgatar o corpo para um sepultamento adequado. Mais uma vez, decidiram na sorte quem faria a descida e o encargo recaiu sobre Mibu.

Ataram-no com as cordas e ele se pôs a descer, levando a lanterna. Desceu uns dez metros, quando percebeu que o estreito buraco se abria numa cavidade mais ampla e, no fundo dela, corria água. Vasculhou sob a fraca luz da lanterna, mas não viu nenhum vestígio do homem. Assim, deu sinal para ser puxado de volta. Mibu estava quase alcançando a borda do buraco, quanto a corda que o prendia se soltou do cinturão no qual estava amarrada. Os homens foram pegos de surpresa e Mibu escorregou para baixo, tendo a mão direita agarrada no último momento, pela mão esquerda de Raco. O impacto puxou também o Rei perigosamente para a beira do buraco, e ele tentava desesperadamente firmar-se, segurando-se com a direita numa moita de capim, que, sob o peso dos dois, ameaça soltar-se do chão. Por uma fração de segundos, eles se olharam profundamente nos olhos; ambos sentindo as forças a falhar e vendo chegar o momento da decisão: ou o Rei o soltava, ou os dois se perderiam juntos nos fundos daquele buraco. Seus punhos se deslizavam e o Rei sussurrou:

— Perdoe-me, Mibu! — O jovem regente acreditou ter chegado o momento do fim da sua vida, pois suas forças se exauriram. Contudo, no mesmo momento, ele sentiu as mãos de um dos homens agarrá-lo pelos ombros. E, seguro pelos outros, foi puxado de volta. O incidente os esgotou de tal maneira, que sequer puderam falar, tendo primeiro que se recuperar. Eles estavam tristes e amuados. Tanto tempo estiveram juntos, tantas dificuldades venceram juntos. Há muito não se viam mais como vassalos e senhores e sim como companheiros, e, para um do grupo, a aventura terminara ali. Um grande medo se apoderou de todos: Quantos deles conseguiriam retornar?! Não, não poderiam esmorecer! Seguiram a desbravar o que parecia mata virgem. Tinham que chegar a alguma civilização! Tinham que encontrar as serenas!

Do topo de uma colina, depois de muitos dias naquela mata, eles avistaram novamente água. Nelas, eles viram também, dois barcos a navegar, cada um com quatro pessoas a bordo. Não sabiam dizer se aquela descoberta os alegrava, pois se tratava de mais um povo estranho. A aparências daqueles homens não era nem a das serenas nem dos guerreiros delas. As embarcações pareciam deslizar sem que seus ocupantes precisassem usar os remos. Sim, eles desciam o rio. Por um momento, Mibu e seus homens se sentiram novamente intrigados, pois a correnteza seguia novamente na direção inicial. Estavam diante de mais outro rio?! Pensaram em correr rapidamente para a beira da água, para chamar a atenção dos que estavam nos barcos, quando viram outro barco que vinha em sentido contrário. A embarcação era maior do que as outras e, nelas, estavam dois homens semelhantes aos que viram antes e mais quatro pessoas de outras características. Os últimos remavam sob o que parecia brados de comando, sendo, vez por outra, chicoteados por um dos outros dois. Eles pararam abruptamente e, em vez de se mostrarem, trataram de se esconder. Tratava-se ali de dois povos em situações desiguais e isso poderia representar um perigo, tanto por parte dos que desciam quanto por parte dos que subiam o rio. Mibu e seus homens teriam que observar melhor as pessoas do barco, embora não pudessem ficar simplesmente a esperar. Eles as viram tanto descer quanto subir o rio e só podiam supor para que lado ficavam os vilarejos delas. Assim, eles resolveram seguir a descida, tomando o cuidado de não se deixarem perceber.

Demorou mais um dia, até que deram novamente com aquela gente. Camuflados por detrás de arbustos, eles observaram que, numa determinada área, que parecia um grande lamaçal, homens seminus desterravam um barranco. Outros enchiam cestos com a terra solta, levando-os para o outro lado, onde derrubavam oconteúdo dos cestos em grandes peneiras, que outros balançavam por debaixo de um jorro de água corrente. Os homens que trabalhavam estavam quase completamente cobertos de lama e, em volta da área de trabalho, estavam postados outros homens que seguravam nas mãos um chicote. Além disso, eles estavam armados do que pareciam punhais. Os capatazes só tinham os pés enlameados. Havia ali coisa de uns quarenta homens trabalhando e mais uns dez, que os vigiavam.

— Senhor, antes de mais nada, obrigado pelo seu esforço em salvar a minha vida — disse o jovem regente; mas o Rei retrucou frio: — Não precisa me agradecer! Agora estamos quites!

— O que acha que devemos fazer? — continuou o jovem regente, retomando o tom impessoal e prático, que os dois mantiveram por toda a jornada.

— Não sei. Algo me diz que estamos em perigo...

— Não acredita que possam ajudar-nos?

— Se pudéssemos estar certos da simpatia dos escravos, penso que sim, mas se estes se puserem contra nós, então podemos acabar escravizados também... — Raco mal acabara de falar, quando uma grande algazarra fê-los perceber que foram descobertos.

Aterrorizados, só viram quando os capatazes e um grupo de escravos se muniram de armas e clavas e se lançaram contra eles. Os homens da caravana olharam apavorados em redor e um deles percebeu que os barcos não estavam sendo vigiados e poderiam ser alcançados por eles.

— Atenção! Para o rio, para os barcos, depressa! Gritou o homem. Com as espadas, eles cortaram as amarras que prendiam as embarcações, empurraram-nas para dentro d'água e se jogaram dentro delas, pondo-se a remar com sofreguidão. E, quando os perseguidores alcançaram as margens, os que fugiam já estavam longe o suficiente para se sentirem em segurança. "O que poderia ter-lhes sucedido nas mãos daqueles povos?!" Pensaram todos.

Percorreram um longo trecho, dominados pelo ímpeto de se afastarem do perigo, até que perceberam que não era preciso continuar remando, pois a corrente se tornava mais ligeira e eles se deixaram levar por ela. Um longo tempo se passou também, sem que ninguém decidisse o que fazer, pois Mibu e Raco embarcaram em diferentes barcos e haviam se afastado muito um do outro, de modo que não havia como se comunicarem. Mas o cair da noite já se anunciava no céu e eles viram surgir adiante uma ponta de terra, na qual o rio se bifurcava; e Mibu, cujo barco estava mais adiantado, decidiu atracar ali. O Rei fez o mesmo e eles ponderaram:

— Havia muita gente naquele lamaçal, por isso penso que eles provavelmente dispõem de outras embarcações também. É possível que estejam no nosso encalço — disse o Rei.

— Sim, penso que mais cedo ou mais tarde, eles estarão à nossa procura. A noite já está se pondo e temos que encontrar um lugar para pernoitar — disse Mibu. — E isso me preocupa. Eles são nativos, conhecem a região e, se quiserem, não terão dificuldades em nos surpreender durante a escuridão noturna — continuou.

— O senhor acha que podemos vencê-los na luta? — perguntou um dos homens.

— Se formos assaltados por um pequeno grupo, provavelmente; mesmo assim, correríamos o risco de sairmos feridos ou mesmo de que um ou outro perca a vida. Penso que é melhor evitar um combate — disse o jovem.

— E como poderíamos evitá-lo? Entregando-nos? — perguntou um outro.

— Não, temos que fugir!

— Para onde?...

— Não sei... de qualquer forma, para longe daqui; para longe destes povos.

— Senhor, segundo a descrição que Gapato nos fez das terras das serenas, é possível já estarmos bem próximos delas e, talvez, se explicarmos a esses estranhos por que estamos aqui e o que queremos, eles possam nos ajudar... — continuou o homem.

— O problema é que eles nem sequer fizeram menção de saber quem éramos, mas partiram logo para o ataque... Acho que mesmo se chegassem a entender nosso problema, isso nos custaria muito tempo. A verdade é que estamos todos por demais esgotados e temos que economizar as forças para o resgate da refém... Sim, temos que achar uma maneira de despistá-los e continuar nossa procura... — disse o Rei.

— Que faremos? Não podemos ficar onde estamos. Teremos então que entranhar este chão estranho... mas poderíamos também permanecer dentro dos barcos e deixar que sigam ao léu e nos leve para longe daqui. Por dentro do matagal e envoltos pela escuridão, não conseguiremos ir longe — disse outro homem. A maioria preferiu a opção de deixar que os barcos os afastassem dali e, novamente pela sorte, eles decidiram para qual dos lados deveriam seguir a bifurcação. Seguiram pela direita. Naquele trecho, a correnteza era forte, mas o barco descia o rio sem nenhuma tribulação e, dentro da mansa cadência, a escuridão envolveu tudo completamente. A noite parecia desprovida da lua e das estrelas, mas mesmo tomados de apreensão e encolhidos nos seus assentos, os homens acabaram por adormecer.

O jovem regente pensou estar sonhando. Um grande alarido começou devagar a lhe penetrar o cérebro, até se tornar uma algazarra. Mas ele só atinou para o que acontecia, quando uma golfada de água fria, que encharcou de vez as suas roupas, fez com que despertasse. O barco se agitava assustadoramente, arrastado pela correnteza, que se tornara violenta e que cuspia mais e mais água para dentro da embarcação, fazendo com que os demais também despertassem do sono a que sucumbiram. O alarido que Mibu escutara, vinha do outro barco, que, a alguns metros à frente, também se revolvia no jupiá das águas. O clamor dos outros homens, misturado ao barulho aterrorizante do que era, sem dúvida, uma queda d'água, encheu-os de pavor. De repente, todos entraram em pânico, tomando dos remos e tentando alcançar a margem. A escuridão era total e eles tentavam desesperadamente afastar o barco do meio da forte voragem, enquanto o retumbar da queda d'água se fazia ouvir cada vez mais próximo. Mas eles sabiam que tentavam em vão. Não havia mais como se safar daquela desgraça. E, naquele instante, escutaram os gritos angustiados dos companheiros no outro barco, que se perdia pela catadupa e, ainda antes que o sentimento de pesar lhes pudesse invadir os corações, perderam-se eles também cascata abaixo, num tombo que se quebrava sobre muitos calhaus!

O mensageiro de Udo, o Rei de Rojas, alcançou Partalan. Na guarita de entrada, deu seu nome e procedência e um servo o guiou ao Palácio. Lidana, a Rainha-mãe, encontrava-se cada vez mais apreensiva, pois o tempo se passava e suas esperanças de rever o filho querido desvaneciam. Mas, ao ser anunciada a presença de um mensageiro, o coração dela se encheu novamente de esperanças. Oh! Taulus certamente ouvira as suas preces e o homem viera trazendo notícias do filho dela! Liday, sua filha, a amparava. Matuza, o sacerdote-maior, também estava tenso. O sacerdote acreditava que receberiam a notícia da morte de Raco I e estava genuinamente triste. Ele se sentia até mesmo arrependido por ter desejado a morte do Rei, enquanto se justificava com a ideia de que não poderia permitir que o jovem Rei viesse um dia a levar o país ao caos religioso, por conta de uma paixão leviana. O que seria da autoridade do sacerdote, se Raco I viesse a desposar aquela moça, supostamente enviada por Talim?! Mas, quando o homem lhes deu a notícia que trazia, Lidana mergulhou novamente em tristeza. Matuza ficou como que petrificado, sua garganta se ressecou e seus músculos se retesaram. "Mas como foi isso possível?!" Pensou atônito. A conversa que se seguiu entre o mensageiro e os presentes já não lhe penetrava mais o cérebro. O inesperado se abateu sobre ele como um raio. Contudo, ele se esforçou por recuperar o comedimento, pois desejava pensar claramente e não queria cometer enganos. Era Aziza realmente a enviada de um Deus? De Talim? Tinha ela poder? O sacerdote estava atribulado. Ainda que a profecia se realizasse e Aziza passasse a exercer influência na vida religiosa de todos os povos do continente, em suas vidas nada mudaria, pois ele não permitiria nenhuma interferência na vida religiosa do seu país. Enquanto Raco I não retornasse, não haveria perigo. Lidana estava quebrantada, mas o sacerdote ainda possuía bastante autoridade sobre ela. Ademais, não estavam os oripins e muitos outros eruditos justamente a pesquisar os pormenores do nascimento de outra menina, ocorrido em Mira, sob curiosas circunstâncias? A possibilidade de ser essa criança e não Aziza a prometida não podia ser descartada. Sim, não havia motivo para desespero. E restava ainda a possibilidade de que Raco I não retornasse. O sacerdote ponderava e refletia, deixando-se tomar novamente pela frieza.

O País das Yjaras se vestiu de festa, com a notícia maravilhosa do reaparecimento de Aziza. Benjamim, o Rei de Rujia, mandou entoar os clarins por todos os cantos do país, para se comemorar as boas novas. Sim, elas estavam tristes e preocupadas com o destino de Mibu, o seu amado regente, mas se a jovem conseguiu sozinha o extraordinário feito, havia uma boa possibilidade de que o regente também encontrasse o caminho de volta. As yjaras se puseram a enfeitar os pátios, ruas e praças e ofereciam dezenas de incensos ao poderoso Grallas. Elas queriam receber a menina querida, com uma festança. Queriam reviver a alegria e extravagância, há muito adormecidas. Mas Florinda e Eurípedes não acharam sossego para esperar e, enquanto Artapunia também se punha naquele louco frenesi, as duas pegaram o vagão e se puseram ao encontro da caravana, que trazia a sua pupila.

A chegada de Aziza ao país foi considerada por muitos como a chegada de uma Rainha. As pessoas saíam de suas casas para vê-la passar, junto com os acompanhantes dela. Mesmo quem não a conhecia queria vê-la; queria ver aquela que conseguiu o que ninguém havia conseguido antes: ir e voltar do outro lado da cordilheira! Mesmo Benjamim, o Rei, só a reteve em Ilia por algumas horas, pois ele podia entender o quanto Aziza ansiava por retornar à casa dela e para o meio das yjaras. E como não podia deixar de ser, o País das Yjaras decretou, por causa de Aziza, três dias de festa!

Mibu despertou. Ele compreendeu imediatamente que ainda estava vivo e que as vozes que ouvia não eram sonhos, eram reais. Com dificuldade, conseguiu abrir os olhos, pois a forte luz do sol o cegava. À volta dele estava um grupo de camponeses, homens e mulheres e, no meio deles, Mibu reconheceu dois dos homens de sua caravana. Tentou levantar-se, mas não conseguiu; sentia-se fraco. Ele estava sentado à beira de um rio de forte correnteza, que arrastava, na sua voragem, galhos e outros destroços. As águas amareladas espumavam e os lamaçais, nas margens, pareciam criados pelas torrentes tempestuosas causadas pelo excesso de chuva. As pernas e os pés de Mibu estavam atolados na lama e, mesmo molhado, ele sentiu a garganta seca, quando perguntou:

— Onde estamos?

— Senhor, um milagre aconteceu. Estamos em Tambria — respondeu o seu companheiro.

— Em Tambria?! — repetiu o jovem, pasmado. — É verdade, meu senhor? — perguntou, virando-se para um velho camponês.

— Sim, meu senhor. Um milagre! Vocês estarem vivos e de volta ao nosso mundo é um verdadeiro milagre — disse o ancião, enternecido.

— Onde estão os outros companheiros? Todos se salvaram? — disse Mibu, que juntou todas as forças e se pôs de pé.

— Ainda não sabemos. Eu consegui me agarrar a uma tora de madeira que me levou para a margem. Ao amanhecer, dei com André, que fora retirado do lamaçal por estes camponeses. Eu lhes contei o que nos sucedeu e eles se puseram, junto conosco, a procurar os demais. Alegro-me muito por tê-lo encontrado com vida, senhor, pois a poucos passos daqui se encontra, quase completamente soterrado na lama, o corpo de Cury, que infelizmente não sobreviveu... — O homem fez uma pausa para conter uma lágrima e assoar o nariz, e continuou: — Creio que não conseguiremos mais resgatar a refém...

— Sim... Sim... Mas vamos procurar nossos companheiros... — Mibu sentiu vontade de chorar por ver findarem ali todas as chances de retornar em triunfo, trazendo Aziza! Eles não sabiam que, naquele dia, completavam duas semanas do retorno dela. A notícia já estava a circular por todo o continente, mas infelizmente não chegara ainda àquela remota região.

— Aqui está mais um! — gritou alguém. No rebojo de uma pequena baía, não muito longe de onde estavam, boiava, no meio de entulhos, com a parte superior do corpo jogada por sobre o que havia sido um dos assentos do barco, o outro companheiro. Eles suspiraram aliviados, o homem estava desfalecido, porém com vida. Havia cinco naquele barco e infelizmente somente quatro sobreviveram.

Mibu se recompôs. Pediu a um dos camponeses que fosse para a cidade mais próxima dar a notícia do seu retorno e pedir que fosse enviado, ao Rei daquele país, um pedido de ajuda.

Ainda não se daria por vencido; mas, o mais importante então era saber o paradeiro dos outros homens. Todavia, se estavam de volta, então ele poria em dia as coisas da sua competência e, dentro de no máximo duas semanas, organizaria outra expedição. Ele queria Aziza de volta e não desistiria, ainda que tivesse que repetir toda aquela peleja!

Muitos outros camponeses se puseram naquela busca. Os sobreviventes conseguiram reconhecer, no meio dos destroços que a água redemoinhava, alguns dos seus pertences e também pedaços da embarcação com a qual se perderam catarata abaixo; mas, não estavam certos se eram restos somente do barco que usaram. Não reconheceram, porém, nada pertencente ao Rei da Aládia ou aos homens que se encontravam com ele, na outra embarcação. Muito estranho. Por que não havia vestígios deles? Será que a correnteza os jogara para o lamaçal da outra margem? No momento, não tinham como atravessar o rio, e a minuciosa busca daquele lado não lhes revelou nem os corpos nem as coisas dos companheiros, bem como não ouviram respostas para os seus chamados.

Os homens passaram a noite, acolhidos pelos camponeses e, cedo na manhã seguinte, chegou o prefeito daquelas terras, que viera pessoalmente para certificar-se daquele fato extraordinário. Ele trouxe consigo dois vagões já equipados e bons cavalos, para que o regente de Rujia, o Rei da Aládia e os outros homens pudessem retornar, sem delongas, para os seus países. Ele enviara mensageiros ao seu Rei, ao país de Aládia e a Rujia, levando as boas novas do retorno da caravana. Mas, sobretudo, ele trouxe consigo a maravilhosa notícia de que Aziza já retornara e se encontrava em segurança. Mibu ficou tão contente e tão estupefato, que se pôs a rir e a chorar ao mesmo tempo, como alguém que enlouquecera, e demorou um longo tempo, até que ele se acalmou e esclareceu ao prefeito a situação na qual se encontrava. Então Raco I ainda se encontrava perdido? Não, não seria sensato anunciar o retorno do Rei antes de encontrá-lo, e o prefeito enviou imediatamente para Aládia outro dos seus homens para corrigir a notícia anterior. Mas não havia necessidade de que o jovem regente ainda permanecesse ali. Sim, Mibu deveria se pôr a caminho de casa e ele tomaria para si o encargo de vasculhar a área à procura do jovem Rei e dos outros homens.

Rujia se vestiu novamente de festas para esperar por Mibu. Benjamim mandou que se entoassem os clarins todos os dias, até que Mibu estivesse novamente no país. As yjaras se extrapolavam nos seus enfeites e arrumações e ofereciam dezenas de incensos a Grallas. Apenas os sacerdotes não estavam felizes, pois temiam que o jovem regente reprimisse novamente a liberdade que reconquistaram.

Desde que o mensageiro lhes trouxera a notícia do retorno da caravana, Aziza não conseguia mais dormir. Ela estava feliz! Claro que estava feliz, pois o mais importante era que ambos estavam com vida e de volta ao seu mundo! Ela amava Mibu, mas o amava como irmão e jamais poderia amá-lo de outra forma. Queria estar com ele, queria partilhar a vida com ele e com as yjaras, queria que tudo fosse novamente como havia sido nos seus tempos de criança. Mas sentia, com amargura, que nada seria mais como antes. Quanto a Raco, tudo fizera para esquecê-lo. Quisera até mesmo odiá-lo, fazendo vir à mente, toda vez em que pensava nele, as desditosas mortes infligidas aos pais naturais e aos adotivos dela. Não conseguia e só pensava em rever o Rei; e se odiava por desejar revê-lo! O fato de ele ter abandonado tudo para se pôr a resgatá-la era uma prova de que ele a amava e a queria. Mas ela sabia que havia empecilho demais para aquele amor e se martirizava pelo temor de estarem ambos fadados à infelicidade perpétua. Por que interferiam os deuses na vida dos dois?! Ela se sentia disposta a suportar a própria infelicidade, mas por que tinha Mibu que sofrer também? Ela não queria vê-lo infeliz.

Aziza se tornara ainda mais taciturna do que antes do seu rapto, e as yjaras tudo faziam para que ela espairecesse, mas não queriam sufocá-la com cuidados e perguntas. Sabiam que aquela experiência havia sido traumatizante para Aziza e era preciso dar tempo ao tempo, pois pressentiam que ela ainda guardava consigo um grande segredo. De fato, a jovem ainda não encontrara o momento e as palavras certas para explicar que trazia dentro de si o que os serenos chamavam de "a semente", que, segundo eles, poderia germinar a qualquer momento. Ela tentava não pensar naquela ameaça, pois tudo lhe parecia por demais absurdo. Mas, não tinha aquele estranho povo estranhos poderes? Não, não queria turvar a alegria e o desafogo que o seu retorno trouxera de volta ao País das Yjaras. E se não o fizera antes, como o faria agora, que o retorno de Mibu e sua caravana estava anunciado? Desejava muito rever Mibu, seu irmão querido, mesmo sabendo que seria doloroso para ambos fazê-lo entender que não poderia amá-lo de outra forma. E, por mais que tentasse se controlar, ela sentia o coração dar pulos e viravoltas pela possibilidade de rever Raco! Sim, enquanto nada se passasse, guardaria para si aquele segredo, pois havia também a possibilidade de que a tal "semente" nunca germinasse. A jovem estava tomada por um turbilhão de emoções, mas as duras provas pelas quais passara durante seu rapto e sua fuga, fizeram com que amadurecesse. Por força da necessidade, ela aprendera a solucionar seus problemas de maneira prática e efetiva e a não desprezar nada que a levasse aos objetivos visados. Naquele momento, ela se sentia feliz, pois teve a sorte de reencontrar no vagão, ainda escondida no mesmo lugar onde a deixara, a poção que Nerur criara para Tinar. Nas noites maldormidas, ela remoía as ideias e, numa delas, ela decidiu que faria uso daquela poção!

Mibu foi recebido no palácio com uma grande festa. Músicos enchiam o ar com suas melodias, e o cheiro dos vinhos doces, da cerveja e guloseimas já se sentia de longe. Moças jovens e belas, vestidas em provocantes roupagens, dançavam em volta. Benjamim queria mostrar-lhe o seu apreço e desafogo por vê-lo de volta. Porém, Mibu ansiava rever Aziza, mas não podia desprezar a festança de boas-vindas que Benjamim lhe proporcionava. E demorou mais dois dias até que pôde, enfim, estar diante dela.

Mibu e Aziza se encararam por longo tempo, presos na alegria muda e na bem-aventurança de se saberem salvos. A moça já havia recuperado o tom rosado das faces, mas o jovem parecia tão pálido e abatido, que ela temeu pela saúde dele. Por fim, caíram um nos braços do outro e se puseram a chorar abraçados, como se quisessem lavar seus corações de todos os infortúnios e infelicidades que padeceram nos últimos tempos. As yjaras também derramaram lágrimas, comovidas e preocupadas. Não havia como não perguntar pelo Rei e, assim que os dois se recompuseram daquele arrebatamento, Artapunia perguntou:

— E como está Raco I e os demais sobreviventes da caravana?

Mibu desviou os olhos da jovem, cuja fisionomia se tornou tensa.

— Na última etapa da nossa desventura, tivemos que nos separar. Raco e mais três dos nossos homens desceram o rio num barco e os demais e eu embarcamos em outro. No nosso barco, éramos cinco e um dos nossos companheiros não sobreviveu. Quanto ao Rei da Aládia e os homens que estavam com eles, embora tenhamos sido vítimas da mesma queda d'água, não encontramos deles mais nenhum vestígio. Todavia, se conseguimos sobreviver, é possível que eles tenham também conseguido. Numa grande cascata, as águas se revolvem com violência e em diferentes direções. Eles não foram jogados para a mesma margem e não pudemos encontrá-los. Mas, ainda antes de nos colocarmos a caminho de casa, o prefeito da região já organizara um grande comando de busca.

Será somente uma questão de tempo, até termos notícias deles — disse o jovem, ainda sem conseguir olhar novamente para a moça.

Aziza sentiu o chão faltar-lhe sob os pés e, por um momento, o seu pulmão se recusou a respirar. Um estupor lhe travou todos os músculos e a única coisa, que parecia ainda ter vida, eram as lágrimas que lhe enchiam os olhos. Mas, num repente, ela se recompôs. Ela se virou nos calcanhares e entrou ligeiro para a cozinha. Artapunia já havia preparado o licor que beberiam para comemorar o retorno de Mibu e, num piscar de olhos, a jovem tirou das pregas da faixa que lhe cingia a cintura o frasco da portentosa poção e a verteu dentro de um dos cálices. Pegou a bandeja e a depositou na mesa da sala e imediatamente entregou para o jovem o cálice manipulado. Ela tentou sorrir enquanto servia, mas seus olhos ainda estavam marejados e uma grande tensão se fazia presente.

— Ah, Mibu... o mais importante agora é que você está de volta e nossas vidas podem voltar a ser alegres, como eram antes. Eu estou muito feliz pelo seu retorno... — E, voltando-se para as yjaras: — Nós estamos muito felizes pelo seu retorno! À sua saúde! — E ergueu o cálice, bebendo-o em seguida. As yjaras se entreolharam, sem estarem muito certas do que estava se passando com a menina, mas, naquele ponto, ela estava certa, todo o país estava feliz com o retorno do seu regente. E todos esvaziaram os seus cálices! Eles passaram o resto do dia trocando informações sobre os acontecimentos do último ano e Mibu se mostrava cada vez mais descontraído e, por fim, ele perguntou pelo Rei Lourenzo e por sua filha Tinar e se mostrou muito contente por saber que ambos estavam bem. O constrangimento que havia existido entre Mibu e Aziza, antes do rapto, e que as yjaras temiam continuar, por causa do episódio entre ela e o Rei da Aládia, parecia ter-se desvanecido completamente. Artapunia não sabia explicar por que, mas sentiu uma pontada de suspeita!

Ah! Como era bela a sua amada! Ele sorriu satisfeito e orgulhoso ao vê-la curvar-se e deitar no berço de vime o bebê que trazia nos braços, pondo-se a cantarolar e a embalar o berço num doce vai e vem. Ele se achegou dela e ela se recostou no ombro dele. De repente, ele sentiu náuseas e uma agonizante dor de cabeça, ao mesmo tempo em que era sacudido pelos ombros:

— Senhor, senhor... — chamou um dos homens. Raco I abriu os olhos e percebeu que aquilo, que se movia num vai e vem, era o barco no qual se encontrava. Ele encarou o vassalo sem saber se ainda estava sonhando. Olhou estupefato ao redor de si. O barco se encontrava numa baía, com a proa encostada em alguns arbustos. As águas ao redor eram mansas e o barco balançava numa cadência suave. Encolhidos nos seus assentos e ainda adormecidos, eles encontraram mais dois dos seus homens. Um milagre! Aquilo só poderia ser um milagre. Como foi possível sobreviver a um tão furioso tombo d'água? Enquanto o Rei ainda cismava sobre aquela inacreditável sorte, o homem despertou os adormecidos. Estavam todos por demais surpresos por estarem vivos e pasmados por constatar que o barco parecia não ter sofrido nenhum dano. Sim, no momento da aflição, um deles, chamado Ezra, gritara que deveriam prender-se, de alguma forma, à embarcação, pois, se jogados no jupiá da corrente turbulenta, não teriam chance de sobreviver. Mas, como chegaram ali? Como se safaram da furiosa voragem? O que sucedera aos homens da outra embarcação? Era tão inacreditável ainda estarem com vida, que não importava mais o que viesse a lhes suceder pela frente. Nada mais poderia amedrontá-los e os quatro se puseram a vasculhar os arredores e a chamar pelos homens da outra embarcação. Embora completamente molhados, exaustos e famintos, procuraram e chamaram por muitas horas, até se convencerem de que procuravam em vão.

O pequeno grupo se encontrava na beira do rio que, curiosamente, parecia bastante calmo, estreito e raso. Eles viam pela frente uma área verdejante que se perdia mais adiante pelas entranhas de um bosque. Não se via nada que traísse a presença de algum povo. Eles estavam todos exauridos. O jovem Rei já emagrecera de tal forma, que os homens estavam novamente preocupados coma saúde dele. O que deveriam fazer? Todavia, tinham que se recuperar da fadiga e acenderam uma grande fogueira. Enquanto assavam os peixes que haviam capturado, despiram-se e espalharam em volta do fogo as roupas molhadas e as poucas coisas que não se perderam na furiosa voragem.

— Desculpe-me, senhor, mas tem ideia de onde nos encontramos? — perguntou um dos homens.

— Não. Infelizmente a bússola ficou nas mãos de Mibu. Estamos simplesmente perdidos — disse o Rei, resignado.

— Penso que não temos mais forças para desbravar matagais: por isso, seria melhor continuarmos a descer o rio com a embarcação, até darmos com algum povo — sugeriu o homem.

— O problema é que os remos também se perderam e jamais poderemos estar certos de contar com a mesma sorte, caso sejamos novamente pegos numa corrente veloz — disse outro homem.

— Sim, teríamos que correr esse risco. Mas poderíamos tentar permanecer sempre próximos da margem e desembarcar assim que a corrente se tornar mais ligeira — sugeriu o Rei.

Eles ponderavam, sem saber que o bosque se estendia somente por menos de uma légua, e que, na clareira do outro lado, um grupo de nativos já havia percebido as colunas de fumaça que a grande fogueira produzia. Eles se tinham colocado a caminho, para averiguar o que se passava. Queimadas eram sempre um grande perigo para aquelas matas.

Os homens permaneceram por muitas horas em volta da fogueira. Os poucos peixes não os saciaram, mas eles conseguiram pelo menos secar os pertences e descontrair um pouco os músculos doloridos. Estavam para embarcar novamente, quando foram surpreendidos por latidos e, logo, viram-se cercados por quatro cães. Não tardou, e estavam diante deles três homens estranhos trajados de maneira rudimentar; mas, a não ser pelo cajado que traziam na mão, pareciam não estar armados e, ao comando deles, os cães recuaram. Aqueles homens pareciam ser de paz. Os dois grupos se encararam por um longo tempo e, por fim, Raco I retirou o seu barrete e disse em gorinês:

— Que a paz seja sua, meus senhores. — E eles responderam:

— E que a paz seja sua. — Raco e seus homens se entreolharam boquiabertos. Sim, os estranhos falavam a língua comum do continente, se bem que com um estranho sotaque. Raco, no entanto, surpreendeu-se ainda mais, pois se tratava de um acento típico das remotas províncias do seu próprio país.

— Nós estamos perdidos. Os senhores podem nos dizer onde nos encontramos? — perguntou o Rei, já cheio de ansiedade.

— Oh, os senhores se encontram nas nossas terras.

— Sim, certamente. Desculpe-me, por favor, mas onde se encontram as suas terras?

— Vivemos muito isolados entre duas cadeias de montanhas e uma floresta. Não estamos muito distantes de Tambria, de Matra ou de Aládia, mas não pertencemos a nenhum deles, somos autônomos — disse o estranho que parecia ser o mais velho.

— Os senhores acreditariam em mim se eu dissesse que sou o Rei da Aládia? — disse Raco, de supetão.

— Dizem que o Rei da Aládia se encontra numa expedição que atravessou a cordilheira, em busca de uma jovem raptada por povos existentes daquele lado. Por isso, penso que não deveríamos acreditar. Todavia, o senhor parece preencher a descrição que se faz dele. Mas se o senhor é o Rei da Aládia, o que está fazendo perdido por estas paragens?

— Para ser sincero, não sabemos dizer como viemos parar aqui. Estávamos a procura da jovem raptada e tivemos que navegar por um boqueirão. Num determinado momento, fomos apanhados numa forte correnteza que nos levou diretamente para uma grande catarata. Não tivemos como evitar e nos perdemos catarata abaixo. E quando recuperamos os sentidos, estávamos aqui, nesta baía.

Os estranhos se entreolharam descrentes. Aquele pequeno rio se compunha das águas que borbotavam de uma pequena e achatada abertura rochosa e que se juntava a outro riacho. Eles jamais viram naquelas paragens alguma queda d'água. Mas os homens pareciam enfraquecidos e eles se compadeceram. Levaram-nos para o vilarejo. Naquele remoto torrão, a notícia do retorno da jovem raptada ou de Mibu e seus homens ainda não havia chegado.

Juntos, o Rei e os outros atravessaram o bosque e deram numa área de pastagem, onde se viam cabras e ovelhas. Dali, caminharam por mais algumas horas, nas quais subiram e desceram muitas colinas, até que alcançaram a área habitada por aqueles estranhos. De fato, o povoado se encontrava na parte plana de um vale. De um lado se via a grande cordilheira, cujos picos nevados se perdiam entre as nuvens; do outro, uma cadeia de montanhas e montes menos elevados, em cujas encostas se viam bosques e florestas. A cidadela não era realmente grande, mas também não tão pequena e parecia muito bem estruturada. As moradias pareciam todas feitas de pau a pique e eram cobertas por um telhado de chapeados de madeira. Tudo muito rústico, porém harmonioso. As casas de comércio eram de alvenaria e também de modesto porte. No centro do povoado se encontrava uma construção redonda e feita de pedras, com quatro portas e quatro janelas emolduradas por um barrado de gesso, que as ressaltavam das pedras cinza-escuro, quase pretas das paredes. Logo que alcançaram a rua principal, um bando de meninos saiu a anunciar a presença de estranhos. As pessoas os fitavam, cheias de admiração. Uma vez por ano, chegavam ali mercadores de além das colinas, que vinham barganhar as lãs, algumas ovelhas e cabras e os poucos produtos granjeiros que aquele remoto povo produzia. Outros estranhos quase nunca apareciam por ali. Eles mesmos, também só raramente deixavam as suas terras, pois eram analfabetos e se sentiam acanhados e inseguros no meio dos outros povos e principalmente nas cidades grandes. Muita gente se ajuntou para vê-los e os visitantes puderam observar que eram todos muito parecidos uns com os outros. Eram de pequena estatura e bem encorpados. Tanto os homens quanto as mulheres tinham os cabelos pretos, longos e lisos, com a diferença de que os homens os tinham soltos e as mulheres os tinham trançados e cheios de sutaches coloridos.

Um ou outro nativo afirmou ter reconhecido o mais jovem dos estranhos, como sendo o Rei da Aládia, mas ninguém tinha certeza e isso também não era de muita importância. Ali mesmo, perto da construção redonda, os nativos logo trouxeram mesas, bancos, tamboretes e prepararam uma ceia de boas-vindas para os errantes enfraquecidos. Deu-se ali uma festa simples, alegre e muito espontânea. Todos comeram, beberam e se embriagaram com um aguardente amargo e viscoso. Alguns homens e mulheres tocavam música em pequenas flautas quenas, feitas de caninhos finos de bambu.

Raco I sentia a cabeça girar. Não bebera muito do aguardente, mas nunca antes experimentara algo tão inebriante. Por isso, não sabia como viera parar ali. Ele estava sentado numa espécie de trono de madeira, diante de uma lareira que crepitava. Já era noite e somente as chamas iluminavam o salão, cujas paredes eram redondas. Assim, o jovem deduziu que se encontrava dentro da única construção que se destacava das demais. Entre ele e a lareira, uma anciã, em cujas tranças pendiam dezenas de sutaches coloridos, gingava, sussurrava e repenicava um tamborim. De repente, ela parou diante da lareira, de costas para ele e, com os braços erguidos, pôs-se a rezar uma ladainha:

"Para ti, que habitas no infinito, levanto os meus olhos.
Eis que, como os olhos dos servos atentam para
os seus senhores,
Os olhos das servas, para as suas senhoras,
Assim, meus olhos atentam para ti.
A ti invoquei, ouve-me,
Faze resplandecer o teu rosto diante da tua serva,
Mostra-me as tuas veredas.
Meus olhos preveniram as vigílias da noite para
meditar nas tuas verdades.
Dize-me os teus estatutos,
Dá-me inteligência para entender os teus segredos.
Minha língua não falará palavra;
Trata a tua serva segundo a tua benignidade.
Clamei de todo o meu coração, escuta-me e
guardarei as tuas leis."

Quando terminou, a mulher se estendeu no chão, com os braços abertos e o queixo encostado na pedra do pavimento. O jovem Rei não estava certo se não estava sonhando, pois, no meio das chamas, ele viu aparecer a própria imagem, seguida de outras imagens desconexas de pessoas e coisas do seu reino e também a imagem de Mibu, bem como, novamente, a imagem de Aziza que segurava um bebê. Mas, dessa vez, ela não parecia feliz.

O que queria dizer tudo aquilo? Ele queria pensar, mas estava tão sonolento que seus olhos se fecharam contra a vontade dele.

Raco despertou no outro dia, chamado por um vassalo. Ele dormira como uma pedra e os acontecimentos da noite anterior se perderam na sua memória, como um sonho confuso.

Os homens já haviam organizado tudo para prosseguir. Sim, estavam de volta ao mundo deles! O objetivo da aventura deles não havia sido alcançado e o Rei não se consolava. Ele se recusava a pensar que não voltaria a rever sua amada. Mas, segundo aqueles nativos, o Rei e seus homens estavam tão próximos do seu país, que era até difícil acreditar. Todavia, o caminho não seria fácil, pois os nativos não dispunham de cavalos, somente de alguns jumentos e teriam que fazer todo o trajeto a pé, subindo e descendo montes e colinas. Dois nativos mais jovens e robustos acompanhariam o Rei e seus homens que estariam coisa de dez dias a caminho. Sim, o Rei retornaria para o seu reino. Lá, iria se recompor e organizar outra busca!

A manhã já estava avançada quando enfim se despediram. O mais velho entre os homens que os encontraram, inclinou-se diante de Raco e lhe disse:

— Agora acreditamos que o senhor seja o Rei da Aládia. — Raco arqueou as sobrancelhas. Ele se lembrou da noite anterior. Não, não havia sido um sonho. Ele vira realmente a sua imagem no meio das flamas e a idosa mulher provavelmente a vira também. Era ela uma vidente? Uma mandingueira? Ele gostaria muito de perguntar para a anciã o que significavam aquelas imagens, mas não a viu mais. Sim, havia muita coisa para saber daquele povo e ele mandaria mais tarde um mensageiro para questioná-lo. No momento, os pensamentos do Rei estavam atribulados demais e ele padecia pelo medo de ter perdido para sempre a sua amada. Ele não sabia que a mesma angústia, o mesmo medo e aflição corroíam também o coração de Aziza, que já, por duas semanas, encontrava-se de volta ao País das Yjaras.

Demorou oito dias até que o Rei e os seus acompanhantes conseguiram atravessar as montanhas e mais três dias para atravessar a floresta que se estendia entre as encostas e as terras planas do país de Aládia. Mesmo esgotados, eles se alegraram e se jubilaram quando viram os primeiros rebanhos de ovelhas e cabras e, não tardou, deram com os pastores daqueles rebanhos. Raco I estava muito emagrecido; seus cabelos e barba estavam emaranhados e sujos e ele trajava as roupas grosseiras que recebeu de seus últimos anfitriões e, por isso, não fora reconhecido de imediato pelos súditos. Mas, depois que ele explicou a situação, os modestos pastores os levaram para o vilarejo. Ali, o jovem Rei tomou conhecimento do milagroso retorno da jovem raptada. A notícia lhe entrou pelo cérebro, como um raio que estronda no céu em dia de tempestade. Ele estava enfraquecido. Sim, estava no fim de suas forças e sentiu uma grande comichão se apoderar do seu ser. Um prurido latente começou a subir-lhe pelas entranhas e ele temeu perder os sentidos. Teve que se apoiar no seu vassalo, para não cambalear. Porém se recompôs e, em seguida, caiu de joelhos e se pôs a louvar e a agradecer a Taulus, o seu Deus, por todas as bênçãos que havia recebido.

Mibu retomou a regência de Rujia. Ele ignorou os conselhos de que deveria primeiro espairecer e se recompor fisicamente. Sim, havia perdido peso, mas se sentia bem. Na verdade, sentia-se muito bem. Toda a animosidade que havia se criado entre ele e sua protegida, antes do rapto dela, desapareceu. O temor de sabê-la cativa nas mãos de povos estranhos, bem como as dezenas de dificuldades e tormentos que teve que enfrentar enquanto a procurava, pareciam, então, não terem sido mais do que um longo pesadelo. Tudo se tornara para o bem e para sua agradável surpresa, ele já não se sentia mais constrangido diante dela. Sim, Aziza se mostrava arisca e distante e ainda não revelara tudo o que lhe sucedera durante o seu cativeiro, mas as yjaras estavam novamente com a razão: era preciso dar tempo ao tempo e, aos poucos, ela se libertaria de todo aquele trauma. Mibu sabia que o destino ainda incerto do Rei da Aládia amargurava o seu espírito. Mibu se sentiu estranhado ao se dar conta de que a tinha perdoado. Aquele curto romance fora uma leviandade, mas a culpa cabia a ele mesmo, por ter falhado em lhe esclarecer sobre o seu passado. Ele não estava certo se sentia pesar com relação a Raco I. Sim, passaram um longo tempo juntos, compartilhando os mesmos perigos e infortúnios, bem como zelando mutuamente por suas sobrevivências. Mas não o fizera por vontade própria. Não o havia proibido de se envolver novamente com Aziza? Mesmo estando enamorado, o Rei teria de se afastar depois de saber quem ela era! Esperava ele que esquecessem e perdoassem? Jamais!

Mibu meditava e ponderava e se viu novamente estranhado ao lembrar que por algum tempo sentiu ciúmes, por acreditar estar também enamorado de Aziza. Sim, Aziza se tornara uma jovem mulher, bela e atraente e, mesmo não havendo parentesco entre eles, ele sabia que ela o considerava irmão e, por isso, também de sua parte, fora muito leviano tê-la cobiçado de outra forma. A lembrança fez com que se sentisse embaraçado e ele repreendeu a si mesmo. Como poderia ter sido possível? Como pôde sentir-se enamorado da própria irmã?

Naquela mesma manhã, ele escreveu uma carta a Lourenzo, o Rei de Tigras, e, sem se dar conta, também uma carta a Tinar. Não saberia explicar por que, mas repentinamente a imagem da jovem, que ele vira somente umas poucas vezes, passou a vaguear frequentemente pelos pensamentos dele. Tão logo o mensageiro se foi, levando as duas cartas, chegou o vassalo fiel do regente, trazendo a notícia de que Raco I e os outros homens haviam sobrevivido e que o Rei já se encontrava de volta ao país dele. Mibu não sabia dizer se aquela notícia o agradou. Durante a jornada de busca, fizera-se necessário que zelassem um pela vida do outro. Mas agora estavam de volta ao cotidiano e Mibu não poderia ignorar que Raco I ainda mantinha pretensões quanto a Aziza. Não, ele não poderia esquecer-se do passado! Não, jamais esqueceria!

Mas, ainda antes que a manhã findasse, chegou ao palácio um porta-voz do país de Mídria. Benjamim, o Rei, mandou chamar Mibu, e, na sala do trono, Mibu encontrou um entusiasmado e eufórico cidadão daquele país, que lhe comunicava o nascimento maravilhoso da criança-messias que lhes fora prometida. De acordo com a profecia da epopeia "Conselhos de um Deus", livro religioso de autoridade naquele país, estava a criança predestinada a se tornar a Rainha que uniria todo o continente, sob um manto de paz e harmonia. Mibu não sabia dizer se estava chocado ou invadido por sarcasmo. "Outra vez? Mais uma criança? Quantos messias ainda viriam ao mundo pela vontade de Deus?" Ele repudiava o fanatismo religioso e crenças arcaicas. E ali estava a verdade: Tantas desgraças envolveram a vida de Aziza e tudo não passara de um engano?! Mas, por outro lado, a criança em questão nascera dentro da alta corte, como primogênita do irmão do Rei, que, por sua vez, só tinha uma filha. Assim sendo, dependendo das circunstâncias, a tal criança poderia vir um dia a se tornar Rainha daquele país. Mas Rainha sobre todo o continente? Uma utopia!

— O senhor bem deve saber que há dezoito anos, o nascimento da minha protegida também foi considerado como cumprimento de uma profecia. Em consequência disso, houve morte, sofrimento e tristeza. Até mesmo uma guerra se desencadeou, na qual muitos inocentes perderam a vida. E, segundo fui informado, durante a minha ausência, uma outra criança veio ao mundo, enviada por Deus, o que levou muitos dos religiosos e eruditos deste continente à conclusão de que se enganaram com relação a Aziza. O senhor não acha que pode tratar-se novamente de um engano? — perguntou o jovem regente.

— Senhor, os países das Mídrias lamentam o engano cometido com relação à sua protegida, bem como o atual engano com relação à criança nascida em Mira. Isso se deu, certamente, por não seguirmos as mesmas doutrinas. Contudo, nosso Deus nos prometeu a criança redentora que unirá o continente em uma só nação. Por mais de trezentos anos, nossos clérigos e eclesiásticos vêm observando minuciosamente todos os nascimentos sucedidos dentro das circunstâncias previstas e descritas no nosso livro sagrado. E está nascida a nova Rainha! — disse o homem, ainda eufórico.

— E não temem os senhores que ela venha a sofrer o mesmo tipo de perseguição?

— Sim, certamente, meu senhor. Mas não há como evitar a inveja e a maldade alheia — disse o midriano, tornando-se sério.

Mibu se calou. Não sentia disposição para debater o eterno mistério das crenças; além de que o porta-voz estava tão convicto, que seus argumentos ricocheteariam em ouvidos surdos. Pobre menina! Pagaria certamente um alto preço pela ignorância do seu povo. O homem trazia também o convite oficial para a festa de apresentação da portentosa menina, que, por causa da grande importância do evento, dar-se-ia ao cabo de três meses.

"Cantemos a Taulus um novo canto, pois ele é o Deus que nos protege e nos guia...
Cantemos e adoremos a Taulus, porque ele é o Deus verdadeiro!"

Matuza, o sacerdote-maior, estava a recitar suas preces quando foi informado do retorno do jovem Rei. A notícia o atordoou, mas não o surpreendeu, pois já havia tomado conhecimento do retorno do regente de Rujia. Ele dispensou o noviço que lhe trouxe a notícia e se ajoelhou novamente diante do altar:

— Taulus, meu Deus, o que devo fazer? Que providências deverei tomar para proteger nossa fé?

Mesmo sendo Matuza um sacerdote fiel e fervoroso, Taulus nunca se dirigiu pessoalmente à presença dele e o sacerdote desvendava as respostas para as suas súplicas, analisando os sinais que o Deus enviava. Esperou longo tempo, ainda de joelhos, mas em nenhum sinal se manifestou a vontade do seu Deus. As chamas do fogo do altar não se elevaram, clarões não penetraram pelas janelas, tempestades não se anunciaram e nem relâmpagos cortaram os céus. Por fim, Matuza se ergueu e se pôs a caminho do palácio. Ele encontrou quase toda a corte reunida na sala do trono. Lidana andava agitada de um lado para outro e dava ordens desconexas. Ela ria e chorava e, quando o avistou, veio ao encontro dele e lhe tomou as mãos.

— Matuza, Taulus ouviu as nossas preces... — Os olhos dela estavam rasos d'água, mas ela tentava sorrir.

— Onde está o Rei? — revidou o sacerdote.

— Ele está sendo banhado. Chegou aqui em frangalhos... — disse, tentando conter as lágrimas que teimavam em rolar pela face dela.

Logo, Raco I ficou diante deles e todos se inclinaram. Mas Lidana não pôde mais se conter e abraçou o filho, como se quisesse sufocá-lo. Raco estava pálido e, mesmo trajando seus suntuosos trajes, todos percebiam que ele emagrecera muitos quilos. Assim que se recompôs do abraço impetuoso da mãe, o jovem Rei se assentou no trono e os seus conselheiros vieram um a um render-lhe reverência e reafirmar lealdade. Por fim, Matuza também se ajoelhou aos pés do Rei. Sim, ele havia desejado a morte do Rei, mas parecia ser da vontade de Taulus, que o Rei sobrevivesse. Assim, não restava nada ao sacerdote, a não ser elaborar um bom plano para manter o Rei afastado de Aziza. O melhor, no momento, seria manter a calma. Ele também reafirmou a sua lealdade e chamou a atenção dos presentes para o grande milagre, que era o retorno do Rei. O sacerdote ressaltou a magnitude e o poder de Taulus e mandou que entoassem junto com ele, um hino de agradecimento ao Deus poderoso:

"Meu Deus, louvar-te-ei nos céus e nas alturas...
E te exaltarei, ó Deus meu, por todos os séculos."

Ao término do cântico, Raco I se levantou do trono e disse:

— Sei que todos aqui presentes estão curiosos quanto ao que me sucedeu durante a jornada de busca que empreendi. Penso que é também do conhecimento de todos o porquê da minha aventura, bem como sabem que não estive só. Tenho que admitir que não alcançamos nosso objetivo, pois não encontramos as terras das serenas e acabamos por vagar como errantes por terras estranhas. Também não sei explicar ainda como conseguimos retornar. Num dado momento, tivemos que nos separar e, com as graças do nosso Deus, nosso grupo sobreviveu. Todavia, penso ser do conhecimento de todos que Mibu, o regente de Rujia, que estava comigo na mesma expedição, também sobreviveu, bem como três dos quatro homens que estavam com ele. Lamento muito a morte de dois dos nossos companheiros de aventura e me alegro muito por saber que os demais estão sãos e salvos. Estive muito mal e devo minha vida ao esforço de todos eles. Alegra-me e espairece-me saber que a jovem raptada conseguiu se livrar das mãos dos seus raptores e se encontra novamente em segurança.

— Mas, estou cansado, muito cansado e preciso de muitos dias para me recompor. Por isso, a regência do nosso país, continua por mais algum tempo nas mãos de Liday, filha primeira de Heros II, e, por favor, queiram se retirar. — Raco I falou num tom autoritário e impassível, que não permitia objeção, e nem mesmo Matuza ousou dirigir-lhe a palavra. E só mais tarde, naquele dia, a Rainha-mãe colocou-o a par da visita do porta-voz midriano, que estivera no palácio havia dois dias, trazendo a estranha, porém muito interessante, notícia do nascimento de uma criança messiânica ocorrido naquele país. A criança nascera dentro da alta corte, como filha primogênita do irmão do Rei. E o homem trouxe também o convite para a grande festa de apresentação, que, dada a sua importância, dar-se-ia ao cabo de três meses. Lidana disse ao filho estar preocupada, pois, durante o tempo em que ele esteve ausente, os mirianos também anunciaram o nascimento de uma criança prodígio, que, segundo eles, viera ao mundo pela vontade e pela graça de Deus.

Aquelas notícias o atordoaram e ele não podia dizer se se sentia aliviado ou decepcionado. Então, haviam todos se enganado com relação a Aziza? Tantos infortúnios, e tudo por conta de um engano? Sim, teria que esclarecer aquelas questões com o seu sacerdote, e, na manhã seguinte, mandaria chamá-lo!

Um mensageiro enviado por Mibu chegara com a notícia do retorno do Rei da Aládia e, depois que o homem se foi, um estranho silêncio e uma pesada tensão comprimiram o ar de tal forma, que Aziza precisou sair para espairecer o espírito agitado. Eurípedes e Florinda tentavam se concentrar na costura, porém, sem muito sucesso, pois não conseguiam parar de pensar e fazer suposições quanto a tudo o que poderia suceder a Aziza, por causa do jovem Rei da Aládia. Artapunia também tentava afogar as preocupações nos afazeres da cozinha. As yjaras sabiam que estava chegada a hora de conversar claramente com a jovem sobre aquela paixão. Sim, Mibu tinha as suas razões e elas podiam entender o ressentimento dele. Todavia, elas eram de paz e acreditavam no poder do perdão. Aziza não guardava rancor, porque não guardava lembranças, c isso era compreensível também. Mas como conseguiria ser feliz, tendo que enfrentar também animosidades por parte do sacerdote e de toda a corte daquele país? Não, não havia dúvida, melhor seria que ela o esquecesse! Mas as yjaras temiam torná-la ainda mais taciturna e arisca. Por isso, mais uma vez, deixaram a questão para depois.

Aziza apanhou um balde e um regador e se pôs a regar o jardim e os potes de plantas que enfeitavam a minúscula área em frente da casa. Ela estava por demais agitada; contudo, a alegria e o alívio que aquela notícia lhe trouxe foi tão grande, que ela temia não ter dentro de si espaço bastante para comportar tanta emoção. Teve que se esforçar para manter o comedimento. Sim, fez tudo para se mostrar segura e consciente da sua situação. Não queria que as yjaras voltassem a encará-la como se ainda fosse uma criança irresponsável e, sobretudo, não queria ter que escutar mais uma dezena de vezes o porquê da impossibilidade daquele amor. Ter arriscado a vida para encontrá-la foi não somente um gesto de nobreza, mas também a prova de que Raco a amava e não se deixara inibir por proibições. Mas tanto tempo já havia se passado, desde que o vira pela última vez e foram tão poucas as vezes em que estivera com ele, que a imagem do Rei já se havia enuviado. Ela se lembrava claramente da voz e do cheiro da pele dele, mas tinha que fazer um grande esforço para se lembrar das feições. E não podia negar que Mibu e as yjaras tinham razão quanto a querer persuadi-la a esquecer-se do Rei. Mas por que continuava a pensar nele? Por que a açoravam aquelas lembranças? Por que não conseguiu repudiá-lo, depois de saber ser ele filho de Heros II, o responsável pela morte dos pais dela e demais desgraças que se seguiram?! Ela queria odiá-lo. Sim, queria odiá-lo... Mas eram os filhos responsáveis pelos erros e maldades praticados pelos pais?

Ninguém deu atenção a um homem, que parecia estar a reparar alguma coisa em uma carroça, que se encontrava parada a poucos passos da casa de Aziza e a um menino, ainda pequeno, que brincava ao redor da carroça. De repente, o menino estava diante Aziza e lhe disse baixinho:

— Moça, isto é para você. — E entregou-lhe um bilhete. Com a mesma dissimulação com que se aproximara dela, ele retornou para junto da carroça e nem ele nem o homem voltaram a olhar na direção dela. A jovem quase não pôde conter o novo surto de excitação que lhe subiu pelas entranhas e, mesmo não reconhecendo o pergaminho real de Aládia, não teve dúvida de que se tratava de uma mensagem do Rei. Rapidamente, Aziza escondeu o bilhete dentro da faixa que lhe cingia a cintura. Não queria correr o risco de ser surpreendida por uma das yjaras e, tentando manter a calma, concluiu o que estava fazendo, encostou os apetrechos nos devidos lugares e gritou para Artapunia que sairia para um passeio no parque. E, enfim, se pôs a ler a mensagem por que tanto esperara:

"Minha amada, não tenho palavras para descrever a alegria que sinto por sabê-la sã e salva. Dói-me imaginar o que você padeceu nas mãos dos seus raptores e no caminho de volta, pois sou testemunha dos infortúnios de tal jornada. Por força do acaso, retornamos sem termos alcançado as terras dos seus raptores. Mas, acredite que eu já estaria hoje mesmo em outra expedição, não fosse por sabê-la de volta. Estou tão orgulhoso da sua força e da sua coragem, que me prostrarei aos seus pés assim que puder tê-la diante de

mim. O desejo de revê-la dilacera o meu espírito, porém sei que terei que ser paciente. Mibu não somente me odeia por ser eu o filho do meu pai, mas também por estar ele mesmo sob o feitiço do seu encanto. Mas eu sei que você o ama como irmão. Estou sob a proibição de me aproximar de você, sob pena de ser desafiado para um duelo. Não temo Mibu; ao contrário, se duelarmos eu o matarei, pois sou muito mais ágil e habilitado no manuseio de armas. Todavia, quero fazer tudo para evitar resolver essa questão assim, pois demasiado sangue já foi derramado aos seus pés e também me repugna a ideia de derramar o sangue de alguém com quem partilhei tantas aventuras. Mas, sobretudo, sei que você mesma não me perdoaria por isso. Preciso revê-la e, dentro de duas semanas, poderei estar na sua proximidade. Espere por minha mensagem. Seu, em dolorosa paixão, R."

Um homem esbelto, de pele negra, trajando uma alizaba de seda azul, estivera a procurar as yjaras. Ele trazia a notícia do nascimento de uma portentosa criança, nascida no país de Mídria e por quem aquele país se encontrava em festa! Era o mesmo porta-voz que estivera no palácio em Rujia. O homem era belo e cativante e falou com grande entusiasmo sobre o nascimento da criança esperada por eles. As yjaras o escutaram, tanto surpresas quanto fascinadas. Porém, o homem não estava ali somente para lhes dar aquela notícia, mas, sobretudo para contratá-las e para contratar outras yjaras também. Mídria se encontrava no luminar de um grande acontecimento e haveria muitas roupagens a serem costuradas e muitas coisas a serem organizadas para a grande festa de apresentação da criança prodígio.

Aziza retornou logo depois que o homem partiu; ela encontrou as yjaras em grande alvoroço. Elas estavam cheias de *allures* que iam de demasiada mansidão ao extremo excitamento e lhe contaram da visita do midriano. A moça foi se afundando no almofadado, com cada vez mais serenidade. Uma, desde o seu retorno, inusitada descontração começou a se apoderar dela. Mais uma criança prodígio?! Ah! Mibu, você tem toda razão, isso é coisa de malucos ou ignorantes. Mas por que tal estupidez a teria envolvido também? Ela não sabia muito sobre os próprios pais, mas sabia que seu pai fora um curandeiro, um profundo conhecedor das coisas naturais; e sua mãe, uma pacata dona de casa; e ambos viveram sempre alheios às crenças e aos conflitos religiosos propugnados por entidades constitucionais. Aziza respirou fundo e sentiu um grande alívio, pois, sendo assim, todo o mundo que acreditara ser ela uma divindade teria que reconhecer que estiveram enganados. E ela não queria mais do que se livrar para sempre do incômodo daquela suspeita de ter sido enviada por um Deus.

— E então, quando partirão? — perguntou de repente.

— Quando partiremos? — repetiu Eurípedes, arqueando a sobrancelha.

— Partir para onde? — perguntou Florinda.

— Ora, para Mídria. O homem não veio aqui especialmente para contratá-las? — disse a moça, passando os braços em volta dos ombros de Florinda. Coisa que não fizera nem sequer uma vez, depois que retornara.

— Mas, Aziza, você acabou de retornar de uma aventura traumatizante... Não, não iremos a lugar algum — disse Eurípedes.

Por que não? Vocês estão preocupadas com a minha segurança? Os serenos possuem estranhos poderes e estou certa de que escapei somente porque não sirvo para os propósitos deles e, se eles me quisessem de volta, eu não estaria em lugar algum em segurança. Debaixo de suas asas, também não! — Aziza não tinha consciência de que possuía, ela mesma, um poder de virtude ainda mais eficaz do que os poderes dos serenos. Mas sabia que uma oportunidade como aquela era como um sonho para as duas yjaras, que já, por tanto tempo, não arredaram mais o pé daquela casa.

— O medo de não revê-la mais foi tão doloroso, que não queremos mais ficar distantes de você..." — A jovem se sentiu comovida, mas naquele momento todos os seus sentidos estavam voltados para a visita que Raco lhe faria em breve. E ela ponderou que se não houvesse uma maneira de se livrar da vigilância sob a qual estava, desde que retornara, acabaria por não poder encontrar-se com ele.

— Ah! Florinda, e vão então passar o resto da vida enclausuradas dentro de casa? O que aconteceu, aconteceu e não pode ser desfeito; mas o que passou, passou e deve ser esquecido. A vida continua e penso ser tempo de afogar as tristezas e reviver as alegrias. E, ademais, estamos convidados para a festa de apresentação que será, certamente, o melhor evento dos últimos tempos. Por que não deveríamos comparecer? Estou certa de que Mibu achará por bem que compareçamos. Assim nos veremos novamente, por ocasião da grande festa.

As yjaras também ponderaram. Sim, poderiam sim partir para Mídria e teriam tantos afazeres quanto quisessem. Mas afastar-se da sua menina, depois de tanto tempo longe dela? Por outro lado, a vida teria que continuar. Sem mais delonga, Eurípedes se pôs ao encontro do porta-voz para informá-lo que aceitavam a proposta e, tão logo lhes fosse possível, pôr-se-iam a caminho de Mídria.

A decisão de Eurípedes e Florinda não agradou a Mibu. Mas ele também teve que reconhecer que não fazia sentido tolher a liberdade delas, bem como não poderia manter Aziza em uma espécie de cativeiro. E assim ele concordou que, junto com Aziza e Artapunia, compareceria também às festividades. Mas estaria a sua protegida ainda segura? Por via das dúvidas, ele postou um vigia nas proximidades da casa.

Raco I sabia que seria muito difícil conseguir se aproximar de Aziza, sem que o regente de Rujia fosse informado. Ele sabia que, nas proximidades de seu palácio, havia um espião de Mibu. Para enganar o espião, Raco mandou que o seu fiel vassalo tomasse a carruagem real e seguisse no caminho que levava aos povos que os acolheram quando retornaram. E, por sua vez, vestido com as roupas do vassalo, ele se pôs a caminho do País das Yjaras. Não demoraria muito para que o logro fosse descoberto, mas serviria para que ganhasse tempo. Ele seguiria pelas encostas da cadeia montanhosa, que fazia fronteira, até o norte de Goria; de lá, atravessaria direto para o seu destino. Seria um caminho bastante acidentado, porém bem mais curto, e ele desejava fazer o trajeto no menor espaço de tempo possível. Ansiava por revê-la!

Aziza contava os dias e as horas e percorria os lindos e arduamente trabalhados parques da cidade, em longos passeios. Às vezes acompanhada de Artapunia, mas, na maioria das vezes, sozinha. Artapunia não via motivos para se preocupar, pois sabia que o vigia postado por Mibu observava todos os movimentos de Aziza. Ela não sabia que o Rei da Aládia também tinha os seus espiões.

Numa tarde em que Aziza estava a passear a só, o menino se achegou do vigia de Mibu e o prendeu com conversa. Com a desculpa de estar a procurá-lo, o pai do menino também se achegou do homem, continuando a prendê-lo com conversa, de modo que o impediram de seguir os passos da moça. Nesse dia, Raco a esperava no caminho.

— Aziza... — Antes de reconhecê-lo, ela reconheceu a voz dele. A surpresa quase fez o coração dela parar, e, ao olhar no rosto dele, lágrimas de alegria lhe brotaram dos olhos. Não conseguiu falar, nem se mexer e, ali mesmo, no meio do caminho aberto, podendo serem vistos por qualquer passante, ele a apertou num abraço, que parecia querer tragá-la para dentro de si. Ainda sem conseguir falar, ela observou o rosto pálido e o corpo emagrecido do Rei, que o fazia parecer ainda mais esbelto. Eles se abraçaram novamente e se beijaram apaixonados. Mas Raco não deveria e nem queria comprometer a reputação dela. Por isso, disse-lhe num sussurro:

— Aziza, você sabe que não há como desfazer as injustiças do passado, nem como recompensá-las. Só posso lhe pedir... não, só posso lhe implorar para que perdoe e esqueça. Diga que me quer e eu lhe farei a minha Rainha... e serei seu vassalo.

— Mas... Mibu...

— Não! Será feita a sua vontade, Aziza; o que você decidir. Para mim não importa mais a objeção de Mibu ou de quem quer que seja. — A moça sentiu novamente o calor da pele dele, que roçava a dela, e soube que, também para ela, nada mais importava.

— Sim, quero ser sua Rainha!

— Ah, minha amada... meu desejo é tê-la junto de mim, envolvida nos meus braços... mas sei que não devo precipitar as coisas... e também, preciso de algum tempo para preparar a minha corte para a minha decisão. Depois, farei chegar a Mibu a nossa decisão. Deixe tudo ao meu encargo e não crie conflitos com as suas yjaras. Ah, minha querida... não será prudente visitá-la novamente em sigilo... mas nos encontraremos outra vez nas festividades do país de Mídria.

Mais uma vez, eles se abraçaram e se beijaram apaixonadamente e o Rei da Aládia se foi, deixando Aziza num atordoante delírio de amor!

Mesmo a ardileza do vassalo de Raco I não conseguiu impedir que, ainda antes de se passarem três dias, Mibu tomasse conhecimento do encontro clandestino de sua protegida com o Rei da Aládia. Ele se enfureceu, mas não ficou surpreso. Sabia que, mais cedo ou mais tarde, Raco a procuraria. Não! Ele jamais viria a sentir simpatia por Raco, nem por nenhum membro da família de Raco, ou daquela corte. Odiava e seu coração transbordava de rancor ao pensar neles e se lembrar do passado. Mas o que deveria fazer? Deveria fazer valer a ameaça que fizera ao Rei? Mas quais eram os sentimentos de Aziza? Ele não sabia, não estava certo. Só então, depois de todos os transtornos do rapto dela, era possível para ele quebrar o constrangimento e a distância que havia se criado entre eles, desde o retorno ao país de Áurea. Deveria questioná-la? Não, não era juiz nem senhor dela. Mas iria, mais uma vez, sem rodeios e sem evasivas, expor-lhe todos os fatos ocorridos e apelar para a consciência da moça. Mesmo sabendo que ela não guardava lembrança dos pais e nem dos pais adotivos, parecia a ele inaceitável, quase absurdo, que ela pudesse ter-se apaixonado justamente pelo filho do assassino deles!

Mibu tomou consciência de que não sentiu ciúmes ao pensar em Aziza e Raco, e a lembrança de ter algum dia sentido ciúmes dela parecia-lhe então distante e irreal. Ora, claro que não sentia ciúmes, mas sentia um amor imenso e tinha que zelar por ela. As yjaras eram de opinião de que deveriam contornar aquela situação com brandura e dando tempo ao tempo. Elas tinham razão. Sim, ele iria ignorar aquela afronta e não tomaria nenhuma medida imediata. Em breve, partiriam para atender as festividades do país de Mídria e, quem sabe, o coração da tão formosa jovem não viesse a ser arrebatado por outra paixão?

Mibu, Artapunia e Aziza alcançaram Mídria com bastante antecedência e a moça já não tinha mais dúvida de que a portentosa menina, tão esperada pelos midrianos, havia realmente nascido naquele país. Ao atravessar a fronteira, eles puderam constatar a dimensão, o requinte e o esmero com que os cidadãos dali cuidavam dos preparativos do que seria, certamente, a maior festa dos últimos tempos.

Os midrianos eram conhecidos por serem um povo provinciano e muito apegado aos seus territórios. Para eles, não havia em todo o continente, e onde quer que fosse, nenhum país mais belo, mais culto e mais aprazível de se viver. Embora ninguém soubesse explicar por que, Mídria possuía uma grande variedade de zonas climáticas. Seus panoramas se alternavam entre verdejantes e lindos campos, densas florestas que se elevavam pelas muitas encostas, montanhas de picos gelados desprovidas de vegetação, bem como muitas regiões áridas, cujas vegetações faziam lembrar os espinheiros que escondem e protegem os jardins proibidos. Porém, Urtúnia, a capital, encontrava-se num vale de grande beleza. Longas fileiras de palmeiras ladeavam as ruas principais e uma larga alameda levava ao palácio, que se encontrava protegido por muralhas. Mas, as muralhas eram tão baixas, que, em caso de uma guerra, o inimigo não teria nenhum problema para atravessá-las; mas eram entrecortadas por albarrãs, nas quais estavam postados vigias. As esculturas de dois ferozes leões erguiam-se sobre pedestais de grandes blocos de pedras e ornamentavam, pela esquerda e pela direita, o portal que dava acesso ao interior das muralhas. Os pátios e ruelas estavam apinhados de gente alegre, que entravam e saíam das muitas e belas construções que antecediam ao palácio.

Depois de uma ausência tão longa, o jovem regente não pretendia se afastar novamente dos seus afazeres governamentais, mas Aziza havia passado por muita turbulência e ele se sentia ainda culpado por tê-la negligenciado no passado. Sim, aquele acontecimento se dera num momento muito oportuno, pois não só livraria a sua protegida do desagradável e desgastante vaticínio religioso, como seriam aqueles grandiosos festejos excelentes para espairecer os seus espíritos. Ele ponderou também que, tendo que percorrer o longo caminho até Mídria, poderia aproveitar para fazer uma visita ao país de Tigras. Uma necessidade, que ele não sabia explicar, parecia querer arrastá-lo naquela direção e ele pensava cada vez mais frequentemente na jovem Tinar. Mibu e Aziza foram os primeiros convidados a chegar ao palácio e, depois de apenas um dia de descanso, Mibu se pôs a caminho de Tigras. Faltavam quatro semanas para a festa de apresentação e ele pretendia estar de volta para o grande evento.

Aziza foi recebida de braços abertos por Rebea, sua amiga de estudos, e ficaria hospedada no palácio. Eurípedes e Florinda se encontravam afogadas em encomendas e Artapunia se ajuntou a elas, pondo-se a ajudá-las. Rebea havia estado um pouco ressentida por ter Aziza mentido com relação às mensagens que recebera do Rei da Aládia; todavia, o rapto dela fez com que todas as travessuras dos tempos escolares se tornassem bagatelas. Rebea se encontrava em plena euforia, por conta das festividades que se aproximavam. Afinal, centenas de convidados eram esperados naquele palácio e principalmente os jovens solteiros não perderiam a oportunidade de sondar os partidos disponíveis. Ao contrário do que era de se esperar, Rebea parecia não estar nem um pouco preocupada com o fato de a portentosa criança estar predestinada a se tornar Rainha, mesmo sabendo que isso só viria a ser verdade se, por algum motivo, ela mesma não sucedesse na linha do trono.

Quando chegaram, bastou um curto momento para que Rebea se enchesse de entusiasmo. Ah, como era belo o jovem regente! E ela era não somente bela, mas também um excelente partido. Mas Aziza não queria que a amiga viesse a ter tristezas e decepções, pois sabia que a viagem de Mibu a Tigras era consequência da poção que ela dera de beber a ele. A consciência de Aziza não estava em paz; mas, o que mais podia fazer? Ela não queria pensar que estava roubando dele o direito de decidir por si mesmo por quem se apaixonar. Mas não era Tinar uma adorável e bela jovem? Aziza sentia que, para os dois, o destino estava selado. Mibu desposaria Tinar. E, com muita cautela, tomando cuidado para não se trair, ela se pôs a preparar o espírito de Rebea para a notícia que certamente viria.

O fato de a poção criada para Tinar estar se provando infalível reviveu os receios de Aziza. A moça tudo fazia para não pensar mais nos serenos, mas não só a sua má consciência, como também a desagradável sensação de saber que trazia dentro de si a semente daquele povo, começou novamente a se apoderar dela. Estava ali mais uma prova do poder dos serenos. Ela tentava se acalmar, pois sabia que eles não permitiriam que a semente viesse a germinar fora de Serxas; e, se ela conseguiu escapar, foi certamente pela negligência de estarem eles certos de que ela não conseguiria. Mas ela se consumia de preocupação e nem mesmo a expectativa de em breve poder rever o seu amado fazia com que encontrasse sossego. De qualquer forma, estava convencida de que era melhor guardar sigilo!

À medida que os dias se passavam, foram chegando os demais convidados, até que o parque que rodeava o castelo ficou apinhado de carruagens. No continente, as notícias demoravam para circular. Contudo, mais cedo ou mais tarde, todos tomavam conhecimento delas. A questão amorosa entre o Rei da Aládia e a protegida do regente de Rujia havia trazido novamente à tona as desavenças e os muitos enganos cometidos no passado. Todos podiam entender o ressentimento de Mibu, bem como duvidavam de que Aziza pudesse simplesmente perdoar e esquecer as injustiças impostas à sua família. Sim, o rapto dela modificara a situação, mas a questão ainda não havia se esclarecido e todos estavam, se não preocupados, então curiosos para saber como ficaria aquele impasse.

Mais uma vez, estavam diante de outra grande questão religiosa e, justamente por causa das perigosas consequências dos enganos, estavam, principalmente os povos religiosos, nervosos e agitados. Nem todos acreditavam ser a criança nascida em Mídria realmente a enviada do Deus verdadeiro, pois não estavam os oripins, os guardiões da crônica tartárica, convencidos de ser a criança nascida em Mira o verdadeiro messias?! Além do mais, havia muitos motivos para se continuar acreditando ser Aziza a prometida. Se não fosse assim, como poderia ter sobrevivido a todos os infortúnios? E por que tantos acontecimentos estranhos em volta da sua vida? E não estava o filho de Heros II disposto a tudo para fazer dela a Rainha do mais poderoso reino do continente? E, por mais que se esquivasse, a moça se tornara o foco das atenções. Todos queriam saber detalhes da sua aventura, da vida dos serenos e dos xárxeos, dos outros povos que encontrara e, sobretudo, o que ela sentia ou pensava com relação ao fato de se ter, provavelmente, esclarecido o engano quanto à sua divindade.

Quase todas as jovens da classe escolar de Aziza vieram para a grande festa e, naturalmente, também Zumia e Diru, que não perdiam nenhuma oportunidade para deixá-la constrangida. Mas Tinar ainda não chegara. Faltavam somente dois dias para a apresentação da menina. E onde estava Raco I? Onde estava Mibu? Por que não chegavam?

Aziza se recolheu assim que a claridade do dia se desfez. Ela sabia que não conseguiria dormir direito e que passaria a noite como passara as duas últimas: tendo sonhos de amor e pesadelos dramáticos, nos quais se via subjugada por Teodor, que, em sonho, parecia ainda mais alto. Mas tantas atenções já estavam a lhe roubar a paciência. Vez por outra, tentava se refugiar no vagão das suas yjaras, mas elas estavam por demais atarefadas e, se lhe davam atenção, era para persuadi-la a tirar o Rei do pensamento. Mas tirá-lo do pensamento? Como, se contava as horas e os minutos, se ansiava por revê-lo, se nem mesmo o temor quanto à reação de Mibu conseguia mais abafar a euforia do coração da moça?! Ela se encontrava perdida em devaneios, quando uma criada veio ao encontro dele e sussurrou-lhe que o Rei da Aládia chegara ao palácio naquele fim de tarde.

— Você tem alguma mensagem dele para mim? — perguntou sofregamente.

— Não, minha senhora... Só vim lhe dizer, por que... Oh, por favor, me desculpe... Eu não devia... — E se virou para deixar o aposento.

— Não, não... Você fez muito bem em ter vindo. Obrigada, eu lhe fico muito agradecida...

A mulher se foi e a jovem respirou fundo. Raco viera. Sim, ele estava ali e ambos poriam um fim naquele sigilo! Mas, afinal, qual sigilo, se mesmo os criados já sabiam dos seus sentimentos? Ela e mais três outras jovens compartilhavam com Rebea os aposentos e, estar só, naquele momento, encheu-a de felicidade.

O dia amanheceu radiante. O sol brilhava no firmamento e uma leve brisa soprava com displicência, fazendo bailar folhas e flores. Aziza se pôs desde cedo a percorrer o jardim. Ela esperava que, a qualquer minuto, algum criado viesse entregar a ela uma mensagem de Raco ou que ele mesmo viesse encontrá-la. Mesmo se quisessem, eles não teriam nenhuma chance de estar a sós, pois, não só o palácio, mas todos os arredores estavam cheios de gente, pois muitos convidados traziam consigo os próprios criados e vassalos. Quase todo mundo, principalmente as mulheres, estava ocupado em preparar suas roupagens e acessórios para a grande festa de apresentação da portentosa criança, que se daria no dia seguinte. Por conta disso, Aziza teve a sorte de poder livrar-se de todas as outras jovens. Mas quase não podia conter a ansiedade. E onde estava Mibu? Será que não retornaria a tempo?

A manhã ameaça findar e os nervos da moça já estavam em frangalhos, quando enfim mirou o Rei da Aládia, que vinha ao encontro dela. Vê-lo vindo com um sorriso nos lábios, fê-la estremecer. O porte garboso e o egrégio semblante conferiam ao Rei tanta majestade quanto o seu título. Como era belo o seu amado! Os dois se fitaram, sentindo ambos o desejo veemente de se jogarem um nos braços do outro. Mas se contiveram, pois sabiam que estavam sendo observados e que continuariam a sê-lo o tempo todo. Eles se puseram a andar lado a lado, envoltos num silêncio um tanto constrangedor. A picada lajeada de pedras chapeadas seguia uma fileira de salgueiros, que margeavam um arroio artificial, cujas águas rasas, porém ligeiras, produziam um agradável trilado. A brisa brincava com o xaile dela e o cheiro do bálsamo que emanava dos cabelos da moça inebriava o jovem apaixonado. A pele arrepiada, a face enrubescida, os lábios entreabertos dela... E ele tinha que lutar para controlar a excitação. Ela, por sua vez, sentia o calor da pele dele, como se estivesse a tocá-lo e só pensava no momento de poder estar nos braços dele. Haviam tantas coisas a serem ditas, mas nenhum dos dois se atrevia a quebrar o encanto que os embalava. Seus pensamentos eram um só: tornarem-se amantes!

Ainda caminhavam em silêncio, quando um criado os abordou. Ele vinha informar Aziza que o regente de Rujia se encontrava no palácio e desejava a presença dela. Ela se sobressaltou. Estava tão absorta naquele transe lascivo, que se esquecera completamente do seu tutor. Raco percebeu a indecisão e o receio que se estamparam no semblante dela. Ele se virou para ela e a puxou contra si. A mão dele desceu pelo ombro dela, enlaçando-lhe a cintura, e ela se deixou envolver, até sentir os seios pressionados contra o peito dele. A súbita intimidade lhe acalentou o espírito. Sim, amava-o e queria estar com ele. Mas os lábios dele estavam perigosamente próximos dos dela e a situação era por demais comprometedora e ela quis se afastar. Porém, ele lhe segurou a mão, entrelaçando os dedos dele nos dela.

— Minha amada, não tenho mais dúvida de que pertencemos um ao outro, de que nascemos um para o outro... — disse ele num sussurro.

— E, então, que faremos? — Pela primeira vez, ela o olhou diretamente nos olhos.

— Iremos ao encontro do seu tutor e, mais uma vez, pedirei a ele, com humildade, a permissão para cortejá-la.

Aziza sabia que poderia contar com a compreensão das yjaras, mas antevia a indignação de Mibu. Todavia, estava chegado o momento de anunciarem a decisão que tomaram. Por um segundo, ela sentiu a saliva amarga e, ao mesmo tempo, uma estranha comichão, que lhe oprimiu o ventre. Ela não pôde evitar de se lembrar da “semente” e uma forte sensação de agouro pairou sobre ela. Mas não! Não iria dar chance a pensamentos negativos, pois já sofrera demasiadamente. Ela apertou com força a mão do amado, que ainda se encontrava enlaçada na dela e, munidos da certeza de que se pertenciam, os dois se puseram ao encontro de Mibu.

Em um dos salões do palácio, que já estava suntuosamente decorado para a grande festa, encontravam-se os reis daquele país, sua filha Rebea e outras jovens, os reis de Tigras com sua filha Tinar, o regente de Rujia, as yjaras e muitos outros nobres e honoráveis. O salão estava repleto de gente e Tinar irradiava felicidade. Já de longe se podia ouvir o murmurinho de vozes e os risos alegres que vinham daquele aglomerado. Mas as yjaras não se sentiam realmente felizes nem descontraídas. Não havia dúvida de que Tinar era uma adorável e bela jovem, além de um excelente partido; todavia, elas sabiam que aquele súbito interesse de Mibu por Tinar não havia acontecido naturalmente. Elas temiam que o tão querido jovem, que elas amavam como a um filho, viesse a ser infeliz. Tinha Aziza influência sobre aquilo? Sim, provavelmente. Mas não sabiam ainda como a jovem conseguira aquela façanha!

Todos se voltaram quando Aziza entrou no salão, seguida pelo Rei da Aládia. Risos e murmurinhos cessaram, dando lugar a um silêncio cheio de expectativa. Aziza se enrubesceu pelo embaraço, mas Raco retirou o barrete, fez uma profunda reverência e cumprimentou a todos:

— Que a paz seja sua, senhores.

Mibu avançou alguns passos e encarou Raco I. Sua carranca revelava todo o ódio e rancor que ele sentia pelo filho de Heros II, e os pulsos de Mibu se fecharam numa demonstração de pura ira. Um segundo de pesada tensão oprimiu o peito de todos os presentes, pois, com um gesto súbito do regente, todos temeram vê-lo sacar o punhal. Mas, assim como os soberanos, Mibu também era um homem culto e de maneiras irrepreensíveis. Eles se encontravam como convidados naquele palácio e não seria apropriado desenrolar ali uma rixa pessoal. Com forçada contenção ele disse:

— Senhor, ao que parece, o senhor continua a colocar, sob a condenação pública, a reputação da minha protegida...

— Pois lhe peço humildemente que me perdoe, senhor. E quero lhe pedir... sim, quero lhe implorar que me dê a sua permissão para cortejá-la. — Mibu ficou longo tempo calado e, na sua fisionomia, não se estampava mais somente ódio. Sim, agora se viam ali preocupação e sofrimento. Devagar, ele passeou o olhar por todos os presentes, cujos semblantes expressavam não somente a curiosidade dos bisbilhoteiros, mas também genuína preocupação.

— O senhor bem sabe que guardo um profundo rancor contra o seu falecido pai, toda a sua família, todo o seu país e, naturalmente, contra o senhor...

— E não há no seu coração nenhuma possibilidade de perdão?

— Depois de tudo o que nos foi infligido?

— Por favor, senhor, Aziza não leva rancor no coração. Eu a amo e desejo desposá-la. — O regente encarou a moça. Ela havia se aprumado e revidou o olhar dele de cabeça erguida. Mas aquela situação era para ela como um martírio. Por um lado, ela desejava o jovem Rei e havia se decidido por ele; por outro, compreendia perfeitamente a aversão que seu querido irmão sentia por tudo que lhe recordava as tragédias do passado. Ela queria Raco I, mas não queria magoar Mibu!

— Aziza, este é também o seu desejo? — perguntou o jovem, com a fisionomia tensa.

— Sim, este é também o meu desejo... sussurrou ela, olhando para as yjaras, como a pedir compreensão. Mibu sentiu todos os olhares sobre ele e, no semblante de todos os presentes, a expressão do desejo e da esperança de que ele cedesse ao pedido do Rei da Aládia.

— Então, senhor, só me resta lhe pedir para que a faça feliz e também adverti-lo de que não tolerarei nenhuma outra injustiça que venha a ser imposta sobre ela! — Aziza se aproximou e com a voz entrecortada de emoção, lhe disse:

— Perdoe-me, meu querido irmão. Você sabe que sinto um imenso amor por você e que jamais desejei magoá-lo. Mas o destino quer que seja assim. Não me odeie. Não me odeie...

— Ah, Aziza! Meu amor por você é imensurável. Nada no mundo me é mais caro do que a sua felicidade. Odiá-la? Jamais...

A tensão que pendia no ar se desfez num repente e todos se puseram a regozijar e alguns até mesmo aplaudiram como se tivessem presenciado um drama teatral. Mas, por um momento, que pareceu uma eternidade, Mibu olhou a sua protegida bem no fundo dos olhos e mais uma vez se sentiu assaltado pelo estranho desejo de tomá-la nos braços e beijá-la efusivamente. Ele se viu a flutuar e tudo se desvaneceu. Não havia mais espaço nem tempo, somente a imagem dela. Contudo, sentiu-se corar de vergonha ao dar-se conta do pensamento indecoroso que lhe veio à mente. Afastou de si aquela sensação de indignidade e encarou Tinar, com quem acabara de firmar noivado. A jovem abriu um sorriso e ele não pôde deixar de refletir no porquê de não ter sido tomado, em momento algum, de desejos e devaneios proibidos com relação a ela. E, afinal, por que queria desposá-la?! Ora, mas que bobagem! Ela era bela, culta, adorável... Havia sim uma série de motivos...

Raco I também radiava de felicidade e recebia os cumprimentos dos presentes, como se tivesse acabado de alcançar uma vitória. Parecia que tudo havia se tornado para o bem e mesmo as yjaras se deixaram envolver no vendaval de emoções e simpatias que tomou conta do ambiente. E ainda mais gente se achegou aos demais e o Rei de Mídria mandou que viessem os músicos e que fossem servidas comidas e bebidas e o dia se alastrou em festa.

Aziza estava feliz, pois mesmo Liday, a irmã de Raco, que também atendera ao convite dos midrianos e que estivera todo o tempo taciturna e reservada, havia enfim lhe desejado felicidade e lhe desejado boas-vindas à família. Mas, no meio de toda aquela alegria e bem-aventurança, Aziza sentiu novamente a estranha contração que lhe comprimiu o ventre e amarga saliva lhe encheu a boca. Ela estremeceu, mas se recompôs. Não! Não iria mais permitir que maus presságios viessem a turvar a felicidade que, depois de tantos infortúnios e desventuras, encontrava-se enfim ao alcance dela. Ela mirou o seu amado, que lhe retornou com o mais cativante e sedutor sorriso. Sim, o destino estava selado!

Esta obra foi composta por Teco de Souza com a tipografia Sabon e impressa em papel chamois fine 70g, pela Musa Editora, no outono de 2010, nas oficinas da Gráfica Editora Parma.